Der Autor Claude LeRouge, Jahrgang 1948, wohnt im Münsterland. Er studierte Geschichte und Französisch in Münster und Dijon und arbeitete anschließend über 35 Jahre als Lehrer an einem Gymnasium in Rheine. Nach seiner Pensionierung begann er seinen ehemaligen Beruf zum Hobby zu machen. Er schrieb einen Roman, der im Mittelalter spielt und der in fantasievoller Form das widerspiegelt, was er vorher als Lehrer tatsachenorientiert zu vermitteln versuchte. Die Realität bemerkt man vor allem im Vorwort. Deshalb der Hinweis: „Dieses Vorwort muss man nicht lesen."

Claude LeRouge

Gernot von Kahlenberg

Ein westfälischer Kreuzritter auf Pilgerfahrt ins Heilige Land

Ein historischer Roman

Autor: Claude LeRouge

Verlag: Westfälische Reihe, Münster

ISBN: 978-3-95627-069-7

Printed in Germany

Bibliografische Information der Deutschen Nationalbibliothek:

Die Deutsche Nationalbibliothek verzeichnet diese Publikation in der Deutschen Nationalbibliografie; detaillierte bibliografische Daten sind im Internet über http://dnb.d-nb.de abrufbar.

Inhaltsverzeichnis

Teil 3: Im Heiligen Land

Teil 4: Neue Aufgaben

Teil 5: König Balduin

Teil 6: Karten

Dieses **Vorwort** muss man nicht lesen.

Es schadet allerdings auch nicht, wenn man es liest.

„Deus lo vult!", riefen die Gläubigen und unterbrachen Papst Urban immer wieder, als dieser auf der Synode von Clermont zur bewaffneten Pilgerfahrt – später Kreuzzug genannt – aufrief. „Gott will es" war eine fragliche Behauptung, die durch Nichts zu belegen war, außer durch den Glauben und der Glaube bestimmte das Leben des mittelalterlichen Menschen. Das Leben empfanden diese Menschen als ein irdisches Jammertal, das Jenseits hingegen versprach ewige Glückseligkeit. Und wenn der Papst nun jedem Kreuzfahrer einen völligen Sündenablass versprach und damit den Zutritt zum Paradies, dann war jedem klar, dass der Tod zwar allen Teilnehmern drohte, der Tod aber gleichzeitig ein geringes Übel darstellte, weil der Lohn, den man dafür empfing, die ewige Glückseligkeit war.

Der Papst war sich wohl selbst nicht darüber im Klaren, was er da lostrat und welche Konsequenzen seinem Aufruf erwuchsen. Die Befreiung der Heiligen Stätten von den Muslimen war das Ziel, aber nicht der Grund. Dieser lag eher im Wunsch des byzantinischen Kaiserreichs nach Unterstützung gegen die in Anatolien sich ausbreitenden türkischen Stämme. Die Niederlage von Mantzikert war aber bereits 20 Jahre vorüber, die türkischen Stämme waren zerstritten, das byzantinische Kaiserreich wiedererstarkt, eigentlich benötigte es höchstens ein gut ausgebildetes Söldnerheer, um Ordnung an der Ostgrenze zu schaffen.

Aber da war ja noch der religiöse Gegensatz zwischen West- und Ostrom. Es ging um die Führerschaft der Christenheit und hier glaubte der Papst nun punkten zu können.

Das sich jetzt anbahnende 12. Jahrhundert veränderte Europa und die Sicht Europas auf die damalige Welt in einem Maße, wie seit der Zeit der Völkerwanderung nicht mehr. Der Kontakt zur arabischen Kultur, das Kennenlernen arabischen Wissens, die Auseinandersetzung damit, führte zu einem Umdenken im Umgang mit den „Ungläubigen" – wenigstens bei einem Teil der europäischen Adeligen, die sich nicht nur am Kreuzzug beteiligten, sondern im Land blieben und versuchten, dort Herrschaften zu errichten. Übersetzungen altgriechischer Philosophen, medizinischer Bücher und Diskussionen mit arabischen Gelehrten führten zu einem neuen Geschichtsbild. Neben allen Brutalitäten – besonders während der Eroberung Jerusalems – gab es auch Annäherungen an eine andere Kultur.

Sehr bald merkten die von den muslimischen Gegnern allgemein als Franken bezeichneten Neuankömmlinge, dass man sich anpassen musste. Kleidung und Speisen, wie man sie aus dem eher kalten Europa kannte, waren nicht unbedingt der Weisheit letzter Schluss in einem Land, in dem es nicht nur im Sommer sehr heiß war.

Im Grunde genommen dauerte die Herrschaft der christlichen Ritter ein Jahrhundert, danach beschränkte sich ihre Macht auf wenige befestigte Städte und Burgen.

Zwar hatte der 1. Kreuzzug sein Ziel, die Befreiung Jerusalems von der muslimischen Herrschaft, – was auch immer man darunter damals verstand – erreicht, aber von einer Beherrschung des sogenannten „Heiligen Landes" waren die Kreuzritter weit entfernt.

Ein Großteil der adeligen Ritter sah nach der Erfüllung des Kreuzfahrtgelübdes keine Notwendigkeit, im Lande zu bleiben, um beim Aufbau von Herrschaftsstrukturen in den erworbenen Gebieten zu helfen.

Lediglich in den nördlichen Grafschaften, wie Antiochia, war es den dort herrschenden Adeligen – süditalienischen Normannen – gelungen, mit ihren disziplinierten und gut ausgerüsteten Truppen eine verhältnismäßig stabile Situation zu schaffen. Nur hier war es sofort zum Aufbau einer neuen Macht gekommen, da etwa Bohemund von Tarent als ihr Anführer von Anfang an nicht die Absicht gehabt hatte, in sein kleines süditalienisches Fürstentum zurückzukehren. Dies schien ihm zu klein und seiner Person nicht angemessen.

Ähnliches galt für die Grafschaft Edessa, wo zunächst Balduin von Boulogne, der Bruder des Anführers des 1. Kreuzzugs, Gottfried von Bouillon, die Herrschaft übernahm. Gottfried selbst wurde Herrscher im Königreich Jerusalem. Raymond von St. Gilles, der Graf von Toulouse, hatte ebenfalls Erfolg gehabt. Mit Tripolis hatte er einen verhältnismäßig sicheren Besitz geschaffen, er war jedoch schon vier Jahre später gestorben, der Besitz war aber in der Hand seiner Familie geblieben.

Die übrigen Befehlshaber des ersten Kreuzzugs waren schon kurz nach der Einnahme Jerusalems nach Hause zurückgekehrt, einige waren erst gar nicht soweit gekommen, ihnen schien das ganze Unterfangen als aussichtslos und zu gefährlich. Diese hatten allerdings nicht mit dem Stolz ihrer Frauen gerechnet. Kaum zu Hause angekommen, machten diese ihren Männern klar, dass man ein Gelübde nicht einfach brechen könne. Es blieb den unvollendeten Kreuzrittern nichts anderes übrig, als den Weg noch einmal anzutreten.

Sie waren aber nicht die Einzigen, die sich nun wieder in Richtung Jerusalem bewegten. Gleich mehrere kleinere Gruppen waren dem Ruf des Königs von Jerusalem gefolgt, um dort die Herrschaft zu festigen und um gleichzeitig – so hatte es der Papst versprochen – die Vergebung aller Sünden zu erreichen.

Einige dieser Gruppen hatten durchaus die Stärke eines kleinen Heeres, wie etwa die der Lombarden – allerdings handelte es sich nicht um kampferprobte Ritter, vielmehr war es das Gesindel der großen Städte, das von wenigen Adeligen begleitet und geführt wurde. Dies lässt sich jedoch nicht verallgemeinern: Der norwegische König unternahm mit einer größeren Anzahl von Schiffen einen erfolgreichen Versuch und unterstützte für eine kurze Zeit das neu entstandene Königreich Jerusalem.

Gründe für das verspätete Erscheinen waren auch die hohen Kosten, welche die Teilnahme an einem organisierten Kreuzzug nach sich zog. Ein Adeliger zog nicht allein, er war in aller Regel in Begleitung einiger bewaffneter Fußsoldaten oder auch Berittener erschienen. Nach heutiger Währung war für die Teilnahme am Kreuzzug eine gewaltige Summe nötig. Wer konnte schon 120.000 – 150.000 Euro aufbringen, um die Reise nach Jerusalem zu starten? Viele verpfändeten ihren Besitz, um ihr Gewissen zu beruhigen. Kreditgeber war natürlich die Kirche, die so doppelt verdiente.

Neben diesen von Fürsten, Herzögen und Grafen organisierten und geleiteten Zügen, gab es auch immer wieder kleine und kleinste Gruppen, die loszogen, um ein Gelübde zu erfüllen, dessen Tragweite sie kaum ermessen konnten.

In einer Zeit, in der Lesen und Schreiben fast noch eine Geheimwissenschaft war und das Rechnen mit römischen Zahlen selbst kluge Leute zur Verzweifelung brachte, war man auf das Hören angewiesen. Aber das, was man hörte, spiegelte nicht unbedingt die Realität wider. Der Glaube beherrschte das Leben und man wollte glauben. Also glaubte man auch an eine Verbindung zwischen dem irdischen und dem himmlischen Jerusalem. Trotzdem war man in aller Regel nicht einfältig. Wer ein sicheres Erbe in

Aussicht hatte, wäre schön dumm gewesen, auf dieses Erbe zu verzichten wegen einer ungewissen Zukunft in einem fernen und unbekannten Land. Es waren also im Allgemeinen nicht die erbberechtigten Söhne, die das Kreuz nahmen, sondern zweite oder dritte Söhne.

Aber genau das waren die Leute, auf die die neuen Herrscher im Heiligen Land setzten. Diese hatten nichts zu verlieren, nur zu gewinnen, nämlich das, was sie in ihrer alten Heimat nicht besaßen: Land oder Lehen. Sie waren die idealen Siedler, mit denen es gelingen könnte, eine beständige Herrschaft aufzubauen und zu festigen, da es dann gemeinsame Interessen gab, für die man sich einsetzen und kämpfen konnte. Sie blieben für eine gewisse Zeit oder auch für immer.

Zwei Fakten erschwerten die Situation in „Outremer", dem Heiligen Land: die Eifersüchteleien unter den fränkischen Adeligen, die eine zielgerichtete Politik manchmal unmöglich machten und zum andern die Einsicht der Muslime, dass die europäischen Ritter, die im ersten Ansturm jeden Widerstand gebrochen hatten, nicht unbesiegbar waren, wenn man selber einig war.

In dieser Zeit spielt der folgende Roman, der kein historisch exaktes Bild wiedergeben will und sich nicht streng an geschichtliche Tatsachen hält. Aber es gibt Personen, Geschehnisse und Abläufe, die durchaus historisch genannt werden können, aber wahrscheinlich in der dargestellten Form nicht dem Urteil eines Mediävisten standhalten. Dies ist auch nicht das Ziel. Der Roman möchte unterhalten, deshalb gewisse Freiheiten. So sind die Hauptfiguren dieser Geschichte fiktiv, was nicht heißt, dass alles, was sie tun, freie Erfindung ist. Vielleicht könnte man sagen: Es hätte so sein können, oder: So haben es andere tatsächlich gemacht.

Maße und Zeiteinteilung sind zum einfacheren Verständnis der heutigen Zeit angepasst.

Teil 1: Der Aufbruch

1. Entscheidungen

Das Frühjahr des Jahres 1111 machte seinem Namen alle Ehre. Bereits im Februar war der spärlich gefallene Schnee geschmolzen und hatte die Flüsse und Bäche anschwellen lassen. In der ersten Märzwoche war es plötzlich warm geworden und jedermann versuchte die Strahlen der noch tief stehenden Sonne auszunutzen. Türen und Fenster wurden aufgerissen, um die feuchte und nach Schimmel riechende Luft des Winters aus den Häusern und Hütten zu vertreiben und frischer Luft Platz zu machen. Eigentlich war die Welt in Ordnung: kein Hochwasser, kein unsäglicher Regen, schon längst kein Schnee beeinträchtigte das Leben am Ufer der Ems.

Alle Leute waren zufrieden und freuten sich auf die nun anstehende Arbeit auf den Feldern. Nicht alle, einer schimpfte wie ein Rohrspatz: Gernot von Kahlenberg. Er saß am Ufer der Ems und warf Steinchen in den Fluss. Er sah den sich entfernenden Kreisen im Wasser nach und je mehr er über das Gespräch nachdachte, das er mit seinem Vater geführt hatte, desto heftiger spritzte das Wasser. Er war wütend. Über sich, seinen Vater, die Familie, über Gott und die Welt.

Der Wunsch seines Vaters, man könnte auch sagen sein Befehl, stellte alles in Frage, was er bisher getan hatte. Oder besser ausgedrückt: Es gab bisher nichts, was er in Frage stellen konnte, denn was hatte er schon Großartiges vollbracht? Er war 17, damit nach landläufiger Meinung erwachsen. Sein Vater hielt ihn nun für alt genug, etwas zu tun, was nach Abenteuer roch und ihn an die Geschichten erinnerte, die an den langen Winterabenden auf der Burg erzählt wurden. Geschichten, die im Heiligen Land spielten und von Heldentaten berichteten. Vorbeiziehende Händler hatten sie erzählt und Gernot selbst hatte sie später in Köln gehört. Geschichten, die von Geschehnissen erzählten und sich durch das vielmalige Erzählen immer mehr von der Wirklichkeit entfernten. Es waren Geschichten voller Grausamkeiten und blutiger Gemetzel, aber auch vom Heldenmut Einzelner. Warum sollte man diesen Geschichten nicht glauben, denn der Tod war damals ein ständiger Begleiter und Grausamkeiten an der Tagesordnung. Dies wiederum führte dazu, dass man fast allen Geschichten Glauben schenkte. Öffentliche Hinrichtungen waren Veranstaltungen fürs Volk, um deutlich zu machen, wo die Grenze zwischen Gut und Böse lag. Für die, die foltern und hinrichten ließen, gab es diese Grenzen nicht, die Stärkeren hatten immer Recht, die Schwächeren mussten sich beugen.

Sein Vater hielt ihn also für alt genug, das Kreuz zu nehmen, das heißt, auf eine bewaffnete Pilgerfahrt nach Jerusalem zu gehen. Die Tatsache, dass es überhaupt einen Kreuzzug gegeben hatte, war im nördlichen Westfalen wie üblich mit soviel Verspätung eingetroffen, dass es für eine Beteiligung von Gernots Vater zu spät gewesen war.

Gernot selbst war zu diesem Zeitpunkt noch ein Kind, auch sein um zwei Jahre älterer Bruder kam deshalb nicht in Frage. Jetzt aber, im Jahre 1111, war Gernots Vater zu alt – er war schon über 60, sein Bruder erbberechtigt – es wäre eine bodenlose Dummheit gewesen, eine sichere Zukunft aufs Spiel zu setzen. Also war die Entscheidung einfach: Gernot sollte ziehen.

Er wusste nicht genau, warum es absolut nötig war, ausgerechnet in Jerusalem für das Seelenheil der Familie zu beten. Da Gott überall war, müsste es doch eigentlich egal sein, wo man betete. So jedenfalls dachte Gernot. Mit diesem Denken stand er allerdings ziemlich allein da.

Sein Vater war da ganz anderer Meinung. Außerdem stellte sich Gernot die Frage, was die Familie denn angestellt hatte, dass man gerade in Jerusalem für die Erlösung der armen Seelen beten musste.

Sein Vater hatte zwar die Gerichtsbarkeit auf seinem Gebiet, aber er hatte nie jemanden hinrichten lassen. Seine Mutter war sowieso über jeden Tadel erhaben. Sie war es, die im Winter dafür sorgte, dass auch die Armen etwas zu essen bekamen. Gab es da ein Familiengeheimnis? Sein Vater hatte ihm gesagt, es gäbe kein Familiengeheimnis, es sei alles in Ordnung und er, Gernot, solle sich keine Gedanken machen. „Keine Gedanken machen" bei einem Weg von mehreren tausend Kilometern. Das war leicht gesagt, aber schwer zu akzeptieren. Vielleicht sah sein Vater hier auch nur die Möglichkeit, dem Zweitgeborenen eine Perspektive zu eröffnen, Streit am eigenen Hof zu vermeiden. Wie dem auch sei, er war nicht gefragt worden, hatte allerdings auch keine eigentlichen Argumente dagegen. So war die Entscheidung gefallen. Das Einzige, was er für eine solche Aufgabe vorzuweisen hatte, war eine sehr gute Ausbildung. Außerdem, war man einmal in Jerusalem, dann war einem das Seelenheil sicher. Das Paradies wartete.

Pilgern war eine höchst löbliche Sache, wenn man es freiwillig tat, nicht aber, wenn man dazu gezwungen wurde. Das hatte Gernot schon einmal erfahren, als er zur Buße den langen Weg einer Wallfahrt gehen musste, eine Buße, die sein Vater ihm auferlegt hatte. Mit den Bauernjungen hatte er manchen Streich ausgeheckt, was aber nie Anlass zu einer ernsthaften Beschwerde gegeben hatte. Sie hatten die Hühner des Hofes mit Brotstücken gefüttert, die sie vorher in Bier getunkt hatten. Das Ergebnis begeisterte die Jungen. Die Hackordnung auf dem Hühnerhof war infolge des Alkohols völlig durcheinander geraten, selbst die letzte Henne hatte versucht, den Hahn zu malträtieren. Es hatte Tage gedauert, bis die Hackordnung wieder stimmte.

Die Mädchen allerdings hatten ihm Dinge gezeigt, die ihn zwar begeisterten, nicht aber seinen Vater, als dieser davon erfuhr. Das war der Grund für Gernots erste Wallfahrt. Dabei war der Ausdruck Wallfahrt für dieses Unternehmen ein wenig übertrieben. Gernot hatte verschiedene Wegekreuze und Kapellen anzulaufen, um dort bestimmte Gebete zu verrichten. Sein Vater hatte wahrscheinlich beabsichtigt, ihm einen möglichen Weg für das Leben zu weisen. Sein älterer Bruder würde einmal die Burg erben, so wäre es nicht schlecht, wenn man für Gernot eventuell einen geistlichen Weg ins Auge fassen könnte. Das war in adeligen Kreisen eine Möglichkeit, nicht erbberechtigte Kinder unterzubringen, denn in Westfalen erbte der älteste Sohn, sonst niemand.

Diesem Ziel, das Interesse an einem Leben, das der Frömmigkeit und dem Beten gewidmet sein sollte, kam Gernot auf seiner ersten Wallfahrt nicht näher, denn – natürlich ohne Wissen seines Vaters – wurde aus der Wallfahrt mehr eine Wanderung durch die etwas weitere Umgebung. Gernot lernte viel über das Leben der Bauern. Er erfuhr, dass sie neben der Arbeit auch durchaus zu feiern wussten, dass man nicht jeden Tag Fleisch essen musste und dass Gastfreundschaft bei den einfachen Leuten etwas Selbstverständliches war. Sie brachten es mit der christlichen Nächstenliebe in Verbindung: Wer hat, der soll geben und wer gibt, dem wird vergeben. Abends wurde ihm häufig ein Schlafplatz in einem Heuschober zugewiesen, wo er allerdings nicht immer alleine schlief, sodass er den Sinn von Buße und Wallfahrt nicht mehr richtig verstand. Sein Vater würde sein Verhalten sowieso nicht begreifen, denn dieser war wortkarg, teilweise verschlossen und Gernot hielt ihn insgeheim für verklemmt. Aber das würde er ihm natürlich nie sagen. Denn über bestimmte Themen redete sein Vater nicht. Überhaupt war das Verhältnis zu seinem Vater eher zwiegespalten. Gernot wusste nicht genau, was er von ihm halten sollte. Er war für die damalige Zeit schon in einem gesetzten Alter, als er heiratete. Seine Frau war beträchtlich jünger, weshalb die Kinder sich auch mit ihr besser verstanden.

Gernots Vater war nicht reich, wenigstens sah man keinen augenfälligen Reichtum und die kleine Burg, die er besaß, gehörte den Kahlenbergs schon seit Generationen. Ihr Einkommen bezogen sie von den Abgaben der abhängigen Bauern, die in einer Art Leibeigenschaft im näheren und weiteren Umkreis der Wasserburg lebten und aus der Bewirtschaftung eines allerdings ziemlich großen Hofes, der direkt neben der Burg lag. Dort wurde all das produziert, was man zum Leben und zum Überleben brauchte. Die dort arbeitenden Knechte und Mägde bekamen als Lohn einen Anteil an der Ernte, am Federvieh, an Schweinen, Rindern und Schafen. Besonders die Schweinezucht gedieh in der Gegend hervorragend, sodass die Kahlenbergs nie hungern mussten, allerdings auch nie zuviel hatten.

Die Burg der Kahlenbergs war wie gesagt eine Wasserburg, die an drei Seiten von einem Altarm der Ems umgeben war. Die vierte Seite war von den Vorfahren in mühsamer Handarbeit durch einen künstlichen Graben gesichert worden. Durch die geniale Konstruktion eines dieser Vorfahren konnte man die Ems aber bei Hochwasser umleiten, sodass Schlamm oder Unrat, der sich im Laufe der Jahre immer wieder ansammelte, fortgespült wurde. Die Gräften waren ziemlich breit, 20 Meter im Schnitt, an manchen Stellen auch mehr. Sie fielen steil ab, sodass eine Eroberung schwierig war. Der Zugang zur Burg war durch eine Zugbrücke gesichert, die normalerweise auf einem gemauerten Lager mitten in der Gräfte ruhte. Von hier zum Rand der Gräfte führte eine Holzbrücke, die man im Ernstfall schnell zerstören oder anzünden konnte. Diese Befestigung konnte sich sehen lassen und bis jetzt war kein Nachbar auf die Idee gekommen, die Burg anzugreifen.

In den Wirren des Investiturstreits hatte es der alte Kahlenberg immerhin geschafft, sich und seinen Besitz aus den Auseinandersetzungen des Bischofs von Münster mit dem sächsischen Herzog herauszuhalten und sich praktisch unsichtbar zu machen. Vielleicht war es diese Unscheinbarkeit, die die Kahlenbergs rettete.

Der Besitz der Kahlenbergs war nach Norden nicht genau definiert, es gab dort Moor, ungerodetes Land und Wald. Im Süden herrschte der Bischof von Münster, mit dem man sich gut stellen musste, um nicht unter irgendeinem Vorwand geschluckt zu werden. Etwas östlich gab es noch eine Burg, die von einem unangenehmen Nachbarn, den alle nur den „Schwarzen" nannten, gehalten wurde. Dieser war habgierig, verschlagen und hart gegen seine Bauern. Nicht wenige von ihnen waren ins Moorland geflohen, um seiner Herrschaft zu entgehen. Gudrun, Gernots Schwester, nannte ihn „hässlich wie die Nacht", obwohl Gernot an einer Nacht nichts Hässliches sehen konnte. Aber Gudrun hatte Angst, dass dieser Bernward von Trense – so sein Name – eines Tages um ihre Hand anhalten würde. Sie hatte versprochen, ihn noch in der Hochzeitsnacht zu töten. Gudrun war erst 14, also hatte sie noch etwas Zeit, bis sie ihre Pläne in die Tat umsetzen würde – falls überhaupt.

Im Westen lag noch ein Besitz, der einmal dem Bischof von Münster gehört hatte, der nun aber einem ehemaligen Vogt des Bischofs gehörte. Man erzählte sich, es sei der Dank dafür gewesen, dass dieser Vogt einen der letzten Bischöfe von Münster bei sich versteckt hatte, als man etwas von Unregelmäßigkeiten bei der Wahl des Bischofs gemunkelt hatte. Dieser Besitz war ziemlich unbedeutend und schwach, zumal der ehemalige Vogt schon sehr alt war, keine Kinder hatte und so die ganze Gegend auf die Entscheidung dieses Herrn wartete, wer ihn einmal beerben solle.

Da der alte Kahlenberg aus Gründen, die nur er verstand, sich mit einem geringeren Pachtzins als der Bischof von Münster zufrieden gab und erheblich weniger verlangte als sein Nachbar, kam es immer wieder vor, dass Söhne von Bauern, die nicht auf einen Pachthof hoffen durften, sich bei den Kahlenbergs vorstellten, in der Hoffnung, dort besser behandelt zu werden. Der alte Kahlenberg sah sehr bald die Möglichkeiten, die ihm daraus erwuchsen: Er hielt seine Bauern an, Land zu roden, urbar zu machen und mit einer kleinen Hütte zu versehen, um neue Bauern anzusiedeln. Auf diese Weise hatte der gewitzte Herr es geschafft, die Anzahl seiner Untertanen im Laufe der Zeit erheblich zu steigern.

Das Geld, das er einnahm, steckte er unter anderem in die Erziehung und Ausbildung seiner Söhne. Da Gerfried als Ältester erbberechtigt war, blieb für Gernot nur die Ausbildung, um vielleicht in den Dienst eines größeren Herrn treten zu können.

Zu Hause war er zunächst vom Geistlichen der Burg unterrichtet worden, wie auch sein Bruder und seine Schwester. Odo, der sich zwar Abt nannte, aber wohl keiner war, war keine große Leuchte. Immerhin konnte er lesen und schreiben, und er sprach ein leidliches Latein.

Neben dem sächsischen Dialekt der Bauern beherrschte Gernot noch die Sprache der Friesen, mit denen die Kahlenbergs ab und zu Handel trieben. Die fränkische Umgangssprache – auch Französisch genannt – war ihm ebenfalls geläufig, da Odo längere Zeit bei den Westfranken gelebt hatte. Sprachen zu lernen war für Gernot kein Problem, die Wörter und Strukturen schienen ihm nur so zuzufliegen. Bei seiner Ausbildung, die er später in Köln fortsetzte, hatte er auch die dortige Sprache gelernt, die sich „Deutsch" nannte, was soviel wie „Sprache des Volkes" heißen sollte, aber in allen Teilen des Reiches nördlich der Alpen sehr unterschiedlich gehandhabt wurde und sich von seiner eigenen Sprache deutlich unterschied.

Gernot wunderte sich oft über die nach außen hin gezeigte Armut seines Vaters. Die Frauen mussten lange bitten, bis er ihnen Stoff für neue Kleider kaufte. Als Gernot einmal die Liste der Bauern seines Vaters durchging, fiel ihm auf, dass da jedes Jahr ein hübsches Sümmchen zusammenkommen musste. Dazu der Handel mit den Friesen: Zwar kamen diese nicht oft, aber doch zwei oder drei Mal im Jahr und brachten Salz als Handelsgut. Dazu kamen noch die friesischen Mäntel, die durch eine besondere Webkunst wasserdicht waren und beim Weiterverkauf in Münster oder Köln einen guten Gewinn abwarfen. Nicht zu vergessen war der begehrte Bernstein, der als Schmuck sehr gesucht war.

Sein Vater musste Geld haben, wahrscheinlich viel Geld. Aber der alte Fuchs wollte es wohl nicht zeigen: Vorsicht ist besser als durch gezeigte Pracht den Neid eines Nachbarn hervorzurufen und überfallen zu werden.

Die Ausbildung an den Waffen begann für die Jungen sehr früh. Das Bogenschießen und das Werfen mit dem Speer galten als wichtig, da dies Voraussetzung für eine erfolgreiche Jagd war. Gernot zeigte hierbei großes Geschick, vor allem aber war es die Ausbildung am Schwert, die Gernot faszinierte. Sein Schwert verdiente allerdings kaum diesen Namen. Es war die alte Waffe seines Vaters, schartig und vom Schmied erst wieder in einen brauchbaren Zustand gebracht, dazu eine ziemlich schwere Waffe. Aber der Schmied hatte ihm gesagt, dass diese Waffe ihren Dienst tun würde, sie sei durch das häufige Schmieden fast unzerbrechlich.

Was zu Beginn seiner Ausbildung noch von Nachteil war, wurde schließlich zu einem Vorteil. Da ihm zunächst die Kraft für die geschickte Handhabung dieser Waffe fehlte, wurde er von seinem Bruder, besser bewaffnet und zwei Jahre älter, regelmäßig verprügelt. Aber mit der Zeit entwickelten sich Gernots Muskeln, so dass plötzlich Schluss war mit den Niederlagen. Unter den kraftvollen Schlägen des alten Schwertes lag nun Gerfried das eine oder andere Mal am Boden. Um den Frieden zu wahren, erklärte Gernot, dass er nur wegen seiner Körpergröße gesiegt habe – er war gut einen Kopf größer als sein Vater und sein Bruder –, und auch unter den Bauern gab es niemanden, der ihn auch nur annähernd erreichte. Er begann nun mit der linken Hand das Schwert zu führen, was ihm nach einiger Zeit leicht fiel.

Vor gut zwei Jahren hatte ihn nun sein Vater nach Köln geschickt, wo ein Verwandter in der bischöflichen Verwaltung ein hohes Amt innehaben sollte. Es stellte sich heraus, dass sein Vater nicht übertrieben hatte. Dieser Verwandte, ein Großcousin seines Vaters, hatte tatsächlich erheblichen Einfluss auf die Geschicke der Stadt und des Bistums Köln. Gerhard hatte nicht nur Zugang zum Bischof, er wurde fast täglich zu ihm gerufen, wenn sich irgendwo ein Problem ergab.

Gernot wurde schon kurz nach seiner Ankunft dem Bischof vorgestellt und dieser versprach, sich um Gernots Ausbildung zu kümmern. Dieses Kümmern war nicht zuviel versprochen, denn von jetzt an begann eine andere Ausbildung als Gernot es gewohnt war. Diese Ausbildung war erheblich anstrengender als zu Hause. Seine geistigen Fähigkeiten wurden in einem ganz anderen Maße gefordert als bei Odo. Seine Kenntnisse in der fränkischen Sprache verbesserten sich stetig, wobei man sagen muss, dass Gernot diese Stunden fast als Muße empfand. Dazu lernte er die Sprache, die am Rhein gesprochen wurde.

Auch seine Ausbildung an den Waffen zeigte Fortschritte, war aber für ihn sehr fordernd. Wenn man nach mehrstündigem Üben mit dem Schwert noch Bogen schießen sollte, zitterten die Hände und es dauerte, bis ihm der Waffenmeister des Bischofs die Tricks beigebracht hatte, die er brauchte, um seinen Atem zu beherrschen.

Bis zu dem Zeitpunkt, als Gernot nach Köln kam, glaubte er reiten zu können. Hier jedoch zeigte man ihm, was es bedeutete, bewaffnet auf einem Pferd zu sitzen und dabei die Waffen noch geschickt zu führen. Er war ehrgeizig und wiederholte immer wieder die Übungen, die man ihm gezeigt hatte. Das Kämpfen mit dem Schwert war die schwierigste Übung, sie kostete enorm Kraft und Gernot merkte, dass nur viel Üben und Fleiß ihn hier weiterbringen würden. Er schaffte schließlich aber auch die kompliziertesten Schläge mit dem Schwert, wobei gleichzeitig das Pferd mit den Schenkeln gelenkt werden musste.

Seine Ausdauer wurde belohnt, denn mit 16 erhielt er den Ritterschlag, in der damaligen Zeit ein früher Zeitpunkt. Ein Ritterschlag durch den Bischof von Köln galt als besondere Ehre. Auf der anschließenden Feier war dann auch viel von „Ehre“ die Rede, von der Notwendigkeit, die Armen und Schwachen zu schützen und von den Grundsätzen ritterlichen Verhaltens. Gernot sagte das alles nur wenig. Er war ein Junge, der durch eine feierliche Handlung zum Erwachsenen gemacht wurde. Er hoffte, später einmal zu begreifen, was „Ritter-Sein“ bedeutete. Für ihn war es ein tolles Gefühl, er war nun etwas, er war angesehen und hatte eine neue, bessere Stellung eingenommen.

Doch wenn er geglaubt hatte, sein Können sei jetzt perfekt, dann hatte er sich getäuscht. Jetzt wurde die Ausbildung erst richtig hart. Hatte er bis jetzt die ganze Ausbildung als ein Abenteuer, einen großen – wenn auch anstrengenden – Spaß angesehen, so merkte er allmählich, dass man nie auslernt. Es kostete sehr viel Schweiß und manchen blauen Flecken, bis man ihm sagte, dass er nun in die Anfänge des „Ritter-Seins" eingeführt war.

Eine Entschädigung für die anstrengende Ausbildung bildete das Leben in der Stadt. Köln hatte Gernot sofort begeistert. Die Größe der Stadt war im ganzen Reich bekannt, sie galt sogar als die bevölkerungsreichste nördlich der Alpen. Es gab bereits viele gepflasterte Straßen, es gab städtische Arbeiter, die fast täglich den Unrat von den Straßen entfernten und wo er nicht wie zu Hause einfach auf der Straße liegen blieb und von den Schweinen gefressen wurde oder in die Gräfte geworfen wurde, wo er dann mit dem nächsten Hochwasser verschwand.

Die Märkte waren wohl organisiert, es herrschte ein dauernder Trubel auf den Straßen. Zuerst konnte sich Gernot nicht satt sehen am Geschehen auf den Märkten, dann begriff er wie der Handel funktionierte. Unbedarfte wurden übers Ohr gehauen, ansonsten wurde geschachert und gefeilscht, sobald es sich um größere Verkäufe handelte. Besonders der Hafen hatte es ihm angetan. Dort kamen täglich Schiffe an, um ihre Waren auf den Stapelplätzen zu zeigen. Allerdings war dies auch die Heimat der Rheinfischer, die hier ihren Fang anboten. Der Gestank war teilweise bestialisch.

Es war allerdings nicht ratsam, abends alleine durch die Stadt zu gehen, denn es gab auch Leute, die ihren Lebensunterhalt nicht durch ehrliche Arbeit verdienten. Aber Gernot war selten alleine. Es gab etwa zwei Dutzend junge Leute, die beim Bischof in der Ausbildung standen.

Er fragte sich jedoch, was zum Beispiel ein Isländer hier zu suchen hatte. Ingolfur war ein langer, schlaksiger Bursche, der etwas gebeugt ging, an Abenden in der Stadt aber gut zu gebrauchen war, da er mit seinen Geschichten immer für Unterhaltung sorgte. Als Gernot ihn einmal fragte, weshalb er in Köln sei und ob er nach Island zurückkehren würde, antwortete dieser: „Du glaubst gar nicht wie schön es hier ist. Du hältst das Wetter hier für eine Selbstverständlichkeit. Es ist eine Gnade im Vergleich mit dem, was man auf Island Wetter nennt. Dort regnet es, oder es schneit, oder friert, oder es stürmt so, dass man nichts aber auch gar nichts machen kann. Ein Bauer kann dann nicht das Land bestellen, ein Fischer kann nicht aufs Meer. Ich danke Gott, dass ich hier bin. Ich bleibe hier."

Interessant für Gernot waren auch die öffentlichen Vorführungen verschiedener Wundärzte, die ihre Kunst mit viel Trara ankündigten und an den Patienten anschließend praktizierten. Diese Ärzte brannten Wunden aus, richteten und schienten gebrochene Glieder oder entfernten unter großem theatralischen Aufwand Zähne.

Alles das war neu für Gernot und er sog es in sich auf. Manchmal glaubte er, sich nicht satt sehen zu können, soviel gab es zu bewundern.

In Köln herrschte zur Zeit Bischof Friedrich von Schwarzenburg, ein etwas undurchsichtiger Mann, der eigene Politik betrieb und denjenigen unterstützte, von dem er sich Vorteile erhoffte.

Hier in Köln erfuhr Gernot auch die Neuigkeiten aus der Welt: Es hatte einen Kreuzzug gegeben, der Jerusalem den Christen zurück gewonnen hatte, und das Heilige Land brauchte neue Leute, um die Herrschaft dort zu festigen.

Dummerweise hatte Gernot bei seiner Rückkehr all dies brühwarm und mit Begeisterung seinem Vater erzählt, der nichts besseres zu tun hatte, als Gernot den Eid abzunehmen, auch Jerusalem zu besuchen und für das Seelenheil der Familie zu beten, was nach gängigem Glauben dort sehr erfolgversprechend war. Die Frage, was man in der Familie eigentlich verbrochen habe, dass so eine Wallfahrt von Nöten sei, brannte ihm auf der Zunge, aber er verkniff sie sich.

Die Entscheidung des Vaters war gefallen, Gernot konnte sich ihm nicht widersetzen, Mutter und Schwester waren ein wenig traurig, aber auch mächtig stolz und der ältere Bruder hatte nach dem Tod des Vaters eine Person weniger zu versorgen, was er zwar nicht sagte, aber wahrscheinlich dachte. Gernot selbst war weder begeistert noch erschrocken bei der Idee, diesen langen Weg zu gehen. Sein Vater wechselte einige Briefe mit dem Verwandten in Köln. Dieser versprach, Gernot einen Schutzbrief des Bischofs zu besorgen, der ihn als Kreuzfahrer auszeichnete, was nur von Vorteil sein konnte.

So saß er nun am Flussufer und warf kleine Steinchen hinein. Eine Pilgerfahrt ins Heilige Land war natürlich etwas anderes als seine Pilgerfahrt rund um die Burg. So eine Fahrt konnte gefährlich sein, aber davor hatte er keine Angst. Das war immer noch besser, als in Abhängigkeit von seinem Bruder oder eines anderen Herrn zu leben. Was hatte er hier schon zu verlieren? Er besaß nichts, er hatte nichts zu erwarten und deshalb war die Idee gar nicht so schlecht. Er fing an, die ganze Sache anders zu sehen. Im Heiligen Land hätte er vielleicht bessere Aussichten, dort konnte man zu Landbesitz und zu Reichtum gelangen. So hatte man es sich auf jeden Fall in den Gasthäusern in Köln erzählt. Er wusste, dass die Leute in Köln zu Übertreibungen neigten, denn erst dadurch wurde eine Geschichte interessant, aber irgendetwas musste an diesen Geschichten doch wahr sein.

Also Kopf hoch, wenn man schon hier nichts zu erwarten hatte, dann müsste es doch anderswo gelingen. Odo hatte in seinem Philosophieunterricht, in dem er allerdings nur leicht verständliche Lebensweisheiten verkündete, einmal gesagt, dass man sein Schicksal in die eigenen Hände nehmen müsse. Nur so würde man etwas erreichen. Gernot hatte zwar nie viel von diesen Lebensweisheiten gehalten – sie klangen Gernot einfach zu banal – aber hier könnte der Lehrer doch einmal Recht gehabt haben. Odo hatte dies „selbständig handeln" genannt, es war wohl eher unwahrscheinlich, dass Odo dies auch auf einen Kreuzzug bezogen hätte.

Noch immer saß Gernot am Ufer der Ems, warf Steinchen ins Wasser und fragte sich: „Warum eigentlich?"

Und er fand schließlich die Antwort: „Warum eigentlich nicht?"

2. Vorbereitungen

„Wenn man eine weite Reise unternimmt, dann sollte man gut vorbereitet sein. Man geht nicht einfach los“, meinte Gernots Vater, als sie am Abend vor dem Herdfeuer saßen und über das weitere Vorgehen berieten.

„Kluger Spruch“, dachte Gernot für sich, „da wäre ich alleine nicht drauf gekommen. Aber besser, man bekommt es noch mal gesagt.“

Es war noch zeitig im Frühjahr und sein Vater meinte, dass man die Zeit nützen solle, denn erst in einigen Wochen könne man abreisen, da die Wege vom getauten Schnee und dem vielen Regen noch unpassierbar waren. Trotzdem riet er ihm, nach Norden zu gehen.

„Vielleicht erinnerst du dich, dass ich dich einmal als Kind mitgenommen habe, um eine Frau zu besuchen, die als Heilerin einen sehr guten Ruf hatte. Sie wird zwar alt sein, aber ich habe nicht gehört, dass sie schon gestorben ist. Ebba, so heißt sie, könnte dir mit ihren Mitteln sehr helfen, falls du dich verletzt, oder falls dir etwas zustößt."

Gernot erinnerte sich und war sich sicher, dass die Mittel, die diese Frau herstellte, sicherer waren, als die Behandlung durch einen der Ärzte, die ab und zu an der Burg vorbei kamen. Vertraute man sich ihnen an, war nur der Tod sicher.

Ebba lebte mit ihrer Sippe an einem fast unzugänglichen Ort in der Nähe der Ems, unzugänglich, weil es dort außer Moor und Morast nichts gab. Gernot kannte den Weg, so ungefähr, aber nicht genau. Damals war es um eine Krankheit gegangen, die die Schweine des eigenen Hofes befallen hatte. Ebba, schon damals uralt aussehend, hatte eine Salbe hergestellt, die man den Schweinen aufstreichen sollte. Als sie zurückkamen, waren zwar die meisten Schweine tot, die übrigen aber überlebten dank Ebbas Hilfe.

Gernot fand diese Idee gut, denn man konnte ja nicht wissen, was einem so alles zustoßen würde. Also machte er sich auf den Weg.

Etwa zwei Tagesreisen nördlich musste Gernot sein Pferd, das ihm sein Vater für die Reise geliehen hatte, bei einem Bauern stehen lassen, weil von nun an ein Fortkommen nur noch zu Fuß möglich war. Probeweise hatte Gernot schon die Ausrüstung mitgenommen, die er auf seiner langen Reise mitnehmen würde: sein Schwert, einen Wurfspieß, an dem er ein kleines Bündel für den täglichen Bedarf geknotet hatte und seinen – allerdings ausgezeichneten – englischen Langbogen, das Werk, das ein vorbeiziehender Angelsachse auf der Burg angefertigt hatte. Ein Köcher voller Pfeile, ein Messer und eine Lederkappe, die einen Helm ersetzen sollte, vervollständigten die Ausrüstung. Mehr gab es nicht und mehr würde es auch nicht geben. Er würde auch den Weg zu Fuß machen müssen.

Der Bauer, bei dem er sein geliehenes Pferd untergestellt hatte, erzählte ihm, dass die zahlreiche Sippe von Ebba einen guten Tagesmarsch entfernt an einer Flussbiegung wohnen würde.

„Man kann sie aber nicht einfach finden, sie lassen sich finden, oder sie machen sich unsichtbar“, meinte er. „Sobald sich Fremde nähern, zieht sich die gesamte Sippe in das undurchdringliche Moorgebiet zurück, in dem sie sich gut auskennen, jeder andere aber verloren ist. Wovon sie eigentlich leben, weiß keiner. Etwas Fischerei, ein wenig Handel mit den Leuten im Süden und im Norden, das ist alles.“

„Das kann ja lustig werden“, dachte Gernot, „aber wenn ich nach Jerusalem aufbreche, wird wohl jeder den Weg und das Ziel kennen.“

Er machte sich am frühen Nachmittag auf den Weg. Morgen würde er Ebba erreichen und versuchen, mit ihr ins Geschäft zu kommen. Eine Übernachtung im Freien machte ihm keine Angst, hier gab es niemanden, der ihm gefährlich werden könnte.

Gegen Abend war er schon gut vorangekommen, als er in einiger Entfernung ein paar Wildenten am Wasser sah. Das war eine Gelegenheit, seine Schusssicherheit zu überprüfen.

„Geduld ist die wichtigste Tugend des Jägers“, hatte der Jäger seines Vaters ihm beigebracht. Und Geduld ist besser als Hunger, dachte Gernot und ging behutsam zu Werke. Er nahm seinen Bogen und einen Pfeil und schlich sich in gebückter Stellung Schritt für Schritt näher an die Enten. Dann legte er den Pfeil auf die Sehne, zielte und die Enten flogen auf, bis auf eine, er hatte sie erwischt.

Eine Stunde später brutzelte die Ente an einem kleinen Stock, den er so handhabte, dass die Ente schön knusprig wurde, aber vom Feuer genügend weit entfernt war, um nicht zu verbrennen. Seine Mutter hatte ihm etwas Salz mitgegeben, damals eine Kostbarkeit, die man manchmal von den Friesen im Norden beziehen konnte.

Am folgenden Morgen brach Gernot zeitig auf. Er wollte rechtzeitig bei den Moorbewohnern erscheinen und dort nicht übernachten, denn so gemütlich stellte er es sich bei ihnen nicht vor. Gegen Mittag überquerte er eine kleine Lichtung – endlich einmal trockenes Land, als er Stimmen hörte. Er dachte es sei die kleine Siedlung und wollte sich schon bemerkbar machen, als sich plötzlich ein Ziehen zwischen den Schulterblättern bei ihm bemerkbar machte. Er kannte dieses Gefühl, es bedeutete Gefahr. Etwas stimmte nicht, er konnte sich auf dieses Gefühl verlassen. Also blieb er stehen und duckte sich sofort hinter einen kleinen Busch, um sich dann ungesehen dem Ufer zu nähern. Was er sah, bestätigte seine Vermutung. Am Ufer lag ein größeres Schiff, etwa zehn Meter lang, groß genug für acht Ruderpaare. Aber es war kein hochbordiges Handelsschiff. Ein Handelsschiff hier, das wäre auch sehr ungewöhnlich. Es dauerte einen Augenblick, bis Gernot aufging, was dort passierte: Hier waren Sklavenhändler auf der Jagd.

Sklaven waren etwas ganz Normales in der damaligen Zeit. Auch in Köln hatte er einen Sklavenmarkt gesehen, auch wenn es ihn offiziell nicht gab, aber auch der Bischof verdiente an den Abgaben und ignorierte das Verbot.

Was Gernot aber hier sah, war völlig anders. Mitten im Heiligen Römischem Reich – wenn auch an sehr abgelegener Stelle – wurde Jagd auf Menschen gemacht. Von der Schiffsgröße ging Gernot von etwa 20 Bewaffneten aus, denn man brauchte ja noch Platz für die Gefangenen. Am Ufer lagen bereits mehr als 20 an Händen und Füßen gebundene Menschen – jüngere Leute vor allem, die auf dem Markt noch etwas brachten, bewacht von drei Männern. Jetzt galt es zu überlegen. Was war zu tun? Sich zurückziehen und diese armen Leute ihrem Schicksal überlassen? Plötzlich fühlte sich Gernot als Kreuzritter, es galt den Armen zu helfen. Sein neues Leben hatte früher als erwartet begonnen.

Er hatte kein schlechtes Gewissen, es würde Tote geben, aber deswegen musste er sich keine Gedanken machen. In einer Zeit, in der der Tod alltäglicher Begleiter war, war auch das Töten etwas Alltägliches. In dieser Situation gab es nur töten oder getötet werden. Gernot entschied sich für das Erstere.

Von den übrigen Jägern war nichts zu hören, sie waren wohl etwas weiter entfernt. Drei Männer, das bedeutete zwei gut gezielte Pfeile und dann das Schwert. Und alles musste schnell gehen. Gernot nahm seinen Bogen, zog zwei Pfeile aus dem Köcher, legte den Wurfspieß mit seinem Bündel auf die Erde und näherte sich vorsichtig der Gruppe. Einen Pfeil steckte er in die Erde, der zweite Pfeil kam auf die Sehne, dann ein kurzes Zielen und der Pfeil sirrte davon. Bevor die Männer merkten was geschehen war, hatte auch der zweite Pfeil sein Ziel erreicht. Zwei Männer lagen auf dem Boden und rührten sich nicht mehr, der Dritte sah ungläubig auf seine Kumpane und erkannte die Situation erst, als Gernot mit gezücktem Schwert den kleinen Hang herunterlief. Gernots Angriff war so heftig, dass es seinem Gegner fast das Schwert aus der Hand riss. Dann aber hatte dieser sich gefangen. Er erwiderte den nächsten Hieb und versuchte nun Gernot mit einem tiefen Schlag an den Beinen zu verletzen.

Ein Kampf nur mit dem Schwert, ohne jeglichen Schutz, war sehr gefährlich. Die erste Verwundung konnte sofort das Ende bedeuten. Gernot wusste das und plötzlich war es, als fielen ihm alle Schläge und Tricks ein, die man ihm in Köln in unzähligen Übungsstunden beigebrachte hatte. Er führte einen Schlag nach dem anderen aus, parierte mit Leichtigkeit die Versuche seines Gegners ihn zu verletzen und sah plötzlich die Möglichkeit, den Kampf zu beenden. Sein Gegner griff zu ungestüm an, Gernot wich einen Schritt zurück. Der nächste Hieb tötete ihn. Gernot bückte sich und schnitt den Gefangenen die Fesseln auf.

„Still“, sagte er nur und deutete auf die Waffen der Getöteten. Drei jüngere Männer erkannten Gernots Absicht. Sie nahmen sofort deren Waffen auf.

„Was ist passiert?“, fragte Gernot.

„Sie kamen als Händler und wir vertrauten ihnen. Sie zeigten uns ihre Handelswaren und plötzlich war alles anders. Sie nahmen uns gefangen. Einige von uns, die Widerstand leisteten, wurden getötet, die übrigen flüchteten ins Moor. Sie werden jetzt verfolgt, ich befürchte, dass sie kaum entkommen können. Die Räuber scheinen sich wenigstens etwas auszukennen."

Der junge Mann war außer Atem, hatte aber sein Schwert fest in der Hand.

„Wie viele sind es insgesamt?", wollte Gernot wissen.

„Etwa ein gutes Dutzend haben sich an der Verfolgung beteiligt", erklärte der Mann, „aber sie haben nur die Absicht uns zu versklaven."

„Das ist mir auch klar", meinte Gernot, „aber wir sollten zunächst die Frauen und Kinder verstecken, damit denen nichts passiert."

„Das wird ein Leichtes sein. Sie werden uns nicht finden, aber was geschieht mit den übrigen aus unserer Sippe?"

„Das werden wir sehen", sagte Gernot. „Erst müssen wir hier einen geeigneten Empfang für die Sklavenjäger vorbereiten. Könnt ihr mit den Schwertern umgehen?"

„Wir sind Jäger und Fischer, keine Soldaten. Aber mit dem Bogen sind wir sehr geschickt. Ich habe gesehen, dass die Räuber Bögen an Bord haben. Wenn wir diese haben, ist die Situation nicht mehr so aussichtslos."

Sie sahen gemeinsam nach und entdeckten auf dem Schiff fünf Bögen, einen guten Vorrat an Pfeilen und einige Speere. Die Männer bewaffneten sich mit den Bögen und den Speeren, sodass jetzt mit Gernot immerhin zehn Bewaffnete den Sklavenjägern gegenübertreten konnten. Die Unbewaffneten, die Frauen und Kinder, wurden mit dem Hinweis entlassen, sich gut zu verstecken.

„Jetzt werden wir die Räuber zur Rückkehr zwingen", erklärte Gernot. „Wir werden ein Feuer machen und möglichst viel Rauch schaffen, damit die Burschen auf uns aufmerksam werden. Wenn die dann hier erscheinen, werden wir sie mit einem Pfeilhagel begrüßen."

Gesagt, getan. Kurze Zeit später loderte ein großes Feuer, auf das man grünes Schilf warf, um möglichst viel Rauch zu erzeugen. Gernot bugsierte seine Truppe an den Rand der kleinen Lichtung.

„Wir machen Folgendes: Wir teilen uns in zwei Gruppen, links und rechts vom Weg ins Moor. Wenn die Burschen kommen, werden wir sie gebührend empfangen. Aber keiner schießt vor mir. Die Überraschung muss perfekt sein."

Gernot nahm vier der Geretteten, die übrigen fünf gingen unter der Führung des jungen Mannes, der der Wortführer war, auf die andere Seite der Lichtung.

Sie warteten, das Feuer war mittlerweile fast niedergebrannt. Eine bequeme Rückkehr war für die Sklavenjäger ausgeschlossen. War es eine gute Idee, sie in diese Situation zu bringen? Verzweifelte kämpfen besser. Aber bevor Gernot diesen Gedanken zu Ende führen konnte, erhob sich ein Lärm. Die Gruppe der Jäger kehrte zurück. Jetzt gab es keine Möglichkeit mehr, den Plan zu ändern. Gernot steckte zwei Pfeile in den Sand, einen weiteren legte er auf die Sehne seines Bogens. Seine zwei Begleiter, die Bögen besaßen, taten es ihm gleich. Die beiden Übrigen hielten ihre Wurfspeere bereit. Kurz darauf stürmte ein Trupp Bewaffneter aus dem schmalen Weg. Jetzt galt es zu handeln. Gernot zielte auf den vordersten Mann und schoss. Kurz darauf schossen die anderen ebenfalls und die Salve wiederholte sich. Nach wenigen Augenblicken lagen etwa zehn Männer auf dem Boden, denn auch die Speerwerfer hatten ihre Aufgabe erfüllt. Dann stürzten sich alle auf die noch aufrecht Stehenden und machten sie nieder.

Keinem der Sklavenjäger war eigentlich bewusst geworden, was hier geschehen war. Sie waren tot, ob es nun alle waren, oder ob noch einige folgen würden, war nicht ganz klar. Klar war aber, dass die Moorbewohner jetzt in der Überzahl waren. Zwei Nachzügler erschienen noch, völlig verwirrt von dem, was sie sahen. Die Wut der Leute aus Ebbas Sippe war groß und es war kein Wunder, dass auch die letzten beiden keine Chance hatten.

Danach trat eine große Stille ein. Niemand wusste so recht was er sagen sollte. Schließlich war es der junge Wortführer der anderen Gruppe, der die Situation zusammenfasste: „Es ist vorbei, wir sind gerettet, wir sind frei. Wir müssen jetzt sehen, wo die übrigen geblieben sind."

Die Suche dauerte nicht lange, zuerst kamen einzelne, dann eine größere Gruppe aus dem Dickicht. Als die ganze Sippe versammelt war, stellte man fest, dass zwei Männer und drei Frauen den Überfall nicht überlebt hatten. Trotz der Trauer war aber auch die Freude groß über die gelungene Aktion. Eine uralte Frau trat aus der Gruppe hervor und kam auf Gernot zu.

„Ich kenne dich, du warst vor Jahren mit deinem Vater hier. Damals konnte ich euch helfen, jetzt hast du uns geholfen. Danke."

Gernot wurde verlegen: „Ich habe nur getan, was ich glaubte tun zu müssen. Es war Zufall, dass ich zur rechten Zeit ankam. Aber ich bin hier aus einem anderen Grund. Ich glaube, ihr seid Ebba."

Gernot erzählte ihr nun den Grund seiner Anwesenheit und die Alte lud ihn in ihre Hütte ein, wo sie mit einer jungen Frau oder einem Mädchen – vielleicht ihre Enkelin – lebte. Sie kramte in einer Ecke und es kam ein kleines Tongefäß zum Vorschein.

„Dieses Pulver musst du in Wein auflösen. Bei einer Verletzung verhindert es, dass die Wunde sich entzündet, wenn du die Wunde damit beträufelst."

Gernot verstaute das Mittel in seinem Beutel. Dann wollte er eigentlich wieder aufbrechen, doch das ließ Ebbas Sippe nicht zu. Ihm war nicht wohl bei dem Gedanken, in einer dieser Hütten übernachten zu müssen. Von Sauberkeit konnte nicht die Rede sein. Gernot war Schmutz und Ungeziefer gewohnt, aber das, was er hier sah, war doch etwas viel Schmutz und Ungeziefer. Er hatte jedoch keine Chance dem Angebot zu entkommen. So ließ er sich wohl oder übel darauf ein, eine Nacht bei dieser Gruppe zu verbringen.

Nach dem Essen am Abend – es gab, wie nicht anders zu erwarten – Fisch, sprach man noch lange über die Ereignisse des Tages. Keiner hatte eine Idee, wer diese Männer waren. Ihre Sprache war von keinem der Anwesenden verstanden worden, aber sie hatten Kenntnisse von der Position des Dorfes. Doch alle Spekulationen brachten nichts. Die Angreifer waren tot, man würde in Zukunft vorsichtiger sein.

Am anderen Morgen verabschiedete sich Gernot von den Bewohnern des Dorfes. Ganz zum Schluss trat Ebba noch einmal auf ihn zu: „Deine Reise ins Heilige Land kann gefährlich werden, hier hast du etwas, was dich beschützen wird: ein Amulett."

Gernot zögerte. Ein Amulett war ein vorchristliches Symbol und so ein Symbol mitzunehmen auf eine Pilgerfahrt, das war schon etwas merkwürdig. Es wäre aber unhöflich gewesen, es abzulehnen. Also steckte er es ein und verabschiedete sich.

Der Rückweg war beschwerlicher als der Hinweg. Es herrschte typisch westfälisches Wetter: Es regnete, dass es jeden Angelsachsen hätte neidisch werden lassen. Völlig durchnässt und frierend kam Gernot zwei Tage später zu Hause an.

Als er von seinen Erlebnissen erzählte, starrte die Familie ihn an.

„Du kommst auf deinen Großvater raus“, schimpfte seine Mutter. „Der kannte auch keine Vorsicht und was hat es ihm gebracht?“

„Immerhin diese Burg als Dank für seinen Kampf auf Seiten des Kaisers“, meinte sein Vater, nicht ohne einen bewundernden Blick auf seinen Sohn geworfen zu haben.

3. Nach Köln

Es war nun schon spät im Frühjahr und höchste Zeit für den Aufbruch. Man reiste am besten zwischen dem späten Frühjahr und dem beginnenden Herbst. Dann waren die Straßen nicht so aufgeweicht und morastig. Aber der größte Teil des Reisewegs bestand nicht aus Straßen wie Gernot sie in Köln oder auch an einer Stelle in Münster gesehen hatte. Gepflasterte Straßen waren selten, teuer und mussten von den Bewohnern der Straße, meistens reiche Kaufleute, selbst bezahlt werden. Hier handelte es sich um schmale Wege, Trampelpfade, oft nicht geeignet, um mit einem Wagen befahren zu werden. Wenn man allerdings zu Fuß reiste, wie Gernot, dann war das sowieso egal. Das hatte er in Köln bemerkt: Gepflasterte Straßen waren schön, sie wurden sauber gehalten, es war verboten, den Abfall einfach auf diese Straßen zu werfen, aber bei Gernots Schuhwerk, einem einfachen, höheren, an den Knöcheln gebundenem Schuh, sehr hart. Er ging lieber auf den Sandböden seiner Heimat, das tat nicht so weh.

Als der Tag des Abschieds gekommen war, nahm Gernot seine vorbereiteten Sachen: sein Schwert, seine Lederkappe, den Bogen mit einem gut gefüllten Köcher, einen neuen, gut ausgewogenen Wurfspieß, an den er sein Bündel mit weiteren kleineren Dingen gehängt hatte, die vielleicht nützlich waren und sein Messer. Mutter und Schwester standen mit Tränen in den Augen am Tor der Burg, denn es war unsicher, ob man sich je wiedersehen würde.

Sein Bruder verabschiedete sich mit einem „Ich bin stolz auf dich und ein wenig neidisch. Du wirst viel erleben."

Gernot hätte am liebsten gesagt: „Wir können ja tauschen."

Aber er tat es nicht. Sein Vater trat zu ihm und überreichte ihm einen neuen ledernen Gürtel, der gut gefüllt zu sein schien. Er nahm sich vor, ihn beizeiten zu überprüfen.

„Du solltest zuerst beim Bischof von Münster um einen Geleitbrief bitten. Pilger wie du stehen unter einem besonderen Schutz, sie dürfen von niemandem angegriffen werden."

„Hoffentlich kennen auch alle Wegelagerer diese Bestimmung", meinte Gernot und drehte sich um.

Seine Mutter wandte sich noch einmal an ihn: „Hier, nimm das, es wird dich ein wenig an deine Heimat erinnern."

Damit nahm sie aus einer Tasche einen Anhänger, etwa eine halbe Fingerlänge im Durchmesser. Er zeigte die Umrisse der heimatlichen Burg und war an einem Lederband befestigt. Gernot nahm ihn, bedankte sich und hängte ihn um seinen Hals.

„Eines ist mir auf jeden Fall sicher: das Himmelreich. Denn der Papst und jeder vernünftige Mensch weiß, dass jeder, der nach Jerusalem pilgert, auf jeden Fall in den Himmel kommt", meinte Gernot, um die Situation noch zu retten. Er befürchtete schon Tränen von Seiten seiner Mutter und seiner Schwester.

Dann ging er los. Jetzt nur nicht noch einmal zurücksehen, an der ersten Biegung noch einmal winken und dann vorwärts. Es fiel ihm nicht ganz leicht, aber schließlich überwog die Neugierde, er würde Dinge sehen und erleben, wovon man hier nicht einmal träumte.

Der Gürtel, den er am ersten Abend genauer untersuchte, bestand aus einer doppelten Schicht Leder. Zwischen den Schichten hatte sein Vater doch ein erkleckliches Sümmchen versteckt. Am Gürtel selbst hing eine kleine Geldbörse mit viel Kupfer- und wenig Silbergeld.

„Doch wohl ein schlechtes Gewissen gehabt“, dachte Gernot, „einfach seinen Sohn wegzuschicken.“

Es war für Gernot schlecht zu rechnen, wie groß sein Besitz war. Von seinem Vater wusste er, dass der große Kaiser Karl einst eine Regel erlassen hatte, wonach eine Mark in etwa 420 Gramm Silber bedeutete, was wiederum in 20 Schilling zu je 12 Pfennig unterteilt war. Jeder Pfennig hatte einen Silbergehalt von circa 1,8 Gramm, daneben gab es noch kleinere Scheidemünzen aus Kupfer. Im Prinzip hatte sich daran nicht viel geändert, war aber regional sehr verschieden ausgelegt. Die am häufigsten gebrauchte Währung im Reich war die Kölner Mark, die ein Gewicht von etwa 230 Gramm Silber hatte. Am besten ging man auf den Märkten zu den städtischen Geldwechslern, die fremdes Geld – je nach Reinheit des Silbers – in eine andere Währung umrechneten. Mit mehr als einer Mark Silber war Gernot ein reicher Mann. Jetzt musste er doch etwas aufpassen, mit wem er reiste, bei wem er übernachtete, mit wem er sprach.

Der Weg nach Münster war ihm einigermaßen bekannt, da er ihn schon ein paar Mal mit seinem Vater zurückgelegt hatte. Der Weg führte fast immer an der Ems entlang. Gernot bemerkte, dass die Orte, die er passierte, nicht durch Zufall entstanden waren. Dort, wo es eine steinerne Furt gab, war immer eine günstige Stelle, oder dort, wo die Emsschifffahrt endete. Der Bischof von Münster hatte das auch erkannt und hatte sofort eine Zollstelle errichten lassen: eine günstige Möglichkeit, um an das Geld der Bürger zu kommen. Allerdings war die Idee, den Bischof von Münster um etwas zu bitten, abwegig. Als Gernot am Abend des vierten Tages in Münster ankam, war Burchard von Holte – wie fast immer – nicht anwesend. Heinrich V., nunmehr Kaiser des Heiligen Römischen Reiches, hatte „den Roten“ wie Burchard genannt wurde, zu sich gebeten. Münster war mal wieder ohne Bischof, was aber weder die Bürger, noch die Kaufleute, noch die Geistlichkeit störte. Man fühlte sich vielleicht weniger beobachtet und kontrolliert. Trotzdem war der Weg über Münster für Gernot nicht umsonst. Der Vorsitzende des Domkapitels war – man könnte sagen – deutlich überrascht, als er vernahm, was Gernot vorhatte. Das hatte es bis jetzt noch nicht gegeben, dass ein Mann aus dieser Gegend, ohne dass ihn Schulden drückten, eine Pilgerfahrt nach Jerusalem machen wollte. Das ungewöhnliche Begehren führte bei Gernot zu einigen angenehmen Überraschungen. Er bekam einen Pilgermantel mit aufgenähtem Kreuz, was ihn im Grunde unantastbar machte und dazu einen Geleitbrief, der mehr beinhaltete als erwartet: Auf dem Gebiet des Bischofs von Münster sollte er überall kostenlos einen Schlafplatz erhalten und beköstigt werden. Man schien stolz zu sein, dass es endlich auch einen Kreuzfahrer aus dieser Gegend geben würde, nach einigen Zehntausenden aus dem Europa westlich des Rheins, aus Süditalien oder sogar aus Norwegen. Und jetzt kam der erste Kreuzfahrer aus Westfalen.

Für Gernot hatte eine Pilgerreise begonnen, die in den ersten vier Tagen schönes Wetter und eine angenehme Weiterreise gebracht hatte.

„Wenn das so weiter geht“, dachte Gernot, „dann wird das zu einem Spaziergang.“

Bei gutem Wetter traute er sich durchaus eine Strecke von 30 oder mehr Kilometern zu, was allerdings nur für das Flachland zutraf. Sollten die Wegverhältnisse schlechter werden, müsste er sich auch mit 20 Kilometern zufrieden geben. Aber Jerusalem läuft nicht weg und weshalb sollte er sich beeilen? Über den weiteren Reiseweg hinter Köln hatte er sich noch keine Gedanken gemacht. Im Prinzip waren seine geographischen Kenntnisse auf einen Umkreis von circa 50 Kilometer um die väterliche Burg beschränkt. Und das war schon viel, bedenkt man, dass es eigentlich überhaupt keinen Grund gab, zu reisen. In Münster wurde ihm geraten, sich südlich zu halten, an der alten Burg Lüdinghausen vorbei in Richtung der Stadt Dortmund zu gehen und dann auf dem alten Hellweg zum Rhein. Einmal am Rhein angekommen, musste er sich nur südlich halten und er würde Köln erreichen.

Dass auf das Wetter kein Verlass war, wusste und merkte Gernot bald. Ein einsetzender Regen war vielleicht für die Bauern etwas Nützliches, aber nicht für einen Pilger. Er war also froh, als er am dritten Tag nach seiner Abreise aus Münster in der Burg Lüdinghausen Unterschlupf fand. Dort blieb er zwei Tage, es hörte auf zu regnen, Gernots Kleidung und der Boden waren wieder trocken, deshalb gab es auch keinen Grund, länger zu bleiben. Immerhin hatte der Brief aus Münster und sein Pilgermantel Wirkung gezeigt. Der Burgherr von Lüdinghausen wunderte sich zwar über die Absicht seines Gastes, hielt den Plan aber für höchst ehrenvoll und bat Gernot, in Jerusalem für ihn und seine Familie zu beten, sicher ist sicher. Gernot versprach es und machte sich mit einigen Lebensmitteln versehen auf den Weg.

Die erste Nacht verbrachte er am Rande eines Waldes, was er als recht unbequem empfand. Es war kalt, feucht und das Feuer, das er entfacht hatte, erlosch immer wieder, da das Holz nass war, schlecht brannte und entsetzlich qualmte. Wohin Gernot sich auch setzte, die Rauchfahne folgte ihm. Seine Augen tränten, seine Lungen schmerzten, sodass er schließlich das Feuer ausgehen ließ und lieber fror als zu ersticken. Die Sache mit dem Feuer musste er noch lernen, aber dafür würde er noch genügend Zeit haben. Zunächst jedoch hatte er die Nase voll und deshalb beschloss er am nächsten Abend, sich eine Unterkunft – und wenn es die Scheune eines Bauern wäre – zu besorgen.

Er erblickte dann auch ein Bauernhaus, recht klein, mit noch kleineren Fenstern, besser gesagt rechteckigen Löchern in der Wand, die abends mittels Brettern verschlossen werden konnten. Der Bauer, ein Mann von etwa 40 Jahren und von der Arbeit schon krumm, lebte dort mit seiner Frau und fünf Kindern. Er war nicht sonderlich begeistert, als er Gernots Wunsch nach Unterkunft und Essen hörte. Sein Gesicht hellte sich jedoch sofort auf, als Gernot in seinen Beutel griff und ihm ein Geldstück hinhielt.

„Das geht nicht, Herr", sagte schließlich der Bauer recht traurig. „Wenn mein Grundherr erfährt, dass ich einen Silberpfennig besitze, wird er mein Haus auseinander nehmen, weil er weiteres Geld vermutet."

Gernot gab ihm schließlich einige Kupfermünzen, die der Bauer sofort irgendwo im Haus verschwinden ließ. Das Gesicht des Bauern heiterte sich noch weiter auf, als Gernot ihm zwei Hühner abkaufte und die Frau bat, diese für die Familie und ihn zuzubereiten. Der Bauer wurde nun auch gesprächiger. Er erzählte am Abend von seinem Grundherrn, einem Ritter namens Berthold von Sprengel, der mit seinen Leuten, einer größeren Schar Bewaffneter, auf einer Burg, nur etwa eine Stunde zu Fuß entfernt, wohnte. Die Abgaben, die die Bauern zahlen mussten, erschienen Gernot sehr hoch. Es gab für Berthold wohl keine festen Regeln. In manchen Jahren zahlten die Bauern die Hälfte ihrer Ernteerträge als Pacht, in anderen Jahren aber erheblich mehr, so dass man im Winter nur die Alternative hatte, das Saatgetreide zu essen, oder sich mit Wurzeln oder dem Inneren der Birkenrinde zufrieden zu geben. Hungertote waren in solchen Wintern üblich. Gernot erzählte daraufhin von den Abgaben, die die Bauern seines Vaters zahlten. Der Bauer, er hieß Wilhelm, glaubte seinen Ohren nicht zu trauen. Mit dem, was dort übrig blieb, könnte er seine Familie gut ernähren und er müsste nicht dauernd

Angst vor dem nächsten Winter haben. Hier blieb ihm im Winter oft nur die Möglichkeit, ein nahe gelegenes Kloster aufzusuchen, um dort um Lebensmittel zu bitten. Die Mönche hatten eine Art Armenspeisung eingerichtet, aber auch das war keine Lösung auf Dauer.

Als Gernot Wilhelm von der Möglichkeit erzählte, auf seines Vaters Land ansässig zu werden, wurde dieser ganz unruhig. Ein Weglaufen vom Land war streng verboten. Der Grundherr konnte ihn wieder einfangen und streng bestrafen. Gernot meinte, man könne das Ganze in einer gestaffelten Aktion durchführen.

„Lass deine Frau und die jüngeren Kinder mit eurer Habe vorgehen und du kommst dann mit deinen beiden ältesten Söhnen nach. Wenn ihr abends losgeht und nur nachts wandert, ist die Chance zu entkommen größer. Meidet alle Städte und beruft euch bei meinem Vater auf mich. Er wird euch dann ein Stück Land zuweisen."

Wilhelm bedachte die Angelegenheit gründlich, konnte sich aber nicht entschließen.

Die Entscheidung wurde ihm in der Nacht abgenommen. Gernot hatte schon einige Zeit im Heu der Scheune geschlafen, als er vom Lärm auf dem Hof geweckt wurde. Sofort hatte er wieder dieses Ziehen zwischen den Schulterblättern: Gefahr.

Die älteste Tochter des Bauern, ein Mädchen von vielleicht 15 Jahren, rüttelte an seinem Arm: „Herr, rettet Euch, Berthold ist mit zwei Bewaffneten erschienen, sie wollen schon wieder Abgaben einziehen, mitten in der Nacht. Berthold scheint wütend zu sein, denn er will meinen Vater erschlagen. Er behauptet, Vater hätte noch keinen Zins bezahlt."

Jetzt hörte auch Gernot Berthold schreien: „Wilhelm, du gibst mir sofort die fälligen Abgaben oder wir nehmen deine Weiber."

Gernot zog sein Schwert und begab sich vorsichtig auf den Hof. Er stand im Rücken der drei Reiter, die jetzt von ihren Pferden abstiegen. Sie hatten ihn noch nicht bemerkt. Wilhelm lag vor Berthold auf den Knien, ein Bewaffneter zog an seinen Haaren, die übrigen Familienmitglieder hatten sich in die Hütte geflüchtet.

Berthold befahl nun: „Entweder du zahlst, oder wir zünden deine Hütte an und wir halten uns an deinen Weibern schadlos."

Jetzt trat Gernot vollends aus seiner Deckung hervor: „Versuch es doch mal mit mir", rief er, selbst überrascht wegen seines Mutes.

Einer der Begleiter Bertholds stürzte sich mit einem Schrei auf Gernot.

„Milchbart", rief er, aber das war das Letzte, was er sagen konnte. Mit einer Geschwindigkeit, die den Angreifer völlig verblüffte, vollführte Gernot zwei schnelle Hiebe mit seinem Schwert, wie er es in Köln gelernt hatte. Ein kräftiger Hieb von oben, der seinem Gegner den Schwertarm runterriss, dann ein aufwärts geführter Schlag und der Gegner lag tot am Boden.

Als Berthold und sein Begleiter das sahen, griffen sie sofort gemeinsam an. Sie versuchten, Gernot zwischen sich zu bekommen, aber Gernot vollführte einen raschen Sprung nach vorne, wobei er mit seinem Schwert das Schwert des anderen blockierte, dann ein Schnitt mit seinem Messer, das er in der linken Hand führte und auch dieser Gegner war ausgeschaltet. Jetzt ging es gegen Berthold. Dieser war zwar kräftig, aber nicht schnell. Der Kampf dauerte nur fünf Minuten, dann lag auch Berthold am Boden.

„Oh Gott, was habt Ihr gemacht?", rief Wilhelm. Jetzt wird man uns alle töten. Wo sollen wir uns jetzt verstecken?"

Gernot sah zum Himmel. „Es wird gleich einen gewaltigen Regen geben, der alle Spuren des Kampfes verwischen wird. Ihr packt eure Sachen, nehmt eines der Pferde, ladet alles, was ihr besitzt, auf das Pferd und setzt euch nach Norden ab. Geht die ganze Nacht durch, damit euch keiner sieht, versteckt euch bei Tage und geht dann nachts weiter, bis ihr den Besitz meines Vaters erreicht habt. Dort seid ihr sicher. Den Weg habe ich euch ja beschrieben. Hier muss es aussehen, als hätte Berthold richtig gewütet. Wenn ihr weg seid, werde ich eure Hütte anstecken, sodass nichts übrig bleibt."

Wilhelm sah ein, dass dies die einzige Möglichkeit war. Auch zeigte sich, dass seine Frau die Entschlussfreudigere der beiden war. Innerhalb einer halben Stunde hatte sie mit Hilfe der Kinder alles gepackt, was sich mitzunehmen lohnte. Viel war es nicht gerade, ein wenig Kleidung, ein paar Küchenutensilien und einige hölzerne Bauerngeräte.

Inzwischen hatte Gernot die Leichen untersucht. Berthold selbst hatte einen kleinen Geldbeutel am Gürtel, der ein wenig Silbergeld enthielt, die Beutel seiner Begleiter gaben weniger her.

„Wir werden die drei Leichen in den Fluss werfen, bei dem Wasserstand werden sie schnell abtreiben. Wenn man sie findet, wird man den Todesort nicht mehr erschließen können."

Die drei Schwerter der Getöteten ihre Messer sowie die Handschuhe von Berthold nahm Gernot an sich. Die Handschuhe waren ganz neu und speziell für den Schwertkampf hergestellt. Innen bestanden sie aus weichem Leder, außen waren sie durch aufgenietete dicke Lederstücke verstärkt. Er nahm einen der Mäntel, wickelte alles hinein und befestigte es am Sattel eines der Pferde. Dann aber sah er sich Bertholds Pferd an: ein Schimmel von einer Größe, wie er es noch nie gesehen hatte. Das war ein Pferd, das zu seiner Größe passte.

Das würde sein Reitpferd werden. Er dankte Gott im Stillen, dass er ihn auf diese Art von der Pilgerei zu Fuß erlöst hatte.

„Gutes wird mit Gutem vergolten", dachte er, ohne sich großartig Gedanken darüber zu machen, ob er wirklich nur Gutes getan hatte.

Mit Hilfe von Wilhelm warf er nun die drei Leichen in den Fluss, wo sie rasch fortgetragen wurden. Sie kehrten zum Hof zurück und sahen, dass Wilhelms Frau bereits alles erledigt hatte.

Gernot gab Wilhelm noch den Inhalt der Beutel der beiden Begleiter Bertholds und sagte: „Jetzt wird es Zeit. Ihr müsst los! Ich erledige hier den Rest. Zu Pferde werde ich schnell genug sein, um möglichen Verfolgern zu entkommen. Außerdem wird der Regen eine Verfolgung unmöglich machen."

Wilhelm verließ seinen alten Hof, alle winkten noch einmal, dann waren sie in der Dunkelheit verschwunden.

Gernot schleppte das gesamte Brennholz in die Hütte und zündete es an. Es musste ordentlich brennen, sodass der Eindruck entstehen würde, Wilhelm und seine Familie seien mit verbrannt. Bald beseitigte das Feuer die Hütte und nichts erinnerte mehr daran, dass hier einmal eine Bauernfamilie gelebt hatte. Die Pferde musste Gernot aber etwas abseits führen, da diese wegen des Feuers scheuten.

Es hatte inzwischen angefangen zu regnen. Aber das Feuer hatte seine Schuldigkeit getan. Alle Spuren waren vernichtet. Der Regen würde jetzt auch seine Spuren tilgen.

Er überprüfte das Sattelzeug der beiden Pferde, kontrollierte noch einmal das Bündel mit den erbeuteten Waffen und dann ging es los. Zu Pferde würde er schnell vorwärts kommen, er musste in den nächsten Tagen zwar unauffällig reisen, trotzdem fand er die neue Fortbewegungsart standesgemäßer, sie war weniger anstrengend und er würde sein Ziel Köln jetzt früher erreichen. Überhaupt würde durch die Pferde sein Reiseplan gestrafft werden.

Zwei Tage verhielt er sich vorsichtig, reiste nur nachts, schlief tagsüber im dichten Wald, aber dann waren seine Vorräte aufgebraucht. Er musste sich neue beschaffen. Die Pferde waren ausgeruht, als Gernot sie übernahm, aber er sah, dass Berthold seinen Schimmel nicht gut behandelt hatte. An den Seiten sah man deutliche Zeichen der Sporen, die der Ritter getragen hatte. Die Pferde merkten schnell, dass sie nun anders behandelt wurden und Gernot hatte keine Schwierigkeiten, mit ihnen zurecht zu kommen.

Als er morgens aus seinem Versteck kam, sah er in einiger Entfernung einen kleinen Ort. Er näherte sich vorsichtig, aber Vorsicht war hier nicht nötig. Es handelte sich um einen kleinen Flecken, wo die Bauern der Umgebung zum Markt zusammengekommen waren. Adelige waren hier nicht zu finden. Gernot ritt in den Ort, stieg ab und führte seine Pferde am Zügel. An einem Stand kaufte er ein großes Brot, dann ein Stück Schinken und ebenso Käse. Alles ließ er in einem Beutel verschwinden, den er ebenfalls erworben hatte. Er hatte kein Aufsehen erregt, man hielt ihn für den Pilger, als der er auftrat. Auf seine Frage, wie weit es noch bis zum Rhein war, erhielt er nur sehr ungenaue Angaben. Keiner der Bauern war je dort gewesen, aber die Richtung stimmte.

4. Bran

Von nun an reiste Gernot wie ein ganz normaler Pilger. Abends kehrte er in einem Gasthof ein, von denen es in regelmäßigen Abständen welche gab. Dort erfuhr er auch Genaueres über seine weitere Reiseroute. In drei oder vier Tagen würde er den Rhein erreichen. Man riet ihm, die Flussseite zu wechseln, da Köln linksrheinisch lag und die Fährleute, je näher man auf Köln zukam, einen immer höheren Preis verlangten, ob man nun Pilger war oder nicht. Außerdem gab es linksrheinisch kaum größere Zuflüsse, sodass man schneller vorankam.

Von seinem ersten Aufenthalt in Köln kannte Gernot natürlich den Rhein. Aber soweit nördlich war er nie gewesen und die Breite des Flusses beeindruckte ihn doch. Er fand bald einen Fährmann, der ihn zusammen mit seinen Pferden übersetzte.

Als er Köln von Ferne sah, bemerkte er große Veränderungen im Vergleich zum letzten Aufenthalt. Die Bevölkerung war gewachsen, der Handel blühte und man brauchte mehr Platz. Im Norden der Stadt war man dabei, die Stadtmauern um ein gutes Stück vorzuverlegen, um Platz für die neuen Bewohner zu schaffen. Köln hatte über 12.000 Einwohner und war die größte Stadt im Reich. Aber die politischen Verhältnisse waren verworren. In die Auseinandersetzungen um den Thron des Kaisers zwischen Heinrich IV. und seinem Sohn Heinrich V. hatte sich der Rat der Stadt, das heißt die Bürgerschaft mit dem einen verbündet, während der Bischof als Kurfürst des Reiches die andere Seite hofierte. Es schien aber in

Köln üblich zu sein, dass Rat und Bischof nicht an einem Strang zogen. Der Handel wurde dadurch kaum behindert, denn davon profitierten beide Parteien. Köln war eine römische Gründung, das merkte man an allen Ecken und Enden. Überall fand man Relikte aus dieser Zeit, vielfach benutzte man diese Ruinen als billigen Steinbruch, um neue Häuser zu bauen. Keiner kam dabei auf die Idee, dass man dabei etwas Unwiederbringliches zerstörte. Die Steine aus römischer Zeit waren gut zugehauen, so gebrauchte man sie ohne viel nachzudenken. Außerdem war man der Meinung, der Stadt durch die Neubauten ein moderneres, sprich dem Zeitgeschmack entsprechendes Bild zu geben. Als Gernot am Hafen entlang ritt, hörte er ein Sprachenwirrwarr, das für ihn zunächst völlig unverständlich klang. Bald bemerkte er aber, dass all diese Sprachen miteinander verwandt sein mussten, denn Ähnlichkeiten waren unüberhörbar. In Köln und den Rhein entlang nannte man diese Sprache einfach Deutsch. Gernots Sächsisch war davon deutlich unterschieden, er hatte aber schon bei seinem ersten Kölnaufenthalt große Übereinstimmungen in Satzbau und Grammatik festgestellt. Diese beiden Sprachen schienen nur entfernt miteinander verwandt zu sein.

Nach seiner Ankunft begab er sich sofort zu Gerhard, dem Großcousin seines Vaters. Dieser empfing ihn freundlich und war ebenso wie alle anderen überrascht von Gernots Absicht. Er fragte, ob Gernot es sich gut überlegt habe, es sei eine sehr ehrenvolle, aber auch sehr gefährliche Aufgabe, die er sich gestellt habe.

„Du musst wissen, nicht alles, was man sich über das Heilige Land erzählt, entspricht der Wahrheit. Die Besitzungen dort sind zwar auf Karten verzeichnet, sind in Wahrheit aber nur Ansprüche. Das Königreich Jerusalem ist kein zusammenhängender Landbesitz, sondern besteht aus einzelnen befestigten Stützpunkten, von denen aus die Herrschaft ausgeübt wird. Lediglich die nördlichen Grafschaften Antiochia und Edessa scheinen im Augenblick tatsächlich unter der Kontrolle christlicher Kreuzfahrer zu sein, ebenso Tripolis. Bohemund von Tarent scheint mit seinen Normannen eine größere Truppe unter Waffen zu haben, die in der Lage ist, den Besitz zu garantieren, ebenso scheint es mit Edessa zu stehen."

Gerhard holte eine Landkarte, auf der er in groben Umrissen das Heilige Land und die Besitzungen eingezeichnet hatte.

„Ich habe dir jetzt schon eine ganze Menge erzählt", sagte er, „wenn ich dir noch mehr erzähle, wirst du vielleicht deine Meinung ändern und hier bleiben. Das wäre ein schlechter Dienst, den ich dem Heiligen Land erwiese. Denn wenn alle Kreuzfahrer die Tatsachen kennen würden, würden die meisten umkehren, was ich persönlich auch für verständlich halte."

Gernot betrachtete die Karte und Gerhard zeigte ihm seinen weiteren Reiseweg: „Du musst zunächst nach Mainz gelangen, das ist eine Art Treffpunkt für alle aus dem Norden kommenden Pilger. Danach rate ich dir, Venedig als Ausgangspunkt für die Überfahrt zu wählen. Dort unten leben zwar nur Gauner, die lediglich auf Profit aus sind, aber Venedig hat die stärkste Flotte im Mittelmeer. Die Seeräuber, von denen es dort nur so wimmelt, überlegen es sich zweimal, ein venezianisches Schiff anzugreifen. Aber wie gesagt, zurzeit sind nicht viele Pilger unterwegs. Du wirst nicht im Rahmen einer Flotte übersetzen können, sondern, ob du willst oder nicht, wirst du dich auf einem einzelnen Schiff einkaufen müssen. Pass auf, auf wen du dich einlässt, man hat schon Schlimmes gehört."

Gernot war etwas verdattert über Gerhards Ausführungen: „Also ist es völlig verrückt, was ich vorhabe und praktisch undurchführbar."

„Nein, so ist es nicht. Nur Vorsicht kommt vor dem Mut. Wenn du gut aufpasst und nicht zu vertrauensselig bist, dann wird es dir gelingen. Du brauchst Mut, den scheinst du zu haben, denn sonst wärst du erst gar nicht erst aufgebrochen. Und dass du mit deinen Waffen umgehen kannst, davon konnte ich mir schon beim letzten Mal ein Bild machen. Wenn du dich so weiter entwickelt hast, dann brauchst du keine Angst zu haben."

Der letzte Satz beruhigte Gernot etwas und er wurde noch zuversichtlicher, als Gerhard ihm sagte, dass ein weiterer Pilger im Gästehaus des Bischofs Quartier genommen habe und zu zweit könne man alles besser bewerkstelligen. Gerhard brachte ihn zunächst in seine Unterkunft.

Als er die zwei Pferde sah, die Gernot mitgeführt hatte, dazu das Bündel, aus dem Waffen hervor guckten, wurde Gerhard etwas misstrauisch.

„Was schleppst du denn da mit dir rum?", fragte er.

Gernot erzählte ihm nun seine Geschichte und Gerhards Augen wurden von Mal zu Mal größer.

„Da kommt ein Junge aus dem rückständigsten Teil des Reiches, legt sich mit drei Bewaffneten an und besiegt sie. Ohne die Pferde und die Waffen als Beweis würde ich deine Geschichte nicht glauben. Deine Entwicklung scheint in der Tat weiter fortgeschritten zu sein als ich glaubte."

Gernot verstaute seine Sachen in einer kleinen Kammer.

„Daneben logiert übrigens dein möglicher Weggefährte. Er heißt Bran und kommt aus dem Norden der englischen Insel. Er gehört zum Volk der Schotten, spricht eigentlich einen keltischen Dialekt, aber auch angelsächsisch, sodass Du dich mit ihm unterhalten kannst."

Danach führte Gerhard ihn in die Schankstube. Bei den Mönchen hätte man Refektorium gesagt, aber hier gab es für

Pilger und Durchziehende – nachdem sie einer Prüfung unterzogen worden waren – zu essen und zu trinken.

Gerhard steuerte auf eine Ecke zu, die von einigen Kerzen erleuchtet war. Dort saß Bran. Gernot war über 1,90 m groß und damit einen guten Kopf größer als seine Zeitgenossen. Was er dort aber sah, übertraf alles, was er bis jetzt gesehen hatte. Bran war noch etwa einen halben Kopf größer, sehr breit gebaut und schien nur aus Muskeln zu bestehen. Seine feuerroten gelockten Haare standen wie ein Kranz um seinen Kopf, was seine Erscheinung noch größer wirken ließ.

„Schätz' ihn nicht falsch ein!", meinte Gerhard. „Er ist sehr schnell in seinen Reaktionen und ich halte ihn für sehr intelligent. Er weiß, auf was er sich eingelassen hat und geht zielstrebig seinen Weg. Ich glaube, ihr passt gut zusammen und wenn ihr gemeinsam zieht, ist meine Sorge, euch könnte etwas zustoßen, doch geringer."

Damit stellte er die beiden einander vor. Bran erhob sich und reichte Gernot die Hand. Jetzt erst konnte man seine ganze Größe bewundern.

„Wenn der zuschlägt, dann ist anschließend Ruhe", dachte Gernot.

Er setzte sich an den Tisch, bestellte zu essen und zu trinken und begann das Gespräch mit Bran. Es stellte sich tatsächlich heraus, dass der Unterschied zwischen dem Angelsächsischen, das Bran sprach, und dem Sächsischen aus Gernots Heimat nicht sehr groß war. Sie erzählten einander von ihren Familien und Gernot erfuhr, dass Bran von seinem Clan – das war die schottische Großsippe – als Sühne die Pilgerreise aufgetragen bekommen hatte, weil im schottischen Hochland ein seltsames Ehrgefühl herrschte. Brans Clan hatte einen Stammeskrieg verloren und musste – vollkommen unverständlich für Gernot – dafür auch noch büßen, indem sie einen Pilger ins

Heilige Land schickten. Brans eigentliche Sprache war ein keltischer Dialekt, er hatte aber die Sprache der Angelsachsen schon als Kind gelernt.

Seit der Eroberung der Insel durch den Normannen Wilhelm gab es auch noch deren Sprache auf der Insel, sie war aber bis jetzt nicht in den Norden vorgedrungen.

Bran war froh, jemanden gefunden zu haben, mit dem er sich unterhalten konnte und willigte sofort in Gernots Vorschlag ein, gemeinsam die Reise fortzusetzen. Er war einige Jahre älter als Gernot – dieser schätzte ihn auf Anfang bis Mitte 20 – und machte einen durchaus sympathischen Eindruck. Mit der Zeit wurde ihr Gespräch immer lauter, denn in Köln braute man ein gutes Bier und es schien nur eine Gefäßgröße zu geben und in dieses Gefäß passte eine ganze Menge Bier.

Es war schon Mitternacht vorbei, als sie den Schankraum verlassen wollten. Sie waren so ziemlich die letzten Gäste und näherten sich der Tür, als es Gernot zwischen den Schulterblättern wieder juckte.

„Pass auf", sagte er zu Bran, „draußen erwarten uns welche, die uns nicht nur „Gute Nacht" sagen wollen. Ich habe ein ungutes Gefühl. Lass uns so tun, als wären wir betrunken, dann machen die anderen vielleicht einen Fehler."

Sie öffneten die Tür und traten nach draußen, wo sie schwankend einige Schritte gingen. Da traten plötzlich vier Männer aus dem Dunkeln. Sie griffen, ohne ein Wort zu sagen, sofort an. Doch dieses Unterfangen war nicht gut überlegt. Bran nahm sich zwei der Angreifer und drückte sie so fest zusammen, dass man die Rippen brechen hörte. Gernot hatte einen Angreifer mit mehreren heftigen Schlägen zu Boden gestreckt, der vierte Mann nahm Reißaus.

„Woher wusstest du, dass draußen Gefahr drohte?", fragte Bran.

„Ich scheine so eine natürliche Vorahnung für Gefahr zu haben“, erwiderte Gernot, „immer wenn Gefahr droht, habe ich so ein seltsames Ziehen zwischen den Schultern.“

„Gut zu wissen!“, meinte Bran und sie gingen in ihre Herberge.

Es war bereits Mittag, als die beiden am nächsten Tag aufwachten. Jetzt konnte man mit nüchternem Kopf – was etwas übertrieben war – die Weiterreise besprechen. Sie begaben sich zu Gerhard, der noch viele gute Ratschläge hatte.

„Ihr müsst über Mainz reisen. Mainz ist seit einiger Zeit der Treffpunkt für Pilger aus dem Norden, die dann über Venedig ins Heilige Land wollen. Vielleicht trefft ihr dort noch ein paar Weggefährten. Ich habe für euch schon einen Geleitbrief aufgesetzt, der euch gute Dienste erweisen kann. Das heißt aber nicht, dass ihr von nun an ohne Gefahr reisen werdet. Von Köln bis Mainz ist das Rheinufer mit kleinen Burgen gespickt. Die dort wohnenden Ritter beziehen ihren Lebensunterhalt zum großen Teil aus Wegzöllen und sogenannten sicheren Geleiten. Das bedeutet, der Ritter sichert euch vor Überfällen. Ich persönlich halte sie alle für adelige Wegelagerer. Ihr Besitz ist so klein, dass sie von den Abgaben ihrer Bauern nicht leben können. So sind sie auf diese Idee verfallen. Einige mächtigere Herren erlauben es sich sogar, den Rhein zu sperren und von den Handelsschiffen einen Zoll zu verlangen. Das behindert den Handel ungemein.“

Danach führte Gerhard die beiden in die Rüstkammer des Bischofs.

„Gernot, du hast da einige Waffen, die du nicht benötigst. Ich gebe dir dafür einen Schild und einen Helm.“

Damit führte er Gernot und Bran zu einem vielarmigen Ständer, der mit Helmen gespickt war.

„Jetzt such dir einen Helm aus!"

Gernot fand einen Helm, wie ihn die Wikinger früher getragen hatten, der das Gesicht schützte, aber das Gesichtsfeld nicht einengte. Der untere Teil war mit einem Eisengeflecht versehen, nach Art eines Kettenhemdes hergestellt. Darunter musste man noch eine gepolsterte Kappe tragen, damit der Helm gut saß.

„Jetzt nimm dir noch einen Brustharnisch! Ein Kettenhemd kann ich dir nicht geben, das ist zu wertvoll und ich bin dem Bischof Rechenschaft schuldig. Aber ein Kettenhemd ist nicht unbedingt von Vorteil. In einer Schlacht ja, weil es gut gegen Schwerthiebe schützt, nicht aber bei einem Angriff aus der Distanz. Ein Pfeil deines Bogens hat eine derartige Durchschlagskraft, dass er ein Kettenhemd durchdringt. Ein Brustharnisch ist hier von Vorteil, da ein Pfeil an der Oberfläche dieser Panzerung abgleitet."

Gernot betrachtete den Schild. Er war von hervorragender Arbeit, vollkommen aus Metall, an den Rändern sogar verstärkt und an der Rückseite mit festen Griffen und verstellbaren Schlaufen versehen. Ähnlich wurde auch Bran ausgestattet. Bran selbst trug eine Waffe wie Gernot sie noch nie gesehen hatte: ein sehr langes Breitschwert, das er quer über dem Rücken trug, an der Seite wäre es zu lang gewesen. Um dieses Schwert zu handhaben, bedurfte es großer Körperkraft.

Danach bemühten sich die beiden noch um ein Pferd für Bran. Gernots Pferd war sehr gut, sogar ausgezeichnet, wie auch Gerhard bemerkte, der ein ausgewiesener Pferdekenner war. Aber das zweite Pferd war für Bran zu klein. Gerhard lotste die beiden in den bischöflichen Stall.

„Dein zweites Pferd, Gernot, ist kein schlechtes Tier. Deshalb kann ich dir, wenn du willst, einen Tausch anbieten."

Er führte sie zu einem Pferd, das sehr groß war und sehr kräftig.

„Es sieht vielleicht nicht so aus, aber dieses Pferd ist ausdauernd. Es würde Bran gute Dienste erweisen."

Bran war begeistert, er war bis jetzt nur gelaufen, von nun an konnte er die Pilgerreise mit dem Pferd fortsetzen, was doch eine große Erleichterung war und außerdem das Vorankommen beschleunigte.

Danach gingen sie zusammen mit Gerhard zurück in dessen Wohnhaus.

Hier erklärte er ihnen weitere Einzelheiten über die nun folgende Reise: „Solange der Rhein von flachen Ufern umgeben ist, wird eure Reise ungefährlich sein. Man kommt dort zwar nur über zum Teil weite Umwege voran, denn der Rhein überflutet oft die umliegenden Felder und sucht sich häufig ein neues Bett. Viele Altarme werdet ihr überqueren müssen, aber das gesamte Gebiet bis weit hinter Bonn ist Territorium des Kölner Bischofs. Niemand wird es wagen, euch hier aufzuhalten. Sobald ihr aber Kölner Gebiet verlasst, habt ihr es mit kleinen und kleinsten Herrschaftsgebieten zu tun, deren Herren nicht sehr vertrauenserweckend sind. Ich habe euch schon von deren Marotte erzählt, Zölle zu erheben. Hier ist euer Geschick gefragt. Habt Mut, setzt euch durch, sonst kommt ihr arm wie eine Kirchenmaus in Mainz an. Köln und Mainz ziehen im Augenblick am gleichen Strang, das heißt, dass mein Schreiben euch in Mainz gute Dienste erweisen wird. Der Kanzler des dortigen Bischofs ist ein Bekannter von mir. Er wird wissen, was er zu tun hat, um euch zu helfen."

Jetzt hatten die beiden eine gute Einschätzung der Lage aus der Sicht der Hohen Geistlichkeit. Gernot meinte aber zu Bran, dass es vielleicht von Nutzen sei, wenn man auch andere Leute befragte, vielleicht sogar Teilnehmer des Kreuzzugs, die es bestimmt in der Stadt geben würde. So begaben sie sich am Abend in einige der Schänken Kölns. Dort war es laut, es roch nach Schweiß, oder einfacher ausgedrückt: Es stank. „Der Mensch stinkt“ war eine einfache Feststellung in dieser Zeit und dem konnte keine Nase widersprechen. Gernot war es zwar gewohnt sich zu waschen, aber ein richtiges Bad hatte er immer nur im Sommer erlebt, wenn er in der heimatlichen Ems schwimmen ging. In Köln gab es sogenannte Badehäuser, die zwar auch der Reinlichkeit dienten, aber auch anderen Zwecken. Der Bader war gleichzeitig für das Entfernen von schmerzenden Zähnen zuständig, er öffnete Geschwüre, schnitt die Haare. Er rasierte sogar die Männer, da es im Augenblick in Mode war, seinen Bart kurz geschoren zu tragen oder ihn auch ganz entfernen zu lassen. Außerdem gab es dort Mägde, die nicht nur durch warmes Wasser den Badegästen einheizten.

Bald hatten sie jemanden getroffen, der von sich behauptete, den ersten Kreuzzug mitgemacht zu haben. Was er erzählte war jedoch so verworren, dass Gernot ihm nichts glaubte. Ein anderer Gast, der das Gespräch verfolgt hatte, setzte sich nun zu den beiden. Er hatte mehr und Genaueres zu erzählen. Er sagte, er sei Schmied und als solcher habe er die Aufgabe gehabt, sich um die Rüstungen und Waffen der Kreuzritter zu kümmern. Er sei auch nicht mit dem sogenannten „Arme Leute Kreuzzug“ losgezogen, sondern habe sich dem Hauptheer angeschlossen.

„Ich bin im Gefolge eines Ritters, der wiederum Gefolgsmann des Herzogs von Niederlothringen – Gottfried von Bouillon – war, auf den Kreuzzug gegangen. Ich kann euch sagen, nur wenige der Ritter, die hier teilnahmen, taten es aus eigenem Antrieb. Der Papst hatte allen die Absolution versprochen. Das war für viele wichtig, aber Gottfried zum Beispiel hatte sein Lehen so schlecht verwaltet, dass er fürchtete, es wieder zu verlieren. Da aber keinem Mann, der am Kreuzzug teilnahm, irgendetwas weggenommen werden durfte, hat Gottfried das Kreuz genommen. Die meisten konnten sich keine Vorstellung von den Strapazen machen, die ihnen bevorstanden und viele sind umgekommen, bevor es überhaupt zu Kämpfen kam. Die Eroberung Jerusalems war zwar ein großer Erfolg, aber ein furchtbares Gemetzel. Die Kreuzritter stürmten die Stadt und ließen niemanden am Leben. Es war grauenhaft und ich glaube, dass das der Grund war, weshalb mein Herr schon kurz danach zurückgekehrt ist. Er lebt nun in einem Kloster. Mir gab er die Freiheit und so bin ich nach Köln gezogen. Hier gibt es für einen guten Schmied immer etwas zu tun."

Auch er riet ihnen, nach der Überquerung der Alpen sich in Richtung Venedig zu bewegen, da die Reise mit dem Schiff sicherer und bequemer sei. Ansonsten könne er ihnen nicht viele Leute aus Köln nennen, die den Kreuzzug mitgemacht hätten. Nur eine kleine Schar deutscher Ritter habe sich den Normannen und Franzosen angeschlossen. Der „Arme Leute Kreuzzug" bestand zum größten Teil aus Deutschen, zum großen Teil aus dem Gesindel der Städte und landlosen Bauern. Diese hätten vor nichts und niemandem Halt gemacht. Vom Niederrhein ausgehend hatte sich dieser Zug den Rhein entlang bewegt, hatte unterwegs alle jüdischen Stadtviertel geplündert und die Juden in religiösem Wahn erschlagen. Dieser Zug sei immer größer geworden, hätte den Balkan durchquert, sei aber schließlich von den Türken völlig vernichtet worden. Der Rest sei in die Sklaverei verkauft worden.

„Die glaubten wirklich, ohne Waffen Jerusalem befreien zu können", erklärte der Schmied. „Zurück kam keiner."

Gernot und Bran waren mehr als beeindruckt von der Schilderung des Schmieds, hatten aber den Pilgereid geleistet.

Sie konnten also nicht umkehren. Der Schmied merkte wohl, dass er die beiden jungen Leute etwas verwirrt hatte.

„Wenn ihr trotzdem ins Heilige Land wollt, dann findet ihr im Norden eine sichere Gegend. Auch scheinen die Besitzungen Edessa und Antiochia fest in christlicher Hand zu sein. Was mit Tripolis ist, weiß ich nicht. Bei meiner Abreise war die Situation dort noch nicht geklärt. So bleibt das Königreich Jerusalem. Das ist jedoch nur ein Haufen befestigter Städte und Burgen. Wer dort was beherrscht, ist völlig unklar. So war es bei meiner Abreise, aber das ist nun schon fast zehn Jahre her. Es mag sich inzwischen viel geändert haben. Wir haben damals die muslimischen Herren besiegt, weil diese sich nie einig waren. Sie gönnten sich gegenseitig keinen Erfolg. Solange die christlichen Heere zusammen kämpften, hatte wir keinen Gegner zu befürchten. Aber jetzt ist die Macht dort zersplittert, jeder kocht sein eigenes Süppchen. Lasst euch nicht auf dieses Intrigenspiel ein, denn dann steht ihr plötzlich alleine da. Ihr scheint aber den richtigen Mut zu haben und es sieht so aus, als würdet ihr nicht übereilt handeln. Lasst uns noch einen Krug Bier trinken, denn was man euch im Heiligen Land als Bier vorsetzt, ist wirklich ungenießbar. Es sei denn, ihr trinkt den dortigen Wein, der ist wirklich ausgezeichnet."

Als der Schmied gegangen war, seufzte Gernot.

„Jetzt wissen wir zwar mehr, aber klüger sind wir auch nicht geworden. Wir müssen uns auf uns selber verlassen und vielleicht ist Gott ja mit den Pilgern."

Sie gingen zurück in ihre Unterkunft und schliefen nicht gerade beruhigt ein.

Am nächsten Morgen stand die Abreise an. Gerhard war erschienen, um die beiden zu verabschieden. Er brachte noch ein gutes Bündel mit Nahrungsmitteln, sodass die beiden Pilger in den ersten Tagen sich nicht ums Essen zu kümmern brauchten. Er gab jedem auch einen Schlauch mit Wein und riet ihnen, Wasser immer mit Wein zu vermischen, das würde Magen- und Darmbeschwerden verhindern.

5. Am Rhein

So verließen sie Köln Anfang Mai 1111. Auf ihren Pferden boten sie einen respekteinflößenden Anblick: Bran, alles überragend, mit seinem quer auf dem Rücken befestigtem Breitschwert, einem Speer und einem am Sattel befestigtem Bogen mit Köcher, Gernot ebenso bewaffnet. Beide waren froh, dass sie endlich die große Stadt hinter sich lassen konnten. Jetzt fühlten sie sich wie richtige Pilger, allerdings bewaffnete Pilger. Die ganze Zeit über hatten sich die beiden auf sächsisch unterhalten, einer Sprache, die im Heiligen Land ziemlich nutzlos sein würde. Dort sprach man die Sprachen, die der Großteil der Leute des ersten Kreuzzugs sprach: Fränkisch, was Altfranzösisch bedeutete oder Okzitanisch auf dem Gebiet der Grafschaft Tripolis, die von Raymond von Toulouse erobert worden war. Deshalb kam Gernot auf die Idee, seine Fränkisch-Kenntnisse mit Bran zu teilen. Das ging zuerst etwas holperig, aber bald bemerkte Gernot, dass es Bran leicht fiel, eine Sprache zu lernen. So machten beide Fortschritte in der Sprache, die sie im Heiligen Land brauchen würden.

Hinter Köln floss der Rhein träge dahin, hatte sich bei Hochwasser aber mehrere Arme geschaffen, die auch jetzt noch viel Wasser führten. Das zwang sie manchmal zu größeren Umwegen, da sie ihre Kleidung und Waffen nicht unbedingt im Rheinwasser baden wollten. Flachere Gewässer wurden einfach durchritten und so kamen sie nach drei Tagen an einem Ort namens Bonn an, nicht groß, nicht klein, nicht weltbewegend. Bonn gehörte zum Territorium des Erzbischofs von

Köln, dessen Macht hier durch einen Ritter nebst bewaffnetem Gefolge und die Geistlichkeit des Cassiusstiftes gewährleistet wurde. Die Stiftssiedlung war mit einer Mauer umgeben, die man nicht als gewaltig bezeichnen konnte, die aber wegen der zahlreichen Türme einem Angreifer durchaus Probleme bereiten konnte.

Der Empfang in Bonn war sehr freundlich, besonders von Seiten der Geistlichkeit. Diese Herren ließen es sich nicht nehmen, sofort nach Ankunft der beiden Pilger einen Festgottesdienst abzuhalten, um so ihre Unterstützung für das Vorhaben zu zeigen. Gernot war im Prinzip empfänglich für die Pracht, mit der man solch einen Gottesdienst zelebrierte, war aber nach über zwei Stunden Dauer doch mehr als hungrig. Das Essen, das die geistlichen Herren dann aber auftischten und zu dem auch der weltliche Herr, Ritter Konrad von Berge geladen war, entschädigte für das lange Warten. Selbst Bran, der ungeheure Mengen auf einmal verdrücken konnte, musste sich irgendwann geschlagen geben.

Konrad von Berge gab dann bereitwillig Auskunft über den Teil des Weges, den die beiden noch zurücklegen mussten.

„Von hier ab seid ihr nur noch ein kleines Stück auf Kölner Gebiet. Bis ihr Kurmainzer Gebiet erreicht, werdet ihr einige kostspielige Zollstellen passieren müssen. Die meisten dieser Zollstellen sind nicht rechtens, aber keiner kümmert sich darum. Der Stärkere kassiert, der Schwächere zahlt. So ist das im Leben. Pilger sind von der Zahlung nicht ausgenommen. Auch das ist nicht rechtens, deshalb versucht möglichst preiswert durchzukommen! Die Bewaffneten, die dort den Zoll erheben, werden schlecht bezahlt, sie riskieren ihr Leben nicht für ein paar Kupfermünzen. Wenn sie jedoch Silbergeld vermuten, dann kann es gefährlich werden."

Mit vielen Informationen versehen, die sich im Prinzip mit den Auskünften deckten, die sie schon vorher erhalten hatten, verabschiedeten sie sich am anderen Morgen. Sie ritten von jetzt an vorsichtiger, wohlwissend, dass immer etwas passieren könnte.

Der Küchenmeister des Stifts, ein sehr dicker und sehr gemütlicher Mann, steckte Gernot noch einen kleinen Beutel zu: „Damit ihr nicht Hunger leiden müsst“, meinte er, eine Sorge, die ihn wohl schon sein ganzes Leben begleitet hatte.

Am Abend übernachteten sie auf einem Bauernhof, der schon nicht mehr auf Kölner Gebiet lag. Der Bauer und seine fruchtbare Familie – fast ein Dutzend Kinder lebten auf dem Hof – waren in keiner Weise informiert über Dinge, die einen Tag entfernt passierten. Wie auch, wenn man von morgens bis abends arbeitete und nur eine Sorge hatte: Wie bekomme ich meine Familie satt? Er zahlte Abgaben an seinen Grundherrn, den er noch nie gesehen hatte. Ein Dienstmann war dafür zuständig, damit war sein geistiger Horizont erreicht. Als Gernot und Bran am anderen Morgen für das Essen bezahlten, verstand der Bauer die Welt nicht mehr. In seinem ganzen Leben war er es, der bis jetzt für andere Leistungen erbringen musste. Nun wurde er plötzlich bezahlt. Das ganze Weltbild des Bauern geriet ins Wanken, bis seine Frau mit einer raschen Bewegung das Geld an sich nahm und im Haus verschwand. Damit stimmte alles wieder, er stand mit leeren Händen da.

Gegen Mittag erreichten sie eine Zollstelle, die von fünf bewaffneten Wächtern besetzt war. Ein lautes „Halt“ mit dem Zusatz „Hier kann niemand durch, ohne vorher ein Passiergeld gezahlt zu haben“ ließ Gernot und Bran langsamer werden. Sie hatten den Trupp schon von weitem gesehen und fragten sich, wie das Ganze wohl ablaufen würde.

„Wir sind Pilger und haben deshalb freies Geleit bis Jerusalem“, antwortete Gernot.

„Pilger, Pilger, das kann jeder sagen, wir haben den Befehl, keine Person ohne Genehmigung durchzulassen. Und eine Genehmigung habt ihr nicht“, erwiderte der Anführer der Truppe.

Er schien nicht ganz sicher auf den Beinen zu sein, denn vor sich auf dem Tisch hatte er einen großen Krug mit Wein stehen, schließlich hatte man die Gegend, in der Bier das beliebteste Getränk war, verlassen. Gernot zückte das Schreiben des Bischofs von Köln und gab es dem Anführer. Dieser drehte und wendete es, er konnte nicht lesen und sagte: „So ein Schreiben kann jeder mit sich führen.“

Damit gab er den Brief zurück. „Wir haben den Befehl, keine Ausnahme zu machen und ihr werdet zahlen!“

„Werden wir nicht“, meinte Gernot.

„Wie“, bellte der Anführer, „ihr wollt nicht zahlen? Wir werden ja sehen.“

Gernot flüsterte zu Bran: „Wir sollten sie mal ordentlich verdreschen, damit sie Respekt vor einem bischöflichen Brief bekommen.“

Was dann passierte würden die Zolleintreiber ihr Leben lang nicht vergessen. Mit einer raschen Bewegung hatte Bran sein Schwert gezogen und eher der Anführer sich versah, bekam er mit der Breitseite zwei furchtbare Schläge auf die Rippen. Gernot tat es ihm gleich. Mit schnellen Schlägen – die Überraschung war noch auf ihrer Seite – verdroschen nun Gernot und Bran zwei weitere Wegelagerer. Die übrigen suchten ihr Heil in der Flucht.

„Das wär's fürs Erste“, meinte Bran, „doch ich befürchte, sie werden mit Verstärkung zurückkommen.“

„Kann schon sein, deswegen sollten wir uns beeilen und einen Abstand zu diesem Gesindel gewinnen.“

Gesagt, getan. Sie galoppierten davon und ließen die überfallenen Wegelagerer hinter sich.

Der Rhein machte an dieser Stelle eine große Schleife, sodass die beiden zwar ein gutes Stück zurücklegten, aber eigentlich nicht viel weiterkamen. Die geflüchteten Zolleintreiber mussten wohl ihren Herrn erreicht haben, denn bald erkannten Gernot und Bran auf einer Höhe einen Trupp von zehn Bewaffneten, der sich ihnen näherte. Entkommen konnten sie ihnen nicht, das stand fest.

„Jetzt wird es ernst", brummte Bran, „das wird eine schwierige Auseinandersetzung werden."

„Wir müssen versuchen, den Felsvorsprung dort hinten zu erreichen", meinte Gernot, „das ist die engste Stelle. Dort können wir uns besser verteidigen und die Bande kann uns dort nicht umzingeln."

Sie gelangten zur besagten Stelle kurz bevor die andere Gruppe eintraf. Diese hatten natürlich die Absicht der beiden durchschaut und fluchten laut, als sie sahen, dass Gernot und Bran ihr Ziel schon erreicht hatten. Gernot beobachtete die Gruppe. Man sah, dass sie in aller Eile auf die Pferde gesprungen waren. Sie waren zwar alle mit Schwertern bewaffnet, hatten aber weder Bögen noch Speere oder Lanzen mit sich. Deshalb war die Situation nicht so aussichtslos wie erst gedacht.

„Wenn sie uns nicht durchlassen – was nicht zu erwarten ist – empfangen wir sie zuallererst mit unseren Lanzen, danach geht es mit den Schwertern weiter. Vielleicht reicht die Überraschung aus, sie ein wenig zurückzutreiben, aber dann müssen unsere Speerwürfe auch sitzen. Wir haben keinen zweiten Versuch", erklärte Gernot.

In einem Abstand von etwa 20 Schritt, in idealer Speerwurfentfernung, hielt der Trupp an. Der Anführer war zweifelsohne der Inhaber des selbstverliehenen Zoll- und Wegerechts. Puterrot im Gesicht schrie er mit sich überschlagender Stimme: „Runter von den Pferden! Ergebt euch, ihr habt keine Chance!“

Bran nickte Gernot zu und wie aus Zauberhand flogen zwei Speere und holten zwei Reiter aus dem Sattel. Danach rissen beide ihre Schwerter aus der Sattelbefestigung, Gernot nahm seinen Schild, Bran aber fasste sein Breitschwert mit beiden Händen, und mit wenigen Galoppsprüngen hatten sie mit ihren Pferden die Nahkampfweite zu den anderen erreicht. Brans Waffe fuhr mit Urgewalt auf den Anführer ein und beförderte ihn aus dem Sattel. Dieser stürzte zur Erde und blieb regungslos liegen. Gernot hatte Ähnliches mit seinem Gegner getan. Es war nicht unbedingt die Härte der Schläge, die seinen Gegner verteidigungsunfähig machte, sondern die Geschwindigkeit, mit der diese Schläge ausgeführt wurden. Beide wandten sich nun den anderen Gegnern zu. Bevor der Trupp überhaupt richtig Widerstand leisten konnte, lagen bereits vier der Ihren auf dem Boden. Gernot und Bran drängten weiter vorwärts, den Abstand zueinander immer auf Schwertlänge haltend, damit sich keiner dazwischen drängen konnte. Sie hatten es jeweils mit einem dritten Gegner zu tun, als sie zum ersten Mal so etwas wie echten Widerstand spürten. Die Gegner waren zwar gut bewaffnet, waren aber keine kampferprobten Männer. Bran und Gernot fuhren zwischen sie wie ein Sturm durchs Kornfeld. Der Widerstand erlosch, als wiederum zwei Leute am Boden lagen. Der Rest gab den Pferden die Sporen und verschwand auf dem Weg, den sie gekommen waren. Gernot sah sich das Ergebnis an. Auf dem Boden lagen sechs Gegner, nicht tot, aber doch schwer verwundet. Er wandte sich an den Anführer, der mit zusammengepressten Lippen auf dem Rücken lag und nur ein paar Mal kurz aufstöhnte.

„Weshalb lasst ihr harmlose Pilger nicht ziehen, wie es das Gesetz vorschreibt“, fragte Gernot ihn.

„Hier zahlt jeder und das Gesetz bin ich“, knurrte der Anführer.

„Wenn das so ist, dann bedanken sich zwei Pilger für die großzügige Spende von sechs Pferden und sechs Schwertern“, antwortete Gernot.

Er sammelte die Pferde und die Schwerter ein und koppelte jeweils drei Pferde an deren Zügeln hintereinander und übergab Bran drei der Pferde. Bran hatte in der Zwischenzeit die Umgebung aufmerksam beobachtet.

„Die letzten vier haben sich oben hinter dem Bergrücken versteckt, “ erklärte er, „sie werden erst zurückkommen, wenn wir verschwunden sind.“

So war es auch. Als Gernot und Bran fast außer Sichtweite waren, sahen sie, wie die vier Knechte zu ihren verletzten Gefährten zurück ritten.

„Die werden nun was zu hören bekommen“, lachte Bran.

6. Der Markt

Durch die zusätzlichen Pferde ging es nun ziemlich schnell voran, da sie nun stündlich die Reittiere wechselten und sie es immer mit ausgeruhten Tieren zu tun hatten. Trotzdem bemerkte Gernot jetzt, welch gutes Pferd er zuvor unterwegs gewonnen hatte. Sein Schimmel konnte lange galoppieren, ohne müde zu werden. Mit Pferden waren sie nun reichlich gesegnet.

„Sechs Pferde sind ein wenig viel, wir sollten fünf davon verkaufen, ebenso die Waffen. Ein Pferd können wir als Packpferd behalten. Das erleichtert das Fortkommen doch beträchtlich", meinte Gernot und Bran nickte zustimmend.

Wohl war ihnen nicht bei der Erinnerung an das Geschehene. Wenn in einem christlichen Land die einfachsten Gesetze nicht eingehalten wurden, wie war es dann im Heiligen Land, wo die verschiedenen Religionen aufeinander trafen? Dann war es gut, den Seeweg zu nehmen. Das schien sicherer zu sein als der Landweg. Mit dem Erlös aus dem Verkauf der Pferde und der Schwerter könnten sie mit Leichtigkeit die Passage bezahlen, und sie würden noch ein hübsches Sümmchen übrig behalten. Doch es galt nun sich zu beeilen, damit sie aus dieser Gegend verschwinden konnten, um nicht noch einen größeren Verfolgungstrupp auf den Fersen zu haben. Deshalb legten sie nun eine schnelle Gangart vor und verzichteten auf eine Übernachtung in einem Wirtshaus oder bei einem Bauern. So hofften sie, ihre Spur verwischen zu können. Sie wandten sich vom Rhein ab, um nicht dauernd die gleichen Probleme zu bekommen.

Ein kleiner Umweg konnte nicht schaden, wenn das der Sicherheit förderlich war. So war es auch, denn in den nächsten Tagen wurden sie weder angehalten noch sonst irgendwie belästigt. Als sie die Ahr überquert hatten, wandten sie sich wieder dem Rhein zu, da die nächste größere Stadt, die sie passieren wollten, Koblenz war, das zurzeit vom Trierer Bischof gehalten wurde.

Kurz vor Koblenz fand am Rheinufer ein großer Markt statt. Rheinschiffer hatten dort ihre Waren gestapelt und Kaufleute aller Art waren zu sehen. Dazu kam eine unübersehbare Menge an Bauern und Gaffern. Hier glaubten Gernot und Bran endlich ihre überflüssigen Pferde loszuwerden. Da die Pferde in den letzten Tagen gut behandelt worden waren und die Tagesstrecken nicht zu lang waren, befanden sie sich in einem ausgezeichneten Zustand. Gernot ließ Bran am Rande des Marktes warten und erklärte ihm, dass er sich über die Preise auf dem Markt informieren wolle. Etwa zehn Pferde standen zum Verkauf und viele Interessenten oder Neugierige begutachteten die Tiere. Dann kam es zu ersten Verkaufsgesprächen. Die drei Händler, die die Pferde anboten, verlangten einen Preis für das erste Pferd, den ein Kunde mit gespieltem Schrecken quittierte. Als es dann ernst wurde, näherte man sich allmählich dem Preis an, den wahrscheinlich die meisten Leute erwartet hatten. Trotzdem war der Preis nach Meinung von Gernot ziemlich hoch, viel höher als in seiner Heimat. Das Geld wurde vom Marktmeister, der für die Einhaltung der Verträge zuständig war, untersucht und abgewogen, da in unterschiedlichsten Münzen gezahlt worden war. Wie Gernot vernahm, war der Marktmeister ein Beauftragter des Trierer Bischofs. Er sorgte, unterstützt von einer kleinen Truppe Bewaffneter, nicht nur für den ordnungsgemäßen Ablauf der Geschäfte, sondern auch dafür, dass dem Bischof der zehnte Teil zufloss.

Die zehn Pferde verkauften sich schnell, denn es gab mehr Kaufwillige als Pferde. Gernot wandte sich an den Marktmeister und erklärte ihm, dass er noch fünf weitere Pferde verkaufen wolle. Es wurde nicht nach dem Woher und Wohin gefragt, auch der Marktmeister sah hier das Geschäft. Er machte ihn auf die Bedingungen aufmerksam und forderte ihn auf, seine Pferde vorzustellen. Gernot ging zu Bran zurück und erzählte ihm vom Erfolg seiner Bemühungen. Ein Pferd brachte fast ein halbes Pfund Silber in Kölner Münze. Zweieinhalb Pfund Silber waren erheblich mehr, als sie erwartet hatten. Selbst nach Abzug des bischöflichen Anteils blieben noch über zwei Pfund übrig. Mit den Schwertern wollten sie aber noch warten, fünf Pferde und sechs Schwerter hätten vielleicht Aufsehen erregt. In Mainz würde man die Waffen ohne großes Aufsehen verkaufen können, um damit die eigene Ausrüstung eventuell noch zu vervollständigen.

Sie beschlossen, die Nacht in Koblenz zu verbringen. Dort konnte man vor einem Überfall sicher sein. Sie fanden schnell ein Gasthaus, wo sie auch ihre Pferde unterstellen konnten. Als Schlafmöglichkeit bot der Wirt ihnen einen Platz in einem großen Raum an, in dem an die zwanzig Personen nächtigen konnten.

„Das ist für Pilger völlig kostenlos, so hat es der Bischof bestimmt“, meinte der Wirt. „Wollt ihr aber einen Raum für euch alleine haben, müsst ihr bezahlen.“

Sie entschieden sich für einen abgetrennten Raum, verstauten dort ihre Sachen und begaben sich in die Schankstube. Hier herrschte reges Treiben, denn der Markt hatte viele Leute angelockt. So konnten sich Gernot und Bran unauffällig Informationen über den weiteren Reiseweg verschaffen. Man riet ihnen, jetzt die Rheinseite zu wechseln. Rechtsrheinisch wäre mit weniger Unannehmlichkeiten zu rechnen, dann aber in Bingen über die steinerne Drususbrücke zurück auf die linke Seite des Flusses zu gehen, da Mainz ebenfalls dort läge. Außerdem gehöre Bingen dem Bischof von Mainz. Pilger ständen dann unter besonderem Schutz.

Im Schankraum erzählte man sich die tollsten Geschichten über Banden von Wegelagerern, die aus dem Hunsrück oder dem Taunus kämen und Alleinreisenden das Leben schwer machten. Kaufleute heuerten deshalb häufig einen Trupp Bewaffneter an, die von einem adeligen Grundbesitzer angeboten und angeführt wurden, um Räuber abzuschrecken. Das war aber nicht billig und lohnte sich nur, wenn sich eine größere Gruppe von Kaufleuten zusammentat und die Kosten teilte. Wie Gernot und Bran vernahmen, gab es zurzeit aber keine Handelskarawane, die den Weg nach Mainz suchte. Also blieb den Beiden nichts übrig, als die Strecke alleine zurückzulegen. Sie beschlossen aber, sich wiederum etwas vom Rhein zu entfernen, um Kontrollen zu entgehen.

Am folgenden Morgen fanden sie recht schnell einen Fährmann, der auf seinem Floß die beiden Pilger samt ihren Pferden übersetzte. Sie ritten ein wenig in den Taunus, um sich dann südlich zu orientieren. Gegen Mittag sahen sie über dem Wald schwarzen Qualm aufsteigen und sie dachten zunächst an ein brennendes Haus. Beim Näherkommen erkannten sie jedoch, dass es sich um einen Köhler handelte, der gerade seinen Meiler aufriss.

Die beiden staunten nicht schlecht über das Aussehen dieses Menschen und seiner Familie. Sie waren schwärzer als der Mohr, den Gernot einmal in Köln gesehen hatte. Alles an ihnen glänzte schwarz, selbst die Kleidung hatte die Farbe der Kohle angenommen. Wie es aussah, hatte sich die ganze Familie in diesem Jahr noch nicht gewaschen.

„Wir verzichten hier lieber auf ein Essen“, meinte Bran, „außer Holzkohle gibt es hier bestimmt nichts. Aber vielleicht kann der Köhler uns über unseren weiteren Weg Auskunft geben."

Das aber war vergebliche Liebesmüh. Dieser Mann kannte nur seine Kohle und er wusste, dass regelmäßig ein Händler vorbeikam, um ihm die Kohle abzukaufen. Woher dieser Händler allerdings kam, wusste der Mann nicht, ihn interessierte seine Kohle, sonst nichts.

Seine Frau und die Kinder schienen sich seiner Intelligenz angepasst zu haben, hier konnte man keine neuen Erkenntnisse gewinnen. Deshalb ritten Gernot und Bran rasch weiter, sahen sich aber bald größeren Schwierigkeiten gegenüber. Ein Weg war nicht mehr zu erkennen und die Orientierung wurde von Stunde zu Stunde schwieriger. Der Wald war an manchen Stellen undurchdringlich, sodass sie weite Umwege nehmen mussten, was wiederum bedeutete, dass an ein Vorwärtskommen kaum zu denken war.

Am Abend schlugen sie ihr Lager mitten im Wald auf. Sie hatten sich mit genügend Nahrungsmitteln eingedeckt, eine Jagd hätte ihre Reise noch weiter verlangsamt. Sie beredeten am Feuer ihre Situation und beschlossen, am folgenden Tag wieder in Richtung Rhein zu reiten. Das war leichter gesagt als getan, denn die grobe Richtung glaubten sie zwar zu kennen, sie wussten jedoch nicht, wo sie den Fluss wieder erreichen würden und auf wessen Herrschaftsgebiet sie dort gelangten. Zwei ganze Tage brauchten sie, bis sie endlich den Wald verließen und Bauernland sich vor ihnen auftat.

Mehrere Höfe waren zu sehen, allesamt zum Besitz der Reichsburg Sperrenberg gehörig. Die Burg war noch im Bau begriffen, machte aber auf die beiden Ankömmlinge einen großen Eindruck. Auf einer Felsnadel über dem Rhein gelegen, beherrschte sie die ganze Gegend und hatte wohl auch Aufgaben in der Sicherung des Rheinzolls.

Die Überwachung der Bauarbeiten lag bei einem Ritter namens Kuno von Sponheim, der auch mit allen fiskalischen Aufgaben betraut war. Als Gernot und Bran sich als Pilger auf dem Weg nach Jerusalem vorstellten, wurden sie freundlich willkommen geheißen, und es wurde ihnen ein großes Zimmer zugewiesen. Der Burgherr ließ sich entschuldigen, da er seinen Pflichten nachkommen musste, versprach aber, beide am Abend mit einem großen Essen zu bewirten. Das war erfreulich, da die beiden nach mehreren Tagen bei Wind und Wetter im Sattel etwas Ruhe und Wärme gebrauchen konnten.

Als sie ihre Sachen im Zimmer untergebracht hatten, schnupperte Gernot.

„Das sind wir“, meinte Bran, „wir stinken. Vielleicht ist es hier möglich, einen Badezuber aufzutreiben und unsere Kleidung zu waschen.“

Es stellte sich heraus, dass Ritter Kuno ein reinlicher Mann war und mehrere große Badezuber in einem Raum für sich oder seine Gäste stehen hatte. Die Bediensteten versprachen, sofort Wasser zu erwärmen und für die Reinigung der Kleidung würden sie auch sorgen. Gernot und Bran hatten nicht sehr viel Kleidung mit, aber sie holten aus ihren Packtaschen ihre Ersatzkleidung und begaben sich in die Badestube. Nach einiger Zeit war das Wasser heiß und beide versuchten mit Hilfe eines Klumpens Seife den Dreck und Geruch von ihren Körpern zu schrubben. Eine Magd kam hinzu, nahm die verschmutzte Kleidung und versprach, sie bis zum nächsten Tag gewaschen und repariert zu haben. Eine weitere Magd erklärte den beiden, dass sie gewöhnlich Ritter Kuno das Haar schneide und den Bart stutze und fragte, ob sie ihnen zu Diensten sein könne. Gegen eine Verschönerung hatten beide nichts einzuwenden und Gernot ließ sich seinen spärlichen Bartwuchs komplett entfernen, während Bran sich seinen feuerroten Bart nur stutzen ließ. Nach einer guten Stunde verließen sie ihre Badezuber und fühlten sich wie neugeboren.

Eine der Mägde hatte auf einem Schemel eine Schere hingelegt, damit sie ihre Fuß- und Handnägel kürzen konnten. Beide fanden das sehr praktisch und viel angenehmer als das Kürzen der Nägel mit einem Messer. In Mainz würden sie sich solch eine Schere kaufen. Außerdem fühlten sich beide sehr viel wohler, was daran lag, dass sie nicht mehr rochen. Sie beschlossen, von nun an – falls möglich – die Badezeremonie und sei es nur im Wasser eines Baches oder Sees regelmäßig zu wiederholen.

Am Abend erschien Kuno, um mit ihnen zu speisen. Er hatte den Auftrag zu einem Festmahl erteilt und die Küche war diesem Befehl nachgekommen. Es gab alles, was das Herz begehrte, angefangen mit einer kräftigen Suppe bis zu gebratenem Fleisch von Schwein und Huhn. Als Getränk setzte man ihnen Wein vor, der aber nicht verdünnt war und seine Wirkung zeigte. Kuno erzählte, dass einer seiner Brüder am Kreuzzug teilgenommen habe und nach fünf Jahren zurückgekehrt sei. Jetzt erfuhren die beiden auch Details aus der Sicht eines Ritters. Die Strapazen, die der Landweg mit sich gebracht hatte, waren kaum zu beschreiben. Den Sieg über die türkischen und andere muslimischen Stämme verdankte das Ritterheer in erster Linie der Uneinigkeit der Gegner. Aber auch die Kampfkraft der abendländischen Ritter hätte hier den Ausschlag gegeben. Da die meisten Ritter kurz nach der Eroberung Jerusalems in ihre Heimat zurückgekehrt seien – sie hatten schließlich ihr Gelübde erfüllt – herrschte immer ein großer Mangel an christlichen Soldaten im Heiligen Land, der auch durch den Zustrom kleinerer Pilgergruppen nicht befriedigt werden konnte. Deshalb, so Kuno, sei jeder Pilger dort herzlich willkommen, auch wenn er nur für einige Zeit bliebe.

Mit guten Wünschen wurden Gernot und Bran am folgenden Morgen verabschiedet. Ihre Kleidung war gewaschen und soweit nötig auch geflickt. Beide sinnierten noch eine geraume Zeit lang über die Vorteile eines Burglebens, über die relative Bequemlichkeit dort, über Sauberkeit und frische Kleidung.

„Doch halt“, meinte Bran, „einiges können wir umsetzen. Man sagt, der Mensch stinkt, aber das stimmt, wie wir beide bemerkt haben, nur bedingt. Gott schuf Wasser und Seife, wir können also etwas gegen den Geruch tun. Wir sollten nicht mit einem vorauseilenden Geruch im Heiligen Land ankommen.“

7. Die Normannen

Zwei Tage später erreichten sie die steinerne Brücke bei Bingen und sie wechselten nun wieder auf das linke Rheinufer. Von jetzt an befanden sie sich auf Mainzer Gebiet und hatten nichts zu befürchten. Am Mittag des dritten Tages erreichten sie endlich Mainz. Die Stadt war beeindruckend, der Dom, erst vor 30 Jahres abgebrannt, war wieder aufgebaut. Die Stadtbefestigung ließ mögliche Feinde verzweifeln.

Gernot und Bran ritten sofort zur bischöflichen Verwaltung, wo sie sich mit ihrem Kölner Schreiben vorstellten.

„Ihr habt Glück", erzählte der Schreiber, „erst gestern kamen vier Pilger aus der Normandie hier an. Sie sind noch im Pilgerhaus und haben die gleiche Absicht wie ihr. Sie wollen auch über Venedig ins Heilige Land. Wenn ihr zusammen reist, wird euch so leicht nichts geschehen."

Damit dirigierte er Gernot und Bran ins Pilgerhaus, wo sie ein großes Zimmer bezogen. Dort verstauten sie ihr Gepäck und fragten den Schreiber, wo man in Mainz überzählige Waffen verkaufen könne. Er erklärte den Beiden den Weg zum Viertel der Waffenschmiede und versprach, sich während des Aufenthalts noch um sie zu kümmern.

Der Verkauf der Schwerter erwies sich als nicht allzu schwer, obwohl der Schmied glaubte, nur wenig zahlen zu müssen. Schließlich einigten sie sich auf eine Summe, die sie schnell untereinander aufteilten.

Auf dem Rückweg kehrten sie kurz vor ihrer Herberge in einer Schänke ein, um etwas zu essen. In Mainz schien man immer hungrig zu sein, denn obwohl es erst Nachmittag war, gab es kein Problem, ein warmes Essen zu bekommen. Sie wollten sich gerade an einen freien Tisch setzen, als Gernot auf der anderen Seite des Raumes vier Männer erblickte, denen man ansah, dass sie ebenfalls Pilger waren. Sie trugen wie er und Bran das Kreuz auf ihrem Mantel. Zudem wirkten sie nicht wie Leute, die nur einem benachbarten Wallfahrtsort einen Besuch abstatten wollten. Ihre Haare, besser gesagt die Mähnen der vier, waren genauso blond wie seine eigenen. Das mussten die vier Normannen sein, von denen der Schreiber gesprochen hatte. Gernot gab Bran ein Zeichen und sie näherten sich dem Tisch der anderen. Gernot überlegte einen Augenblick, dann kramte er sein bestes Fränkisch oder Französisch wie man auch sagte hervor und stellte sich und Bran vor. Die Normannen luden sie sofort ein, an ihrem Tisch Platz zu nehmen und mit ihnen zu essen und zu trinken. Gernot merkte bald, dass er keine zu großen sprachlichen Probleme hatte und auch Bran gelang es, den einen oder anderen Satz dem Gespräch hinzuzufügen.

Die Normannen – alle um die 25 Jahre alt – kamen aus ein und derselben Familie, dem Geschlecht der Hauteville, was aber, wie einer von ihnen erklärte, nicht bedeutete, dass alle eng miteinander verwandt waren. Es gab zwar einen gemeinsamen Vorfahren, aber das musste schon vier oder fünf Generationen her sein. Man fühlte sich zwar verwandt, aber doch nicht zu sehr. Sie machten sofort einen guten Eindruck auf Gernot und Bran und waren mit dem Vorschlag, gemeinsam die Reise fortzusetzen, höchst einverstanden. Trotz normannischem Hochadel wirkten sie in keiner Weise überheblich oder arrogant, sondern sehr angenehm im Umgang. Sie hießen Robert, Roger, Richard und Tankred von Hauteville, waren aber, wie sie sagten, weitläufig auch mit den süditalienischen Normannen verwandt. Sie hatten die Absicht von Venedig nach Akkon zu segeln, dann die vorgeschriebenen Gebete an den verschiedenen Heiligtümern in und um Jerusalem zu sprechen, um dann in den Norden zu ziehen, in das Fürstentum Antiochia, das Bohemund von Tarent erobert und zügig ausgebaut hatte. Sie wussten, dass Bohemund aus dem Heiligen Land zurückgekehrt war, um für sein Fürstentum zu werben und dass er Konstanze, die Tochter des französischen Königs, geheiratet hatte. Antiochia solle zurzeit von dessen Neffen Tankred regiert werden. Also sei Antiochia das richtige Ziel für Normannen, egal ob nordfranzösisch oder süditalienisch. So wie die Vier sprachen, schien es, als wüssten sie genau, auf was sie sich eingelassen hatten.

Gernot stellte fest, dass alle nun am Tisch sitzenden Pilger etwas Gemeinsames hatten: sie waren alle jüngere Söhne – ohne Aussicht auf ein Erbe – und deshalb durchaus bereit, ein gewisses Risiko einzugehen, um doch noch einen Besitz zu erlangen. Als sie nach dem Essen gemeinsam in ihre Unterkunft gingen, bemerkte Gernot, dass die neuen Mitreisenden ebenfalls von beeindruckender Statur waren.

Der Schreiber, den sie schon kannten, suchte sie am Morgen auf. Er wollte sich über das weitere Vorgehen der sechs Pilger informieren und war sehr zufrieden, als er erfuhr, dass von nun an die Reisegruppe aus sechs Personen bestehen würde.

„Ich rate euch zu folgendem Reiseweg: Nehmt euch als nächstes Ziel Augsburg vor! Das ist leicht zu erreichen, da mehrere gut befahrbare Wege und Straßen dorthin führen. Dann orientiert euch nach Innsbruck, wo ihr den Alpenkamm überschreiten müsst, dann nach Trient, Padua und schließlich nach Venedig. Der Weg bis Augsburg ist ungefährlich, da laufend Handelskarawanen sich dorthin bewegen. Diese sind immer von mehreren Bewaffneten begleitet. Aber ihr seid zu Pferde natürlich schneller als diese Kaufleute. In den Bergen hinter Innsbruck gibt es in regelmäßigen Abständen schon seit langem Unterkünfte für Pilger und Kaufleute. In den Bergen müsst ihr allerdings gut aufpassen. Die Leute dort sind immer wieder bereit, ihr Leben für eine gute Beute zu riskieren. Ob sie allerdings so dumm sind, es mit euch aufzunehmen, wage ich zu bezweifeln. Außerdem: Was kann man einem Pilger schon stehlen? Keiner ist so dumm und schleppt mehrere Pfund Silber mit sich herum. Alles, was ihr für die Reise braucht, solltet ihr hier kaufen, vor allem warme Kleidung für die Zeit in den Bergen. Dort kann jetzt noch Schnee liegen und die Nächte sind in der Höhe auch im Frühsommer frostig kalt. Je näher man den Bergen kommt, desto teurer wird warme Kleidung. Das ist das Gesetz des Handels."

Die sechs jungen Leute bedankten sich und zogen los, die notwendigen Sachen auf dem Markt zu erstehen.

Es zeigte sich, dass Bran, der aus dem hohen Norden stammte und wusste, was Kälte bedeutete, hier die größte Erfahrung hatte. Jeder kaufte sich einen dicken, aus Schafswolle gewebten Umhang, den sie über ihrem Kreuzfahrermantel tragen konnten. Wenn man ihn nicht brauchte, wurde er hinten am Sattel in einem Lederüberzug als Schutz vor Schmutz und Nässe befestigt. An einem anderen Stand sahen sie etwas, was vor allem Bran und Gernot begeisterte. Aus Horn geschnitzte Löffel, die viel besser waren als ihre hölzernen Exemplare, dazu kleine scharfe Messer zum Zerteilen von Speisen und eine sogenannte Gabel, mit der man die Nahrungsstücke aufspießen konnte. Die Normannen kannten dies alles und hatten solch ein Besteck auch in ihrem Gepäck. Gernot und Bran aber kauften sich diese Utensilien, die sie für ungeheuer nützlich hielten. Dazu erstanden sie noch einen Trinkbecher aus Bronze, ebenfalls ein Fortschritt im Vergleich zu ihren Holzbechern. An einem Stand, wo der Hersteller sich auf feinste Messer spezialisiert hatte, entdeckten sie auch die Ge-

genstände, die sie auf Sperrenberg kennen gelernt hatten: kleine Scheren zum Kürzen der Nägel. Der Verkäufer machte sie noch auf kleine Feilen aufmerksam, mit denen man die Nägel anschließend glätten konnte. Für beide waren die Feilen unwiderstehlich: Sie mussten sie kaufen. Nachdem sie noch weitere Kleinigkeiten erworben hatten, kehrten alle zusammen in die Unterkunft zurück. Sie fingen an zu packen, damit sie am folgenden Morgen nicht zuviel Zeit verlören. Alle sechs begaben sich gegen Abend noch einmal zum Schreiber, um sich von ihm zu verabschieden. Er überraschte sie mit zwei großen Beuteln voller Lebensmittel: Brot, Gebratenes, Wurst und Käse, dazu ein kleines Gefäß mit Salz.

Danach wollten sie sich ausruhen. Als Gernot etwas später vor die Tür trat, sah er einige Schritte entfernt einen älteren Mann, der ihn zu beobachten schien. Jetzt erinnerte sich Gernot, dass er diesen Mann schon am Vorabend einmal gesehen hatte. Er trat auf den Mann zu und fragte, was er wünsche. Der Alte sah unentschlossen aus. Gernot sah, dass es ihm schwer fiel, mit ihm zu sprechen.

Schließlich überwandt sich der Alte: „Mein Name ist Abraham Ben Nathan. Wie ihr vielleicht seht, bin ich Jude. Im Zuge des Kreuzzugs wurde unsere Gemeinde hier in Mainz wie auch die in anderen Städten am Rhein fast völlig vernichtet. Die Leute, die glaubten Gott zu dienen, erschlugen fast alle meine Glaubensbrüder. Wir sind nur noch wenige und wir fühlen uns auch nicht sicher. Im Augenblick scheint sich die Lage etwas beruhigt zu haben, aber das kann sich schnell wieder ändern. Wir haben gehört, dass Ihr nach Jerusalem reist, um dort zu beten. Meine Mitbrüder und ich haben eure Gruppe die ganze Zeit, die ihr hier seid, beobachtet und wir kamen zu dem Schluss, dass wir euch vertrauen können."

„Wieso habt ihr gerade mich ausgewählt?", fragte Gernot.

„Euer Gesicht ist nicht so hart wie das der Anderen. Ihr macht eben auf uns den Eindruck als könnte man euch vertrauen. Unsere Bitte ist auch etwas seltsam. Früher hatten wir Verbindungen zu allen jüdischen Niederlassungen. Wie Ihr vielleicht wisst, wohnten wir Juden immer in besonderen Stadtvierteln, aber alle jüdischen Gemeinden waren durch regen Brief- und Handelsverkehr miteinander verbunden. Ich will euch nicht langweilen mit den Vorteilen eines solchen Systems, aber der Zusammenbruch des Austausches führt dazu, dass wir keine Möglichkeiten sehen, uns weiterzuentwickeln. Ich will euch ein Beispiel geben: Ein Jude darf nur eine Jüdin heiraten, ist aber die Verbindung zwischen den größeren Städten unterbrochen, hat das schlimme Auswirkungen. Ich will ehrlich sein und euch anvertrauen, dass unser System auch große wirtschaftliche Vorteile hatte. Aber das wird euch langweilen."

„Und wie kann ich euch helfen?"

„Ich habe hier einen Brief, in dem ich vom Zustand der hiesigen Gemeinde geschrieben habe, ich bitte euch nun, diesen Brief in allen größeren Städten, durch die ihr reist, einem Mitglied meiner Glaubensgemeinschaft zu zeigen. Der wird ihn an den Vorsteher der jeweiligen Gemeinde geben. Ich würde euch bitten, den Brief in Augsburg, in Venedig und vielleicht auch im Heiligen Land vorzuzeigen. Ich weiß nicht, ob ihr zwischendurch noch auf andere Gemeinden treffen werdet. Aber ihr würdet uns sehr helfen."

Gernot war etwas überrascht. Er kannte keine Juden, in seiner Heimat hatte er nie mit ihnen zu tun gehabt. Bei seinem ersten Aufenthalt in Köln hatte er allerdings erfahren, was dort vor dem Kreuzzug geschehen war. Er nahm den Brief an sich – ein in feinstes Leder gebundenes Dokument – und versprach, so zu handeln, wie der Alte es gewünscht hatte.

Dieser verabschiedete sich mit einem für Gernot unverständlichen Spruch, drehte sich noch einmal um und sagte: „Ihr werdet unversehrt aus dem Heiligen Land zurückkehren, es wird aber einige Jahre dauern."

Gernot blieb verblüfft zurück, juckte sich am Kopf und bewegte die Schultern, als habe etwas ihn berührt. Er beschloss, den anderen nichts von seiner Begegnung zu erzählen.

Als sie morgens recht früh aufbrachen, sahen Gernot und Bran, dass die Normannen zwei Packpferde mit sich führten und sie erblickten zum ersten Mal die Ausrüstung der Neuen. Sie waren ausgezeichnet beritten, ihre Waffen waren über jeden Zweifel erhaben und – was Gernot und Bran überraschte – alle vier hatten auf den Packpferden Kettenhemden verstaut. Das zeugte vom Reichtum ihrer Familien, denn Kettenhemden wurden in mühseliger Handarbeit aus kleinen Ringen hergestellt und kosteten ein Vermögen. Leute, die so ausgerüstet waren, mussten gut mit den Waffen umgehen können. Gernot fühlte sich jetzt besser, in dieser Gesellschaft dürfte so schnell nichts geschehen.

Während der ersten zwei Tage erzählten die Normannen vieles von sich und ihren Plänen und Gernot und Bran berichteten über ihre Heimat und den bisherigen Verlauf der Reise. Das hatte zur Folge, dass Gernot und Bran die französische Sprache immer besser verstanden und beherrschten. Somit wurden wenigstens die sprachlichen Voraussetzungen für einen Aufenthalt im Heiligen Land geschaffen. Sie übernachteten gewöhnlich in einem der kleinen Dörfer, die auf ihrem Reiseweg lagen und kamen rasch voran.

8. Der Überfall

Gegen Mittag des dritten Tages nach dem Aufbruch aus Mainz erreichten sie eine waldreiche und zum Teil recht bergige Gegend. In Mainz hatten sie erfahren, dass durch dauernde Erbteilungen der adelige Grundbesitz sich in dieser Gegend sehr verkleinert hatte. Das hatte zur Folge, dass auch keine Macht mehr ausgeübt werden konnte. Eine Reise in dieser Gegend war nicht hinderlich wegen etwaiger Zollschranken, sondern gefährlich, weil sich Banden gebildet hatten, die den Kaufleuten arg zu schaffen machten. Tankred von Hauteville erblickte plötzlich über den Baumwipfeln Rauch, der in dünnen Fahnen emporstieg.

„Ich reite vor, um zu sehen, was da los ist. Kommt langsam nach!“

Er sprengte auf seinem Pferd davon und es dauerte eine halbe Stunde, bis die Zurückgebliebenen ihn wieder sahen.

„Dort liegt ein größeres Dorf“, sagte er, „bestimmt mehr als 30 Häuser. Einige der Häuser stehen in Flammen. Eine größere Bande scheint das Dorf überfallen zu haben. Die Dörfler hatten keine Chance gegen die Banditen.“

Bevor Gernot eine Frage stellen konnte, stiegen die Normannen von ihren Pferden und begannen ihre Rüstungen anzulegen. Gernot und Bran folgten ihrem Beispiel.

„Wenn wir ihnen nicht helfen, meinte Tankred, „wird das ganze Dorf dem Erdboden gleichgemacht.“

„Wie sollen wir vorgehen“, fragte Gernot, „erst mit Pfeil und Bogen?“

„Nein, wir müssen die Überraschung auf unserer Seite haben, denn die Bande ist gut und gerne 20 Mann stark und sie sind sehr gut bewaffnet. Wir sollten versuchen, möglichst nahe an sie heranzukommen, dann werden die Kerle nicht lange standhalten. Wenn sie sich aber auf uns einstellen können, dann ist ihre Übermacht zu groß, dann haben wir keine Chance.“

Gernot wunderte sich etwas über die rasche Planung des Angriffs. Aber er hatte keine Argumente dagegen. Sechs gut bewaffnete Ritter sollten, wenn sie entschlossen handelten, eine schnelle Entscheidung herbeiführen.

Als Tankred jetzt zum ersten Mal Brans Breitschwert außerhalb der Scheide sah, war es an ihm, überrascht zu sein: „Dein Feind möchte ich nicht sein, man sollte immer genügend Abstand zu dir haben.“

Die Sechs ritten nun langsam weiter und kamen bald an den Rand einer Lichtung. Jetzt konnten sie genau sehen, was in dem Dorf vor sich ging. In etwa 200 Metern Entfernung lag die Siedlung, die aus bestimmt drei Dutzend in unregelmäßigem Abstand zu einander erbauten Häusern bestand. In der Mitte waren praktisch alle Bewohner zusammengetrieben worden. Sie hockten auf dem Boden und wurden von den Banditen in Schach gehalten. Alles, was nicht niet- und nagelfest war, lag auf einem großen Haufen und der Anführer der Truppe war wohl gerade dabei, Wertvolles von nicht Wertvollem zu trennen. Diese Leute waren gut beschäftigt und glaubten bestimmt nicht an einen Überfall.

Tankred, der das Kommando übernommen hatte, verkündete jetzt das weitere Vorgehen: „Wenn wir noch 100 Meter schaffen, ohne bemerkt zu werden, haben wir gewonnen. Die letzten 100 Meter dann im gestreckten Galopp, so müsste es gehen."

Und so ging es auch. Vorsichtig näherten sie sich dem Dorf. Als sie dann so nahe waren, dass man ihre Pferde hätte hören können, gab Tankred das Kommando und die Gruppe sprengte los. Die Überraschung war so perfekt, dass schon einige der Banditen auf dem Boden lagen, bevor der ganze Trupp realisierte, was hier passierte. Gernot musste sich nun auf seine Gegner konzentrieren, aber aus dem Augenwinkel sah er, wie die Normannen nebeneinander fochten. Ihre Schwerter fanden mit tödlicher Präzision ihre Opfer. Bran war abgestiegen und handhabte sein Schwert mit beiden Händen. Seine Hiebe waren so wuchtig, dass die Gegner sofort das Weite suchten. Gernot zeigte, was er gelernt hatte und bald war die Schar der Gegner erheblich kleiner geworden. Ein neuer Gegner baute sich plötzlich vor Gernot auf und attackierte ihn mit einer Streitaxt. Das war für Gernot neu, aber er hatte keine Zeit sich eine Taktik zu überlegen. Mit einem geschickten Hieb trennte er die Axt vom Stiel, sodass die Axt in hohem Bogen davonflog. Als Bran dann mit einem einzigen Hieb einen Gegner enthauptete, verloren die Übrigen die Nerven. Sie suchten nur noch ihr Heil in einer wilden Flucht. Etwa die Hälfte des Trupps war tot, darunter der Anführer.

Jetzt kehrte Stille ein. Die Dorfbewohner waren noch völlig mitgenommen vom Überfall und der anschließenden Befreiung. Einige fingen an zu weinen, andere waren unfähig sich überhaupt zu äußern. Gernot und seine Leute reinigten ihre Waffen und stellten fest, dass keiner von ihnen eine Verletzung erlitten hatte. Aber ein paar der Dorfbewohner waren arg mitgenommen, andere waren erschlagen worden. Schließlich erhob sich ein Mann und versuchte die Situation zu erklären. Gernot aber unterbrach ihn sofort, da er Schwierigkeiten hatte, die Sprache des Mannes zu verstehen, so sehr unterschied sie sich von dem Dialekt, der am Rhein gesprochen wurde:

„Sprich bitte langsam“, bat Gernot, „sonst kann ich dich nicht verstehen und die Übrigen verstehen dich sowieso nicht, ich muss immer alles für sie übersetzen.“

„Diese Banditen, “ so erklärte er, „ kommen schon seit Jahren und nehmen uns einen Teil der Ernte.“

„Schützt euch denn euer Lehnsherr nicht?“, fragte Gernot.

„Unser Lehnsherr ist zwar adelig, aber es geht ihm nicht viel besser als uns. Er hat lediglich drei oder vier Bewaffnete und wohnt auf einem etwas besseren Hof. Nur dieses Dorf gehört ihm. Ich glaube, dass auch er der Räubertruppe Abgaben zahlt, damit sie ihn in Frieden lassen. Bis jetzt aber waren die Abgaben an die Räuber nicht sehr hoch, diesmal aber wollten sie alles haben. Das konnten wir nicht zulassen, denn dann wären wir im nächsten Winter verhungert. Außerdem hätten wir dann kein Saatgetreide mehr. Als wir uns dann weigerten, haben sie einige von uns erschlagen. Dann haben sie das ganze Dorf zusammengetrieben und haben aus unseren Häusern alles Brauchbare hier auf dem Platz zusammengetragen. Das Ergebnis seht ihr hier. Wir danken euch, dass ihr eingegriffen und uns geholfen habt. Ohne euch wären wir verloren gewesen.“

Gernot übersetzte das Gesagte für seine Freunde und die Normannen wunderten sich über das Verhalten des Lehnsherrn.

„Das ist Feigheit“, meinte Roger. „Ein Lehnsherr ist seinen Bauern verpflichtet. Er hat sie zu schützen, egal wie. Bei uns würde man so einem Mann das Lehen wieder entziehen und es einem Fähigeren geben.“

Die Dorfbewohner begannen ihren Besitz zu ordnen und in die Häuser zu tragen. Immer wieder näherte sich einer von ihnen, um sich zu bedanken. Die sechs Pilger versorgten ihre Pferde und beschlossen über Nacht im Dorf zu bleiben. Der Sprecher des Dorfes kam zu ihnen und bat sie, sich die Verletzten einmal anzusehen. Es gab mehrere mit Knochenbrüchen, die geschient werden mussten, was Bran mit sehr viel Geschick erledigte. Er richtete die Brüche und fixierte das Bein oder den Arm, indem er das Glied mit einem Tuch und einer Lage dünner Zweige umwickelte. Schwieriger war es bei denen, die eine offene Wunde davongetragen hatten. Gernot dachte an das Pulver, das er von Ebba bekommen hatte. Er nahm etwas von dem Wein, den er mit sich führte und rührte ein wenig von dem Pulver hinein. Die gereinigten Wunden benässte er mit dieser Flüssigkeit und verband sie mit einem Streifen Tuch.

Der Sprecher kam nun wieder auf Gernot zu und sagte: „Ihr habt uns sehr geholfen, aber wir wissen nicht, ob das nicht alles vergebens war. Als uns die Gruppe im letzten Jahr überfiel, waren es mehr Bewaffnete, ich schätze bestimmt noch 10 bis 15 mehr als heute. Was machen wir, wenn sie zurückkommen?"

Gernot beriet sich mit den anderen und sie kamen zu dem Entschluss, die Nacht über wachsam zu sein, da sie mit der Wut der Banditen rechnen mussten und dass diese – falls sie Rache üben wollten – schon in dieser Nacht kommen würden. Gernot informierte den Sprecher des Dorfes. Dieser versprach, einige Jungen die Spuren der Geflüchteten untersuchen zu lassen, um zu sehen, ob diese sich wieder irgendwo sammelten, um ihrer Rache nachzukommen. Die Bauern waren zwar nicht geübt im Führen von Waffen, sie waren aber gewillt, sich mit Äxten, Hacken und Dreschflegeln zu wehren.

Den Rest des Tages verbrachte das Dorf in Erwartung der Nacht. Man ruhte sich aus, denn ob man in der folgenden Nacht würde schlafen können, war ungewiss. Noch bevor es anfing dunkel zu werden, kamen die Jungen, die man als Kundschafter losgeschickt hatte, zurück. Sie berichteten, dass – wie schon vermutet worden war – die Bande ein Lager in einer Entfernung von einer Stunde vom Dorf bezogen hatte. Die Jungen schätzten, dass insgesamt noch 25 unverwundete Kämpfer dort versammelt waren.

Es war natürlich nicht klar, ob die Bande angreifen würde, aber man wollte darauf vorbereitet sein. Damit war es mit dem Ausruhen vorbei. Es wurde überlegt, wie man sich vorbereiten könnte, aber die Vorschläge der Bauern waren kaum zu gebrauchen. Sie hatten keine Erfahrung im Umgang mit Waffen und vor allem: sie hatten Angst, vor dem Lehnsherrn, der Bande und manchmal glaubte Gernot sogar, Angst vor ihm und seinen Freunden zu verspüren. Bran überlegte nun, was er tun würde, wäre er an der Stelle der Banditen.

„Ich würde diesmal mit Brandpfeilen angreifen. Wenn man das in der Dunkelheit macht, hat man einen großen Vorteil. Selbst wird man kaum gesehen und die brennenden Hütten lassen das ganze Dorf hell erscheinen, sodass einem Angreifer daraus ein Vorteil erwachsen könnte."

Tankred und seine Freunde wussten auch nicht so recht, wie man sich verhalten sollte.

Da kam Gernot eine – wie er meinte – gute Idee: „Wir sollten versuchen, bis zum Abend die Dächer der Hütten soweit mit Wasser zu benässen, dass ein Entflammen schwierig wird. Man kann zwar so einen Brand nicht gänzlich ausschließen, aber einen Versuch es ist wert."

Man beriet sich mit den Dorfbewohnern und konnte sie überzeugen, eine lange Kette zu bilden, um mit allen im Dorf verfügbaren Eimern die Hütten zu bewässern. Es war eine lange und anstrengende Arbeit, aber als die Nacht hereinbrach, war die Arbeit getan. Einige der Männer legten sich an den Dorfrändern auf den Boden, um die Annäherung der Feinde schon frühzeitig zu vernehmen. Man konnte nicht sicher sein, dass sie aus der Richtung kommen würden, in die sie geflüchtet waren. Aber – da war man sicher – sie konnten auch nicht wissen, ob die sechs Ritter noch im Dorf weilten, oder ob sie weitergezogen waren. Wie dem auch sei, beide Parteien hatten einige Überraschungen parat.

Das Warten zerrte an den Nerven der Dorfbewohner. Die Frauen und Kinder hatten sich in der Mitte des Dorfes versammelt, um so der größten Gefahr zu entgehen. Es war schon stockduster, als einer der Männer, die auf Wache waren, angelaufen kam und erklärte, dass er Geräusche gehört habe. Gernot und seine Kameraden begaben sich an den Dorfrand und lauschten. Dann hörten auch sie etwas, was sie aber nicht genau ausmachen konnten. Dann sahen sie am Waldrand einige kleine Lichter aufglimmen und plötzlich passierte das, was Bran befürchtet hatte. Wenigstens zwei Dutzend Brandpfeile stiegen empor und fielen ziemlich steil auf das Dorf runter. Sie richteten wenig Schaden an, da die nassen Dächer sich nicht entzündeten. Die Angreifer schienen verwirrt zu sein, denn nach der zweiten Salve trat eine Pause ein. Sie hatten sich mittlerweile ein wenig in Richtung Dorf bewegt, sodass man ihre Umrisse, wenn auch nur schemenhaft, erkennen konnte. Gernot nahm seinen Bogen und zielte lange. Als der Pfeil die Sehne verließ, hörte man kurz darauf einen Schrei.

„Ein verdammt guter Schuss“, meinte Tankred, „den macht dir bei diesen Lichtverhältnissen so leicht keiner nach.“

Gernot nahm einen zweiten Pfeil und zielte einfach in die Mitte der Angreifer. Wieder hörte man einen Schrei. Jetzt schienen die Männer klüger zu werden, denn sie verteilten sich und zogen so in einer breiten Kette auf das Dorf zu.

„Vorteil oder Nachteil?“, fragte Bran.

„Wenn sie gute Kämpfer sind, dann ist es ein Vorteil für sie und dann wird es für uns eng. Kämpfen sie aber wie bei unserer ersten Auseinandersetzung, dann laufen sie in ein offenes Messer“, meinte Roger.

Die Angreifer kamen nicht auf die Idee, das ganze Dorf zu umzingeln, vielleicht waren sie dazu auch nicht zahlreich genug. Sie rückten lediglich in einer auseinander gezogenen Linie vor. Gernot verschoss noch ein paar Pfeile, dann musste er sich auf den Nahkampf vorbereiten. Er zog seine dicken Handschuhe an, die die Hände gut schützten und zog sein Schwert. Die anderen taten es ihm gleich.

„Wir dürfen uns nicht auseinander bewegen, sonst können wir uns nicht mehr gegenseitig decken“, sagte Richard.

So standen sie in einem Abstand von zwei Metern in einer Reihe. Den Mittelpunkt bildete Bran, der alle überragte und auf sein Schwert gestützt dastand und den Angriff erwartete. Dann war es soweit. Die Angreifer – es waren an die 20 Mann – ließen ein Kampfgeschrei hören, aber es diente wohl nur dazu, sich selber Mut zu machen.

Als die Entfernung zwischen beiden Gruppen nur noch fünf Meter betrug, gab Tankred das Signal: „Vorwärts und nicht den Abstand zum Nebenmann verlieren.“

Die Angreifer schienen aus der Niederlage gelernt zu haben. Sie hatten wohl die Absicht, Bran, den sie wegen seiner Größe am meisten fürchteten und der natürlich auch gut auszumachen war, sofort auszuschalten. Fünf Leute stürzten sich auf ihn, aber sie hatten nicht mit der Taktik der Verteidiger gerechnet. Gernot schloss sofort zu Bran auf und deckte damit dessen rechte Seite. Bran benutzte seinen Schild und führte sein Schwert einhändig. Seine Hiebe waren trotzdem gewaltig. Gernot schaffte es in kürzester Zeit zwei Gegner kampfunfähig zu machen. Die Normannen taten das Ihrige. Trotzdem war die Übermacht sehr groß und es war zweifelhaft, wie der Kampf ausgehen würde. Da griff plötzlich ein Trupp der Dorfbewohner ein. Diese Männer waren mit Dreschflegeln bewaffnet, was schon fast einer Entfernungswaffe gleichkam. Ohne selbst in allzu große Gefahr zu geraten, schlugen sie immer wieder von oben zu. Der Angriff kam ins Stocken und dann geschah etwas, von dem die Dorfbewohner noch lange erzählen würden. Bran warf sich mit aller Kraft auf die Angreifer und riss dabei drei Leute zu Boden. Nun warf er seinen Schild weg und handhabte sein Schwert zweihändig. Gernot und Tankred, die an seiner Seite standen, deckten ihn dabei so gut sie konnten. Nun geschah das gleiche wie am Mittag. Mit seiner Urgewalt köpfte Bran einen der Angreifer, gleichzeitig fielen unter den Schlägen der Ritter weitere Gegner. Die Reihen der Angreifer hatten sich soweit gelichtet, dass keine Aussicht auf einen erfolgreichen Ausgang des Kampfes bestand. Die letzten Unverletzten ließen ihre Waffen fallen und flüchteten oder ergaben sich. Die Banditen waren keine ausgebildeten Ritter, sondern eher Raufbolde, die gegen unbewaffnete Bauern ein leichtes Spiel hatten, aber im Kampf mit Rittern den Kürzeren ziehen mussten.

Was jetzt folgte, war eine Bestandsaufnahme. Die Bauern des Dorfes fesselten zunächst die nur leicht verletzten Angreifer, sowie die, die sich ergeben hatten. Unter den Bauern hatte es einige leichter Verletzte gegeben. Auch Tankred und Richard waren verwundet, wenn auch nicht allzu schwer. Aber die Schnittwunden mussten behandelt werden. Gernot nahm wieder seine Flüssigkeit und verarztete die Wunden, wie er es am Nachmittag bei den Bauern gemacht hatte. Denn bei diesen hatte es sich gezeigt, dass die Wunden sich gut geschlossen hatten und dass es keine Anzeichen einer Entzündung gab. Danach sah sich Gernot die verwundeten Banditen an. Genau zehn lagen am Boden, sechs davon waren tot, die anderen vier hatten zum Teil tiefe Stich- oder Schnittwunden. Die Dörfler zeigten wenig Interesse, ihnen zu helfen, sodass sie sich selbst überlassen waren. Gernot warf ihnen einige Leinenstreifen zu, damit sie ihre Wunden verbinden konnten. Zudem säuberte er ihre Wunden und behandelte sie mit seiner Tinktur.

Der Rest der Nacht brachte keine unangenehmen Überraschungen mehr, trotzdem hatte man einige Wachen aufgestellt. Der Morgen zeigte dann, dass man richtig gehandelt hatte. Am Waldrand erschien wieder der Rest der Gruppe und näherte sich zögernd dem Dorf. In einer Entfernung von etwa 100 Metern hielten sie an und ließen sich nieder. Da sie keine Waffen trugen, ging keine Gefahr mehr von ihnen aus. Sie waren wohl unschlüssig, wie sie sich verhalten sollten. Die Leute aus dem Dorf wären am liebsten über sie hergefallen, doch Gernot hielt sie zurück. Er ging selbst hinüber zu der Gruppe, wohlweislich bewaffnet. Ein Gespräch mit ihnen zu führen, weshalb sie die Bauern überfallen hatten und weshalb sie diesmal die gesamte Ernte gefordert hatten, war unsinnig. Ihr einziger Wunsch bestand darin, ihre verletzten Kameraden zu holen und ihre Toten zu beerdigen. Sie versprachen hoch und heilig, die Gegend dann auch sofort zu verlassen.

Gernot überbrachte diese Nachricht den Dorfbewohnern, die im Grunde froh waren, so der Gefahr entronnen zu sein und irgendwie stand ihnen nicht der Sinn danach, die Überlebenden zu töten. So zog die stark dezimierte Gruppe von dannen, ohne sich noch einmal umzusehen. Man schickte ihnen einige Männer nach, die den Verbleib der Gruppe auskundschaften sollten. Als sie am Abend zurückkamen, konnten sie verkünden, dass die Männer ihr Wort gehalten hatten.

Gernot und seine Freunde mussten noch zwei Tage im Dorf bleiben, da die Wunden von Tankred und Richard bei einer sofortigen Weiterreise hinderlich gewesen wären. Doch dann konnten sie mit allen guten Wünschen der Dorfgemeinschaft weiterziehen. Es wurde auch Zeit, denn man durfte nicht zu spät in der Jahreszeit in Venedig ankommen. Die Herbststürme konnten eine Reise zu See sehr gefährlich machten, wenn nicht gar unmöglich.

9. Auf der Flucht

Es dauerte auch nur zwei weitere Tage und sie erreichten Augsburg. Augsburg hatte zwar noch kein Stadtrecht, war aber für den Handel in der Region und darüber hinaus so bedeutend, dass es nicht mehr lange dauern konnte, bis den Bürgern dieses Recht zugestanden würde. Die Stadt lag verkehrsgünstig an einer bedeutenden Ost-West-Verbindung, gleichzeitig aber auch an einer wichtigen Straße nach Oberitalien, sodass sich häufig größere Karawanen von Kaufleuten in Augsburg bildeten, um gemeinsam für die Sicherheit bei der Reise zu sorgen.

Die gemeinsame Sicherheit war wirtschaftlich gesehen günstiger – und Kaufleute denken nun einmal wirtschaftlich – und große Karawanen wurden selten angegriffen. Deshalb hielt sich in Augsburg immer eine größere Anzahl von Bewaffneten auf, die gegen Geld bereit waren, die Waren der Kaufleute zu schützen. Einzelreisende hatten größere Probleme. Immer wieder wurden sie von den Bergbewohnern überfallen, egal ob Kaufmann oder Pilger. Dabei war die Nord-Süd Verbindung ein alter Pilgerweg, der nach Rom führte.

Gernot und seine Gruppe mussten sich nicht fürchten, zumal die Verletzungen von Tankred und Richard gut heilten und sie kaum in ihren Bewegungen hinderten. Deshalb beschlossen sie, nur eine Nacht in Augsburg zu bleiben, um die verlorene Zeit wieder aufzuholen. In einer Herberge gab es genügend Platz und in einem Badehaus konnten sie nach langer Zeit wieder einmal Schweiß und Schmutz hinter sich lassen. Nach dem Essen erkundigte sich Gernot bei der Bedienung, ob es in Augsburg eine jüdische Gemeinde gebe. Man sagte ihm, dass man von einer Gemeinde nicht sprechen könne, dass aber ein paar Juden in Augsburg leben würden.

Gernot begab sich zu der ihm mitgeteilten Adresse und fand in einer kleinen Gasse etwa ein halbes Dutzend von Juden bewohnte Häuser. Als Gernot sich nach dem Ältesten erkundigte, führte man ihn zu einem weißbärtigen Mann, der allein schon durch seine Erscheinung eine gewisse Würde ausstrahlte. Gernot gab diesem den Brief aus Mainz.

Der alte Mann betrachtete den Brief, öffnete ihn und sah Gernot an: „Unser Bruder schreibt, dass er viel Vertrauen in dich gesetzt hat. Er will versuchen, die alten Verbindungen, wie sie vor dem Kreuzzug bestanden, wieder herzustellen. Ich bitte dich, bei deiner Weiterreise diesen Brief an die jüdische Gemeinde in Venedig zu übergeben. Zwischen Augsburg und Venedig wirst du es schwer haben, noch Reste der alten Gemeinden zu finden. Auch wir haben hier nur überlebt, weil einige von uns damals in Geschäften unterwegs waren. Die anderen zahlten hohe Abgaben an kirchliche oder weltliche Herren, um das eigene Leben und das ihrer Familien zu retten."

Gernot war etwas überrascht, dass dieser Mann ihn in der Sprache, wie sie am Rhein gesprochen wurde, anredete. Er hatte bemerkt, dass die Sprache, je weiter er nach Süden kam, für ihn immer unverständlicher wurde, obwohl alle Leute behaupteten, Deutsch zu sprechen.

Darauf angesprochen erwiderte der Alte: „Für Händler ist das Lernen von Sprachen eine Notwendigkeit. Verlässt man sich auf Dolmetscher, wird man häufig übers Ohr gehauen. Ich kann dir nur raten: Nutze deine Freizeit während deiner Reise, um dich mit anderen zu unterhalten. So wirst du am besten eine neue Sprache lernen."

Damit übergab der Alte Gernot den Brief, in den er einige Bemerkungen geschrieben hatte. Gernot verabschiedete sich und kehrte zu den anderen zurück. Diese hatten sich im Gasthof niedergelassen und bereits angefangen, die ihnen vorgesetzten Speisen zu vertilgen. Es war immer bemerkenswert, welche Mengen Bran verdrücken konnte, aber ebenso machte es ihm nichts aus, ein paar Tage zu hungern. Als die Gruppe den Gasthof verließ, um noch einen kurzen Spaziergang zu machen, vernahmen sie einen Lärm, der vom Marktplatz zu kommen schien. Auf die Frage, was dort los sei, antwortete ein Vorbeieilender: „Wir verbrennen gleich eine Hexe."

Tankred meinte etwas trocken: „Hier erleben einfache Pilger eine Menge. Erst überfallen Banditen ein Dorf, jetzt wird eine Hexe verbrannt. Gehen wir doch mal hin!"

Auf dem Marktplatz angekommen, erblickten sie ein Podest und eine an einen Pfahl gebundene junge Frau. Auf dem Podest standen zwei Männer, die die peinliche Befragung der Frau durchführen wollten. Ein Priester war bereit, den ganzen Vorgang der Untersuchung zu beobachten.

Robert, der sonst sehr schweigsam war, meinte: „Es ist seltsam, dass ausgerechnet immer die hübschesten Frauen als Hexen angeklagt und verbrannt werden. Man könnte meinen, die hässlichen Ankläger würden sich rächen, weil sie keine Chance hätten, an eine hübsche Frau zu gelangen."

Gernot stimmte dem zu: „Ich glaube nicht, dass es überhaupt Hexen gibt. Denn wenn es sie gäbe und sie die Fähigkeiten hätten, deren man sie anklagt, dann könnte man ihrer wohl kaum habhaft werden."

Bran stand wie gebannt. Dann sagte er ganz ruhig und bestimmt: „Ich habe einmal eine Hexenverbrennung ansehen müssen. Es war grässlich. Die arme Frau war vorher schon der sogenannten peinlichen Befragung unterzogen worden, was nichts anderes hieß, als dass man sie schon gefoltert hatte, um die Antworten zu bekommen, die man hören wollte. Damals habe ich mir geschworen, so etwas nicht noch einmal mit anzusehen. Ihr könnt machen, was ihr wollt. Ich gehe zurück in unsere Herberge, packe meine Sachen und dann werde ich versuchen, die Frau zu befreien."

Damit drehte er sich um und ging. Die Übrigen sahen sich zunächst verdutzt an, dann wussten sie, was zu tun war.

„Dann werden wir heute Nacht wohl in keinem weichen Bett schlafen, sondern irgendwo im Wald", meint Tankred.

Sie holten Bran nach wenigen Schritten ein und begleiteten ihn zur Herberge. Alle packten nun ihre Sachen, sattelten die Pferde und ritten langsam zurück zum Marktplatz.

Hier übernahm Bran das Kommando: „Ihr sorgt für Unruhe und lenkt die Gaffer ab. Ich springe auf das Podest, befreie die Frau und nehme sie zu mir auf das Pferd und dann ab Richtung Süden."

„Da wollte ich immer schon mal hin", meinte Richard und Roger fügte hinzu: „Liegt ja auf unserem Weg."

Mittlerweile hatten sie den Platz erreicht und sie stellten fest, dass man noch bei den Vorbereitungen war. Der Platz war noch nicht gefüllt, aber viele Neugierige kamen aus den nahen Gassen, um zu sehen, wie Gerechtigkeit geübt wurde.

Die Reiter fielen natürlich auf und erregten sofort den Unmut der Gaffer. Man rief ihnen zu, sie sollten ihre Pferde beiseite schaffen, um den Anwesenden nicht die Sicht zu nehmen. Das war der Augenblick, auf den Bran gewartet hatte. Er sprang vom Sattel auf das Podest, streckte die beiden Folterknechte mit einem Faustschlag nieder und durchtrennte blitzschnell die Fesseln der jungen Frau. Er zog sie hinter sich her, sprang zurück in den Sattel und setzte sie hinter sich aufs

Pferd. Danach trieb er sein Pferd an, sodass die Menge auseinander spritzte. Die Übrigen folgten ihm im Galopp. So erreichten sie bald die Ortsgrenze und hielten sich dann auf der Straße in südlicher Richtung. Sie hatten keine genaue Ahnung, wie sie sich zu orientieren hatten, und deshalb legten sie ihr Hauptaugenmerk nur auf die Flucht. Sie wollten in möglichst kurzer Zeit eine möglichst große Distanz zwischen sich und Augsburg legen.

Erst nach drei Stunden legten sie eine kleine Rast ein. Die junge Frau hatte bis jetzt noch nichts gesagt, sie schien noch geschockt zu sein. Bran nahm seinen Mantel, den er fürs Hochgebirge gekauft hatte und legte ihn der Frau um die Schultern, denn deren Kleider bestanden eigentlich nur noch aus ein paar Fetzen, eine Folge des ersten Verhörs. Gernot, der von allen Anwesenden das beste Sprachgefühl besaß, versuchte sich mit der Frau zu verständigen. Zuerst vernahm er kaum eine Reaktion, dann aber begann er zu verstehen. Man hatte sie nicht als Hexe angeklagt, sondern sie wurde verdächtigt, der Glaubenslehre der Kirche nicht zu folgen. Häresie war die Anklage, die manch einen in der Gruppe erstaunen ließ. Wie kann man einer einzelnen Person, zudem einer jungen Frau – einen solchen Vorwurf machen. Dieser Vorwurf richtete sich eigentlich immer an Gruppen, die unter einem charismatischen Anführer standen. Es musste also mehr dahinter stecken. Schließlich erfuhr Gernot auch den wahrscheinlicheren Grund der Anklage.

Die Frau hatte im Haus des Bürgermeisters gearbeitet und sich seinen Annäherungen widersetzt. Als sie ihm drohte, seiner Frau von seinem Verhalten zu erzählen, erhob der Bürgermeister Anklage und der Anklagepunkt lautete Häresie. Das Wort des Bürgermeisters stand gegen das einer Unterklassigen. Die Frau hatte zunächst die Anklage nicht richtig verstanden und glaubte an ein Missverständnis, bis sie in den

Kerker geworfen wurde und ihr der Prozess gemacht werden sollte. Die Rettung durch Bran erschien ihr wie ein Gottesurteil. Sie sei unschuldig und die Anklage falsch. Eine Rückkehr war für sie jedoch ausgeschlossen. Gernot übersetzte so gut er konnte, was die Frau gesagt hatte. Diese Art von Rache war auch den Übrigen nicht fremd. So waren sie zufrieden, dieser Frau geholfen zu haben. Doch nun stand die Frage im Raum, wohin mit der Frau. Man konnte sie nicht einfach sich selbst überlassen, das hätte den sicheren Tod bedeutet. Gernot versuchte nun von der Frau zu erfahren, wie sie sich das weitere Vorgehen vorstellte. Maria – so war ihr Name – erzählte nun ein wenig mehr von sich. Sie war mit ihren Eltern vor Jahren über die Alpen gekommen, doch die Eltern waren schon bald darauf an einer Seuche gestorben, sodass sie ganz froh war, im Haushalt des Bürgermeisters eine Anstellung gefunden zu haben.

Soweit der erste Teil ihres Berichts, denn die Zeit drängte und mögliche Verfolger würden schnell aufholen.

Da die weitere Reiseroute den Weg über die Alpen vorsah, sie wollten der alten Via Claudia Augusta folgen, einer Straße, die einen regen Verkehr aufwies, würde sich bestimmt eine Möglichkeit ergeben, einen Platz für Maria zu finden. Damit war Maria auch einverstanden.

Sie brachen bald wieder auf, allerdings nicht mehr in dem Tempo, das sie zuletzt vorgelegt hatten. Sie wollten die Pferde schonen, weil der weitere Weg noch sehr anstrengend werden würde. Es wurde schon hell und sie sahen sich nach einem Platz um, wo sie ein wenig schlafen konnten, als sie plötzlich in der Ferne Hufgeklapper hörten. Da sie nicht wussten, wer da kam, aber eine böse Ahnung hatten, suchten sie ein Versteck, um die Reiter vorbeizulassen. Es war ihr Glück, dass sie genügend Zeit gefunden hatten, um sich in einem Gebüsch zu verstecken. Ein Reitertrupp von etwa 30 Mann schoss an ihnen vorüber.

Die sechs Ritter sahen sich an, als sie aber den Gesichtsausdruck von Maria sahen, war ihnen klar, dass es sich nicht um irgendeinen Trupp handelte, sondern um Leute aus Augsburg. Maria hatte mehrere Reiter erkannt und es war klar, dass der Trupp auf der Suche nach ihr und ihren Befreiern war. Die Größe des Trupps erlaubte kein Gefecht, zumal alle gesehen hatten, dass die Reiter gut bewaffnet waren. Man konnte also nicht mehr direkt auf der alten Römerstraße bleiben, da man jederzeit damit rechnen musste, dass die Verfolger zurückkommen würden. Außerdem bestand die Gefahr, dass durch das Nachfragen der Reiter, die Leute auf Gernot und seine Begleiter aufmerksam werden konnten. So langsam gelangte die Gruppe zu der Ansicht, dass christliche Nächstenliebe nicht von allen Christen als solche empfunden wurde. Gernot fragte sich insgeheim, ob ihr Verhalten nicht doch etwas naiv gewesen war. Zu glauben, man könne gegen eine aufgehetzte Menschenmenge etwas, was man persönlich als richtig empfand, durchsetzen, ohne Konsequenzen fürchten zu müssen, war tatsächlich etwas naiv. Vielleicht sollten sie beim nächsten Mal doch erst überlegen, bevor sie handelten. Allerdings hatten auch die anderen so gehandelt wie er selbst. Folglich konnte das, was Bran angezettelt hatte, nicht so falsch sein. Zunächst musste man jetzt eine Lösung für Maria finden. Sie trug immer noch Brans Mantel über dem eigenen zerrissenen Kleid, hier musste Abhilfe geschaffen werden. Das Gepäck der gesamten Gruppe konnte gut auf ein Pferd geladen werden, sodass für Maria das andere Packpferd zur Verfügung stand. Nach einer kurzen Beratung kam die Gruppe zu dem Entschluss, den Weg jetzt abseits der Hauptreiseroute fortzusetzen, um so den Verfolgern zu entgehen. Sie wollten sich gerade auf den Weg machen, als Gernot sie anhalten ließ.

„Es juckt mir zwischen den Schulterblättern", sagte er.

Die Normannen sahen sich verständnislos an, dann erklärte Bran, was es damit auf sich habe. Sie sahen sich immer noch ungläubig an, als sie das Geräusch von Hufen hörten.

„Die Reiter kommen zurück", meinte einer.

Doch er wurde eines Besseren belehrt. Der neue Trupp kam nicht von rechts, wie vermutet, sondern von links. Und dieser Trupp war mindestens so zahlreich wie der erste.

„Das ist eine Verstärkung", meinte Bran und Maria fügte hinzu: „An der Spitze habe ich den Bürgermeister persönlich erkannt."

„Seltsam", meinte Tankred, „wegen einer einzelnen Frau solch ein großes Aufgebot, da stimmt etwas nicht", und an Gernot gewandt fügte er hinzu: „Jetzt frag Maria mal etwas genauer, was in Augburg passiert ist, die Geschichte, die sie uns aufgebunden hat, ist doch sehr unglaubwürdig. Da wir sowieso vorerst nicht weiter können, haben wir genug Zeit für eine neue Geschichte."

Nun war es wieder an Gernot, das Gespräch mit Maria fortzusetzen.

„Immer ich", fing Gernot an und aus Versehen hatte er dies auf Latein gesagt. Umso überraschter war er, als Maria in ziemlich flüssigem Latein die Frage stellte: „Wieso immer Du? Wenn die Übrigen ein wenig die lateinische Sprache beherrschen, könnten wir uns einfacher verständigen."

Das war nun mehr als mancher der Gruppe vertragen konnte. Da war eine junge Frau, die Latein sprach, die man in Augsburg aber loswerden wollte – und zwar für immer, für deren Ergreifung man sich trotzdem ungeheuer ins Zeug legte. Dass da etwas nicht stimmte, konnte man von weitem riechen.

Maria begann: „Es ist alles so, wie ich es euch erzählt habe, aber das, was ich verschwiegen habe, geschah zu eurer Sicherheit. Ich wurde tatsächlich beim Bürgermeister angestellt. Dieser merkte sehr bald, dass ich die Buchführung sehr viel besser beherrschte als er oder seine Frau. Ihr müsst nämlich wissen, dass der Bürgermeister ein sehr reicher Mann ist, er ist ein bedeutender Tuchhändler, der große Mengen gewebter Tuche aus Flandern, Brabant und der Gegend am Niederrhein bezieht. Diese liefert er nach Norditalien, von wo er wiederum andere sehr teure Stoffe bezieht. Ihr könnt euch denken, dass er dabei nicht nur große Summen umsetzt, sondern auch riesige Gewinne abschöpft. Meine Mutter war eine kluge und gebildete Frau – auch Frauen sollen so beschaffen sein – sie konnte lesen, schreiben und vor allem rechnen. Dazu beherrschte sie Latein. Der Grund war einfach: sie war ein Findelkind und wurde in einem Nonnenkloster aufgezogen. Sie schlug aber nicht den geistlichen Weg ein, sondern lernte meinen Vater kennen und heiratete ihn. Er war ebenfalls Tuchhändler, aber ein kleiner und stand so in wirtschaftlichem Kontakt zum Bürgermeister von Augburg. Der war allerdings damals noch kein Bürgermeister.

Meine Mutter begleitete meinen Vater auf seinen Reisen und unterrichtete mich in allem, was für das Leben im Tuchhandel nötig war. Als meine Eltern nun bei einem Aufenthalt in Augsburg erkrankten und innerhalb einer Woche beide starben, nahm mich der Tuchhändler bei sich auf. Da er, wie ich schon gesagt habe, bald meine Fähigkeiten entdeckte, ließ er mich in seiner Schreibstube arbeiten. Seine Frau war darüber eher glücklich, da sie erstens ziemlich dumm war und die Buchhaltung nur in Ansätzen beherrschte und zweitens auch faul war. Für sie war ich ein Glücksfall, der sie von ihrer ungeliebten Arbeit erlöste. Der Tuchhändler, der bald darauf Bürgermeister wurde, unterschätzte meine Fähigkeiten und ließ mich in seiner Buchhaltung gewähren. Je länger ich dort aber arbeitete, desto mehr kam ich zu der Erkenntnis, dass in seinem Laden vieles nicht stimmte.

Ein großer Tuchhändler kann, wenn er tüchtig ist, reich werden. Die Geldsummen, die hier aber immer wieder auftauchten, überstiegen bei weitem die Summen, die man bei einem ehrlichen Geschäft verdienen kann. Insgesamt war es eine Summe, die manchen Grafen oder Herzog hätte bleich vor Neid werden lassen. Als ich dann zurückrechnete, stellte ich etwas Seltsames fest: Steuergelder des Reiches, die für den Kaiser bestimmt waren, wurden immer über die Via Claudia Augusta nach Italien gebracht. Unser Kaiser hält sich ja dort meistens auf. Diese Straße gilt als sicher und die Steuergelder werden immer gut bewacht. Aber wohl nicht gut genug. Denn einmal verschwand eine komplette Sendung, ohne dass man auch nur einen Silberling wiederfand. Man fand die einfachen Soldaten getötet auf einem Lagerplatz, die drei Anführer blieben verschwunden, genauso wie das Geld. Und damals begann die unglaubliche Geldvermehrung im Hause des Tuchhändlers. Das konnte kein Zufall sein und ich forschte weiter nach, aber wohl nicht vorsichtig genug, denn ich hatte herausbekommen, dass die drei Anführer zufällig im Hause des Tuchhändlers übernachtet hatten. Jetzt musste ich nur noch eins und eins zusammenzählen und das Geheimnis um die wunderbare Geldvermehrung war gelüftet.

Leider hatten einige Leute den Bürgermeister über meine Nachforschungen informiert, das war dann mein Ende. Es stimmt, dass der Bürgermeister sich an mich rangemacht hat, meine Ablehnung brachte dann wohl bei ihm das Fass zum Überlaufen. Mein Tod war beschlossene Sache. Hätte er mich einfach durch einen gedungenen Mörder umbringen lassen, wäre wahrscheinlich schnell Gras über die Sache gewachsen. Er hätte ein wenig jammern können, er hätte von allen Seiten Mitleid erheischt und das wär's gewesen. Aber sein gekränkter Stolz wollte das nicht zulassen. Vor einer Frau so offensichtlich aufgedeckt zu werden – was ja noch nicht geschehen war – das war zuviel für ihn. Mit seinem Geld kaufte er das Gericht, ich wurde nicht einmal dazu geladen, das hätte ja peinlich werden können, aber die Anklage der Häresie genügte für meine Verurteilung. Erst auf dem Hinrichtungsplatz begriff ich die Situation richtig und auch meine Befreiung kam mir zunächst seltsam vor. Es konnte ja sein, dass auch der Bürgermeister noch dahinter steckte, um mich ganz sicher zu töten, denn er war sich vielleicht nicht sicher, wie das Volk reagieren würde. Nun habt ihr meine ganze Geschichte und vielleicht versteht ihr, weshalb ich zunächst nicht alles erzählt habe. Es geschah auch zu eurem Schutz, denn wer diese Geschichte kennt, der lebt gefährlich."

Richard, der schweigsamste der Sechs fasste alles kurz zusammen: „Wir wissen jetzt, woran wir sind. Man wird uns nicht einfach gestatten, unseren Weg wie geplant fortzusetzen."

„Richtig", ergänzte Tankred, „wir müssen uns eine Alternative überlegen, denn unser Ziel heißt nicht „Via Claudia Augusta" sondern „Heiliges Land". Und bekanntlich führen viele Wege nach Rom, also auch wohl einige nach Venedig."

Jetzt war es wieder Maria, die sich zum Erstaunen aller zu Wort meldete: „Richtig, eure Straße ist blockiert, aber man kann einen anderen Weg nehmen. Wenn wir uns Richtung Innsbruck halten, dann könnt ihr über den Brenner in den Süden gelangen. Ich habe als Kind die Strecke ein paar Mal mit meinem Vater zurückgelegt."

„Jetzt verstehe ich, wieso du dem Bürgermeister auf die Schliche gekommen bist", bemerkte Roger, „wer viel weiß, lebt gefährlich."

10. Ein neuer Weg

Zum Plan von Maria gab es keine Alternative. Trotzdem musste man von nun an vorsichtiger sein. Die Verfolger rechneten mit einer kleineren Gruppe, nicht mit einzelnen Reitern, und schon gar nicht auf abgelegenen Wegen. Deshalb beschlossen sie, sich aufzuteilen. Gernot sollte mit Maria voranreiten, vor allem auch, um Maria auf einem kleinen Dorfmarkt mit Kleidung einzudecken. Dann sollten die Übrigen zu zweit oder zu dritt in sicherem Abstand folgen. Ein Problem hatten sie bis jetzt noch gar nicht gelöst: Wohin mit Maria?

Diese jedoch sagte: „Macht euch wegen mir keine Sorgen, eine Schwester meiner Mutter lebt in Innsbruck, dort werde ich schon unterkommen und bis Innsbruck wird der Augsburger seine Schergen nicht schicken."

So ritten sie los und es wurde bald einsamer um sie herum. Gernot und Maria ritten voran, der Rest folgte und es schien, als seien sie der größten Gefahr entronnen. Gegen Abend erreichten sie ein kleines Dorf, von dem schon von weitem eine ungewöhnliche Unruhe ausging. Vorsichtig näherten sich die beiden, stiegen von ihren Pferden und beobachteten eine Zeitlang das Geschehen im Dorf. Ein Dutzend Reiter bevölkerte die Dorfstraße und sie schienen sich für alles Mögliche zu interessieren.

„Ich glaube, wir kommen zu spät", erkannte Gernot die Lage. „Da sind schon einige Leute vor uns angekommen, die sich bestimmt für uns interessieren. Wir sollten uns zurückziehen, unsere Gefährten warnen und uns weiter östlich halten. Hier kämen wir vielleicht mit Waffengewalt durch, aber dann wäre der Rest der Truppe gewarnt und eine fürchterliche Hetzjagd würde einsetzen."

Maria und Gernot warteten bis die Übrigen sie erreichten und teilten ihnen die Neuigkeiten mit. Es waren keine schönen Auskünfte, aber man war gewarnt. Man würde den Verfolgern nicht ins offene Messer laufen. Eine weitere Folge war, dass man eine weitere Nacht in der Natur verbringen musste. Ein anderes Dorf zu erreichen, war ausgeschlossen, so dicht besiedelt war die Gegend nun wirklich nicht. Deshalb konnten sie auch ihren Plan aufgeben, getrennt zu reisen. Sie versuchten noch ein gutes Stück voranzukommen und schlugen dann ihr Nachtlager auf, diesmal aber mit einer Wache.

Am nächsten Tag erreichten sie einen kleinen Ort, wo anscheinend der Weg über den nördlichen Alpenkamm begann. Nun wäre es gut, einen Führer zu haben, denn es würde sehr viel Zeit kosten, sich den Weg selbst zu suchen.

Wieder war es Maria, die hier Abhilfe schuf.

„Ich werde einen der Bauern fragen", schlug sie vor, „gegen einen geringen Lohn wird sich bestimmt jemand finden, der bereit ist, uns über die Berge zu bringen."

Das war tatsächlich kein Problem, denn die Bauern hier in der Gegend waren sehr arm. Wenn man mit dem Geld klimperte, war bestimmt einer bereit, die Aufgabe zu erfüllen.

Maria sprach einen jungen Mann an, der sofort bereit war und einen sicheren Weg kannte. Er stellte auch keine Fragen nach dem Warum. Er verabschiedete sich nur kurz von seiner Familie und wollte schon losgehen, wurde aber von Maria nach Proviant gefragt. Zudem erzählte er, dass er Maria einige Kleidungsstücke besorgen könne, die hier an den langen Winterabenden hergestellt wurden.

Als sie dann aufbrachen, hatten sie mehrere frische Brote erworben und einen ordentlichen Kanten Käse, dazu ein Stück geräucherten Speck. Für die Familie des jungen Bauern war das wahrscheinlich ein Geschäft, von dem sie noch lange reden würden. Der Weg, den der junge Bauer ihnen zeigte, war auch für die Pferde kein Problem. Manchmal mussten sie ihre Tiere zwar am Zügel führen, aber sie legten eine große Strecke zurück, bis sie abends ihr Lager aufschlugen. Sie entfachten ein Feuer, denn jetzt merkten sie, weshalb man ihnen geraten hatte, sich einen dicken Mantel für den Übergang über die Alpen zu kaufen: Es war bitter kalt. Einer der Normannen hatte sich etwas von der Gruppe entfernt, wohl um seine Notdurft zu verrichten. Als er nach einiger Zeit wieder erschien, trug er ein ausgeweidetes Reh auf seinem Rücken.

„Ein dummes Tier", knurrte er, „es lief direkt in meinen Speer. Ich wollte es nicht einfach so liegen lassen."

Die Übrigen mussten lachen, machten sich aber sofort daran, das Tier über dem Feuer zu braten. Der junge Bauer hatte zwar Bedenken und wies darauf hin, dass die Jagd ein Privileg des Adels sei. Da konnten sich die Übrigen vor Lachen nicht mehr halten.

„Wenn wir nicht von Adel sind, dann ist wohl niemand von Adel."

Das reichte als Erklärung und als das Fleisch gut gebraten war, ließ auch der junge Bauer es sich gut schmecken.

Als sie den Übergang über den Alpenzug erreicht hatten, verabschiedete sich ihr Führer. Bis hierhin kannte er sich aus, alles darüber hinaus war ihm nur vom Hörensagen bekannt.

„Spätestens in vier Tagen werdet ihr Innsbruck erreichen, eine ziemlich große Stadt. Geht dieses Tal hinunter und haltet euch dann östlich. Dort soll es eine viel begangene Straße geben, die auch für Wagen geeignet ist."

Der junge Mann verabschiedete sich von ihnen, nachdem er mit einem für seine Verhältnisse wahrhaft fürstlichen Entgelt entlohnt worden war.

Von nun an übernahm Maria die Führung der Truppe. Sie erklärte, dass sie als Kind mit ihrem Vater den Hauptweg nach Innsbruck des Öfteren zurückgelegt hatte. Keiner hatte etwas dagegen, obwohl sie sich fragten, wie eine junge Frau dazu in der Lage sein sollte, einen Trupp Männer zu führen.

Maria musste wohl die Fragen der Männer erahnt haben, denn sie sagte plötzlich: „Ich habe Augen, um zu sehen, Ohren, um zu hören und meinen Verstand kann ich auch gebrauchen."

Damit gaben die Männer sich nun zufrieden und verlegten ihre Tätigkeiten mehr aufs Jagen. Damit war für das Abendessen gesorgt und man brauchte sich keine Sorgen mehr ums Vorankommen zu machen.

Tatsächlich erreichten sie nach vier Tagen Innsbruck, wo sie an der Stadtgrenze von allzu neugierigen Wächtern kontrolliert wurden. Diese gaben sich aber zufrieden, als sie den Grund ihrer Reise nannten. Maria führte sie durch den Ort, den sie aus ihrer Kindheit kannte und brachte sie zu einem Gasthof, wo sie zu essen und zu trinken bestellten. Sie verabschiedete sich aber sofort, denn sie wollte nach ihren Verwandten Ausschau halten, von denen sie wusste, dass sie hier lebten. Als sie nach einer guten Stunde wiederkam, hatten die Männer es sich vor der Schänke gemütlich gemacht und räkelten sich in der Maiensonne.

„Für mich ist die Reise hier beendet", begann sie, „ich habe meine Tante gefunden und kann bei ihr bleiben. Sie betreiben ein Geschäft für Eisenwaren. Der Mann meiner Tante ist ein in der Gegend bekannter Schmied und stellt alle möglichen Waren für die Bauern der Umgebung her.

Das Geschäft scheint sehr gut zu laufen, denn es arbeiten fast ein Dutzend Gehilfen in der Schmiede, damit man den Aufträgen nachkommen kann. Ich möchte mich noch einmal bei euch allen für meine Rettung bedanken."

Damit umarmte sie jeden, drehte sich um und ging einer neuen Zukunft entgegen.

„Mannomann", seufzte Roger, „das ist eine Frau, ich glaube nicht, dass man so eine im normannischen Adel findet. Dort gibt es nur wohlerzogene Damen, eine etwas langweilige Angelegenheit."

„Lauf hinterher, mach' Maria einen Heiratsantrag und ein aufregendes Leben steht dir bevor", feixte Tankred.

„Wenn ich nicht ein Gelübde geleistet hätte, wäre es eine Überlegung wert", entgegnete Roger.

Die Übrigen lachten und Bran bestellte noch etwas zu trinken. Über Nacht wollten sie hier bleiben, einmal wieder in warmem Wasser baden und in einem weichen Bett schlafen. Es war jetzt Ende Mai und sie mussten sich sputen, um noch im Juni das Mittelmeer zu überqueren, wollten sie eine ruhige Überfahrt haben.

Das Gasthaus, das sie ausgewählt hatten, war ziemlich groß, sodass sich Gelegenheit bot, mit Kaufleuten, die aus Italien gekommen waren, Neuigkeiten auszutauschen. Sie gesellten sich zu einer Gruppe von Kaufleuten, die erst am Vorabend angekommen waren. Sie kamen aus Venedig und hatten Köln als Ziel. Mit einem Dutzend schwerer Transportwagen und mehr als 50 Bewaffneten waren sie gut gerüstet für diese Reise. Der Anführer der Kaufleute war gerne bereit, über die Verhältnisse in Norditalien Auskunft zu geben.

„Der Weg über den Brenner ist leicht und ungefährlich", erklärte er, „dabei kommt es zu keinen Übergriffen. Auch befinden sich in regelmäßigen Abständen Rasthäuser. Ihr könnt also getrost über den Brenner ziehen. Wir mussten mit unseren schweren Wagen den Weg über Verona und Padua nach Venedig nehmen. Und das ist nicht ohne. Ihr werdet euch wahrscheinlich über die große Zahl an Bewaffneten gewundert haben, die wir mit uns führen. Aber das ist absolut notwendig, will man seine Waren schützen. In den Wäldern dort wimmelt es nur so von Spitzbuben. Es scheint dort ein ehrenwerter Zeitvertreib zu sein, Kaufleute zu überfallen. Wir hatten Glück, es gab zwar einige Versuche, unsere Wagen anzugreifen, aber die Räuber haben sich nur blutige Nasen geholt. Ihr seid sechs Bewaffnete, aber das heißt nicht, dass ihr sicher seid. Gegen einen Trupp von 20 oder mehr stehen auch eure Chancen schlecht. Und die Banden haben in aller Regel eine solche Stärke. Sie stehen in Verbindung miteinander und informieren sich über die Reisenden. Jede Bande scheint die Herrschaft in einem bestimmten Bereich zu haben, und sobald die Reisenden diesen Bereich verlassen, werden sie sozusagen an die nächste Gruppe übergeben. Deshalb ein Rat: Solltet ihr überfallen werden, zeigt keine Gnade. Haut drauf, so gut ihr könnt. Das spricht sich rund und ihr habt vielleicht etwas Ruhe. Wenn ihr aber Ruhe haben wollt, dann zieht bis an den Po, das ist zwar ein ziemlicher Umweg, aber der Weg ist auch ungefährlicher, obwohl man sagen muss, sicher ist er auch nicht."

Diese Nachricht beunruhigte die Gruppe nicht gerade, zumal eine Gefahr, die man kennt, nicht mehr ganz so schlimm ist. Nach einer kurzen Diskussion beschloss man, den Weg am Po entlang zu nehmen, man musste ja nicht jede Gefahr suchen. Sie hätten sich einer Gruppe von Kaufleuten anschließen können, das hätte ihre Reisegeschwindigkeit aber stark reduziert, da diese mit ihren schweren Transportwagen, obwohl mit sechs Pferden bespannt, nur langsam vorankamen. So beschlossen sie, alleine weiterzureisen, jenseits des Brenners konnte man sich immer noch umentscheiden, was später auch notwendig wurde.

Am nächsten Morgen brachen sie frühzeitig auf und so erreichten sie noch am gleichen Tag den Fuß des Passes. Es zeigte sich, dass der Weg zwar für Wagen befahrbar war, aber stellenweise doch so steil war, dass auch Reiter absteigen mussten, um die Pferde zu schonen. Das war zwar anstrengend, aber der kleine Trupp kam trotzdem zügig voran. Nach zwei Tagen hatten sie den Pass überschritten und befanden sich jetzt auf der Sonnenseite der Alpen.

11. Neue Begleiter

Die nächste Überraschung bot sich der Gruppe, als sie Mantua erreichten. Vor einem Gasthof am Ortseingang saßen in der Sonne vier Männer, die auf Grund ihrer Kleidung sofort als Kreuzritter zu erkennen waren.

Einer von ihnen rief: „Von Jerusalem oder nach Jerusalem?"

Gernot bemerkte sofort anhand ihrer Aussprache, dass es sich nicht um Nordfranzosen handelte. Ihre Sprache ähnelte sehr viel mehr dem Lateinischen und so vermutete er Südfranzosen, deren Sprache, das Okzitanische, beträchtlich von der Sprache der Normannen abwich.

Tankred übernahm hier das Wort und erklärte: „Wir sind auf dem Weg nach Jerusalem. Und ihr?"

„Setzt euch erst mal und erholt euch. Wir hatten die gleiche Idee wir ihr. Ein Stück am Po entlang und dann nach Norden, nach Venedig. Aber das Wetter hat uns einen Strich durch die Rechnung gemacht. Es muss am Oberlauf des Pos stark geregnet haben. Auf jeden Fall ist es unmöglich dem Flusslauf zu folgen. Wir müssen über Verona und Padua nach Venedig. Keine ungefährliche Sache, aber wenn wir zusammen reisen, wird es für uns alle angenehmer. Aber setzt euch erst mal, im Sitzen lässt sich besser reden."

Die vier Neuen unterschieden sich beträchtlich von den Nordfranzosen. Gernot bemerkte nicht nur den Unterschied in der Sprache, sondern auch im Benehmen. Während die Normannen eher zurückhaltend waren und erst nach einer Weile offener wurden, waren ihre südlichen Nachbarn lauter, lustiger – womit nicht einfach nur ihr Lachen gemeint war – es war ihr Wesen, das sie unterschied. Drei der Neuen waren im Vergleich zu Gernot eher klein, für die damalige Zeit aber mittelgroß. Der Vierte jedoch wirkte noch sehr jung, war zierlich gebaut und Gernot fragte sich, was dieses Bürschchen – er schätzte ihn auf vielleicht 15 Jahre – eigentlich auf einem Kreuzzug zu suchen hatte. Sein strahlendes Lachen erschien Gernot als Beweis dafür. Er schien den Ernst eines solchen Unternehmens nicht erkannt zu haben. Aber hatte er selbst den Ernst schon erkannt? Die drei anderen waren zwar auch noch jung, keiner schien die 30 schon erreicht zu haben, aber was ihre Ausrüstung betraf, waren sie gestandene Ritter. Der Kleine trug zwar ein Schwert, es war von Größe und Gewicht nur gut die Hälfte von Gernots eigenem Schwert, er besaß darüber hinaus noch einen seltsam geformten Bogen und wie Gernot später feststellte, ein Messer im Gürtel und eines im Stiefelschaft. Den Sinn dieser Messer konnte Gernot nicht sofort erschließen. Brans Blick hatte etwas Mitleidiges. Er fragte sich wohl, wie man so einen Knaben auf einen Kreuzzug schicken konnte. Der Junge machte einen aufgeweckten Eindruck und Gernot musste seine Meinung sehr bald ändern. Dieser wusste durchaus, was er wollte. Er hieß Gilles, war verwandt mit Raymond von Toulouse, einem der Anführer des Kreuzzugs.

Die drei anderen waren ebenfalls aus adeligem Hause und hatten die Ausbildung eines südfranzösischen Ritters durchlaufen. Sie hießen Adhémar, Gilbert und ebenfalls Raymond. Durch den in vielen Gegenden Südfrankreichs herrschenden Brauch der „Frerêche", das heißt, dass beim Tode des Vaters alle Söhne gemeinsam erbten, waren sie nicht viel besser dran als Gernot, der nichts erbte. Alle Vier hatten die Absicht, sich in der Grafschaft Tripolis niederzulassen, da dieses Gebiet von Raymond von Toulouse und seinen Leuten beherrscht und verwaltet wurde. Raymond war zwar 1105 gestorben, aber an der Herrschaft hatte sich nicht viel geändert.

Die nun beginnende Unterhaltung der zehn Kreuzritter dauerte etwas länger, nämlich zwei Tage, besser gesagt zwei Abende und Nächte, denn die Tage verschlief man. Für die Pferde war die Pause nach der langen Reise eine wohlverdiente Ruhe. Für die Reiter auch, denn Gernot hatte bisher an die 1000 km zurückgelegt, Bran noch erheblich mehr und die Übrigen etwa soviel wie Gernot. Der reichlich genossene Wein löste die Zungen und am Morgen des dritten Tages wusste jeder von jedem fast alles, oder glaubte sich an wesentliche Dinge erinnern zu können. Die neue Sprache bildete kein so großes Problem, zumal die Südfranzosen alle ein wenig die Sprache der Normannen verstanden oder beherrschten. Gernot war bald in der Lage, einfache Dinge im okzitanischen Dialekt mitzuteilen.

Die Abreise aus Mantua gestaltete sich wegen der Nachwirkungen des genossenen Alkohols als kompliziert. Bran hatte Probleme, überhaupt aufs Pferd zu kommen, Gernot glaubte, dass sein Helm zu klein geworden war und der Rest war überraschend schweigsam.

Bis jetzt waren die Normannen die Anführer gewesen, einfach weil sie älter waren und wohl auch, weil sie einen gewissen Ruf hatten. Gernot und Bran hatte das nichts ausgemacht, für sie war es bequem, nicht immer jede Entscheidung treffen zu müssen. Trotzdem waren sie gleichberechtigt, zumal Gernots Fähigkeit, sich in neuen Sprachen zurechtzufinden, Anerkennung fand. Bald zeigte es sich, dass es den Südfranzosen völlig egal war, wer hier führte.

Gernot hielt sich viel bei Gilles auf, der auch ganz gut das Fränkische der Normannen sprach. Es stellte sich heraus, dass man in den durchzechten Nächten vieles erzählt hatte, Wesentliches aber vergessen hatte. Gilles und seine Begleiter wollten eigentlich von einem süditalienischen Hafen ins Heilige Land übersetzen, durch das Hochwasser des Pos war dieser Plan aber gescheitert. Das war für die kleine Gruppe kein Problem gewesen, denn Gilles war schon einmal – allerdings war er damals erst zehn Jahre alt gewesen – über Venedig ins Heilige Land gereist. Sein Vater hatte ihn mitgenommen. Dieser hatte den Auftrag, weitere Soldaten nach Tripolis zu bringen, damit die Herrschaft dort gefestigt werden konnte. Sie waren damals zwar rechtzeitig in Venedig angekommen, aber das Wetter und die venezianischen Behörden hatten die Weiterreise um fast zwei Monate verschoben. So war es schließlich für eine Rückkehr aus dem Heiligen Land in der Jahreszeit zu spät geworden, die Herbststürme hatte dies unmöglich gemacht und Gilles und sein Vater hatten in Tripolis überwintert. Gilles war jetzt 16 und sein Vater hatte ihn für erwachsen genug gehalten, über Süditalien die Reise zu wagen, zumal eine Überfahrt von dort als sicher galt, da hier ständig eine größere Anzahl an Kreuzrittern versammelt war, die auf ein Schiff warteten. Jetzt war alles anders. Man reiste von jetzt an auf einem neuen Weg, von dem man nur den Endpunkt, Venedig, kannte.

Gernot merkte, dass Gilles eine Frage auf der Zunge brannte, er aber Hemmungen hatte, diese Frage zu stellen.

Schließlich meinte Gernot: „Nun frag schon, du hast doch etwas."

„Nun ja", druckste Gilles herum, „sind eigentlich alle Männer in deinem Land so groß wie du oder Bran?"

„Wenn es das nur ist, dann kann ich dich beruhigen. Mein Bruder ist einen Kopf kleiner als ich und auch Bran ist außergewöhnlich groß."

Tankred, der das Gespräch mitbekommen hatte, sagte: „Wir hatten schon die Absicht, Bran umzutaufen und ihn Bohemund zu nennen. Bohemund von Tarent muss in etwa so groß sein wie Bran. Aber sorg dich nicht, wir haben diese beiden Langen nur mitgenommen, damit uns nichts passiert."

Die Übrigen stimmten in das Gelächter ein.

Gilles hatte noch eine Frage: „Was machst du, wenn du dein Gelübde erfüllt hast, bleibst du noch etwas, bleibst du für immer oder kehrst du sofort heim?"

„Das weiß ich noch nicht", antwortete Gernot, „bis jetzt war die Reise zwar aufregend, aber nicht lebensgefährlich. Ich weiß noch nicht, wie ich mich entscheiden werde, sofort werde ich aber wohl nicht zurückkehren, dafür bin ich zu weit gereist. Ich werde die Dinge auf mich zukommen lassen."

Sie ritten weiter und erreichten bei Anbruch der Nacht Verona. Am östlichen Ortsausgang fanden sie eine Herberge für die Nacht. Als sie nach dem Essen noch zusammen saßen, setzte sich der Wirt zu ihnen. Auf Grund ihrer Kleidung wusste der Wirt natürlich, wen er vor sich hatte. Er wollte ihnen etwas mitteilen, aber das gestaltete sich schwierig. Schließlich gelang es Gernot zu verstehen, was der Wirt wollte: Es war eine Warnung vor den in den Wäldern lebenden Banditen. Das Bandenunwesen hatte in letzter Zeit sehr zugenommen, selbst gut bewaffnete Händler seien schon überfallen worden. Die Banden hätten überall ihre Kundschafter und zehn Ritter auf dem Weg nach Jerusalem wären ein lohnendes Ziel. Man bedankte sich beim Wirt und ging schlafen.

Als sie sich am Morgen vom Wirt verabschiedeten, riet dieser ihnen, sich mit genügend Proviant zu versorgen, da es bis Padua kaum eine Möglichkeit geben werde, sich mit Verpflegung einzudecken. So begaben sich zwei Südfranzosen auf den Markt, um alles Nötige einzukaufen, da man bis Padua etwa drei Tage brauchen würde.

12. Auf Leben und Tod

Sie hatten Verona etwa drei Stunden verlassen, da zeigten sich die ersten Begleiter. Aus sicherer Entfernung wurden sie beobachtet, das Kundschaftersystem hatte funktioniert. Seit Verona ritten sie in voller Rüstung und Gernot hatte seinen Bogen gespannt.

„Sie werden uns hier nicht angreifen, erst wenn wir in die Wälder kommen", meinte Tankred.

Bald sahen sie am Horizont einen schwarzen Strich: die Wälder. Als sie noch gut 100 Meter vom Waldrand entfernt waren, zeigte sich ein Reiter, der sich ihnen zögernd näherte.

„Aha, sie stellen nun ihre Forderungen", mutmaßte Gilles. „Hören wir uns doch mal an, was er zu sagen hat."

Der Abgesandte hatte sich bis auf zehn Meter genähert. Dann erklärte er in reinstem Französisch: „Bis hierher war eure Reise kostenlos, wollt ihr Sicherheit haben, dann müsst ihr jetzt zahlen."

„Aha", dachte Gernot, „der Bursche ist gut informiert, er weiß, dass wir uns in aller Regel auf Französisch unterhalten."

Dann nannte der Bote die Summe, die gezahlt werden sollte. Die Kreuzfahrer sahen sich kurz an und Gernot bemerkte, dass Tankred fast losgelacht hätte.

Dieser fragte dann aber ganz ernsthaft: „Und wenn wir gezahlt haben, dann haben wir sicheres Geleit bis Venedig?"

„Ihr habt sicheres Geleit, solange ihr euch auf unserem Gebiet befindet."

„Dann sag deinem Herrn oder für wen du auch immer sprichst, dass wir nicht zahlen werden, aber bereit sind, über einen Straferlass zu diskutieren, denn ihr solltet wissen, dass Pilger als unantastbar gelten. Falls ihr bereit seid, an uns die geforderte Summe zu zahlen, werden wir vielleicht bereit sein, euch ziehen zu lassen."

Der Gesichtsausdruck des Boten schwankte zwischen Unglauben und Wut über das soeben Gehörte.

„Aber bedenkt", sagte er schließlich, „ihr habt keine Chance gegen uns. Wir sind 50 Mann. Werft euer Leben nicht weg."

„Verschwinde, oder ihr seid nur noch 49."

Der Bote wendete sein Pferd und galoppierte zurück.

„50 Mann heißt höchstens 30 Mann", meinte Gilles.

„Diese Leute übertreiben noch mehr als wir Südfranzosen."

Der Bote war inzwischen bei seinen Leuten angekommen und erklärte denen wohl das Ergebnis seiner Mission. Man konnte ein wütendes Geschrei hören, als Gernot seinen Bogen aus der Sattelbefestigung löste und zwei Pfeile unter einen Oberschenkel steckte, damit er schnellen Zugriff auf sie hatte. Einen dritten Pfeil legte er auf die Sehne und zielte.

„Lass es sein", sagte Roger, „das ist zu weit."

Gernot antwortete nicht und ließ den Pfeil von der Sehne schnellen, legte den zweiten Pfeil ein, dann den dritten. Innerhalb von zwei Sekunden hatten alle drei Pfeile ihr Ziel gefunden: drei Männer fielen vom Pferd.

„Doch nicht zu weit", fuhr Roger fort. „Das war ein Schuss, Entschuldigung drei Schüsse. Aber was nun?"

Gernot hatte noch einen Pfeil auf die Sehne gelegt und wartete auf eine günstige Gelegenheit. Gilles hatte ebenfalls seinen Bogen genommen. Wenn die Wegelagerer angreifen wollten, dann mussten sie zusammen bleiben. Das hieß aber, sie waren den Pfeilen ausgesetzt und ihre Rüstungen – falls sie überhaupt eine trugen – waren wohl nicht so gut, dass sie das wagen konnten. Also reagierten die zehn Ritter. Sie trieben ihre Pferde in Richtung der Banditen.

„Noch ein klein wenig weiter", sagte Gilles, „dann hab' ich sie."

Gernot hatte gezielt und getroffen. Im gleichen Augenblick trat auch Gilles in Aktion. In kürzester Zeit folgten fünf Pfeile von seinem Bogen und am Geschrei auf der anderen Seite konnte man den Erfolg abschätzen.

„Auf geht's", rief Tankred und mit ihm stürzten sich alle im Galopp auf die Banditen.

Aus den Angreifern waren Angegriffene geworden, die ihr Heil in der Flucht suchten. Im Vorbeireiten fingen sie drei Pferde ein, die herrenlos geworden waren.

„Man kann nie wissen, ob wir sie noch brauchen werden", sagte Gilles.

Das Vorankommen in den Wäldern lief nicht so unproblematisch wie gedacht. Man konnte nicht einfach losgaloppieren, die Bäume standen teilweise so dicht, dass man die Pferde am Zügel führen musste. Die Männer bemühten sich zwar, schnell an Raum zu gewinnen, doch es war sehr mühselig, das Tempo einigermaßen hoch zu halten.

Gernot ritt wieder in der Nähe von Gilles, der der Meinung war, keinen großen Sieg errungen zu haben: „Wir haben die Bande zwar verscheucht, aber nicht besiegt."

„Das glaube ich auch. Wir sind hier fremd und unsere Geschwindigkeit ist nicht sehr groß. Unsere Freunde sind wahrscheinlich erheblich schneller als wir und wenn wir Pech haben, werden sie uns unbemerkt überholen und die nächste Bande warnen, oder, was noch schlimmer wäre, sich mit ihnen verbünden."

„Das heißt, dass wir es dann mit einer großen Übermacht zu tun haben, die wir nicht mehr überrumpeln können."

„Also, von nun an müssen wir doppelt wachsam sein."

Die Übrigen waren der gleichen Meinung, was zur Folge hatte, dass sie durch das dauernde Spähen noch langsamer vorankamen.

Als es dunkel wurde, schlugen sie ein Lager auf, allerdings ohne ein Feuer anzuzünden. Man musste den Feind ja nicht noch anlocken. Trotzdem hieß es zwei Wachen aufzustellen, damit der Rest der Gruppe ruhig schlafen konnte. In dieser Nacht hatten aber alle einen leichten Schlaf und jeder hatte sein Schwert griffbereit neben sich liegen. Es geschah aber nichts. Gernot grübelte über die verschiedenen Möglichkeiten: Hatte man den Feind noch hinter sich, schon vor sich, oder hatte dieser sogar von einer Verfolgung abgesehen. Diese Frage beantwortete sich bald von selbst.

Früh morgens brachen sie alle wieder auf, ohne gefrühstückt zu haben. Sie aßen während sie ritten und sprachen kaum.

„Eine verdammt ungemütliche Gegend ist das hier, ideal für einen Überfall", hörte Gernot jemanden sagen.

Sie trieben ihre Pferde an so gut es ging, aber sie würden noch eine Nacht und einen Tag in den Wäldern verbringen müssen, ehe sie Padua erreichten.

Am Nachmittag ritten sie über eine kleine Lichtung, als aus dem Nichts sich überall Männer erhoben, ihre Bögen waren auf die zehn Kreuzritter gerichtet.

Ein Mann trat hervor, der alte Bekannte vom Vortag: „So sehen wir uns wieder, aber diesmal haben wir euch überrumpelt. Jetzt habt ihr keine Chance, 100 gegen 10 ist ein eindeutiges Verhältnis. Wir haben nämlich unsere Nachbarn um Unterstützung gebeten."

Ein Blick in die Runde ließ vermuten, dass das Verhältnis in etwa stimmte.

Tankred ergriff das Wort: „Es stimmt, der Vorteil ist eindeutig auf eurer Seite, aber wir sind Kreuzfahrer und damit sind wir unverletzlich."

„Da hast du Recht, ihr wäret unverletzlich, wenn das Zahlenverhältnis umgekehrt wäre. Ihr seid nun aber nur zehn und deshalb seid ihr verletzlich."

„Trotzdem würden viele von euch sterben, wenn ihr uns angreift."

„Da hast du nun schon wieder Recht und deshalb machen wir euch einen Vorschlag. Weshalb sollen so viele sterben, wenn man das Ganze auch einfacher ausfechten kann? Unser Vorschlag ist: ein fairer Kampf, einer gegen einen, mit dem Schwert und ohne Rüstung. Gekämpft wird, bis einer aufgibt oder tot ist. Einverstanden?"

„Wie soll es nach dem Kampf weiter gehen?"

„Ganz einfach. Siegt unser Mann, dann gehört alles, was ihr besitzt uns und ihr könnt zu Fuß weiter pilgern, so wie es sich für fromme Männer gehört. Siegt aber euer Mann, dann könnt ihr unbehindert bis Padua ziehen. Jetzt habt ihr ein wenig Zeit zum Überlegen, aber wir warten nicht allzu lange auf eure Antwort."

Ein Jubelgeschrei war auf Seiten der Banditen zu hören. Das war ganz nach ihrem Geschmack. Das Jubeln ließ aber darauf schließen, dass sie sich ihrer Sache ganz sicher waren und das wiederum hieß, dass etwas faul war. Die Zehn standen etwas verdutzt da. Ein kampferprobter, gut ausgebildeter Ritter war auch ohne Rüstung jedem Banditen überlegen. Was aber stimmte bei diesem Vorschlag nicht? Sie waren sich darüber im Klaren, dass in einem fairen Kampf jeder von ihnen jeden der Banditen besiegen würde. Selbst der schmächtige Gilles wäre mit seiner Schnelligkeit und Gewandtheit als Sieger aus solch einem Kampf hervorgegangen.

Tankred fasste schließlich die Überlegungen zusammen: „Sie haben gesagt: irgendeiner von euch. Also muss es ein Gegner sein, der uns allen überlegen ist. Das ist aber unmöglich. Folglich arbeiten sie nicht mit fairen Mitteln."

„Seid ihr soweit? Wir präsentieren euch schon mal unseren Mann."

Aus der Gruppe trat ein Mann hervor, der nicht sonderlich groß, aber sehr massig gebaut war. Er hatte Oberarme wie andere Menschen Oberschenkel. Das Ungewöhnliche an ihm war: Er war Linkshänder. Die Zehn starrten den Mann an. Das also war das Geheimnis. Die Wegelagerer grölten und schrien in Erwartung des Spektakels. Die Stimmung auf dieser Seite schien gut zu sein. Ein schon des Öfteren erlebtes Schauspiel sollte sich wiederholen. Alle zehn Ritter waren Rechtshänder und gewohnt gegen Rechtshänder zu kämpfen. Aber ohne Rüstung gegen einen Linkshänder zu kämpfen, das war ein nicht kalkulierbares, hohes Risiko. Mit Rüstung hätte die ganze Angelegenheit anders ausgesehen, aber so? Die Bande jubelte, als wäre der Kampf schon gewonnen. War das das Ende der Reise zu Pferd?

Gilles äußerte sich als Erster: „Der Bursche ist zwar ziemlich dick, aber er scheint Kräfte zu haben wie ein Bär. Sein ganzes Bestreben zielt wahrscheinlich auf einen Sieg beim ersten oder zweiten Hieb. Einem längeren Kampf wird er wohl nicht standhalten, dafür ist er nicht beweglich genug. Wer wagt es?“

„Im Prinzip jeder von uns“, meinte Tankred, „aber das Problem ist, er muss auch siegen.“

Gernot erhob sich, ließ seine Rüstung fallen, fasste sein Schwert mit der linken Hand und rief: „Auf geht's, Fettwanst!“

Den Banditen blieb das Lachen im Halse stecken. Ein Linkshänder gehörte zu den Pilgern, das war unerwartet, das hatte kein Spion berichtet. Sollte der Spaß vorüber sein, ehe er begonnen hatte?

Gernot rief zum Sprecher der Banditen: „Wie ist es, gilt dein Wort immer noch?“

„Es gilt“, war die Antwort.

Jetzt konnte keiner mehr zurück.

Zu seinen Gefährten gewandt, sagte Gernot ganz leise: „Haltet euch bereit, falls es schief geht.“

Dem Dicken sah man an, dass ihm nicht recht wohl war. Er glotzte ziemlich dumm vor sich hin. Bei der Vergabe der Intelligenz hatte er wohl nicht laut genug „Hier“ gerufen, denn er wusste nicht recht, wie er vorgehen sollte. Er stand jetzt da und sollte gegen einen Linkshänder kämpfen, das war neu für ihn. Aber es gab kein Zurück mehr, auch er schien das begriffen zu haben. Gernot hatte seinen Gegner sehr genau beobachtet und wusste, mit wem er es zu tun hatte. Sein Gegner stand nun da, das Schwert in seiner Linken, Gernot ihm gegenüber, auch das Schwert in seiner Linken. Er würde so kämpfen wie immer: Mit einem gewaltigen Schlag das Schwert des Gegners soweit zurückzuschlagen, dass sein zweiter Schlag ihn tödlich traf. Aber dort, wo er gewöhnlich hinschlug, war nun ein Schwert. Er begriff die Situation nicht richtig, er begriff eigentlich gar nichts mehr. Er vernahm aber die aufmunternden Rufe seiner Leute, er konnte nicht mehr zurück.

Gernot hatte sein Gewicht auf die linke Seite verlagert, er wollte durch einen kleinen Schritt dem Schlag entgehen. Sein Gegner stieß einen lauten Schrei aus und tat genau das, was Gernot erwartet hatte: ein mit Urgewalt durchgeführter Hieb von links oben nach rechts unten. Es wäre unsinnig gewesen, diesen Schlag zu blockieren. Gernot hatte zwar gegen seinen Bruder mit Links gekämpft, aber das hieß nicht, dass er diese Kampfesart beherrschte. Dazu kam die gewaltige Kraft seines Gegners. Er tat also das, was er instinktiv für richtig hielt. Der kleine Schritt nach links brachte ihn zwar nicht aus der Reichweite seines Gegners, aber sein Hieb von oben auf das Schwert seines Gegners ließ diesen fast straucheln, während er selbst herumwirbelte, praktisch eine Pirouette drehte und mit dem ganzen Schwung der Drehung versuchte, seinen Gegner zu treffen. Er traf ihn am Hals und der Dicke war schon tot, als er den Boden berührte.

Jetzt wurde es heikel. Der Anführer der einen Bande hatte zwar versprochen, das Ergebnis des Kampfes zu akzeptieren, aber mit diesem Ergebnis hatte er nicht gerechnet und seine Leute wohl auch nicht. Und hatte er überhaupt die Möglichkeit, auf die andere Bande einzuwirken? Diese Fragen gingen Gernot durch den Kopf, als er sich langsam zurück zu seinen Kameraden bewegte. Diese waren vorbereitet auf einen eventuellen Angriff. Sie hatten sich so hingestellt, dass sie praktisch Rücken an Rücken standen und sich so gegenseitig deckten. Gernot hatte fast seine Leute erreicht, da hörte er ein zischendes Geräusch und gleichzeitig einen der Südfranzosen, Raymond, aufstöhnen. Doch im selben Augenblick flogen zwei Messer, es war Gilles. Dieser zeigte Gernot hier zum ersten

Mal seine Fähigkeiten: Beide Messer hatten ihr Ziel gefunden. Gilles bewegte sich langsam auf den Getroffenen zu, der zu Boden gegangen war.

„Ich dachte, wir hätten ein Abkommen", meinte er und zog seine beiden Messer aus dessen Schulter. Das war sehr riskant, denn eine Reaktion war nun zu erwarten.

Der Anführer der Bande trat vor: „Ihr habt mein Wort, das werde ich halten, aber für die anderen kann ich nicht garantieren. Sie werden euch etwas Zeit geben, weil sie hier auch an mein Wort gebunden sind, sobald ihr aber weiterzieht, werden sie die Verfolgung aufnehmen."

Gernot wandte sich nun Raymond zu. Dieser hatte eine Art Bolzen in der oberen linken Schulter stecken.

„Was ist denn das für ein seltsames Ding", fragte er, denn so etwas hatte er noch nie gesehen.

„Das ist das Geschoss einer Armbrust", erklärte Adhémar, sein Freund, „ein teuflisches Gerät, das auf kürzere Entfernungen jede Rüstung durchschlägt. Du wirst diese Erfindung des Teufels im Heiligen Land noch kennen lernen."

Gernot kümmerte sich nun um Raymond, der zwar bei Bewusstsein war, aber sich nicht auf den Beinen halten konnte.

„Sorgt für unsere Sicherheit, ich kümmere mich um die Verletzung."

Gernot entfernte zunächst die Oberbekleidung, dann sah er, dass das Geschoss das Kettenhemd glatt durchschlagen hatte. Es würde schwierig werden, den Pfeil zu entfernen. Dieser bestand aus einer langen eisernen Spitze und einem kurzen hölzernen Schaft. Man konnte nur hoffen, dass kein Schmutz oder kleine Teile der Rüstung in die Wunde gekommen waren. Er bat Gilles, ihm zu helfen. Als erstes versuchten sie, Raymond das Kettenhemd auszuziehen, was sich jedoch als unmöglich erwies. Der Bolzen verhindert dies, da man das Kettenhemd nicht darüber streifen konnte.

„Gilles, fasse den Bolzen so tief und so fest wie möglich. Ich will versuchen, ihn zu kürzen, damit er nicht mehr im Wege ist."

Gilles tat wie ihm geheißen und Gernot machte sich ans Werk. Er wollte Raymond nicht noch weitere Schmerzen zufügen, aber ganz ohne würde es wohl nicht gehen. Er nickte Gilles zu und fing an, mit seinem Messer den Schaft des Bolzens vorsichtig durchzuschneiden. Raymond stöhnte, aber er blieb bei Bewusstsein, was Gernot gar nicht so lieb war. So musste er weiter ganz vorsichtig arbeiten, dann gelang es ihm, den Bolzen zu durchtrennen.

„So, das wäre geschafft, jetzt runter mit dem Hemd. Und dann werden wir weitersehen."

Das war jetzt zwar möglich, aber sehr schmerzhaft für Raymond, der auch sofort das Bewusstsein verlor. Für Gernot war es aber nun einfacher, er musste nicht mehr soviel Rücksicht nehmen.

„Ach du lieber Himmel", stieß Gernot hervor, „das Geschoss hat die Schulter komplett durchschlagen, aber es scheint kein Knochen verletzt zu sein, denn man sieht keine Splitter."

Als Gernot versuchte, den Bolzen aus der Wunde zu ziehen, besser gesagt durch die Wunde zu stoßen, musste er feststellen, dass das gar nicht so einfach war. Raymond lag nun auf der Seite, so dass man besser an ihm arbeiten konnte. Gernot versuchte zu ziehen, aber der Bolzen saß fest. Er versuchte den Bolzen zu drehen, er saß immer noch.

Jetzt hatte er eine Idee: „Hat jemand vielleicht eine dünne Schnur? Und was machen eigentlich unsere Freunde auf der anderen Seite?"

„Die haben sich alle bei ihrem Verletzen versammelt und verarzten ihn wohl."

Man reichte ihm einen dünnen Lederriemen. Gernot befestigte ihn mit einer Schlaufe an der Spitze des Bolzens.

„Ich halte Raymond fest. Gilles, fass den Lederriemen und dann zieh feste, aber trotzdem mit Gefühl."

Gernot hielt Raymond fest an der Schulter, als Gilles zog. Der Bolzen löste sich, Raymond stöhnte und Gilles rollte sich im Gras.

„Punkt eins wäre geschafft. Jetzt muss die Wunde versorgt werden."

„Bist du nebenbei auch Arzt?", hörte er jemanden fragen.

„Man tut, was man kann."

Er nahm das Pulver, das er aus seiner Heimat mitgebracht hatte und vermischte es mit Rotwein, wie er es schon früher getan hatte. Allerdings war diese Wunde schwerwiegender als die Schnitte, die er vorher behandelt hatte. Raymond schlief immer noch, deshalb musste er keine Rücksicht auf dessen Schmerzempfindlichkeit nehmen. Nach dem Motto „Was gut ist für außen, ist auch gut für innen" kippte er den Großteil der Tinktur auf Raymonds Schulter, sodass ein Teil am rückwärtigen Teil der Schulter wieder austrat. Mit einem kleinen Tuch verrieb er ein wenig der Flüssigkeit an den Wundrändern und machte sich dann ans Verbinden. Mit Gilles' Hilfe band er den betroffenen Arm mit einem sauberen Tuchstreifen auf der Brust fest, damit der Arm sich nicht bewegen konnte und die Wunde dadurch wieder aufriss. Die Wunde jetzt einfach zu verbinden, würde nicht viel bringen, da beim Wechseln des Verbandes diese immer wieder aufreißen würde. Was nun?

„Wir sollten den Verband an den Wundrändern unterfüttern, dann entsteht ein kleiner Abstand zwischen Wunde und Tuch“, schlug Gilles vor und umwickelte vier Stückchen Holz mit etwas Leder.

Es schien eine gute Idee zu sein, denn alle neigten sich über die beiden Wundärzte.

„Passt lieber auf unsere Freunde auf, damit die nicht auf dumme Gedanken kommen.“

„Die sind immer noch mit ihrem Verletzten beschäftigt, sie scheinen nicht so fähige Ärzte zu haben.“

Gernot hatte inzwischen den Verband angelegt und war mit seinem Werk zufrieden.

„Wir können ihn aber nicht so mitnehmen“, meinte Bran, „wir müssen ihm auch die Rüstung wieder anziehen, sonst wird er bald Opfer eines Pfeils werden.“

„Vielleicht hilft es ja, wenn ich mal rüber gehe und mir den Verletzten ansehe, das bringt uns oder besser Raymond etwas Zeit. Vielleicht kann ich ja sogar mehr Zeit rausschinden.“

Gernot ging los und nahm den Rest seiner Tinktur mit. Drüben angekommen sagte er: „Wir haben hier noch etwas von unserem Wunderheilmittel. Das hilft bestimmt auch eurem Kameraden.“

Die Bande hatte aus der Entfernung genau beobachtet, was auf der anderen Seite geschehen war. Ohne gehindert zu werden, sah Gernot sich die beiden Wunden des Gegners an. Sie waren zwar tief, aber schmal und bluteten nicht so heftig wie bei Raymond.

„Ich brauche Wasser und ein sauberes Tuch“, sagte er.

Irgendjemand entfernte sich und brachte das Gewünschte. Gernot reinigte die Wunde und bestrich sie mit der Tinktur.

„Das sollte es für den Augenblick sein. Ich werde gleich noch einmal kommen, um die Behandlung zu wiederholen. Aber wie soll es denn jetzt weitergehen? Wollen wir uns weiter gegenseitig umbringen oder lasst ihr uns ziehen?"

Da der alte Sprecher mit seiner Gruppe schon abgezogen war, trat nun ein anderer hervor und sagte: „Im Augenblick geschieht gar nichts. Sobald Du aber die Behandlung abgeschlossen hast, ist der Frieden zwischen uns beendet. Dann geben wir euch zwei Stunden Zeit. Danach werden wir die Verfolgung aufnehmen. Dann werden wir ja sehen, was dann geschieht."

Gernot ging zurück zu seinen Leuten und berichtete vom Ausgang des Gesprächs.

„Wir wissen nun, was auf uns zukommt, also müssen wir uns auch darauf einstellen."

Er wandte sich Raymond zu, der mittlerweile wieder bei Bewusstsein war und sich auf die rechte Seite gelegt hatte, um die linke Seite zu entlasten.

„Wie geht's?", fragte Gernot.

„Die anderen haben mir schon erzählt, was Du gemacht hast. Gute Arbeit! Ich bin zwar noch etwas wackelig auf den Beinen, aber das dürfte sich bald legen."

Damit setzte er seinen Trinkschlauch an den Hals und trank in großen Zügen.

„Wir sollten einmal probieren, ob du überhaupt reiten kannst, wenn nicht, müssen wir uns etwas überlegen. Die Wunde darf auf keinen Fall wieder aufreißen."

Ein Versuch bewies, dass sich Raymond wenigstens für eine gewisse Zeit im Sattel halten konnte. Aber man durfte nicht damit rechnen schnell reiten zu können, und auch nicht über eine längere Zeit.

13. In den Wäldern

„Auf geht's", meinte Gernot, „ich glaube nicht, dass die Burschen uns sehr viel Zeit gönnen werden und wenn wir uns nicht beeilen, schwindet unser Vorsprung. Die glauben, wir würden nur Zeit schinden."

Und so schwangen sich alle in die Sättel. Wie aber sollte man vorwärts kommen? Eine Person war ziemlich schwer verletzt, und der weitere Weg war den Wegelagerern auf jeden Fall besser bekannt als den Kreuzrittern selbst. Einer schlug schließlich vor, die Wälder zu verlassen, um schneller voran zu kommen. Außerdem hätte das den Vorteil, dass man die Feinde schon auf einige Entfernung sehen würde, natürlich umgekehrt auch selbst gesehen werde. Gegen Abend aber wollten sie möglichst wieder den Wald erreichen, die Dunkelheit und die vielen Bäume würden Schutz bieten, natürlich auch den Feinden. Also brachen sie auf. Jeder in voller Rüstung, nur die Hände ohne die schweren Handschuhe, da diese bei der Benutzung des Bogens hinderlich gewesen wären. Etwa eine halbe Stunde lang ging es gut voran, sie hatten den Wald verlassen und hielten einen so großen Abstand zum Rand, dass sie auf jeden Fall die Verfolger sehen würden. Ein plötzlicher Überfall war unmöglich. Auch stellte sich heraus, dass die Wegelagerer sich an die Abmachung gehalten hatten. Sie hatten die Verfolgung wohl noch nicht aufgenommen.

Allerdings schwankte Raymond nach einiger Zeit im Sattel und sie mussten ihr Tempo zügeln. Bran, der neben ihm ritt, streckte plötzlich seine Hand aus. Raymond drohte aus dem

Sattel zu fallen. Sie mussten eine Rast einlegen, um zu sehen wie es weiter gehen konnte. Gernot untersuchte die Wunde und stellte fest, dass diese zwar nicht aufgegangen war, aber einen unguten Rand zeigte. Das konnte eine böse Entzündung geben. Er nahm wieder ein wenig von seiner Tinktur und benetzte damit Raymonds Wunde. Dieser behauptete zwar weiter reiten zu können, aber das war nur ein frommer Wunsch. So konnte es auf keinen Fall weiter gehen.

„Wir sollten eine Trage bauen, die wir an zwei Pferden befestigen. Wenn wir es so machen, dass die Pferde hintereinander gehen, müsste es eigentlich funktionieren“, meinte Gilles.

Raymond wurde zunächst auf den Boden gesetzt, damit er sich ausruhen konnte. Gernot wollte sich um ihn kümmern, jedoch bemerkte er sofort, dass Raymond wieder das Bewusstsein verloren hatte.

„Um so besser“, meinte er.

Einige aus der Gruppe entfernten sich und kehrten kurz darauf mit zwei etwa fünf Meter langen armdicken Stangen zurück. Diese befestigten sie an den Steigbügeln zweier Pferde, von denen sie glaubten, sie hätten den ruhigsten Gang. An diese Stangen banden sie einige Decken, schließlich nahm Bran den verletzten Raymond vorsichtig vom Boden auf und legte ihn auf die provisorische Trage.

Als Roger sah, mit welcher Leichtigkeit Bran Raymond aufgenommen und transportierte hatte, meint er: „Warum machen wir uns eigentlich die ganze Mühe und bauen eine Bahre, wenn du ihn auch tragen könntest?“

Die Übrigen lachten, aber Tankred gab zu bedenken: „Von jetzt an können wir nur im Schritttempo reiten, wir müssen Raymond schonen.“

„Besser im Schritt geritten, als zu Fuß gegangen“, erwiderte Raymond, der wieder aufgewacht war.

„Du hältst den Mund und schläfst“, sagte Gilles.

„Aber erst, wenn ihr mir etwas zu trinken gegeben habt.“

Dann ging es weiter. Sie bildeten eine Zweierreihe, um für alle Fälle gerüstet zu sein. Die Verfolger ließen sich nicht blicken, jeder wusste aber, dass sie da waren, dort im Wald und bereit für einen Überfall.

Und die Gruppe würde bei dem jetzt vorgelegten Tempo einen Tag länger brauchen, also noch zwei Übernachtungen, bevor sie Padua erreichten. Sie wollten auch nur im äußersten Notfall einen der verstreut liegenden Bauernhöfe ansteuern, da sie damit rechneten, dass diese Bauern die Rache der Wegelagerer zu spüren bekämen. Teilweise ging es doch etwas schneller als gedacht, die Pferde hatten sich an die Trage gewöhnt und schienen damit gut zurecht zu kommen. Als der Tag zu Ende ging, ritten sie wieder in den Wald, um ein Nachtlager aufzuschlagen. Sie suchten eine Stelle in der Nähe des Waldrandes, sodass sie ihre Verfolger, falls diese vom freien Feld kämen, leicht bemerken würden, so hatten diese Verfolger keine Möglichkeit, sich ungesehen zu nähern. Auf der anderen Seite, zum Wald hin, hatten diese die gleichen Schwierigkeiten, wenn sie sich heranschlichen, wie sie selbst. Hier konnten sie ihre zahlenmäßige Überlegenheit nicht ausspielen.

Bran nahm Raymond, der immer noch schlief, von seiner Trage und legte ihn auf einige Decken. Es schien ihm etwas besser zu gehen und Gernot bemerkte mit sichtlicher Erleichterung, dass die Wunde sich wohl nicht entzünden würde. Sie blutete nicht mehr und hatte sich geschlossen.

„Wie es aussieht, schläft er sich gesund. Besser für ihn und für uns.“

Als nächstes galt es, die Pferde zu sichern, denn verlöre man diese durch Verletzungen infolge von Pfeilschüssen, sähe die ganze Situation nicht mehr so rosig aus. Dann würden sie in der Tat zu Fuß pilgern müssen, so wie der Anführer der Wegelagerer es vorausgesagt hatte. Doch noch waren die Pferde nicht in Gefahr und man konnte sie an den Waldrand führen, damit sie dort grasen konnten. Die Gruppe legte sich in der Nähe der Pferde nieder, um etwas zu ruhen, denn allem Anschein nach waren die Verfolger noch nicht in der Nähe. Dass sie aber kommen würden, das war so sicher wie das Amen in der Kirche. Also war es gut, sich jetzt ein wenig auszuruhen, da keiner damit rechnete, dass die Nacht ohne Störung vorüber gehen würde. Es war noch ein guter Rest von den Vorräten übrig, niemand musste deshalb hungern. Trotzdem machten sich Adhémar und Gilbert auf, die Gegend ein wenig auszukundschaften. Als sie nach einer halben Stunde zurückkamen, berichteten sie, dass noch nichts von den Verfolgern zu hören oder zu sehen war. Das würde sich aber bald ändern, denn alle waren sich darüber im Klaren, dass diese sich irgendwo in der Umgebung aufhielten und nur auf die Dämmerung warteten.

„Sie sind nicht da, aber sie werden kommen und uns angreifen“, meinte Gernot, „und ich bin mir sicher, dass sie wissen, wo wir ungefähr lagern. Bei unserer Geschwindigkeit können sie sich einiges ausrechnen.“

„Das Unangenehmste ist immer das Warten“, entgegnete Roger, „sie werden versuchen, uns müde zu machen, damit unsere Aufmerksamkeit nachlässt. Also, weshalb warten wir eigentlich? Wir sollten die Initiative ergreifen und gegen sie vorgehen. Damit rechnen sie nicht und so haben wir wenigstens das Überraschungsmoment auf unserer Seite. Solange es nicht völlig dunkel ist, können wir sie mit einigen Pfeilschüssen auf Distanz halten. Dann ziehen wir uns zurück und lassen sie wieder näher kommen. Sie werden bestimmt einige Verluste erleiden. Wenn Bran zum Schutz für Raymond zurückbleibt, dürfte es uns gelingen, den Burschen Respekt vor Pilgern beizubringen."

Gernot vergewisserte sich noch einmal über den Zustand von Raymonds Wunde und war sehr zufrieden mit dem, was er sah. Mit Genugtuung konnte er feststellen, dass er seine Arbeit gut verrichtet hatte. Raymond hatte eine Menge Blut verloren, daher rührte seine Schwäche, aber sonst schien alles in Ordnung zu sein. Man konnte also getrost aufbrechen.

In Zweiergruppen, mit einem Abstand, dass man sich noch sehen konnte, bewegten sich die Männer langsam durch den Wald. Vor allem eines durfte jetzt nicht passieren, dass sie nämlich selbst zuerst entdeckt wurden.

Gernots Augen hatten sich rasch an die nun zunehmende Dunkelheit gewöhnt und er konnte noch auf 100 Meter Entfernung einen Baum vom nächsten unterscheiden. Gilles, der neben ihm ging, hob plötzlich die Hand. Das Zeichen wurde sofort nach links und rechts weitergegeben. Gilles legte sein Ohr auf den Boden und lauschte.

„Pferde", sagte er nur.

Gernot gab ein Zeichen, dass man sich ducken sollte, weiter. Jeder suchte sich eine Deckung und bereitete seinen Bogen vor. Es dauerte auch nur noch wenige Minuten und man konnte die Verfolger erkennen. Sie marschierten sehr diszipliniert in Zweierreihen hintereinander, allerdings hörte man sie reden, was darauf schließen ließ, dass sie sich sehr sicher fühlten.

Die ganze Situation änderte sich mit einem Schlag. Pfeile zischten durch die Luft und es musste einige Treffer gegeben haben, denn auf der anderen Seite hörte man Schmerzensschreie und durchgehende Pferde. Die acht Ritter hatten sich sofort zurückgezogen und so war der Pfeilhagel, der sich dorthin ergoss, wo sie eben noch gestanden hatten, wirkungslos. Es dauerte eine geraume Zeit, bis sich die Gegner wieder organisiert hatten. Jetzt waren sie gewarnt und gingen vorsichtiger vor. Zu Pferde hatten sie ein gutes Ziel abgegeben, nun jedoch bewegten sie sich zu Fuß vorwärts, sodass sie fast unsichtbar waren. Fast, aber für Gernot nicht ganz. Sobald er etwas erkennen konnte, schickte er einen Pfeil rüber und Gilles tat es ihm nach. Natürlich konnten sie bei der nun herrschenden Dunkelheit nicht bei jedem Schuss mit einem Treffer rechnen, aber trotzdem kamen die Gegner nur noch langsam voran.

Gernot und seine sieben Begleiter hatten sich jetzt wieder vereinigt, um jedes Mal, wenn Gernot schoss, einen Pfeilhagel hinterher zu senden und um sich anschließend schnell wieder zurückzuziehen. Es dauerte noch eine Zeit, bis sie ihr Lager wieder erreicht hatten und die ganze Aktion hatte zu keiner Verletzung auf ihrer Seite geführt.

Im Lager angekommen, sahen sie zu ihrer Überraschung Bran, auf sein Schwert gestützt. Vor ihm lagen zwei Tote.

„Es waren Späher, die unseren Lagerplatz aufspüren sollten. Also habe ich mich aufspüren lassen und sie merken lassen, dass ich alleine war. Daher griffen sie mich an. Hier scheinen sehr leichtsinnige Leute zu leben, denn diese hier haben ihren Leichtsinn mit dem Leben bezahlt."

Die anderen mussten schmunzeln, als sie Brans Bericht hörten. Doch nun galt es, letzte Vorbereitungen zu treffen. Die Pferde, zuzüglich der zwei neuen, mussten gesichert werden.

Bei den Übrigen hatte es sich herumgesprochen, dass Gernot in der Nacht besonders gut sehen konnte, also wurde er ausgewählt, ein Stück nach vorne zu schleichen, um die Wegelagerer zu beobachten. Man musste unbedingt wissen, welche

Absichten diese hatten, um eventuelle Gegenmaßnahmen ergreifen zu können.

Gernot nahm Gilles mit, da es leichtfertig gewesen wäre, sich allein an diese Aufgabe zu wagen. Sie gingen langsam vor, bewegten sich aber bald nur noch geduckt oder auf allen Vieren, wobei Gilles sich wie eine Katze bewegte. Nach 200 Metern sahen sie bereits eine Bewegung zwischen den Bäumen. Dort war das Lager, und die Banditen hatten wohl die gleiche Idee gehabt wie die Ritter, denn Gernot und Gilles sahen, wie sich drei Männer in einem Bogen nach links bewegten, um das Lager der Kreuzritter auszukundschaften. Die Drei bewegten sich zielstrebig auf das Lager zu, sie wussten also genau, wo dieses sich befand.

„Die fangen wir ab“, raunte Gilles Gernot zu.

Sie schlichen vorsichtig in Richtung der drei Gegner, um ihnen den Weg abzuschneiden. Als sie ein kleines Stück zurückgelegt hatten, erblickten sie plötzlich die drei Männer in einer Entfernung von 30 bis 40 Metern. Gernot nahm seinen Bogen und zielte auf einen der Männer. Er konnte zwar alles nur schemenhaft sehen, doch es reichte für einen sicheren Schuss. Gernot hörte einen dumpfen Laut, der Pfeil musste getroffen haben. Als er nach dem Platz sah, an dem Gilles vorher gestanden hatte, war niemand mehr zu sehen.

Gilles hatte sich entfernt, aber wohin? Gernot versuchte ihn in der Dunkelheit auszumachen, doch er konnte ihn nicht entdecken. So blieb ihm nichts anderes übrig, als sich in Richtung der beiden übrig gebliebenen Späher vorzuarbeiten. Nach etwa 20 Metern trat Gilles plötzlich aus dem Schatten eines Baumes hervor. Gernot hatte bereits sein Schwert gezogen, um Gilles beizustehen.

Doch dieser winkte ab und sagte: „Du hast gut getroffen. Alle Achtung, bei der Entfernung und in dieser Dunkelheit, wirklich nicht schlecht."

„Und die beiden Übrigen?"

„Die stellen keine Gefahr mehr da. Einer hat Bekanntschaft mit meinem Messer gemacht, der andere mit meinem Schwert."

„Das heißt, ihre Kumpane wissen nichts vom Schicksal ihrer Späher. Sie wiegen sich in Sicherheit und rechnen bestimmt nicht mit einer Aktion unsererseits. Das wäre die Möglichkeit, sie zu überfallen, um ihnen den Schneid abzukaufen. Wir sollten die anderen informieren und hören, was sie von unserem Plan halten."

Vorsichtig zogen sie sich zurück. Bald hatten sie ihre Freunde erreicht und berichteten vom Ausgang ihres Unternehmens und von ihrem Plan. Flüsternd erörterten sie nun das weitere Vorgehen. Schließlich stand der Plan fest: Bran sollte mit Raymond, der mittlerweile aufgewacht war und meinte, es ginge ihm schon so gut, dass er ein Stück reiten könne, die Pferde zum Waldrand führen, sobald sie Kampfeslärm hörten. Dort sollte sie warten, denn man wollte sich nicht auf einen Kampf mit dem Schwert einlassen, sondern nur einige Pfeile ins Lager schicken, dort für Unruhe sorgen und sich dann davon machen. Ganz leise wurden nun die Pferde gesattelt und aneinander gebunden, damit Bran und Raymond nicht zu viele Schwierigkeiten mit ihnen bekommen würden. Ray- mond hatte sich inzwischen erhoben, er war zwar noch etwas wackelig auf den Beinen, meinte aber, dass es schon gehen würde. Während diese beiden sich nun bereit hielten, um die Pferde zur Flucht aus dem Wald zu führen, entfernten sich die Übrigen fast unhörbar in Richtung des Lagers ihrer Verfolger. Bis zu der Stelle, an die Gernot und Gilles gelangt waren, ging das Vorrücken leicht vonstatten.

Dann aber mussten sie sich neu orientieren. Gilles, der am weitesten vorangekommen war, deutete in die Richtung, aus der seine Gegner aufgetaucht waren. Vorsichtig bewegten sie sich vorwärts, doch von den Feinden war nichts zu hören oder zu sehen. Sie hatten sich schon gut 200 Meter vorgearbeitet, als plötzlich einer doch etwas sah.

„Vorne rechts."

20 Meter weiter und dann konnte es jeder sehen: zwei, drei schwach glimmende Lagerfeuer, rundherum saßen oder lagen die Männer. Wachen hatten sie nicht aufgestellt. Dummheit? Falsch empfundene Sicherheit? Es war schwer zu sagen. Auf jeden Fall machte dieser Umstand das Vorhaben der Angreifer einfacher. Sie verteilten sich etwas, dann flogen die ersten Pfeile und sofort hörte man Schmerzensschreie. An den Lagerfeuern wurde es nun lebendig, dort griff man nach den Waffen und versuchte so gut es ging sich zu schützen. An Gegenwehr war kaum zu denken, da man die Angreifer in der Dunkelheit nicht ausmachen konnte. Noch immer flogen Pfeile in Richtung des Lagers, auch wenn jetzt nichts mehr zu sehen war und jeder Schuss nur ein Glückstreffer sein konnte. Als dann aber die ersten Pfeile auf die Ritter, oder besser gesagt in die Richtung, in der man diese vermutete, niedergingen, hatten diese sich schon zurückgezogen und bewegten sich lautlos in Richtung Waldrand.

Kaum fünf Minuten später hatten sie Bran und Raymond erreicht. Jeder nahm nun sein Pferd, einige mussten noch ein zweites führen, und im leichten Trab entfernten sie sich vom Wald. Nach einer Viertelstunde war vom Wald nichts mehr zu sehen und die größte Gefahr schien überstanden zu sein.

Raymond saß recht gut im Sattel und meinte, dass er es noch eine Zeit lang aushalten könne. Gernot und Gilles ritten voran und so kamen sie gut vorwärts. Langsam wurde es hell und so konnten sie sich besser orientieren und auch nach möglichen Verfolgern Ausschau halten.

Für Raymond wurde es dann doch zu anstrengend, sodass man ihn wieder in seine Sänfte legte, was für Gernot die Gelegenheit bot, sich die Wunde noch einmal bei Tageslicht anzusehen. Er war sehr zufrieden mit dem, was er sah. Die Wunde war trotz des anstrengenden Rittes nicht wieder aufgegangen und es zeigte sich auch keine Entzündung. Zwei Mann hatten sich inzwischen etwas von der Truppe entfernt, um die Umgebung auszukundschaften. Aber auch sie hatten von den möglichen Verfolgern nichts mehr gesehen.

Bran meinte: „Die haben wahrscheinlich eine Lehre aus den Verlusten gezogen. Wir haben doch mindestens 20 von ihnen ausgeschaltet. Auch wenn sie nicht getötet wurden, so sind sie doch kampfunfähig."

„Ich hoffe, du hast Recht", meinte Gilles. „Auf jeden Fall sollten wir weiterhin auf der Hut sein, denn es ist unsicher, ob diese Burschen lernfähig sind und außerdem stellen sie immer noch eine bedrohliche Übermacht dar. Vielleicht haben sie uns schon überholt, ohne dass wir es bemerkt haben. Außerdem kennen sie unseren Reiseweg und sie sind im Gegensatz zu uns ortskundig."

„Dann also weiterhin aufgepasst!"

Gegen Mittag sahen sie in der Ferne eine kleine Ortschaft, eigentlich nur ein oder zwei Dutzend Gebäude, die an dem einzigen Weg lagen, der diesen Ort durchquerte. Als sie näher kamen, bemerkten sie, dass sich niemand auf der Straße aufhielt. Seltsam, denn noch war die Mittagshitze nicht so groß, dass die Leute sich in die Häuser zurückziehen mussten. Hier stimmte etwas nicht, ein sicheres Alarmzeichen, denn wenigstens den einen oder anderen Einwohner hätte man sehen müssen.

„Wir können den Ort nicht betreten, wahrscheinlich haben unsere Freunde uns überholt und warten jetzt auf die Möglichkeit, uns eins auszuwischen“, meinte Gernot.

„Dabei hat unsere Pilgerreise doch noch gar nicht so richtig begonnen und dann dauernd diese Auseinandersetzungen mit Leuten, die uns daran hindern wollen, das Heilige Land zu erreichen. Wie steht es mit dir, Raymond, meinst du, dass du wieder ein Stückchen reiten kannst?“

„Es wird schon gehen“, entgegnete dieser, „denn ich bin froh, wenn ich diese Sänfte mal verlassen kann.“

Damit richtete Raymond sich auf und kletterte auf sein Pferd.

„Dann aber los“, befahl Tankred, „bis jetzt haben die Banditen – falls sie im Dorf sind – noch keinen Verdacht geschöpft. Wenn wir einen Vorsprung gewinnen wollen, müssen wir unsere Pferde antreiben.“

„Halt!“ rief Adhémar, der sich sonst sehr zurückhielt. „Was ist, wenn sie genau das wollen. Wenn sie wollen, dass wir am Ort vorbei reiten, dass wir uns in einer trügerischen Sicherheit wiegen, was geschieht dann?“

„Dann gibt es eigentlich nur eine Möglichkeit, um der Gefahr zu entkommen“, erwiderte Tankred, „dann müssen wir südlich am Ort vorbei reiten. Das ist zwar ein Umweg, aber dann können wir genau sehen, wo die Burschen stecken.“

Und bald sahen sie, was die Wegelagerer geplant hatten: Sie wollten die Ritter in den Ort locken, sie aus den Häusern mit Pfeilen angreifen, sie zur Flucht aus dem Dorf treiben und dort, am nördlichen Ausgang, wartete dann die andere Hälfte der Gauner. Ein guter Plan, der aber durch die Vorsicht der Opfer zunichte gemacht wurde.

Was jetzt geschah, ließ die Kreuzfahrer lachen: Wütende Rufe aus dem Ort, ebenso wütende Antworten von außerhalb. Da hatten welche das Spiel nicht mitgemacht. Trotz ihrer Überzahl wagten die Reingelegten keinen Angriff auf offenem Feld.

Aber auch Gernot und seine Freunde waren nicht besonders wild auf eine Auseinandersetzung. Sie wandten sich etwas nach Norden, um den Weg nach Padua zu erreichen, zunächst von ihren Verfolgern in sicherem Abstand begleitet.

Irgendwann am späteren Nachmittag fehlte die Begleitung dann plötzlich. Hatten die Burschen den letzten Versuch eines Überfalls aufgegeben, oder heckten sie gerade einen neuen Plan aus? Tankred und Roger machten sich auf den Weg, um Sicherheit zu gewinnen. Als sie ihre Freunde gegen Abend wieder einholten, konnten sie berichten, dass die Gefahr wohl vorüber sei.

„Sie sind auf geradem Weg zurückgekehrt. Wir haben sie noch eine Weile beobachtet, aber sie scheinen die Nase voll zu haben, “ berichtete Tankred.

„Außerdem, “ fügte Roger hinzu, „sind wir jetzt unbeobachtet und können uns so gut verstecken, dass sie uns nicht finden würden, selbst wenn sie es versuchten. Endlich mal eine Nacht, in der wir schlafen können.“

Sie hatten schon vor geraumer Zeit die Straße nach Padua erreicht und glaubten schon, sich wieder in den Büschen verstecken zu müssen, als sie im letzten Tageslicht eine größere Anzahl von Wagen sahen, die in die gleiche Richtung fuhren. Beim Näherkommen konnten sie ein Dutzend schwere Transportwagen unterscheiden, die von einer starken Truppe Bewaffneter begleitet wurden. Es hatten sich also mehrere Händler gefunden, die sich zum gegenseitigen Schutz zusammengetan hatten.

Jetzt begriff Gernot die Hartnäckigkeit der Wegelagerer: „Die Burschen mussten mit ansehen, wie eine dicke Beute vor ihrer Nase herzog. Aber wegen der starken Begleitung hatten sie keine Chance, die Beute zu ergreifen. Deswegen sollten wir sozusagen Schadenersatz für die entgangene Beute zahlen."

Bald erreichten sie den letzten Wagen. Dort wurden sie vom Anführer der Bewaffneten erwartet. Als dieser hörte, wer sie waren und wohin sie wollten, lud er sie ein, ein gemeinsames Lager für die Nacht aufzuschlagen. So wäre für alle Beteiligten die Sicherheit größer. Der Mann berichtete auch, dass sie schon seit zwei Wochen von den Banden beobachtet worden seien, aber diese hätten keinen Angriff gewagt.

So kam es, dass zehn müde Ritter zum ersten Mal seit Mantua beruhigt schlafen konnten. Das tat Reitern und Pferden gut, besonders aber Raymond, der nach all den Anstrengungen der letzten Tage doch arg mitgenommen war. Einer der Händler bot an, Raymond auf seinem Wagen mitzunehmen, sodass er liegend transportiert werden könne. Dankend nahm man dieses Angebot an. Es würde jetzt zwar länger dauern, bis man Padua und Venedig erreichte, aber man müsste sich auch keine Sorgen mehr um ein sicheres Vorankommen machen.

„Und außerdem", fügte Gilles hinzu, „muss ich dann auch nicht mehr dauernd nach hinten schauen. Ich habe schon einen ganz steifen Nacken."

Durch das mäßige Tempo der Wagen erreichten sie erst am folgenden Abend Padua. Padua war eine sehr alte Stadt, man merkte dies an allen Ecken und Enden. Hier gab es alles, was die Pilgergruppe lange entbehrt hatte. Schnell fanden sie ein Gasthaus, das reinlich war, freie Zimmer hatte und hungrigen Gästen anständige Portionen auftrug. Die Zehn beschlossen, die Händler hier zu verlassen und sich und den Pferden einige Tage Ruhe zu gönnen.

Teil 2: Die Überfahrt

1. In Venedig

Drei Tage blieben sie in Padua, dann brachen sie wieder auf, um die letzte Etappe nach Venedig anzugehen. Raymond fühlte sich erheblich besser, er hatte sich gut erholt und er glaubte, den Rest der Reise im Sattel zubringen zu können. Den Arm konnte er zwar noch nicht bewegen, aber auch das würde sich in zwei bis drei Wochen geben. Die Strecke bis Venedig war bequem in drei Tagen zu schaffen.

In einer Lagune, auf vielen Inseln gebaut, bot die Stadt einen völlig anderen Eindruck als jede andere Stadt, die Gernot bis jetzt gesehen hatte. Einige der Inseln waren durch Brücken verbunden, andere konnte man nur mit dem Boot erreichen. Seit 1104 hatte sich in Venedig eine Menge geändert. Durch den Kreuzzug waren neue Handelswege erschlossen worden, Venedig begann, wie ihre Rivalin Genua, die christlichen Länder im Heiligen Land mit Waren aller Art zu beliefern. Hier hatte sich eine Möglichkeit aufgetan, Geld, viel Geld zu verdienen. Und dem war Venedig nie abgeneigt. Zwei Dinge galt es dabei im Auge zu behalten: Man brauchte Schiffe und man musste das Seeräuberunwesen im Mittelmeer in den Griff bekommen.

Um genügend Schiffe – fast durchweg Galeeren – zu bekommen, hatten die Venezianer unter ihrem Oberhaupt, dem Dogen Ordelaf Faledro, 1104 begonnen, Werften zu bauen,

Werften in denen Hunderte, später Tausende Männer arbeiteten. Diese Werftanlage, Arsenal genannt, nach dem arabischen Wort darsinà-a, was nichts anderes bedeutete als Arbeitsstätte, lieferte genormte Schiffe, die schnell gebaut werden konnten und die sowohl in der Lage waren, den Handel zu schützen, als auch Jagd auf Seeräuber zu machen.

Dies waren die Informationen, die Gilles seinen Gefährten geben konnte. Als dieser mit seinem Vater Venedig besucht hatte, war die Situation anders gewesen. Der Kreuzzug hatte sein Ziel erreicht, der notwendige Nachschub konnte nur über See bewerkstelligt werden. Hier hatte Venedig eine zentrale Rolle gespielt. Trotzdem mussten Gilles und sein Vater wegen widriger Umstände fast zwei Monate untätig in Venedig sitzen, man hatte um den Preis der Überfahrt gefeilscht. Zudem ging es damals um mehr als 50 Schiffsladungen an Menschen und Material. Das war ein lohnendes Geschäft für Venedig. Für zehn Ritter nebst Ausrüstung würde bestimmt kein staatliches Schiff zur Verfügung stehen, man würde sich um ein privates Schiff bemühen müssen. Zehn Mann zu befördern war kein lohnendes Geschäft, kleinere Schiffe konnten gut 50 Mann und Gepäck befördern, größere auch weit mehr als 100. Dann gab es noch das Problem der Pferde: Sie mitzunehmen war kostspielig und kompliziert. Dazu brauchte es besonderer Ställe auf dem Deck. Bei den Teilnehmern des Kreuzzuges war es ein Privileg einzelner Adeliger, ihr Pferd mitnehmen zu dürfen, wenn es sich um eine Schiffspassage handelte.

Erwartungsvoll betraten die zehn Pilger venezianischen Boden. Aber an wen sollte man sich wenden? Wen fragen? Diese Probleme wurden ihnen schon beim Betreten der Republik Venedig abgenommen. Eine Wache hielt sie an und wollte allerhand wissen. Dazu wurde alles schriftlich festgehalten: die Namen, die Abstammung, das Ziel und die Absicht. Die letzten beiden Punkte waren zwar identisch, trotzdem wurde jede Antwort penibel notiert.

„Mit der Überfahrt werdet ihr Schwierigkeiten bekommen, denn im Augenblick fahren fast alle Pilger aus einem süditalienischen Hafen ab. Das ist kürzer und preiswerter. Keine unserer Galeeren wird euch mitnehmen. Ihr werdet warten müssen, bis ihr einen Schiffseigner gefunden habt, der bereit ist, euch ins Heilige Land überzusetzen. Die Suche kann sich in die Länge ziehen, ihr werdet einige Zeit warten müssen."

Das waren die Informationen der Wachen. Zudem rieten sie ihnen, eine Unterkunft in der Nähe des Hafens, am Arsenal, zu nehmen. Von dort aus würde man alle Schiffsbewegungen sehen und man hätte die Möglichkeit, sich sofort an die Schiffseigner wenden zu können, um sich bei denen nach einer Überfahrt zu erkundigen. Das waren gute Ratschläge.

Es gab keine gesonderten Unterkünfte für Pilger, hier war man auf sich allein gestellt. So suchten und fanden die zehn Ritter eine Unterkunft in der Nähe des Hafens, was nicht sehr schwierig war, da es zurzeit keine Pilger und relativ wenig Kaufleute in Venedig gab.

Ein erster Rundgang bestätigte die Aussagen der Stadtwachen: es gab keine geeigneten Schiffe für eine Überfahrt. Entweder hatten die Schiffe andere Ziele, oder aber sie waren zu groß für eine so kleine Zahl von Pilgern.

Gernot saß vor der Unterkunft, in der sie sich eingemietet hatten. Es gab nichts zu tun. Deshalb dachte er über seine Situation nach. Vor nicht einmal zwei Monaten war er von seiner väterlichen Burg im beschaulichen Westfalen aufgebrochen. Er hatte Überfälle und gewagte Unternehmungen bestanden, er war über 1000 Kilometer geritten, hatte also mehr erlebt, als sein Bruder je erleben würde und war unverletzt in Venedig angelangt. Unwillkürlich fasste er das Amulett an, das Ebba ihm gegeben hatte und das er um seinen Hals trug. Zufall, das Alles? Oder doch etwas Anderes? Es musste Zufall sein, denn ein Amulett war ein Relikt aus heidnischer Vorzeit, aber andere waren verletzt worden, er aber nicht. Doch kein Zufall? Egal. Zurzeit ging es ihm gut. Zwei Monate voller Strapazen hatten ihm einiges abverlangt, er hatte sich schon zwischendurch gewundert, dass er nicht dauernd erschöpft war. Aber im Grunde hatte es ihm nicht viel ausgemacht. Das war kein Zufall, das war Training.

Ein gutes Gefühl, einmal nicht verfolgt oder belästigt zu werden. Er saß in der Sonne und es ging ihm einfach nur gut. Die anderen taten es ihm gleich. Kein Schiff, keine Überfahrt. Man hatte bis Mitte September Zeit, erst dann könnten die ersten Herbststürme eine Überfahrt behindern oder gar unmöglich machen. So saßen sie zusammen, tranken Wein und aßen. Eine Pilgerfahrt konnte auch angenehme Seiten haben. Eine ganz neue Erfahrung für Gernot, der bis jetzt eigentlich immer von seinem Vater knapp gehalten worden war. Aber: ein Schiff musste kommen, würde kommen. Zunächst aber kam kein Schiff.

Das Warten zog sich in die Länge. Was konnte man tun? Zum Beispiel sich mit Dingen beschäftigen, für die man später keine Zeit mehr haben würde. Gernot dachte wieder an den Brief, den er dem Vorsteher der jüdischen Gemeinde in Venedig geben sollte. Er hatte bis jetzt gezögert, da er geglaubt hatte, etwas von der Sprache lernen zu können, die hier gesprochen wurde. Er hätte sich gerne mit dieser Person unterhalten, um an einige Informationen zu kommen, die für die Weiterreise vielleicht nützlich sein konnten. Die Sprache aber, die in Venedig gesprochen wurde, blieb auch für Gernot ein Rätsel. Hier schien halb Europa durchgezogen zu sein und hatte Sprachfetzen hinterlassen. Dazu kamen Wörter aus den verschiedensten Sprachen des Orients. Es hatte sich für Gernot, wie auch für seine Mitstreiter, nicht gelohnt, in dieser Beziehung aktiv zu werden.

Er hatte erfahren, dass die einheimischen Juden auf dem Festland in einer geschlossenen Siedlung, die man Ghetto nannte, wohnten. Gernot machte sich also auf den Weg und hatte bald die Siedlung erreicht. Dort sprach er den Erstbesten auf Latein, dann auf Französisch, Okzitanisch und schließlich auf Deutsch an.

„Halt, halt!“, antwortete der Angesprochene, „wir sollten uns auf eine Sprache einigen, sonst wird unser Gespräch zu kompliziert.“

Da die Antwort auf Französisch erfolgt war, fuhr Gernot in dieser Sprache fort. Sein Gegenüber war gerne bereit, ihn zum Vorsteher der Gemeinde zu geleiten. Diese Person war anders als in den Gemeinden, die er schon besucht hatte, kein alter Mann, sondern erst mittleren Alters.

„Ihr wolltet mich sprechen?“, fragte er Gernot in fließendem Deutsch und zwar in dem Dialekt, der am Rhein gesprochen wurde und den Gernot am besten beherrschte.

Etwas verwirrt über die Sprachkenntnisse des Mannes stammelte er: „Ich habe hier einen Brief für euch.“

Damit übergab er das in Leder verpackte Schriftstück.

„Ihr müsst entschuldigen, dass der Brief etwas ramponiert ist, aber dieses Schriftstück hat schon viel mitgemacht. Die Flecken, das sind Schweiß und Blut. Ein Freund wurde durch einen Armbrustbolzen schwer verletzt. Als ich versuchte, ihn zu verbinden, muss ich wohl meine Finger daran abgewischt haben, denn ich habe den Brief immer bei mir getragen. Euer Glaubensbruder hielt den Brief wohl für sehr wichtig.“

Der Gemeindevorsteher öffnete den Brief und begann mit der Lektüre. Er schaute auf den Brief, dann auf Gernot, wieder auf den Brief, dann sagte er: „Ihr habt uns einen sehr großen Dienst erwiesen. Ich bin jetzt informiert über die Zustände jenseits der Alpen und über die Absichten unserer Glaubensbrüder. In deinem Land hatte der Kreuzzug grauenhafte Folgen für unsere Gemeinden. Einige dieser ehemals blühenden Gemeinden wurden völlig ausgelöscht, ein paar existieren als kleine Gruppen weiter, manchmal so klein, dass nicht einmal ein Gottesdienst abgehalten werden kann. Wir werden hier jetzt überlegen, wie wir helfen können und wir werden versuchen, die alten Verbindungen wieder herzustellen. Ihr habt eure Aufgabe erfüllt, dafür danke ich Euch. Trotzdem habe ich noch eine Bitte."

„Immer zu."

„Wie ich sehe, tragt Ihr das Kreuz. Ihr wollt also ins Heilige Land. Würde es Euch etwas ausmachen, diesen Brief weiterzubefördern? In Akkon – ich vermute, dass ihr diesen Hafen ansteuern werdet – gibt es eine größere jüdische Gemeinde. Übergebt dort diesen Brief. Vielleicht können wir euch einmal behilflich sein. Ihr habt viel für uns getan."

Gernot versprach, den Brief zu übergeben und wollte sich schon verabschieden, als er auf die Idee kam, die Gelegenheit beim Schopfe zu fassen und sozusagen aus erster Hand Informationen über das Ziel der Reise, das Heilige Land zu bekommen.

„Könnt ihr mir etwas über das Heilige Land erzählen? Bis jetzt weiß ich eigentlich nicht mehr als Gerüchte. Alles, was man hört, ist aufgebauscht und zwar in jede Richtung. Ich weiß kaum noch, was ich glauben soll."

„Gerne, aber wartet, ich lass' uns etwas zu essen und zu trinken bringen. Also, den Ausdruck „Heiliges Land" sollte man nicht unüberlegt gebrauchen. Es ist das Heilige Land der Christen, Juden und Muslime."

Eine junge Frau trat ein und brachte zwei Becher, eine Karaffe und einen kleinen Imbiss.

Dann fuhr der Jude fort: „Ist man sich dieser Tatsache bewusst, dann sieht man die Verhältnisse dort vielleicht etwas objektiver. Die Gebiete, die jetzt christlich geworden sind, oder besser, die von christlichen Herrschern eingenommen wurden, werden nicht immer christlich bleiben. Die Herren dort sprechen nicht einmal die Sprache der dortigen Einwohner. Wenn man aber dort wohnt, sollte man sich anpassen. Bis jetzt geschieht dies nicht. Wenn Ihr ins Heilige Land geht, solltet Ihr auf jeden Fall Arabisch lernen! Das ist für euch wichtig, überlebenswichtig. Man kann sich nicht einfach auf einen Dolmetscher verlassen."

Viele dieser Informationen waren für Gernot neu. Er wusste nichts über das Judentum, über den Islam, über die Zustände im Heiligen Land. Deshalb schloss sich seine nächste Frage an: „Was ist mit der Überfahrt, ist sie gefährlich?"

„Gefahr ist ein relativer Begriff. Gefährlich ist fast alles in unserer Zeit. Eine Überfahrt in dieser Jahreszeit ist im Prinzip ungefährlich, abgesehen von den Seeräubern. Zur Zeit des Kreuzzuges war die Überfahrt sicher, denn diese Burschen hüten sich, ein Schiff anzugreifen, das 100 oder mehr Krieger an Bord hat. Ihr aber seid nur zehn Mann, das lockt dieses Gesindel an."

„Und wie sieht es mit den Pferden aus, sollten wir sie mitnehmen?"

„Ein Mann von deiner Körpergröße wird dort Schwierigkeiten haben, ein passendes Pferd zu finden. Falls ihr jetzt ein gutes Pferd habt, nehmt es mit! Die Schiffseigner verstehen sich darauf, den Laderaum so umzubauen, dass die Pferde auch bei Seegang keinen Schaden nehmen."

Gernot dachte an seinen weißen Riesen. Dieses Pferd war stark, ausdauernd, trittsicher und absolut zuverlässig. Die gute Behandlung durch Gernot dankte es ihm mit großer Anhänglichkeit. Ein Verkauf war deshalb ausgeschlossen, das war nun für Gernot so sicher wie das Amen in der Kirche.

Und das Fragen ging weiter, Gernot wollte die Gelegenheit nicht unnütz vorübergehen lassen: „Wie kommt es eigentlich, dass Ihr als noch junger Mann Vorsteher der Gemeinde seid?"

„Ich bin der Sprecher der Gemeinde, der Rabbi ist unser religiöses Oberhaupt. Ich bin übrigens Arzt und Ihr könnt euch erkundigen, ich habe einen guten Ruf. Selbst der Doge hat mich schon zu sich rufen lassen. Wenn Ihr wollt, begleite ich Euch zu eurem verletzten Kameraden. Wenn ich mir seine Verletzung ansehe, kann ich vielleicht etwas für ihn tun."

Gernot war sehr einverstanden mit diesem Vorschlag, denn er war sich nicht so sicher, ob er bei der Behandlung von Raymond alles richtig gemacht hatte. So packte der Arzt ein kleines Bündel und sie verließen das Haus, nicht, ohne dass Gernot sich nicht noch den letzten Happen vom Imbiss schnell in den Mund schob.

Nach der Ankunft in der Herberge untersuchte der Arzt zunächst Raymond. Die Wunde nässte zwar noch etwas, war aber gut verheilt.

„Es wird zwei schöne Narben geben, " meinte er, „aber sonst werdet ihr nichts zurückbehalten."

Und an Gernot gewandt meinte er: „Beruf verfehlt, Arzt hättet ihr werden sollen!"

Die anderen lachten und luden den Arzt noch auf einen Becher Wein ein. Der lehnte jedoch dankend ab, er habe noch genügend Patienten, die er aufsuchen müsse.

Vor der Herberge tauchte plötzlich Gilles auf. Er war seit der Ankunft in Venedig tagsüber immer unterwegs. Er versuchte die Stadt zu erkunden, die er ja schon mit seinem Vater besucht hatte. Diesmal aber strahlte er mit der Sonne um die Wette.

„Seht mal, was ich erstanden habe!"

Damit öffnete er seinen Mantel. Darunter erblickte man unterhalb des linken Oberarms eine seltsame Messerscheide, besser gesagt eine dreifache Scheide, bestückt mit drei Wurfmessern.

„Bist du unter die Sammler gegangen?", fragte Adhémar.

Kaum hatte er das gesagt, da flogen die drei Messer, eines nach dem anderen, blitzschnell am verdutzten Adhémar vorbei und bohrten sich in einen hölzernen Pfeiler des Vordaches. Wie an einer Schnur gezogen saßen sie dort, immer einen Finger breit auseinander. Adhémar musste erst einen großen Schluck Wein aus seinem Becher nehmen, während die Übrigen grinsten.

„Sieh an!", meinte Tankred, „unser Kleiner wird gefährlich." „Dieses Ding habe ich bei einem Messerschmied gesehen", entgegnete Gilles. „Ich fand es praktisch, habe die Messer ausprobiert und das Ganze gekauft. Die Messer liegen wunderbar in der Hand. Mit etwas Übung kann so etwas zu einer tödlichen Waffe werden."

„Wie verständigst du dich eigentlich?", wollte Gernot wissen.

„Als Kind lernt man schnell. Ich war mit meinem Vater über zwei Monate hier. Ich kann zwar nur wenig sprechen, aber ich verstehe eine ganze Menge. Das muss man ja nicht jedem auf die Nase binden, denn die Leute hier sind sehr geschäftstüchtig. Man könnte auch sagen, sie hauen jeden übers

Ohr, so gut es geht. Wenn man aber einiges versteht, dann geht das nicht so leicht. Ich stelle mich dumm, so komme ich überall hin, nur das Arsenal darf man nicht betreten."

Am nächsten Morgen stand ein Bote vor der Herberge. Er wünsche, die Kreuzritter zu sprechen, vermeldete er dem Schankwirt. Drei der Verlangten begaben sich zum Boten.

„Der Doge erwartet euch heute Abend zu einem kleinen Essen, und zwar alle!"

Sie gingen zurück in den Schankraum und berichteten von der Einladung.

„Seltsam", sagte Gernot, „hier in Venedig weiß jeder von jedem alles. Der jüdische Arzt wusste, dass wir angekommen sind. Der Doge weiß es auch. Als ob es nichts Besseres zu tun gibt, als uns nachzuspionieren."

Und Tankred fügte noch hinzu: „Dieser Bursche hat auch noch einen komischen Namen: Ordelaf Faledro. So heißt kein normaler Mensch."

„Stimmt", meinte Gilles, „der Vorname ist ein Palindrom des Nachnamens."

„Ein was?", fragte Robert.

„Bei einem Palindrom wird der Nachname von hinten gelesen, schon hat man den Vornamen. Aber du hast Recht! So heißt man eigentlich nicht, das ist etwas Künstliches."

„Unser Kleiner wird mir immer unheimlicher. Er wirft mit Messern, versteht eine unverständliche Sprache und jetzt erklärt er uns noch Namen von Menschen, die gar nicht so heißen, wie sie heißen. Wirt, noch einen Krug!", rief Tankred.

Bran hatte sich in den letzten Tagen merklich zurückgehalten.

„Bran, was ist mit dir, du redest so wenig und sitzt immer nur in der Sonne“, erkundigte sich Gernot.

„Ihr wisst ja gar nicht, wie schön die Sonne ist. Bei uns in Schottland regnet es, oder es ist nebelig, oder beides zugleich. Manchmal glaubte ich schon, bei dem Dauerregen würden mir noch Schwimmhäute zwischen den Zehen wachsen und ich würde als Riesenfrosch enden, so nass ist es dort. Langsam bekomme ich Geschmack am Leben im Heiligen Land.“

„Erst mal ankommen“, meinte Richard.

Keiner aber konnte sich einen Reim darauf machen, weshalb der Doge sie, die einfachen Kreuzritter, eingeladen hatte. Also machten sie sich am Spätnachmittag auf den Weg. Vor dem Palast des Dogen standen Wachen. Als sie diese ansprachen, kam einer auf sie zu und erklärte, dass er Bescheid wisse und sie zum Dogen geleiten werde. Hier wusste also schon wieder einer Bescheid. Das wiederholte sich kurz darauf, als sie vor dem Arbeitsbereich des Dogen ankamen.

„Wetten, dass der auch Bescheid weiß“, sagte Tankred und deutete auf eine weitere Wache.

Wache eins übergab die zehn Ritter an Wache zwei:

„Der Doge erwartet Euch.“

„Wette gewonnen“, hörte Gernot jemanden sagen.

Eine Doppeltür öffnete sich wie von Geisterhand und der Doge stand vor ihnen. Doge wurde man auf Lebenszeit, gewählt von einem Rat. Dieser Doge war in seiner Amtstracht schon eine beeindruckende Persönlichkeit. Er kam auf sie zu, begrüßte sie auf Französisch und bat sie an einen Tisch. Kaum saßen sie, da kamen Diener und luden den Tisch voll mit Speisen, die Gernot noch nie gesehen hatte, die anderen wahrscheinlich auch nicht.

„Greift zu“, sagte der Doge, „und erzählt mir von euren Zielen und Plänen!“

Da war ja nicht so viel zu berichten. Was sie vorhatten, konnten sie in wenigen Sätzen zusammenfassen.

„Wenn ich einmal wiederholen darf“, sagte der Doge, „setzt Ihr nach Akkon über und werdet nach Jerusalem gehen.“

„So ist es.“

„Genau darum geht es für mich. Ihr könnt es nicht wissen, aber durch meine Frau Matilde bin ich mit König Balduin verwandt. Ich habe hier ein Bündel Briefe, die ihr ihm bitte überbringen sollt! Das ist alles, um was ich euch bitte. Und um euch ein wenig an das Leben im Heiligen Land zu gewöhnen, habe ich euch Speisen zubereiten lassen, wie sie dort üblich sind. Für meine Freunde aus der Normandie habe ich allerdings noch eine Nachricht. Bohemund ist tot. Er ist schon vor einigen Wochen gestorben, die Nachricht von seinem Tod ist hier aber erst letzte Woche eingetroffen.“

Die vier Normannen waren wie vom Blitz getroffen. War jetzt alles umsonst gewesen? Der weite Weg, die vielen Gefahren? Wo sollten sie hin, wenn nicht zu Bohemund? Sie hatten sich dort Aufstiegschancen erhofft, Land und Lehen, alles das, was sie in der Heimat nicht erwarten konnten. Und jetzt das.

Der Doge schien ihre Gedanken zu erraten, denn er fügte hinzu: „Für euch ändert sich nicht viel. Bohemund hat vor seiner Abreise seinen Neffen Tankred als Verwalter seiner Grafschaft eingesetzt. Der wird jetzt wohl sein Nachfolger werden. Euer Lehnsherr wird nur einen anderen Namen tragen, das ist wohl die einzige Änderung für euch.“

Als sie sich schließlich nach einer weiteren Stunde verabschiedeten, konnten sie mit dem Besuch nicht viel anfangen. Klar, die Normannen waren von Bohemunds Tod betroffen, erleichtert aber, als sie von der wahrscheinlichen Nachfolgeregelung erfuhren. Die anderen aber stellten sich wohl nur eine Frage: Weshalb gibt der Doge uns dieses Briefbündel mit, weshalb schickt er es nicht mit einer der eigenen Galeeren? Dahinter musste etwas anderes stecken, aber was? Öffnen konnte man die Briefe nicht. Aber in diesem Staat, in dem es anscheinend keine Geheimnisse gab, war Vorsicht geboten. Warum gab es zurzeit keine Galeeren, die ins Heilige Land fuhren? Hier müsste man eigentlich Nachforschungen anstellen, aber so unauffällig, dass niemand etwas bemerkte. Das aber war gar nicht so einfach, denn hier schienen auch die Wände Ohren zu haben.

Vier Tage verbrachten sie in verschiedenen Gasthäusern und Spelunken. Sie erfuhren nicht viel, denn jeder dort schien Angst vor möglichen Informanten zu haben. Eines wurde jedoch deutlich: Venedig hatte einen großen Konkurrenten auf dem Wasser: Genua. Genua hatte eine bedeutende Rolle bei den Transporten während des Kreuzzuges gespielt. Mit Hilfe der Genuesen hatten die Kreuzritter im ersten Jahrzehnt des 12. Jahrhunderts viele Küstenstädte erobert, darunter auch Akkon. Deshalb hatten sie jetzt großen wirtschaftlichen Einfluss im Heiligen Land. Ähnliches galt für Pisa. Sie hatten fast ständig eine Flotte im östlichen Mittelmeer und hatten König Balduin bei der Eroberung von Akkon geholfen. Vielleicht lag hier der Schlüssel zum Geheimnis der Briefe, vielleicht wollte Venedig verlorenes Terrain zurückgewinnen, aber durch die Briefe erst einmal die Möglichkeiten sondieren. Es ging dem Dogen wohl nicht um die liebe Verwandtschaft, sondern um handfeste wirtschaftliche Interessen und Genua sollte von diesen Kontakten nichts erfahren, vorläufig jedenfalls nicht.

„Ich glaube, der Doge will uns für dumm verkaufen", meinte Adhémar. „Er hält uns für naive, vom Glauben getriebene Pilger, die nur an ihr Ziel denken und das Nachdenken anderen, in diesem Falle ihm, überlassen. Wir sollten vorsichtig sein."

Alle nickten zustimmend. Bevor sie jedoch diesen Gedanken weiterspinnen konnten, wurde ihr altes Problem, das der Überfahrt, plötzlich sehr aktuell. Es war Gilles, der die Neuigkeit überbrachte.

„Ein Schiff ist eingelaufen, kein allzu großes, aber mit erheblich mehr Platz, als wir brauchen."

„Hast du den Kapitän schon angesprochen?", wollte Raymond wissen.

„Nein, wir sollten uns erst erkundigen, ob das Schiff schon eine neue Ladung hat. Würden wir den Kapitän sofort ansprechen, wäre der Preis für die Überfahrt wahrscheinlich sehr hoch. Gehen wir doch erst mal die paar Schritte zum Hafen und sehen uns das Schiff an!"

Dieses Schiff war in der Tat groß genug. Für zehn Pferde war im Laderaum mehr als genügend Platz, da hätte auch die doppelte Anzahl bequem untergebracht werden können. Es war ein Segelschiff, keine Galeere, also hochbordig und konnte eine Menge Waren transportieren. Den Laderaum konnte man mit Holzplanken abdecken, was zur Stabilität des Schiffes beitrug. Im Augenblick war nur wenig Fracht an Bord, die von einem Kran gerade entladen wurde. Der übrige Teil des Schiffes war noch so groß, dass man bestimmt 100 oder auch mehr Passagiere hätte unterbringen können.

Als Tankred einen Matrosen nach dem Kapitän fragte, zuckte dieser zunächst mit den Schultern. Wahrscheinlich hatte er nichts verstanden, aber das Wort ‚Kapitän' ließ ihn auf einen großen, bärtigen Mann zeigen, der an der Reling stand und das Entladen seines Schiffes beobachtete. Sein Aussehen war nicht gerade vertrauenerweckend: An den Armen und im Gesicht mehrere Narben, entsprach er eher dem Bild eines

Seeräubers, zeigte aber auch, dass er sich zu wehren wusste. Tankred ging also weiter und wandte sich an diesen Mann. Zum Glück verstand dieser so viel Französisch, dass eine Unterhaltung möglich war.

„Wir suchen ein Schiff, das uns nach Akkon bringt."

„Was heißt ‚wir'?"

„Zehn Männer und zehn Pferde."

„Mein Schiff ist frei. Ihr seht ja, ich habe nur wenig Ladung. Die Geschäfte laufen zurzeit nicht gut. Die Genuesen sind immer schneller."

„Ihr seid also an einem Geschäft interessiert?"

„An einem Geschäft bin ich immer interessiert. Aber der Preis muss stimmen."

Gernot sah bereits den Großteil seines Silbergelds entschwinden. Denn ein Schiff zu bezahlen, das eigentlich viel zu groß ist, wo die Pferde vielleicht ein Drittel des Laderaums in Anspruch nahmen und die Passagiere noch viel weniger, das würde teuer werden! Denn man mietete das Schiff, nicht nur den benötigten Raum. Und an zusätzliche Passagiere mit dem Ziel Akkon war nicht zu denken.

Tankred hatte das Gespräch inzwischen weiter geführt. Er war mit dem Schiffseigner an Bord gegangen und inspizierte das gesamte Schiff, den Laderaum, die Unterkunft der Passagiere unter Deck, auch den Raum für die Schiffsleute.

Als er zurückgekehrt war, berichtete er Folgendes: „Das Schiff scheint in Ordnung zu sein, auf jeden Fall ist es dicht. Für die Pferde ist Platz genug vorhanden und wir werden in einem großen Raum unterhalb der Räume der Schiffsbesatzung untergebracht. Dort könnte man sogar eine Hundertschaft beherbergen. Wir werden also genug Platz für unser Gepäck haben."

Gernot hatte sich während des Berichts die Besatzung näher angesehen. Der Kapitän hatte neben einem Mann gestanden, dessen Gesicht man wegen seines ungeheureren Bartwuchses nicht erkennen konnte. Er war wohl sein Stellvertreter, vielleicht eine Art Steuermann, denn er hatte das Kommando an Bord übernommen, solange Tankred mit dem Kapitän unterwegs war. Die übrige Besatzung, fünf Mann, schuftete die ganze Zeit, angetrieben durch laute Befehle der Schiffsführung. Nach Tankreds Worten hauste dieser Teil der Besatzung in einem Verschlag im Laderaum, während der Kapitän und der Steuermann eigene kleine Räume an Deck hatten.

Das Gespräch zwischen Tankred und dem Kapitän kam jetzt zum entscheidenden Punkt: das Geld.

„Euer Schiff scheint in Ordnung zu sein, auch wenn es für unsere Zwecke sehr groß erscheint."

„Aber Herr, bedenkt, ihr werdet Platz haben wie auf eurer Burg. Die Überfahrt wird für Euch dadurch sehr viel bequemer."

„Nun ja, bequem ist wohl etwas anderes, aber nun zum Geschäft. Was kostet uns das Ganze?"

Als Gernot die Summe hörte, die der Kapitän forderte und die jeder für sich und sein Pferd bezahlen sollte, zuckte er unwillkürlich zusammen, so gewaltig war das Kribbeln zwischen seinen Schulterblättern. Das war erheblich weniger, als er gedacht hatte. Ein ungutes Gefühl beschlich ihn: Vorsicht! Weshalb verlangte der Kapitän nicht mehr?

Auf den Gesichtern seiner Kameraden sah Gernot nur freudige Überraschung, kein Misstrauen. Der Kapitän hatte ebenfalls die Szene sehr genau beobachtet, auch Gernots unwillkürliche Reaktion.

Er fügte schnell hinzu: „Der Preis mag dem einen oder anderen niedrig erscheinen, aber ich habe Euch die Summe genannt, die für den Transport anfällt. Ihr müsst zusätzlich das Futter für die Pferde bezahlen und euch selbst und die Besatzung verpflegen.“

Das erhöhte die Summe zwar, aber nach Gernots Berechnung hätte man jeden Tag einen ganzen Ochsen verspeisen müssen, um auf die Summe zu kommen, die er vorher einkalkuliert hatte. Da war etwas faul. Aber seine Mitstreiter waren zufrieden mit dem Verhandlungsergebnis. Vielleicht war er selbst einfach zu misstrauisch.

Dann wandte sich der Kapitän wieder an seine neuen Passagiere: „Ich werde etwa zehn Tage brauchen, um das Schiff so herzurichten, dass die Pferde an Bord kommen können. Ihr habt genügend Zeit, um den nötigen Proviant einzukaufen. Aber kauft nicht zuviel, denn wir werden unterwegs einige Häfen anlaufen: Kreta und Zypern auf jeden Fall und Venedig ist ein teures Pflaster!“

Jetzt konnte die Reise also losgehen. Es war ein Ruck durch die Gruppe gegangen. Bis jetzt hatte das ganze Unternehmen mehr Ähnlichkeiten mit einer Reise gehabt. Im Heiligen Land würde man ganz anderen Gefahren ausgesetzt sein. König Balduin würde bestimmt versuchen, einige der Ritter für sich zu gewinnen. Wo lag Gernots Zukunft?

Aber nun galt es erst einmal einzukaufen. Gilles wusste hier Rat. Er hatte festgestellt, dass jede Insel Venedigs einen eigenen Marktplatz hatte und er kannte die Preise, die die Einheimischen zahlen mussten. Gilles war es dann auch, der die meisten Einkäufe tätigte: Wurst, Käse, mehrere ganze Schinken und dünne Brote, die man, auch wenn sie schon ganz trocken waren, noch ganz gut essen konnte. Dazu kamen mehrere Schläuche mit Wein, denn daran hatten sie sich gewöhnt, auch wenn sie ihn auf See wohl verdünnen würden. All diese Sachen brachten sie sofort an Bord, unter Deck, in ihre neue Herberge.

Am fünften Tag vor der Abfahrt kam Gilles langsam auf seine Gefährten zu, die untätig unter dem Vordach ihrer alten Herberge saßen und eigentlich nichts mehr zu tun hatten. Das Warten sorgte für Langeweile, zumal sich eine gewisse Anspannung bei ihnen breit machte, die sie aber nicht beeinflussen konnten.

„Freunde, ich habe euch etwas zu erzählen! Es wird euch vielleicht furchtbar aufregen, aber tut so, als würde ich euch eine lustige Geschichte erzählen! Hier haben, wie wir festgestellt haben, auch die Mauern Augen und Ohren. Deshalb verstellt euch gut! Also hört zu: Ich war gerade auf unserem Schiff, um noch einige Sachen an Bord zu bringen. Dort hörte ich zufällig ein Gespräch zwischen dem Kapitän und seinem Steuermann. Sie wissen ja nicht, dass ich fast alles verstehe, was sie sagen. Der Kapitän erzählte, er habe seinen Verbindungsmann getroffen und das Geschäft gelte nun. Das Schiff würde in fünf Tagen auslaufen und zwei Tage später, auf See, würde dann der Überfall erfolgen. In der Nacht wolle man uns unter Deck einsperren, die Seeräuber würden an Bord kommen, um uns gefangen zu nehmen. Unser Gepäck und die Pferde würden der Anteil des Kapitäns sein, von uns beziehungsweise unseren Familien wollten die Piraten Lösegeld erpressen.“

Keinem war zum Lachen zumute, aber ab und zu hörte man trotzdem ein gezwungen wirkendes Gekicher.

„Nun, was haltet ihr von der Geschichte?“, wollte Gilles wissen.

„Hin und dem Kerl den Kopf abschlagen!“

„Das würde gewaltigen Ärger geben und das Schiff wäre für uns verloren.“

„Und wenn wir die Behörden einschalten würden, hieße es dann, wir hätten alles falsch verstanden. Auch dann hätten wir kein Schiff mehr.“

„Wie wollen die Burschen uns eigentlich gefangen setzen?“

Jetzt war es wieder an Gilles weiter zu berichten: „Ich habe mich natürlich auch gefragt, wie sie das bewerkstelligen wollen. Also bin ich wieder einkaufen gegangen, um einen Vorwand zu haben, noch einmal an Bord gehen zu können. Und dabei habe ich etwas entdeckt: Die Luke, die zu unserem Quartier führt, wurde massiv verstärkt. Die hölzernen Scharniere wurden durch eiserne ersetzt. Bolzen, die von unten durch die Decksplanken gebohrt wurden, sichern die Luke gegen jeden Ausbruchsversuch.“

„Teufel noch mal!“ sagte Tankred, „jetzt wissen wir auch, weshalb der Bursche zehn Tage für die Arbeit im Laderaum braucht. Was machen wir nun? Auf das Schiff können wir nicht verzichten und es auf See selbst in unsere Gewalt zu bringen ist zwar leicht möglich, aber keiner von uns versteht sich auf das Navigieren. Allerdings kennen wir jetzt die Gefahr und können uns darauf einstellen.“

„Das habe ich mir auch gedacht“, entgegnete Gilles, „deshalb bin ich noch einmal in die Stadt gegangen. Bei einem Werkzeugmacher fand ich das, was wir brauchen.“

Damit legte er einen Gegenstand auf den Tisch, der wie ein dickes Rohr aussah und an einem Ende eine Bohrkrone hatte. Am anderen Ende befand sich ein Handgriff, mit dem man diesen Hohlbohrer drehen konnte.

„Das benötigen die Schiffsbauer, wenn sie große Löcher ins Holz bohren müssen“, erklärte Gilles. „Damit können wir von unten die Decksplanken soweit durchbohren, dass wir mit einem Ruck – und ich denke da an Bran – die ganze Luke aus der Verankerung brechen können. Ich habe schon mal zur Probe an einem Brett gebohrt. In einer halben Stunde dürfte die Arbeit geschafft sein.“

Alle schauten Gilles an und dieser strahlte, als er die Bewunderung in ihren Blicken spürte.

Raymond erklärte dazu: „Wir aus dem Süden sind sehr gerissene Hunde. Aber dass wir einen perfekten Ein- und Ausbrecher unter uns haben, das ist mir auch neu.

Und Gilles: „Wenn man körperlich nicht der Größte ist, sollte man dieses Defizit durch geistige Überlegenheit ausgleichen.“

Zack, das saß. Bis jetzt hatten die meisten aus der Gruppe Gilles als einen Jungen angesehen, der aus unerklärlichen Gründen von seiner Familie in ein gefährliches Abenteuer geschickt worden war. Jetzt mussten sie einsehen, dass dieses Bürschchen ein ganzer Mann war, der sich hinter niemandem verstecken musste. Das Gelächter, das sich jetzt erhob, war echt und hielt lange an. Man klatschte Gilles auf die Schulter, was diesen seltsamerweise nicht kleiner, sondern größer werden ließ.

Sie berieten noch lange Zeit über das weitere Vorgehen und das Ergebnis war: Eine erkannte Gefahr ist eine halbe Gefahr. Das Schiff wollte man nicht verlieren, also würde man es doch übernehmen und dann weiter sehen. Das Durchbohren der Schiffsplanken sollte erst auf See geschehen. Zwei Mann würden unter Deck bleiben und die Arbeiten durchführen. Die Übrigen würden dafür sorgen, dass niemand etwas bemerkte.

Ihnen würde schon etwas einfallen, um die Besatzung, den Kapitän und den Steuermann abzulenken.

2. Auf See

Den letzten Tag an Land benutzten sie, um ihre Pferde noch einmal zu bewegen. Diese würden anschließend für einige Wochen kaum noch die Möglichkeit dazu haben. Die Pferde waren gut ausgeruht und hervorragend ausgebildet, das Verladen würde kaum Schwierigkeiten bereiten. Auf großen, hochbordigen Schiffen wurden Pferde mittels eines Krans verladen. Bei diesem Schiff würde es auch über eine Rampe gehen und da im Laderaum sehr viel Platz war, könnte man die Pferde dorthin auch mittels einer allerdings etwas steilen Rampe bugsieren können.

Am nächsten Morgen brachten sie zunächst ihr restliches Gepäck, vor allem ihre Waffen, in ihre neue Unterkunft. Das Verladen der Pferde dauerte dann doch etwas länger, da einige von ihnen etwas scheuten, als sie in den dunklen Laderaum gehen sollten. Erst als die Schiffsleute einige Decksplanken entfernt hatten, sodass mehr Licht nach unten fiel, ging es zügiger voran. Gegen Mittag konnte dann die Fahrt losgehen.

Gernot war nun doch etwas aufgeregt. Er hatte in den letzten Tagen wieder häufiger an zu Hause gedacht. Zu Hause, was war das eigentlich? Würde er sein altes Zuhause überhaupt noch einmal wiedersehen? Sein Zuhause war, das hatte er festgestellt, nicht an einen bestimmten Ort gebunden. Es war eher etwas Gefühlsmäßiges. Er fühlte sich wohl in seiner augenblicklichen Gesellschaft und deshalb bereute er nichts, nicht die Entscheidung, losgezogen zu sein, nicht die Reise, nicht die bestandenen Gefahren. Im Gegenteil, auch das hatte er gemerkt. Er war reifer geworden, entschlussfreudiger und körperlich ausdauernder und stärker. Er hatte deutlich gespürt, dass er durch die Anforderungen der Reise viel an Körperkraft gewonnen hatte. Vieles, was er sich früher nicht zugetraut hatte, war für ihn zur Selbstverständlichkeit geworden. Schlafentzug durch nächtliche Wachen machte ihm nichts mehr aus. Lediglich die Möglichkeit seekrank zu werden beunruhigte ihn, flößte ihm aber keine Angst ein. Das musste er auf sich zukommen lassen. Ändern konnte er es sowieso nicht.

An den vorderen Mast des Schiffes gelehnt, beobachtete Gernot das Ablegemanöver. Zusätzlich zum Segel besaß das Schiff an jeder Seite zwei Ruder, um die Beweglichkeit im engen Hafen zu erhöhen. Dadurch wurde das Schiff zwar nicht schneller, aber wendiger. Jetzt, auf dem Schiff, hatte er die Möglichkeit, alles genau in Augenschein zu nehmen. Das Schiff war solide gebaut und, das musste man dem Kapitän lassen, es war hervorragend in Schuss. Nichts deutete auf Nachlässigkeit bei der Pflege und Instandsetzung hin. Das Schiff besaß zwei große Lateinersegel, wie sie im Mittelmeerraum üblich waren, und die leicht und mit wenig Personal zu bedienen waren. Auch diese Segel zeigten kaum Abnutzungserscheinungen.

Anders war es mit der übrigen Besatzung. Kapitän und Steuermann redeten nie mit ihnen, sie schrien die anderen nur an. Diese eilten dann wie geprügelte Hunde über das Deck, um angstvoll den Befehlen nachzukommen. Eine kurzgriffige Peitsche sorgte dann dafür, dass aus der Eile eine Hatz wurde. Einer der fünf Matrosen übernahm ab und zu das Ruder, wenn das Segeln in den Augen von Kapitän oder Steuermann wegen nachlassenden Windes ihrer unwürdig war. Man konnte nicht einmal von Angst auf Seiten der Besatzung sprechen, es war der reinste Horror. Gernot konnte sich nicht vorstellen, dass diese fünf Gestalten freiwillig auf dem Schiff waren. Sie waren auch im Gegensatz zu den beiden anderen unbewaffnet. Sie besaßen also nicht einmal eine theoretische Chance sich zu wehren. Aber für Gernot war es gut zu wissen, wie die Verhältnisse an Bord waren. Von Seiten dieses Teils der Besatzung war keine Gegenwehr zu erwarten.

Wider Erwarten kam am frühen Nachmittag ein kräftigerer Wind auf, der das Schiff nicht nur deutlich schneller machte, sondern auch durch die Geräusche, die Segel, Masten, der Wind und das Meer verursachten, die Möglichkeit schuf, erste Bohrversuche zu unternehmen. Das Bohren würde durch die übrigen Geräusche überlagert werden, Vorsicht war aber trotzdem geboten. Roger und Tankred blieben unter Deck und waren bereit, diese Arbeit zu übernehmen. Gilles saß an der Luke und ließ seine Beine nach innen baumeln. So konnte er ein Zeichen geben, falls das Bohren unterbrochen werden musste, sei es, dass jemand sich näherte, sei es, dass man erste Bohrspuren von oben erblicken konnte. Die Übrigen hatten einen Schlauch Wein genommen und boten jedem einen Becher voll an. Kapitän und Steuermann taten so, als hätten sie nichts anderes erwartet, die übrige Besatzung dankte mit strahlenden Augen.

Währenddessen hatten Tankred und Roger ihre Arbeit aufgenommen. Der Bohrer hatte eine sehr scharf geschliffene Krone, für die auch das zähe Holz des Schiffes kein Hindernis war. Nach etwa fünf Minuten machte sich Gilles bemerkbar und zischte leise: „Ihr dürft nicht mehr weiter bohren, sonst durchbrecht ihr die Decksplanken."

Die beiden taten wie geheißen und wandten sich dem nächsten Bolzen zu, bis Gilles wieder ein Zeichen gab. Danach probierte Tankred erst einmal den Erfolg der Bohrversuche, indem er von unten etwas gegen die Bolzen drückte. Und siehe da, die Luke bewegte sich ganz leicht. Die Bolzen hingen nur noch an wenigen Fasern der obersten Holzschicht. Die Bohrspäne hatten sie aufgefangen. Diese vermischten sie nun mit etwas Spucke und schmierten damit die entstandene kreisförmige Lücke wieder zu.

„Wir sind gut!“, meinte Roger, dem sein gelungenes Werk sichtlich Spaß machte.

Nach einer guten halben Stunde kamen beide an Deck und verlangten nach Wein. Jetzt war den anderen klar, dass die Arbeit getan war. Allen war die Erleichterung ins Gesicht geschrieben und so tat jeder, was er für notwendig hielt: Man ruhte sich aus, kümmerte sich um die Pferde, die sich noch nicht an die ungewohnte Bewegung des Schiffes gewöhnt hatten und deshalb doch ein wenig unruhig waren, sich aber schnell beruhigten, als sie die vertrauten Stimmen ihrer Reiter vernahmen.

Gernot war wieder ins Grübeln geraten. War es nicht doch leichtsinnig, sich einem Schiff anzuvertrauen, von dem man wusste, dass es überfallen werden würde? Sollte man nicht vorzeitig dem Spuk ein Ende bereiten und den Kapitän und den Steuermann festsetzen? Aber wie würde es dann weiter gehen? All diese Gedanken hatten ihn schon an Land beschäftigt und er hatte versucht, sie seinen Gefährten mitzuteilen. Diese waren allerdings so euphorisch, dass sie seine Bedenken einfach beiseite geschoben hatten. Bis jetzt war alles gut gegangen und mit Gottes Hilfe – und der würde Pilger doch bestimmt schützen – würde es auch weiterhin gut gehen. Doch Gernot war sich nicht so sicher. Nicht, dass er die Hilfe Gottes anzweifelte, aber es gab so viele nicht berechenbare Faktoren, die ihn zweifeln ließen. Zum Beispiel wusste man nichts über die Anzahl der Piraten, die am Überfall teilnehmen würden: zwanzig, dreißig, fünfzig? Er konnte sich keine konkrete Zahl vorstellen. Allerdings war nicht mit einer noch größeren Zahl zu rechnen, da der Überfall aus der Sicht der Seeräuber eine sichere Sache war und diese die Beute wohl nicht durch mehr als für so eine Aktion notwendige Anzahl teilen wollten. Gut, das Überraschungsmoment war eindeutig auf Seiten von Gernot und seinen Gefährten! Keiner konnte mit einem Ausbruch rechnen. Aber was dann? Wenn die Seeräuber ihren Schrecken überwunden und ihre Waffen gezogen hatten? Je mehr Gernot die Situation in Gedanken durchspielte, desto klarer wurde ihm, dass das Gelingen ihrer Aktion von der ersten Minute nach dem Ausbruch abhing. Es musste alles blitzschnell geschehen. Alle Zehn mussten das eigene Schiff stürmen, Kapitän und Steuermann und an Bord befindliche Piraten ausschalten und dann das Schiff der Seeräuber entern. Der Schrecken müsste so groß sein, dass die Piraten von sich aus über Bord springen würden, um ihr Leben zu retten. So ungefähr stellte sich Gernot die Aktion vor.

Er ging zu Bran rüber und besprach mit ihm seine Gedanken. Er benutzte dabei die sächsische Sprache, um sicher zu sein, dass niemand dem Gespräch folgen konnte. Bran teilte seine Bedenken, er hatte auch Sorgen um das Gelingen des Ausbruchs.

„Wir beiden sollten als Erste das Deck stürmen, uns den Weg frei schlagen und sofort auf das andere Schiff springen, um dort aufzuräumen. Unsere Gefährten müssen uns dann folgen. Wenn einer hier an Bord bleibt, müsste das reichen, um das Schiff zu sichern. Nur der Kapitän und der Steuermann werden Widerstand leisten, der Rest der Besatzung wird sich in eine Ecke flüchten", meinte Bran.

So war es auch von den anderen geplant, aber diese schienen sich keine allzu großen Sorgen zu machen. Schienen, denn Gernot bemerkte, dass auch diese manchmal verstohlen um sich sahen. An Land hatte das noch anders ausgesehen, dort hatte jeder das Zureden der anderen. Jetzt konnte man nicht mehr offen darüber reden, man musste jede Aufmerksamkeit vermeiden. Auch das war Gernot klar geworden, ändern konnten sie jetzt nichts mehr. Jetzt musste der Plan durchgeführt werden, um jeden Preis. Eine Alternative gab es nicht mehr. Also nicht immer mit dem Schlimmsten rechnen. „Positiv denken“ hatte Odo das genannt. Gernot wunderte sich, dass er ausgerechnet in dieser Situation an Odo denken musste, an seinen alten Hauslehrer, von dem er nie viel gehalten hatte. Jetzt merkte er aber, dass er von ihm einiges gelernt hatte. Richtig, Odo hatte immer lateinische Klassiker zitiert und einer von denen sollte gesagt haben, man lerne für das Leben, nicht für die Schule. Hier musste er Odo, beziehungsweise dem alten Römer zustimmen. Was würde ihm Odo jetzt wohl raten? Vielleicht seinen Wahlspruch zu befolgen „Man muss sein Schicksal in die eigenen Hände nehmen“ oder „Jeder ist seines Glückes Schmied“. Hier konnte das nur heißen: Das Schwert fest in die Hand zu nehmen.

Am zweiten Abend kam dann der Kapitän auf die Gruppe zu und erklärte: „Heute Abend werden wir nicht weitersegeln. Die See hat hier zu viele Untiefen, die man in der Dunkelheit nicht ausmachen kann. Die Gefahr ist zu groß, dass das Schiff leckschlägt. Sobald es dunkel wird, gehen wir vor Anker.“

In Gernots Ohren klang die Ausrede wenig überzeugend. Warum musste man unbedingt dicht vor der dalmatinischen Küste segeln, die sehr zerklüftet war? Warum nicht mitten auf der Adria oder auf der italienischen Seite? Eigentlich war die Information so dumm, dass das allen hätte auffallen müssen. Aber der Kapitän hatte ja nur zehn einfältige Pilger vor sich, die alles glaubten, also auch dumme Entschuldigungen. Und diese zehn einfältigen Pilger machten gute Miene zum bösen Spiel. Nach dem Abendessen begaben sie sich unter Deck. Vorsichtshalber hatte der Kapitän auch noch Wind vorausgesagt, der einen Aufenthalt auf Deck ungemütlich erscheinen ließ. Brav ging man also unter Deck und jeder suchte sein Lager auf.

„Das nennt man Psychologie“, meinte Gilles.

„Was ist denn das?“, fragte einer.

„Das ist, wenn man andere so manipuliert, dass sie das tun, was man selber will.“

„Eine seltsame Definition, aber sie passt zu unserer Situation. Hoffentlich sind wir dabei die Psychologen!“

Alle waren sich darüber im Klaren, dass der Überfall erst später, wahrscheinlich in den Morgenstunden stattfinden würde. Also konnte man sich zunächst noch etwas ausruhen, oder, wer Nerven hatte, auch schlafen.

Gernot legte sich hin, aber viele Fragen gingen ihm noch durch den Kopf. Es war schon seltsam, dass der Überfall vor der dalmatinischen Küste stattfinden sollte, die zu großen Teilen von Venedig beherrscht wurde. Eigentlich war es deshalb für ein Schiff, das aus Venedig kam, ungefährlich, hier zu ankern. War das die Psychologie des Kapitäns, der seine Passagiere in Sicherheit wiegen wollte? Der venezianische Besitz an dieser Küste war allerdings nicht durchgängig, es gab immer einige Orte, die unabhängig waren und die dem dienten, der zahlte. Piraten waren hier willkommen, weil sie die Bewohner dieser Orte nicht belästigten – man brauchte schließlich einen sicheren Anlaufpunkt – und was noch wichtiger war, die Wirtschaft belebten. Auch Seeräuber waren auf Nahrungsmittel angewiesen. Aber all diese Gedanken führten zu nichts. Die Realität hieß „Überfall“, da sollte man gut ausgeruht sein.

Gernot hatte nie Probleme mit dem Einschlafen gehabt, so auch jetzt nicht.

Plötzlich berührte ihn jemand am Arm. Es war Bran.

„Man kann leise Geräusche vom Wasser hören, es nähert sich ein Schiff.“

Gernot sah zur Decke, das Luk war geschlossen. Das hatte er nicht einmal mitbekommen. Nun sprang er sofort auf und rüstete sich: Brustpanzer, Schild, Helm, Schwert – mit der Scheide musste er sich jetzt nicht belasten – und natürlich seine dicken Handschuhe.

Als alle fertig waren, fragte Tankred: „Wer geht nach Bran?“

„Ich“, meldete sich Gernot.

„Und warum du?“

„Weil ich heute Geburtstag habe, ich bin jetzt 18“, erklärte Gernot.

„Das ist ein hinreichender Grund“, flüsterte jemand und Tankred raunte: „Einverstanden.“

Plötzlich vernahm man ein leichtes Scheuern an der Bordwand. Das musste das andere Schiff sein. Danach waren leise Stimmen zu hören, dann Schritte. Jetzt waren wohl einige Leute an Bord gekommen.

Es vergingen noch ein paar Minuten, dann klopfte der Kapitän auf die Luke: „Meine Herren Pilger, aufwachen!“

„Geht es jetzt wieder los?“, fragte Tankred mit verschlafener Stimme.

„Richtig, aber anders als gedacht. Ihr werdet einzeln nach oben kommen, unbewaffnet und dann übergeben wir euch guten Freunden, die mittlerweile eingetroffen sind. Ihr braucht keine Angst zu haben. Wenn eure Familien für euch zahlen, werdet ihr bald die Pilgerfahrt fortsetzen können. Mir aber gebt Ihr als erstes das Schreiben des Dogen. Genua wird eine Menge dafür zahlen.“

Von unten hörte man ungläubige, gespielte Rufe: „Das war aber anders vereinbart, wir haben für die Überfahrt bezahlt.“

„Das ist ja auch sehr nett, dass Ihr bezahlt habt. Aber Einfältigkeit wird nun mal bestraft.“

„So ist es nun mal, Ihr habt es richtig ausgedrückt: Einfältigkeit wird bestraft.“

Bran hatte sich mittlerweile so auf die Treppe gestellt, dass er mit dem Rücken direkt unter der Luke stand. Kaum war der letzte Satz ausgesprochen, da flog plötzlich die Luke durch die Luft und Bran stand mit seinem Schwert, das er beidhändig führte, vor dem Kapitän. Dieser riss Mund und Augen ungläubig auf. Es war dann auch das Letzte, was er in seinem Leben tat. Seine Einfältigkeit und seine Gewissenlosigkeit brachten ihm den Tod.

Gernot stand jetzt auch an Bord und überblickte sofort die Lage. Die Besatzung stand am äußersten Bug des Schiffes, angstvoll zusammen gedrängt. An Bord befanden sich neben dem Kapitän und dem Steuermann, die Bran beide bereits ausgeschaltet hatte, noch der Kapitän des anderen Schiffes und etwa ein Dutzend Männer. Nun griff Gernot in den Kampf ein. Bevor die feindliche Besatzung sich richtig wehren konnte, wurden sie von zehn Rittern, die in voller Rüstung auf dem Deck erschienen waren, niedergemacht.

Bran und Gernot waren mit einem Satz auf das andere Schiff gesprungen, um auch dort aufzuräumen. Hier wurde der Kampf härter, denn inzwischen hatten diese Leute ihre Waffen gezogen und verteidigten sich so gut sie konnten. Da noch weitere der versprochenen harmlosen Pilger an Bord gesprungen waren, wurde der Kampf jetzt mit äußerster Entschlossenheit geführt. Diese Hartnäckigkeit auf Seiten der Ritter ließ aber die ersten Seeräuber verzweifeln. Sie warfen ihre Waffen von sich und sprangen über Bord, um schwimmend das Land zu erreichen. Diesem Beispiel folgten bald weitere, sodass der Widerstand an Bord zusammenbrach. Es war ein harter Kampf gewesen, obwohl er kaum zehn Minuten gedauert hatte.

An Bord des eigenen Schiffes war nur Gilles geblieben, der nun die alte Besatzung aufforderte, alle toten oder verletzten Seeräuber über Bord zu werfen. Dasselbe geschah nun auch auf dem fremden Schiff. Kaum war das geschehen, da ging Gernot unter Deck, um zu sehen, ob sich dort noch jemand versteckt hielt. Hinten fand er niemanden, ganz vorne im Bug aber bewegte sich jemand.

„Komm raus und zeig Dich!“, rief Gernot.

Mit erhobenen Händen kam ein etwa 13 oder 14-jähriger Junge zum Vorschein. Er schien Angst, sogar große Angst zu haben. Dabei schrie er etwas in einer Sprache, die Gernot nicht verstand und die er auch noch nie gehört hatte.

Gilles, der die Worte auch vernommen hatte, sagte: „Das ist Arabisch.“

Gernot packte den Jungen, schob ihn über das ganze Schiff und forderte ihn schließlich auf, auf das andere Schiff zu wechseln.

Ein Blick reichte Gernot, um die ganze Lage zu überblicken. Die Aktion war gelungen, die Gefahr beseitigt. Einige der Seeräuber schwammen noch im Wasser, andere hatten das rettende Ufer schon erreicht.

„Von denen droht uns keine Gefahr mehr“, meinte Tankred auf sein Schwert gestützt, „die kommen nicht mehr zurück.“

Blut floss ihm an einem Bein herunter. Jetzt erst bemerkte Gernot die Folgen des Kampfes. Nur er, Bran, Gilles und Adhémar waren unverletzt. Das würde wieder Arbeit für ihn geben.

Bevor jemand auf die Äußerung von Tankred reagieren konnte, sagte der Knabe in gebrochenem Französisch: „Doch, die kommen zurück! In vier Stunden kann man zu Fuß den

Stützpunkt erreichen. Dort liegen noch weitere fünf Schiffe. Die kommen zurück und werden Jagd auf Euch machen!"

„Wieso erzählst du uns das, du bist doch einer von denen?", entgegnete Gilles.

„Ich und einer von denen? Als ich zehn war, haben diese Leute mich auf See entführt. Mein Vater war Fischer in einem kleinen Dorf nahe Akkon. Eines Tages war ich mit meinem Vater zum Fischen rausgefahren, als wir von den Seeräubern überfallen wurden. Sie brauchten einen neuen Schiffsjungen und da kam ich gerade recht. Sie nahmen mich mit, meinen Vater habe ich nie wieder gesehen. Das ist nun vier Jahre her. Ich bin keiner von denen! Sie haben mich mit Prügeln und anderen Strafen gefügig gemacht."

Um dies zu unterstreichen, hob er sein Hemd und zeigte seinen vernarbten Rücken. Er war wirklich keiner von denen.

„Wie heißt du?"

„Eigentlich heiße ich Yussuf, aber auch meinen Namen haben sie mir genommen. Auf dem Schiff riefen mich alle Ali, denn jeder Schiffsjunge scheint bei denen Ali zu heißen."

„Gut, wir nennen dich Yussuf. Aber sag mal, warum sind die Seeräuber mit nur einem Schiff gekommen? Wären sie mit allen Schiffen gekommen, hätten wir keine Chance gehabt."

Es war immer noch Gilles, der das Gespräch führte.

„Nehmen viele an einer Aktion teil, dann wird die Beute nach einem bestimmten Schlüssel unter allen Beteiligten geteilt. Bei diesem Unternehmen handelte es sich um ein Abkommen zwischen eurem und meinem Kapitän. Unser Schiff hatte eine Besatzung von 40 Mann. Das hätte allemal ausgereicht, um euch zu besiegen. Doch meine Leute hatten nicht damit gerechnet, dass ihr die Sache spitz bekommen habt. Ehe sie sich richtig wehren konnten, waren die meisten tot. Die anderen verloren zunächst die Übersicht, dann die Nerven. Sie sprangen ins Wasser und sind entkommen. Und das wird ein Problem werden. Wenn die Überlebenden im Stützpunkt angekommen sind, werden alle Schiffe auslaufen und dann beginnt die Jagd auf euch. Und Seeräuber kennen kein Pardon, wenn es um ihre sogenannte Ehre geht. Sie fühlen sich reingelegt und erniedrigt und das ist dann eine Angelegenheit aller. Und seht Euch selbst an: zehn Mann, davon sechs verletzt. Wie das ausgehen wird, könnt ihr euch selbst ausrechnen."

Er hatte Recht: Sechs Verwundete, nur noch vier, auf die man sich im Ernstfall verlassen konnte. Das sah gar nicht gut aus. Diese Bestandsaufnahme war eher deprimierend.

Jetzt war es Tankred, der das Wort ergriff: „Wir müssen zunächst einmal sehen, wer auf unserer Seite ist. Yussuf, wie sieht es mit dir aus?"

„Ich bin dabei."

Dann wandte sich Tankred an die alte Besatzung, die aber nichts verstand. Yussuf trat einen Schritt vor und dolmetschte. Das Ergebnis war, dass alle froh waren, dem eigenen Kapitän entkommen zu sein. Aber alle hatten auch Angst vor dem, was noch kommen konnte. Trotzdem waren alle bereit zu helfen, wo es nur eben ging. Aber wie?

Jetzt war es wieder Yussuf, der Rat wusste: „Wir sollten versuchen, die italienische Küste zu erreichen. Bei dem augenblicklichen Wind müsste das möglich sein. Im Schatten des Küstengebirges können wir uns vielleicht verstecken, denn einem Kampf müssen wir auf jeden Fall ausweichen."

Jetzt ging es darum, die Besatzung auf beide Schiffe zu verteilen. Denn eines war klar: Das zweite Schiff wollte man nicht liegen lassen. Immerhin war es ein gut gebautes Schiff, das einiges an Wert darstellte. Diese Art von Schiffen konnte man zwar mit wenig Personal bedienen, aber mit zwei Matrosen auf jedem Schiff und zwei unverletzten Rittern, das war schon mehr als wenig. Jetzt erst wurde den Rittern deutlich, auf was sie sich da eingelassen hatten. War es einfältig, dumm oder überheblich, auf so ein Abenteuer einzugehen? Man fährt nicht mit zehn Mann zu einem günstigen Preis mit einem zwielichtigen Kapitän! Jetzt waren noch vier Mann voll einsatzbereit. Vier Mann für zwei Schiffe, Gernot wurde fast schwindelig bei diesem Gedanken. Alle seine Ahnungen und Befürchtungen hatten sich bewahrheitet. Keiner von den Zehn hatte Ahnung von der Seefahrt. Keiner konnte ein Schiff bedienen, geschweige denn manövrieren. Und wo sollten sie hinfahren? Gernots geographische Kenntnisse beschränkten sich eigentlich auf den Bereich der heimatlichen Burg und etwas darüber hinaus. Danach hatten sich seine Kenntnisse soweit vergrößert wie er täglich weiterkam. Über die italienische Halbinsel wusste er nichts. Nun bedauerte er, dass er in Odos Unterricht nicht besser aufgepasst hatte. Aber er fragte sich, ob Odo jemals darüber erzählt hatte.

Der Einzige, der sich vielleicht ein wenig auskannte, war Yussuf. Also wandte er sich an diesen: „Unser Ziel ist Akkon. Vielleicht kannst du deinen Vater ja doch noch einmal wiedersehen. Aber nur, wenn wir auch dahingelangen. Wo würdest Du von hieraus hinfahren?“

„Ganz einfach, nach Süditalien, in die normannischen Gebiete. Erstens seid ihr dort sicher und zweitens wartet dort immer eine größere Anzahl an Kreuzrittern, die auf eine günstige Überfahrt hoffen. Trani wäre der ideale Hafen. Diese Stadt war schon während des Kreuzzugs Anlaufpunkt für ganze Heere. Das wird auch heute noch so sein. Falls es in Trani nicht genügend Reisewillige gibt, könnte man nach Bari weitersegeln. Bei günstigem Wind ist man in ein bis zwei Tagen dann in Bari.“

„Richtig“, meinte Gilles, „auch wir hatten als Ziel ja eigentlich einen süditalienischen Hafen und Trani ist uns verschiedentlich als Ziel genannt worden. Aber, Yussuf, woher weißt du so gut über diese Dinge Bescheid?“

„Ich kann zwar nicht lesen und schreiben, aber ich habe Augen und Ohren. Und in vier Jahren auf See erfährt man eine Menge.“

Nun mussten die Vorbereitungen getroffen werden. Drei Leute der alten Besatzung wechselten mit Yussuf und Bran auf das neue Schiff. Gernot wollte zu ihnen rüberwechseln, nachdem er die Verletzten versorgt hatte. Trotzdem wurden sofort die Anker gelichtet und die Lateinersegel hochgezogen. Beide Schiffe nahmen langsam Fahrt auf, wobei man darauf achtete, dass der Abstand zwischen den Schiffen nicht zu groß wurde.

3. Nach Süden

Die Verwundungen der Sechs waren zwar nicht lebensgefährlich, zum Teil allerdings tief und schmerzhaft. Gernot gelang es in bewährter Manier, die Wunden, so gut er konnte, zu verbinden. Nachdem er fertig war, wurde eins deutlich: Keiner der Sechs könnte in den nächsten Tagen einen Kampf bestehen. Es würde Wochen dauern, bis sie völlig wiederhergestellt sein würden. Alle waren sehr geschwächt, sodass es nur eine Möglichkeit gab: die Flucht in den Süden, verbunden mit großer Vorsicht. Man durfte sich auf gar keinen Fall von den möglichen Verfolgern aufspüren lassen. Beide Schiffe nahmen, nachdem Gernot auf das andere Schiff gewechselt war, richtig Fahrt auf. Yussuf hatte sich dabei als geschickter Steuermann gezeigt, was für die Zukunft hoffen ließ.

Auf beiden Schiffen befanden sich jetzt zwei unverletzte Ritter, das alte Schiff wurde vom ehemals zweiten Steuermann geführt, der sich als ziemlich kompetent erwies und aus lauter Stolz über das entgegengebrachte Vertrauen die Nase so hoch hielt, dass es ihm reingeregnet hätte – hätte es geregnet. Er gab seiner Besatzung – und dazu gehörten auch Gilles und Adhémar – mit lauter Stimme Befehle und versuchte das Letzte an Geschwindigkeit aus dem Schiff rauszuholen. Auf dem neuen Schiff war es nicht viel anders. Yussuf, der sein Schiff sehr gut kannte, und der häufig den Steuermann hatte spielen müssen, wenn ein gleichmäßiger Wind wehte, kommandierte ebenfalls mit klaren Befehlen.

Gernot kam die Situation komisch vor. Jetzt waren sie auf der Flucht und arbeiteten gezwungenermaßen unter dem Kommando von Untergebenen. Die Zeiten ändern sich eben!

Als etwas Ruhe eingekehrt war, brach Gernot zu einer genaueren Inspektion des Schiffes auf. Er hatte ein schmuddeliges, verdrecktes Unterdeck erwartet, war aber überrascht, als er hier beste Ordnung und Sauberkeit vorfand. Auch Seeräuber – so schien es – wollten nicht im Dreck leben. Unter Deck gab es einen Mittelgang und an jeder Seite fünf geräumige Verschläge, die durch Vorhänge vom Mittelgang getrennt waren. Dazu kamen zwei kleinere Kabinen, wohl für den Kapitän und den Steuermann. Die Verschläge waren bis auf einige liegengebliebene Waffen leer. Nur ganz vorne im Bug befanden sich zwei Kisten mit Lebensmitteln. Es gab auch zwei größere Tonkrüge: einer mit Wasser gefüllt, der andere mit Wein. Seeräuber verstanden augenscheinlich zu leben. Von den beiden hinteren Kabinen war eine völlig leer. In der anderen stand eine Kiste, die mit besserer Kleidung gefüllt war. Es handelte sich wohl um die Kabine des Kapitäns. An einer Wand standen zwei seltsame Geräte, mit denen Gernot nichts anfangen konnte. Dann aber wurde ihm klar, um was es sich handelte. Das mussten zwei dieser berüchtigten Armbrüste sein, die Raymond die schwere Verletzung zugefügt hatten. Diese Dinger wollte er doch genauer untersuchen und sie an Deck auch einmal ausprobieren. Zunächst aber inspizierte er den Raum weiter, es war jedoch nicht Besonderes zu entdecken. Er wollte sich gerade zurückziehen, als er bemerkte, dass eine Schiffsplanke oben einen Spalt aufwies. Da kein Wasser von außen eintrat musste es sich hier um eine doppelte Wand handeln. Warum? Da stimmte etwas nicht, das musste genauer untersucht werden.

Er nahm sein Messer und versuchte, die Planke zu lockern. Schließlich merkte er, dass man da nichts aufbrechen konnte.

Aber mit dem kleinen Finger gelang es ihm, das Brett zur Seite zu schieben. Dahinter befand sich ein Leerraum, der aber gar nicht so leer war. Das Ganze war also eine Art doppelte Wand, hinter der man viele Dinge verstecken konnte, die nicht für die Augen anderer bestimmt waren. Es war hier unten zwar recht dunkel, so dass Gernot kaum etwas sehen konnte. Aber wozu hatte er seine Hände? Tastend inspizierte er den Hohlraum und beförderte einiges zutage. Zuerst fand er eine dickere Pergamentrolle, bestimmt einen Meter lang. Dann stießen seine Finger auf einen hölzernen Behälter, ähnlich einer Schatulle. Diese Schatulle hatte einiges an Gewicht und Gernot hoffte, dass sie das enthielt, was er vermutete. Zunächst aber tastete er weiter, doch der Hohlraum war jetzt wirklich leer.

Er schob die Planke wieder vor die Öffnung, nahm seine neuen Errungenschaften, die beiden Armbrüste nebst einer kleinen, aber ziemlich schweren Kiste mit Bolzen, die Pergamentrolle und die Schatulle unter den Arm und stapfte zurück nach oben. Dort mussten sich seine Augen erst wieder an die Helligkeit gewöhnen, dann konnte er die neuen Habseligkeiten genauer in Augenschein nehmen.

Bran hatte sich neben ihn gesetzt und versuchte mit einer der Armbrüste zurecht zu kommen. Sie hatte ein beträchtliches Gewicht, lag aber gut in der Hand und an der Schulter. Wie man damit schoss, das hatten er und Gernot verstanden, doch man musste das Ding erst einmal spannen und einen Bolzen einlegen. Yussuf, der das ergebnislose Bemühen der beiden sah, übergab kurz einem der Matrosen das Steuer und zeigte Bran und Gernot, wie man diese Waffe schussbereit machte. Er redete dabei sehr viel, doch alles, was Gernot verstand, waren die Wörter „vorsichtig“, „Gefahr“ und „aufpassen“.

Dann zeigte Yussuf wie man damit zielte und schließlich legte er einen Bolzen auf. Eine kleine Bewegung mit einem

Finger und der Bolzen bohrte sich tief in den Steven des Schiffes. Gut, das war keine Entfernung, aber die Wirkung war beeindruckend! Dieser Bolzen hätte einen Ritter in voller Rüstung glatt durchbohrt. Yussuf ging zurück an seinen Platz und Gernot und Bran widmeten sich der Pergamentrolle.

Als Gernot sie öffnete, stellte er fest, dass es sich um ein Dutzend großer Pergamentblätter handelte, die Zeichnungen, seltsame Buchstaben und ähnliches aufwiesen.

„Was ist denn das?“, fragte Bran.

„Ich vermute, dass es sich um Seekarten handelt“, antwortete Gernot. „Wahrscheinlich sind Küstenlinien dargestellt. Aber welche es sind und was die Schrift bedeutet, das weiß ich auch nicht.“

Deshalb konnten sie den Pergamentblättern auch nichts Weiteres entnehmen.

„Vielleicht kann jemand anders die Schrift entziffern. Wir sind hier in ein Abenteuer geraten, mit dem wir in unserer Naivität nicht gerechnet hatten und das wir kaum noch beherrschen. Wir waren ziemlich einfältig zu glauben, dass man zu Zehnt eine derartige Fahrt unternehmen kann. Ich werde mal Yussuf fragen, ob er mit diesen Blättern etwas anfangen kann.“

Yussuf sah sich alles an und schüttelte dann den Kopf. Er deutete allerdings auf die Schriftzeichen und erklärte diese als arabisch.

„Das bringt uns jetzt sehr viel weiter“, meinte Gernot. „Wer kann schon arabisch lesen und schreiben?“

„Arabisch“, erwiderte Bran, „vielleicht wäre es nützlich, dass man diese Sprache lernt, wenn man länger im Heiligen Land bleiben will.“

Jetzt ging es um das letzte Mitbringsel aus dem Geheimfach des Kapitäns, die Schatulle. Sie hatte kein Schloss und ließ sich nicht so einfach öffnen. Bran wollte schon Gewalt anwenden, als der Deckel plötzlich hochsprang. Ein Druck an der richtigen Stelle hatte einen Mechanismus ausgelöst, der den Deckel hochschnellen ließ. Beide Zuschauer bekamen große Augen, als sie den Inhalt sahen: Gold- und Silbermünzen in Hülle und Fülle, dazu einige Schmuckstücke.

„Hier lebte wohl ein äußerst erfolgreicher Seeräuber, dazu noch ein sehr misstrauischer, denn sonst hätte er seinen Schatz wohl an Land gelassen“, meinte Bran.

„Selbst wenn wir das Geld durch Zehn teilen, bleibt eine Menge für jeden übrig“, ergänzte Gernot. „Wenn wir dann noch die Mannschaft ordentlich bezahlen, dürften wir von der Seite nichts zu befürchten haben.“

„Das sollte auch nicht unsere größte Sorge sein! Wir sind zu wenige, um uns gegen einen Angriff von außen verteidigen zu können. Da hilft nur eine schnelle Flucht nach Süden.“

Gernot ging zu Yussuf, um mit ihm den weiteren Weg zu bereden. Das war ein schwieriges Unterfangen, denn es gab keine gemeinsame Sprache, in der sie sich hätten verständigen können. Schließlich stellte Gernot folgendes fest: Bei dem Wind, der augenblicklich herrschte, musste man mit mindestens drei Tagen bis Trani rechnen. Die Seeräuber würden mit der Jagd sofort beginnen. Man musste sich also unsichtbar machen, was im Schatten des italienischen Küstengebirges leicht möglich sein sollte. Würde man dort eine versteckte Bucht finden, wäre man unsichtbar für die Verfolger, aber selbst könnte man diese sehen. Das alles schien Gernot zu positiv gedacht, denn die geringe Geschwindigkeit der Schiffe bereitete ihm doch Sorgen. Die Schiffe der Seeräuber würden mit ihren erprobten Besatzungen auf jeden Fall sehr viel schneller sein.

Er gab Yussuf die Anweisung, wieder auf Parallelkurs zum zweiten Schiff zu gehen. Als der Abstand nur noch 20 Meter betrug, konnte Gernot seinen Mitstreitern die Neuigkeiten mitteilen. Diese hatten wohl schon mit einem ähnlichen Ergebnis gerechnet und waren mit dem Plan, der nichts Neues hergab, einverstanden. Im Prinzip hatte sich kaum etwas geändert im Vergleich zur ersten Besprechung. Das hieß aber auch, dass es keine Alternative gab. Also den Kurs beibehalten und die Augen immer wieder nach hinten gerichtet, denn dort mussten irgendwann die Verfolger auftauchen! Und dass sie kommen würden, das war klar. Denn mit etwas Überlegung musste auch den Piraten klar sein, dass der einzig sinnvolle Fluchtweg nach Süditalien führte und zwar in das normannisch beherrschte Gebiet. Dort wären die Flüchtlinge sicher, die Verfolger hätten keinen Zugriff mehr auf sie gehabt, da die dortigen Normannen in dem Ruf standen, Pilger tatkräftig zu unterstützen.

Es war schon später Nachmittag, als die italienische Küste in Sicht kam. Gernot hatte nicht die geringste Vorstellung von der Form Italiens. Er wusste gerade, dass es Nord- und Süditalien gab. Wo sie sich aber jetzt befanden, das überschritt seine geographischen Kenntnisse bei weitem. Für Bran war sowieso alles Land südlich von Schottland Neuland.

Die Pilgerwege an Land, auch bis nach Süditalien, waren bekannt und häufig genutzt. Aber auf See ging den Landratten jegliche Orientierung verloren. So konnte Gernot sich nur auf Yussuf und vielleicht auf die Matrosen verlassen. Mit Yussuf versuchte er immer wieder zu reden, aber es war vergeblich. Nicht Yussuf musste Gernots Sprache lernen, sondern er, Gernot, musste auf Dauer Yussufs Sprache lernen, das heißt arabisch. Denn er wollte nicht immer auf einen glaubwürdigen oder unglaubwürdigen Dolmetscher angewiesen sein.

Die Küste war an der Stelle, wo sie sie als erstes sahen, sehr flach, also wenig geeignet, sich zu verstecken. Nach einer weiteren Stunde Fahrt wurde die Küste jedoch gebirgig, teilweise sogar steil. Die Sonne würde zwar noch lange Licht bieten, aber so langsam musste man einen Ankerplatz für die Nacht finden.

Zwei Stunden später war es geschafft. Unter einer Steilküste fanden sie eine Stelle, wo sie im Schatten der Felsen liegen konnten und damit vor dem grau-schwarzen Hintergrund für vorbeifahrende Schiffe, sofern diese nicht allzu nah kamen, unsichtbar sein würden. Die Segel wurden herunter gelassen und beide Schiffe zusammengebunden, um bequem hin und her wechseln zu können. Schließlich ließen die Besatzungen noch die Anker nieder, sodass die Schiffe nicht abgetrieben werden konnten. Gernot sprang sofort rüber auf das Nachbarschiff, denn er hatte dort die Verwundeten zu versorgen. Wiederum zeigte es sich, dass das Pulver von Ebba Wunder bewirkte. Die Wunden zeigten keine entzündeten Ränder, was auf eine schnelle Heilung hoffen ließ. Trotzdem war die Stimmung der Verwundeten nicht weit vom Gefrierpunkt entfernt. Sie fragten sich, wozu sie im Augenblick noch nützlich waren. Da hieß es – wie Gilles es ausdrückte – psychologisch vorzugehen.

Gernot brachte die kleine Schatulle und zeigte seinen Wegbegleitern den Inhalt. Große Augen und ungläubiges Staunen waren die Reaktion.

Tankred sagte nach einer Weile: „Jetzt haben wir alle unser Ziel erreicht – reich zu sterben."

Dieser Galgenhumor bewirkte immerhin, dass die Stimmung sich wenigstens etwas aufhellte. Beim Aufteilen des Schatzes wurden die Augen dann noch größer, denn jeder der Zehn erhielt 60 größere und kleinere Gold- und Silbermünzen und dazu zwei Schmuckstücke. Dann befolgte man Gernots

Vorschlag, die Besatzung am Schatz zu beteiligen. Als jeder von ihnen eine große und mehrere kleine Silbermünzen bekommen hatte, glaubten diese ihren Augen und ihrem Glück nicht trauen zu können. Es war mehr Geld, als sie jemals besessen hatten. Die Verständigung war zwar schwierig, aber mit Gilles' Hilfe wurde deutlich, dass keiner aus der Besatzung sich seinen neuen Reichtum wieder nehmen lassen wollte, von wem auch immer.

Yussuf näherte sich Gernot und wies auf die Masten. Gernot verstand schließlich. Irgendeiner musste nach oben klettern und den Späher spielen. Auf jedem Schiff wurde einer bestimmt, der diese Aufgabe übernehmen sollte, vier Augen sehen besser als zwei. Oben wurde jetzt geguckt, unten gegessen. Kaum eine halbe Stunde war vergangen, als von oben ein Warnruf kam. Einer der Beobachter sagte etwas und zeigt einen Finger. Kurz darauf sagte er wieder etwas und zeigte zwei Finger. Jetzt hatte jeder verstanden: Der Beobachter zählte und alle hofften, dass die Zählerei bald ein Ende haben würde. Aber erst bei fünf war Schluss und bald konnte man auch von unten auf Deck die Mastspitzen am Horizont ausmachen. Dort kam nicht irgendwer zufällig vorbei. Dies waren die Verfolger, die sehr zielgerichtet fuhren, zwar wie es aussah nicht auf die Küste zu, aber Richtung Süden. Also hatten diese die Absicht der Flüchtlinge richtig erkannt und dementsprechend gehandelt.

„Das kann ungemütlich werden“, meinte Bran zu Gernot. „Wenn die uns entdecken, können wir nur versuchen, uns an den kleinen Strand dort hinten zu retten. Denn, wir beide gegen den Rest der Welt, da sind wir eindeutig chancenlos.“

„Du scheinst nicht sehr optimistisch zu sein“, entgegnete Gernot.

„Vielleicht eher realistisch. Denn – überlege mal – auch wenn sie uns jetzt nicht entdecken und vorbeifahren, sind sie dann immer vor uns. Sie können sich ausrechnen, welchen Weg wir nehmen. Wenn sie bemerken, dass wir nicht mehr vor ihnen sind, werden sie umkehren und dann laufen wir ihnen direkt in die Arme. Insgesamt haben wir keine rosigen Aussichten."

Gernot musste ihm Recht geben, meinte aber: „Wir könnten Glück haben! Wenn sie ihre Verfolgung bis Bari fortsetzen, haben wir die Möglichkeit, uns in Trani in Sicherheit zu bringen. Einen normannischen Hafen werden sie nicht angreifen."

„Also leben wir von nun an nach dem Prinzip Hoffnung."

„So ist es, aber es gibt wohl keine Alternative."

Die feindlichen Schiffe hatten sich zwar noch etwas der Küste genähert, segelten jedoch unbeirrt weiter Richtung Süden. Gernot und seine Freunde konnten also hoffen, nicht entdeckt worden zu sein. Zwei Stunden später war klar, dass wenigstens für diese Nacht Ruhe herrschen würde. Gernot kam auf die Idee, das Prinzip „Der Mensch stinkt" zu widerlegen. Er ließ sich an einem Strick ins Wasser und nahm seine getragene Kleidung mit. Er schwamm an den kleinen Strand und wusch sich dort mit dem feinen Sand. Ebenso reinigte er auf diese Weise seine Kleidung. Zurück an Bord hängte er seine Wäsche zum Trocknen in den Abendwind. Als die Übrigen das sahen, folgten alle, auch die Besatzung, seinem Beispiel. Anschließend bot sich ein seltsamer Anblick. Auf den Schiffen wurden Leinen gespannt und darauf die Wäsche gehängt, während die Besitzer dieser Wäsche mangels Alternativen nackt herumliefen.

Am folgenden Morgen hatte sich das Bild geändert. Die Wäsche war trocken und die Leute boten wieder den gewohnten Anblick. Nur das eigentliche Problem hatte sich nicht geändert. Man hatte die Verfolger jetzt vor sich. Das war das Einzige, was sicher war. Aber hatten diese gemerkt, dass sie ihre Beute bereits überholt hatten? Lauerten sie irgendwo? Auf diese Fragen gab es keine Antworten. So fuhr man die Küste entlang, mal langsamer, mal schneller. Am Abend des vierten Tages sah der Mann im Ausguck einen Hafen. Es war Trani und alle waren froh, zunächst einmal in Sicherheit zu sein.

4. In Trani

Keiner auf den beiden Schiffen kannte Trani, keiner war je dort gewesen, trotzdem war dieser Hafen ihre einzige Hoffnung. Alles, was sie wussten, war die Tatsache, dass hier die süditalienischen Normannen seit einigen Jahrzehnten herrschten. Das war eigentlich Sicherheit genug. Der Hafen war fast kreisförmig, nur eine schmale, leicht zu verteidigende Einfahrt gewährte einen Zugang.

Als die beiden Schiffe in den Hafen einliefen, sahen Gernot und seine Freunde eine Menge Neugierige am Kai stehen. Es stellte sich jedoch heraus, dass der erste Eindruck falsch war. Bei vielen der Wartenden konnte Gernot ein Kreuz auf der Schulter erkennen. Hier warteten also Kreuzfahrer und sie warteten wohl auf eine Gelegenheit zur Überfahrt. Das wäre das Beste, was der kleinen Schar passieren konnte. Noch hatten sie nicht an der Kaimauer festgemacht, als Gernot Rufe in verschiedenen Sprachen vernahm, darunter auch in Sprachen, die er verstand. Die Rufe wiederholten sich und liefen nach dem Woher und Wohin hinaus: „Fahrt ihr ins Heilige Land? Könnt ihr uns mitnehmen? Wir können auch bezahlen."

Über die letzte Ankündigung hatten Gernot und seine Freunde nie gesprochen und es war nicht ihre Absicht, mit der Überfahrt Geld zu verdienen. Denn von nun an musste die Überfahrt ein Geschäft auf Gegenseitigkeit sein. Es ging für die kleine Gruppe um Schutz. Nach den Erfahrungen der letzten Tage war Schutz wichtiger als Geld, denn Geld hatten sie im Augenblick genug. Der alte Kapitän des Beuteschiffes hatte sie – wie Tankred es ausdrückte – wohlwollend bedacht.

Kaum hatten beide Schiffe festgemacht, drängte sich ein großer Mann nach vorne und verbot den anderen, die Schiffe zu betreten. Da Gernot als erster sein Schiff verlassen hatte, wandte der Große sich an ihn. Gernot aber dieser verstand nichts. Es war am Verzweifeln. Wie viele andere Sprachen gab es noch? Die babylonische Sprachverwirrung war wirklich eine Strafe Gottes. Gernot antwortete etwas auf Latein, woraufhin der Große bereits nach drei lateinischen Brocken zu stottern anfing. Aber ein Leuchten ging über sein Gesicht, als er Gernot Französisch reden hörte.

„Ich bin hier der Hafenmeister und bin für alles zuständig, was den Hafen und die Schiffe betrifft. Ihr seht hier eine Menge Leute, die alle ins Heilige Land wollen. Ihr findet hier hochgestellte Persönlichkeiten, Ritter, Fußsoldaten, aber auch einige Bauern. Sie alle warten schon seit Wochen und die Stimmung ist nicht gut. Ich wäre froh, wenn ich diese Leute bald los wäre. Das Nichtstun verleitet zum Trinken und zu Streitereien und der Schlichter, das bin ich, ist dabei immer der Dumme. Aber was habt ihr vor?"

Gernot erzählte von seinen Freunden und den Abenteuern, die sie bestanden hatten. Die Augen des Hafenmeisters wurden dabei immer größer. Als Gernot geendet hatte, fasste der Hafenmeister die Situation wie folgt zusammen: „Bei dem Glück, das ihr bis jetzt gehabt habt, werdet ihr das Heilige Land sicher erreichen."

„Aber als erstes müssen wir wieder auf die Beine kommen", erwiderte Gernot, „denn die sechs Verletzten müssen ihre Wunden erst einmal auskurieren, bevor wir weiterfahren können. Wir müssen sie in einem Gasthof unterbringen und einen Arzt kommen lassen."

„Darum werde ich mich kümmern", erklärte der Hafenmeister. „Aber sagt mir noch eins: Könnt ihr einige der Pilger mitnehmen?"

„Das wird kein Problem sein, denn bei unserer Personalstärke sind wir auf Unterstützung angewiesen."

„Das ist genau das, was ich hören wollte, denn mit dieser Information kann ich die Wartenden beruhigen."

Damit wandte er sich der Menge zu und erklärte den Leuten, dass sich ihr Wunsch bald erfüllen werde. Diese Ankündigung wurde mit einem gewaltigen Jubel begrüßt. Gernot ging wieder an Bord und berichtete von seiner Begegnung.

Schließlich meinte Gilles: „Es geht hier nicht ums Geldverdienen, sondern ums Überkommen. Kümmere Du dich um die Finanzen. Wir sind mit allem einverstanden."

Es zeigte sich, dass der Hafenmeister ein wirklich großes Interesse daran hatte, seine Dauergäste möglichst schnell loszuwerden. Er schickte bald einige kräftige Männer, die den Verletzten halfen, in eine Unterkunft zu gelangen. Er selbst erschien noch einmal und fragte Gernot, ob dieser damit einverstanden sei, dass er für den nächsten Morgen ein Treffen mit allen Reisewilligen organisiere.

„Selbstverständlich", erwiderte Gernot, „es ist auch in unserem Interesse, dass wir möglichst schnell weiterkommen. Aber das hängt auch etwas von der Genesung unserer Freunde ab."

„Ich habe schon nach einem Arzt geschickt, der sich um die Verletzten kümmern wird. Arabische und jüdische Ärzte sind die besten, unsere eigenen stellen eher eine Gefahr für jeden Kranken dar", entgegnete der Hafenmeister.

„Dann habe ich noch eine Bitte", sagte Gernot. „Unsere Pferde sollten von Bord geholt werden, sie brauchen etwas Bewegung."

„Auch darum werde ich mich kümmern."

Damit entfernte er sich und es zeigte sich, dass dieser Mann den Ablauf in seinem Hafen gut organisiert hatte. Bald erschienen mehrere Männer, die sich um die Pferde kümmerten, andere fingen an, den Mist, den die Pferde hinterlassen hatten, zu beseitigen und neues Stroh einzustreuen.

Gernot ahnte, dass es sich bei dem besagten Arzt um ein Mitglied der jüdischen Gemeinde handelte. Also nahm er schon einmal seinen Brief mit. Vielleicht konnte dieser nützlich sein. Er fand den Gasthof, in dem seine Freunde untergebracht waren, sehr schnell. Er selbst schien schon bekannt zu sein wie ein bunter Hund, denn überall winkte man ihm zu.

„Wohl alles potentielle Mitreisende“, dachte er.

Im Gasthof angekommen, führte der Wirt ihn in ein sehr großes Zimmer. Dort hatte man sechs Schlafgelegenheiten geschaffen, auf denen seine Freunde lagen. Ihre Stimmung hatte sich merklich gebessert, denn der Wirt hatte inzwischen für Essen und Trinken gesorgt, was nach dem Geruch und den Gesichtern von Gernots Freunden vorzüglich sein musste.

Deshalb fragte er sofort den Wirt: „Ist es möglich, dass ich nachher auch etwas von diesem ausgezeichneten Essen bekomme?“

„Aber selbstverständlich“, antwortete der Wirt, „davon lebe ich schließlich.“

„Sagt, wie ist es möglich, dass ihr noch freie Zimmer habt, wo doch so viele Pilger im Ort sind?“

„Nur die wohlhabenden Pilger haben eine Unterkunft im Ort, die anderen leben in einem Zeltlager vor der Stadt, manche schon seit Monaten. Jetzt ist zwar die ideale Zeit für eine Überfahrt, aber aus irgendwelchen Gründen stehen zurzeit keine Schiffe zur Verfügung. Deshalb seid ihr ein Glücksfall für alle.“

Jetzt drängte sich ein weiterer Mann in die Stube. An seiner Kleidung erkannte Gernot in ihm einen Juden. Folglich musste es sich um den Arzt handelt, nach dem der Hafenmeister geschickt hatte. Er machte sich sofort an die Arbeit und entfernte die Verbände.

„Die Wunden sehen gut aus“, meinte er nach einer eingehenden Untersuchung. „Ich werde sie neu verbinden, dann werden euch diese keine Scherereien mehr bereiten. Aber ich rate euch, noch mindestens acht Tage hier zu bleiben, damit es nicht doch noch zu einer Infektion kommt. Danach steht einer Weiterfahrt nichts mehr im Wege.“

Gernot bat den Arzt, ihm den Preis für seine Bemühungen zu nennen und übergab ihm die geforderte Summe. Gleichzeitig überreichte er ihm den geheimnisvollen Brief. Der Arzt öffnete ihn, las ihn und bekam große Augen.

„Nach dem, was hier steht, hätte ich für meine Bemühungen nichts nehmen dürfen, denn ihr habt mehr für uns getan, als ich für euch.“

„Das ist schon so in Ordnung“, entgegnete Gernot.

„Der Brief und die Zusätze, die gemacht wurden, sagen, dass ihr schon einen sehr langen Weg hinter euch habt. Ich werde den Brief unserem Rabbi geben und ihn dann zurück bringen. Wahrscheinlich haben euch alle Leser des Briefes gesagt, dass wir vielleicht einmal etwas für euch tun können und ihr habt euch gefragt, wie das wohl sein könne? Nun, euer Name ist in jeder jüdischen Gemeinde zwischen Köln – vielleicht sogar noch etwas weiter nördlich – und bald Akkon bekannt. Das kann sehr nützlich sein.“

Damit verabschiedete er sich. Auch Gernot verabschiedete sich von seinen Gefährten, in deren Gesichtern er wieder Zuversicht lesen konnte.

Als er an Tankred vorbei ging, sagte dieser: „Sag mal Gernot, woher hast du eigentlich diese Energie? Du scheinst gar nicht müde zu werden."

„Gut, dass du das erwähnst. Denn jetzt, wo du mich darauf aufmerksam machst, merke ich die Müdigkeit auch etwas. Ich werde zurück zum Schiff gehen und ausschlafen. Denn wenn wir weitersegeln, wird es sehr eng werden und wir werden nicht mehr sehr viel Zeit zum Ausruhen haben."

Damit verabschiedete er sich. Aber wenn er geglaubt hatte, jetzt auch gehen zu können, hatte er den Wirt falsch eingeschätzt. Dieser hatte ihm in einer Ecke des Gastraums einen Tisch freigehalten und diesen mit allen Köstlichkeiten seiner Küche und einem großen Krug Wein beladen. Gernot ließ sich nicht zweimal bitten, denn bei den Gerüchen, die sich dort verbreiteten, meldete sich sein Magen. Als er halbwegs gesättigt war, setzte sich der Wirt zu ihm.

„Entschuldigt, dass ich euch beim Essen störe", begann er, „aber ich werde von den Fragen meiner Gäste fast erschlagen. Für jeden soll ich bei euch ein gutes Wort einlegen. Jeder will, dass ihr ihn mitnehmt. Deshalb auch der vollgeladene Tisch. Alles, was ihr esst, ist bereits bezahlt. Das ist natürlich Bestechung, aber jeder hat einen guten Grund dafür. Nehmt es ihnen deshalb nicht übel. Aber die Atmosphäre ist hier etwas angespannt. Die meisten warten schon seit Wochen oder sogar Monaten in Trani, aber nichts geschieht. Es ist wie verhext. Mit der Zeit sind die finanziellen Möglichkeiten der Pilger erschöpft. Als König Sigurd von Norwegen auf seiner Pilgerreise im letzten Jahr im Süden Italiens Station machte, sammelte er jeden Reisewilligen ein. Die Überfahrten sind ein sehr gutes Geschäft für die Schiffseigner, aber je größer die Flotte, desto gewinnbringender und ungefährlicher ist ein solches Unternehmen. Denn es sind nicht nur Bewaffnete, die ins Heilige Land wollen, sondern auch landlose Bauern, die sich dort ein besseres Auskommen erhoffen und auch finden. Mit König Sigurd und unter seinem Schutz sind Tausende von Pilgern, die in den normannischen Gebieten warteten, ins Heilige Land gesegelt. Jetzt warten hier nur etwa 300 zum größten Teil Bewaffnete und einige Bauern. Aber eine Gruppe von 300 Bewaffneten ist schon eine kleine Streitmacht und die Seeräuber werden sich nicht so leicht zu einem Überfall verleiten lassen. Denn die Leute, die hier warten, sind nicht nur gut bewaffnet, sondern auch zu allem entschlossen. Ein paar Seeräuberschiffe werden sie nicht aufhalten."

„Ich weiß nicht einmal, wie viele Leute wir auf den Schiffen mitnehmen können", erwiderte Gernot, „aber wir werden so viele mitnehmen, wie nur irgendwie möglich ist. Das könnt ihr euren Gästen mitteilen. Morgen, am frühen Nachmittag, werde ich mit allen reden. Ihr könnt sie beruhigen. Wir tun, was wir können."

Damit trank er den Rest des Weins aus, erhob sich und wollte stracks zum Schiff gehen. Er merkte jedoch, dass nicht nur auf einem Schiff der Boden schwankte, sondern manchmal auch an Land.

Als er am folgenden Morgen aufwachte, war ihm alles, was er sah, irgendwie fremd. Das Zwischendeck, auf dem er normalerweise schlief, war eher niedrig, sodass er kaum aufrecht gehen konnte. Hier aber war die Decke hoch über seinem Bett. Über seinem Bett? Das war ein einfacher mit Stroh gefüllter Sack. Er lag aber in einem breiten, bequemen Bett. Es war sehr weich und roch angenehm. War das sein Bett? Wie war er in dieses Bett gekommen? Er wollte aufstehen und bemerkte, dass er völlig nackt war. Sein erster Gedanke war: Räuber. War er ausgeraubt worden? Aber Räuber hätten ihn nicht in ein so komfortables Bett verfrachtet. Er wollte sich seitlich aufstützen, als er neben sich einen weiteren Körper bemerkte, den Körper einer jungen Frau, auch völlig nackt. Sie räkelte sich in den Kissen und Gernot bemerkte ihre bemerkenswerte Schönheit, eine aufreizende Schönheit. Sie fing sofort an zu erzählen, aber Gernot verstand nichts. Er seinerseits versuchte es nunmehr mit der Universalsprache seiner Zeit, dem Lateinischen. Und siehe da, die junge Dame verstand alles und was sie nun über den gestrigen Abend berichtete, verursachte bei Gernot rote Ohren. Sie erzählte weiter, nannte ihn einen großen, starken Ritter, wie es nicht viele gäbe – hier war Gernot sich nicht ganz sicher, wie sie das meinte – und beruhigte ihn mit den Worten: „Der Papst hat dir die Absolution doch schon im Voraus gegeben. Dir sind alle Sünden vergeben, auch die, die du noch gar nicht begangen hast."

„Eine tolle Entschuldigung", dachte Gernot, der sich inzwischen angezogen hatte. Als er der jungen Frau für die geleisteten Dienste eine kleine Silbermünze überreichte, strahlte diese über das ganze Gesicht und Gernot begriff, dass er gerade die Preise kaputt gemacht hatte.

„Du kannst gerne wiederkommen", sagte sie und präsentierte dabei noch einmal ihre Reize, „frage nach Anna, man nennt mich auch „die Glückseligmachende"."

Der Name passte, denn Gernot fühlte sich trotz mancher Bedenken erleichtert, glücklich, einfach gut. Als er dann auf das Schiff zurückkam, sah er sofort den Wandel: Gilles hatte die Aufgabe übernommen, die Pferde zu bewegen, denn die weitere Überfahrt konnte bei ungünstigen Winden mehr als zwei Wochen in Anspruch nehmen. Die Übrigen saßen vor einem Gasthof und ließen sich die erste Tagesmahlzeit munden. Von dort konnte man die beiden Schiffe gut beobachten.

„Wo kommst du denn jetzt erst her?", wurde er gefragt.

Anstatt zu antworten, was ihm peinlich gewesen wäre, machte er sich ans Essen. Danach ging er aufs Schiff und packte all seine Sachen zusammen, denn wenn erst die ganze Pilgergemeinde ihren Platz auf den Schiffen gefunden haben würde, dann wäre es der Enge wegen sehr schwer, noch irgendwo einen guten Platz zu finden. Deshalb galt: Besser frühzeitig alles zusammenpacken. Aber wo sollte man die Sachen lagern? Unter Deck, in dem Raum, in dem er und seine Freunde bis jetzt geschlafen hatten, konnte man bei etwas gutem Willen und engem Zusammenrücken 40 – 50 Leute unterbringen, vielleicht sogar noch ein paar mehr. Das würde aber auch bedeuten, dass man keine allzu empfindliche Nase haben sollte, der Ausdünstungen wegen. Gernot beschloss, sich hinten am Platz des Steuermanns niederzulassen. Das war zwar an der frischen Luft – an zuviel frischer Luft war seines Wissens jedoch noch keiner gestorben – aber mit Regen musste man zu dieser Jahreszeit so tief im Süden nicht rechnen. Außerdem konnte man dort gut eine Plane spannen, um vor der Sonne geschützt zu sein. Danach wandte er sich seiner heutigen Hauptaufgabe zu, dem Gespräch mit den reisefreudigen Pilgern. Also ging er zurück zur Herberge, wo seine neuen Reisegefährten schon wohl warten würden. Das war nur ein kurzes Stück. Aber Gernot glaubte seinen Augen nicht zu trauen, als er am Ausgang einer kleinen Straße Anna sah, die man die „Glückseligmachende" nannte. Er konnte ihr kaum entkommen, denn wohin hätte er auch gehen sollen?

„Da kommt ja mein starker Ritter", hörte er sie sagen. „Besuchst du mich jetzt schon wieder oder erst heute Abend?"

Gernot wusste nicht so recht, was er antworten sollte, denn das, was ihn bei Anna erwartete, hatte nicht zu seiner Ritterausbildung gehört, war zum großen Teil neu, aber auch interessant für ihn und Neuem gegenüber sollte man aufgeschlossen sein.

Er erwiderte jedoch ziemlich dumm: „Du willst mich doch nur zur Sünde verführen."

„Aber mein lieber Ritter, ich habe es dir doch schon gestern Nacht erklärt, alle deine Sünden sind dir doch bereits vergeben. Dir kann doch nichts passieren. Der Papst selbst hat doch allen Pilgern, die ins Heilige Land ziehen, einen Generalablass gewährt. Bei mir belohnst du dich doch nur für alle Mühen, die du auf dich genommen hast."

Gernot fand Annas Argumentation höchst bemerkenswert, ging aber schnell weiter, damit er nicht der Versuchung einer sofortigen Belohnung verfiel. Trotzdem hörte er noch: „Ich erwarte dich."

Als er die Herberge schließlich erreichte, wurde ihm bestätigt, dass es sehr eng auf den Schiffen werden würde, denn der Platz vor der Herberge war übervoll mit Reisewilligen.

Sobald man ihn sah, rief jemand: „Da kommt er."

Und aus allen Ecken kam in verschiedenen Sprachen der Ruf: „Nehmt mich mit, ich kann auch bezahlen."

Gernot sah ein, dass es fast unmöglich war, zuerst seine Freunde zu besuchen, so sehr drängte die Menge. Er musste versuchen, diese Menschenmasse zu beruhigen, bevor es zu Ausschreitungen kam. Aufgrund seiner Körpergröße überragte er die Menge, sodass alle ihn sehen konnten. Aber in welcher Sprache sollte er mit ihnen reden? Doch halt, wenn selbst die „Glückseligmachende" Latein sprach, dann sollten auch diese Leute Latein verstehen. Er hatte noch nie vor einer so großen Menge gesprochen. Wie fängt man eine solche Rede an? Was kann ich denen überhaupt versprechen? Er sah sich um und schätzte die Menge auf wohl 300 Mann. Er sah sofort, dass sein Entschluss, auf dem Deck zu nächtigen, richtig gewesen war.

Also begann er: „Liebe Freunde! Ich werde die lateinische Sprache benutzen, um mit euch zu reden. Ich werde nach jedem Satz eine Pause machen, damit einige von euch das Gesagte in eure Sprachen übersetzen können. Das Schicksal hat uns hier zusammengeführt. Euch, die ihr Platz auf einem Schiff sucht und uns, die euch diesen Platz bieten können. Wenn ich aber eure große Anzahl sehe, dann befürchte ich, dass ihr mit einer großen Enge auf den Schiffen zu rechnen habt. Wir müssen uns zunächst einen Überblick über die Anzahl der Reisewilligen verschaffen. Eines aber kann ich euch schon jetzt versprechen: Keiner wird zurückgelassen, nur weil es ihm am nötigen Geld fehlt."

Darauf entstand ein großer Jubel, denn bei vielen schien das Geld zur Neige zu gehen.

„Aber", fuhr Gernot fort, „es ist unmöglich, dass ich mich hier und jetzt mit jedem Einzelnen unterhalte. Wie ich aus euren Sprachen entnehmen konnte, kommt ihr aus den verschiedensten Ecken Europas. Deshalb sollte jede Gruppe einen Sprecher wählen, mit dem ich mich gleich unterhalten werde. Inzwischen werde ich mich um meine verletzten Freunde kümmern. Nach Aussage des Arztes können wir sowieso frühestens in einer Woche fahren. Keiner muss sich also unnötig Sorgen machen, dass er zu spät kommen könnte."

Damit wandte er sich um und ging in die Herberge zu seinen Freunden. Denen ging es sichtlich besser. Sie begrüßten ihn mit einem lauten „Hallo" und wollten wissen, was sich inzwischen ereignet hatte.

Nach Gernots Bericht fasste Tankred die augenblickliche Lage wie folgt zusammen: „Wir können also in etwa einer Woche lossegeln. Wir haben zwar immer noch lediglich zwei Schiffe, aber die sind voll beladen mit bis an die Zähne Bewaffneten. Selbst die Schiffe der Piraten – sollten sie uns noch aufspüren – werden dann keine allzu große Gefahr mehr für uns darstellen. Gibt es sonst noch Probleme?"

„Ja. Ein Problem muss noch gelöst werden", antwortete Gernot. „Wir müssen unsere Besatzung aufstocken und wir brauchen kundige Steuerleute. Aber mit Hilfe des Hafenmeisters wird sich dieses Problem wohl lösen lassen. So wie ich das sehe, ist der ganz froh, wenn er die ungeduldigen Pilger los sein wird."

In dem Moment betrat der jüdische Arzt den Raum und untersuchte noch einmal die Verletzten.

„Ich bin sehr zufrieden mit dem, was ich sehe", sagte er. „Keine Entzündung, die Wunden haben sich geschlossen. In einer Woche werdet ihr aufbrechen können, falls ihr nicht die Absicht habt, euch sofort wieder mit irgendwelchen Seeräubern zu prügeln."

„Wir werden ganz friedfertig sein und diese Arbeit von nun an unseren Mitreisenden überlassen.", erwiderte Roger.

Der Arzt wandte sich an Gernot und übergab diesem seinen Brief.

„Mit den ganzen Anmerkungen ist aus dem Brief schon ein kleines Buch geworden. Meine Brüder in den anderen Städten haben jeweils genaue Berichte abgegeben. Euer Name ist nun überall bei uns bekannt und wenn ihr einmal Hilfe benötigt, werden wir tun, was wir können. Aber ich habe noch eine persönliche Frage: Womit habt ihr die Wunden behandelt? Denn euer Mittel scheint Wunder zu bewirken."

Gernot erzählte ihm die Geschichte von Ebba und versprach dem Arzt, ihm eine kleine Probe zu überbringen.

Danach ging er runter in die Schankstube und sah sich einem Dutzend Männern gegenüber. Sie erhoben sich bei seinem Anblick und gingen auf ihn zu. Einer von ihnen, ein mittelgroßer schwarzhaariger Mann, Gernot schätzte ihn auf etwa 50 Jahre, ergriff das Wort.

„Herr, wir haben die Sprecher gewählt und möchten nun mit euch reden. Unsere Leute sind nämlich sehr gespannt auf das Ergebnis dieser Unterredung."

„Zunächst einmal bin ich kein Herr. Ich bin, wie ihr seht, ein noch ziemlich junger Ritter und stamme aus dem alten Sachsenland. Mein Name ist Gernot von Kahlenberg und ich bin ein nicht erbberechtigter Sohn eines Burgbesitzers. Nur der Wunsch meiner Familie treibt mich hierhin."

„Nun, wie dem auch sei, die anderen haben mich zum ersten Sprecher gewählt, wohl weil ich die größte Zahl Soldaten mitgebracht habe."

„Und wie viele habt ihr mitgebracht?"

„Es sind ziemlich genau 100."

„Das sieht so aus, als hättet ihr die Absicht, euch im Heiligen Land niederzulassen."

„So ist es. Die Wahrscheinlichkeit ist groß, dass wir dort bleiben. Aber ich muss euch meine Geschichte erzählen, damit ihr mich besser versteht. Ich bin Guillaume von Bar-le-Duc."

„Der Graf?"

„Wenn ich der Graf wäre, müsste ich mir dies wahrscheinlich nicht antun. Der Graf ist mein Cousin und ich war oder bin sein größter Lehnsmann. Bis zum Herbst des letzten Jahres war es auf jeden Fall so. Als Vertreter meines Cousins war ich wegen Grenzverhandlungen am Hof des französischen Königs. Ludwig VI, den man auch den Dicken nennt, versuchte im Osten seines Reiches seine Machtansprüche durchzusetzen. Ich konnte ihn davon abhalten, das Herzogtum meines Cousins als französische Domäne zu betrachten, zumal Ludwig gerade eine schlimme Niederlage gegen das anglonormannische Reich von Henri Beauclerc, dem Sohn Wilhelms des Eroberers erlitten hatte. Als ich nach drei Monaten in meine Ländereien zurückkehrte, hatte eine furchtbare Seuche meine Besitztümer heimgesucht. Die Menschen starben wie die Fliegen und auch das Vieh wurde nicht verschont. Ich wusste keinen Rat und in meiner Verzweifelung tat ich den Schwur, das Kreuz zu nehmen und in das Heilige Land zu ziehen und mich König Balduin zur Verfügung zu stellen, falls die Plage aufhöre. Tatsächlich hörte die Seuche nach zwei Tagen auf und keiner meiner Untertanen starb danach noch an den Folgen der Plage."

„Dann haben wir ja eines gemeinsam: Wir sind beide nicht ganz freiwillig hier."

„Meine Geschichte geht aber noch weiter, und da gibt es vielleicht ein Problem. Es waren nicht nur viele meiner Bauern und Soldaten gestorben. In den Städten hatte die Seuche furchtbar gewütet. Auch meine eigene Familie war nicht verschont geblieben. Von meinen acht Kindern waren sechs tot. Nur mein ältester und mein jüngster Sohn hatten überlebt. Meinem Ältesten habe ich dann mein Lehen übergeben, er ist immerhin schon 26 Jahre alt. Da muss ich mir keine großen Sorgen machen. Mein jüngster Sohn – er ist jetzt 14 – stammt aus meiner zweiten Ehe. Meine erste Frau war schon Jahre zuvor gestorben. Meine jetzige Frau ließ sich nicht davon abbringen mich zu begleiten, zumal mein jüngster Sohn, ihr Sohn, auch dabei ist. Ihr seht, alles spricht dafür, dass wir in Outremer bleiben. Und hier haben wir ein Problem. Wie kann man meiner Frau helfen, damit sie nicht bei allen, sagen wir mal, Tätigkeiten, den Blicken der vielen Männer ausgesetzt ist?"

Er machte eine Bewegung und aus dem Hintergrund näherte sich eine junge Frau. Als Gernot sie sah, musste er erst einmal schlucken. Sie war von betörender Schönheit und trug natürlich nicht mehr die höfische Kleidung, sondern ein leichtes Kleid, das ihre Reize deutlich zur Geltung brachte. Gernot schluckte noch einmal, musste husten und sagte dann mit heiserer Stimme: „Ihr habt absolut Recht. Diese Dame braucht einen Bereich für sich. Wir haben auf einem Schiff auf dem Deck zwei kleinere Verschläge oder Kabinen. Die stehen eurer Frau selbstverständlich zur Verfügung. Ihr könnt über beide Kabinen bestimmen. Wie Ihr sie benutzt, ist eure Sache, denn wahrscheinlich hat sie ja auch einige Frauen, die ihr dienlich sind."

„Ja, es sind noch drei weitere Frauen da und es wäre wirklich sehr hilfreich, wenn diese auch dort untergebracht werden könnten. Ich selbst bin sehr anspruchslos geworden. Ich schlafe bei meinen Männern. Schicksalsschläge machen demütig."

Er stellte nun seine Frau vor: „Das ist Berengaria, die Tochter eines nordspanischen Fürsten und meine Frau."

Sie trat noch weiter vor und sagte mit einem leichten Akzent: „Mein Herr, als ich euch sah, wusste ich, dass sich jetzt alles zum Besseren wenden wird."

Dann trat sie noch einen Schritt näher und hauchte ihm einen Kuss auf die Wange. „Das macht man in meiner Heimat nur mit seinen besten Freunden."

„Ich hafte mit meinem Leben für eure Sicherheit", stammelte Gernot und in diesem Augenblick wusste er, dass er an diesem Abend Anna, die Glückseligmachende, aufsuchen würde. Etwas Glück muss sein!

Guillaume hatte noch einiges hinzuzufügen: „Meinen Sohn Ramon werdet ihr später kennen lernen."

„Ramon?", fragte Gernot.

„Nun ja, das ist spanisch für Raymond und meine Frau wünschte sich einen Namen aus ihrer Heimat. Mir war das egal. Wenn man einen gesunden Sohn geschenkt bekommt, dann ist der Name nur schmückendes Beiwerk. Ihr werdet ihn kennen lernen. Er ist mit seinem Cousin, einem Sohn meines jüngsten Bruders in der Umgebung unterwegs. Im Übrigen, Raymond von Toulouse, Graf von Saint Gilles, einer der Anführer des Kreuzzugs, hat sich nie Raymond genannt. Das machten nur die Nordfranzosen. Er nannte sich selbst immer nur Ramon."

Gernot musste nachrechnen. Berengaria war sehr jung, und dann ein vierzehnjähriger Sohn? Guillaume bemerkte Gernots Nachdenken: „Meine Frau ist schon 30, sie altert aber anscheinend nicht, denn sie sieht immer noch aus wie ein junges Mädchen. Ich habe sie geheiratet als sie 14 war."

Jetzt musste Gernot etwas Kluges hinzufügen, um nicht vollends als neugieriger Trottel dazustehen: „Das kenne ich. Mein Vater war mehr als doppelt so alt wie meine Mutter, als er sie heiratete. Und ich glaube, sie hat ihn immer sehr geliebt. Auch wenn es meinem Vater unmöglich war, über seine Gefühle zu reden, muss es bei ihm auch so gewesen sein. Er tat im Prinzip immer das, was meine Mutter dachte. Sie musste nichts sagen. Ein Blick oder eine Bewegung ihres Körpers und die Entscheidung war gefallen. Und ich muss sagen, sie ist eine sehr kluge Frau."

„Dann wisst ihr, weshalb ich meine Frau mitgenommen habe. Meine Leute, es sind wie ihr wisst 100, begleiten mich alle freiwillig. Viele haben wie ich durch die Seuche ihre Familien verloren. Ein Jahr lang haben wir uns auf die Fahrt vorbereitet und ihr könnt mir glauben, sie sind alle gut ausgebildet. Sie erscheinen hier zwar alle als Fußsoldaten, sie können aber auch reiten und die Lanze handhaben. Ihr seht, auch für eure Sicherheit ist gesorgt."

„Das war unser Problem bis Trani. Wir sind ziemlich blauäugig losgezogen und vertrauten unserer Kampfkraft. Aber auf See ist alles anders. Wir sind blind über das Meer geschippert, ohne zu wissen, wo wir uns eigentlich befanden, denn einen Steuermann hatten wir auch nicht. Wir benötigen für jedes Schiff einen guten Steuermann und eine größere Besatzung."

„Da wird euch der Hafenmeister bestimmt helfen können. Aber nun etwas anderes. Ihr habt gesagt, ihr wollt kein Geld für die Passage."

„Das ist richtig. Es ist sozusagen ein Geschäft auf Gegenseitigkeit: Passage gegen Sicherheit. Zudem muss jeder für seine Verpflegung Sorge tragen. Und wenn einer nicht mehr genügend Geld hat, sollte jemand, der noch genügend hat, für ihn einstehen. Vielleicht steht uns im Himmel dann auch jemand bei, wenn wir auf Erden christliche Tugenden walten lassen. Mord und Totschlag gibt es ja hier genug."

„Also noch ein Geschäft auf Gegenseitigkeit?"

„Wenn ihr so wollt, ist das natürlich auch ein Hintergedanke. Aber Tatsache ist auch, dass wir durch den – hier räusperte sich Gernot – Erwerb der beiden Schiffe zu einem ziemlichen Reichtum gelangt sind. In Akkon werden wir sie nicht mehr gebrauchen. Teilt man den Erlös durch zehn, dann bleibt ein hübsches Sümmchen für jeden von uns übrig."

„Ich bin dann eigentlich mit meinen Fragen durch. Ich kümmere mich jetzt um alles, was für die Überfahrt nötig ist. Alles hört sich plötzlich für uns so positiv an. Aber ich habe überhaupt keine Ahnung, ob wir – was wünschenswert wäre – alle zusammen auf ein Schiff passen?"

„Ich glaube schon", erwiderte Gernot. „Es wird ganz schön eng werden, aber kein weiterer nimmt ja ein Pferd mit. Nach Meinung des Hafenmeisters dürften 120 – 130 Mann auf dem einen Schiff zu transportieren sein, auf dem anderen noch mehr."

„Dann will ich mal gehen, es warten noch andere auf euch. Es gibt hier noch eine zweite größere Gruppe, circa 30 angelsächsische Fußsoldaten, alles Bogenschützen, aber auch sonst recht gut bewaffnet."

Damit wandte er sich um und ein an seiner Bewaffnung sofort als Angelsachse zu erkennender Mann trat heran. Sein Langbogen verriet ihn. Er verbeugte sich und versuchte, mit einigen lateinischen Brocken etwas zu erklären. Das erste Gespräch hatte Gernot auf Französisch geführt, was ihm nicht schwer gefallen war. Dem armen Angelsachsen aber sah man deutlich an, dass seine Latein-Kenntnisse sehr rudimentär waren. Französisch konnte er wohl gar nicht. Deshalb begann Gernot sofort in seiner Muttersprache, was zur Folge hatte, dass das Gesicht des Angelsachsen sich augenblicklich entspannte.

„Ihr sprecht ja unsere Sprache", fand der Angelsachse.

„Das ist richtig", erwiderte Gernot, „es ist auch meine Sprache, denn ich bin Sachse und wie ihr bemerkt, sind die sprachlichen Unterschiede gering."

„Also, ich heiße Edward", begann er. „Meine Kameraden und ich stammen aus einer Gegend drei Tagesreisen nördlich von London. Eigentlich war es Abenteuerlust, die uns veranlasste, die Fahrt zu unternehmen. In London hörten wir dann, dass der norwegische König Sigurd eine Pilgerreise ins Heilige Land unternehmen wollte. Wir beeilten uns also, die südenglische Küste zu erreichen, denn mit dem Schiff zu fahren, ist tausendmal angenehmer, als zu Fuß zu laufen. Allerdings kamen wir zu spät, viel zu spät. Denn was wir in London erfahren hatten, hatte sich bereits im Vorjahr abgespielt. Deshalb mussten wir den ganzen Weg zu Fuß zurücklegen. Nun sind wir in Trani angekommen und hoffen, dass ihr uns mitnehmt."

Gernot waren bei dieser Erzählung viele Gedanken durch den Kopf geschossen. Eine kleine schlagkräftige Truppe ohne Anführer, aber gut bewaffnet. Gernot hatte bis jetzt nie darüber nachgedacht, wie es mit ihm, der als einzelner Ritter einmal im Heiligen Land ankommen würde, weiter gehen sollte. Als einzelner, unbedeutender Ritter, der im Prinzip keine Macht darstellte, was hatte er zu erwarten? Befehle! Und die musste er ausführen. Das war nicht viel mehr, als er zu Hause zu erwarten gehabt hätte. Hier bot sich ihm die Gelegenheit, eine kleine Schar um sich zu sammeln, eine Hausmacht sozusagen. Jetzt hieß es, geschickt vorzugehen. Gernot begann seine Frage auf eine Art, die Gilles psychologisch genannt hätte.

„Edward, ich werde euch und eure Kameraden selbstverständlich mitnehmen. Und dafür zahlt ihr nichts."

Edward lächelte sichtbar erleichtert: „Wir haben auch kaum noch Geld. Die Reise dauerte länger als wir gedacht hatten und Pilger nimmt man ganz schön aus, wenn es ans Bezahlen geht."

„Aber habt ihr jemals darüber nachgedacht, was ihr nach eurer Ankunft macht?"

„Wie gesagt, ein wichtiger Grund für unsere Pilgerfahrt war ganz einfach Abenteuerlust. Dazu kommt, dass es in unserer Heimat ständig Auseinandersetzungen gibt zwischen kleinen Adeligen und zwischen Normannen und Angelsachsen. Wer darunter zu leiden hat, ist klar: wir, das einfache Volk. Wir sind zwar gut bewaffnet und können uns auch im Kampf behaupten. Aber es macht keinen Spaß, Äcker zu bestellen, die die Adeligen am nächsten Tag mit ihren Pferden zusammenreiten."

Das war genau das, was Gernot hören wollte. Doch Edward fuhr fort: „Nach unserer Ankunft werden wir natürlich die heiligen Stätten aufsuchen. Aber was dann passiert, wissen wir noch nicht."

„Da haben wir ein gemeinsames Problem. Ich weiß auch nicht, ob ich im Heiligen Land bleiben werde. Und gemeinsam ist man stärker."

„Was meint ihr damit?", fragte Edward.

Jetzt musste Gernot alles auf eine Karte setzen, wenn er das erreichen wollte, wovon er gerade zu träumen begann: ein eigenes Lehen mit eigenen Leuten. Mehr erreichen als er in seiner alten Heimat je erreichen konnte.

„Habt ihr nicht Lust, in meine Dienste zu treten? Es soll kein festes Lehnsverhältnis sein, wie man es in unserer Heimat kennt. Das könnte ich euch ja gar nicht versprechen, denn ich besitze noch nichts. Aber es könnte von gegenseitigem Vorteil sein und zudem Schutz bieten. Ihr seid solange in meinen Diensten, wie ihr wollt. Ich kann euch nicht viel versprechen, zurzeit nicht einmal einen festen Lohn, aber gemeinsam können wir mehr erreichen als getrennt."

„Das ist eine Frage, die ich nicht allein beantworten kann. Ich für meinen Teil würde sofort „ja" sagen, denn es würde eine Menge Verantwortung von meinen Schultern nehmen. Unterwegs habe ich gemerkt, dass ich – aber auch meine Freunde – einer solchen Aufgabe, wie wir sie jetzt angehen – kaum gewachsen bin. Ich bin ein einfacher Bauer, der kein Land mehr hat. Ähnlich steht es um meine Freunde, sie sind Bauern oder Handwerker. Es fehlt jemand, der weiß, wo es lang geht. Aber wir haben uns auch geschworen, alles gemeinsam zu entscheiden. Ich werde deshalb mit meinen Freunden reden und komme zurück, sobald wir eine Entscheidung getroffen haben."

Damit entfernte er sich. Er schien es eilig zu haben, auch, weil er die Verantwortung nicht mehr allein tragen wollte oder konnte.

Gernot hatte vom vielen Reden Durst bekommen und auch sein Magen meldete sich. In der Tür des Gasthofs sah er den Wirt stehen und machte ihm ein Zeichen. Der wiederum machte ein Zeichen in den Gastraum und sofort erschien eine junge Frau mit einem Tablett: klein geschnittenes Fleisch, geschmortes Gemüse und Brot. Dazu ein Krug mit Wein.

„Etwas Kultur muss sein", dachte Gernot, griff in seinen Gürtel und holte seine Gabel hervor. Die meisten Anwesenden kannten das Gerät wohl noch nicht und waren es gewohnt, mit Brot alles auf dem Teller zusammenzuschieben und mit den Fingern oder einem selbst geschnitzten Holzlöffel das Essen in den Mund zu befördern. Galt ein Löffel schon als etwas Besonderes, dann war eine Gabel der Höhepunkt abendländischer Tischkultur. Als sie nun Gernot mit der Gabel essen sahen, war ihnen klar, dass sie sich keine großen Sorgen machen mussten: Wo Kultur ist, da ist auch Können, und wo Können ist, da ist der Sieg nah.

Gernot hatte jedoch keine Zeit, um sich Gedanken über Gabeln und kulturellen Fortschritt zu machen, denn Edward kam angelaufen: „Herr, wir sind alle einverstanden. Wir sind eure Männer. Vor allem sind wir froh, dass wir uns nun mit euch verständigen können."

„Mit dem Geld wird es bei euch wohl etwas knapp sein", meinte Gernot.

„Lange hätte die Wartezeit auch nicht mehr dauern dürfen, denn dann wäre der Hunger ständiger Gast bei uns gewesen."

Gernot griff in seinen Gürtel und überreichte Edward zwei Goldmünzen.

„Weißt du, was das ist?", fragte er.

„Genug Geld, um 30 Männer über eine lange Zeit satt zu bekommen", antwortete Edward.

„Dann kauft soviel Lebensmittel ein, dass ihr vier bis sechs Wochen genug zu essen habt. Und vergesst den Wein nicht. Es ist ein Vorteil, wenn man das Wasser an Bord mit Wein vermischen kann. Den Rest des Geldes teilt dann unter euch auf. Morgen werde ich in euer Lager kommen, schließlich muss ich meine Männer kennen lernen. Und hier ist noch ein Silberstück, damit ihr heute Abend auf mein Wohl trinken könnt."

Noch ein Schluck Wein und Gernot wandte sich den restlichen Pilgern zu. Es stellte sich heraus, dass es zwar viele Franzosen dort gab, aber sie bildeten keine zusammengehörende Gruppe. Dazu kamen noch etwa ein Dutzend Spanier und eine Handvoll Portugiesen. Burgunder und Lothringer vervollständigten diese Gruppe. Schließlich gab es noch Dänen und sogar Norweger, die nach einem Schiffbruch dem Zug König Sigurds nicht mehr hatten folgen können. Mit Einsatz seines gesamten Sprachtalents gelang es Gernot, alle nötigen Informationen an den Mann zu bringen.

Der Platz lichtete sich, zum Schluss blieben noch etwa 20 Personen übrig. Gernot ahnte sofort, was der Grund für ihre Zurückhaltung war: Geldmangel. So war es auch. Während alle anderen mehr oder weniger gut bewaffnet waren, handelte es sich bei diesen um Angehörige des Bauernstandes, keine Soldaten. Ihre einzige Bewaffnung war ein Messer zum Zerschneiden ihrer Nahrung. Die ärmliche Kleidung sprach für sich. Gernot konnte sich immerhin soweit mit ihnen verständigen, dass klar wurde, was sie im Heiligen Land wollten: Land, um sich darauf niederzulassen und um es zu bearbeiten. Gernot konnte sie beruhigen, dass es während der Überfahrt ausreichend Nahrung an Bord geben würde. Eine Handvoll Münzen beruhigte sie. Endlich konnten sie sich wieder satt essen. Ihre Aussichten waren im Vergleich zu denen der Ritter sogar gut, denn Siedler brauchte jeder Landbesitzer.

Als die Letzten gegangen waren, hatte Gernot eine Sorge weniger, aber ein Weg stand ihm noch bevor, nicht der zur glückseligmachenden Anna, sondern der zum Hafenmeister. Gernot musste sich endlich um kundige Steuerleute kümmern. Dabei konnte er sich nur auf den Hafenmeister verlassen. Als er am Hafen ankam, sah er, dass mittlerweile ein halbes Dutzend Transportschiffe eingetroffen waren, die Waren aller Art an Bord hatten.

Der Hafenmeister erkannte Gernot sofort und rief ihm zu, er solle etwas warten, er müsse zunächst den neu angekommenen Schiffen ihre Liegeplätze zuteilen.

Gernot ging zu den eigenen Schiffen, wo Bran, Gilles und Adhémar warteten. Er konnte ihnen berichten, dass demnächst zwei schwerbewaffnete Schiffe in See stechen würden, was eine allgemeine Erleichterung hervorrief. Als er seinen Freunden erklärte, dass er jetzt selbst über 30 eigene Soldaten verfügte, waren alle baff. Schließlich meinte Gilles, es sei eine kluge Idee gewesen, sich eine kleine Truppe zuzulegen, da man als Einzelreisender doch vor großen Schwierigkeiten im Heiligen Land stehen würde. Für die Nord- und Südfranzosen war das kein Problem, da sie klare Ziele hatten: Antiochia und Tripolis.

Bran, der so wie Gernot keinen genauen Plan hatte, meinte: „Dann ist es für mich vielleicht günstig, dass ich mir die Angelsachsen mal ansehe, falls du nichts dagegen hast, Gernot.“

Dieser war natürlich sehr damit einverstanden, zumal Bran allein durch seine Erscheinung Respekt einflößte.

Jetzt erschien der Hafenmeister und Gernot war froh, dass das Gespräch in Anwesenheit seiner Freunde stattfinden würde. Warum sollte er alles alleine entscheiden?

„Was kann ich für euch tun?“, fragte der Hafenmeister.

Jetzt war es doch wieder Gernot, der das Wort ergriff. Macht der Gewohnheit, nach zwei Tagen?

„Wir haben ein größeres Problem. Mit viel Glück haben wir es bis Trani geschafft. Und wir sind lauter Landratten. An Land kann man fragen, wenn man den Weg nicht kennt. Auf See ist das alles etwas schwieriger. Auf jedem der beiden Schiffe gab es zwar einen Kapitän und einen Steuermann, die haben aber ihren Kopf verloren.“

Der Hafenmeister riss die Augen auf und Gernot sah sich genötigt, die ganze Geschichte zu erzählen.

„Teufel! Teufel!“, meinte der Hafenmeister. „Da habt ihr wirklich mehr Glück als Verstand gehabt. Aber ich sehe schon, was ihr braucht: Zwei Steuermänner, die sich gut auskennen und Besatzungen. Ich kümmere mich um beides und kann euch wohl versprechen, innerhalb einer Woche die nötigen Männer auftreiben zu können. In Trani und an der Küste gibt es genügend fähige Seeleute, die Arbeit suchen. Mit den Steuermännern wird das schwieriger werden. Aber ich bin da ganz optimistisch.“

„Dann haben wir da auch etwas für euch, um unseren Dank zu zeigen.“

Gernot erhob sich, ging an Bord und kam mit der Kartenrolle zurück. Der Hafenmeister nahm die Karten, untersuchte sie genau und sagte schließlich: „Ich glaube, ihr wisst gar nicht, welchen Schatz ihr da habt. Alles kann ich auf Anhieb auch nicht erkennen. Aber im Prinzip sind Küstenabschnitte der Adria dargestellt, und zwar beide Seiten der Adria. Mit einigen Karten kann ich nichts anfangen, zumal ich kein Arabisch kann. Aber ich kenne Leute, die das können. Dann werde ich weitersehen. Auf jeden Fall bin ich es, der sich bedanken muss. Ich gehe mal sofort zu einem hier ansässigen arabischen Kaufmann. Der wird mir weiterhelfen können."

Damit entfernte er sich. Die Sache war damit für Gernot erledigt, er hatte jedoch noch ein paar weitere Dinge zu erledigen. Zunächst wollte er dem jüdischen Arzt eine Probe von Ebbas Wundermittel bringen. Es dürfte nicht schwer sein, dessen Adresse ausfindig zu machen. Alle Juden lebten in einem besonderen Stadtviertel, Ghetto genannt. Warum eigentlich? Gernot hatte nie darüber nachgedacht, trotzdem war es seltsam. Es dauerte keine zehn Minuten, bis er das Haus ausfindig gemacht hatte.

Der Arzt freute sich über das Mitbringsel und machte sich sofort an die Untersuchung. Er rieb das Pulver zwischen den Fingern, roch daran und leckte schließlich an seinen Fingern. Das Ergebnis dieser Analyse war eindeutig.

„Ich kenne das Pulver nicht, habe auch noch nie etwas Ähnliches gerochen oder geschmeckt. Die Frau, die dieses Pulver hergestellt hat, besitzt großes Wissen in der Pflanzenkunde. Hoffentlich geht dieses Wissen mit ihrem Tod nicht verloren."

„Sie wohnt zusammen mit einer Enkelin. Ich vermute, dass diese das Wissen weiterführt, denn die Seekraft der alten Frau lässt ständig nach und die Enkelin sammelt mittlerweile alle Pflanzen und Kräuter und bereitet die Mischungen nach den Angaben der Großmutter zu."

Nun ging es zurück zum Gasthof. Gernots Freunde hatten vom Wirt zwar vom Ausgang der Verhandlungen erfahren, aber es war an Gernot selbst, Details zu berichten. Es hatte also Fortschritte gegeben, sowohl was die Vorbereitungen für die Weiterreise betraf, als auch was die Gesundung der Verletzten betraf. Aber es gab auch Bedenken.

„Das hört sich alles sehr positiv an, vielleicht schon zu positiv", meinte Tankred. „Wir waren bisher nicht vorsichtig oder misstrauisch genug. Vertrauen ist ja an und für sich gut, aber wir sollten die Kontrolle nicht verlieren. Ich bin der Meinung, wir Zehn sollten nicht auf einem Schiff fahren. Wir sollten uns aufteilen, damit auf jedem Schiff deutlich wird, wer das Sagen hat. Wir Normannen könnten auf dem neuen Schiff fahren."

„Dann wäre das geregelt", erwiderte Gernot. Wir werden uns dann in den nächsten Tagen um die Verpflegung kümmern. Unser kleiner Gilles hat auf seinen Ausritten festgestellt, dass die Preise für Lebensmittel bei den Bauern im Umland erheblich niedriger sind. Sobald die hier ansässigen Händler mitbekommen, dass fast 300 Leute Nahrung für einige Wochen benötigen, schnellen die Preise in die Höhe. Ich werde Gilles und Bran den Auftrag geben, für uns einzukaufen und auch für eine Gruppe armer Pilger, es handelt sich um Bauern, die sonst betteln oder hungern müssten. Für diesen Fall haben wir ja einen Betrag aus der Spende des Seeräuberkapitäns zurückbehalten. Dann erholt euch weiter gut. Ich werde etwas essen, trinken und dann schlafen."

„Wo? Mit wem?", hörte Gernot, als er den Raum verließ.

„Nanu", wunderte er sich, „bis jetzt dachte ich, dass nur in Venedig jeder alles weiß. Aber wenn schon jeder Bescheid weiß, dann ist es auch gut."

Er hörte noch ein lautes Gelächter, was auf eine gute Genesung schließen ließ. In Gastraum setzte er sich an einen Tisch und winkte dem Wirt.

„Mein Herr, ihr habt heute alles richtig gemacht", sagte der Wirt

„Kleiner Test gefällig", dachte Gernot und sagte: „Was habe ich richtig gemacht? Das mit der Überfahrt oder das mit Anna?"

„Das mit der Überfahrt hat Geschick und Großmut gezeigt. Und das mit Anna, nun ja, viele würden gerne einmal in den Armen von Anna aufwachen. Aber sie ist da sehr wählerisch. Denn wer bei Anna aufwacht, der kann sich glücklich schätzen, man nennt sie nicht umsonst die „Glückseligmachende". Wie gesagt, ich habe nur davon gehört, die Erfahrung konnte ich leider nie machen. Sie hat da strikte Prinzipien bei der Auswahl ihrer Kunden. Und Kunden würde sie nie sagen. Sie nennt diese Männer – und ganz leise fügte er hinzu: es soll auch einige Frauen geben, die ihre Gesellschaft sehr schätzen – ihre Freunde. In anderen Städten würde Anna zu einer gleichzeitig verachteten und geschätzten Randgruppe gehöre. In Trani grüßt man sie, wenn man sie sieht."

„Und weshalb?"

„Das werdet ihr noch herausfinden, ihr seid ja noch eine Woche in Trani."

Der Wirt ging in die Küche und kam mit einem Stück gebratenem Lammrücken zurück. Er stellte ihn vor Gernot auf den Tisch.

„Esst soviel ihr könnt und stärkt euch! Ihr werdet eure Kraft noch brauchen bei dem, was ihr vorhabt."

„Schon wieder so eine zweideutige Bemerkung", dachte Gernot, „es fehlt nur noch, dass der ganze Ort gleich Spalier steht."

Und laut fügte er hinzu: „Und jetzt noch von eurem besten Wein."

Der Wirt verschwand und kam mit einem Krug zurück.

„Das ist der beste Wein, den ich habe", sagte er und fügte hinzu: „Dieser Wein macht glückselig."

Gernot blieb das Essen im Hals stecken. Er hustete und der Wirt schlug ihm auf den Rücken.

„Immer langsam, junger Mann. Es wird schon."

Gernot probierte den Wein. „Der ist tatsächlich exzellent. Man muss aufpassen, dass man nicht zuviel davon trinkt."

„Ja, ja, man sollte überhaupt genießen. Essen und trinken ist keine Arbeit, sondern ein Genuss. Das gilt auch für andere Dinge."

„Gut, dann werde ich jetzt langsam zum Schiff gehen und dabei die Schönheit Tranis genießen."

Vor dem Gasthaus hatte der geschäftstüchtige Wirt einige einfache Bänke und Tische aufgestellt, an denen wenig Einheimische, aber viele Pilger saßen. Gernot sah auch seine eigene Truppe. Sie waren bestens gelaunt und prosteten ihm zu. Sie konnten augenscheinlich den Tag der Abreise kaum noch erwarten. Gernot winkte ihnen zu, orientierte sich aber in Richtung Schiff. Seltsamerweise entwickelte er dabei einen verdächtigen Linksdrall, sodass er bald dort angekommen war, wo er die Schönheit Tranis bewundern konnte. Anna stand am Eingang des Hauses, wo er sie auch am Abend vorher gesehen hatte.

„Ich hätte mein Leben darauf verwetten können, dass du kommst."

„Und wieso?"

„Nun ja, ich könnte sagen, dass es meine berufliche Erfahrung ist, die das ermöglicht. Aber ich glaube eher, es ist deine ungewisse Zukunft, die dich in meine Arme treibt. Du bist jung und nach den Abenteuern, die du erlebt hast – man erzählt davon in der ganzen Stadt – hast du bestimmt nachgedacht und festgestellt, dass das Leben endlich ist. Dieses Ende kann schneller kommen als erwartet. Deshalb willst du noch einmal das Leben genießen."

Genießen, da war es wieder dieses Wort. Er befolgte den Rat des Wirtes und zwei Stunden später hatte er das Leben genossen und er wusste, dass er bis jetzt einiges versäumt hatte.

„Sag mal Anna. Wer hat dir eigentlich den Beinamen gegeben, die „Glückseligmachende"?"

„Hab ich ihn etwa nicht verdient?"

„Doch, doch, absolut", entgegnete Gernot.

„Nun, es war der Bischof."

„Der Bischof? Aber.."

„Auch ein Bischof ist ein Mann. Der Papst würde das zwar nicht gerne hören, aber solange der Pontifex Maximus nicht alleine schläft, warum sollte es ein Bischof tun? Außerdem ist unser Bischof nicht immer hier bei mir. Er kommt nur, wenn er einen gewissen Druck verspürt. Allerdings muss ich sagen, dass er diesen Druck recht häufig verspürt. Als er das erste Mal zu mir kam, war er kein Mann mehr. Alle sagten, er sei ein hoffnungsloser Fall. Aber als er mich am Morgen verließ, war er wieder ein Mann. So nannte er mich die „Glückseligmachende". Doch auch ich bin ihm dankbar. Er bezahlt meine Dienste sehr großzügig. Deshalb kann ich es mir erlauben, meine Freunde auszusuchen. Ich stehe sogar im Testament des Bischofs. Wenn er einmal stirbt, erbe ich einen größeren Landbesitz vor der Stadt und habe ausgesorgt."

„Und das weiß jeder hier in Trani?", fragte Gernot.

„Dass der Bischof mich häufig besucht, ja. Die Geschichte mit dem Testament, nein. Aber wir sollten nicht soviel reden. Denn wie ich sehe, haben wir noch einiges vor."

Der Besuch bei Anna zog sich tatsächlich in die Länge, sodass Gernot sich erst gegen drei Uhr morgens auf dem Schiff in seinen dicken Mantel rollte.

„Eigentlich ganz schön dumm von mir", dachte er. „Ich könnte auch in Annas Bett liegen. Annas Bett war breit, warm und weich. Der Schiffsboden war kühl, hart und unbequem."

Als er am anderen Morgen aufwachte, stand die Sonne schon hoch am Himmel. Yussuf hatte einige Fische gefangen, die er über einem kleinen Feuer briet. Gernot setzte sich neben ihn, deutete auf die Fische und fragte: „Wie nennt man die auf arabisch?"

Die Laute waren für Gernot sehr ungewohnt und er musste das Wort einige Male wiederholen. Dann fragte er nach allem, was er sah und Yussuf begriff, was Gernot wollte: Arabisch lernen. Das würde ganz schön schwierig werden. Aber es galt: Ohne Fleiß kein Preis. Zwanzig Wörter am Tag, das müsste gehen. Zwanzig Wörter am Tag, das bedeutet in zehn Tagen 200 Wörter, in 100 Tagen 2000 und in einem Jahr....? Halt, diese Rechnung konnte so nicht aufgehen, denn er würde nicht jeden Tag genügend Zeit haben und einmal in Akkon angekommen, würde Yussuf sich sofort auf die Suche nach seinem Vater machen. Trotzdem wollte er jetzt anfangen.

Als drei Stunden Spracharbeit hinter ihm lagen, erschien Bran: „Wir sollten mal unsere Truppen inspizieren. Aber nicht zu Fuß, sondern zu Pferde. Das macht einen besseren Eindruck."

Es war nicht schwer, sie zu finden, da die Angelsachsen nicht zu den Wohlhabenden gehörten. Deshalb hatten sie ihr Lager, wie viele andere auch, jenseits der Stadtmauern aufgeschlagen. In der Scheune eines größeren Gehöfts hatten sie ihre Unterkunft gefunden. Aber dort hatten sie nur ihre Sachen deponiert, geschlafen wurde draußen, da auch in der Nacht die Temperaturen angenehm waren.

Edward trat sofort hervor und ließ es sich nicht nehmen, jeden einzelnen seiner Kameraden vorzustellen. Aber 30 angelsächsische Vornamen zu behalten, das würde einige Zeit dauern. Dann stellte Gernot Bran vor und wie immer gab es ein erstauntes Gemurmel über Brans Körpergröße.

Edward meinte: „Es wird uns leicht fallen, unsere Anführer ausfindig zu machen."

Gernot hatte seinen Bogen mitgebracht, was allgemeines Erstaunen hervorrief. Edward sah ihn sich an und meinte: „Eine ausgezeichnete Arbeit. Der Mann versteht sein Handwerk."

„Das war ja auch ein Angelsachse", entgegnete Gernot, „der auf seinem Weg nach Hause auf unserer Burg den Winter verbracht hat. Er hat einige Bögen hergestellt, um sich nützlich zu machen."

Gernot hatte bemerkt, dass auf dem Boden eine Waffe lag, die er noch nie gesehen hatte: Eine Art schwerer Hammer mit einer flachen Seite und einer scharfen Schneide auf der anderen Seite. In der Mitte der flachen Seite erhob sich ein etwa 20 cm langer, spitzer Dorn und das Ganze befand sich am Ende eines sehr langen Stils, der teilweise über zwei Meter lang war und bei einigen Exemplaren aus Eisen bestand.

„Was ist das für eine seltsame Waffe?", wollte Gernot wissen.

„Ein Kriegshammer", erwiderte Edward. „Die Wikinger haben ihn wohl auf unsere Insel gebracht und wir haben ihn noch etwas verbessert. Die Wikinger kämpften nicht zu Pferde, aber mit dem Kriegshammer holt man jeden Reiter aus dem Sattel. Stellt euch vor, die flache Seite mit dem Dorn trifft auf eine Rüstung. Oft tötet der Dorn schon den Reiter, aber man holt den Reiter auf jeden Fall aus dem Sattel. Die andere Seite mit der scharfen Schneide erledigt dann den Rest. Als Bogenschütze ist man nur auf größerer Entfernung vor dem Feind sicher. Wenn der Feind aber einmal durchgebrochen ist, dann geht es uns an den Kragen. Es sei denn, man hat einen Kriegshammer."

Und Bran fügte hinzu: „Ich habe so einen Kriegshammer schon einmal gesehen. Es ist eine furchtbare Waffe und man holt damit jeden Reiter aus dem Sattel. Man benötigt nur etwas Platz, um das Gerät richtig bedienen zu können."

Gernot war sich jetzt sicher, dass er die richtige Wahl getroffen hatte. So wandte er sich an die ganze Truppe und sagte: „Männer, in genau einer Woche fahren wir los. Seid ihr dann bereit?"

„Auf jeden Fall", meinte Edward. „Wir werden ab morgen unsere Lebensmittel einkaufen. Dann sind wir fertig."

„Kauft in der Umgebung bei den Bauern ein. Das ist preiswerter. Wir lassen euch unsere Pferde hier. Dann könnt ihr die Waren besser transportieren."

„Wie heißen die Pferde eigentlich? Man muss sie doch ansprechen können", fragte jemand.

Gernot hatte nie darüber nachgedacht, seinem Pferd einen Namen zu geben. Bran hatte das sofort gemacht.

„Ich habe mein Pferd immer wie einen Freund behandelt und „Du" zu ihm gesagt."

„Das ist aber ein komischer Name für ein Pferd, aber wenn dein Pferd auf „Du" hört. Dann soll es uns egal sein."

In den nächsten Tagen geschah nicht viel, außer, dass die Angelsachsen ihre Lebensmittel und ihr Gepäck schon mal an

Bord brachten. Sie wollten lieber auf dem Deck schlafen, weil dort die Luft besser sein würde. Auch ihre jetzt nicht benötigten Waffen verstauten sie schon auf dem Schiff. Gernot und Bran waren nun von eigenen Leuten umgeben, ein völlig neues Sicherheitsgefühl. Das Gepäck der Normannen wurde auf das andere Schiff gebracht und Gernot bat Yussuf, auf sein Schiff zu wechseln, wegen des Sprachkurses.

Jetzt mussten auf dem Schiff einige bauliche Veränderungen vorgenommen werden. In beide Verschläge wurden größere Fenster gesägt, die man von innen durch Bretter verschließen konnte. Dann kam der alte stellvertretende Steuermann auf Gernot zu und berichtete von einem Problem, an das bis jetzt niemand gedacht hatte.

„Herr, wir müssen unseren Abtritt ändern, denn wir haben ja Damen an Bord."

Der Abtritt auf dem Schiff bestand aus einer dicken Bohle, die bei Bedarf nach außen geschoben wurde. Die Seeleute kletterten über die Reling, setzten sich auf die Bohle und verrichteten ihr Geschäft. Das geschah in aller Öffentlichkeit und war auch keinem peinlich. Jetzt aber waren Frauen an Bord. So konnte das nicht weiter gehen.

Gernot überlegte, aber sein Gegenüber grinste ihn an: „Ich habe schon eine Idee. Ich habe mir gedacht, dass wir die Bohle fest installieren, sie braucht ja nur einen Meter nach draußen zu ragen, und wir versehen die Bohle mit einer Fuß- und Rückenstütze. Dann müssen wir die Damen nicht dauernd aus dem Wasser fischen. Außerdem könnten wir vor und hinter der Bohle ein Stück Segeltuch spannen – wegen der Schicklichkeit. Ein Abtritt wird auch nicht reichen, wir müssen für uns Männer wenigstens zwei weitere Abtritte vorsehen, sonst gäbe es bei über 130 Mann an Bord einen zu großen Andrang. Aber das kann dann eine einfache Ausfertigung sein, nur eine Bohle."

„Der Mann ist gar nicht so dumm“, dachte Gernot und fügte laut hinzu: „Sorg dafür, dass alles nach deinen Plänen geschieht, auch auf dem anderen Schiff. Hier hast du das nötige Geld. Wenn etwas übrig bleibt, sollst du es behalten. Gute Ideen werden belohnt.“

Stolz über das Lob – es war wohl das erste seit langem – eilte er davon, um die notwendigen Arbeiten vorzunehmen.

Yussuf kam heran und eine neue Arabisch-Lektion begann. Gernot schätzte, dass er schon 100 arabische Wörter kannte. Nach zwei Stunden war aber Schluss mit dem Lernen. Yussuf sprach zwar arabisch, er konnte es aber nicht schreiben, sodass Gernot sich nur auf sein Gedächtnis verlassen konnte. Noch ahnte er nicht, dass das Lernen des Arabischen der einfachere Teil war, das Schreiben war schwieriger.

Die letzten Nächte hatte er allesamt bei Anna verbracht, war an Erfahrung und Einsicht reicher geworden – Einsicht in die Tatsache, dass der Mensch nicht geschaffen ist, um alleine zu leben – und er musste wieder einmal an Odo denken, seinen alten Lehrer, der ihm von altgriechischen Philosophen erzählt hatte. Nach deren Vorstellung war der Mensch als Halbkugel zu sehen, der erst durch das Hinzufügen einer zweiten Halbkugel seine ideale Gestalt findet. Gernot musste einsehen, dass er seinem Lehrer doch oft Unrecht getan hatte.

„Asche auf mein Haupt, ehret die Lehrer!“, dachte er.

Er wurde vom Hafenmeister aus seinen Gedanken gerissen, der mit einer ganzen Schar von Männern erschien.

„Gut, dass ich euch hier erwische“, begann er. Hier sind eure neuen Mannschaften und Steuerleute. Wenn man zu eurer alten Besatzung noch drei Mann hinzufügt, dann müsste das reichen. Für das zweite Schiff müssten diese acht Mann genug sein. Es sind alles erfahrene Seeleute, die sich mit der Arbeit an Bord auskennen. Und diese beiden Herren – er deutete auf zwei etwas abseits stehende Männer – sind sehr erfahrene Steuerleute, die die Fahrt nach Akkon schon einige Male gemacht haben und sich im östlichen Mittelmeer gut auskennen. Ich habe mit allen den Lohn ausgehandelt. Es ist üblich, dass der Lohn im Voraus gezahlt wird und dass die Schiffseigner, also ihr, für die Verpflegung aufkommen. Es ist auch üblich, dass der größte Teil des Lohns hier an Land bei den Familien bleibt und sie selbst nur einen geringen Teil für eventuelle Ausgaben mitnehmen. Man gefährdet seinen Lohn nicht gern."

Gernot war froh, dass damit jedes Schachern um Lohn entfallen war. Eine kurze Ansprache könnte trotzdem von Nutzen sein.

„Ich bin mit allen Regelungen einverstanden und ich rede hier im Namen aller Schiffsbesitzer. Wie die alte Besatzung, so bekommt auch ihr einen Anteil aus dem Verkauf der Schiffe. Jetzt solltet ihr die Schiffe seeklar machen, denn wir werden in einigen Tagen auslaufen und es sind noch einige Arbeiten zu erledigen. Ihr müsst Platz schaffen für etwa 130 Personen auf dem ersten Schiff und etwa 170 Personen auf dem zweiten Schiff. Das wird zwar für alle sehr eng werden, aber wir haben auch niemandem eine Vergnügungsfahrt versprochen. Also beeilt euch!"

Gernot hörte noch ein zustimmendes Knurren, bevor er sich in Richtung seiner Kameraden entfernte.

„Leute, es wird Zeit, dass wir damit beginnen, das Gepäck der ersten Mitfahrer an Bord zu bringen und wir sollten mit dem zweiten Schiff anfangen, da dort keine Umbaumaßnahmen stattfinden werden. Wegen der Pferde muss auf unserem alten Schiff noch einiges geschehen. Für zehn Personen gab es dort mehr als genügend Platz. Einschränkungen waren nicht nötig. Bei 130 Personen werden einige hochkant schlafen müssen. Ich kann mir noch gar nicht vorstellen, wie die alle an

Bord passen sollen. Aber der Hafenmeister meinte, es würde klappen. Auf vielen Schiffen sei noch erheblich weniger Platz vorhanden. Auf geht's!"

Gilles versprach, sich um die Mitreisenden zu kümmern. Gernot selbst besuchte noch einmal die Verletzten. Diese fand er vor dem Gasthof in der Sonne.

„Vier Tage noch, hat der Arzt gesagt." Das war das Erste, was er hörte. Die Stimmung hob sich noch mehr, als Gernot vom Fortschritt der Arbeiten erzählte.

Am Spätnachmittag versammelten sich immer mehr Mitreisende vor dem zweiten Schiff. 170 Personen unterzubringen, war nun Gilles' Aufgabe, Gernot hielt sich hier zurück. Jeder brachte sein persönliches Gepäck mit: einen schmalen Sack aus grobem Leinen, der mit Stroh gefüllt war und als Unterlage beim Schlafen diente, eine Decke, seine Lebensmittel und Waffen. Gernot war froh, dass Gilles ihm diese Arbeit abgenommen hatte. Es waren allerdings auch einige Männer der neuen Besatzung anwesend, die sich bei dieser Arbeit gut auskannten, viele Leute auf wenig Raum unterzubringen. Sie schafften es zum Beispiel, in dem Raum, den der Kapitän bewohnt hatte, zehn Männer unterzubringen. Als das untere Deck belegt war, waren bereits über 100 Personen an Bord. Hier musste man sich keine Sorgen mehr machen, auch der Rest würde hier noch Platz finden.

Eins der neuen Besatzungsmitglieder klärte Gernot auf: „Unten müssen immer viel mehr untergebracht werden, als oben. Unten wird nur geschlafen. Tagsüber ist man im Allgemeinen an Deck. Ihr werdet euch noch wundern, wie das dann aussehen wird."

Alle waren guter Laune, denn das Warten hatte nun bald ein Ende. Keiner wollte mehr zurück ins Lager, das Leben spielte sich ab jetzt vor dem Schiff ab.

Auf dem anderen Schiff wurde gesägt und gehämmert, da die sehr großzügig bemessene Stallung der Pferde verkleinert werden musste, was auch Auswirkungen auf das Oberdeck hatte: Hier war nun erheblich mehr Platz vorhanden.

Gernot begab sich noch zu Guillaume von Bar-le-Duc, um ihm über den Stand der Vorbereitungen zu berichten.

„Ich hätte es ganz gerne", begann er, „wenn ihr mit einem Teil eurer Leute schon mal umziehen würdet. Eure Frau könnte sich auch schon mal mit ihren zwei Räumen vertraut machen. Dann haben wir einen besseren Überblick über den Platzbedarf."

„In einer Stunde bin ich mit der Hälfte meiner Leute unten am Hafen."

Gernot ging zurück zum Schiff. Seine eigenen Leute hatten ihre Sachen schon an Bord gebracht und im Vorwissen um die Enge, die bald entstehen würde, hatten sie sich am Heck des Schiffes niedergelassen. Ebenso fand er dort Yussuf und den neuen Steuermann, der ebenfalls hier zu hausen gedachte. In der alten Unterkunft unter Deck hatten sie vorher sehr bequem in zwei Fünferreihen geschlafen. Rückte man enger zusammen, könnten auch zehn oder mehr in einer Reihe schlafen. Dadurch würden drei Reihen entstehen und nutzte man jede Lücke aus, müsste es Platz für 40 – 50 Männer geben.

Guillaumes Leute waren sehr diszipliniert. Sie wussten um die Enge und gaben sich Mühe, jedes Eckchen auszunutzen. Es dauerte nur eine halbe Stunde und alle waren untergebracht.

„Die Übrigen werden erst in zwei Tagen an Bord gehen können", erklärte Gernot. „Bis dahin haben wir genügend zusätzlichen Raum geschaffen."

Jetzt waren die Frauen an der Reihe. Gernot zeigte ihnen die „Räumlichkeiten". Damit konnte man bestimmt nicht angeben, aber die vier Frauen zeigten sich sehr zufrieden, wahrscheinlich hatten sie Schlimmeres erwartet.

Berengaria näherte sich Gernot und sagte: „Ich wusste, dass ich mich auf euch verlassen kann. Meine Mädchen und ich haben unterwegs manchmal leiden müssen. Aber das hier ist besser als erwartet."

Daraufhin wandte sich Gernot an Guillaume: „Habt ihr die Damen über die hygienischen Verhältnisse an Bord, ich meine den Abtritt, aufgeklärt?"

„Nun ja, so gut ich konnte. Aber ich habe mir darüber ehrlich gesagt nicht allzu viele Gedanken gemacht."

„Ich aber", log Gernot ein wenig. „Meine Damen, auf einem Schiff ist der Abtritt eine äußerst primitive Angelegenheit. Wir haben etwas überlegt und nun seht her! Das ist die damenhafte Variante."

Er zeigte ihnen die Bohle mit den Stützbrettern und die Erfindung des stellvertretenden Steuermanns. Man bediente eine Leine und schon war man neugierigen Blicken entzogen. Es gab ein großes, aber dankbares Gelächter.

„Vielen Dank", sagte Berengaria, „ich glaube, dass ihr uns vor einer peinlichen Situation bewahrt habt. Aber ihr werdet Verständnis dafür haben, dass meine drei Mädchen und ich bis zur Abfahrt in unserer Unterkunft bleiben werden."

Jetzt lernte Gernot auch Guillaumes Sohn Ramon kennen und dessen Cousin Gérard, 14 und 12 Jahre alt. Irgendwie erinnerten sie Gernot an Gilles. Auch sie waren dauernd unterwegs, neugierig auf jeden nächsten Tag.

Damit kam Gernot zum letzten Ziel des Tages: Anna. Etwas mehr über sie würde er gerne noch erfahren. Und er erfuhr eine Menge: Sie war sich durchaus bewusst, welches Gewerbe sie ausübte, hatte aber auch sofort eine Entschuldigung parat: der frühe Tod der Eltern. Sie hatte das Geld immer gerne genommen. Nein, sie war nie eine einfache Schankdirne gewesen. Ja, der Beruf war verrufen, aber wie es schien unentbehrlich. Nein, viele Kunden brauchte sie nicht, nur reiche. Ja, sie hatte dafür gesorgt, dass diese sich nie über den Weg liefen. Nein, der Bischof war nicht anwesend, er war für einige Wochen in seinem Bistum unterwegs. Ja, es war von Vorteil, den Bischof als – sie sagte – Freund zu haben. Ja, viele wussten von der Impotenz des Bischofs und von seiner wundersamen Heilung in ihrem Bett. Nein, sie würde nur schwanger werden, wenn sie es wollte, es gab da so Mittelchen. Darüber hinaus: Das Haus, in dem sie wohnte, gehörte ihr. Die fünf anderen Familien im Haus zahlten ihr Miete. Und außerdem: Das Wasser sei jetzt heiß, sie wolle mit Gernot baden. Das tat sie dann auch und Gernot fand, dass das Baden zu zweit viel genussvoller war als das Baden allein. Er nahm sich vor, diese Art des Badens zu seiner Lieblingsvariante zu machen und sie bei passender Gelegenheit öfters mal zu praktizieren.

Als Gernot am nächsten Morgen Anna fragte: „Weshalb hast du gerade mich genommen?“, antwortete sie: „Ich glaube, ich wollte ein gutes Werk tun, aber ich könnte auch sagen: Nach all den alten Männern war ein junger Mann eine willkommene Abwechselung. Oder einfach: Du gefielst mir besser als alle anderen. Such dir das Passende aus.“

„Das mit dem guten Werk ist dir ganz gut gelungen“, antwortete Gernot. Als er dann seine Kleidung suchte, fand er sie nicht.

„Die wird gerade gewaschen und geflickt, soweit man überhaupt noch von Kleidung sprechen kann. Du darfst dich deinen Leuten nicht zu sehr anpassen. Auch in der Kleidung erkennt man den Herrn. Deshalb habe ich mir erlaubt, dir neue Kleidung zu kaufen, die den Temperaturen im Heiligen Land besser angepasst ist."

Gernot stand auf, probierte Hemd und Hose und war begeistert. Nicht so eng anliegend, man würde nicht so leicht ins Schwitzen geraten.

„Gernot, jetzt musst du eine Idee haben, eine Idee, die Eindruck macht, etwas, was Anna nie vergessen wird", dachte er. Er kramte in seinem Gürtel und beförderte zwei Goldmünzen zutage, zwei Münzen der größeren Art. Er legte sie Anna auf die Brust, eine auf die Linke, eine auf die Rechte.

„Jetzt vergisst du mich nie mehr", sagte er.

„Gernot, du bist verrückt, vollkommen verrückt. Mit einer dieser Münzen kann man hier acht gute Pferde kaufen oder auch zwölf fette Ochsen. Mit beiden Münzen bekommt man ein Haus."

„Das ist auch gut so, denn falls es sich der Bischof noch einmal überlegt – das mit dem Landbesitz – dann hast du hier einen kleinen Ausgleich."

„Das ist verrückt, völlig verrückt."

„Das soll es auch sein. Nur durch etwas völlig Verrücktes vergisst du mich nicht."

Am nächsten Morgen sah Gernot sechs Männer, teilweise humpelnd, die sich auf das Schiff zu bewegten. Es waren die Insassen des Lazaretts, die vom Arzt die Genehmigung erhalten hatten, sich ein wenig zu bewegen.

„Das sieht ja schon ganz gut aus", rief Bran.

„Und das wird noch besser", rief einer zurück.

Und um es zu beweisen, ging der Trupp sofort weiter. Gernot hatte noch eines vergessen: die beiden Armbrüste. Er holte sie aus seinen Sachen hervor und fragte seine Leute: „Kann jemand etwas damit anfangen?“

„Wir können ja mal damit üben“, meinte Edward, „eine Präzisionswaffe wie diese ist auf einer Entfernung von 60 – 80 Metern absolut tödlich.“

Gernot nahm einen Bolzen und sagte: „Mal sehen, ob ich von diesen Dingern noch ein paar erstehen kann.“

Er ging in den Stadtteil, wo die Schmiede ansässig waren. Dort fand er einen Schmied, der sich darauf spezialisiert hatte, Kleinteile herzustellen. Dieser nannte Gernot aber einen vollkommen überzogenen Preis.

„Ich will nicht deine ganze Schmiede erstehen.“

„Bedenkt mein Herr, ich muss wegen eines Bolzens alle meine Werkzeuge anders einstellen.“

„Ich will auch nicht einen Bolzen haben, sondern 100.“

„100? Das ist etwas anderes. Wann wollt ihr sie haben?“

„In drei Tagen legen wir ab.“

„Da muss ich erst meinen Nachbarn fragen, ob er mitarbeitet, denn alleine kann ich den Auftrag bis dahin nicht erledigen.“

Er ging zu seinem Nachbarn und als er zurückkam sagte er: „Er hilft mir, wir werden übermorgen Abend die 100 Bolzen liefern.“

Ein wenig Gefeilsche um den Preis gehörte noch zum Geschäft, aber dann war man sich einig. Bei einem Pfeilhersteller konnte Gernot einen großen Behälter mit Pfeilen für die englischen Langbogen hingegen sehr preisgünstig erstehen, da dieses Pfeilformat wenig nachgefragt war.

Am Tag vor der Abfahrt hatten sich alle neuen und alten Mitfahrer bei den Schiffen versammelt. Jeder kannte jetzt seinen Platz, die Pferde sollten erst am folgenden Morgen kurz vorm Ablegen verladen werden. Pfeile und Armbrustbolzen waren geliefert und bei Gernot kam jetzt wieder eine gewisse Anspannung auf, wodurch ihm der Abschied von Anna leichter fiel.

Die letzte Nacht wollte er bei seinen Männern an Bord verbringen. Hier spürte nun jeder die Enge, einen Rückzugsraum gab es nicht, außer für die Frauen. Als dann am frühen Morgen die Pferde verladen wurden, war allen klar, dass es jetzt endgültig losging. Wenn alles wie geplant verlaufen würde, dann wäre Zypern der nächste Anlaufpunkt.

Teil 3: Im Heiligen Land

1. Die Ankunft

Gernot wandte sich an den Steuermann: „Zypern, was ist das eigentlich?“

„Eine Insel.“

„Eine große?“

„Eine sehr große. Sie liegt nicht sehr weit vor Akkon, ein bis zwei Tagesreisen.“

„Und wie lange braucht man, um Zypern zu erreichen?“

„Bei gutem Wind zwei Wochen, bei mäßigem Wind drei Wochen, bei widrigen Winden auch vier Wochen. Aber dann müssen wir wegen der Pferde vorher Kreta anlaufen. Auch eine Insel. Kreta und Zypern gehören offiziell zum Byzantinischen Reich – ihr nennt es Ostrom, aber in Bezug auf Kreta stimmt das nicht ganz. Diese Insel wird mehr von Seeräubern beherrscht als vom oströmischen Kaiser. Das ist der Grund, weshalb wir um Kreta gerne einen großen Bogen machen. Hoffen wir auf günstige Winde.“

Wieder hatte Gernot bemerkt, wie wenig er eigentlich wusste, von der Welt, vom Leben – dank Anna jetzt ein bisschen mehr, und überhaupt. „Heiliges Land“ oder auch „Ägypten“, das waren Wörter, die er aus der Bibel kannte. Nicht, dass er jemals die Bibel gelesen hätte, nicht einmal gesehen hatte er sie. Was er aus der Bibel kannte, kannte er aus den

Erzählungen der Hofgeistlichen und Odos. Odo sei Dank! Niemand, den Gernot kannte, besaß eine Bibel, ausgenommen der Bischof von Köln. Aber auch dieses Exemplar hatte er nie zu Gesicht bekommen. Es war viel zu kostbar. Mönche brauchten Monate, bei besonderen Exemplaren auch ein Jahr, um die Bibel zu kopieren und solche Bücher hatten den Gegenwert eines Bauernhofes. Seine Kenntnisse aus der Bibel beruhten also auf mehr oder weniger exakten Wiedererzählungen von Leuten, die auch keine Bibel besaßen, sie aber, wenigstens in Teilen, auswendig kannten. Man kann jedoch immer dazulernen. A propos Lernen. Auf geht's! Wenigstens sollten die Sprachkenntnisse aufgebessert werden. Yussuf hatte tatsächlich drei Schüler: Gernot, Bran und Gilles. Diese drei hatten die Überzeugung gewonnen, dass man die Sprache beherrschen sollte, die 90% der Bevölkerung sprachen. Ein paar Tausend Ritter, eine etwas größere Anzahl an Fußsoldaten, das war die Oberschicht, aber nur eine verschwindend kleine Minderheit.

Angesichts der baldigen Ankunft im Heiligen Land hatte sich bei Gernot eine gesunde Skepsis breit gemacht. Deshalb lernen, lernen, lernen. Sonst gab es auf dem Schiff ja auch nicht viel zu tun. Die Besatzung verstand ihr Geschäft, das bemerkte man schon beim Auslaufen aus Trani. Gernot besuchte sein Pferd, unterhielt sich mit ihm und versorgte „Du". Dann ging es wieder nach oben. Der Mann im Ausguck hatte etwas gemeldet: fünf Schiffe. Gernot spekulierte: die alten Freunde? Richtig, Yussuf hatte sie sofort erkannt. Jetzt machte nicht die Anzahl der Schiffe den Unterschied, sondern die der Bewaffneten und deren Entschlossenheit.

Die beiden Pilgerschiffe fuhren nebeneinander in Rufweite. Gernot und Tankred entwickelten einen Plan: Alle, mit Ausnahme der Zehn aus der ursprünglichen Besatzung, sollten sich hinter der Bordwand verstecken. Erst wenn die Entfernung nur noch 100 Meter betragen würde, sollten sich alle zeigen. Der Schock müsste reichen, um die Piraten in die Flucht zu schlagen, denn der Entschlossenheit der Pilger hatten die Piraten nichts entgegenzusetzen. Seinen Bogenschützen befahl Gernot, sich bereit zu halten. Völlig ahnungslos näherten sich die Schiffe. Gelächter und Jubel bei den Piraten, absolute Stille auf den Pilgerschiffen. Als die Entfernung die 100-Meter-Grenze unterschritten hatte, änderte sich alles schlagartig. Auf ein Kommando sprangen alle Pilger an die Bordwand, hatten ihre Waffen in den Händen und schlugen mit dem Schwert gegen ihren Schild. Ein irrsinniger Lärm entstand auf der einen Seite, das blanke Entsetzen auf der anderen.

Gernot befahl seinen Bogenschützen: „Achtet auf das vordere Schiff, zielt und schießt!"

Drei Salven sorgten dafür, dass auf dem vorderen Schiff die Besatzung sich stark verkleinert hatte. Die Bogenschützen nahmen sich jetzt die anderen Schiffe vor. Dort hatte noch niemand begriffen, was eigentlich geschehen war. Auf dem vorderen Schiff war jedoch Panik ausgebrochen, die sich noch steigerte, als man den Kapitän sah. Ein Armbrustbolzen hatte ihn mitten in die Stirn getroffen und am Mast festgenagelt. Dieser auch für hartgesottene Piraten schreckliche Anblick bewirkte, dass die Besatzung des vorderen Schiffes die Nerven verlor. Der Steuermann riss das Ruder herum. Für ihn gab es nur eins: Flucht, wilde Flucht, ohne Rücksicht auf die Nachbarschiffe. Eines wurde gerammt, dann war das Chaos komplett. Aus den Jägern wurden zwar keine Gejagten, denn die Pilgerschiffe hatten kein Interesse an einer Verfolgung, aber alle, die einen Bogen hatten, schossen nun auf die Piraten, was bei denen zu weiteren Verlusten führte und die Fluchtbewegung noch verstärkte.

Gernot musste seine Bogenschützen loben: „Ihr seid gut, verdammt gut. Ich glaube, ich habe die richtigen Männer gewählt."

Das war nun aber auch fürs Erste die letzte Auseinandersetzung mit irgendwelchen Feinden. Die Auseinandersetzung in den folgenden Tagen war mehr geistiger Art. Da von morgens bis abends in der kleinen Gruppe nur Arabisch gesprochen wurde, viele Wörter oft wiederholt werden mussten und sogar im Chor aufgesagt wurden, wunderten sich die Übrigen nicht schlecht. Auswirkungen einer Schiffskrankheit? Langeweile?

Berengaria hatte sich mit ihren Mädchen in den ersten Tagen viel in den Verschlägen aufgehalten. Bald wurde aber deutlich, dass die Sonne diese Verschläge dermaßen aufheizte, dass ein Aufenthalt darin unmöglich war. Da auch die Unterdeck-Passagiere wenigstens tagsüber die frische Luft bevorzugten, wurde es an Deck doch unerwartet eng. Beschäftigen konnte man die Leute auch nicht. Es war Langeweile angesagt. Irgendwann fingen auf Gernots Schiff die Franzosen an zu singen. Die Angelsachsen antworteten mit einem Lied in ihrer eigenen Sprache. Das wirkte auch auf das andere Schiff ansteckend, wo die Nationalitäten von halb Europa versammelt waren. Die Babylonische Sprachverwirrung hatte auch einen Vorteil: Es dauerte lange, bis man selbst wieder singen durfte oder musste.

Die sprachliche Entwicklung Gernots und seiner Mitschüler machte Fortschritte. Einfache Sätze wie „Ich habe Hunger.", „Ich habe Durst.", „Wo geht es nach xy?" konnten alle nach der ersten Woche formulieren.

Der gute Wind hielt an und man konnte sich so langsam darauf einstellen, in einer weiteren Woche auf Zypern wieder festen Boden unter den Füßen zu haben. Da bei diesen günstigen Winden auch die Besatzung kaum etwas zu tun hatte, suchte sich jeder eine Beschäftigung. Die bestand auch darin, dass jeder versuchte, sich mit den Pferden zu beschäftigen. Sie wurden gestriegelt und gebürstet, der Mist wurde der Einfachheit halber über Bord entsorgt und neues Stroh eingestreut. Besonders „Du“ hatte es den meisten angetan, wegen seiner enormen Größe. Gernot glaubte schon, am Ende ein völlig verwöhntes Pferd zurückzuerhalten. Aber es lenkte auch die Pferde ab. Einige Passagiere litten zwar unter Übelkeit, trotz des geringen Wellengangs, den Pferden war aber so etwas noch nie vorgekommen. Einige legten sich schon mal hin, vielleicht aber auch nur, um sich besser verwöhnen zu lassen.

Es dauerte dann aber doch etwas länger als erwartet, nämlich weitere zehn Tage, bis Gernot den Mann im Ausguck „Land in Sicht!“ rufen hörte und der Steuermann ohne hinzusehen sagte: „Das war's. Das ist Zypern. Ihr seht gleich ein Vorgebirge, dahinter liegt Limassol. Da der Wind aber weiterhin günstig ist und die Pferde sich ruhig verhalten, segeln wir weiter, vorbei an der Bucht von Larnaka. Dann folgt wieder ein Vorgebirge und wir segeln ein wenig in nördliche Richtung. Dort befindet sich ein kleiner aufstrebender Hafen: Famagusta. Dieser Hafen wird immer mehr an Bedeutung gewinnen, denn der bedeutende Hafen von Salamis, etwas nördlich von Famagusta, versandet mehr und mehr. Außerdem sind es von Famagusta nach Akkon nur 2 Tagesreisen. Wir sollten es so einrichten, dass wir gegen Abend, wenn die Sicht schon eingeschränkt ist, in Akkon eintreffen.“

„Und weshalb?“, fragte Gernot.

„Akkon ist noch nicht lange in christlicher Hand. Die Ägypter – in Ägypten herrschen die Fatimiden – sind immer noch darauf aus, den Hafen zurückzugewinnen. Das wäre für sie die kürzeste Verbindung nach Syrien. Sie haben zwar noch zwei Hafenstädte in ihrer Hand, diese sind aber von christlichem Gebiet umgeben. Die Fatimiden haben eine starke Flotte in der Levante und diesen Schiffen dürfen wir nicht in die Hände laufen."

„Können die Ägypter uns denn nicht in den Hafen folgen?"

„Nein. Der Hafen besitzt nur eine schmale Einfahrt, die durch eine dicke eiserne Kette rasch gesperrt werden kann. Die Hafeneinfahrt hat König Balduin mit Katapulten und Balisten, die auch griechisches Feuer verschießen können, klugerweise gesichert."

Der Hafenmeister von Trani hatte die richtigen Leute ausgesucht. Dieser Steuermann war auf jeden Fall eine Zierde seines Standes. Er verstand sein Handwerk.

Am Abend des nächsten Tages liefen die beiden Schiffe im Hafen von Famagusta ein. Zypern war Teil des Byzantinischen Reiches und wurde von einem Gouverneur verwaltet. Dieser Gouverneur, Eumathios Philokales, war ein tüchtiger Mann, der die Insel, vor allem die Häfen stark befestigt hatte, um den dauernden Angriffen der fatimidischen Flotte Paroli bieten zu können. Das hatte Geld gekostet, das er nun durch hohe Steuern wieder reinzuscheffeln versuchte. Hohe Steuern, geschweige denn sehr hohe Steuern, machen niemanden beliebt. Deshalb hatte er ein System von Überwachungsbeamten geschaffen, die dafür sorgen sollten, die Steuern einzutreiben. Eumathios Philokales war zwar tüchtig, aber sehr unbeliebt. Man sah ihn lieber von hinten als von vorn. Seinen Einfluss bemerkten dann auch die Pilger, bevor sie überhaupt angelegt hatten. An der Kaimauer erschien ein sehr kleiner, aber sehr beleibter Mann und schrie mit hoher Fistelstimme etwas, was Gernot nicht verstand.

„Das ist Griechisch, die Sprache des Byzantinischen Reiches", erklärte der Steuermann.

„Sag ihm, er soll Lateinisch reden, damit wir ihn verstehen", forderte Gernot den Steuermann auf. Dieser wandte sich an den kleinen Mann, der mitten im Satz ins Lateinische überging.

„Was seid ihr für ungebildete Barbaren, dass ihr kein Griechisch versteht?"

„Da, wo wir herkommen, weiß man nicht einmal, dass es diese Sprache gibt", entgegnete ihm Gernot, „allerdings kennt man dort die Wörter „Höflichkeit", „Freundlichkeit" und „Gastfreundschaft".

Der Kleine blickte verdutzt in die Runde. Dann sagte er: „Ich bin Nikephoros Mandrakis, der Herr über diesen Hafen und diese Stadt. Ich bin der Stellvertreter von Eumathios Philokales, dem Herrn der Insel und Freund des Kaisers. Niemand hat das Recht, hier einfach anzulegen ohne die Gebühr bezahlt zu haben. Fünf goldene Byzantii für jedes Schiff. Und das sofort. Sonst hole ich meine Soldaten."

Hätte er Steuern einziehen wollen, dann wäre er sofort in Begleitung von Soldaten erschienen. Dieser Nikephoros wollte in die eigene Tasche arbeiten. Das war klar.

„Lieber Nikephoros", erwiderte Gernot, „wir sind Pilger auf dem Weg ins Heilige Land und wir sind nicht so begütert, dass wir den Ausbau eures gesamten Hafens finanzieren können. Und das wollen wir auch nicht."

„Ihr gehört zu dem Pack, das glaubt, alles umsonst bekommen zu können."

„Nein. Wir zahlen für die Waren, die wir kaufen. Wir brauchen Grünfutter für die Pferde und Frischwasser, das ist alles."

Mittlerweile hatten sich viele Neugierige versammelt, Kaufleute, Hafenarbeiter, aber keine Soldaten. Sie wollten sich das

Spektakel nicht entgehen lassen. Irgendwann wurde es Bran zu bunt. Eigentlich war er die Ruhe in Person, aber jetzt fühlte er sich ausgenommen und im Falle, dass er zahlen würde, auch betrogen. Zudem wollte er mal wieder festen Boden unter den Füßen haben. Mit einem Satz sprang er an Land und baute sich vor Nikephoros auf: ein seltsamer Anblick. Nikephoros reichte Bran gerade einmal bis zur Gürtelschnalle. Bran bückte sich, ergriff Nikephoros an dessen Gürtel und hob ihn empor, bis er ihm in die Augen sehen konnte. Dann sagte er ganz langsam: „Und jetzt reden wir noch einmal, auf Augenhöhe, von Mann zu Mann: Wir brauchen Grünfutter und Frischwasser. Und das sofort und schnell. Und das hier ist für euch."

Er hatte einige Silberstücke aus seinem Gürtel genommen und sie Nikephoros in die Hand gedrückt. Dieser sah sich das Geld an, steckte es in seine Tasche und sagte: „Na also, geht doch."

Bran stellte Nikephoros wieder auf den Boden. Dieser schien zufrieden zu sein, warf ein Silberstück in die Luft, fing es geschickt wieder auf und verließ die Anlegestelle. Darauf drängten viele Kaufleute nach vorne, um ihr Geschäft zu machen. Nach einer guten Stunde waren alle Wasserbehälter aufgefüllt, genügend Grünfutter für die Pferde an Bord gebracht und sonstige flüssige und feste Vorräte herbeigeschafft.

Ein Händler sagte zu Gernot: „Füllt eure Vorräte gut auf, denn in Akkon ist man darauf aus, halb verdursteten und verhungerten Pilgern das letzte Geld aus der Tasche zu ziehen. Die Preise sind dort, sobald ein Schiff einläuft, völlig überteuert."

Das mochte stimmen oder auch nicht, aber es war ein überzeugendes Argument, zumal der Wein, der hier angeboten wurde, von ausgezeichneter Qualität war. Es wurde auch ein Bier hergestellt, das nach vielen enthaltsamen Wochen einem

Göttertrank nahe kam. Die Händler konnten kaum soviel herbeischaffen, wie verlangt wurde.

Trotzdem beeilte man sich, alles schnell an Bord zu schaffen. Man konnte ja nicht wissen, ob Nikephoros Mandrakis nicht doch noch mit einer Abteilung Soldaten erschien, um seine privaten Kassen weiter zu füllen.

Es waren nur zwei Stunden seit dem Anlegen vergangen, als die Pilger die Hafeneinfahrt schon wieder hinter sich hatten. Das war zwar anders als geplant, Körperpflege musste warten, die bordeigenen Abtritte waren wieder überfüllt, trotzdem freuten sich alle, dass es bis Akkon nicht mehr lange dauern würde.

Was jetzt folgte, waren fast 24 Stunden langsame Fahrt, man musste den richtigen Zeitpunkt für die Einfahrt nach Akkon abpassen, zum Schluss wurde die Fahrt immer langsamer, da man auf mögliche Angreifer, Ägypter oder sonstige lauernde Seeräuber gefasst sein musste. Als gegen Abend der Mann im Ausguck die Mauern von Akkon ankündigte, sanken alle auf die Knie und dankten Gott, allen Heiligen und der Schiffsbesatzung für die glückliche Überfahrt. Kurz nachdem die beiden Schiffe in den Hafen eingelaufen waren, wurde die Kette am Eingang hochgezogen. Das Heilige Land war erreicht.

2. Akkon

Akkon war für die Christen im Heiligen Land zum wichtigsten Hafen geworden. Es gab einen äußeren Hafen, der durch eine lange Mauer geschützt wurde, und einen inneren Hafen, der zusätzlich durch eine mehr als armdicke Kette gesichert war.

In diesem inneren Hafen lagen nun die beiden Schiffe. Die Besatzungen und die Passagiere waren überglücklich, in Sicherheit zu sein, gleichzeitig aber auch überrascht über die Größe der Stadt. Die Mauern hatten eine Höhe von 15 Metern, sodass Gernot sich fragte, wie man solche Mauern bezwingen konnte. Die Stadt war mit Hilfe der genuesischen Flotte im Jahre 1104 eingenommen worden. Deshalb hatten genuesische Kaufleute eine bevorzugte Stellung in Akkon, besonders was die Steuern betraf. Aber auch Venedig und Pisa hatten es nicht versäumt, später Hilfe zu schicken, um wirtschaftliche Vorteile für sich zu ergattern. Zum Lohn hatten diese Staaten je einen begrenzten Stadtteil erhalten, in dem sie Steuerfreiheit genossen. Es gab aber auch einen jüdischen Stadtteil und zwei für die Muslime – einen sunnitischen und einen schiitischen. Die christlichen Bewohner waren zum großen Teil erst in den letzten Jahren angekommene Siedler, die hier hängen geblieben waren. Es gab darüber hinaus auch Armenier, Georgier, Kurden und Seldschuken, was ein unglaubliches Sprachgewirr nach sich zog.

Als Gernot den festen Boden betreten hatte, wollte er sich sofort nach dem zuständigen Hafenmeister erkundigen. Stolz auf seine neuerworbenen Arabischkenntnisse, wandte er sich an den Nächstbesten. Der angesprochene Mann zuckte jedoch nur mit den Schultern und sagte etwas, was Gernot nun wiederum überhaupt nicht verstand.

„Das war türkisch", erklärte der Steuermann, der Gernot gefolgt war. „Der Mann ist ein Seldschuke und die sprechen einen türkischen Dialekt."

„Nicht arabisch?"

„Nein, nicht arabisch. Arabisch ist die Umgangssprache im Heiligen Land und in den Gebieten östlich und südlich davon. Im Norden aber herrschen die Seldschuken und das ist ein türkischer Stamm."

„Also muss ich noch eine Sprache lernen?"

„Nein, das glaube ich nicht", antwortete der Steuermann. „Wollte man sich hier mit allen Leuten unterhalten, dann wäre man sein Leben lang damit beschäftigt, Sprachen zu lernen. Arabisch reicht fürs Erste."

„Dann bin ich aber beruhigt."

„Aha, Neuankömmlinge, hoffentlich zur Unterstützung von König Balduin", hörte Gernot eine Stimme hinter sich und zu seiner Beruhigung sprach dieser Mann Französisch. „Ich heiße Régis von Montferrat, bin Vertreter des Königs in dieser Stadt und Befehlshaber des gesamten Hafenbereichs. Die Stadt verwaltet sich in vielen Bereichen selbst, der Hafen steht jedoch unter dem Befehl des Königs, das heißt unter meinem Befehl. Was kann ich für euch tun?"

„Mein Name ist Gernot von Kahlenberg und ich spreche für etwa 300 Kreuzfahrer, fast alles Männer, die hier im Land bleiben wollen. Wir suchen einen Platz für unsere Schiffe. Das wäre das Erste. Da wir hier bleiben, wollen wir unsere Schiffe verkaufen. Vielleicht könnt ihr uns dabei behilflich sein? Das wäre das Zweite. Wo kommen wir für einige Tage unter? Das wäre das Dritte."

„Da seid ihr bei mir richtig. Zum Ersten: Ihr entladet eure Schiffe da, wo sie jetzt liegen. Meine Leute bringen sie dann an einen Platz im äußeren Hafen. Zum Zweiten: Es wird kein Problem sein, die Schiffe zu verkaufen. Schiffe, wie ihr sie habt, werden hier immer gesucht und ihr könnt damit einen guten Preis erzielen. Zum Dritten: Wir haben hier in Akkon ein großes Pilgerhaus, dort am Ende dieser kleinen Straße – er deutete mit dem Finger auf die besagte Straße. Da haben wir schon Tausend und mehr Pilger untergebracht. Dreihundert werden kein Problem darstellen. Die Unterkunft ist für eine Woche kostenlos, die Mahlzeiten müssen bezahlt werden. Habt ihr sonst noch Fragen?"

„Viele. Aber zunächst nur eine: Kann man hier Pferde kaufen?"

„So viele ihr wollt, große, kleine, gute, schlechte. Die Preise sind sehr unterschiedlich. Fragt mich, wenn es soweit ist."

„Donnerwetter", dachte Gernot, „auch dieser Hafen ist gut verwaltet."

Dann wandte er sich wieder seinen Leuten zu: „Edward, du kannst mit allen Leuten an Land gehen. Dann müssen die Pferde entladen werden. Anschließend geht ihr in die neue Unterkunft, da am Ende der kleinen Straße."

„Wird gemacht", antwortete Edward und ging zu seinen Männern.

Gernot wandte sich an Bran: „Es wäre gut, wenn du das mit der Unterkunft regelst. Unsere beiden Pferde kannst du schon mal mitnehmen."

Damit ging er weiter zu Guillaume: „Es ist soweit, die erste Etappe haben wir hinter uns. In der Unterkunft können wir uns über alles weitere unterhalten. Ich glaube Berengaria wird froh sein, sich wieder frei bewegen zu können."

In diesem Augenblick kamen Ramon und Gérard angerannt: „Wir kennen den Weg zur Unterkunft schon und haben für Mutter und ihre Frauen ein einzelnes Zimmer reserviert. Wir bringen sie schon einmal dorthin. Vater, du kannst mit deinen Leuten später nachkommen."

Ramon bot seiner Mutter den Arm, Gérard nahm die andere Seite, die drei Mädchen folgten und der kleine Trupp setzte sich in Bewegung.

„Ich glaube, eure Frau ist in guten Händen", meinte Gernot zu Guillaume und fügte hinzu: „Diese Entscheidung ist gefallen, ihr könnt euch getrost um eure Leute kümmern."

Dann bemerkte Gernot, dass Yussuf neben ihm stand und er wusste sofort, was er wollte: nach Hause. Deshalb sprach er ihn direkt an: „Ich weiß, was los ist. Du willst nach Hause, zurück zu deiner Familie."

„Ja, meine Familie wohnt nicht weit von hier entfernt. Wenn ich mich beeile, bin ich in zwei Stunden wieder zu Hause. Ich möchte mich für alles bedanken, vor allem für die glückliche Heimkehr."

„Ich muss mich auch bedanken", erwiderte Gernot, „ohne dich hätte ich bis jetzt kein Wort Arabisch gelernt. Aber warte noch. Wir hatten dir einen Lohn versprochen, wenn wir heil in Akkon ankommen würden. Und wir sind heil angekommen. Hier hast du deinen Lohn. Pass gut auf dich auf und zeig niemandem dein Geld."

Damit übergab er Yussuf einen kleinen Beutel, den er mit Geld gefüllt hatte. Es tat ihm nicht weh, denn der Verkauf der Schiffe würde sehr viel einbringen. Yussuf versteckte den Beutel unter seiner Kleidung, umarmte Gernot und verschwand in der Menge.

Dann ging Gernot hinüber zum anderen Schiff und erklärte den Normannen, wie es weiter gehen sollte. Bald setzte sich dort ein langer Zug in Bewegung. Tankred und seine Freunde kümmerten sich zunächst um ihre Pferde. Zwei Stunden später war kein Pilger mehr bei den Schiffen zu sehen. Nur die Besatzungen standen noch dort und wussten nicht so recht, wie es mit ihnen weitergehen sollte. Nachdem die Pferde an Land gebracht worden waren, endete auch die Arbeit dieser Leute.

Gernot wandte sich an sie: „Für euch endet die Reise hier. Ich weiß nicht, was ihr nun zu tun gedenkt. Wollt ihr auch die heiligen Stätten besuchen? Dann könnt ihr uns begleiten. Wir hatten euch einen Zusatzlohn versprochen, den ihr natürlich bekommen werdet. Sobald die Schiffe verkauft sind."

„Das ist genau der Punkt", erwiderte der Steuermann von Gernots Schiff, „über den wir gerne mit euch sprechen würden. Wir, das heißt die gesamte Mannschaft, würde gerne ein Schiff kaufen, um uns damit selbständig zu machen. Wir haben lange genug auf die Befehle von anderen gehört. Es ist Zeit, dass sich dieses ändert."

„Habt ihr denn genügend Geld, um das Schiff zu bezahlen?", fragte Gernot.

„Haben wir nicht", erwiderte der Steuermann, „aber es gibt die Möglichkeit, dass wir einen weiteren Eigentümer an Bord holen. Einen reichen Kaufmann etwa, der seine Waren mal auf seinem eigenen Schiff transportieren will. Darüber würden wir gerne mit euch reden."

Für Gernot war das kein Problem. Von wem er das Geld bekam, das war ihm egal. Schließlich einigte man sich darauf, mit dem Verkauf eines Schiffes noch zu warten. Aber Gernot konnte sich auch nicht vorstellen, dass der Verkauf der Schiffe so schnell vonstatten gehen würde. Damit war die Sache geregelt und Gernot begab sich als Letzter in die Unterkunft. Sein Pferd hatte Bran bereits dort untergestellt. Gernot sprach noch kurz mit „Du“, dann aß er etwas und fiel todmüde auf seine Schlafstätte.

Der Schlaf war tief, lang und traumlos. Es dauerte mehr als zehn Stunden, bevor Gernot wieder aufwachte. Er fühlte sich ausgeruht wie selten. Der Aufenthalt auf dem Schiff war für ihn völlig ungewohnt gewesen. Jetzt, an Land, fühlte er sich wieder sicherer. Wind und Wetter hatten keinen Einfluss mehr auf die Richtung, in die er sich bewegen wollte. Und genau diese selbstbestimmte Bewegung hatte ihm in den letzten Wochen gefehlt. Also raus aus dem, was man hier „Bett“ nannte, dann etwas essen und ab zu „Du“. Das Pferd hatte die Bewegung wohl noch nötiger als er selbst. Der Speiseraum – Refektorium genannt, wie in einem Kloster – war gut gefüllt. Da Gernot keine Lust hatte, sich wieder um jeden und alles zu kümmern, winkte er allen nur zu, nahm einen Kanten Brot, eine Ecke Käse, ein Stück Gebratenes und im Vorbeigehen einen großen Schluck einer Flüssigkeit, die auch die anderen tranken und die etwas säuerlich, aber erfrischend schmeckte.

Als er die Stallungen erreichte, traf er zufällig Régis von Montferrat und erzählte diesem von seinem Vorhaben.

„Ihr wollt euer Pferd bewegen?“

„Ja, mein Pferd hat lange genug ruhig gestanden. Es wird Zeit, es wieder zu bewegen.“

„Aber doch wohl nicht so“, bemerkte Régis.

„Was heißt ‚nicht so‘?“, entgegnete Gernot.

„Ohne Waffen.“

„Ich möchte doch nur mein Pferd etwas bewegen. Das ist alles."

„Junger Mann, ihr seid hier in einer Gegend, die man zwar das Heilige Land nennt, aber heilig ist hier wenig. Hier herrscht Krieg. Sicher sind eigentlich nur die Städte, und nicht einmal die. Verlässt man Akkon, muss man immer mit einem Angriff rechnen. Es gelingt räuberischen Banden immer wieder, aus den östlichen Gebieten bis zur Küste vorzudringen. Zusätzlich gibt es im Augenblick an der Grenze zu Damaskus wieder einige Scharmützel. König Balduin hat sich mit einer kleinen Truppe – nach meiner Meinung mit einer viel zu kleinen Truppe – auf den Weg ins Grenzgebiet gemacht, um dort für Ruhe zu sorgen. Im Heiligen Land gilt: Will man überleben, dann muss man gerüstet sein. Schild, Schwert, Bogen, wenn möglich eine Rüstung gehören dazu. Und den Helm darf man nicht vergessen. Das ist ein absolutes Muss. Seht, ich bin hier der Hafenmeister, ich bin meistens mit einer kleinen Truppe unterwegs. Trotzdem würde ich mein Haus nie ohne Schwert verlassen. Selbst nicht hier in Akkon. Es gibt Leute, die besuchen selbst den Gottesdienst nur in voller Rüstung. Ihr befindet euch zwar im Königreich Jerusalem, aber flächenmäßig ist dieses im Vergleich mit Königreichen in Europa nur sehr klein. Wir beherrschen dieses Land erst seit gut zehn Jahren. Da kann man keine Sicherheit erwarten. Zwei Dutzend Nationalitäten gibt es hier, genau so viele Sprachen und Religionen oder Religionsgemeinschaften. Jeder nimmt für sich in Anspruch, rechtmäßig zu herrschen. Die anderen glauben das aber nicht und respektieren nur die Macht. Und diese steckt in der Bewaffnung."

Gernot war etwas verdutzt, bedankte sich aber und versprach Obacht zu geben. Er war froh, als er die Stadt hinter sich hatte. Der Ritt tat ihm und dem Pferd gut. Er ritt am Berg Toron vorbei, von wo er einen guten Überblick über die Stadt gewann. Überall an den Mauern wurde gearbeitet. Sie wurden verstärkt, erhöht, Lücken wurden geschlossen. Jetzt verstand er, was Régis von Montferrat gemeint hatte. Hier lebte man nur hinter dicken Mauern sicher. Er ritt weiter in Richtung einer Erhöhung, die sich Tell al-Ajjadija nannte. Von dort konnte er die ganze Gegend überblicken. Er drehte sich um und sah Akkon, links daneben die Küstenebene, nach Süden erstreckte sich ein zum Teil sehr hügeliges Land.

Er wollte sich gerade auf den Rückweg machen, als er plötzlich eine Stimme hörte, die in gebrochenem Französisch sagte: „Da ist ja einer der gestern erst Angekommenen. Kaum da und schon tot."

Drei Männer zu Pferde zeigten sich, die mit Schwert und Schild bewaffnet waren.

„Es ist nur die Frage", antwortete Gernot auf Arabisch, „wer hier gleich tot ist."

Er riss sein Schwert aus der Scheide, schwang seinen Schild nach vorne und sprengte mit „Du" auf den ersten der Männer los. Die Verblüffung ob der arabischen Wörter stand ihm im Gesicht. Die Überraschung hatte den Mann einhalten lassen. Ein Fehler. Ein tödlicher Fehler. Denn er war noch auf Angriff eingestellt, nicht auf Verteidigung. Gernot versetzte ihm zwei heftige Schläge, die ihn aus dem Sattel beförderten und ihn stark blutend auf die Erde schickten. Sofort griff Gernot den nächsten Gegner an, der sich augenscheinlich von seinem Schrecken erholt hatte. Es nutzte ihm jedoch wenig, da er der Kraft Gernots nur wenig entgegenzusetzen hatte. Er war schon verletzt, als der dritte Reiter versuchte, Gernot von hinten anzugreifen. Die Auseinandersetzung dauerte kaum eine Minute, bis auch diese beiden am Boden lagen. Beide waren verletzt, jedoch nicht so schwer wie der erste Gegner. Vorsichtig stieg Gernot vom Pferd und näherte sich den Verletzten. Die rechneten wohl damit, getötet zu werden und waren überrascht, als das nicht geschah.

Gernot sammelte die drei Pferde ein, ebenso die Waffen der Verletzten und sagte auf arabisch: „Wenn ihr euch nicht bewegt, werde ich euch verbinden. Bewegt ihr euch, seid ihr tot."

Er riss vom Umhang des ersten Gegners, der mittlerweile gestorben war, einige Stoffstreifen ab und verband damit die beiden anderen. Diese schienen nicht zu begreifen, was mit ihnen geschah, hielten aber still. Dann band er die drei Pferde zusammen, belud sie mit den Waffen, nahm die Zügel des ersten Pferdes und bestieg sein eigenes.

„Warum hast du uns nicht getötet „al-Faris abyad"?"

„Al-Faris abyad"?

Gernot sah an sich runter. Er trug die weiße Kleidung, die Anna ihm geschenkt hatte, dazu kam sein Schimmel. Al-Faris abyad? Nicht schlecht. Der „weiße Ritter". Das passte.

„Weil al-Faris abyad keine Wehrlosen tötet."

Damit ritt er davon in Richtung Akkon. Bei den Stallungen traf er wieder auf Régis.

„Pferde gekauft?", fragte dieser.

„Eher Pferde erstanden. Sie kosteten nichts."

Dann erzählte er sein Erlebnis.

„Ihr seht, außerhalb der Städte ist es gefährlich wegen kleinerer oder größerer Banden oder wegen syrischer Stoßtrupps, die der Verunsicherung dienen. Ihre Informationen bekommen sie häufig von Spionen und davon wimmelt es hier. Wegen eurer Größe wart ihr leicht auszumachen. Dann euer Schimmel und die helle Kleidung – was übrigens kein Vorwurf sein soll, denn helle Kleidung ist hier sinnvoll – und schon habt ihr einen Namen. Jetzt wisst ihr, was im Heiligen Land los ist."

Gernot dachte gerade an die Wallfahrt, die er einmal zur Strafe hatte unternehmen müssen, weil er sich zu intensiv mit Mädchen beschäftigt hatte, wobei die Mädchen nichts dagegen hatten. Dies hier war allerdings eine Wallfahrt der etwas anderen Art. Aber immerhin hatte der Papst ja den sofortigen Aufstieg in den Himmel versprochen, falls etwas schief laufen sollte. Man konnte sich hier kaum alleine bewegen. Die Herrschaft von König Balduin I., König von Jerusalem, stand mehr auf dem Papier. Ruhe war in diesem Land noch lange nicht eingekehrt. Gernot musste die anderen warnen, die ebenso ahnungslos wie er in Akkon an Land gegangen waren.

Die meisten der Pilger befanden sich im Innenhof der Herberge, die von den vorher hier herrschenden Muslimen als Karawanserei errichtet worden war. Daher auch die riesigen Ausmaße. Man konnte tausend Menschen und Hunderte von Reittieren, Kamelen und Pferden hier unterbringen. Nachdem Gernot von seinem Erlebnis erzählt hatte, waren alle überrascht, zum Teil auch entsetzt. Vom Krieg an den Grenzen und dass der Frieden nie lange hielt, davon hatten sie gehört. Dass aber auch im Innern keine Ruhe herrschte, das war ihnen neu. Darauf musste und konnte man sich aber einstellen.

Da alle sowieso zuerst ihren Pilgerpflichten nachkommen wollten, war ein gemeinsamer Zug vorgegeben. Dies kam besonders den unbewaffneten Pilgern entgegen, die sich als Bauern niederlassen wollten. Das Ziel – Jerusalem – bestimmte den Weg. Neben Jerusalem waren noch zwei weitere Orte für jeden Pilger wichtig: Nazareth und Bethlehem. Nazareth lag auf dem Weg nach Jerusalem, kaum zwei Tagesreisen von Akkon entfernt.

Gernot bat die Anführer der verschiedenen Gruppen und seine ursprünglichen Begleiter zu sich, um das weitere Vorgehen zu bereden. Ein Zug von 300 Personen würde auch in dieser unruhigen Gegend sicher sein. Denn Überfälle waren nur auf kleinere Reisegruppen zu befürchten. Da fast alle Anwesenden zu Fuß unterwegs waren, war ein Tagespensum von 20 Kilometern oder etwas mehr als realistisch anzusehen, zumal die Gegend nicht flach war. Nur Gernot und seine Begleiter waren beritten, aber auch Guillaume wollte noch für sich und seine Familie Reittiere erstehen. Ähnliches hatten auch noch einige andere vor, sodass man beschloss, erst in drei Tagen weiterzuziehen.

Anschließend begab sich Gernot zusammen mit Bran zu den Angelsachsen.

„Edward", erklärte er, „ich habe drei Pferde erworben und wir werden noch einige weitere kaufen. Wir benutzen sie als Packpferde, dann wird eure Last geringer und ihr könnt euch besser auf mögliche Angriffe konzentrieren."

„Wir haben schon von eurem Abenteuer gehört", erwiderte Edward, „aber wie sollen wir euch beschützen, wenn ihr alles alleine macht?"

„Kommt nicht wieder vor", entgegnete Gernot schmunzelnd, „falls es möglich ist."

Noch eine weitere Aufgabe wartete auf ihn: der Brief an den jüdischen Rabbi. Das jüdische Viertel war leicht zu finden, ebenso der Rabbi. Gernot übergab ihm den Brief. Der Rabbi öffnete ihn, las ihn und schaute Gernot immer wieder an.

„Setzt euch", sagte er auf französisch. „Ihr also seid Gernot von Kahlenberg, den man hier al-Faris abyad nennt."

„Ihr wisst...?"

„Wenn man hier überleben will und wenn man Geschäfte machen will, dann muss man gute Ohren haben. Ihr werdet es bald merken. Gerüchte sind schneller als der Wind und hinter jedem Gerücht steckt ein Körnchen Wahrheit. Und diese Wahrheit muss man erkennen. Wenn ich diesen Brief lese und erfahre, was ihr für uns getan habt, dann muss ich sagen, dass in diesem Fall Gerücht und Wahrheit dicht beieinander liegen."

Inzwischen hatte ein Diener ein Tablett mit einer Kanne und zwei kleinen Bechern auf einen Tisch gestellt, der ebenfalls sehr klein und zierlich war. Wozu war so ein kleiner Tisch nütze? Zu Hause gab es große Tische, die man ordentlich mit Speisen beladen konnte und auf die man auch schon mal mit der Faust schlagen konnte. Wozu aber das hier? Klein, zierlich – aber schön, musste Gernot insgeheim zugestehen.

Der Rabbi goss das dampfende Getränk in die kleinen Becher und sagte: „Riecht einmal!"

Es roch angenehm, ein unbekannter Geruch, aber trotzdem irgendwie verlockend.

„Jetzt probiert einen kleinen Schluck."

Gernot tat wie geheißen und verzog das Gesicht: „Bitter."

„Richtig. Man nennt dieses Getränk Mokka. In der Dose da befindet sich Zucker zum Süßen des Mokkas."

„Zucker?", fragte Gernot, „ich kenne eigentlich nur Honig zum Süßen.

„Honig hat zuviel Eigengeschmack, dann kommt der Geschmack des Mokkas nicht mehr durch. Zucker wird aus Indien importiert. Es dauert fast zwei Jahre, um Waren aus Indien zu erhalten."

Gernot kannte weder Zucker noch Indien, beförderte aber zwei Löffel Zucker in den Mokka.

„Umrühren", befahl der Rabbi.

Gernot rührte den Mokka um und bemerkte, wie der Zucker schmolz. Dann probierte er das Getränk noch einmal. Er riss die Augen auf und probierte noch einmal und sagte dann: „Das schmeckt ja ausgezeichnet, ich wusste gar nicht, dass es so etwas gibt."

„Und nicht nur das", erklärte der Rabbi. Mokka hat eine belebende Wirkung. Ihr werdet es gleich merken. Ihr werdet wacher, aufmerksamer. Noch ein Tipp: Stellt eure Ernährung um. Bei der hier herrschenden Hitze ist es nicht gut, sich den Magen mit schweren Mahlzeiten voll zu schlagen. Sobald ihr eine feste Unterkunft, ein Haus habt, stellt einen einheimischen Koch oder eine Köchin ein. Ihr werdet euch hier etwas umstellen müssen, weil es hier Gewürze gibt, deren Namen ihr nicht einmal kennt. Aber man gewöhnt sich schnell daran. Die, die es nicht tun, haben auf Dauer große Probleme mit der Verdauung. Viele sterben an Erkrankungen, die eindeutig auf falsche Ernährung zurückzuführen sind. Aber wie ich sehe, habt ihr euch schon in einer Beziehung angepasst: eure Kleidung. Die, die das nicht tun, werden sich tot schwitzen und einen Hitzeschlag bekommen. Erst dann werden sie vernünftig. Aber noch einmal zu diesem Brief. Bei eurem ersten Abenteuer in diesem Land, das Christen, Juden und Muslime „Heiliges Land" nennen, habt ihr gezeigt, wie ihr mit den Waffen umgehen könnt. Trotzdem kann es mal geschehen, dass ihr Hilfe braucht. Ich werde dafür sorgen, dass innerhalb weniger Wochen jedem Rabbi in jeder Gemeinde der Levante euer Name bekannt ist. Lacht nicht und fragt nicht: „Wie können die mir helfen?" Allein der Gedanke, dass man überall Schutz erhalten kann, beruhigt, wenn man in Not ist. Wir Juden haben nicht überlebt, weil wir besonders gute Schwertkämpfer oder Bogenschützen sind. Es ist der Zusammenhalt auch zwischen weit auseinander liegenden Gemeinden, der uns überleben lässt."

Gernot verabschiedete sich freundlich vom Rabbi, froh, dass er diese Aufgabe endlich erledigt hatte, war aber nicht so recht davon überzeugt, welche Hilfe er von diesen unbewaffneten Stadtbewohnern je bekommen könnte.

Zurück in der Unterkunft beschloss er zusammen mit Bran, noch weitere Pferde zu kaufen. Sie sollten als Packtiere dienen, um nicht selbst soviel tragen zu müssen. Sie nahmen Edward mit, weil sie sich mit ihm über die Anzahl der zu kaufenden Pferde beraten wollten. Alle drei waren wohlweislich bewaffnet, noch ein Überfall, das musste nicht sein. Gernot und Bran dachten, dass sie zu zweit mit einem Packpferd auskommen müssten und Edward meinte, dass ein Pferd für je fünf Angelsachsen reichen würde, denn ihr Gepäck war nicht sehr umfangreich.

Sie mussten nur ihrer Nase folgen. Diese führte sie untrüglich in ein Stadtviertel, wo mit Tieren gehandelt wurde, und wo Schlachter zu Hause waren. Sie mussten etwas suchen und viel handeln, bis sie sich mit einem Mann über den Kauf von vier weiteren Pferden nebst Tragesätteln geeinigt hatten.

Danach hatten alle noch zwei Tage frei, die Gernot nutzte, um weitere leichte Kleidung zu kaufen, helle natürlich, wie es sich für al-Faris abyad geziemte. Bran, der unter seiner dicken schottischen Wollkleidung heroisch geschwitzt hatte, ahmte Gernot nach: Er besorgte sich ebenfalls leichte Kleidung. Dabei spielte es keine Rolle, dass Bran ungewöhnlich groß war. Die lockere Kleidung überdeckte alles.

Die letzte Sache, die es jetzt noch zu regeln galt, war der Verkauf der Schiffe und die Aufteilung des Gewinns. Gernot und Bran machten sich also auf die Suche nach Régis. Sie fanden ihn dort, wo ein Hafenmeister hingehört: im Hafen.

„Es gibt nicht nur einen Interessenten, sondern gleich mehrere. Das ist vorteilhaft, denn das treibt den Preis in die Höhe“, sagte er.

Régis führte die beiden in den äußeren Hafen, wohin man die Schiffe gezogen hatte. Unterwegs klopfte er bei verschiedenen Leuten an, die sich den Dreien anschlossen: Interessenten. Bei den Schiffen angekommen, begann ein Bieten und Schachern um die Schiffe, wie Gernot es noch nie erlebt hatte. Zunächst wurden beide Schiffe noch einmal gründlich inspiziert, so als würde man die Schiffe jetzt zum ersten Mal sehen.

Gernot nutzte diese Zeit, um den Steuermann zu fragen: „Wie ist es, bietet ihr mit, oder ist euer Interesse erloschen?“

„Aber ja“, erwiderte der Steuermann. „Der armenische Kaufmann, den ihr dort seht, ist sehr daran interessiert, mit uns in das Geschäft einzusteigen. Er wird für uns mitbieten.“

Inzwischen war die Inspektion abgeschlossen und die Interessenten setzten eine betrübliche Miene auf. Sie schüttelten mit dem Kopf und winkten mit den Händen ab. An allen Ecken und Kanten hatten sie etwas auszusetzen. Ziel der ganzen Aktion war es, den Preis zu drücken. Es hörte sich fast so an, als sei es schon ein Entgegenkommen ihrerseits, wenn sie die Schiffe ohne jegliche Zahlung übernehmen würden.

„Das gehört zum Spiel“, flüsterte der Hafenmeister.

Gernot wurde es jedoch bald zu bunt und er sagte: „Für mich hört es sich so an, als hättet ihr kein wirkliches Interesse. Ich habe jedoch noch einen weiteren Interessenten, der sogar für beide Schiffe bieten will. Ich danke euch, dass ihr gekommen seid, aber leider stehe ich unter einem ziemlichen Zeitdruck, da wir bald weiterziehen.“

Und mit einem Mal wurden Zahlen genannt, die sich recht schnell hochschaukelten. Gernot schaute den Hafenmeister an, der gelangweilt zuschaute. Also war der Preis noch nicht interessant. Dann stieg der Preis langsamer und die Miene des Hafenmeisters hellte sich auf. Jetzt war der Preis also interessant, Gernot wurde es aber etwas schwindelig bei dem Gedanken an die Summe Gold, die da geboten wurde. Es war eine gewaltige Summe, die da zusammenkam, jedenfalls nach seinem Dafürhalten. Zum Schluss erhielten der Armenier und ein griechischer Kaufmann den Zuschlag. Alle schienen zufrieden zu sein. Die beiden Kaufleute sagten, sie würden gleich mit dem nötigen Geld zurückkommen, was dann auch geschah.

Als Gernot ausrechnete, wie groß sein Anteil sein würde, wurde ihm tatsächlich schwindelig. Die Summe war weit mehr als das Zwanzigfache des Geldes, das sie bei den Piraten erbeutet hatten.

Dann zahlte er den Besatzungen und den Steuerleuten ihren ausgehandelten Lohn aus und legte bei jedem noch eine mehr als großzügige Summe oben drauf und verabschiedete sich von ihnen. Schließlich drückte er dem Hafenmeister eine Goldmünze in die Hand, was dieser zwar als überflüssig bezeichnete – es sei schließlich seine Aufgabe – dann aber, nach einem Blick auf die Münze, diese schnell in seiner Kleidung verschwinden ließ. Régis begleitete die beiden noch bis zur Karawanserei. Dort verabschiedete er sich von ihnen, denn am nächsten Morgen würde es losgehen nach Jerusalem über Nazareth.

Jetzt hatte Gernot nur noch eine Sorge: die Aufteilung des Geldes. Denn bei den vielen Langohren in dieser Stadt hatte bestimmt der eine oder andere mitbekommen, dass jemand zwei Schiffe verkauft hatte und jetzt mit viel Geld herumlief. In einem separaten Raum trafen sich Gernot und Bran mit den übrigen Acht.

Als Gernot ihnen vorrechnete wie hoch der Betrag sei, den jeder einzelne bekommen würde, sagte Roger ganz trocken: „Wenn wir vernünftige Männer wären, würden wir versuchen, mit unserem Vermögen in die Heimat zurückzukehren, um dort in aller Ruhe unseren Lebensabend zu genießen. Aber sind wir vernünftig?"

Damit strich er sein Geld zusammen, ließ aber einen Teil des Silbergeldes liegen. „Ich glaube Gernot, du musst dich jetzt um 30 Männer kümmern, das kostet Geld. Nimm das Geld auch als Dank dafür, was du alles für uns getan hast."

Die anderen machten es ähnlich.

„Schlaft heute Nacht inmitten von Guillaumes Männern", riet ihnen Gernot. „Zu viele in der Stadt wissen vom Verkauf der Schiffe und manche könnten auf dumme Gedanken kommen."

Gernot und Bran steckten ihr Geld in einen festen ledernen Beutel, den sie unter der Kleidung befestigten. Später wollten sie es in einem geheimen Fach ihrer Reitsättel verstecken. Die Summe für ihre Truppe ließ Gernot in seinem Gürtel verschwinden, der dadurch richtig dick wurde.

Er begab sich sofort zu Edward, reichte ihm mehrere Silberstücke und sagte: „Kauf Nahrungsmittel für unterwegs. Bis Nazareth sind es nur zwei Tage, bis Jerusalem kann es durchaus eine Woche oder mehr dauern. Und denkt einmal über eure Kleidung nach. Vielleicht gibt es etwas Sinnvolleres als das, was ihr jetzt tragt. Morgen geht es los."

3. Nach Jerusalem

Am nächsten Morgen verließ ein langer Zug Akkon. Guillaume hatte die Spitze übernommen. Gernot nebst Bran und den Angelsachsen sorgten dafür, dass keiner verloren ging. Bald jedoch bildeten sich Gruppen und Grüppchen, die getrennt von einander marschierten, sodass der gesamte Zug eine Länge von mehr als 500 Metern einnahm. Das war deutlich zuviel. So konnte man niemanden schützen. Ein blitzschneller Angriff, rauben, was man greifen kann und dann ein genauso schneller Rückzug. Diese Taktik würde aufgehen, wenn sich die Gruppen noch weiter von einander entfernten.

Gernot und Bran ritten links und rechts an den Pilgern vorbei und forderten sie auf, zur Spitze aufzuschließen. Schließlich gelang es, die Leute von der Richtigkeit der Maßnahme zu überzeugen, allerdings nicht durch Reden, sondern durch das Auftauchen einer Reitertruppe am östlichen Horizont. Das half. Plötzlich hatten es alle eilig, vorne und in der Mitte zu marschieren. Jetzt war der Zug keine 100 Meter mehr lang und jeder Angreifer hätte es mit fast 300 Kämpfenden zu tun gehabt. Der Reitertrupp verzog sich und wurde nicht mehr gesehen, die Wirkung blieb.

Gegen Mittag war die Hitze so groß, dass eine Rast notwendig wurde. Gernots Männer hatten alle auf seinen Rat gehört und waren leichter gekleidet als die übrigen. Der Durst spielte zwar keine Rolle, da genügend Wasser mitgeführt wurde, aber getrunken wurde viel, sehr viel.

Am späten Nachmittag fand Guillaume einen idealen Rastplatz für die Nacht: Der Platz war eben, niemand konnte sich ungesehen nähern und es gab Wasser. Diese Gegend war eindeutig kein Bauernland. Es war zu trocken, zu steinig, zu wild. Einige Hirten hatten sie unterwegs gesehen, die mit Ziegen- oder Schafsherden die spärlichen Grasflächen aufsuchten.

Die Nacht wurde dann aber zum Erlebnis für die Pilger. Der Himmel war ohne eine einzige Wolke und man sah die Sterne so deutlich, dass man glaubte, sie wären zum Greifen nah. Gilles war aufgetaucht und hatte sich neben Gernot gesetzt.

„Jetzt begreifst du vielleicht“, meinte er, „weshalb hier drei große Religionen entstanden sind. Bei so einem Anblick kann man sich leicht etwas einbilden und man kommt auf dumme Gedanken. Trink einmal einen Tag nichts und setz dich hier hin, oder besser noch, geh in die Wüste! Dann hörst du Stimmen, die andere nicht hören. Besser ist es aber, du trinkst genug und bleibst in der Realität.“

Gernot musste lange über diese Sätze nachdenken.

Für die Nacht hatte man Wachen aufgestellt, die für Sicherheit sorgen sollten, die aber von keinem Ungebetenen gestört wurden.

Am Nachmittag des nächsten Tages erreichten sie Nazareth. Jerusalem, Bethlehem, Nazareth, das waren die Anlaufpunkte aller Pilger. Bethlehem und Jerusalem, das war für Gernot überzeugend. Diese Orte standen für Geburt und Tod Christi. Aber Nazareth? Gut, dort hatte er gelebt. Schließlich wurde er Jesus von Nazareth genannt. Trotzdem konnten Gernot und seine Mitpilger mit Nazareth nicht viel anfangen.

Das änderte sich auch in Nazareth nicht. Der kleine Ort war auf Pilger eingestellt und Gernots Leute waren nicht die einzigen, die hier erschienen waren. Es wimmelte von Pilgern aus aller Welt. Es gab ein Pilgerhaus, eher ein großes Gasthaus mit vielen Schlafmöglichkeiten in mehreren riesigen Zimmern, das den verheißungsvollen Namen „Zum heiligen Josef“ trug. Nicht ganz so heilig war der Inhaber dieser Herberge, ein gewisser Martin, der unter der Hand und ganz unauffällig sogenannte Reliquien verkaufte: kleine Steine vom Hause Josefs, selbst Hobelspäne aus der Werkstatt des heiligen Josef – ein ideales Schutzmittel bei Blitz und Donner. Das Schlimme war, dass tatsächlich viele Pilger diesem Humbug aufsaßen.

Es gab eine Kirche, in der gebetet wurde und in der ein Gottesdienst den nächsten jagte. Nazareth gehörte aber zum Pflichtprogramm aller Pilger, so hatten sie es gelobt.

Gernot war froh, als es am frühen Morgen weiterging. Von jetzt an war das Land nicht mehr leicht, sondern stark hügelig. Nun wurde das Unternehmen zu einer wahren Pilgerreise, denn wenigstens die Fußgänger büßten schon jetzt für ihre Sünden. Gernot ritt nicht die ganze Zeit, auch er pilgerte zu Fuß, ganz zur Freude einiger Angelsachsen, die dann abwechselnd „Du“ reiten durften.

Am zweiten Tag nach der Abreise aus Nazareth, es war gegen Mittag, erschallte plötzlich ein Ruf von ganz vorne: „Vorsicht, Reiter von links!“

Also, doch noch ein Überfall. Gernot hatte nach den Erfahrungen der letzten Tage geglaubt, dass die Weiterreise ruhig verlaufen würde.

„Da hab ich mich wohl getäuscht“, dachte er.

Guillaume hatte bereits seine Männer angewiesen, nach links vorzurücken, damit man es mit dem Gegner von vorn und nicht von der Seite zu tun bekäme. Gernot tat das Gleiche mit seinen Leuten. Plötzlich sah er neben sich seine alten Gefährten. Alle gerüstet, die lange Reiterlanze noch senkrechthaltend, auf einem Steigbügel abgestützt.

„Ich dachte", rief Tankred, „wir sind es gewohnt, zusammen zu kämpfen."

Eine kleinere Gruppe war bei den Frauen und Unbewaffneten geblieben, falls es von der rechten Seite auch noch zu einem Überfall kommen sollte, sozusagen als Teil der feindlichen Taktik. Fußsoldaten und Reiter hatten sich etwa 200 Meter vom Rest entfernt, als man die Angreifer genauer erkennen konnte: Sie trugen Wimpel mit einem Kreuz bei sich und wie man kurz darauf sah, auch ein Kreuz auf der rechten Schulter. Das waren keine Angreifer, da flohen welche vor irgendjemandem. Nun fiel es Gernot wie Schuppen von den Augen. Was hatte Régis von Montferrat gesagt: „Nach meiner Meinung ist König Balduin mit einer viel zu kleinen Truppe an die Grenze gezogen."

Régis hatte Recht gehabt. Balduin war geschlagen worden, er befand sich auf der Flucht.

Laut rief Gernot: „Das müssen Männer von König Balduin sein."

Eine Minute später erreichten die ersten Reiter Gernots Trupp. Ihre Pferde waren völlig erschöpft, sie waren schaumbedeckt. Den Reitern ging es nicht besser, alle waren mehr oder weniger schwer verwundet, manche konnten sich kaum noch im Sattel halten.

„Wir wurden von den Muslimen überrascht und geschlagen", berichtete einer. „Balduin deckt unseren Rückzug mit einigen verbliebenen Rittern. Er ist nur wenig hinter uns, aber wenn ihm keiner hilft, wird auch er getötet werden. Da hilft auch sein Mut nicht mehr."

Gernot sah sich um. Etwa 300 Meter vor ihm erhob sich ein kleiner Hügel: der ideale Platz für seine Bogenschützen. Von dort hatten sie einen guten Überblick und waren vor Überraschungen sicher.

Er schickte seine Angelsachsen sofort dorthin und erklärte Edward kurz, was er tun solle: „Und handele selbständig, wenn du glaubst, eingreifen zu müssen."

Alle Reiter rückten jetzt in einer Linie vor. Sie gaben ihren Pferden die Sporen – nur „Du" bekam lediglich einen Druck mit den Hacken – und sie erreichten bald eine hohe Geschwindigkeit, es ging schließlich um das Leben des Königs.

Als sie eine kleine Bodenwelle erreicht hatten, sahen sie Balduins Malheur. Vielleicht zwei Dutzend Reiter versuchten, sich gegen eine große Übermacht zu verteidigen, dirigiert von einem – Bran hätte gesagt von einem kleinen Kerl – rothaarigen, höchstens mittelgroßen Mann, den Helm hatte er bereits verloren, der aber ununterbrochen in die Kämpfe eingriff, um seine Leute zu unterstützen. Mut musste dieser Mann haben und eine ungeheure Energie. Aber ohne Hilfe konnte er nicht mehr lange standhalten, zumal der Gegner laufend Verstärkung bekam. In einer langen Linie sah man am Horizont weitere Truppen nachrücken. Der Kampf war so intensiv, dass Gernot und seine Mitstreiter weder von Freund, noch vom Feind wahrgenommen worden waren. Deshalb war ihr Eingreifen auch umso wirkungsvoller. Die lange Reiterlanze in die Waagerechte gebracht, fuhren sie in den Feind wie ein Hagelsturm durchs Kornfeld. Gernot hatte im Augenblick nur etwa zwei Dutzend Mitstreiter, aber die Wirkung war verheerend. Ohne genau zu realisieren, was eigentlich geschehen war und wie zahlreich der Gegner war, wandten sich die meisten zur Flucht. Balduin hatte Entlastung bekommen und da Gernots Bogenschützen die ideale Schussentfernung erreicht hatten – sie waren nur noch weniger als 100 Meter vom Kampfgeschehen entfernt – konnten diese gezielt in den Kampf eingreifen.

Gernot sah sich um, um einen Überblick zu gewinnen. Guillaumes Fußsoldaten hatten bereits in den Kampf eingegriffen, sodass im Augenblick keine große Gefahr mehr bestand.

König Balduin gönnte sich eine kurze Pause und rief zu Gernot: „Wer seid ihr?"

„Eure Männer", erwiderte dieser.

„Dann passt auf, dass ihr nicht überrannt werdet. Es folgen noch einige hundert Gegner."

„Dann ziehen wir uns bis in die Nähe des Hügels dort zurück. Dort stehen meine Bogenschützen."

Die Feinde waren in der Zwischenzeit geflohen, würden sich aber wohl mit den nachrückenden Truppen vereinigen und erneut angreifen. Die Bogenschützen hatten gute Arbeit geleistet, sie hatten den Gegner auf Distanz gehalten. Das musste man sich bei einem erneuten Angriff zunutze machen.

Auf dem Schlachtfeld liefen jetzt viele herrenlose Pferde herum. Gernot sah Guillaume und fragte: „Habt ihr noch Leute, die auf einem Pferd kämpfen können?"

„Aber ja. Mir kommt gerade die gleiche Idee. Wir fangen die herrenlosen Pferde ein. Dadurch können wir unsere Reiterzahl stark erhöhen."

Es gelang recht schnell, eine größere Anzahl von Pferden einzufangen, sodass jetzt 80 – 90 Reiter aufgeboten werden konnten. König Balduin positionierte sich vor seiner neuen Truppe und hielt eine kurze Ansprache.

„Ihr seid zur rechten Zeit erschienen. Ohne euer Eingreifen wäre der Kampf anders ausgegangen. Aber dieser Kampf ist noch nicht beendet. Ich glaube nicht, dass der Gegner sich einfach zurückzieht. Die Reiter müssen die erste Reihe bilden, die Bogenschützen bleiben links, die Fußsoldaten direkt hinter den Reitern. Bogenschützen und Fußvolk müssen an Ort und

Stelle bleiben. Sie bilden den sicheren Rückhalt für die Reiter. Das Fußvolk greift erst ein, wenn der Feind nahe genug herangekommen ist. Und auch dann müsst ihr zusammen bleiben. Jeder muss sich auf seinen Nachbarn verlassen können, ihr dürft euch nicht auseinander jagen lassen."

Jetzt wandte er sich an die Reiter: „Wir müssen in einem ersten Anlauf die gegnerische Reiterei durchbrechen und Lücken reißen, die sie nicht mehr schließen können. Dann müssen wir sie in einen Kampf Mann gegen Mann verwickeln. Das ist unsere Stärke, dann sind wir überlegen. Deren Stärke ist der plötzliche Angriff mit Pfeil und Bogen. Zwei, drei Pfeile werden abgeschossen, dann wenden sie sich zur Flucht und dann geht es wieder von vorne los. Wir müssen also die Reiterei durchbrechen und sie von hinten aus vor uns her schieben, bis unser Fußvolk und die Bogenschützen eingreifen können. Das ist unsere einzige Chance. Ansonsten hilft nur noch beten. Wir müssen also verhindern, dass sie wellenförmig ihre Angriffe wiederholen können. Schaffen wir es aber, ihnen größere Verluste zuzufügen, dann nehmen sie schnell Reißaus. Nach meiner Ansicht haben sie nicht so starke Nerven wie wir. Es geht um unser Leben, um das Überleben des Königreichs Jerusalem. Wartet auf mein Kommando, greift nicht zu früh an, lasst den Abstand zum Fußvolk nicht zu groß werden. Auf in den Kampf. Gott wird uns beistehen."

Alle nahmen ihre Position ein und warteten. Gernot hielt sich ganz links auf, damit er mit seinen Bogenschützen Kontakt halten konnte. „Seltsam", dachte er, „das ist nun die erste Schlacht meines Lebens und ich bin ganz ruhig, kein bisschen nervös."

Diese Ruhe schien sich auch auf „Du" zu übertragen, der wie festgemauert dastand. Gernot sah sich noch einmal um und bemerkte, dass die anderen nicht so ruhig waren. Überall sah er Männer, die ihre Blase leeren mussten. Bestimmt kein Zufall, sondern Zeichen von Nervosität.

Er wandte sich an Edward: „Alles in Ordnung bei euch?"

„Alles in Ordnung, keine Verletzten."

„Wenn das hier gut geht, denkt daran Pferde einzufangen, denn wer reitet, muss nicht zu Fuß gehen."

Jetzt näherte sich der Feind. Für Gernot war es ein anonymer Feind. Er kannte ihn nicht und wegen der Rüstung konnte er auch das Gesicht der Feinde nicht erkennen. Hier kämpfte, überlebte oder starb man unerkannt. Gernot sah eine große Staubwolke, sodass er nicht erkennen konnte, wie zahlreich der Feind war. Er war jedoch erheblich zahlreicher als die kleine Truppe König Balduins.

„Wenn das nur gut geht!", dachte er, war aber erstaunt, dass er immer noch nicht nervös wurde. Glasklar sah er, was kommen würde und wie er sich darauf einzustellen hatte. Vielleicht war das das Geheimnis zum Überleben.

Plötzlich rief der König: „Angriff und in Linie bleiben."

Balduin trabte langsam an, alle Reiter folgten ihm. Als der Feind noch etwa 150 Meter entfernt war, sah Gernot, dass jetzt der erste Pfeilhagel losgeschickt wurde. Auf diese Entfernung schoss man nicht gezielt, sondern versuchte durch eine Art Steilfeuer den Feind zu treffen, da dieser von oben kaum geschützt war. Alle Reiter müssten dann ihren Schild hochreißen, um nicht getroffen zu werden. Dann folgte die zweite Welle. Bedingt durch den geringeren Abstand konnte nun gezielt geschossen werden. Gernot erahnte, was Balduin vorhatte.

Denn Balduin rief: „Galopp!"

Jetzt ging alles rasend schnell. Und es musste schnell gehen, um den Pfeilen der ersten Welle ihre Wirkung zu nehmen. Man unterritt sie einfach und die Wirkung war eher gering. Als der zweite Pfeilhagel losgeschickt werden sollte, war es für den Feind zu spät. Balduins Männer hatten ihr Ziel erreicht. Sie durchbrachen die Reihen des Gegners, wodurch diesem große Verluste zugefügt wurden. Die Reiterlanze wurde fallen gelassen und mit dem Schwert ging es jetzt von hinten aus auf den Gegner zu. Dieser befand sich jetzt in einer verzwickten Lage. Vor sich hatte er die Fußtruppen, hinter sich die Reiter. Jetzt passierte genau das, was Balduin herbeigewünscht hatte. Die Reiter waren immer noch in Linie und trieben im Kampf Mann gegen Mann den Gegner vor sich her. Jetzt konnten auch Gernots Bogenschützen eingreifen. Die Entfernung war bereits auf weniger als 100 Meter zusammengeschmolzen, die Angelsachsen trafen nach Belieben. Als die Muslime die Wirkung der Langbögen bemerkten, griff eine kleine Truppe von etwa 30 Reitern die Angelsachsen an. Ein Teil dieser Reiter wurde noch während des Angriffs durch Bogenschützen aus dem Sattel geholt, der Rest erlebte die Wirkung des Kriegshammers. Die Angelsachsen deckten sich gegenseitig, während einer den Kriegshammer führte, deckte ihn sein Nachbar mit Schild und Schwert. Die durchgebrochenen gegnerischen Reiter wurden von der flachen Seite des Hammers getroffen, der lange Dorn durchdrang jede Rüstung und riss gleichzeitig jeden Reiter vom Pferd. Durch den langen Stil bekam der Hammer eine ungeheure Durchschlagskraft, dem hatte ein Gegner, der nur mit einem Schwert bewaffnet war, nichts entgegenzusetzen.

Da die Angelsachsen genügend Bewegungsfreiheit hatten, waren sie im Augenblick jedem Reiter überlegen. Trotzdem wurde die Situation brenzlich. Die zahlenmäßige Überlegenheit des Gegners machte sich bemerkbar, trotz der großen Verluste, die er erleiden musste. Gernot befand sich zwar immer noch auf der linken Seite des Schlachtfeldes, hatte aber kaum Zeit, sich das Geschehen bei seinen Bogenschützen genauer anzusehen. Er wurde von mehreren Gegnern gleichzeitig angegriffen und musste sein ganzes Können aufbieten, um den Feind daran zu hindern, ihn auch noch von hinten anzugreifen. Mit aller Kraft hatte er gerade zwei Gegner aus dem Sattel geholt, als er die Gefahr hinter sich mehr erahnte als sah. Es war wieder dieses Ziehen zwischen den Schulterblättern. Es funktionierte also noch. Er schlug mit seinem Schwert nach hinten und konnte gerade noch einen Hieb abwehren, als ein weiterer Gegner vor ihm auftauchte. Jetzt war guter Rat teuer. Man hatte ihm doch geweissagt, dass er lebend aus dem Heiligen Land zurückkehren werde. Und dann gab es ja noch den Talisman von Ebba. Also, eigentlich sollte er nicht verzweifeln. Und mit einem Male wurde alles leicht. Bran, der keinen Gegner mehr hatte, griff in den Kampf ein. Potenzielle Gegner hatten keine große Lust mehr, sich ihm zu stellen, nachdem sie gesehen hatte, mit welcher Kraft dieser Mann jeden Feind besiegte. Gernot war den Gegner, den er vor sich hatte, los. Bevor er sich aber dem anderen Gegner zuwenden konnte, sah er, wie dieser plötzlich in der Bewegung einhielt, zusammensackte und aus dem Sattel fiel. Einer der Angelsachsen, der eine Armbrust bediente, winkte ihm zu.

„Danke!", rief Gernot und wandte sich Bran zu: „Es ist Zeit, dass wir hier aufräumen, denn lange können wir nicht mehr durchhalten. Wir müssen eine Panik verursachen."

Er warf seinen Schild weg, nahm sein Schwert mit beiden Händen und trieb „Du" ins dichteste Kampfgetümmel. Bran folgte ebenso. Tankred und Roger, die nur wenige Meter entfernt kämpften, sahen, was die beiden vorhatten: eine Bresche zu schlagen und ein Chaos auslösen. Sie griffen sofort an der gleichen Stelle in den Kampf ein, wobei Tankred rief: „Hauteville in Not!"

Seine Gefährten, die den Ruf gehört hatte, folgten sofort. Das, was Gernot und Bran geplant hatten, trat ein. Die Verluste des Feindes an dieser Stelle waren plötzlich so hoch, dass die ersten sich zur Flucht wandten, was bei den anderen, die das sahen, aber nicht wussten, was dort eigentlich geschehen war, ebenfalls Fluchtgedanken aufkommen ließ. Das löste eine allgemeine Panik aus, die die Schlacht entschied. Die damaszenischen Truppen lösten sich komplett von ihren Gegnern und wandten sich in eine kopflose Flucht. Der Kampf wurde nur noch von den Bogenschützen weitergeführt, die noch einige der Flüchtenden trafen. Dann trat Ruhe ein.

Balduin trat vor und sagte: „Ich danke euch allen, ihr habt mich und mein Königtum hier und jetzt gerettet. Doch ich weiß noch nicht einmal, ob die Schlacht wirklich beendet ist, oder ob der Feind sich noch einmal sammelt. Wir müssen Späher losschicken, um sicher zu sein. Außerdem, seht euch um, dieser Sieg hat Opfer gekostet. Ihr seid als Pilger gekommen. Einige von euch haben noch nicht einmal Jerusalem erreicht und sind schon für dieses Königreich gestorben. Deshalb wollen wir uns jetzt zurückziehen, um uns möglichst schnell in Jerusalem in Sicherheit zu bringen."

„Seltsam", dachte Gernot, „wie dieser kleine rothaarige Mann den Kampf überstanden hat, unverletzt überstanden hat. Der muss eine unendliche Energie haben und ein großes Glück. Vielleicht gibt es doch so etwas wie das Königsglück."

Dann wandte er sich an seine Männer: „Gibt es Verletzte oder Tote?"

„Nein, weder noch", kam es zurück.

„Dann sammelt ein, was ihr brauchen könnt: Pferde, Waffen, sonstige Dinge."

„Aber Herr, seid ihr nicht verletzt?"

„Ich? Wieso?“

Gernot sah an sich runter: Blut. Sein Blut? Nichts tat ihm weh, aber wo Blut ist, da ist auch eine Wunde. Gott sei Dank trug er nicht die Kleidung, die ihm die glückseligmachende Anna geschenkt hatte. Er untersuchte sich selbst nun genauer. Doch, da war eine Stichwunde im rechten Oberschenkel, nicht tief, aber sie blutete nicht schlecht. Dann war da noch ein Schnitt an der linken Seite. Daher also dieses Blut.

Balduin ritt noch einmal auf ihn zu: „Doch verwundet?“

„Ja, aber nicht schlimm“, antwortete Gernot.

„Junger Mann, wie heißt ihr?“

„Gernot von Kahlenberg.“

„Gernot von Kahlenberg, ihr führt euer Schwert ausgezeichnet, aber eure Rüstung ist mehr als mangelhaft. Ohne Kettenhemd seid ihr hier nicht überlebensfähig, wenn man sich so ins Kampfgetümmel stürzt wie ihr.“

„Mein Vater ist nicht so vermögend, dass er mich mit einem Kettenhemd ausstatten konnte.“

„Wenn ihr in Jerusalem seid, kommt zu mir. Ich kann es mir nicht erlauben, Kämpfer wie euch zu verlieren. Ihr bekommt eine komplette Rüstung mit Kettenhemd. Und bringt den Riesen mit. Der ist genauso wichtig.“

Balduin ritt zurück und setzte sich an die Spitze des Zuges. Gernot hatte genug damit zu tun, seine Wunden zu versorgen und Ebbas Wundermittel einmal am eigenen Körper auszuprobieren. Seine Leute hatten sich alle von Fußgängern zu Reitern befördert und hielten das für einen sozialen Aufstieg, zumal sie durch die auf dem Schlachtfeld gefundenen Waffen jetzt alle bestens ausgerüstet waren. Einige trugen sogar Kettenhemden, die sie den toten Gegnern ausgezogen hatten.

Balduin hatte dafür gesorgt, dass es für die Verletzten genügend Pferde gab. Die Toten wurden im nächsten Dorf, das man vier Stunden später erreichte, unter Mitwirkung des örtlichen Priesters beerdigt. Dieser verkündete dabei der allgemeinen Überzeugung folgend, dass man nicht trauern solle, da der Verlust des Lebens wenig bedeute im Vergleich zum Erwerb der ewigen Glückseligkeit. Gernot war von diesem Gedankengang nicht so recht überzeugt. Er zog das Leben vor, vor allem, wenn er an Anna dachte. Deshalb kümmerte er sich auch intensiv um seine Wunden.

Am nächsten Morgen ging es ohne König Balduin weiter, der an der Spitze der wenigen ihm verbliebenen Männer nach Jerusalem vorausgeritten war. Für die übrigen dauerte es noch weitere vier Tage, bis auch sie dieses Ziel erreichten.

4. In der Heiligen Stadt

Der Einzug in Jerusalem war nun wirklich nicht als triumphal zu bezeichnen. Als Balduin mit seinen wenigen ihm verbliebenen Begleitern in die Stadt eingeritten war, hatten alle Bewohner sofort begriffen, dass die kriegerische Auseinandersetzung mit den östlichen Nachbarn dem König völlig entglitten war. Der klägliche Rest, der dort ankam, sprach für sich. Es hatte sich zwar rumgesprochen, dass noch weitere Soldaten folgen würden, zumeist verwundet, oder zu Fuß, aber man hatte auch erfahren, dass der König seine Rettung nur einer kleinen Truppe von gerade angekommenen Pilgern zu verdanken hatte. Diese Nachricht löste bei der Bevölkerung ganz unterschiedliche Reaktionen aus. Je nach religiöser Zugehörigkeit war man zutiefst betrübt, man verspürte eine klammheimliche Genugtuung oder zeigte ein offensichtliches Desinteresse an den politischen, sprich kriegerischen Ereignissen. Es ging dabei nicht um die Person König Balduins, der war bei der Bevölkerung jeglicher Couleur eigentlich beliebt. Er hatte Juden, Christen und Muslime rechtlich und steuerpolitisch gleich gestellt. Jeder zahlte nach seinem Einkommen, war nicht der Laune eines Steuereintreibers unterworfen und fühlte sich in keiner Weise ungerecht behandelt. Selbst die Muslime mussten anerkennen, dass das von Balduin praktizierte Verwaltungs-, Steuer- und Rechtssystem dem alten System überlegen war, weil es keine Unterschiede kannte. Es wäre also aus diesem Grund unangemessen gewesen, die Retter des Königs, den man im Prinzip mochte, zu bejubeln, weil man dadurch auch das Versagen des Königs unterstrichen hätte. Öffentlich gezeigtes Verhalten und innere Überzeugung standen häufig in einem krassen Gegensatz.

In Jerusalem gab es genügend Platz für die Neuankömmlinge. Dafür hatte Balduin gesorgt, ebenso für reichliches und gutes Essen. Der König selbst erschien kurz nach der Ankunft und sprach mit jedem einzelnen. Er setzte sich zu jeder Gruppe, zu jedem Einzelreisenden, unabhängig vom Stand der Person.

„Ein netter Mensch", dachte Gernot, „der muss doch eigentlich erschöpft sein nach so einem Feldzug."

Als Gernot seine Ohren einmal lang machte, bemerkte er, dass es hier nicht um Nettigkeit ging, sondern um Taktik. Balduin brauchte Soldaten, er brauchte Siedler. Der König war ein guter Zuhörer und er verstand es, die Wünsche der Pilger für sich nutzbar zu machen. Denn als Balduin erfuhr, dass Guillaume die Absicht hatte, im Lande zu bleiben, machte er diesem ein Angebot, das kein vernünftiger Mensch ablehnen konnte. Die Herrschaft Tiberias, ein großes Lehen rund um den See Genezareth, war verwaist. Der letzte Lehnsherr hatte an Balduins Kriegszug teilgenommen, war dabei aber zu Tode gekommen. Er hatte keine Erben, was in diesem Augenblick von Vorteil war, denn bei der Neubesetzung dieses Amtes musste Balduin auf niemanden Rücksicht nehmen. So war Guillaume zwei Stunden nach der Ankunft in Jerusalem bereits Lehnsherr von Tiberias, einem der fruchtbarsten Landstriche. Die gut 30 Bauern sollten mit Guillaume dorthin ziehen. Land gab es dort im Überfluss, fruchtbares Land, das nur auf Pflug und Egge wartete.

So hatte Balduin mit einem Schlag ein Problem gelöst, das ihm sonst noch Sorgen bereitet hätte, denn ein großes Lehen kann man nicht ohne Herrn lassen. Dieses Lehen war wieder besetzt und er hatte Soldaten und vor allem Bauern als Siedler gewonnen und damit potentielle Steuerzahler. Bei den übrigen

Pilgern hatte er allerdings nicht soviel Erfolg. Die Provençalen wollten nach Tripolis, die Normannen nach Antiochia.

Daneben gab es noch viele Unentschlossene, auch einige, die nach Erledigung ihres Pilgergelübdes wieder in die Heimat zurückreisen wollten, hier konnte Balduin zunächst nichts erreichen.

Schließlich kam Balduin auf Gernot zu: „Ich muss mich noch einmal für euer mutiges Eingreifen bedanken. Ich würde mich gern erkenntlich zeigen und auch euch ein Lehen zuweisen. Leider ist zurzeit keines frei, auch gibt es einige Hundert Ritter, die auch auf ein Lehen warten und die jetzt in meiner Armee dienen. Ich kann euch allerdings ein Angebot unterbreiten, über das ihr einmal nachdenken solltet. Ich bin immer um Soldaten verlegen. Mein Königreich ist noch nicht so gefestigt, dass man ungefährdet in den Norden reisen kann. Ihr habt es ja selbst am eigenen Leib erfahren. Überall kann es noch zu Überfällen kommen. Deshalb sollte man eine Stadt nie ohne Begleitung und nie ohne Waffen verlassen, auch wenn man „al-Faris abyad“ ist.“

Gernot zuckte leicht. Wie konnte diese Nachricht schon bis nach Jerusalem gelangt sein?

Balduin fuhr fort: „Wundert euch nicht über meine Kenntnisse. In diesem Land kann man als Herrscher nur überleben, wenn man mehr weiß als der Gegner. Dafür hat man so seine Leute. Doch zurück zur Situation hier im Land. Werden Überfälle von kleineren Gruppen ausgeführt, dann sind meine Lehnsmänner durchaus in der Lage, die Ordnung wiederherzustellen. Der Schutz seiner Leute gehört schließlich zu den vornehmsten Aufgaben eines Lehnsmannes. Gelegentlich erscheinen aber auch militärische Abteilungen von 1000 Mann oder sogar mehr. Manchmal weiß keiner so recht, in wessen Auftrag sie eigentlich handeln. Oft sogar in eigenem Auftrag. Man raubt, plündert, tötet und verschwindet wieder. Das macht es im Heiligen Land so schwierig, einen Frieden einzuhalten, weil man nie weiß, wer gerade den Frieden verletzt hat. Bei solchen Unternehmungen sind meine Lehnsleute überfordert. Es fehlt ihnen einfach an genügend Soldaten. Da muss ich dann persönlich eingreifen, um den Angriff abzuweisen. Alle Ritter, die ins Heilige Land kommen, wünschen sich natürlich ein Lehen. Aber seht, als ich ins Heilige Land kam, war ich ein Nichts. Zu Hause war eine klerikale Laufbahn für mich vorgesehen. Mein Bruder Gottfried – Gott hab ihn selig – war Erbe. Ich hatte bald eingesehen, dass eine geistliche Laufbahn nicht das Richtige für mich war. Deshalb habe ich meinen Bruder auf den Kreuzzug begleitet. Als er starb, wurde ich sein Nachfolger. Aus dem Nichts wurde ich König von Jerusalem. Tankred, Fürst von Antiochia, machte eine ähnliche Entwicklung durch wie ich. Dieses Land bietet Möglichkeiten, die Europa nicht bietet. Ich will damit nur sagen: Man muss warten können, immer bereit sein und zugreifen, wenn die Gelegenheit sich bietet. Dazu gehört allerdings auch, dass man bereit ist, sein Leben einzusetzen, denn ohne den notwendigen Mut hat man hier nichts verloren. Und dass ihr den nötigen Mut habt, das habe ich gesehen. Einer von euch, Guillaume von Bar-le-Duc, ist jetzt Guillaume, Herr von Tiberias. Bleibt deshalb mit euren Männern hier in Jerusalem. Ihr werdet es nicht bereuen. Wer in meiner Nähe ist, bleibt nicht arm."

„Wenn du wüsstest, wie viel Geld ich in meinen Taschen habe", dachte Gernot und sagte laut: „Ich werde mit meinen Männern euer Angebot besprechen. Ich bin mir sicher, dass sie zustimmen werden. Aber zuallererst müssen wir unser Pilgergelübde erfüllen."

„Dann kommt anschließend zu mir, ihr braucht eine vernünftige Rüstung", und damit wandte sich Balduin der nächsten Gruppe zu.

Gernot besprach mit seinen Männern, die zwar beim Gespräch zwar dabei gewesen waren, aber auf Grund ihrer fehlenden Sprachkenntnisse nichts verstanden hatten, den Vorschlag König Balduins. Im Prinzip waren sie mit dem Vorschlag des Königs einverstanden, wollten jedoch wie Gernot selbst zunächst ihren religiösen Pflichten nachkommen.

Die heiligen Stätten in und um Jerusalem besuchten sie am folgenden Tag. Außerdem war das eine Gelegenheit, die Stadt etwas näher kennen zu lernen. Man konnte ja nie wissen, ob es vielleicht einmal notwendig sein würde, die Stadt fluchtartig verlassen zu müssen. Fatimidische Heere aus Ägypten hatten schon mehrere Male vor den Mauern gestanden. Fluchtmöglichkeiten sollte man sich immer offen halten, zumal ein längerer Aufenthalt in Jerusalem durch das Angebot des Königs wahrscheinlich wurde und damit auch die Möglichkeit von einem fremden Heer belagert zu werden.

Jerusalem war eine uralte Stadt, die Gassen waren verwinkelt, einen Plan hatte es wohl nie gegeben. Zudem gab es in Jerusalem drei Bauebenen, sieht man vom himmlischen Jerusalem, an das alle Pilger glaubten und das sie nie fanden, einmal ab. Zunächst war da die Ebene, auf der das alltägliche Leben stattfand und das jeder kannte. Dann war da über den Köpfen der Bevölkerung die Ebene der Befestigungsanlagen, die ständig verstärkt wurden und auf der sich lediglich Bauarbeiter und Soldaten befanden. Schließlich gab es noch eine Ebene, von der kaum jemand auch nur die geringste Ahnung hatte: das unterirdische Jerusalem. Jerusalem war im Laufe seiner Geschichte durch natürliche Höhlen und künstliche Verbindungsgänge unterminiert worden. Von diesem Jerusalem hatte es nie einen Plan gegeben, lediglich ein Wissen, eine gewisse Vorstellung, die jedoch, da geheim, nur wenigen bekannt war. Einige der Gänge hatte man wiederentdeckt, was auch nicht schwer war, da sie der Wasserversorgung dienten.

Das Wissen über diese dritte Ebene war aber im Blutrausch der Eroberung, als alle Einwohner umgebracht worden waren, verloren gegangen.

Es würde Tage und Wochen dauern, bis Gernot die Ebenen eins und zwei kennen gelernt haben würde. Aber er hielt dieses Wissen für absolut notwendig, zumal das Leben in einer Stadt für Gernot etwas völlig Neues darstellte. Er kannte den Spruch „Stadtluft macht frei". Für ihn galt aber auch „Stadtluft engt ein".

Sie beschlossen, am folgenden Tag nach Bethlehem zu reiten, um dort den Abschluss der Pilgerfahrt zu feiern. Als Gernot sich nach dem Weg erkundigte, war er erstaunt, wie gering die Entfernung war. Wenn man sich beeilte, war der Weg hin und zurück nebst der üblichen Gebete an einem halben Tag zu schaffen. Die Gruppe ließ sich aber Zeit und so kamen sie erst am Abend zurück. Damit war die Pilgerfahrt offiziell beendet. Vor allem der letzte Abschnitt hatte Gernot gezeigt, dass er wenig, um nicht zu sagen nichts, von den geographischen Gegebenheiten im Heiligen Land wusste. Er kannte gerade vier Städte: Akkon, Nazareth, Jerusalem und Bethlehem. Das war nicht gerade viel für jemanden, der die Absicht hatte, längere Zeit, vielleicht sogar für immer im Land zu bleiben. Er brauchte Informationen, um nicht immer dumm dazustehen. Am besten konnte er diese vom König bekommen. Den musste er sowieso noch aufsuchen, wegen der Rüstung und der Zusage. Aber nicht heute, nicht morgen. Zunächst mussten seine vielen Mitpilger abgereist sein.

Der Erste, der abreiste, war Guillaume. Er war wie ausgewechselt. Das Unglück, das ihm in seiner alten Heimat widerfahren war, hatte hier keine Bedeutung mehr. Er schien glücklich zu sein und verließ, neben seiner Frau reitend, Jerusalem. Er war ein bedeutender Lehnsmann des Königs geworden. Das bedeutete natürlich auch, dass er ab sofort Heeresfolge zu leisten hatte. Wenn der König rief, musste er mit einer bestimmten Anzahl Bewaffneter erscheinen. Mit seinen 100 Männern, denen sich noch weitere Ritter aus Nordfrankreich und Flandern angeschlossen hatten, ritt er fröhlich winkend an Gernot vorbei und verließ die Stadt durch das Sankt Stephans Tor. Ihm schlossen sich auch die Normannen und Südfranzosen an, die so einen Teil ihres Weges gesichert zurücklegen konnten. Damit waren von der ursprünglichen Pilgergruppe nur noch er und Bran da. Mit Bran hatte er lange geredet und schließlich hatte dieser erklärt, er werde auf unbestimmte Zeit bei Gernot und den Angelsachsen bleiben. Zurzeit ziehe ihn nur wenig in seine alte Heimat zurück.

So wurde es Zeit für das Gespräch mit König Balduin. Dieser empfing Gernot und Bran in einer großen Halle, die aber alles andere als königlich und prunkvoll war.

„Wie ihr seht", erklärte er, „fehlt es hier an vielen Dingen, aber das kostet Geld und das muss ich in meine Armee investieren. Die steht nämlich seit einiger Zeit in der Nähe von Tyros, einer Hafenstadt, die noch den Fatimiden gehört, die ich aber gerne selbst hätte, wegen des Hafens und weil sie wie ein Fremdkörper in meinem Land steht. Wegen der guten Befestigungsanlagen wäre eine Belagerung sinnlos, solange nicht auch von der Seeseite her etwas unternommen wird. Ich habe keine eigene Flotte, sodass ich ständig auf fremde Schiffe angewiesen bin, will ich so eine Stadt erobern. Als im letzten Jahr König Sigurd von Norwegen hier war, unterstützte er mich mit all seinen Schiffen. Und das, ohne einen Lohn zu verlangen oder zu erwarten. Wenn Venedig, Genua oder Pisa für mich eingreifen, dann geht es nur um wirtschaftliche Vorteile. Die wollen Steuerfreiheit – was ich mir eigentlich nicht erlauben kann – oder sofort ein ganzes Stadtviertel für sich, in dem sie schalten und walten wie es ihnen passt, ohne dass ich eingreifen kann. Deshalb stehen meine Truppen auch nur in der

Nähe von Tyros, die Stadt erhält zurzeit noch Nachschub und Verstärkungen aus Ägypten über den Seeweg. Das alles kostet mein Geld, das ich gar nicht habe, denn die Steuern, die ich erhebe, decken diese Kosten nicht und ich kann keine hohen Steuern verlangen, da sonst meine muslimischen Untertanen das Land in Scharen verlassen würden. Wenn ich Truppenverstärkungen aus Europa bekomme, dann bin ich zwar dankbar, denn diese stützen mein Königreich. Ich bin es dann aber, der den Unterhalt der Truppen bezahlt. Das ist jedoch nicht euer Problem. Habt ihr euch entschieden?"

„Ja, wir bleiben", antwortete Gernot.

„Das ist gut, denn ich bin um jeden Soldaten verlegen", erklärte Balduin. „Tyros ist nur eine Front. Ein weiteres Problem braut sich gerade im Norden zusammen. Und was an unserer Ostgrenze los ist, habt ihr ja hautnah mitbekommen. Obwohl ich nicht genau weiß, was diese Provokation an der syrischen Grenze zu bedeuten hatte, denn eigentlich habe ich mit Damaskus seit drei Jahren einen Friedensvertrag, oder sagen wir besser einen Waffenstillstand, halte ich diese Grenze immer noch für nur bedingt ruhig."

„Vielleicht geht es darum, eure Truppen zu zersplittern? Vielleicht sollen sie an allen Fronten gebunden werden, um euch zu schwächen?"

„Möglich, aber jetzt zu euch, zu eurer Bezahlung. Wir haben hier keine eigene Währung. Die goldenen Byzantii, die Währung von Byzanz, sind hier im Umlauf und mit denen rechnen wir hier am Hof. Auf den Märkten zahlt man allerdings häufig mit syrischen Dirham in Gold, Silber oder Kupfer. Ihr bekommt 50 Byzantii im Monat, zehn für jeden Ritter, einen für jeden Soldaten. Aber ihr müsst bedenken, dass ihr für eure Leute sorgen müsst. Lebensmittel gehen zu euren Lasten. Einverstanden?"

„Einverstanden!“

„Ich werde euch nicht sofort nach Tyros schicken oder noch weiter in den Norden. Ihr bleibt bei mir. Deshalb bekommt ihr eine feste Unterkunft. Ich rate euch, einen oder zwei Einheimische als Wächter einzustellen. Diese Leute sind zuverlässig und ihr müsst nicht immer all eure Sachen mit euch rumschleppen. Außerdem kümmern sich diese Leute um eure Pferde. Doch jetzt geht es zu euren Rüstungen.“

Balduin führte sie persönlich in die Rüstkammer. Als sie diese verließen, fühlten sich Gernot und Bran als gewichtige Persönlichkeiten, denn sie hatten beträchtlich an Gewicht zugenommen. So eine Rüstung wiegt nun mal, aber man geht ja normalerweise nicht damit spazieren. Doch der Besuch bei Balduin war noch nicht beendet.

Balduin fuhr fort: „Euer Freund Tankred hat mir ein Bündel mit Papieren überreicht.“

„Ihr meint die Briefe vom Dogen?“

„Genau die. Er hat euch gesagt, es seien persönliche Nachrichten, wegen meiner Verwandtschaft mit ihm. Glaubt ihr das?“

„Nein. Denn dann gäbe der Überfall durch die Piraten keinen Sinn. Die verlangten ja sofort die Briefe. Es ging höchstwahrscheinlich um Wirtschaftsinteressen. Die Briefe sollten schließlich verkauft werden.“

„Genau darum geht es. Venedig will an Einfluss gewinnen. Da müssen sie sich schon etwas einfallen lassen, denn das wird teuer für sie. Habt ihr sonst noch Fragen?“

„Ja. Eine. Ich habe überhaupt keine Vorstellung von den geographischen Bedingungen in diesem Land. Wo kann man sich ein wenig schlau machen, denn auf Dauer ist es deprimierend, immer nur zu bemerken, was man alles nicht weiß.“

„Dann kommt mit.“

Damit führte er sie in einen kleinen Raum.

„Ihr müsst wissen, dass die Araber hervorragende Geographen besaßen. Sie haben auf Pergament alles aufgezeichnet, was sie an Informationen über diese Gegend hatten.“

Damit holte er aus einer Röhre ein aufgerolltes Pergament hervor, welches entrollt eine beträchtliche Größe hatte.

„Hier seht ihr das gesamte Heilige Land: Antiochia, Edessa, Tripolis und Jerusalem. Alle Städte und größere Dörfer wurden eingezeichnet. Die Städte hat man durch Striche verbunden. Auf den Strichen seht ihr immer zwei Zahlen. Das sind die Entfernungsangaben, einmal wenn man den Weg zu Fuß zurücklegt, einmal die Angaben für einen Reiter.“

Er griff noch einmal in die Röhre und holte eine kleinere Rolle hervor.

„Ihr seid nicht der Erste, der danach fragt. Deshalb habe ich kleinere Kopien der großen Karte anfertigen lassen. Hier, nehmt und macht euch mit diesem Land vertraut.“

Gernot war glücklich, endlich handfeste Informationen über dieses Land zu haben. Der Besuch bei Balduin war damit auch beendet. Ein Mann aus der königlichen Verwaltung begleitete sie und wies ihnen eine neue Unterkunft zu. Sie lag in der Nähe des Zion-Tores, war geräumig und hatte den Vorteil, dass es nur einen Eingang gab, den man gut bewachen konnte. Jetzt musste man nur noch Wächter finden. Und Gernot hatte da ganz bestimmte Vorstellungen. Er dachte an die Fortführung seines Arabisch-Unterrichts.

Der Umzug war kaum erledigt, als sich vor dem Tor einige Männer versammelten, deren Wunsch eindeutig war: Sie suchten Arbeit. Es dauerte etwas, bis Gernot die richtigen Männer gefunden hatte. Natürlich sprachen sie Arabisch. Hier wurde deutlich, dass die verschiedenen Bevölkerungsgruppen verständnislos nebeneinander lebten oder sogar aneinander vorbei lebten. Gernots geringe Arabisch-Kenntnisse reichten aber aus, um deutlich zu machen, welche Aufgaben die Männer zu erledigen hatten. Er fand einen Kandidaten, der wenigstens einige Wörter Französisch sprach und auch etwas verstand und einen intelligenten Eindruck machte. Das alles brachte den Angelsachsen zwar wenig oder nichts, denn sie sprachen ja nicht einmal Französisch. Das musste geändert werden, sonst war auf Grund von Missverständnissen jede Gefahr oder sogar eine Katastrophe möglich. Aber das würde nicht durch einen Befehl gehen, sondern nur durch sein Beispiel. Solange blieb für diese Truppe alles beim Alten: Einer versuchte Arabisch zu lernen, zwei sprachen Französisch, alle sprachen sächsisch. Man lebte als unverständliche Insel in einer unverständlichen Umwelt.

Der zweite Kandidat entsprach von seiner Statur mehr den Anforderungen, die man an einen Wächter stellte: Er war groß, stark und er kannte sich mit Pferden aus. In der Frage des Lohns war man sich schnell einig. Gernot erinnerte sich noch an den Rat, den ihm der Rabbi in Akkon gegeben hatte: Sucht euch einen einheimischen Koch oder eine Köchin! Auf Vermittlung des Wächters Nummer eins, er nannte sich Ibrahim, fanden sie eine Frau, die sich bereit erklärte, dieses Amt zu übernehmen, falls sie ihre beiden Kinder mitbringen dürfe. Gernot vereinbarte mit der Frau ein Probekochen für den nächsten Tag. Nach dem Essen waren alle der Meinung, etwas Ungewöhnliches, etwas Wohlschmeckendes, einfach etwas Gutes gegessen zu haben. Damit hatte die Frau eine Anstellung. Wie sich herausstellte, war sie die Ehefrau von Wächter Nummer eins, der jetzt mit seiner ganzen Familie im Haus von Gernot und seiner Truppe lebte. Sein eigenes Haus wollte Wächter eins später vermieten. Gernot sah sich bestätigt in seiner Annahme, er habe es mit einem intelligenten Mann zu tun.

Die nächsten zwei Wochen bestanden darin, dass alle ihre Waffen putzten, versuchten Jerusalem kennen zu lernen – was nicht sehr schwer war bei einer Stadt, die etwa einen Kilometer im Quadrat darstellte – und mit mehr oder weniger Eifer arabische Wörter nachzuplappern. Man begann das süße Nichtstun zu genießen, lobte die Großzügigkeit König Balduins und vor allem war es Bran, der die Sonne genoss. Er konnte nicht genug davon bekommen. Plötzlich war es jedoch mit der Ruhe vorbei: König Balduin verlangte nach Gernot und Bran.

5. Vor Tyros

Beide machten sich sofort auf den Weg. Wenn der König ruft, dann kommen die Gefolgsleute. Ohne viel Umschweife kam Balduin zum Thema: „Ihr wisst, wo Tyros liegt?“

„Ja, wir haben uns in den letzten zwei Wochen etwas schlau gemacht“, antwortete Gernot.

„Und ihr lernt Arabisch, habe ich gehört“, entgegnete der König. „Keine üble Idee, wenn man nicht dauernd von Dolmetschern bewusst oder unbewusst falsch übersetzt und informiert werden will. Dass wir die Bevölkerung im Heiligen Land nicht verstehen, liegt natürlich an uns. Bequemlichkeit und eine gewisse Arroganz haben dazu geführt, dass wir es nicht für nötig hielten, Arabisch zu lernen. Diese Arroganz ist nichts Neues. Welcher Ritter in unserer alten Heimat hat schon Lesen und Schreiben gelernt? Das hielten die meisten für ihrer unwürdig, dafür hatte man seine Leute. Dieser Fehler rächt sich nun hier. Jeder, der größeren Einfluss hat, ist umgeben von Spitzeln. Ich genauso wie Izz el-Mulk, der Statthalter von Tyros. Hier gilt: Jeder Mensch ist käuflich, es hängt nur von der Summe ab.

Und dieser Izz el-Mulk hat ein Problem. Seine Stadt ist umgeben von christlichem Gebiet. Wenn wir wollen, erhält er keinen Nachschub mehr auf dem Landweg. Tyros ist eine fatimidische Enklave. Sie kann nur auf dem Seeweg unterstützt werden, denn es gibt ein weiteres Problem. Die Fatimiden sind Schiiten, die Damaszener Sunniten. Das sind Glaubensrichtungen des Islam und beide Gruppierungen sind sich ungefähr so sympathisch wie Hund und Katze. Die Fatimiden vertrauen auf die Stärke der Mauern von Tyros – da muss ich ihnen Recht geben, denn die sind wirklich gewaltig – und schicken nur wenig Nachschub. Lebensmittel kommen in Tyros zwar an, Truppen jedoch nicht. Izz el-Mulk ist ein misstrauischer Mann. Er vertraut zwar den Mauern, hält aber personelle Verstärkungen für absolut notwendig. Also hat er sich an Toghtekin, den Herrscher von Damaskus gewandt. Als Sunnit war Toghtekin nicht bereit, einen Schiiten zu unterstützen. Aber Tyros ist reich und Izz el-Mulk hat für eine große Summe, man spricht von 20.000 Byzantii, 500 Bogenschützen bei Toghtekin angeworben. Für Geld unterstützt man sich halt. Könnt ihr soweit noch folgen?"

Gernot und Bran nickten, wussten aber noch immer nicht, worauf Balduin eigentlich hinaus wollte. Ein Exkurs über religiöse Gegebenheiten im Heiligen Land? Wohl kaum.

Balduin fuhr fort: „Jetzt ist Izz el-Mulk die ganze Situation zu brenzlich geworden. Unser Druck wurde erhöht, als wir bemerkt hatten, dass Verstärkungen aus Damaskus durch unseren Belagerungsring gelangt waren. Das Terrain vor Tyros ist allerdings so unübersichtlich, dass man mit 2000 Mann einfach nicht alles kontrollieren kann. Auf jeden Fall ist Izz el-Mulk jetzt sehr nervös. Er und die Reichen der Stadt – und davon gibt es viele – wollen ihren wertvollen Besitz in Sicherheit bringen. Er hat Damaskus um Erlaubnis gebeten, dort den Reichtum von Tyros lagern zu dürfen. Damit wendet er sich im Prinzip von Ägypten ab und Damaskus zu. Das eröffnet uns neue Perspektiven. Toghtekin ist natürlich mit dieser Entwicklung sehr zufrieden. Er sieht hier eine Gelegenheit, seine Position zu stärken und die der Fatimiden zu schwächen."

„Woher wisst ihr das alles?", unterbrach ihn Gernot.

„Von einer Brieftaube", entgegnete Balduin.

„Wie das?“, fragte Gernot.

„Nun ja, wir haben da einige ausgezeichnete Bogenschützen und wir wissen, dass die Verständigung zwischen Tyros und Damaskus über Brieftauben vonstatten geht. Und einige dieser Brieftauben wurden von uns abgeschossen.“

„Aber das müssen die in Damaskus doch merken.“

„Wir haben auch Brieftauben aus Damaskus, die wir dort heimlich aus dem Stall entwendet haben. So kommt die Nachricht zwar in Damaskus an, aber wir haben sie vorher gelesen.

Nun aber zum Grund, weshalb ich euch habe rufen lassen. Izz el-Mulk hat einen meiner Ritter bestochen, der zum Schein auf dessen Vorschlag eingegangen ist. Er hat 10.000 Byzantii kassiert für die Zusage, die Karawane mit den Reichtümern von Tyros – und man spricht von 400 Kamelen – sicher durch christliches Gebiet zu geleiten. Eine größere Truppe aus Damaskus steht bereit, um von einem bestimmten Punkt aus das sichere Geleit zu gewährleisten. Der Ritter hat mich natürlich sofort informiert. Darüber hinaus haben wir eine Taube abgefangen, die eine Nachricht mit dem Termin der Unternehmung transportierte. Wir haben den Termin um einige Tage verschoben, sodass wir die Karawane abfangen können, ohne von Truppen aus Damaskus gestört zu werden. Die Hälfte der Beute – und die wird riesig sein – steht dem König zu. Der Rest wird an die Truppen verteilt.

Und jetzt zu euch. Eure Aufgabe wird es sein, meinen Beuteanteil und euren natürlich auch sicher nach Jerusalem zu bringen. Euer Anteil besteht übrigens aus fünf Kamelladungen, beziehungsweise aus der Anzahl von Kamelen, die über die Zahl von 200 hinausgehen. Denn 200 gehören mir. Das ist keine leichte Aufgabe, da ihr euch mit Kamelen nicht auskennt und die Entfernung beträchtlich ist. Ihr müsst einen sicheren Weg nehmen. Der Küstenweg ist immer sicherer als der Weg durchs Gebirge, den ihr auf dem Hinweg genommen habt, obwohl dieser der kürzere ist."

„Und wenn wir einige Kameltreiber einstellen würden?", wollte Gernot wissen.

„Das geht weder hier noch in der weiteren Umgebung von Tyros. So etwas spricht sich zu schnell herum und könnte das Gesindel des ganzen Landes anlocken. Ihr müsst entscheiden, was ihr unterwegs macht."

„Aber 200 Kamele über 300 Kilometer sicher ans Ziel zu bringen, das wird nicht einfach sein", entgegnete Gernot.

„Ich vertraue euch voll, ich habe euch während der Schlacht bei Nazareth beobachtet. Zwei Krieger wie ihr und eure hervorragenden Bogenschützen sind in der Lage, so eine Unternehmung durchzuführen. Was meint ihr wohl, weshalb ich euch unbedingt hier in Jerusalem behalten wollte? Ich kann Menschen gut einschätzen. Guillaume von Tiberias wird ein glänzender Verwalter sein. Ihr dagegen überblickt Situationen sehr schnell und trefft intuitiv die richtige Entscheidung. Und bedenkt euren Anteil an der Beute. Keiner weiß, was die Kamele transportieren, aber bestimmt keinen Plunder. Macht euch bereit. Morgen in aller Frühe geht es auf nach Tyros."

Gernot und Bran verabschiedeten sich von Balduin. Unterwegs fragte Bran: „Scheffelt der nicht gewaltig in die eigene Tasche?"

„Sicher", entgegnete Gernot, „die Geschichte mit der Hälfte, die ihm als König zusteht, steht so wohl nirgendwo geschrieben. Und den Rest wird er auch nicht komplett an seine Truppen verteilen. Bei der Verteilung wird er sich wohl noch einmal bedienen. Aber man muss ihm allerdings zugute halten, dass er kaum über sonstige größere Einnahmen verfügt. Das Land ist nicht dicht besiedelt und Steuern kann er nicht in beliebiger Höhe erheben."

„Und warum hat er ausgerechnet uns hier in Jerusalem behalten? Doch nicht nur, weil wir so toll sind.“

„Das habe ich mich auch gefragt. Aber so langsam verstehe ich die Idee, die dahinter steckt. Unsere Angelsachsen sprechen weder Französisch noch Arabisch. Sie sind für den König stumm. Die können nämlich nichts verraten. Du hast ja gehört, wie viele Spione es hier gibt.“

Am folgenden Morgen ritten Gernot und Bran mit ihrer Truppe in aller Frühe zum Sammelplatz vor dem Stephans-Tor. Ihr großes Haus ließen sie in der Obhut der beiden Wächter zurück. Balduin kam im gleichen Augenblick an. Er brachte noch weitere 100 Reiter mit. Damit war Jerusalem nicht schutzlos. Eine Besatzung von etwa 2000 Soldaten blieb immer in der Stadt. Da nun die ganze Truppe beritten war, konnte man davon ausgehen, die Strecke nach Tyros in zehn Tagen zu schaffen. Der Ritt war zwar kein Gewaltritt, aber zehn Tage brauchte man tatsächlich. Balduin zeigte sich als guter Planer und Organisator. Er hatte bereits am Vortag einen Reiter losgeschickt, der die Aufgabe hatte, in der Entfernung einer Tagesstrecke für Nahrung und Unterkunft zu sorgen. Das sparte enorm Zeit, da man sich mit der Zubereitung der Speisen nicht aufhalten musste und mehr Zeit für den Ritt übrig blieb. Balduin zeigte sich während des ganzen Ritts bei seinen Soldaten. Er unterhielt sich mit jedem, er schien auch jeden beim Namen zu kennen.

Als man kurz vor Tyros war, begriff Gernot, weshalb man den Zugang zu dieser Stadt nicht lückenlos überwachen konnte, wenigstens nicht mit lediglich 2000 Mann. Die Gegend war sehr unübersichtlich. Es gab eine Unzahl von kleineren oder größeren Tälern, die sich tief in das Terrain eingeschnitten hatten.

Balduin klärte Gernot auf: „Das sind keine Täler, sondern sogenannte Wadis. Ein Wadi ist ein trockenes Flussbett. Nur wenn es im Herbst oder Winter heftig in den Bergen regnet, füllen sich diese Wadis mit Wasser. Das geschieht häufig blitzschnell. Die großen Wassermassen reißen dann diese tiefen Einschnitte in den Boden. In einem dieser Wadis wird auch die von uns erwartete Karawane ziehen. Gleich treffen wir auf das Hauptquartier meiner Truppen. Dort wartet auch der besagte Ritter auf uns. Niemand außer euch, mir und dem Ritter weiß Bescheid. Keiner kennt den genauen Zeitplan außer mir und dem Ritter und nur er kennt das richtige Wadi. Nur durch die kleine Anzahl der Eingeweihten kann der Erfolg des Unternehmens garantiert werden."

Kurz darauf erschienen hinter einem kleinen Gebüsch einige christliche Ritter, die ihren König sofort erkannten. Wenige Minuten später erreichte Balduin sein Hauptquartier, das allerdings diesen Namen nicht verdiente. Es standen dort lediglich ein paar Zelte, in denen man schlafen konnte und einige Zeltplanen, die man so abgespannt hatte, dass sie vor der stechenden Sonne schützten. Gernot hatte den Eindruck, dass Balduin etwas übertrieben hatte, als er von „meinem Heer" gesprochen hatte. Er erfuhr bald, dass hier lediglich 200 Ritter versammelt waren, dazu kamen etwa 2000 Mann an Fußsoldaten. Wie man mit dieser kleinen Truppe Tyros stürmen wollte, das war ihm schleierhaft. Deshalb verstand er auch Izz el-Mulk nicht, der wegen dieser kleinen Truppe seine Stadt in Gefahr sah. Vielleicht ging es doch eher um den fehlenden Nachschub an Nahrungsmitteln. Gernot sah die Mauern von Tyros und je mehr er darüber nachdachte, desto deutlicher wurde ihm, dass man diese Stadt nur durch einen kombinierten See- und Landangriff einnehmen konnte. Aber eines wurde ihm immer klarer: Izz el-Mulk hatte die Nerven verloren, er fühlte sich von Ägypten im Stich gelassen, er suchte sich einen neuen Verbündeten und das war Damaskus.

Im sogenannten Hauptquartier war wenig Betrieb. Einige Ritter machten sich gerade auf den Weg, die Belagerungstruppen zu kontrollieren und um die Kunde vom Eintreffen des Königs zu verbreiten. Balduin selbst ließ als erstes sein Zelt errichten, an der höchsten Stelle, nur noch vom königlichen Wimpel überragt. Die Botschaft war eindeutig: Der König ist da. Das sollte den psychologischen Druck erhöhen. Izz el-Mulk sollte wissen, es wird ernst, der Angriff steht bevor. Wenn er seine Reichtümer retten wollte, dann wurde es Zeit.

Gernot hatte für sich und seine Männer einen Platz zum Übernachten gesucht. Ein Zelt hatten sie nicht und brauchten sie auch nicht. Die Sonne hatte den Boden soweit aufgeheizt, dass man gut darauf schlafen konnte. Außer Bran wusste bis jetzt noch niemand vom eigentlichen Grund für die Anwesenheit vor Tyros. Seine Angelsachsen glaubten, dass der bevorstehende Angriff auf Tyros der Grund sei. Als sie jetzt erfuhren, dass es sich um eine Art Geheimauftrag handelte, dass es galt, eine mit den Schätzen der ganzen Stadt beladene Karawane zu überfallen und dass es darum ging, diese Schätze nach Jerusalem zu transportieren, um sie dort in Sicherheit zu bringen, waren sie mehr als überrascht.

„Weshalb wir?“, wollte Edward wissen.

„Ich vermute“, erklärte Gernot, „dass der Auftrag mit euren Sprachkenntnissen zu tun hat. Ihr sprecht nur angelsächsisch und diese Sprache ist hier unverständlich. Das Unternehmen bleibt geheim, da ihr euch mit niemandem verständigen könnt.“

„Und wie verständigen wir uns mit den Kamelen? Wir haben ja schon einige dieser seltsamen Tiere gesehen. Aber ich wüsste nicht, wie ich diesen erklären sollte, dass sie aufstehen, sich niederknien, schneller oder langsamer laufen sollen.“

„Daran habe ich noch nicht gedacht", musste Gernot eingestehen, „aber ich werde mich erkundigen."

Das tat er dann auch am nächsten Morgen. Einige der christlichen Ritter hatten neben ihren Pferden auch Kamele mitgebracht. Diese Kamele transportierten das Holz, die Werkzeuge und Gerätschaften, die man zum Bau von Belagerungsmaschinen benötigte. Eine Stunde später konnte Gernot – in der Theorie – ein Kamel sich hinknien lassen, aufstehen lassen, es antreiben oder anhalten lassen. Kurz darauf war er wieder bei seinen Angelsachsen, die diese Befehle einzeln oder im Chor so lange wiederholten, bis auch sie – ebenfalls nur in der Theorie – den Umgang mit Kamelen beherrschten.

Am Nachmittag wollte Gernot seine theoretischen Kenntnisse in der Praxis überprüfen. Er ging wieder ins Lager und bat einen der christlichen Ritter, der ein Kamel als Reittier mit sich führte, um die Erlaubnis, dieses seltsame Tier einmal reiten zu dürfen.

„Aber gerne", erwiderte dieser lächelnd.

Gernot setzte sich in den ungewohnten Sattel und rief laut sein Kommando. Und siehe da, das Kamel gehorchte. Allerdings hatte Gernot nicht mit dem ruckartigen Aufstehen des Kamels gerechnet und er konnte sich soeben noch am Hals des Tieres festhalten.

„Langsam", rief der andere Ritter, „ihr müsst die Bewegungen des Tieres mitmachen, sonst landet ihr immer auf der Nase. Aber reitet ruhig ein Stück, damit ihr versteht, was ich meine."

Gernot tat das dann auch, bemerkte aber nach kurzer Zeit, dass der Aufenthalt im Sattel ein elendes Geschwanke darstellte, an das man sich erst gewöhnen musste.

Als er das Kamel zurückbrachte, fragte er den Besitzer: „Weshalb reitet ihr so ein Tier? Das Schaukeln ist doch furchtbar.“

„Nun ja“, antwortete dieser, „an das Geschaukele muss man sich gewöhnen, aber ich reite es auch nicht hier, sondern nur in der Wüste. Wenn ein Kamel einmal in der Woche zu trinken bekommt, reicht das zur Not. Macht das mal mit einem Pferd. Und es trägt mehr als das Doppelte von dem, was ein Pferd tragen kann. Allerdings ist so ein Reitkamel ein empfindsames Wesen. Man muss es immer mit sich führen, dann belohnt es einen mit großer Treue und einer schier unendlichen Ausdauer. Wenn ihr länger im Land bleiben wollt, solltet ihr euch überlegen, so ein Tier anzuschaffen. Aber nur, wenn ihr an der Grenze zur Wüste stationiert werdet. Im Gebirge kann man mit einem Kamel nur wenig anfangen. Sie klettern nicht gerne und man muss sie zu jedem Schritt überreden.“

„Danke“, antwortete Gernot, „in nächster Zeit bleibe ich lieber bei meinem Pferd.“

Damit ging er zurück zu seinen Leuten. Den Nachmittag verbrachte er damit, in Begleitung von einem halben Dutzend seiner Leute – Erfahrung macht klug – die Gegend zu erkunden. Überall, versteckt hinter Büschen und Steinen, fast unsichtbar in Gräben oder den Wadis, stieß Gernot auf Soldaten des Königs. Sie warteten. Worauf eigentlich? Ein Angriff auf die Stadtmauern war zurzeit unmöglich. Schließlich sah er, worauf die Soldaten warteten. An einer ebenen Stelle, von der aus man gut gegen die Mauern vorrücken konnte, war eine Hundertschaft damit beschäftigt, einen hölzernen Belagerungsturm zu bauen. Da der Ort außerhalb der Bogenschussweite lag, konnte man sich dort ganz offen bewegen. Die Balisten auf den Mauern von Tyros konnten hier ebenfalls keinen Schaden anrichten. Das Monstrum, das hier entstand, hatte eine Höhe von gut 20 Metern, war also höher als die Stadtmauern von Tyros.

„Wir meinen es diesmal ernst“, erklärte ihm einer der Baumeister. „Wir schieben den Koloss auf Rollen bis an die Stadtmauern und können dann von oben auf die Besatzung der Mauern schießen. Gleichzeitig können unsere Leute dann über eine Klappbrücke auf die Mauern gelangen.“

„Viel Glück“, sagte Gernot und war froh, bei dieser Aktion nicht dabei sein zu müssen.

Zurück im Lager erfuhr er, dass die Karawane schon in der nächsten Nacht aufbrechen werde. Seine Leute waren informiert und ruhten sich aus.

König Balduin erschien plötzlich und erklärte den Plan: „Gegen Mitternacht wird die Karawane aufbrechen. An der Spitze reitet als Führer mein Ritter. Die Karawane wird nur von wenigen Bewaffneten begleitet. Izz el-Mulk kann es sich nicht erlauben, mehrere Hundert Soldaten aus der Stadt abzuziehen, um seine Reichtümer zu schützen. Ich werde selbst den Angriff leiten. Mit 100 Rittern werde ich von vorne links und rechts an der Karawane vorbei reiten, um jeden Bewaffneten auszuschalten. Die Kameltreiber sind keine Gegner. Sie werden das Weite suchen, sobald sie merken, was geschieht. Ihr müsst euch mit einigen eurer Männer an die Spitze der Karawane setzen. Es darf nicht geschehen, dass die Kamele stehen bleiben, denn dann knien diese Tiere nieder um wiederzukäuen. Dann bringt ihr keines dieser Biester mehr auf die Beine. Also, die Tiere müssen in Bewegung bleiben, bis das Wadi flacher wird und kein hohes Ufer mehr hat. Denn Kamele können nicht klettern. Danach müsst ihr den Weg zur Küste suchen und dem Weg folgen. Einige eurer Leute werden dicht hinter mir bleiben. Wenn ich der Meinung bin, die Mitte der Karawane erreicht zu haben, gebe ich ihnen ein Zeichen und sie treiben die Kamele, die vor ihnen sind, schneller voran. Der hintere Teil der Karawane zieht dann langsam hinterher. Er bleibt ja hier, damit ich ihn als Beute an meine Leute verteilen kann. Ihr müsst vorne natürlich für ein zügiges Tempo sorgen und macht keine Pausen. Zieht die ganze Nacht durch und den ganzen Tag. Es muss nicht unbedingt jeder sehen, was hier geschieht. Und denkt daran: 200 Kamele gehören mir, der Rest euch."

„Es wäre ja schön gewesen", dachte Gernot, „wenn ich den Ablauf des Überfalls schon ein paar Stunden früher erfahren hätte. Dann hätte ich die Gegend erkunden können. Das würde vieles erleichtern."

Aber König Balduin schien nur wenigen Leuten wirklich zu vertrauen.

„Wann geht es los?", fragte er Balduin.

„Eine Stunde vor Mitternacht müssen alle auf ihrem Posten sein. Aber nur ihr mit euren Männern und ich mit meinen. Die übrigen Soldaten hier wissen von nichts."

„Und welches Wadi wird die Karawane nehmen?"

„Das tiefste und unübersichtlichste, das es gibt, kaum 500 Meter von hier entfernt."

Balduin entfernte sich und Ruhe kehrte ein, die Ruhe vor dem Sturm.

Dann war es soweit. Die Pferde wurden gesattelt, die Rüstungen angelegt. Im Schritttempo näherten sich Balduin mit seiner Truppe und Gernot mit seinen Leuten dem Wadi. Balduin musste wohl am Tage die Gegend um das Wadi persönlich ausgekundschaftet haben, denn er schien sich gut auszukennen. Er wollte wohl nichts dem Zufall überlassen. Die gewaltige Beute, die er erwartete, könnte sein Königreich für einige Zeit finanziell über Wasser halten.

„Gleich kommen wir an eine Stelle, an der wir in das Wadi reiten können“, erklärte er Gernot. „Die Karawane kann durchaus einen Kilometer lang sein, auch wenn die Kamele in Dreier- oder Viererreihen gehen.“

Am Rande des Wadis stiegen alle aus den Sätteln und führten ihre Pferde am Zügel. Der Abhang war zwar ziemlich steil, aber für Pferde durchaus zu bewältigen, für Kamele nicht. Unten angekommen versteckten sich alle hinter einer Biegung, sodass sie von der entgegenkommenden Karawane nicht gesehen werden konnten. Jeder stand jetzt neben seinem Pferd und wartete. Ab und zu schnaufte ein Pferd, gelegentlich war ein metallisches Klirren zu hören. Das war alles.

Eine gute Stunde später war es mit der Ruhe vorbei. Ganz entfernt hörte man zunächst verschiedene Geräusche: Leder schabte auf Leder, ein vereinzeltes Schnauben eines Kamels, leise Stimmen. Dann war ein gleichmäßiges Trampeln zu hören. Die Karawane näherte sich.

Gernot spähte vorsichtig um die Ecke, dann sah er die ersten Kamele. Es wurden mehr und mehr, eine schier unendliche Anzahl. Da das Wadi auf der Sohle etwa 15 Meter breit war, kamen die Tiere in lockerer Reihenfolge, drei oder vier nebeneinander, in endloser Reihe hintereinander. Jetzt erst begriff Gernot den Wert dieser Karawane. Wenn die reichsten Einwohner von Tyros so ihre Schätze in Sicherheit bringen, wie reich muss dann die gesamte Stadt sein? Ganz vorne sah Gernot einen Reiter zu Pferd, in einen weißen Mantel gehüllt. Das musste Balduins Ritter sein. Ab und zu sah Gernot einen Reiter, wahrscheinlich einer der bewaffneten Begleiter.

Balduin, der sich neben Gernot befand, hielt seine Leute noch zurück. Als dann die Spitze der Karawane nur noch 100 Meter von der Biegung entfernt war, gab Balduin seinen Leuten ein Zeichen. Sie stiegen in den Sattel und auf ein weiteres Zeichen ging es aus dem Stand in den Galopp. 20 Männer aus

Gernots Truppe folgten in geringem Abstand. Der Führer der Karawane gab seinem Pferd die Sporen und galoppierte geradeaus durch Balduins Männer und verschwand in der Dunkelheit. Balduins Männer ritten links und rechts an der Karawane vorbei und schalteten die bewaffnete Begleitung aus. Man hörte dabei kaum ein Geräusch, die Überraschung musste wohl zu groß gewesen sein.

Gernot hatte bald das erste Kamel erreichte und ergriff dessen Führstrick. Alle Kameltreiber hatten ihre Tiere verlassen, sie kletterten das steile Ufer hoch und verschwanden in der Dunkelheit. Gernot zog am Strick, um es zu einer schnelleren Gangart zu verleiten, aber das Tier reagierte nicht.

„Zieh ich fester", dachte er, „dann wird das Viech noch störrischer. Vielleicht reagiert es ja, wenn ich mit ihm rede."

Er versuchte es mit seinen Arabisch-Kenntnissen, das Tier trottete im gewohnten Tempo weiter.

„Vielleicht klingt Französisch ja melodiöser", dachte er.

Kein Erfolg.

„Du blödes Vieh, beeil dich, wir haben keine Zeit", sagte er schließlich mehr aus Versehen in seiner sächsischen Muttersprache. Und siehe da, das Kamel richtete die Ohren in Richtung des Sprechers und beschleunigte etwas den Schritt. Die übrigen Kamele passten sich an. Gernot sprach weiter, erzählte dem Kamel jetzt jedoch etwas Nettes und das erhöhte den Erfolg. Das Leittier behielt das erhöhte Tempo bei.

„Kluges Tier", sagte Gernot, „mit dir kann man sich wenigstens unterhalten, auch wenn du keine Antwort gibst."

Die ganze Karawane passte sich der neuen Geschwindigkeit an.

Plötzlich kam Balduin angesprengt: „Der Überfall hat perfekt geklappt. Die Karawane gehört uns. Viel Glück jetzt und denkt daran: 200 Tiere gehören mir."

Er wollte schon zurückreiten, da rief Gernot ihm zu: „Halt, wem übergebe ich die Schätze, wem könnt ihr vertrauen?"

„Arnulf von Malecorne. Er ist mein Verwalter und er ist Geistlicher. Er hat also nichts zu vererben. Ich werde ihn zum Nachfolger des jetzigen päpstlichen Legaten machen, der uralt ist und nicht mehr lange zu leben hat. Arnulf ist absolut vertrauenswürdig."

Damit verschwand der König in der Dunkelheit.

Dafür erschien Edward: „Ich reite mit meinen Leuten am Schluss der Karawane. Sobald wir dieses Flussbett verlassen haben, übernehmen wir auch den seitlichen Schutz."

„Sehr gut", antwortete Gernot, „aber noch ein Tipp: Rede in deiner Muttersprache mit den Tieren. Kamele scheinen intelligent zu sein, denn sie reagieren wohlwollend auf eine angelsächsische Ansprache."

„Wie"?

„Probier es aus, es ist kein Witz. Übrigens, haben wir 200 Kamele?"

„Wir haben mehr. Da es der König nicht so genau nimmt mit Zahlen, Geld und rechtlichen Vorschriften, habe ich einige Kamele mehr mitgenommen. Ich hoffe, dass das in eurem Sinne ist."

„Das hast du gut gemacht Edward, man kann nicht wissen, wofür wir all das Erworbene noch brauchen werden. Ich merke immer mehr, dass ich die richtigen Begleiter habe. Doch nun zum weiteren Vorgehen. An einer geeigneten Stelle verlassen wir dieses Wadi und bewegen uns irgendwie in Richtung Küste. Dann geht es auf dem Küstenweg nach Süden, an Akkon vorbei, wir nehmen aber nicht den Weg über Nazareth, sondern bleiben immer an der Küste. Wir reiten die ganze Nacht und den ganzen Tag durch. Wir werden sehen, wie weit wir kommen und wie es dann weiter geht."

Edward ritt zurück und Gernot konzentrierte sich auf den Weg. Er sprach wiederholt mit seinem Kamel, um die erhöhte Geschwindigkeit aufrecht zu erhalten. Nach zwei Stunden sah er die Möglichkeit, das Flussbett zu verlassen. Die Uferhöhe war auf weniger als zwei Meter gesunken und die Böschung war lange nicht mehr so steil. Es war zwar noch sehr dunkel, aber Gernot sah die Stelle, die er suchte, schon aus 50 Metern Entfernung. Auf einer Breite von zehn Metern konnte man das Wadi verlassen, ohne dass man eine steile Böschung zu bewältigen hatte.

„Jetzt meinem Lieblingskamel noch gut zureden, dann müsste es eigentlich gehen", sagte er laut und das Kamel war ganz aufmerksam.

Gernot lenkte sein Pferd aus dem Flussbett heraus und sein Kamel folgte, alle Kamele folgten, das Vorhaben war geglückt. Weiter ging es in einem Bogen um Tyros herum in Richtung Meer.

Als es hell wurde, hatte die Karawane das Meer erreicht. Jetzt gab es nur noch flaches Land, was das Vorankommen sehr erleichterte. Die Kamele gingen jetzt in normalem Tempo, alles andere wäre auffällig gewesen. Trotzdem hielten sie einen gewissen Abstand zur Küste, wo es einige Fischerdörfer gab. Man musste ja nicht jedem auf die Nase binden, dass sich hier eine Karawane bewegte, die, mit den Schätzen des Orients beladen, nur von gut 30 Männern geschützt wurde.

Die Kamele waren ausdauernd, bewegten sich im immer gleichen Tempo, waren jedoch, was ihren Geruch anging, gewöhnungsbedürftig. Gernot hatte gehofft, noch am Abend Akkon erreichen zu können. Doch das zu Beginn noch hügelige Land hatte ein schnelleres Vorankommen verhindert. Am Spätnachmittag erreichten sie ein größeres Dorf, das sie unbedingt ansteuern mussten, da die eigenen Trink- und Essensvorräte zur Neige gingen. Gernot schätzte das Dorf auf ungefähr 100 Häuser, Häuschen und Hütten. Da ein kleiner Bach zum Dorf führte, würde man genügend Wasser für die Kamele haben.

Kaum hatten sie am Dorfrand angehalten, als Gernot seinen Namen hörte: „Gernot von Kahlenberg, Herr, ich bin es, Yussuf, genannt Ali."

Tatsächlich, dort stand er, Yussuf, den sie aus den Händen der Piraten befreit hatten. Er lief Gernot entgegen und fiel ihm in die Arme.

„Ich hatte nicht damit gerechnet", sagte Gernot, „dass wir uns noch einmal wiedersehen. Wie ist es dir ergangen?"

„Sehr gut", antwortete Yussuf, „mein Vater lebt noch. Auch er hat alles überlebt. Die Freude über meine Rückkehr war natürlich groß. Keiner hatte mehr damit gerechnet, mich noch einmal lebend wiederzusehen. Mit meinem Geld haben wir ein großes Fischerboot gekauft. Es geht uns richtig gut. Mit dem großen Boot können wir weiter hinausfahren und fangen mehr Fische. Zum ersten Mal verdienen wir richtig Geld. Und wie geht es euch?"

Gernot berichtete kurz wie es ihm ergangen war und was er alles erlebt hatte, verriet aber nicht, um welche Art von Karawane es sich handelte, die er anführte.

„Ihr habt große Fortschritte in der arabischen Sprache gemacht. Ihr macht zwar noch Fehler, seid aber gut verständlich. Aber was macht ihr mit dieser Karawane?"

„Ich muss sie nach Jerusalem bringen, Handelswaren im Auftrag des Königs“, log Gernot.

„So kommt ihr aber nicht schnell voran“, entgegnete Yussuf, „ihr braucht Treiber, die sich um die Tiere kümmern. Wer soll die Tiere abends abladen und morgens beladen? Mit euren Leuten macht ihr den halben Tag nur Ladeübungen. So kommt ihr nicht voran. Ihr wollt doch noch dieses Jahr in Jerusalem ankommen, oder?“

„Doch, schon, aber hast du eine Idee, wo ich hier Treiber anwerben kann?“

„Hier im Dorf. Es gibt nur wenige Familien, die ein Boot besitzen. Die meisten Männer im Dorf arbeiten als Tagelöhner. Viele wären froh, wenn sie mal für ein paar Wochen eine durchgängige Arbeit hätten. Man rechnet im Allgemeinen einen Treiber für vier bis fünf Kamele. Soll ich mich darum kümmern?“

„Das wäre gut. Und du weißt, ich zahle gut.“

Kaum eine halbe Stunde später standen 50 Männer bei der Karawane, befreiten die Kamele von ihren Lasten und führten sie anschließend zum Trinken an den Bach. Gernot wunderte sich über die Menge an Wasser, die ein Kamel in kurzer Zeit trinken konnte. Dann schleppten die Männer Gras herbei, das andere inzwischen geschnitten hatten. Nach einer Stunde war Ruhe eingekehrt und Gernot hatte begriffen, dass Yussuf in allem Recht gehabt hatte: Ohne Treiber kann man keine Karawane ans Ziel bringen. Balduin war ein gerissener Hund. Er hatte gewusst, dass er, Gernot Treiber einstellen musste. Wer musste diese Treiber bezahlen? Er, Gernot. Deshalb auch die ungeheure Großzügigkeit: fünf Kamele für ihn. Er stand auf und zählte alle Kamele: 217. Wer hatte jetzt wem ein Schnippchen geschlagen? Hatte Balduin nicht gesagt, man solle anderen nicht zu sehr vertrauen? Balduin hatte Recht.

Gernot ging zurück zu den Treibern, machte ihnen einen Vorschlag für die Entlohnung – wahrscheinlich viel zu viel – und zahlte den Lohn gleich aus. Er hatte die Erfahrung gemacht, dass Großzügigkeit nicht unbedingt ausgenutzt wurde.

Er ging noch einmal zu Yussuf und fragte ihn: „Kannst du uns Lebensmittel besorgen?"

„Kein Problem. Vorräte für zwei bis drei Tage kann ich wohl auftreiben. Wasser könnt ihr aus dem Fluss nehmen. Wein gibt es hier nicht. Nicht einmal der reichste Mann im Ort und das ist jetzt mein Vater mit seinem neuen Boot, trinkt Wein."

Gernot bedankte sich, ging zu seinem Pferd, legte sich hin und schlief ein, ohne gegessen zu haben.

Am nächsten Morgen erschien Yussuf in aller Herrgottsfrühe und brachte die versprochenen Vorräte. Die Treiber hatten die Kamele schon zum Trinken an den Bach geführt und waren jetzt dabei, sie zu beladen.

Gernot zahlte noch die Lebensmittel bei Yussuf und verabschiedete sich von ihm: „Yussuf, du hast mir schon wieder geholfen. Ich weiß nicht, ob wir uns noch einmal wiedersehen. Hier, nimm! Vielleicht brauchst du das einmal für dich, deine Familie oder dein Dorf."

Er reichte ihm eine große Goldmünze und winkte noch einmal zum Abschied.

Von jetzt an war die Arbeit für Gernot und seine Männer einfacher, aber sie ging nicht schneller voran. Kamele, das musste Gernot einsehen, waren eigenwillige Tiere. Sie gingen ihr Tempo, nicht langsamer, nicht schneller. Die Treiber gingen zu Fuß, hielten die Tiere in Bewegung, die Angelsachsen sorgten zu Pferde für den nötigen Schutz. Nur ein paar Mal ließen sich am Horizont vereinzelte Reiter sehen, die aber keine Anstalten machten, sich der Karawane zu nähern.

Gernot hatte festgestellt, dass es neben den 217 Lastkamelen auch drei Reitkamele gab, die wohl von den bewaffneten Begleitern stammten. Schon vom Körperbau her konnte man sehen, dass die Lasttiere erheblich stärker gebaut waren, die Reittiere waren feingliedriger, erschienen aber keineswegs umgänglicher.

Gernot kam auf die aberwitzige Idee, „Du“ zu schonen und eines dieser Kamele zu reiten. Immerhin hatte er es ja schon einmal versucht und er glaubte sich deshalb auch in der Lage, solch einen Ritt wagen zu können. Der Ritter hatte ihm ja gesagt, es sei von Vorteil, ein solches Tier in einer Wüstengegend zu reiten. Nun befand er sich im Augenblick zwar nicht in einer Wüste, aber die Gegend war flach. Es gab also keinen Grund, es nicht zu versuchen. Schließlich sprachen Ausdauer und Genügsamkeit dieser Tiere für sich. Aber Geschwindigkeit? Können Kamele überhaupt schnell laufen, sogar rennen? Er musste es ausprobieren.

Er übergab Bran die Zügel von „Du“, hielt ein Reitkamel an und ließ es niederknien. Wunderbar, es gehorchte. Also wird auch der Rest klappen. Gernot stieg in den Sattel und gab das Kommando zum Aufstehen. Was dann geschah, lehrte ihn, dass es noch etwas zu lernen gab: Kamel ist nicht gleich Kamel. Das Kamel des Ritters war daran gewöhnt, langsam aufzustehen. Trotzdem hatte Gernot schon dabei Schwierigkeiten gehabt. Dieses Kamel ruckte drei Mal und stand. Gernot lag auf dem Boden. Das Gelächter aller Beobachter war ihm sicher. Aber aufgeben, gab es nicht. Gernot rappelte sich auf und versuchte es erneut. Der zweite Versuch sah zwar nicht elegant aus, aber immerhin blieb er im Sattel sitzen, besser: er blieb hängen. Endlich saß er in einer aufrechten Position und einer der Treiber gab ihm noch Tipps, wie er sich setzen sollte, wie er seine Füße halten sollte, wie er das Tier antreiben konnte.

Zu Bran gewandt sagte er: „Wenn wir Akkon passieren, reite in die Stadt und besorge einige Schläuche Wein, damit wir das Trinkwasser etwas verdünnen können. Ich will jetzt mal sehen, was so ein Reitkamel alles kann. Falls wir uns erst heute Abend wiedersehen, schönen Tag noch."

Damit ritt er im Schritttempo etwas zur Seite, um sich an das Tier zu gewöhnen. Wie er erwartet hatte, war der Schritt keine angenehme Gangart, es war eine elende Schaukelei, bei der man keinen empfindlichen Magen haben durfte. Denn der Passgang des Tieres war nicht vereinbar mit einem empfindlichen Magen.

Nun hatte Gernot während der Überfahrt keine Anzeichen von Seekrankheit gespürt, war aber trotzdem nicht begeistert von den Bewegungen. Nach einigen Minuten ging es etwas besser.

Gernot hatte gemerkt, dass man nicht gegen die Bewegungen des Kamels ankämpfen durfte, man musste ganz einfach mitgehen, sich anpassen. Die Gangart Schritt war zwar gewöhnungsbedürftig, aber durchaus zu ertragen. Dem Rat des Treibers folgend, trieb er sein Tier jetzt etwas mehr an. Das Ergebnis war extrem unbefriedigend. Aus dem gemächlichen Passgang wurde nun ein schneller, abgehackter Passgang. Gernot wurde sehr gründlich durchgeschaukelt und hatte Probleme, sich im Sattel zu halten. Aber Übung macht ja bekanntlich den Meister und Gernot hielt deshalb durch. Flott zog er an der gesamten Karawane vorbei, gewann dabei aber die Überzeugung, dass die augenblickliche Gangart nie seine Lieblingsgangart werden würde. Deshalb war er gespannt auf den Galopp eines Reitkamels. Er gab das Kommando und das Tier gehorchte. Es fiel in einen raumgreifenden Galopp, was Gernot als angenehm empfand, da er die Bewegungen des

Tieres nun gut ausgleichen konnte. Er flog mit seinem Kamel nur so dahin. Die Geschwindigkeit war enorm, durchaus vergleichbar mit einem Pferd. Ein Pferd war vielleicht in der Spitze etwas schneller, aber Gernot fragte sich, wie lange ein Kamel diese Geschwindigkeit durchhalten konnte, weil dadurch die vielleicht höhere Geschwindigkeit eines Pferdes ausgeglichen werden konnte.

Er wusste, dass südlich von Akkon ein kleiner Fluss ins Meer mündete. Bis dahin wollte er reiten. Das Kamel, das er ritt, war bestimmt kein besonders gutes Tier, aber es hielt durch, ohne im Tempo nachzulassen, ohne auch nur etwas zu ermüden. Nach zwei Stunden schnellen Rittes zeigte das Tier immer noch nicht das geringste Anzeichen von Erschöpfung. Gernot verstand jetzt den Ritter, den er vor Tyros kennen gelernt hatte. Er selbst war zwar im Augenblick mit seinem Pferd mehr als zufrieden, aber für die Dauer war es durchaus eine Überlegung wert, sich ein ordentliches Reitkamel zuzulegen.

Als der kleine Fluss in Sicht kam, zügelte Gernot sein Tier, sprang aus dem Sattel und führte es am Zügel zum Wasser. Aber anstatt nun gierig zu trinken, nippte es nur ein wenig, als wollte es sagen: Das war doch nichts. Gernot beließ es dabei, er legte sich ins Gras, das Kamel trank noch etwas, fraß etwas von dem reichlich wachsenden Gras und kniete sich schließlich zum Wiederkäuen nieder. Nach einer Stunde stand Gernot auf und spähte nach der Karawane: nichts. Er wartete: wieder nichts. Er musste lange warten, erst am Spätnachmittag erblickte er die Spitze der Karawane.

Da der Platz, den Gernot gewählt hatte, auch für das Nachtlager geeignet war, begannen die Treiber sofort mit dem Entladen der Kamele. Gernot ging sofort zu Bran und erzählte ihm von seinem Ritt. Seine Begeisterung kam über und alle wollten in den nächsten Tagen einen ähnlichen Ritt wagen.

Vier Tage später hatten sie Jaffa erreicht. Bis jetzt hatte es keine Zwischenfälle gegeben. Der Ritt war nicht anstrengend gewesen, weder die Kamele noch die Pferde waren erschöpft. Jetzt aber musste man die Küstenebene verlassen und den Anstieg nach Jerusalem beginnen. Dieses war ein viel begangener Weg, der für Fußgänger oder Reiter kein Problem darstellte, der allerdings nicht ungefährlich war, da es in diesem unübersichtlichen Gelände immer wieder zu Überfällen gekommen war. Noch unter Gottfried von Bouillon, dem Bruder und Vorgänger König Balduins, hatte sich in Jerusalem ein Zusammenschluss französischer Ritter gebildet, die ihren Sitz im Spital des heiligen Johannes hatten. Dieser Laienbruderschaft mit der Aufgabe der Pflege von kranken Pilgern hatten sich in kürzester Zeit weitere Ritter angeschlossen, die die Aufgabe übernommen hatten, auch für die Sicherheit der Pilger zu sorgen. Durch ihre regelmäßigen Patrouillenritte auf den Pilgerwegen war es zu einer deutlichen Eindämmung der räuberischen Übergriffe gekommen.

So konnten auch Gernot und seine Männer hoffen, ungeschoren Jerusalem zu erreichen. Das eigentliche Problem waren also nicht irgendwelche Wegelagerer, sondern die Abneigung der Kamele gegenüber einem unübersichtlichen und gebirgigen Gelände. Die Treiber hatten schon gewarnt, dass es von nun an langsamer vorangehen würde. Das war dann auch so und selbst ein seichter Anstieg reichte aus, um die Karawane zum Stehen zu bringen. Alle mussten absteigen und die Kamele am Zügel führen, was sehr zeitraubend und sehr anstrengend war, da manche Kamele einfach stehen blieben und einzeln abgeholt werden wollten. Erst als sie die Hochebene erreicht hatten, ging es wieder schneller voran. Trotzdem benötigten sie für die kurze Strecke von Jaffa nach Jerusalem ebensoviel Zeit wie von Tyros nach Jaffa.

Der Einzug in Jerusalem erregte zwar etwas Neugierde, aber kein allzu großes Erstaunen. Hier war man an Karawanen gewöhnt. Ungewöhnlich war nur das Ziel der Karawane: der königliche Palast, die Burg.

Als das Stadttor passiert war, sagte Gernot zu Bran:

„Nimm einige unserer Leute und unsere 17 Kamele und führe sie in unsere Unterkunft. Es ist besser, wenn niemand unseren erhöhten Anteil bewusst wahrnimmt. Lass auch die Treiber hier bei der Karawane. Je weniger Bescheid wissen, desto besser für uns."

Das letzte Stückchen ritt Gernot voran. Die Tore zum Palast sollten geöffnet sein, wenn die Karawane einträfe. Sie sollte möglichst schnell den interessierten Blicken der Gaffer entzogen sein. Arnulf von Malecorne, der künftige päpstliche Legat und enger Vertraute König Balduins, stand dann auch selbst am Tor und sorgte dafür, dass nach dem letzten Kamel dieses sofort wieder geschlossen wurde.

Er strahlte und meinte: „Der Überfall muss ja vorzüglich geklappt haben. 200 Kamele, beladen mit den Schätzen von Tyros, das wird die finanzielle Situation des Königreichs deutlich aufbessern."

„Ihr vergesst die andere Hälfte der Karawane, mit der der König seine Truppen vor Tyros bezahlt und wahrscheinlich noch einiges übrig behält", ergänzte Gernot.

„Nun, der König weiß, was er tut und mit euch scheint er einen fähigen Soldaten gefunden zu haben."

Die Treiber hatten sich bereits an die Arbeit gemacht. Die Kamele waren entladen und die Gepäckballen türmten sich in einer Ecke des Hofs. Da fiel Gernot ein, dass die Gelegenheit günstig war, um für die Treiber, die ihre Arbeit gut gemacht hatten, noch etwas Geld herauszuschlagen.

„Die Kameltreiber müssen noch entlohnt werden", wandte er sich an Arnulf. Dieser schien nicht sonderlich überrascht zu sein, man zahlte schließlich erst nach getaner Arbeit.

„Wie viele Treiber habt ihr eingestellt?", fragte er.

„50", antwortete Gernot.

Arnulf griff in seine Tasche, zählte einige Münzen ab und gab sie Gernot.

„Das muss reichen", sagte er, „es ist schließlich eine Ehre, für den König arbeiten zu dürfen. Verteilt es an die Treiber!"

Gernot nahm das Geld. Es war nicht viel, erheblich weniger als er gegeben hatte. „Geizkragen", dachte er und fragte: „Was geschieht mit den Kamelen?"

„Die werden wir nach und nach verkaufen, sonst geht der Preis zu stark nach unten", erklärte Arnulf.

„Aber die Reitkamele gehören uns", beschied Gernot.

Lachend entgegnete Arnulf: „Behaltet sie und habt viel Freude beim Reiten dieser Viecher! Nehmt aber jetzt die Treiber mit, sie haben ihre Arbeit getan und müssen nicht unbedingt sehen, was sich in den Packen befindet."

Gernot fühlte sich vor die Tür gesetzt, er sollte wohl auch nichts vom Inhalt der Ballen erfahren, tat aber wie geheißen. Er verließ mit seinen Leuten, den Treibern und den drei Reitkamelen die königliche Burg. Er schickte die Angelsachsen vor und blieb mit den Treibern zurück. Als sie noch einmal bezahlt wurden, glaubten sie ihren Ohren und Augen nicht mehr trauen zu können. Gernot konnte ihnen natürlich nicht erklären, durch welchen Trick sie an eine doppelte Bezahlung gekommen waren.

Deshalb sagte er ihnen einfach: „Erzählt niemandem davon, sonst wird es euch noch abgenommen. Kehrt auf sicheren Wegen in eure Heimat zurück und grüßt Yussuf von mir."

Damit entließ er sie und ritt als Letzter in die Unterkunft. Dort angekommen, stieg ihm sofort ein Geruch in die Nase: Es wurde gekocht, gut gekocht. Ibrahim hatte sofort nach dem Eintreffen von Bran und seinen Männern die nötigen Einkäufe getätigt, seine Frau kochte und rührte in vielen Töpfen. Gernot freute sich sofort auf das Essen, denn in den letzten Tagen hatten sie zwar immer genug bekommen, aber der Mensch lebt nicht vom Brot allein. Es darf auch mal etwas Warmes sein. Und dass Ibrahims Frau kochen konnte, das hatte sie bewiesen. Noch eines fiel ihm auf: Die Lasten der Kamele waren unter einem Vordach des Innenhofes aufgestapelt. Ein beträchtlicher Stapel.

„Wo sind die Kamele?", fragte er Edward.

„Bran bringt sie mit einigen von uns und dem Wächter Nummer 2 in einen Stall vor der Stadt.

„Es geht nicht, dass alle immer nur Wächter Nummer 2 sagen", dachte Gernot, „wir machen ja das Gleiche, was die Seeräuber mit Yussuf gemacht haben. Morgen frage ich ihn nach seinem Namen."

Bis jetzt hatte sich Gernot überhaupt nicht um das Gepäck der Kamele gekümmert. Das war die Aufgabe der Treiber gewesen. Jedes Kamel hatte zwei große Gepäckstücke getragen, riesige Ballen, die links und rechts an den Packsätteln befestigt wurden und die abends wieder abgenommen wurden. Diese Ballen waren eingepackt – wohl zum Schutz – in ein grobes Tuch und verschnürt mit fingerdicken Seilen. Da es aber bereits dunkel wurde, war ein Auspacken an diesem Tag nicht mehr möglich. Die Schätze des Orients mussten noch eine

Nacht warten, bevor sie die Augen der Abendländer entzücken konnten.

Am anderen Morgen wurde das Eingangstor fest verschlossen. Neugierige Blicke konnte man nicht gebrauchen. Ibrahim hatte seine Frau mit den Kindern weggeschickt. Der Vorwand Vorräte zu kaufen war glaubwürdig, aber trotzdem nur vorgeschoben. Er hatte sofort erkannt, dass diese Pakete einen wertvollen Inhalt hatten und er wollte nicht, dass zu viele zuviel sahen. Jetzt waren nur noch Gernot, Bran, die Angelsachsen, Ibrahim und der Wächter Nummer zwei anwesend.

Gernot fand, dass jetzt die Namensfindung für Wächter Nummer zwei stattfinden müsste.

„Wie heißt du eigentlich?", wandte er sich an ihn.

„Wieso?"

„Wir sagen immer nur „Wächter Nummer zwei". Und das ist eigentlich kein Name."

„Ich heiße Ali", erklärte der Wächter.

Dass plötzlich alle lachen mussten, verstand er erst nach einer längeren Erklärung.

Jetzt war es soweit. Der erste Ballen wurde geöffnet. Das Seil, das den Ballen zusammen gehalten hatte, wurde aufgeknotet. Darunter befand sich eine weitere Hülle: ein doppelt gefalteter Teppich, der den Rest des Ballens schützte.

„Sehr wertvoll", sagte Ibrahim, der mit der Hand über den Teppich fuhr und Ali nickte zustimmend.

Unter dem Teppich war das eigentliche Transportgut verborgen: Teller, Geschirr jeglicher Art, alles aus massivem Silber. Eingeschlagen in einem Tuch fanden sie mehrere dicke goldene Ketten, einige Ringe mit großen Edelsteinen und schließlich, einzeln verpackt, Trinkgefäße aus Glas, einem irrsinnig teuren Material.

Dann war da noch eine große silberne Vase, die sehr schwer war. Das konnte nicht vom Gewicht des Silbers stammen. Als Gernot hinein schauen wollte, sah er, dass sie oben mit Bienenwachs verschlossen war. Gernot hielt die Vase fest und Bran entfernte mit seinem Messer vorsichtig den Wachsdeckel. Dann schüttete Gernot den Inhalt auf den Teppich. Es waren Münzen in Gold und Silber und in verschiedenen Währungen, die keiner kannte und die auch Ibrahim noch nie gesehen hatte. Das spielte aber keine Rolle, da es bei Münzen nie um die Währung ging, sondern um den Gold- und Silbergehalt. Ein allgemeines Raunen war zu vernehmen. Einige pfiffen durch die Zähne, andere schüttelten nur ungläubig den Kopf. Was sie hier sahen, übertraf alle Erwartungen.

Gernot hatte sich als Erster gefangen und sagte: „Männer, als ich euch fragte, ob ihr mit mir ziehen wollt, habt ihr ja gesagt. Ich habe euch damals erklärt, dass ich euch kein festes Gehalt zahlen kann, denn zu dem Zeitpunkt wusste ich ja noch nicht, dass wir eine Anstellung bei König Balduin bekommen. Hoch lebe der König! Jetzt kann auch ich euch ein Gehalt zahlen und wenn ich das Geld hier so sehe, dann besitzt jeder von euch zurzeit zwei oder drei große Bauernhöfe in der alten Heimat."

Mit einem kleinen Anteil an der Beute hatten sie vielleicht gerechnet, aber nicht mit soviel Geld.

„Hoch leben Gernot und Bran, die uns sicher geführt und reich gemacht haben", sagte Edward mit heiserer Stimme.

Es war unmöglich, dieses Geld gleichmäßig und gerecht aufzuteilen. Deshalb besorgte Gernot ein Trinkgefäß und füllte es voll mit Münzen.

„Wer möchte?", fragte er.

„Ich“, meldete sich einer.

Das ging so weiter, bis alle an der Reihe gewesen waren.

„Ich glaube, Ibrahim und Ali sollten auch etwas bekommen“, meinte Gernot, „denn ihre Aufgabe wird jetzt gefährlicher.“

Damit waren alle einverstanden und Ibrahim und Ali waren an diesem Tag die glücklichsten Menschen in Jerusalem. Ibrahim meinte, dass er sich mit dem Geld noch mehr Kinder leisten könne und Ali erklärte, dass er jetzt heiraten werde. Kein Mädchen könne einem Goldstück widerstehen.

Wenn das mit den anderen Ballen so weitergehen würde, dann hätte man keine Zeit mehr für Balduin, man würde nur noch die eigenen Schätze bewachen. Es ging allerdings nicht bei jedem Ballen so weiter. Trotzdem stapelten sich im Hof Reichtümer, die Kopf- und Magenschmerzen bereiteten. Einige der Männer waren bald damit beschäftigt, alle Waren in einem gut zu bewachenden Raum unterzubringen.

Mit einigen Waren konnten die Abendländer nichts anfangen und Ibrahim musste erklären, dass der schöne glänzende Stoff, von denen es einige Ballen gab, kein Tand war, sondern Seide. Ein Ballen enthielt viele kleine Krüge, mit denen auch Gernot nichts anfangen konnte.

„Das sind Gewürze“, erklärte Ibrahim, „einige halten sich sehr lange, andere sind verderblich, allerdings erst nach ein oder zwei Jahren.“

Dann kam der Ballen der alle begeisterte. Dutzende wertvolle Damaszener Messer fielen aus der Umhüllung. Hier konnte sich jeder bedienen. Selbst Ibrahim und Ali bekamen eines dieser Messer. Gernot war enttäuscht, dass kein Schwert dabei war, da diese einen hervorragenden Ruf hatten und mit Gold aufgewogen wurden. Deshalb entschied er sich für ein kleines Messer, mit dem man auch seine Nahrung zerteilen konnte und einem sehr großen mit einer gut 30 Zentimeter langen Klinge, das auch als Waffe dienen konnte. Schließlich war alles in dem Raum untergebracht, aber es würde bestimmt noch einige Tage dauern, bis jeder seinen plötzlichen Reichtum begriffen hatte.

Ali, der vielleicht ein wenig einfältig war, der aber eine gewisse Bauernschläue besaß, erklärte zum Schluss, dass von nun an niemand mehr ungefragt dieses Haus betreten könne. Das glaubten die anderen gern.

Was mit den übrigen Waren geschehen sollte, wollte man später entscheiden. Damit kehrte Ruhe ein, von der alle hofften, dass sie etwas länger dauern würde als beim letzten Mal.

6. Im Norden

Gernot befasste sich in den folgenden Tagen viel mit seinen Arabisch-Kenntnissen. Er bemerkte eine deutliche Verbesserung, war aber unzufrieden mit dem Tempo des Fortschritts. Ibrahim war ein guter und ausdauernder Lehrer, aber auch er konnte weder Lesen noch Schreiben. Dies hätte er, Gernot, gerne gleichzeitig gelernt.

„Doch was nicht ist, kann ja noch werden", dachte er einige Male, ohne einen besonderen Eifer darauf zu verlegen, einen einheimischen Lehrer einzustellen.

Seine Kenntnisse über Jerusalem nahmen täglich zu, auch durch das Flanieren durch die engen Gassen, bewaffnet natürlich. Dies hatten ihm sowohl Ibrahim als auch Ali geraten. Eine vollständige Sicherheit war hier nun mal nicht gegeben. Er entdeckte auch einige Besonderheiten der Stadt. Jerusalem lag auf einer Hochebene und war so trockenen, warmen Winden ausgesetzt, was von Vorteil war, denn so wurden Krankheiten nicht so schnell verbreitet. Aber die Umgebung war eher ärmlich. Gernot verstand, weshalb König Balduin so hinter dem Geld anderer her war. Das Jordan-Tal war fruchtbar, die trockene Hochebene eben nicht. Bei der Eroberung der Stadt vor 12 Jahren hatte man auch den letzten verbliebenen Baum gefällt, um Baumaterial für die Belagerungs- und Angriffstürme zu beschaffen. Jetzt wuchsen zwar hier und dort einige Bäumchen nach, doch das waren nicht viele. Eine erfolgreiche Landwirtschaft ließ sich so nicht betreiben. Die Ziegen- und Schafherden hatten das ihrige zur Versteppung des Landes noch beigetragen.

Steuern konnte Balduin von diesen armen Bauern kaum erheben. So waren es die Zölle, die auf durchziehende Karawanen erhoben wurden, die das Gros der Einnahmen im Königreich darstellten. Balduins Herrschaftsgebiet war also im finanziellen Bereich ein Gebilde, das auf tönernen Füßen stand. Fast schon tat dieser König Gernot leid.

Noch einen Vorteil hatte Jerusalem. Es war die Entwässerungsanlage, die in römischer Zeit gebaut worden war und die die gesamten Abwässer des Stadtgebietes nach draußen beförderte. Auch das bewirkte, dass die Einwohner nicht unter den Mückenplagen der Umgebung zu leiden hatten, wo es kein fließendes Gewässer gab, sondern nur stehende Teiche und Tümpel, die eine Brutstätte für Krankheiten aller Art darstellten. Dort gab es Typhus, Darmerkrankungen und vor allem Lepra zuhauf. Nur wenn ein paar Mal im Jahr der Khamsin wehte, dann wurde das Leben auch in Jerusalem zu einer Herausforderung der besonderen Art.

Nachdem Gernot sich die Karte, die ihm Balduin gegeben hatte, mehrmals angesehen hatte, kannte er sich einigermaßen in seiner neuen Heimat auf Zeit aus. Auch alle größeren und kleineren Städte und Dörfer der nördlichen Fürstentümer waren auf der Karte vermerkt und es war bestimmt kein nutzloses Lernen, wenn man sich mit der Geographie des gesamten Gebietes vertraut machte.

Eines aber fehlte ihm noch bei seinem Wissen oder Unwissen. Wie waren eigentlich die politischen Verhältnisse geregelt? Wie weit gingen die Einflussgebiete der verschiedenen Herrschaften? Wie verhielt es sich eigentlich mit dem Verhältnis der verschiedenen Religionen zu einander? Dieses Unwissen musste beseitigt werden! Wo und durch wen? Gernot dachte sofort an Arnulf, den Vertrauten Balduins, der in Zeiten der Abwesenheit des Königs, was häufig vorkam, dessen Stellvertreter war. Ein kluger Schachzug des Königs, denn als

Geistlicher betrieb man im Allgemeinen keine Familienpolitik in dem Sinne, dass man Reichtümer für die eigene Verwandtschaft anhäufte. Es war kein Problem, zu Arnulf vorzudringen. Dieser war ja immer anwesend, er war aber doch sehr beschäftigt.

Deshalb sagte er: „Es kann förderlich sein, wenn man mit allen Gegebenheiten im Lande vertraut ist. Ihr scheint euch für mehr zu interessieren als diese Ritter, die hier ankommen und sofort zu einer Art Räuberhauptmann degenerieren. Vielleicht hatte Balduin Recht, als er auf euch setzte. Er sagte einmal, ihr hättet eine gesunde Neugier. Diese kann ich allerdings aus Zeitmangel nicht befriedigen. Aber es gibt hier am Hof einen Mann, der mit Balduin ins Land gekommen ist und eigentlich Balduins Hofkaplan ist. Es handelt sich um Fulcher von Chartres, unseren Haus- und Hofhistoriker. Er hat alles aufgeschrieben, was den Kreuzzug betrifft, und sammelt alle Informationen über das Heilige Land. Ihr könnt ihn sofort aufsuchen, er ist hier vor Ort und er ist sehr mitteilsam. Stellt also eure Fragen präzise, sonst wird er euch mit seinem Wissen erschlagen."

Gernot fand besagten Fulcher schnell und war sofort dankbar für die Warnung, die Arnulf ihm hatte zukommen lassen.

„Was kann ich für euch tun, was wollt ihr wissen, wie kann ich euch helfen?", waren seine ersten Fragen.

Gernot konnte feststellen, dass Fulcher überaus gut informiert war.

„Vielleicht habt ihr schon gemerkt", begann er, „dass es hier drei Fraktionen im Land gibt: Südfranzosen und Normannen, die sich gegenseitig nicht gerne mögen und durchaus gegeneinander koalieren. Dann gibt es noch die lothringische Gruppe, zu der unser König gehört. Formal ist er als König höher stehend als die Fürsten und Grafen des Nordens. Aber finanziell stehen diese besser da. Das ist also die christliche Seite: gezwungenermaßen einig – vor allem im Notfall – aber trotzdem neidisch aufeinander. Die islamische Seite ist zum Glück für uns noch uneiniger. Man intrigiert gegeneinander, missgönnt dem Nachbarn jeden Erfolg im Kampf gegen die Christen, weil dies die eigene Machtposition schmälern könnte und bekämpft sich immer wieder. Zunächst einmal gibt es bei den Muslimen zwei große Gruppen, die Schiiten – vor allem in Ägypten – und die Sunniten als unsere Nachbarn.

Daneben gibt es noch eine weitere Gruppe, die sich selbst als Muslime bezeichnen, aber sowohl von Schiiten als auch von Sunniten bekämpft werden: die Assassinen. In letzter Zeit ist vor allem diese Gruppierung bedeutender geworden. Sie haben ein Gebiet zwischen Antiochia und Edessa besetzt und haben sich dort auf den Burgen fest eingerichtet. Zahlenmäßig sind sie nicht sehr stark, aber überall gefürchtet wegen ihrer Attentate. Sie ermorden ihre Gegner durch eine gezielte Attacke, im Übrigen auch im Auftrag anderer. Das macht sie trotz ihrer geringen Zahl sehr gefürchtet.

Das ist nur eine allgemeine Beschreibung der Situation. Zum Verhältnis der Muslime untereinander kann man sagen: Sunniten mögen keine Schiiten, Schiiten mögen keine Sunniten, Sunniten und Schiiten mögen keine Assassinen. Wen die Assassinen mögen oder nicht mögen, das weiß ich nicht. Die kochen ihr eigenes Süppchen, zum Teil sehr erfolgreich."

„Wir sehen uns also einer Koalition von Sunniten gegenüber?"

„Nein, das kann man auch nicht sagen", entgegnete Fulcher. „Es gibt im Norden die Seldschuken. Das ist ein türkisch sprechender Stamm, der gerne alle Franken, wie sie uns nennen, wieder nach Hause in ihre alte Heimat schicken würde. Aber alleine sind sie nicht stark genug. Vor allem in einer offenen Feldschlacht sind sie uns unterlegen. Deshalb hat der

Seldschuken-Sultan Muhammad ibn Malik Schah eine große Koalition gegen uns geschmiedet. Im Mittelpunkt dieser Koalition steht Maudud, der Machthaber von Mossul, der ein sehr fähiger Heerführer ist und uns durchaus gefährlich werden kann.

Dann gibt es Ridwan, den Herrscher von Aleppo, den man schlecht einschätzen kann. Und schließlich Tugtakin, den Atabeg von Damaskus. Tugtakin sieht eigentlich nur seine eigenen Vorteile und koaliert gerne mit dem, der ihm am meisten verspricht.

So sieht das Ganze aus und wie ich die Situation einschätze, wird der Norden euer nächstes Einsatzgebiet sein."

„Und wann wird es losgehen?", fragte Gernot.

„Das kann noch einige Wochen dauern", entgegnete Fulcher. „Der König ist ja erst einmal mit Tyros beschäftigt."

„Dann habe ich noch eine ganz andere Frage", begann Gernot etwas zögerlich. „Ich habe hier im Lande Pferde gesehen, die in ihrer Geschwindigkeit unvergleichlich sind. Und dann soll es auch noch Reitkamele geben, die in der Wüste durch Ausdauer und Geschwindigkeit Pferden überlegen sind. Kann man solche Tiere kaufen und wo?"

„Kaufen kann man alles, es hängt nur vom Preis ab. Aber es gibt östlich des Jordans einige Stämme, die züchten außergewöhnliche Pferde und Kamele. Ihr werdet bestimmt einen Führer finden, der euch dahin führt."

Gernot bedankte sich und ging zurück zur Unterkunft. Er hatte jetzt einige Auskünfte bekommen und in Bezug auf Pferde und Kamele wollte er sich einmal mit Bran unterhalten.

Als er in der Unterkunft das Thema Pferde und Kamele ansprach, wunderte sich Bran etwas: „Glaubst du wirklich, dass wir ein Araber-Pferd finden, das meiner Größe und meinem Gewicht angepasst ist?“

„Da magst du Recht haben“, antwortete Gernot, „aber ein Kamel werden wir auf jeden Fall für dich finden, falls du magst.“

Die Angelsachsen waren mit ihren Pferden zufrieden und sahen keine Notwendigkeit, Geld auszugeben.

Ibrahim, der das Gespräch mitbekommen hatte, erklärte: „Ich habe einen Onkel, etwa eine Stunde von hier in östlicher Richtung, der mit den weiter im Osten wohnenden Beduinen Handel treibt. Der wird euch bestimmt helfen können. Wenn ihr wollt, werde ich euch zu ihm begleiten.“

Am nächsten Morgen machten sich Gernot und Bran in Begleitung von Ibrahim auf den Weg. Nach einer Stunde hatten sie den besagten Onkel erreicht, der auch bereit war, bei der Vermittlung der Tiere hilfreich zu sein.

„Ich kenne einen Stamm, zwei Tagesreisen östlich von hier, der mit Pferden und Kamelen handelt. Ich kann euch dahin begleiten.“, erklärte er. „Wenn wir morgen aufbrechen, werden wir in spätestens fünf Tagen zurück sein.“

Ibrahim machte sich wieder auf den Weg zurück nach Jerusalem und Gernot und Bran brachen am nächsten Morgen mit dem Onkel auf. Als sie den Stamm erreichten und sie ihr Anliegen erklärt hatten, wurden sie ungläubig bestaunt. Ein Pferd für Gernot ließe sich vielleicht auftreiben, aber für Bran war da nichts zu machen. Mit den Kamelen war das anders, die tragen auch ganz andere Lasten.

Der Scheich, der die Verhandlungen führte, sagte zu Gernot: „Ich habe schon von dir gehört. Man nennt dich al-Faris abyad. Dein Pferd ist sehr stark und für den Kampf gut geeignet. Musst du aber mal fliehen, dann kommt es auf die Geschwindigkeit an. Ich kann dir vielleicht ein Pferd anbieten, das deinen Ansprüchen entgegen kommt. Es ist sehr schnell und auch größer als ein normales Pferd. Deshalb wollte es bis jetzt keiner von uns haben. Wir ziehen die kleineren, feingliedrigeren Pferde vor."

Der Scheich musste etwas lächeln, als ein Beduine das Pferd vorführte. Es war ein Schimmel. „Ich dachte, wenn du schon den Namen al-Faris abyad trägst, dann solltest du auch in Zukunft einen Schimmel reiten."

Gernot war überrascht und musste ebenfalls lachen. Er näherte sich dem Pferd vorsichtig und redete es auf Arabisch an. Das Pferd legte die Ohren an. Es hatte eine fremde Stimme gehört, der Tonfall schien ihm aber zu gefallen. Gernot streichelte es und als er genau neben dem Pferd stand, bemerkte er, dass es tatsächlich ein gutes Stück größer war als die normalen Araber-Pferde, jedoch lange nicht so groß wie „Du". Aber er glaubte, dass er mit der Größe des Pferdes gut zurechtkommen würde und fragte, ob er das Pferd zur Probe reiten dürfe.

„Das Pferd heißt al-Assil, der Edle in eurer Sprache. Natürlich muss man so ein Pferd zur Probe reiten, wenn man es kaufen will. Aber einige meiner Männer werden euch bei dem Ritt begleiten, denn wir verkaufen unsere Pferde nur an Männer, die auch mit ihnen umgehen können."

Nun stand einem Proberitt nichts mehr im Wege. Das Pferd wurde gesattelt und Gernot setzte sich mit einer Gruppe von fünf Begleitern in Bewegung. Nach einer halben Stunde wusste er, dass er ein neues Pferd haben würde. Begeisterung sprach aus seinen Augen, als er al-Assil dem Scheich zurückgab.

„Nenn mir den Preis!", sagte er, „noch nie habe ich so ein Pferd geritten."

„Über Preise verhandelt man“, war die Antwort.

Also kein fester Preis, sondern ein wildes Schachern um den Wert des Pferdes.

„Es ist auch nicht mein Pferd“, ergänzte der Scheich, „es gehört dem alten Mann dort, der in Begleitung seines Sohnes erschienen ist.“

Gernot hatte keine blasse Ahnung, wie man in diesem Fall verhandeln musste, denn er kannte auch nicht annähernd den wahren Preis dieses Pferdes.

Ibrahims Onkel, der neben ihm stand, sah das Dilemma und sagte: „Es muss verhandelt werden. Ein Handel ohne zu verhandeln ist kein Handel. Das macht keinen Spaß und befriedigt niemanden. Seid gleich nicht entsetzt über die Höhe der Summe, die ihr zahlen sollt. Etwa die Hälfte will der alte Mann erreichen. Etwas mehr macht ihn zu einem glücklichen Mann, etwas weniger wird ihn an den Rand eines Nervenzusammenbruchs führen. Handelt also geschickt.“

Gernot überlegte sich nun gut, was er sagen wollte, auf Arabisch natürlich. An den alten Mann gewandt sagte er: „Ich habe gehört, dass ihr unter Umständen bereit wäret, das Pferd, das ich gerade geritten habe, zu verkaufen.“

„Ich habe gehört“, erwiderte der alte Mann, „dass ihr ein guter Reiter seid und einen Namen in unserer Sprache tragt. Unter Umständen könnte ich mich bereit erklären, mein Pferd zu verkaufen, denn ich möchte meinem Sohn ein Geschenk machen.“

„Habt ihr euch schon einen Preis überlegt?“, fragte Gernot.

„Das Pferd ist unbezahlbar und nur weil ich meinem Sohn ein Geschenk machen will, wäre ich vielleicht bereit, mich von diesem Wunderpferd zu trennen.“

„Ihr erwartet jetzt, dass ich das Pferd kritisiere, dass ich Fehler an ihm nenne. Aber das kann ich nicht. Es wäre eine Lüge."

„Es freut mich, dass ihr das Pferd so einschätzt und dass ihr die Wahrheit liebt. Was haltet ihr von 10.000 Byzantii? Ich nenne den Preis in eurer Währung, damit ihr euch besser orientieren könnt."

„10.000 Byzantii? Dafür kann man an der Küste ein gutes Schiff kaufen. Was haltet ihr von 3.000 Byzantii?"

„Über den Preis können wir nicht verhandeln. Das ist viel zu wenig. Ich möchte meinem Sohn schließlich ein Geschenk machen und ihm keine Almosen geben. Aber ich will euch etwas entgegenkommen: 8.000 Byzantii."

„Das ist nett von euch und so will ich euch auch entgegenkommen: 4.000 Byzantii."

„Das reicht nicht, das reicht bei Weitem nicht. 7.000 ist mein letztes Angebot."

„Ich biete euch 6.000 und würde euch noch 500 dazugeben, wenn ihr einen passenden und schönen Sattel hättet."

„Ich glaube, so könnten wir uns einig werden."

Der alte Mann sah seinen Sohn an. Der nickte zustimmend.

„Wie oft habt ihr schon mit einem Araber gehandelt?", fragte der alte Mann Gernot.

„Das war das erste Mal. Wieso?"

„Ihr habt klug gehandelt. Mit euch kann man Geschäfte machen."

Gernot zog dann einen Beutel unter seinem Gewand hervor und zählte die Summe ab. Er übergab sie dem alten Mann, der das Geld sofort an seinen Sohn weitergab. Auf dessen Zeichen hin brachte man aus einem Zelt einen wunderschönen mit Silber beschlagenen Sattel. Mit diesem Sattel sah al-Assil noch prächtiger aus und Gernot freute sich jetzt schon auf den Heimritt.

Damit war der erste Punkt des Ausflugs in die Wüste erledigt. Jetzt ging es zu den Kamelen, die auch für Bran interessant waren. In einem Gatter befanden sich etwa ein Dutzend Reitkamele, über deren Qualität aber weder Bran noch Gernot etwas sagen konnten. Deshalb mussten sie sich hier ganz auf die Beduinen beziehungsweise auf Ibrahims Onkel verlassen.

An dieser Stelle mischte sich der Scheich ein: „Ich sehe, dass ihr von Reitkamelen nicht viel versteht. Kamele haben einen sehr eigenen Charakter. Wir, die Männer der Wüste, können jedes Kamel reiten. Ihr aber solltet euch zunächst an den Charakter dieser Tiere gewöhnen. Nehmt die beiden dort in der Ecke. Die beiden sind ausdauernd, schnell und sind nicht zickig. Man könnte fast sagen, dass sie gutmütig sind."

Gernot und Bran befolgten den Rat und ritten die beiden Kamele ausgiebig in der Umgebung. Sie waren begeistert über die Leistungsfähigkeit der beiden Tiere. Das war ein ganz anderes Gefühl als der Ritt auf den vor Tyros erbeuteten Tieren. Es dauerte eine weitere Stunde, bis der Handel nach gewohntem Zeremoniell abgeschlossen war. Alle waren zufrieden, die Käufer, die Verkäufer, die Vermittler, die auch noch eine kleine Summe erhielten. Nur war es für eine Rückkehr zu diesem Zeitpunkt schon zu spät. Deshalb blieb ihnen nichts anderes übrig, als bis zum Morgengrauen im Zeltdorf der Beduinen zu bleiben.

Das ganze Dorf bestand aus vielleicht 30 größeren und mehreren kleineren Zelten. Diese waren um einen Platz gruppiert, auf dem die wertvollsten Pferde des Stammes auf einer Art Koppel standen. Die normalen Reitpferde und die Kamele befanden sich außerhalb des Dorfes. Gernot fragte Ibrahims Onkel, ob es möglich wäre, hier etwas zu essen zu kaufen.

„Das wäre eine große Beleidigung", erwiderte dieser. „Wir werden nachher eingeladen werden. Das ist so üblich, ein einfaches Zeichen von Gastfreundschaft. Wartet ab! Es wird euch gefallen."

Genauso geschah es dann auch und Gernot und Bran fühlten sich pudelwohl bei dem Gedanken, hier essen und schlafen zu können. Die Nacht brach plötzlich herein und der Blick nach oben verhieß eine sternenklare Nacht, als Gernot plötzlich dieses seltsame Ziehen zwischen den Schulterblättern hatte.

Er rief noch: „Bran, pass auf!" Dann sprang er hoch und riss sein Schwert aus der Scheide. Im gleichen Augenblick stürzten zwischen den Zelten ganz in Schwarz gekleidete, besser gesagt vermummte Gestalten hervor, die auf alles einschlugen, was sich ihnen in den Weg stellte. Ihr Ziel waren eindeutig die wertvollen Pferde auf der Koppel. Gernot und Bran stellten sich ihnen sofort in den Weg und verhinderten so, dass alle überrannt wurden. Es war schwierig, eine geordnete Gegenwehr zu organisieren. Gernot und Bran rannten sofort zur Koppel, um den Ausbruch der Pferde, die unruhig geworden waren, zu verhindern. Mehrere Gegner stellten sich ihnen in den Weg, aber diese waren bewaffnet wie Räuber, ohne großartige Rüstung, nur mit dem Schwert in der Hand. Gernot und Bran trugen, vorsichtig wie sie geworden waren, Kettenhemd und Harnisch. Lediglich den Helm hatten sie abgelegt. Der wäre beim Essen auch etwas hinderlich gewesen. So waren sie in der Lage, ihren Gastfreunden die notwendige Zeit zu verschaffen, um eine Gegenwehr zu organisieren. Dieser Spuk dauerte jedoch kaum zwei Minuten. Als die Angreifer sahen, dass der Überraschungscoup misslungen war, verschwanden sie genauso schnell, wie sie gekommen waren.

Es hatte zwar keine Toten, aber viele Verletzte gegeben. Ungefähr 15 Männer lagen auf dem Boden und bluteten unterschiedlich stark aus verschiedensten Wunden. Wie Gernot trotz der Dunkelheit erkennen konnte, handelte es sich um Stich- oder Schnittwunden, die auf eine Behandlung warteten.

Der Scheich hatte sich sofort wieder gefasst und schickte seine Leute hinaus, um die Räuber zu verfolgen. Gernot bat darum, die Verletzten ans Feuer zu schaffen, damit er bei der Verarztung mehr sehen konnte. Ebbas Pulver hatte er wie immer dabei, Wein, um es einzurühren, ebenfalls. Danach sah er sich die vielen Wunden an, benässte sie mit der Flüssigkeit und bat um saubere Stoffbahnen, um die Wunden zu verbinden. Keiner hinderte ihn daran, alle taten das, was er erbeten hatte. Trotzdem waren über zwei Stunden vergangen, bis er alle Verletzten versorgt hatte.

„Bist du ein Hakim, ein Arzt?“, fragte ihn der Scheich.

„Nein, ein Hakim bin ich nicht, aber ich habe gelernt, Wunden wie diese zu versorgen. Die Flüssigkeit verhindert, dass diese sich entzünden. In zwei Wochen werden deine Männer wieder im Sattel sitzen.“

„Dein Ruf ist dir vorausgeeilt. Man sagt, dass du ein seltsamer Franke bist, anders als die anderen. Al-Faris abyad, du bist uns willkommen, du bist unser Bruder.“

Ibrahims Onkel flüsterte ihm ins Ohr: „Jetzt seid ihr praktisch ein Mitglied des Stammes. Ihr werdet ewig unter ihrem Schutz stehen, falls ihr ihn einmal benötigt...“

Nach einiger Zeit kamen die Männer, die die Verfolgung aufgenommen hatten, zurück. Sie konnten lediglich berichten, dass die Angreifer in der Dunkelheit verschwunden waren.

„Wir konnten nichts mehr ausrichten“, berichteten sie, „aber anhand ihrer Kleidung kann man fast erraten, um wen es sich handelt.“

Der Scheich wandte sich an Gernot und Bran: „Es gibt in der Wüste einen Stamm, den wir die „Verfluchten“ nennen. Sie kleiden sich ganz in Schwarz, wie die Assassinen, wenn diese öffentlich auftreten. Wenn sie dich erkannt haben, könntest du in nächster Zukunft Schwierigkeiten bekommen. Diese Leute haben kaum Herden, sie leben nur von Überfällen und Diebstahl. Bruder, pass auf dich auf! Man sagt auch, dass dieser Stamm enge Beziehungen zu den Assassinen habe. Und noch eins: Vielen Dank für eure Hilfe.“

Das Essen wurde fortgesetzt, als sei nichts gewesen. Allerdings waren die Wachen rund ums Lager verdoppelt worden. Der Scheich erzählte, dass derartige Überfälle nicht unbedingt ungewöhnlich seien.

„Hier in der Wüste gelten andere Gesetze“, erklärte er, „und wir wissen uns auch zu wehren. Ihr aber seid ungewöhnliche Krieger. Es ist gut, dass ihr nun unsere Brüder seid.“

Am nächsten Morgen verabschiedeten sich die Drei vom Scheich und seinen Leuten. Gernot hatte schlecht geschlafen, immer wieder gingen ihm Gedanken durch den Kopf, die die Assassinen betrafen. Sobald er in Jerusalem zurück sein würde, würde er sich genauer mit dieser seltsamen Sekte befassen.

Drei Tage später waren Gernot und Bran wieder zurück. Es gab ein großes Hallo um das neue Pferd und die Kamele. Ali kümmerte sich sofort um al-Assil, er war begeistert von diesem Pferd.

„So ein Pferd habe ich noch nie gesehen“, rief er immer wieder und striegelte und putzte es und verwöhnte es mit besonderen Leckerbissen.

„Verwöhn das Pferd nicht zu sehr“, meinte Gernot, „denn sonst darf ich es nachher nicht mehr reiten.“

Die beiden Reitkamele sollten auch im Stall der Unterkunft bleiben, damit sie sich an ihre neuen Besitzer gewöhnen. Die übrigen Reitkamele hatte man schon lange vorher in einen Stall vor der Stadt zu den anderen Kamelen gestellt.

Gernot begab sich sobald er konnte noch einmal zu Fulcher, dem Schreiber der Geschichte des Heiligen Landes. Ihm erzählte er von den Vorkommnissen beim Pferdekauf und sprach von der Warnung des Scheichs in Bezug auf die Assassinen.

„Ich könnte euch jetzt vieles erzählen“, begann Fulcher, „oder auch ganz wenig. Es liefe auf dasselbe hinaus. Ich weiß viel, aber im Grunde genommen gar nichts. Denn alles, was über die Assassinen erzählt wird, sind Gerüchte. Sicher ist, dass ihre gefährlichste Waffe der heimtückische Mord aus politischen Gründen ist. Und selbst das ist nicht mehr richtig, seitdem die Assassinen auch Aufträge von Fremden übernehmen und gegen Geld morden. Wenn ihr also jemanden loswerden wollt, geht zu den Assassinen, zahlt die verlangte Summe und ihr könnt sicher sein, dass diese Person über kurz oder lang getötet wird. Diese Anschläge erfolgen immer mit einem Dolch, dessen Schneide häufig vergiftet ist. Passt also auf euch auf! Ich kann nicht sagen, ob die Warnung des Scheichs berechtigt ist oder nicht. Immerhin sind schon Kalifen und Sultane einem Assassinen-Dolch zum Opfer gefallen. Die Attentäter lassen sich im Übrigen immer sofort festnehmen. Sie versuchen nie zu fliehen, das macht sie so gefährlich. Angeblich morden sie unter dem Einfluss einer Droge, die sie vorher einnehmen. Wir nennen diese Droge Haschisch. Im Arabischen heißen sie, glaube ich, Haschischiyyin, was soviel wie Haschischesser oder Haschischraucher bedeutet. Diese Droge benebelt den Geist des Menschen und macht ihn willig

Aufträge auszuführen, die kein anderer wagen würde. Gegründet wurde diese Sekte wohl von einem Perser, Hassan as Sabbah, den man auch „den Alten vom Berg“ nannte, weil er in einer uneinnehmbaren Bergfestung hauste. Seine Anhänger nennen sich bis heute Fidajin, was soviel wie die „Opferbereiten“ oder auch einfach die „Getreuen“ bedeutet. Ein Fidai, so der Singular, ist der Überzeugung, der Wahrheit zu dienen. Deshalb wirft er sein Leben auch ohne Bedenken weg, indem er für den Mord einsteht. Übrigens nennen sie sich selbst nie Assassinen, das ist eine Verballhornung aus dem Arabischen. Sie nennen sich Nizari.“

Jetzt wusste Gernot mehr als genug, oder doch gar nichts, denn alles blieb geheimnisvoll, dem Außenstehenden verborgen, nur einem Fidai einsichtig. Ob er nun Angst haben sollte oder nicht, das wusste Gernot selber nicht genau. Er nahm sich vor, in nächster Zeit besonders auf ein Ziehen zwischen den Schulterblättern zu achten. Das hatte ihn schon ein paar Mal vor gefährlichen Situationen gewarnt.

„Sag mal“, begann er einige Tage später ein Gespräch mit Ibrahim, „als ich in Akkon war, war ich Gast eines jüdischen Rabbis. Dieser Mann hat mir ein Getränk angeboten, das er Mokka nannte und das hervorragend schmeckte, als ich es mit Zucker gesüßt hatte. Kann man hier in Jerusalem auch Mokka kaufen?“

„Nur besonders gute Gasthäuser bieten Mokka an, denn Mokka ist teuer und der Zucker, der unbedingt dazu gehört, ist ebenfalls teuer. Nur reiche Leute können sich Mokka leisten. Außerdem kann man Mokka nicht einfach so kaufen. Grundlage dieses Getränks ist eine Kaffeebohne, die besonders geröstet wird. Dann muss die Bohne gemahlen werden, mit nicht mehr kochendem Wasser übergossen werden, schließlich muss das Getränk etwas ziehen. Erst dann kommt es in eine Tasse und wird gesüßt. Aber warum fragt ihr?“

„Ich möchte gerne Mokka trinken."

„Dann sollten wir frisch gerösteten Mokka kaufen, eine Handmühle, um ihn zu mahlen und natürlich Zucker."

„Zucker habe ich bei unseren Schätzen entdeckt. Trotzdem sollten wir jetzt Mokka kaufen. Gehst du mit?"

Das war für Ibrahim keine Frage. Solche Dinge erledigte er gerne, denn dabei konnte er sein Geschick als Händler unter Beweis stellen.

Sie verließen also die Unterkunft und begaben sich auf den täglichen Markt. Am Eingang zum Marktplatz durchfuhr Gernot plötzlich ein heftiges Zucken. Da war es wieder, sein Alarmzeichen. Er riss sofort sein langes Messer aus dem Gürtel und konnte soeben noch den Dolchstoß eines jungen Mannes abwehren, der sich ihnen unauffällig genähert hatte und sich mit gezücktem Messer auf Gernot stürzte. Gernot konnte ihn am Arm ergreifen, aber nur, weil er vorgewarnt war. Sein neues Messer steckte in der Brust des Attentäters: ein Gruß der Assassinen. Der junge Mann war schon tot, als sein Körper auf den Boden fiel.

„Ein Assassine, ein Assassine!", riefen die Umstehenden.

Ein paar herbeigelaufene Soldaten sahen sich die Szene an und schüttelten mit dem Kopf.

„Mitten in Jerusalem. Unglaublich. Der hatte doch gar keine Chance zu entkommen", sagte einer der Soldaten und er fügte hinzu: „Wir kümmern uns um die Leiche."

Gernot war ein wenig überrascht, nicht aber verwirrt. Er hatte zwar nicht so schnell mit einer Reaktion der Assassinen gerechnet, war aber darauf vorbereitet gewesen. Sein persönliches Warnsystem hatte funktioniert. Und das zweimal innerhalb kürzester Zeit. Ibrahim aber war vollkommen außer sich. Aschfahl im Gesicht, musste er sich erst setzen. Vor einem benachbarten Gasthaus fanden sie einen freien Tisch. Gernot bestellte einen Krug Wein und zwei Becher. Ibrahim schenkte ein und kippte seinen Becher mit einem Schluck in sich hinein.

„Allah, verzeih mir", sagte er, „als gläubiger Muslim trinke ich keinen Wein, aber jetzt muss es sein. Der Schrecken ist mir in die Glieder gefahren."

Gernot musste lächeln und trank ebenfalls seinen Wein. Ibrahim musste sich erst beruhigen, dann gingen sie weiter, kauften ein kleines Säckchen Mokkabohnen und eine Mühle, um die Mokkabohnen auch mahlen zu können. Alles Weitere überließen sie dann der Frau von Ibrahim. Es dauerte nicht lange und der Mokka stand in kleinen Bechern auf dem Tisch. Gernot hatte inzwischen in großes Stück Zucker besorgt. Von diesem Klumpen kratzte nun jeder, der Mokka trinken wollte, etwas ab und gab es in die köstlich duftende Flüssigkeit. Das Ergebnis war eindeutig: Das Haus hatte ein neues Lieblingsgetränk.

Die Zeit, dieses Getränk zu genießen, wurde ihnen aber genommen. Ein Bote von Arnulf bat die Herren in die königliche Burg.

„Es gibt einen neuen Auftrag", begann Arnulf ohne Umschweife. „Der Sturm auf Tyros hat stattgefunden, ist jedoch fehlgeschlagen. Jetzt bitten die Herren des Nordens, Tankred von Antiochia, Bertrand von Tripolis und Balduin von Bourcq, der Graf von Edessa, um Unterstützung. Sie fühlen sich durch eine muslimische Allianz bedroht, die vom Seldschuken-Sultan initiiert und von Maudud, dem Feldherrn des Sultans geschnürt worden war. Mossul, Damaskus und Aleppo sind ebenfalls dabei, sodass im Norden eine brenzliche Situation entstanden ist. Ihr sollt sofort mit allem nötigen Material losreiten und euch König Balduin anschließen."

„Welches Material sollen wir mitnehmen?", fragte Gernot.

„Nun, alles, was man so zum Kriegführen gebraucht: Waffen, Nahrung und so weiter. Morgen früh werden hier für euch und eure Männer ein Dutzend Packpferde bereitstehen, die mit allem Nötigen beladen sind. Also bereitet euch für den Abmarsch vor."

In der Unterkunft angekommen befahl Gernot sofort Ibrahim: „Wir werden morgen aufbrechen, um uns König Balduin anzuschließen. Deine Frau soll bis dahin ihre Kochkünste unter Beweis stellen und kochen und backen, was die Feuerstelle hergibt. Wenigstens in den ersten Tagen wollen wir noch den Luxus von zu Hause genießen. Und da ich gerade von Luxus spreche. Geh in die Stadt, besorge zwei Säckchen von diesen köstlichen Mokkabohnen, eine Mühle und eine Kanne zum Aufbrühen! Becher haben wir selbst und den Zucker nehmen wir ebenfalls von hier mit. Davon haben wir schließlich mehr als genug."

Dann informierte er alle Männer, damit sie sich ebenfalls vorbereiten konnten.

Am anderen Morgen erschienen Gernot und Bran mit all ihren Männern bei Arnulf. Ihre Schätze in der Unterkunft konnten sie getrost zurücklassen. Dort gab es zwei wild entschlossene Männer, die den Besitz mit ihrem Leben verteidigen würden.

Arnulf hatte gut vorgesorgt. Bündelweise Pfeile für die englischen Langbögen und mehrere Körbe mit Bolzen für die Armbrustschützen hatte er aufladen lassen. Dazu viele Speere für den Reiterkampf und zum Schluss Lebensmittel aller Art.

„Wasser zum Trinken könnt ihr euch selbst besorgen. Damit ihr aber gesund bleibt, habe ich einige Schläuche Wein aufladen lassen, den man auch ohne Wasser trinken kann."

Lachend verabschiedete er den Trupp.

Es war Herbst geworden und das bedeutete auch für das Heilige Land, dass die Hitze abnahm, die Feuchtigkeit von oben zunahm. Der Regen war von den Bauern und Hirten lange herbeigesehnt, von den Reisenden – und dazu gehörte auch der aus Jerusalem abziehende Trupp – eher missbilligend in Kauf genommen worden. Alle waren zwar mit dicken Mänteln ausgestattet, gegen den einsetzenden Regen schützten diese aber nicht. Gernots Friesenmantel bildete da die einzige Ausnahme. Wohlweislich hatte er diesen Mantel in der Hitze des Sommers nicht weggeworfen. Jetzt erhielt dieses Mitbringsel aus seiner alten Heimat wieder seine Daseinsberechtigung. Gernot hatte beide Pferde mitgenommen, „Du" und „al-Assil". Bran natürlich nicht sein Kamel, das er jedoch schon ausgiebig getestet hatte.

Sie hatten es nicht besonders eilig. König Balduin war zwar schon von Tyros abgerückt, aber mit seinen Fußsoldaten würde er einige Zeit brauchen, um in die Gegend von Edessa zu gelangen, wo nach den letzten Meldungen sich die christlichen und muslimischen Truppen gegenüberstanden.

Da Gernot nicht die geringste Ahnung hatte, wo Balduin sich zurzeit befand oder welchen Weg er genommen hatte, beschloss er, nachdem er mit Bran gesprochen hatte, zuerst Akkon aufzusuchen. Vielleicht wusste man dort schon mehr. Also nahmen sie den Weg, den sie schon kannten und den sie auf dem Hinweg nach Jerusalem genommen hatten: über Nazareth nach Akkon.

Als sie nach drei Tagen Nazareth erreicht hatten, waren sie froh, eine trockene Unterkunft zu finden. Der Gastwirt und Reliquienverkäufer Martin erkannte den Trupp sofort wieder, was wohl an der Körpergröße von Gernot und Bran lag.

„Nicht doch eine kleine Reliquie?", fragte Martin Gernot und Bran. „Ich habe da einige schöne Knöchelchen von verschiedenen Heiligen. Alles echt."

Aber alle lehnten dankend ab. Gernot jedoch hatte plötzlich eine, wie er fand, hervorragende Idee.

„Wenn ich das Heilige Land wieder verlasse", meinte er an Martin gewandt, „werde ich bei dir vorkommen. Ich glaube, in Europa ist man ganz verrückt nach solchen Dingen. Damit kann man dort gewaltigen Eindruck schinden und Reliquien öffnen dort Tür und Tor."

Der unheilige Martin versprach einen Sonderpreis und sagte: „Informiert mich frühzeitig, damit ich dann genügend Reliquienvorrat habe."

„Geschäftstüchtig ist er ja", dachte Gernot.

Martin kam dann mit einigen Krügen mit einer dampfenden Flüssigkeit.

„Was ist das?", fragte Bran.

„Heißer Gewürzwein", erklärte er, „bei diesen Temperaturen heizt er gut ein und verscheucht alle Krankheiten."

Alle kosteten. Der Wein schmeckte vor allem süß. Das war wohl der Honig, mit dem er gesüßt war. Dann schmeckte man noch einige Kräuter heraus, die den Geschmack des Weins völlig überdeckten. Wahrscheinlich war der Wein so schlecht, dass man ihn nur so genießen konnte. Aber er machte tatsächlich warm.

Am nächsten Tag erreichten sie Akkon. Der erste Weg führte Gernot zum Hafenmeister, der bestimmt mehr wusste.

„Aber ja. Ich weiß eine ganze Menge. Der König hat mich sozusagen zu seinem Informanten für euch gemacht. Also passt auf! Er ist auf dem Weg nach Tripolis und will bis Antiochia ziehen. Von dort will er dann in östlicher Richtung nach Edessa, wo das muslimische Heer steht. Wenn er klug ist, greift er es nicht an. Höchstwahrscheinlich sind wir auf Grund unserer Reiterei den Muslimen überlegen, aber trotzdem wären die Verluste so hoch, dass wir kaum einem weiteren Angriff standhalten könnten. Man kann den Feind ja auch nur einschüchtern, ihn zur Aufgabe der Stellungen zwingen und die Situation im Norden ist fürs Erste geklärt."

Sie blieben zwei Tage in Akkon, wegen der trockenen Unterkunft und des guten Essens. Dann zogen sie weiter, immer in Küstennähe. Nur um Tyros machten sie einen Bogen. Man muss das Glück ja nicht herausfordern. Die Bewohner – die Reichen wohlgemerkt – waren zurzeit bestimmt nicht gut auf christliche Truppen zu sprechen. Nördlich von Tyros überquerten sie den Litani-Fluss und erreichten eine Woche nach ihrer Abreise aus Akkon Tripolis.

Hier wusste man Genaueres über die Lage an der Front. Maudud, der Atabeg von Mossul, belagerte Edessa schon seit geraumer Zeit. Da er die Befestigungsanlagen nicht bezwingen konnte, führte er sein Heer, alles Land, das er durchquerte, verwüstend, nach Süden, in Richtung Aleppo. Ridwan, der Herr von Aleppo hatte jedoch Angst vor seinen muslimischen Verbündeten und schloss die Stadttore, sodass Maudud jetzt weiter in Richtung Süden zog. Das neue Ziel war die Stadt Schaizar. Das bedeutete für Gernot, dass er nicht weiter nach Norden ziehen musste. Schaizar lag nur etwa 200 Kilometer nordöstlich von Tripolis. Er konnte davon ausgehen, dass Balduin auch den direkten Weg nach Schaizar genommen hatte.

Da Tankred gegenüber von Schaizar eine Festung gebaut hatte, war anzunehmen, dass die christlichen Heere sich am Ufer des Orontes vereinigen würden. Also ritt der kleine Trupp nördlich über Arqa, durch die Buquaia-Ebene und am Krak des Chevaliers vorbei, einer beeindruckenden Befestigungsanlage. Wenige Stunden später sahen sie eine Staubwolke vor sich, das sichere Anzeichen einer vor ihnen ziehenden größeren Truppe. Es war König Balduin mit über 2000 Fußsoldaten und 800 Rittern. Es war schon ein beeindruckendes Heer, wenn auch nicht groß, so doch durch die Anzahl an Berittenen furchteinflößend. Die Begrüßung fiel kurz aus, denn Balduin wollte an diesem Tage noch ein Stück des Weges schaffen, um am nächsten Tag vor Schaizar zu stehen.

Am Abend wurde ein provisorisches Lager aufgeschlagen. Es war trocken und der Wind, der aus dem Osten kam, brachte noch einmal angenehme Temperaturen mit.

Nach dem Abendessen gab es bei Gernots Truppe wieder einen Becher Mokka. Als er dem König auch einen Becher anbot, meinte dieser: „Aha, ihr habt gelernt, euch anzupassen. Ein köstliches Getränk, aber ich habe selten Zeit, es zu genießen."

Am liebsten hätte Gernot gesagt: „Die Zeit muss man sich nehmen, vor allem, wenn man König ist."

Aber er unterließ es, weil er wusste, dass Balduin, seit er König geworden war, nur einen Gedanken im Kopf hatte: Sicherung und Vergrößerung seines Königreiches. Für wen eigentlich? Bis jetzt hatte er keine Erben. Nur um das Gefühl der Macht willen? Da verstehe einer die Könige. Gernot hätte in Balduins Position anders gehandelt. Ob besser und klüger? Das wusste er nicht. Aber sein ganzes Leben nur unterwegs zu sein, um Kriege zu führen, das konnte es auch nicht sein.

Gernot dachte wieder an Odo, seinen ehemaligen Lehrer: „Jedem das Seine", „Jeder ist seines Glückes Schmied", das waren Sprüche, über die Gernot immer nur gelacht hatte. Aber was ist Glück? Anna, das war Glück pur. Für ihn! Und für Balduin? Für den war jede gewonnene Schlacht, jedes erworbene Dorf – und sei es noch so ärmlich – pures Glück. So hatte jeder seine Vorstellungen von Glück. Aber was war für ihn, Gernot, unbedeutender Ritter aus dem nördlichen Westfalen, Glück im nördlichen Syrien? Lebend davonkommen. Das wäre schon etwas. Finanzielles Glück hatte er gefunden. Er besaß mehr, als sein Bruder je besitzen würde. Dabei hatte er keinen genauen Überblick über seine Finanzen. Er war reich, sehr reich. Die Summe hatte sich mittlerweile auf mehr als 300.000 Byzantii erhöht. Kein vernünftiger Mann kauft sich schließlich ein Pferd für 6.500 Byzantii. Aber er, Gernot, der unbedeutende Ritter, der tat das. Das war Glück! Anna war auch Glück, aber er hatte immer gewusst, dass das Glück mit Anna keinen Bestand haben würde. Aber eines wurde ihm immer klarer: Der Mensch ist nicht geschaffen, um alleine zu leben. Auf Dauer, das begriff er immer mehr, musste eine Frau her. Das hörte sich einfach an, nur wie macht man das? Anna konnte man kaufen. Eine standesgemäße Frau – und eine andere kam für ein öffentliches Zusammenleben nicht in Frage – konnte man nicht kaufen, nur heiraten. Aber das hatte er auch begriffen: Die Lebenserwartung im Heiligen Land war nicht sehr hoch. Die dauernden Kriege, die körperlichen Überanstrengungen, die vielen unbekannten Krankheiten, das alles führte zu einem frühen Tod. Aber jetzt war seine Fantasie mit ihm durchgegangen. Er lag mit seinen Männern und dem Heer Balduins einen Tagesmarsch vor Schaizar. Das war die Realität. Der Traum vom Glück musste noch etwas warten.

In aller Herrgottsfrühe des folgenden Tages marschierte das Heer in Richtung Schaizar, das sie am Abend erreichten. Sofort wurde das königliche Zelt aufgebaut. Der Feind sollte schließlich wissen, mit wem er es von nun an zu tun hatte. Anschließend trafen sich die Großen der christlichen Staaten, um einen Plan zum Kampf gegen Maudud, den Feldherrn des Seldschuken-Sultans, zu schmieden. Da waren Balduin von Bourcq, ein Vetter des Königs, Tankred von Antiochia, Bertrand von Toulouse und viele andere bedeutende Herren. Gernot stand abseits, in der hintersten Ecke. Es war nicht an ihm, hier das Wort zu ergreifen. Aber eines hatte er sofort bemerkt. Es gab Spannungen zwischen den Normannen und den Südfranzosen. Der einzige Grund ihres gemeinsamen Handels war der gemeinsame Feind. Vieles wusste man über den Gegner. Maudud respektierte man als erfahrenen Feldherrn. Die übrigen Gegner waren mehr oder weniger freiwillig in die anti-fränkische Koalition eingetreten. Diese erhofften sich Vorteile. Auch in diesem Lager gab es Spannungen. Das wusste man wie üblich von Spionen.

Am anderen Morgen sah Gernot, dass sich das gegnerische Heer absetzte und in Schaizar einrückte. Also wollte Maudud eine offene Feldschlacht vermeiden. Das fränkische Heer hatte eine Stärke von gut 16.000 Mann erreicht, darunter etwa 6.000 Ritter. Eine offene Feldschlacht hätte für beide Seiten große Verluste bedeutet. Maudud war sich also nicht sicher, eine offene Auseinandersetzung gewinnen zu können. Und wieder kamen Spione und berichteten, dass die Gefolgsleute Maududs Forderungen gestellt hatten. Tugtakin wollte nur weiter mitmachen, wenn der Feldzug in den Süden verlegt würde. Andere Anführer wurden krank, einer starb plötzlich. Ein plötzlicher Tod gab immer Grund zur Spekulation. Hatte da jemand nachgeholfen? Dann begannen Truppenteile des Gegners sich abzusetzen. Für Maudud wurde die Lage höchst kompliziert. Er konnte und durfte seine Verbündeten nicht mit Gewalt zurückhalten. Dazu kam die Jahreszeit. Es war Herbst, der Winter würde jegliche Truppenbewegungen verhindern. Maudud konnte mit seinen restlichen verbliebenen Truppen keinen Angriff mehr starten. In Schaizar bleiben, konnte er auch nicht. Es blieb nur eine Möglichkeit: ein geordneter Rückzug nach Mossul, um in der Heimat den Winter zu verbringen. Nach einer Woche des Wartens und Taktierens sahen die fränkischen Heerführer, wie sich die hinteren Stadttore von Schaizar öffneten und Maudud mit seinen Truppen die Stadt verließ. Keiner dachte nun an eine Verfolgung. Ohne Verluste hatte man den Feind vertrieben. Das musste fürs Erste reichen. Dass Maudud wiederkommen würde, das war allen klar. Aber alle christlichen Kriegsleute fühlten sich im Augenblick als Sieger.

Noch eine Woche blieb das Heer zusammen, dann zogen alle in ihre heimatlichen Stützpunkte. Durch Späher waren sich alle Heerführer sicher, dass der Abzug des Feindes keine Finte, sondern einem aus der Not entsprungenen Entschluss zu verdanken war.

Der Weg nach Jerusalem war unangenehm, wegen des Wetters und auch wegen der nun doch schon recht niedrigen Temperaturen in der Nacht. Bran fühlte sich wie zu Hause und wurde dadurch der Illusion beraubt, im Land des ewigen Sommers zu leben.

Gernot bat den König um Erlaubnis, mit seinen Leuten schneller reiten zu dürfen. So war er fast einen Monat früher in Jerusalem, als der Rest des Heeres.

7. Die Assassinen-Burg

Bis weit in das Frühjahr 1112 blieben Gernot und seine Männer unbehelligt von jeglichen kriegerischen Auseinandersetzungen. Überhaupt mussten alle die Erfahrung machen, dass das Heilige Land nicht das Land des ewig warmen Wetters war. Schon beim Herbstfeldzug des Vorjahres hatten sie diese Erkenntnis gewinnen müssen, jetzt verstanden sie, weshalb im Winter kein Krieg geführt wurde. Auf den Hochebenen war es kalt, es regnete, das Ergebnis war Schlamm, Nahrung konnte man draußen auf dem Lande in dieser Jahreszeit nicht auftreiben. Die Vernunft bestimmte also das kriegerische Vorgehen, sofern man Krieg und Vernunft überhaupt in Einklang bringen konnte.

Gernot und einige Freiwillige – freiwillig aus lauter Langeweile – lernten also fleißig Arabisch und mit dem beginnenden Frühjahr konnten diese Männer sich ganz leidlich in der für sie komplizierten Sprache ausdrücken. Immer wieder inspizierte Gernot die Schatzkammer. Dort sollte schließlich nichts verderben. Ibrahim hatte sich unauffällig über den Wert von Seide, Gewürzen, Teppichen, damaszenischen Messern und all der anderen Dinge erkundigt, die sich in dieser Schatzkammer befanden. Gernots Rechenkünste waren an ihre Grenzen gestoßen. Die lateinischen Zahlen konnten ihn nicht mehr weiterbringen. Die darzustellenden Zahlengebilde waren einfach zu komplex. Ibrahim hatte ihm einmal über die Schulter geschaut, als er dabei war, große Summen mittels lateinischer Zahlen zu addieren.

„Ich habe zwar nie Lesen und Schreiben gelernt“, sagte er, „aber ich weiß, dass unsere Schriftkundigen das Rechnen besser beherrschen. Wir haben ein System, das viel einfacher ist und von jedem Kind beherrscht wird, falls man es zur Schule schickt.“

„Ein anderes System?“, fragte Gernot. „Und wie funktioniert das?“

„Das weiß ich auch nicht. Wie gesagt, ich kann nicht lesen und schreiben. Aber es gibt hier in Jerusalem Gelehrte, die den Kindern reicher arabischer Kaufleute das Lesen und Schreiben beibringen. Ich könnte euch so einen Mann vermitteln.“

So kam es, dass Gernot drei Tage später an einem kleinen Tisch saß und unter Anleitung eines alten, bärtigen Mannes arabische Zahlen lernte. Es gab nur zehn Zahlen, damit konnte man jede größere Zahl darstellen. Das war einfach und Gernot verstand nicht, weshalb die von Odo so gelobten alten Römer ein solches System nie entwickelt hatten. Als es dann an richtige Rechenoperationen ging, Addieren, Subtrahieren, Multiplizieren und Dividieren, ging bei Gernot ein Licht auf. Alles, was er unter Odos Anleitung im mathematischen Bereich geübt und gelernt hatte, führte ihn immer an den Rand des Wahnsinns. Jetzt aber war die ganze Angelegenheit plötzlich leicht, kinderleicht sogar. Ibrahim hatte Recht gehabt. Jedes Kind, auch große Kinder wie Gernot konnten rechnen.

Der alte Mann führte seinen Unterricht selbstverständlich auf Arabisch, eine andere Sprache beherrschte er nicht. Die Folge war eine deutliche Verbesserung von Gernots Sprachkenntnissen. Ibrahim hatte sich zwar große Mühe gegeben, doch dieser alte Mann war ein Gelehrter. Gernot zeigte großen Respekt, sowohl vor der Person seines Lehrers, als auch vor dessen Wissen. Eine Haltung, die der Mann zu schätzen wusste. Er duzte seinen Schüler, während Gernot seinen Lehrer in der Ihr-Form ansprach, eine Geste, die für das Verhältnis zwischen Franken und Arabern nicht üblich war, aber der arabischen Tradition entsprach. Im Übrigen hatte Gernot auch Odo so angeredet, und Odo ihn. Das war nichts Neues, auch wenn es sich im Arabischen anders anhörte, als im Französischen oder im Deutschen oder Sächsischen. Das Grundrechenprogramm war nach vier Wochen abgeschlossen, aber Gernot bat den alten Mann zu bleiben, um ihn weiterhin zu unterrichten. Er bewirtete ihn immer mit einer Tasse Mokka, was augenscheinlich einen Eindruck hinterließ, denn Gernot hörte den gleichen Satz, den ihm der Scheich beim Kauf von al-Assil gesagt hatte.

„Al-Faris abyad, du bist anders als die anderen Franken. Du willst kein Land von uns, du willst Wissen."

Damit begann eine neue Stufe der Wissensvermittlung, die Einführung in die arabische Schriftsprache.

Schnell erkannte Gernot, dass das etwas Anderes war, als die Einführung in die arabische Zahlenwelt. Schon das Schreiben von rechts nach links war ungewohnt. Dann die Tatsache, dass es keine Vokale gab.

„Man erahnt sie und man kann sie durch Punkte und Striche andeuten", erklärte der alte Mann.

Dieses Lernen ging bis in den März hinein, Gernot konnte schon Wörter lesen und war dabei, auch einzelne Sätze zu schreiben, als er seinen Bildungshunger bremsen musste. König Balduin rief.

„Ich weiß", begann dieser, „dass ihr schon eine Auseinandersetzung mit den Assassinen hattet. Also wisst ihr, wovon ich jetzt spreche. Während wir im letzten Herbst an der Nordfront waren, haben die Assassinen zwei Tagesreisen nördlich des Toten Meeres, auf der anderen Seite des Jordans, eine Burgruine besetzt und ausgebaut. Ich hatte geglaubt, dass ich mich nicht um sie kümmern muss, da sie friedlich blieben und niemanden belästigten. Außerdem liegt diese Ruine auf einem Gebiet, das für mich uninteressant ist, auch Damaskus hat nie Anspruch darauf erhoben. Jetzt hat sich die Lage verändert. Genau 12 meiner Ritter sind verschwunden, einfach so. Darauf konnte sich zunächst keiner einen Reim machen, bis ich erfuhr, um wen es sich bei den Verschwundenen handelt. Alle stammen aus sehr reichen Familien und sie sind nicht einfach verschwunden, sie wurden entführt. Ich habe eine Nachricht von diesen Entführten erhalten, natürlich über die Assassinen, welche Summen gezahlt werden sollen, will man die Entführten lebend wiedersehen. Ich soll sozusagen der Mittelsmann sein, der diese Briefe nach Süditalien, Südfrankreich und in die Normandie weiterleitet. Es gibt auch zwei Ritter aus eurer Heimat, aus dem Süden des Reiches. Es ist unmöglich, dass ich mich auf diesen Handel einlasse. Ich bin verantwortlich für meine Leute, auch für die Entführten. Die Assassinen haben eindeutig eine Grenze überschritten und das kann und will ich nicht dulden. Wir haben hier ein Lehnswesen nach dem Vorbild unserer Heimat aufgebaut und das Grundprinzip dieses Systems ist die gegenseitige Treue. Ohne die funktioniert hier nichts. Also bin ich verpflichtet, die Entführten zu befreien."

„Aber das dürfte doch nicht so schwer sein", entgegnete Gernot, „schließlich könnten wir mit entsprechenden Belagerungsmaschinen die Burg schnell zerstören. Oder sind die Assassinen zahlenmäßig so stark, dass sie auch im offenen Kampf eine Gefahr für uns darstellen?"

„Nein, ihre Anzahl ist eher gering. Vielleicht befinden sich 100 oder 150 Kämpfer auf der Burg. Diese Anzahl stellt kein Problem dar. Wohl aber die Lage der Burg: Auf einer Ebene ragt sie wie ein Kegel fast 100 Meter in die Höhe. Auch die stärksten Katapulte und Balisten richten da keinen Schaden an."

„Also müssen wir die Burg einnehmen, sie stürmen."

„Das ist richtig. Aber wir müssen uns die Gegend genauer ansehen. Ich will mit einem kleinen Heer dorthin ziehen und mit den Assassinen aufräumen. Ich habe schon eine Botschaft an Guillaume von Tiberias geschickt, dass er uns dort zu unterstützen hat, schließlich liegt die Burg an der Grenze zu seinem Gebiet. Und ihr und eure Männer werdet mich begleiten. In zwei Tagen ziehen wir los."

Seit einem Jahr zog Gernot immer wieder los. Ein Jahr war vergangen seit seinem Aufbruch. Ein Jahr ohne Pause, sieht man einmal vom vergangenen Winter ab, den er lernend zubrachte. Ziel eines Aufbruchs ist auch immer die Ankunft. War er schon angekommen? Er glaubte es nicht. Während der gesamten Reise, während der Belagerung von Tyros oder dem Kriegszug in den Norden war er lediglich unterwegs gewesen, nie richtig angekommen. Gut, die Gesellschaft von Bran oder seiner Männer, das gefiel ihm schon. Aber was war sein Ziel? Die von der Familie geforderten Gebete an den heiligen Stätten hatte er schon lange geleistet. Ihm war seit Beginn seines Aufenthalts klar, dass er hier nicht auf Dauer bleiben würde, es sei denn, es würde etwas so Besonderes geschehen, dass er nicht nein sagen konnte. Immerhin hatte er hier im Königreich Jerusalem eine Zukunft. Er gehörte zu Balduins besonderen Truppen. Aber besondere Truppen bekommen auch besondere Aufgaben. Die Erstürmung einer Assassinen-Burg? Vielleicht. Es musste sich herausstellen, ob diese Aufgabe ihn weiterbringen würde.

Er teilte seinen Männern die neue Aufgabe mit und glaubte eine gewisse Zufriedenheit zu verspüren, da für sie der Winter langweilig gewesen war. Edward hatte ihm ja gesagt, dass viele seiner Leute aus purer Abenteuerlust losgezogen seien. Manchmal hatte Gernot den Eindruck, dass einige seiner Leute den Ernst der Lage gar nicht erkannten. Bis jetzt hatten sie zwar gekämpft, aber keiner hatte bis zum Augenblick eine schwere Verletzung erlitten, keiner der Truppe war getötet worden. Gernot sah das kritischer. Nicht nur die heiklen Situationen während der Anreise hatten ihn nachdenklich gemacht, auch der Angriff des Assassinen bewirkte bei ihm ein Umdenken.

Es galt nun sich sorgfältig vorzubereiten, um möglichen Gefahren aus dem Wege zu gehen. Zelte für das Lager hatte Balduin versprochen, auch um Nahrungsmittel wollte sich der König kümmern. Waffen und einen guten Vorrat an Mokka zu beschaffen, war natürlich Aufgabe der eigenen Leute. Noch eines tat Gernot. Er ging in die Schatzkammer und unter den Schmuckstücken fand er, was er suchte: eine Halskette aus dicken, mandelförmigen Gliedern. Ein Schmuckstück für jede Frau. Für welche Frau? Berengaria war ihm nie aus dem Sinn gekommen. Ein kleines Geschenk musste erlaubt sein.

Mit dicken Mänteln versehen, trabte die kleine Truppe am übernächsten Morgen aus dem Stadttor von Jerusalem. Auf das ab und zu wehende laue Lüftchen, das den Durchbruch des Frühlings verkünden wollte, war noch kein Verlass. Balduin hatte wie gewohnt den Feldzug gut vorbereitet. Als sie am zweiten Tag den Jordan überquerten, wartete schon ein Bote auf den König und verkündete, dass sein Lehnsmann aus Tiberias schon im Lager sei und dass das Lager mit allen Zelten und notwendigen Vorräten aufgebaut sei.

Die Truppe ritt weiter, zunächst noch durch Bauernland, dann wurde der Boden deutlich trockener, schließlich sah man am Horizont eine Erdschwelle. Als man diese überschritten hatte, lag die Assassinen-Burg vor ihnen. Gernot hatte alles erwartet, aber nicht das. Das Land war eben wie ein Tisch, daraus erhob sich ein Felskegel, steil und unbewachsen. Oben auf dem Felskegel sah man schon von weitem die Burg: steile Wände, starke Wehrtürme, ein einziger Zugang. Irgendwie wirkte diese Burg unheimlich, drohend, auch respekteinflößend. Gernot verstand den Mann, der diese Burg gebaut hatte. Sie durfte nie in die falschen Hände fallen, denn einnehmen konnte man sie nicht, höchstens aushungern.

Im Lager konnte Gernot mit seiner Truppe sofort ein großes Zelt beziehen, Latrinen waren schon ausgehoben, Wasser stand in großen Kübeln bereit.

„Woher kommt das Wasser?“, fragte Gernot einen der schon anwesenden Soldaten.

„Wir haben nur zwei Meter tief gegraben und schon hatten wir Wasser. Auch die Burg versorgt sich über diese Brunnen. Wie ihr seht, gibt es in der Umgebung mehrere davon.“

Gernot sah sich um und tatsächlich, in mehr oder weniger regelmäßigen Abständen sah man kleine Türmchen, unter denen wohl die Brunnen versteckt waren. Oben auf dem Berg gab es bestimmt keinen Brunnen. So tief konnte man nicht graben. Der König hatte bereits einen Belagerungsring um die Burg angeordnet. Dieser Ring sollte nur verhindern, dass Nachschub auf die Burg gebracht werden konnte. Also aushungern? Dann würden auch die Gefangenen verhungern. Gernot machte sich so seine Gedanken, aber wusste im Augenblick auch keinen Rat.

So ging er zunächst durch das Lager und stieß plötzlich auf alte Bekannte: Guillaume von Bar-le-Duc, jetzt Herr von Tiberias, dessen Sohn Ramon und seinen Neffen Gérard. Die beiden wollten wohl unbedingt dabei sein. Guillaume erklärte, dass er schon seit drei Tagen anwesend sei und das Lager aufgebaut habe.

„Ansonsten geht es mir gut. Die alte Heimat habe ich fast vergessen, meine Frau blüht hier richtig auf. Vielleicht ist es das Wetter, wenigstens im Sommer, das sie an ihre Heimat erinnert.“

„Damit eure Frau noch weiter aufblüht, habe ich etwas für sie“, erwiderte Gernot und zog die Halskette aus seiner Tasche.

„Ich habe mit Balduin an einem kleinen erfolgreichen Überfall teilgenommen. Klein ist dabei untertrieben. Der Erfolg war wenigstens für mich überwältigend. Deshalb kann ich mir plötzlich solche Geschenke erlauben. Erlaubt, dass ich euch die Kette überlasse, damit ihr eure Frau damit schmücken könnt. Und grüßt sie von mir.“

Guillaume war mehr als überrascht: „Ich bin zwar mit meinem Lehen mehr als glücklich, aber ein Glück wie ihr habe ich nicht gehabt. Es sind mehrere tausend Bauern, die meine Untertanen sind und viele Händler. Ich finanziere mich aber mehr durch Abgaben und Zölle. Davon kann ich gut leben, aber ich muss auch ständig Soldaten bereithalten, um etwaige Einfälle von räuberischen Banden zu unterbinden. Und von diesen Banden gibt es hier viele. Wenn man sie bekämpft, kann man Pferde gewinnen, sonst nichts, denn diese Burschen sind bettelarm. Immerhin habe ich es geschafft, dass alle meine Soldaten jetzt beritten sind, sodass ich schnell reagieren kann, wenn ein ungebetener Gast sich nähert. Ich danke euch für das Geschenk, meine Frau wird sich freuen.“

Sie stiegen auf ihre Pferde und umrundeten die Burg. Eines fiel Gernot sofort auf. Die steilen Wände der Burg waren nicht natürlich, sondern zum großen Teil in mühevoller Handarbeit geschaffen worden. Der Sockel der Mauern befand sich nach Gernots Schätzung bestimmt 80 Meter über dem Boden, auf dem Guillaume und Gernot ritten. Die ersten 50 Meter waren vollkommen kahl. Kein einziger Strauch, geschweige denn Baum war zu sehen. Erst darüber sah man gewachsenen Fels, der nicht behauen war.

„Schlecht hochzukommen“, sagte Guillaume.

„Ich habe auch keine Idee, wie wir das bewerkstelligen können“, meinte Gernot. „Wenn man fliegen könnte, dann ja, aber so: unmöglich.“

„Aber die Burg auszuhungern, das bringt auch nichts“, sagte Guillaume, „denn dann leiden unsere Leute dort oben genauso. Und ein solches Unterfangen könnte Monate, wenn nicht Jahre dauern. Und die Zeit hat unser König nicht. Er befindet sich schließlich immer irgendwo im Krieg.“

„Und ein Sturmangriff über den einzigen Zugang?“, fragte Gernot.

„Reiten wir hin“, war die Antwort, „dann erkennt ihr die Schwierigkeiten.“

Gesagt, getan. Und Gernot erkannte die Schwierigkeiten. Bei der Ankunft hatte er nicht auf den Zugang geachtet, aber dieser war eine Herausforderung für jeden Belagerer. Ein schmaler, künstlich aufgeschütteter Weg führte zu einem ersten Torbogen, der durch ein Falltor gesichert wurde, also bei Gefahr schnell geschlossen werden konnte. Dahinter gab es einen tiefen Graben, nur durch eine Klappbrücke zu überqueren, die von einem zweiten Tor ausgelöst werden konnte. Auf den Torbögen standen Katapulte und Ballisten, die jeden Angreifer verzweifeln lassen mussten. Wenn dazu noch Bogen- und Armbrustschützen kamen, war jeder Angriffsversuch vergeblich.

„Ihr habt Recht“, fand auch Gernot, „stürmen lässt sich die Burg nicht. Nicht einmal eine große Belagerungsmaschine, ein Tribok etwa, wäre in der Lage, diesen Mauern einen Schaden zuzufügen. Da ist guter Rat teuer.“

„Deshalb sind wir hier. Balduin weiß nicht, wie es weiter gehen soll, er muss seine Leute befreien, zahlt er jedoch – und soviel Geld hat er wahrscheinlich gar nicht – dann setzt er ein

Beispiel und eine Entführungswelle würde uns überrollen. Also hilft nur eines: denken."

„Also denken wir mal", antwortete er und machte sich auf den Weg rund um die Burg.

Vielleicht hatte er ja etwas übersehen? Aber er sah nichts Neues. Es wurde langsam dunkel, die Sicht wurde schlechter, Gernot stellte seine Umrundungen ein.

Der nächste Morgen brachte auch keine Erleuchtung. Von unten konnte man mit Bogenschützen nichts erreichen, denn man kam nicht nahe genug an die Burg heran. Man war dann schließlich in der Reichweite der Katapulte und Ballisten. Auch der große Tribok auf der Burg hatte schon seine Muskeln spielen lassen. Gut, dass Guillaume das Lager weit genug von der Burg aufgebaut hatte. Gernot beschloss, den Berg noch einmal zu umrunden, vielleicht gab es doch einen Schwachpunkt. Das Problem war, dass man zunächst eine 50 – 60 Meter steile, in Teilen fast lotrechte Wand überwinden musste. Jeder Angreifer konnte aber von oben sofort eingesehen werden und ein Geschoss- oder Steinhagel würde den Versuch nach oben zu klettern mit dem Tode bestrafen. Also noch einmal herum, noch einmal und noch einmal. Schließlich glaubte Gernot jeden Meter dieses verfluchten Berges zu kennen.

Balduin, der ihn einmal begleitete, wusste auch keinen Rat: „Ich glaube, hier beißen wir uns die Zähne aus."

Gernot musste ihm Recht geben, hatte jedoch zugleich das Gefühl, etwas übersehen zu haben.

Der Feind machte sich derweil einen Spaß daraus, abgenagte Knochen und Innereien von Rindern, Schafen und Ziegen mit dem Tribok direkt vor das Lager zu platzieren. So mussten Balduins Männer unter dem Gelächter der Assassinen deren

Abfälle beseitigen, da sonst der Gestank überhand genommen hätte.

Gernot war es leid, herumzusitzen, sich das Gehirn zu zermartern und nichts aber auch gar nichts zu erreichen. Am Abend sattelte er „Du" noch einmal, vielleicht hatte er doch etwas übersehen. Aber was? Es wurde schnell dunkel und auf der Burg gingen einige Lichter an. Man wollte wohl beweisen, dass man wach war und durchaus bereit, einem Angriff entschlossen entgegenzutreten. Bei der zweiten Umrundung an diesem Abend sah er es. Während oben auf der Burg überall Fackeln brannten, gab es einen Mauerabschnitt, da blieb es dunkel. Gernot wartete eine ganze Zeit, aber es blieb dunkel. Was war da oben los? Hatte man vergessen eine Fackel zu entzünden, oder war die Fackel etwa erloschen? Das konnte Gernot jetzt nicht überprüfen, das ging erst in der nächsten Nacht.

Gespannt wartete er auf die nächste Dunkelheit. Es blieb dort oben dunkel. Das heißt auch, dass niemand dort war, keine Wachen. War das die Stelle, an der man angreifen konnte? Aber wie sollte man hochkommen? Der nächste Tag brachte zwar keine Lösung des Problems, aber bei Gernot setzte sich ein Gedanke fest: An der Stelle kann man nach oben gelangen. Nur an der Stelle. Alles andere war reiner Selbstmord.

Er sah sich diese Stelle immer wieder an. Nur bei Dunkelheit konnte es gelingen, die Burg zu erstürmen. Und nur an dieser Stelle, wo in der Nacht niemand Wache hielt, gab es eine realistische Möglichkeit. Noch wusste er nicht genau wie, aber bald würde er es wissen. Sein Gehirn lief auf Hochtouren, es gab hier eine Möglichkeit, man musste sie nur sehen. Dann sah er sie.

Die unteren 15 Meter musste man mit Leitern bewältigen, in der Nacht, ohne dass es jemand bemerkte. Dann gab es darüber eine kleine Schwelle, höchstens so breit, dass man darauf sicher stehen konnte. Diese Schwelle verlief etwas nach oben, sodass man vielleicht fünf Höhenmeter gewinnen könnte.

Dann kam man an eine lotrechte Wand. Eine Leiter konnte man hier nicht anstellen, die wäre rückwärts umgekippt. Aber zehn Meter höher gab es eine kleine Felsnase. Wenn man ein Seil darüber werfen könnte, wäre es möglich, eine Strickleiter nach oben zu ziehen. So könnte man 30 Meter schaffen, ohne gesehen zu werden, falls man nicht durch Lärm auffiel.

Die folgenden 20 Meter Fels waren zwar auch behauen worden, waren aber nicht mehr ganz so steil. Wahrscheinlich hatten die Erbauer nicht damit gerechnet, dass ein Angreifer so hoch kommen könnte. Aber diese 20 Meter mussten erst einmal geschafft werden.

Gernot traute sich etwas näher an die Burg heran und siehe da, es gab tatsächlich keine Wachen. Also traute er sich noch näher ran, entfernte sich aber genauso schnell, denn er hatte gesehen, was er sehen wollte und man musste ja sein Schicksal nicht unnütz herausfordern. Diese 20 Meter waren für geschickte Kletterer zu schaffen, denn an dieser Stelle gab es viele Risse im Gestein, wo eine Hand oder ein Fuß Halt finden konnte. Was dann kam, war zwar mühselig zu bewältigen, aber es war kein behauener Stein mehr, sondern gewachsener Fels. Auch hatten sich in diesem Teil der Wand einige kleine Büsche in den Spalten eingenistet, ein Zeichen dafür, dass diese Passage nicht unbezwingbar war. Dann war man am Fuß des unteren Mauerwerks, das man mit einem Seil und einem Wurfanker erklimmen konnte. Es war noch nicht die eigentliche Burg, aber diese Mauer führte direkt zum unteren Tor. Gernots Gedanken waren schon vom Konjunktiv in den Indikativ übergegangen. Er war sich sicher: So würde es gehen.

Er ging zum König und erklärte ihm seinen Plan.

„Und ihr meint, dass es gehen könnte?", fragte Balduin etwas misstrauisch.

„Wenn es geht, dann nur da. Eine andere Stelle konnte ich nicht ausfindig machen", entgegnete Gernot.

„Zeigt mir die Stelle", befahl Balduin, „und Guillaume soll uns begleiten."

Sie sahen sich die Stelle an, ritten langsam daran vorbei, nur nicht auffällig werden. Nach einigen Minuten wendeten sie und ritten zurück, noch einmal an besagter Stelle vorüber.

„Keine Wachen", meinte Guillaume und Balduin fügte hinzu: „Ob es machbar ist, werden wir sehen, wenn ihr, Gernot, mir alles noch einmal erklärt habt."

Sie ritten zurück ins Lager und gingen in Balduins Zelt.

Gernot hatte einem seiner Männer zugewinkt und „Mokka" bestellt.

„Gibt es Spione im Lager?", fragte Gernot.

„Ich weiß es nicht", entgegnete Balduin, „wir haben hier zwar einige Einheimische, aber was können die schon ausrichten. Ich glaube nicht, dass die Assassinen so beliebt sind, dass jemand sein Leben aufs Spiel setzt, um an Informationen zu kommen. Und wie will er die Informationen auf die Burg bringen?"

„Denkt an die Brieftauben aus Tyros und Damaskus", wandte Gernot ein. „In diesem Land vertraue ich nur mir. Das ist sicherer."

„Ihr habt Recht", stimmte Balduin zu und fragte an Guillaume gewandt: „Brauchen wir die Einheimischen eigentlich noch?"

„Nein, wir haben sie benötigt, um die Brunnen zu graben. Sie sollten jetzt nach Hause geschickt werden. Ihr Heimatdorf ist etwa eine Tagesreise entfernt. Wenn diese Leute aus dem Lager verschwunden sind, könnten wir mit den Vorbereitungen beginnen."

„Dann sollten wir auch nicht vor morgen früh beginnen", sagte Balduin.

„Aber eine Frage könnt ihr vielleicht jetzt schon beantworten: Wie viele Leute wollt ihr mitnehmen, denn ich denke, dass ihr dieses Unternehmen anführt."

„Ich will zunächst noch einmal das ganze Unternehmen erklären", erwiderte Gernot.

Dann erläuterte er auch Guillaume, was er vorhatte.

„Es wird eine anstrengende Kletterei werden", ergänzte Gernot, „und deshalb brauche ich jüngere Männer, die gelenkig genug sind, schwindelfrei und geschickt. Ich vermute, dass etwa 20 Männer vonnöten sein werden. Wegen der Kletterei können wir nicht in voller Rüstung hinaufgelangen. Der Oberkörper sollte geschützt sein, aber einen Helm werden wir wegen der eingeschränkten Sicht nicht aufsetzen können. Das Schwert sollte auf dem Rücken befestigt sein, damit es nicht gegen die Felswand schlägt und Geräusche verursacht. Dann brauchen wir einige Bogenschützen, denn wenn wir oben auf der Mauer sind, müssen wir die Wachen am Tor ausschalten. Wir können nicht davon ausgehen, dass wir unentdeckt bis zum Tor gelangen. Die Wachen dort müssen auf jeden Fall ausgeschaltet werden, damit sie nicht die Torsicherung blockieren können. Ich habe in meiner Truppe einige ausgezeichnete Schützen, die auf einer Entfernung von 50 – 60 Metern kein Ziel verfehlen. Wir können ja morgen einen Schießwettbewerb veranstalten, setzt einen Preis aus und wir sehen dann, wer die Besten sind."

„Dann beginnen wir morgen mit den Vorbereitungen. Ich verlass mich auf euch."

Am nächsten Morgen verließen die einheimischen Arbeiter das Lager und kehrten in ihr Dorf zurück. Gernot konnte also mit seinen Vorbereitungen beginnen. Leitern mussten gebaut werden, und zwar so, dass man von der Burg aus nichts sehen konnte. Das war noch ein Leichtes, denn Balduin und Guillaume hatten das nötige Holz mitgebracht, weil sie mit einem aus der Belagerung resultierenden Angriff gerechnet hatten. Drei Leitern von je sieben Meter Länge mussten reichen, um die ersten 15 Höhenmeter zu überwinden. Die Leitern bekamen Haken an einem Ende, sodass man sie ineinander stecken konnte. Dann wurden Strickleitern hergestellt, mit denen man den Rest bewältigen wollte. Auch Seile jeder Art waren im Lager vorhanden, ebenso Wurfanker. Für alle sah es so aus, als würde man sich auf einen Angriff vorbereiten, jedoch die geringe Anzahl an Leitern und Stricken ließen darauf schließen, dass der Angriff nicht sofort erfolgen sollte.

Der Bogenwettbewerb war ein großer Spaß für alle. Jeder konnte zusehen, auch die Leute auf der Burg, die wohl davon ausgingen, dass unten Langeweile eingekehrt sei, die man durch den Wettbewerb beseitigen wollte. Balduin hatte als Preis für den besten Schützen einen silbernen Becher gestiftet. Das war schon Ansporn genug für alle, die sich am Schießwettbewerb beteiligten. Guillaume beaufsichtigte das Schießen. Er hatte eine Entfernung gewählt, die in etwa der zu erwartenden Entfernung auf der Burgmauer entsprach. Es zeigte sich, dass dieses Schießen keine besondere Herausforderung war. Viele trafen das Ziel nach Belieben. Also musste man die Bedingungen verschärfen. Die Zielscheibe wurde hoch aufgehängt und pendelte in der Luft. Jetzt wurde es schwieriger, aber ein halbes Dutzend Schützen traf immer noch bei jedem Schuss. Erst als die Entfernung vergrößert wurde, stellte sich ein Sieger heraus, einer aus Gernots Truppe. Die sechs besten Schützen bekamen einen Preis, der Sieger natürlich den Becher. Dann sagte man ihnen noch, sie seien am Abend zum

König ins Zelt eingeladen. Das war gemein, aber dafür hatten sich die Schützen ja nun mal ausgezeichnet.

Dann ging es an die Auswahl der Freiwilligen, sofern man von Freiwilligen überhaupt reden konnte. Balduin ging mit Gernot durch das Lager und der König sprach die ausgewählten Ritter persönlich an. Er fragte nach dem Befinden, ob der betreffende Ritter auch schwindelfrei sei, ob er klettern könne. Es war eine große Ehre vom König direkt angesprochen zu werden und die Einladung zum Abendessen ließ die Hoffnung auf einen schönen Abend aufkommen.

An Gernot gewandt sagte Balduin: „Und vergesst euren vorzüglichen Mokka nicht."

„Der hat gut reden", dachte Gernot, „er lädt ein, ich zahle."

Der Abend kam, die Ritter wunderten sich etwas über die Anwesenheit der Bogenschützen, schließlich speiste der König normalerweise nicht mit dem einfachen Volk. Aber das Essen war hervorragend, der Mokka wurde genossen, nicht nur ein Becher, keiner wollte hier zurückstehen, schließlich war Mokka eine Kostbarkeit, die man genoss, wenn es ihn gab. Dass Gernot der unfreiwillige Spender war, wussten sie nicht, mussten sie auch nicht wissen.

Nach dem Essen hielt Balduin eine kleine Ansprache: „Meine Herren, wie ihr wisst, hungern oben auf der Burg einige eurer Freunde. Wir sind hier, um sie zu befreien. Ein Sturmangriff auf die Burg würde hohe Opfer von uns verlangen und unsere Freunde oben auf der Burg in Lebensgefahr bringen. Denn ich glaube nicht, dass die Assassinen sie leben lassen, wenn wir die Burg stürmen. Aushungern können wir sie auch nicht. Erstens dauert das zu lange und zweitens würden unsere Freunde dort oben dann auch hungern. Nun hat Gernot von Kahlenberg, den ihr hier neben mir seht und den einige von euch schon kennen, einen Plan ausgeheckt, der so hervorragend ist, dass er auch von mir stammen könnte. Er wird euch nun den Plan erklären und ich werde euch dann fragen, ob ihr mit ihm geht, um unsere Freunde zu befreien."

„Natürlich gehen wir mit", hörte man sofort, „wann soll es losgehen?"

„In der nächsten Nacht", erklärte Gernot und begann allen Anwesenden seinen Plan sehr präzise zu erläutern.

„Und was passiert, wenn wir die Mauer der unteren Befestigung erreicht haben?"

„Dann kommen unsere Bogenschützen zum Einsatz. Ihr habt ja heute den Wettbewerb gesehen und konntet euch vom Können der hier anwesenden Männer überzeugen. Diese Bogenschützen werden dann die Torwachen ausschalten. Wir rennen dann weiter nach oben, denn ich habe festgestellt, dass das obere Tor nie verschlossen ist. Dieses Tor müssen wir erreichen und sichern, während einige von uns, die am ersten Tor zurückgeblieben sind, dort das Fallgatter öffnen und die Zugbrücke runterlassen. Wenn im Lager dieses Geräusch gehört wird, werden der König und all seine Ritter die Burg zu Pferde stürmen. Unsere Aufgabe ist es nur, das obere Tor für uns offen zu halten."

Es entstand eine Pause und schließlich fragte einer:

„Aber in voller Rüstung werden wir das kaum schaffen."

„Richtig", entgegnete Gernot, „deshalb nimmt jeder nur sein Schwert und eventuell ein Messer mit. Nur der Oberkörper sollte durch einen Harnisch geschützt sein. Alles andere wäre hinderlich. Kein Helm, wegen der sonst eingeschränkten Sicht. Und das Schwert solltet ihr auf dem Rücken befestigen. Und noch eins: Zieht über eure Kleidung einen schwarzen Umhang, damit ihr nicht gesehen werdet. Erst wenn wir das

Tor gesichert haben, werfen wir die schwarzen Umhänge weg, damit wir von unseren Leuten erkannt werden können."

Viel war da nicht mehr zu sagen. Der ganze Plan wurde noch einmal durchgekaut und letzte Fragen beantwortet. Gernot war sich sicher, dass auch der letzte Ritter jetzt alles verstanden hatte.

„Noch eins", sagte Balduin zum Schluss, „wichtig für das Gelingen des Unternehmens ist, dass ihr niemandem davon erzählt. Es muss bis zum Schluss geheim bleiben. Wenn ihr die Wand ersteigt, werde ich alle Anderen leise informieren und auf euer Zeichen warten. Noch eine Frage?"

Es gab keine Frage mehr, nur noch das Bedürfnis nach Ruhe.

„Toll hast du das gemacht, wirklich toll, Gernot von Kahlenberg! Erst beschwerst du dich über die Tatsache, dass dein König dauernd Krieg führt. Sagst, dass das kein Leben ist, dass es neben Kriegführen viele schöne Sachen gibt. Und dann arbeitest du für den König einen Plan aus, wie er laut Plan eventuell die Burg einnehmen kann. Eventuell, denn da ist nichts sicher. Da braucht man Glück! Und über Glück hast du doch nachgedacht. Und jetzt willst du eine Burg erstürmen und du bist der Erste an der Spitze einer verrückten Truppe. Toll, Gernot! Mach weiter so und du wirst doch im Heiligen Land bleiben, beerdigt neben der Grabeskirche in Jerusalem! Das ist eine große Ehre, aber was hast du davon, wenn du tot bist?"

Gernot hätte sich selbst irgendwohin treten können. Er schimpfte wie ein Rohrspatz. Das hatte er doch schon einmal getan. Und das Ergebnis? Eine Pilgerreise ins Heilige Land. Damals, zu Hause, hatte man Geschichten von Kreuzrittern erzählt, er war begeistert über das, was man von ihnen erzählte. Jetzt hatte er wieder den gleichen Unsinn verzapft, dem

König erklärt, wie man eine uneinnehmbare Burg doch einnehmen kann. Und wo stand er jetzt? An der Spitze der Truppe, die dieses verrückte Unternehmen durchführen wollte. Gernot, von jetzt an hältst du den Mund! Lass andere reden, die dann für ihren Unsinn einstehen müssen! Immerhin musste er erkennen, dass er nicht der einzige Verrückte in diesem verrückten Land war. Als er Bran davon erzählte, musste dieser lachen.

„Bei meinem Gewicht bin ich Gott sei Dank für die Kletterei ungeeignet. Aber du kannst dich auf mich verlassen. Ich werde der Erste am Tor sein, wenn ihr es geöffnet habt."

Schlafen konnte Gernot schon immer gut. Er legte sich hin und schlief, egal, was passiert war oder was bevorstand. Aber er wurde auch durch das geringste Geräusch wach. Geräusche, die auf eine Gefahr hindeuteten, gab es im Lager nicht. Dafür waren zu viele Wachen aufgestellt. Als er am nächsten Morgen wach wurde, stand die Sonne schon hoch am Himmel. Seine Männer saßen um ein Feuer, aßen und warteten auf den üblichen Mokka. Gernot beteiligte sich am Warten und genoss dann das morgenländische Getränk. Gut, das war etwas, was er zu Hause nie kennen gelernt hätte. Aber deswegen muss man keine Weltreise unternehmen. Das Vermögen jedoch, das er erworben hatte, das hätte er zu Hause nie gewonnen. Und Anna? Die hätte er nie kennen gelernt. Reisen bringt also auch Vorteile. Man soll nicht alles immer nur negativ betrachten. Noch positiver wurde seine Weltensicht, als ein Koch aus König Balduins Küche mit einem Essen für den „hochgeehrten Herrn Gernot" erschien.

„Der König freut sich, euch eine kleine Aufmerksamkeit überbringen zu lassen", sagte der Koch.

„Henkersmahlzeit oder Zeichen einer gewissen Freundschaft?", dachte Gernot und konnte sich nicht entscheiden, wollte aber gerne die zweite Möglichkeit annehmen, um positiver gestimmt zu sein.

Nach dem Frühstück begab sich Gernot zu den Handwerkern, die die Leitern, Seile und Wurfanker vorbereiteten. Die Leitern würden bis zum Mittag fertig werden und das, was Gernot sah, stimmte ihn zuversichtlich. Hier waren begabte Bastler am Werk. Diese Leitern würden nicht zusammenbrechen, waren am Ende mit Haken versehen, damit man sie ineinander stecken konnte. Eine Strickleiter war bereits fertig gestellt. Als Gernot die aufgerollte Strickleiter anheben wollte, ging er in die Knie. Das Gewicht war gewaltig. Wer sollte so eine Strickleiter die ersten drei Leitern hoch schleppen, bevor sie zum Einsatz kam? Bran! Sonst kannte er niemanden, der genügend Kraft hatte, dieses zu bewerkstelligen. Er musste also doch mit.

Balduin, der Gernots Hebeversuch gesehen hatte, trat auf ihn zu: „Schwierigkeiten?"

„Ja, ich hatte nicht mit dem Gewicht der Strickleitern gerechnet. Bran muss nun doch mit. Ich kenne sonst keinen, der die nötige Kraft hat."

Also musste Bran informiert werden.

„Und du meinst, dass die Leitern stabil genug sind?", fragte er.

„Ich habe die Leitern untersucht. Sie sind sehr stabil und halten auch dein Gewicht aus. Aber trage zunächst einmal diese Rolle hier."

Bran bückte sich, umfasste die Rolle mit seinen Armen, ein Ruck, er hatte die Rolle vor der Brust, noch ein Ruck und er stand.

„Nicht besonders leicht“, sagte er, „aber machbar. Wir müssen die Rolle zusammenschnüren und dann nehme ich sie wie ein Gepäckstück auf den Rücken.“

Der Tag verging mit Nichtstun und Gernot nützte diese Zeit, um seine Leute genau zu informieren.

„Edward, ich verlasse mich auf dich“, begann er, „du musst die Männer führen. Wenn das Tor sich öffnet, müsst ihr auf euren Pferden den Zugang hoch galoppieren und dafür sorgen, dass wir nicht alle abgeschlachtet werden. Setzt eure Kriegshämmer ein. Aber vergesst nicht: Wir haben dann nur noch weiße Mäntel um. Wir sind die Guten. Die mit der schwarzen Kleidung, das sind die Bösen. Gut aufpassen, dass ihr das nicht verwechselt!“

Edward musste lachen: „Ihr könnt euch auf uns verlassen. Außerdem sind dann ja schon einige von uns auf der Mauerkrone. Die können wir doch nicht im Stich lassen.“

Gernot war nun etwas beruhigter und wartete auf den Abend. Als die Dunkelheit hereinbrach, versammelten sich alle Teilnehmer der Aktion vor dem Zelt des Königs. Gernot ließ die Leitern und alles benötigte Material hinter dem Zelt niederlegen. Er musste noch etwas warten. Noch war es nicht dunkel genug, um das Unternehmen zu starten. Dann aber war es soweit. Je vier Mann nahmen eine Leiter, die übrigen nahmen das restliche Material auf. Für Bran hatte man eine Art Rückentrage gebastelt, damit er die Arme frei hatte. So ging es nun in einem großen Bogen zu der Stelle, an der der Aufstieg beginnen sollte.

Alles Material legten die Männer am Fuß der Felswand nieder, die erste Leiter wurde von den vier Trägern in die Senkrechte gebracht. Gernot überprüfte die Standfestigkeit der Leiter und war zufrieden. Er kletterte die Leiter hoch und bemerkte, dass sie wirklich fest stand. Jetzt musste die zweite

Leiter hochgeschoben werden. Bran hatte sich seines Gepäcks entledigt und schob die Leiter langsam höher. Gernot, der fast ganz oben auf der ersten Leiter stand, nahm die Leiter an und führte sie über seinen Kopf weiter in die Höhe. Bran schob solange, bis er Gernot erreicht hatte und half ihm, die beiden Leitern mit den Haken zu verbinden.

Das Hochziehen der dritten Leiter gestaltete sich als noch schwieriger, da Gernot und Bran jetzt zwei Leitern zu überwinden hatten, bevor sie die dritte befestigen konnten.

„Bran", sagte er, „klettere schon mal runter und ruh dich etwas aus. Denn gleich musst du mit deiner Rolle den ganzen Weg alleine schaffen. Ich will oben nachsehen, ob alles so ablaufen kann, wie wir es geplant haben."

Bran kletterte nach unten, Gernot nach oben. Die Falte im Felsen, die Gernot von unten gesehen hatte, erwies sich glücklicherweise als etwas breiter, als von unten geschätzt. Sie war zwar unregelmäßig, aber an keiner Stelle schmaler als 30 Zentimeter, manchmal auch durchaus 50 Zentimeter breit. Da die Wand hier nicht lotrecht war, konnte man sich gut anlehnen, um nicht das Gleichgewicht zu verlieren. Er ging soweit vor, bis er direkt unter der Felsnase stand. Es handelte sich zwar um einen Felsvorsprung, aber das, was er als Felsen angesehen hatte, war ein Baumstumpf, vielleicht einen halben Meter lang. Hielt er oder hielt er nicht? Eine Frage, die Gernot in dieser Situation nicht beantworten konnte. Er tastete sich zurück bis zur obersten Leiter und kletterte ganz nach unten.

„Und? Alles ruhig?", fragte er.

„Bis jetzt hat uns niemand bemerkt", antwortete einer.

„Dann wollen wir mal mit dem Aufstieg beginnen", befahl Gernot. „Und nie mehr als fünf Mann auf den Leitern. Bran folgt mir als Erster, dann die Leute mit dem übrigen Material."

„Also alle“, lachte jemand ganz leise.

„Wieso?“, fragte Gernot.

„Weil hier alle etwas tragen“, war die Antwort.

Jetzt kam es darauf an, dass alles so ablief, wie es geplant war. Gernot stieg die drei Leitern wieder hoch und wartete oben auf Bran. Zwei Stunden waren in etwa seit dem Beginn der Aktion vergangen und bis jetzt war alles glatt gelaufen. Gernot war mit seiner Planung zufrieden.

Als Bran oben angekommen war, half er ihm, festen Tritt zu fassen. Dann gingen sie Fuß für Fuß weiter an der Wand lang.

„Geht's noch?“, fragte Gernot.

„Geht noch“, antwortete Bran.

Als sie unter der Felsnase angekommen waren, setzte Bran sein Gepäck ab und seufzte hörbar auf.

„Viel länger hätte es auch nicht sein dürfen“, meinte er.

“Du hast es ja geschafft. Aber jetzt brauchen wir ein Wurfseil.“

„Ein Wurfseil, ein Wurfseil“, ging der Befehl weiter.

Ein Wurfseil mit Anker wurde nach vorne gereicht und Gernot wickelte es in großen Schleifen, damit er gut ausholen konnte und das Seil leicht aus seiner Hand lief.

„Achtung“, sagte er leise, „passt auf euren Kopf auf.“

Er ließ den Wurfanker drei-, viermal durch die Luft wirbeln, dann ließ er ihn los. Aber der Anker kam genauso schnell zurück, wie er hochgeschleudert worden war. Ein zweiter Versuch, ein dritter. Dann beim vierten Versuch blieb der Anker oben an der Felsnase hängen und Gernot ließ vorsichtig das Seil nach. Bald war der Anker wieder unten und Gernot überprüfte die Festigkeit des Seils. Er zog ein paar Mal und stellte fest, dass man jetzt die Strickleiter hochziehen konnte. Er befestigte die Strickleiter am Ende des Wurfseils und zog sie in die Höhe. Langsam, ganz langsam entrollte sich die Strickleiter am einen Ende, während sie am anderen Ende immer mehr in die Höhe gezogen wurde. Schließlich war die Strickleiter oben an der Felsnase angekommen.

„Halt mal das Seil fest!“, bat Gernot Bran, „ich will versuchen, ob sie hält.“

Bran übernahm das Seil und band es sich um einen Arm. Gernot trat vorsichtig auf die erste Sprosse der Strickleiter. Sie hielt. Aber das war auch kein Wunder, denn sie dehnte sich lediglich. Also kletterte er einige Sprossen höher. Jetzt musste es sich zeigen, ob es weitergehen würde. Die Strickleiter hielt immer noch und Gernot kletterte vorsichtig Sprosse für Sprosse hoch. Oben angekommen, musste er die Leiter erst richtig befestigen. Dann zog er das Wurfseil mit dem Anker zu sich hoch und wickelte es um seine Schultern.

„Vorsichtig, Bran“, sagte er leise, „du kannst jetzt hochklettern. Aber immer nur einer auf der Strickleiter. Weitersagen!“

Bran kletterte hoch und sagte: „Ohne Gepäck geht das doch viel einfacher. Aber wie geht es jetzt weiter?“

„Die Wand über uns ist nicht mehr ganz so steil. Da hat sich wohl keiner die Mühe gemacht, den Fels zu behauen. Von jetzt an müssen wir ohne Hilfsmittel bis zu der Stelle gelangen, wo wir auf die Mauer steigen können.“

Vorsichtig ging es weiter und Gernot hörte hinter sich ab und zu ein leises Flüstern. Es schien alles in Ordnung zu sein. Gernot hatte einen guten Teil der Strecke zurückgelegt, als Bran ihm einen gewaltigen Schrecken einjagte.

„Und wenn der unbeleuchtete Teil der Mauer die Latrine ist?“

„Das will ich mal nicht glauben. Denn wer geht schon im Dunkeln zur Latrine? Und eine Latrine befindet sich eher oben auf der Burg als hier unten an der Mauer."

„Hoffen wir es."

Es blieb ein ewiges Geheimnis der Erbauer der Burg, sowie der augenblicklichen Besatzer, wozu dieser Mauerabschnitt diente.

Mitternacht war schon lange vorüber, als Gernot und Bran am ausgesuchten Mauerabschnitt ankamen. Die letzten Meter waren einfacher gewesen, denn hier wuchs allerlei Gestrüpp, an dem man sich festhalten konnte. Gernot nahm nun sein Wurfseil. Er würde am Seil hochklettern müssen, dann erst konnte er eine Strickleiter nachziehen. Deshalb machte er am Wurfseil mehrere Knoten, etwa jeden halben Meter einen, damit er nicht abrutschen konnte. Nach der Übung beim ersten Werfen, gelang es ihm jetzt schon beim ersten Wurf, das Seil an der Mauer zu befestigen. Ein scharfes Klirren, alle zuckten zusammen, aber keine Reaktion von oben. Gernot zog am Seil, stemmte seine Füße gegen die Wand und zog sich langsam, aber beständig in die Höhe. Oben angekommen, schwang er sich über die Mauerkrone und stand auf dem Wehrgang. Am unteren Ende des Wurfseils hatte Bran inzwischen eine zweite Strickleiter befestigt, die Gernot zu sich hoch zog. Wegen des Gewichts hatte man hier aber nicht so ein Monstrum wie bei der ersten Leiter gewählt. Es handelte sich einfach um einen langen Strick, in den man Schlaufen geknotet hatte, damit die Füße beim Klettern Halt fanden. So hangelte sich einer nach dem anderen auf die Mauer.

„Wir sind gut in der Zeit", sagte Gernot. „Erst in zwei Stunden wird die Sonne aufgehen und sehr viel früher können wir auch nicht angreifen, weil uns sonst unsere eigenen Leute nicht sehen können."

Vorsichtig krochen die Männer auf allen Vieren weiter in Richtung Tor. Da das Tor etwas niedriger lag als die Mauerkrone, konnte man von dort nichts bemerken. Aber von oben konnte man alles sehen, falls dort Wachen aufgestellt waren. Das war aber unwahrscheinlich. Die Assassinen verließen sich wohl auf den Glauben an die Unbezwingbarkeit ihrer Burg. Noch eins konnte Gernot sehen. Das zweite Tor war noch gar nicht fertig gestellt, was die Angelegenheit erleichterte. Dieses Tor konnte nicht geschlossen werden, allerdings konnte die Besatzung durch dieses Tor auf ihren Pferden nach unten jagen. Nach Gernots Meinung jedoch überwog der Vorteil.

„Hast du das gesehen?", fragte Bran, „kein weiteres Tor. Ein Vorteil für uns."

„Das glaube ich auch. Wir müssen uns jetzt nur auf das untere Tor konzentrieren. Wie viele Wachen kannst du erkennen?", fragte Gernot.

„Ich sehe vier auf dem Torbogen, aber es werden bestimmt noch viele im Torhaus sein."

„Also müssen wir diese vier geräuschlos ausschalten und dann das Torhaus stürmen."

Gernot befahl die Bogenschützen nach vorne.

„Seht ihr die vier Wachen dort auf dem Tor?"

„Das dürfte kein Problem sein", entgegnete einer der Bogenschützen.

Dann war es an der Zeit. Die Sonne würde sich in einer halben Stunde am Horizont zeigen, die Bogenschützen schlichen noch einige Meter weiter nach vorne, dann gab Gernot ein Zeichen und die vier Wachen sackten in sich zusammen. Gernot riss sein Schwert aus der Scheide, die Übrigen folgten seinem Beispiel. Alle hatten die Schneiden ihrer Schwerter mit Ruß geschwärzt, damit das glänzende Metall im Mondlicht keine verräterischen Reflexe produzierte. Gernot sprang auf, rannte bis zum Ende der Mauer, wo eine steinerne Treppe nach unten führte.

„Bran mir nach“, rief er, „und alle anderen ins Wachhaus. Bran, wir müssen die Ketten oder Seile, mit denen das Tor und die Brücke gesichert sind, finden und den Mechanismus zerstören.“

Sie rannten weiter zum Tor hin. Da entdeckten sie das, was sie suchten: Einen gesicherten Hebel, der für das Tor zuständig war und ein Seil, das den Mechanismus für die Brücke auslöste. Gernot zog am Seil und das Gegengewicht ließ die Brücke runtersausen. Bran drückte den Hebel und die Sicherung des Tores öffnete sich. Unten im Lager gab es plötzlich Lärm, man hörte Pferde wiehern und Männer rufen. Dann das Geräusch einer herangaloppierenden Truppe.

„Bran, den schwarzen Mantel weg! In zwei Minuten werden unsere Leute hier sein. Zurück zum Wachhaus.“

Dort war inzwischen ein harter Kampf entbrannt. Verbissen kämpften dort Angreifer und Verteidiger.

„Die schwarzen Mäntel runter“, rief Gernot, „unsere Leute werden gleich hier sein.“

Er sah sich um, befreite einen der Ritter, der sich mit zwei Gegnern rumschlug und entdeckte dann die neuen Gegner. Die Assassinen hatten zwar oben auf der Burg keine Wachen stehen, aber es musste eine Gruppe von Kämpfern in Bereitschaft gelegen haben. Von oben stürmte jetzt eine halbe Hundertschaft nach unten. In dem Augenblick ging die Sonne auf und jeder konnte sich jetzt ein besseres Bild vom Kampfgeschehen machen. Überall lagen Tote und Verwundete, eigene Leute und Gegner. Wenn jetzt nicht bald die eigene Truppe eintraf, dann würde die Situation mehr als gefährlich werden. Gernot rannte einige Meter bergauf und traf auf den ersten

Reiter, einen großgewachsenen Mann auf einem Rappen, der direkt auf Gernot zuritt. Dieser konnte nur noch zur Seite springen und den Reiter am Bein erwischen. Er schrie auf, riss sein Pferd herum und versuchte einen zweiten Angriff. Gernot stand nun aber etwas höher und sprang von dort auf das Pferd, riss den Reiter aus dem Sattel und erstach ihn mit seinem langen Messer. Er steckte das Messer zurück und bückte sich ohne zu überlegen nach dem Schwert des Reiters, einer leicht gebogenen Waffe, eindeutig aus Damaszener Produktion.

Da er keinen Schild mit sich führte, dachte er: „Zwei Schwerter sind besser als eines."

Damit stürmte er weiter bergauf. Plötzlich erschallte von oben ein Ruf: „Schießt auf al-Faris abyad, das ist ein al-Faris bi-saifain."

„Ein Ritter mit zwei Schwertern", dachte Gernot, „schon wieder ein neuer Name. Nun ja, man nimmt, was man kriegen kann."

Damit stürmte er weiter bergan, was jedoch unüberlegt war, da nach den Reitern jetzt die Fußsoldaten von oben heruntereilten. Die eigenen Reiter, mit König Balduin an der Spitze, stürmten den Burgweg hoch und trafen dort in der Höhe des Tores auf die Assassinen. Gernot aber hatte es plötzlich mit mehreren Gegnern zu tun. Jetzt musste er wirklich mit seinen zwei Schwertern kämpfen, denn er besaß keinen Schild, um sich zu schützen. Er musste sein ganzes Geschick, sein ganzes Können aufwenden, um nicht überrannt zu werden. Mit heftigen Hieben trieb er zwei Assassinen vor sich her, als weitere Kämpfer in Schwarz erschienen. Erst als Bran neben ihm erschien, wurde die Gefahr etwas geringer. Trotzdem war es ein Hauen und Stechen, ein Kampf auf Leben und Tod, der von den Assassinen ohne Rücksicht auf Verluste geführt wurde. Sie warfen ihr Leben weg, ohne zu überlegen, als sei dies der Weg ins Himmelreich.

In diesem Augenblick kamen die eigenen Leute zur Hilfe und Gernot konnte es nun langsamer angehen lassen. Sollten doch die anderen jetzt den Kampf zu Ende führen. Ganz am Ende der Truppe ritten Ramon und Gérard.

„Habt ihr gehört", riefen sie, „wie man euch jetzt nennt? Al-Faris bi-saifain. Das hört sich gut an. Aber wollt ihr nicht nach oben reiten? Ich kann bei Gérard aufsteigen und ihr reitet. Ein al-Faris bi-saifain geht nicht zu Fuß."

Gernot musste lachen, nahm aber das Angebot dankend an. Oben war der Kampf entschieden.

„Wo sind die überlebenden Assassinen?", fragte er Balduin.

„Es gibt keine", antwortete dieser. Als sie sahen, dass der Kampf verloren war, stürzten sich die letzten Kämpfer über die Mauern in den Tod. So sind sie nun mal. Eben anders als alle anderen."

Gernot sah sich um. Nur Leichen, die man, nachdem man ihre Taschen geplündert und die Waffen abgenommen hatte, ebenfalls über die Mauern warf. Er stieg vom Pferd und versuchte sich einen Überblick zu verschaffen.

Der Burghof war nicht sehr groß. An einer Seite befanden sich die Stallungen, auf der anderen die Unterkünfte. Dann gab es noch einige Gebäude für einen noch zu entdeckenden Zweck. Vielleicht für den Vorrat und die Gefangenen. Er wandte sich noch einmal um und sah Balduin fluchend aus einem Gebäude kommen.

„Was ist los?", fragte er den König.

„Was los ist? Es gibt hier keine Gefangenen. Wir haben hier alles untersucht, jeden Raum. Nichts zu finden. Weder die Entführten, noch das Geld der Assassinen."

„Aha", dachte Gernot, schon wieder das liebe Geld.

Er ritt noch einmal runter zum unteren Tor, um zu sehen, ob es hier Verluste gegeben hatte. Neben den schwarz gekleideten Assassinen lagen auch weiß gekleidete Ritter. Vier waren tot, mehrere verwundet, auch drei der Bogenschützen.

Gernot ging noch einmal zu der Stelle, wo er seinen Gegner aus dem Sattel befördert hatte. Das Pferd stand neben seinem toten Herrn und wartete.

„Jetzt hast du noch ein Pferd", sagte Gernot leise zu sich selbst und ging auf das Tier zu. Dann beugte er sich zu seinem toten Gegner. In seinem Gürtel hatte dieser einen dicken Beutel hängen. Gernot griff zu, überprüfte ihn und sagte dann: „Das ist das Geld für den Mokka."

Er versteckte den Beutel unter seinem Obergewand und nahm auch den Gürtel des Mannes mit, an dem das Schwert befestigt war. Dann ging er zu seinen verletzten Freunden. Es waren bereits Männer aus dem Lager bei ihnen, die sich um sie kümmerten. Gernot nahm wieder Ebbas Pulver, rührte es an und verband alle notdürftig.

Dann ritt er wieder nach oben und gab das Pferd an Ramon zurück.

„Ich danke dir", sagte er, „so war es doch etwas bequemer. Aber wie du siehst, habe ich jetzt ein neues Pferd, und kein schlechtes glaube ich."

Balduin lief noch immer ratlos über den Hof.

„Wahrscheinlich hat er schon zehnmal alle Räume durchsucht und nichts gefunden“, dachte Gernot und laut fragte er: „Immer noch nichts?“

„Nein, nichts“, war die enttäuschte Antwort.

Mitten auf dem Hof gab es einen Brunnen, der durch einige Bretter abgedeckt war. Einen Brunnen? Einen Brunnen in fast 100 Metern Höhe? Das wäre so ziemlich das sinnloseste Bauwerk der Welt.

Gernot ging zu diesem Brunnen, entfernte die Bretter und sah hinein. Ein tiefer Schacht, dessen Sohle er nicht sehen konnte. Das Tageslicht konnte nicht bis dorthin vordringen. Aber was er sah, ließ ihn auf eine andere Idee kommen. Das war kein Brunnen, sondern ein Gefängnis.

Gernot konnte sehen, dass in unregelmäßigen Abständen seitliche Stollen in den Berg getrieben waren. Das war ein ideales Gefängnis, niemand konnte von dort entkommen. Man konnte, wenn man versuchte, aus den Stollen zu fliehen, nur in die Tiefe stürzen. Das musste ganz einfach das Verlies sein, wenn es überhaupt eines gab. Die Assassinen hatten ja vielleicht ihre Gefangenen auf eine andere ihrer Burgen gebracht.

Gernot rief nach unten: nichts. Noch einmal: wieder nichts. Dann hörte er ein leises Stöhnen. Das war alles.

„Der Berg stöhnt nicht, das musste einer der Gefangenen sein“, dachte er.

„Was macht ihr da am Brunnen?“, wandte sich Balduin an ihn.

„Das ist kein Brunnen. Wie tief muss man von hier oben graben, um an Wasser zu gelangen? Nicht einmal die Assassinen sind so verrückt. Das muss das Verlies sein“, antwortete Gernot.

Balduin beugte sich über den Rand und schaute in den Brunnen.

„Ihr habt Recht. Das ist kein Brunnen. Das Ding müssen wir untersuchen."

Gernot ging zu seinem neuen Pferd und hängte seine beiden Schwerter und den Harnisch an den Sattelknopf. Dann kehrte er zum Brunnen zurück.

„Wir haben ja genügend lange Seile", erklärte er, „damit müsste es gelingen in den Brunnen hinabzusteigen."

Jetzt war Balduin in seinem Element. Befehle geben, das konnte er gut: „Seile her, Bretter in ein Meter lange Stücke sägen, ein Rundholz über den Brunnen legen."

Das Ganze ging fast so schnell wie Balduin es angeordnet hatte. Nur wenige Minuten später hatten Handwerker aus dem Holz eine Sitzkonstruktion hergestellt, die man an einem Seil über das Rundholz nach unten lassen konnte.

„Jetzt brauche ich noch einige Fackeln, damit ich unten etwas sehen kann. Und dann lasst mich langsam runter und achtet auf meine Kommandos. Und noch eine Bitte: Lasst das Seil nicht los."

Gernot saß jetzt auf dem Sitz und ließ sich langsam in die Tiefe hinab befördern. Nach etwa zehn Metern hatte er den ersten Stollen erreicht. Er leuchtete hinein und seine schlimmsten Befürchtungen wurden bei weitem übertroffen. Als er in den Stollen hineinleuchtete, sah er ein Wesen, das man kaum noch als Mensch bezeichnen konnte. Völlig verdreckt, mit wirren Haaren lag in einer Ecke eine ausgemergelte Gestalt, die wohl einstmals ein Ritter gewesen war. Die Augen waren geschlossen, der nackte Körper über und über mit Ausschlägen und Wunden bedeckt.

„Hallo, wer seid ihr?", fragte Gernot.

Keine Antwort, aber eine leichte Bewegung. Also lebte die Gestalt noch.

„Wartet einen Augenblick. Ich hole euch hier gleich raus. Dann seid ihr in Freiheit."

Er wandte sich nach oben und rief: „Holt mich hoch! Ich brauche eine saubere Decke oder ein Laken. Ich habe einen Gefangenen gefunden."

Er wurde hochgezogen, mit dem Nötigen versorgt und wieder runter gelassen. Gernot leuchtete noch einmal in den Stollen. Er war etwa drei Meter lang, sodass er den Gefangenen, obwohl dieser mit angezogenen Beinen in der Mitte der Höhle lag, erreichen konnte. Er breitete die Decke aus, zog den Gefangenen an den Beinen auf die Decke, wobei dieser leicht stöhnte und wickelte ihn in diese ein. Dann ergriff er die Decke mit dem Gefangenen und fragte sich sofort, wie ein Mensch so wenig wiegen kann. Dann hob er ihn zu sich auf den Schoß und rief: „Hochziehen!"

Oben angekommen, hörte man einen Schrei des Entsetzens, den der Anblick des Mannes ausgelöst hatte.

„Gebt mir eine neue Decke und eine andere Fackel", sagte Gernot und schon wurde er wieder runter gelassen.

Im nächsten Stollen steckten zwei Männer, oder das, was von ihnen übrig geblieben war. Die Assassinen hatten nie vorgehabt, diese Männer jemals wieder in die Freiheit zu entlassen. Das war für Gernot klar.

Er rief jetzt laut in den Brunnen: „Alle, die noch leben, bewegen sich bitte nach vorne. Wir werden euch nach oben ziehen."

Die einzige Reaktion waren verschiedene unartikulierte Geräusche. Gernot kümmerte sich aber zunächst um die beiden Männer, die er eben entdeckt hatte. Er rollte einen von ihnen wieder in die Decke und transportierte ihn nach oben. Dies wiederholte sich insgesamt 15 Mal.

Dann war klar, dass sich niemand mehr dort unten befand. Als er seinen Sitz nach der letzten Rettung verließ, zitterten ihm die Knie, nicht nur wegen der Anstrengung, vor allem wegen des Ekels, den er empfand. Ein Menschenleben spielte hier keine Rolle, man ließ die Gefangenen verhungern, man hatte sie gefoltert, der Mensch zählte nicht, er war ein Nichts.

Die Befreiten waren in ein größeres Haus gebracht worden. Man hatte ihnen die Augen verbunden, um sie vor dem Sonnenlicht zu schützen. Schluckweise hatten sie etwas zu trinken bekommen, was einige jedoch nicht bei sich behalten konnten. Sie wurden nun vorsichtig gewaschen und auf weiche Unterlagen gebettet. Ärzte waren damit beschäftigt, sich um die Wunden und sonstigen Verletzungen zu kümmern.

Unter ihnen waren auch arabische Ärzte, von denen einer sagte: „Jetzt versteht ihr, weshalb kein aufrichtiger Muslim etwas mit den Assassinen zu tun haben will. Das ist eine Mörder-Sekte."

Gernot ging nach draußen und wusch sich erst einmal ausgiebig vor einer der riesigen Amphoren, in der die Assassinen ihr Wasser gespeichert hatten.

Balduin ging ziellos und sichtbar übelgelaunt über den Hof.

„Ich muss euch danken", sagte er. „Ohne euch hätten wir die Burg nicht eingenommen und die Entführten nicht befreien können. Aber ich hatte mir noch etwas mehr erwartete: Geld. Jetzt werdet ihr denken: „Der will immer nur Geld." Aber es ist nun mal so. Dieser kleine Ausflug hierhin – und haltet mich nicht für unmenschlich, wenn ich alles mit Geld aufrechne – hat Geld gekostet. Ich schätze so alles in allem an die 5.000 Byzantii. Gut, das kann ich natürlich bezahlen. Aber irgendwie muss das Geld wieder reinkommen. Sonst bin ich bald dort angekommen, was man einen Staatsbankrott nennen könnte. Ich übertreibe jetzt. Aber so ist es nun einmal. Übrigens, der Mann mit dem schwarzen Pferd, den ihr erschlagen habt, das war der Anführer der hiesigen Gruppe. Ein berüchtigter Kämpfer. Gut, dass niemand entkommen ist, denn sonst hättet ihr jetzt keine ruhige Minute mehr. Aber ihr habt ein ausgezeichnetes Pferd gewonnen. Es ist berühmt wegen seiner Schnelligkeit. Man erzählt sich, dass dieses Pferd es mit meinem Pferd „Gazelle" aufnehmen kann. Es steht euch wahrlich zu. Meinen Glückwunsch."

„Dann gehe ich mal auf Geldsuche", sagte Gernot und entfernte sich.

Die Vorratskammern, in denen sich die Lebensmittel befunden hatten, waren bereits völlig geleert. Alles war runter ins Lager gebracht worden. Auch die Waffenkammer war geplündert. Jeder hatte genommen, was er glaubte gebrauchen und verkaufen zu können. In einer kleineren Kammer hatten die Assassinen wohl ihre zusätzliche Kleidung untergebracht. Die vielen schwarzen Obergewänder, die dort lagerten, hatten nicht das Interesse der Eroberer wecken können. Gernot entdeckte in einer Ecke aber einen dicken Stapel weißer Gewänder, die al-Faris abyad gut stehen würden.

Er sah Ramon und Gérard neben dem Brunnen sitzen und dem Geschehen zusehen.

Er rief sie herbei: „Könnt ihr mir einen Gefallen tun?"

„Jederzeit", riefen sie, froh eine Aufgabe zugeteilt zu bekommen.

„Ich glaube, unten im Lager werden sehr viele bald neue Kleidung benötigen. Könnt ihr alles, was ihr hier seht, nach unten transportieren?"

Ramon sah in den Raum, zeigte in die Ecke und sagte: „Weiße Kleidung für al-Faris abyad?“

„Genauso ist es. Aber bringt auch die andere Kleidung nach unten. Man kann den Assassinen ja viel Schlechtes nachsagen, aber eins nicht: Unsauberkeit. Alles ist sauber gewaschen und ordentlich aufgeschichtet.“

„Wir machen es, wie ihr wünscht. Wir werden alles sauber und ordentlich in eurem Zelt aufpacken.“

Aber in diesem Raum waren keine Schätze zu entdecken, nur Kleidung. Gernot ging durch alle Räume, aber immer das gleiche Ergebnis: Alles war sauber, aber von Wohlstand keine Spur.

Er ging zurück auf den Hof. Kam man vom Eingang, vom noch nicht fertiggestellten Tor, dann blickte man auf einen steinernen Sitz, einer Art Thron. Welche Funktion dieser Thron hatte, wusste Gernot nicht, aber er stellte sich vor, dass dieses sozusagen der offizielle Sitz des Anführers dieser Gruppe der Assassinen gewesen war. Dieser Sitz war erhöht, von dort hatte man einen Überblick über die ganze Burganlage.

Gernot ging auf diesen Sitz zu, er sah sich das Gebilde an und bemerkte plötzlich etwas, was nicht zum Bild dieses Sitzes passte. Der Sitz befand sich praktisch in einem Raum, von dem man die Vorderwand entfernt hatte. Alles war sehr symmetrisch angeordnet. Doch nicht ganz symmetrisch. Während die linke Wand einen Durchmesser von vielleicht einem Meter hatte, war die rechte Außenwand erheblich dicker: mehr als zwei Meter. Warum? Das konnte reiner Zufall sein, weil der erste Bauherr hier etwas schaffen wollte, was nicht zu Ende geführt wurde. Allerdings sah die rechte Wand so aus, als hätte man sie vor nicht zu langer Zeit erst aufgemauert.

Gernot trat an die Mauer heran und untersuchte sie. Von außen und von vorne war lediglich ein festes Mauerwerk zu sehen, nichts, was die Aufmerksamkeit hätte reizen können. Aber die rechte Innenseite zeigte bei genauerer Betrachtung einige Auffälligkeiten. Hatten hier die Handwerker nachlässig gearbeitet? Einige Fugen waren herausgefallen. Oder waren die Steine an dieser Stelle etwa gar nicht verfugt worden? Gernot verfolgte die fehlenden Fugen mit dem Messer. Plötzlich fielen vor seinem Messer weitere Fugenstücke aus dem Mauerwerk. Doch das waren keine Fugen, sondern lediglich Lehm, den man dort hineingestrichen hatte. Bald erkannte Gernot das System der nicht vorhandenen Fugen. Sie verliefen von oben nach unten und am Boden und an der Decke geradeaus. Eines wurde ihm jetzt klar. Es handelte sich hier nicht um ein Mauerwerk, sondern um eine Art Tür.

Der Anführer der Assassinen musste sich seiner Leute sehr sicher gewesen sein, weil er die Tür für jeden sichtbar angelegt hatte. Wie konnte man diese aber öffnen? Gernot drückte gegen die Wand, erst mit den Händen, dann mit dem ganzen Körpergewicht. Nichts passierte. Mittlerweile hatten alle mitbekommen, dass Gernot an der Wand Untersuchungen angestellt hatte.

Balduin kam sofort herbeigeeilt: „Nun, habt ihr was entdeckt?"

„Ich weiß noch nicht. Aber diese Mauer passt nicht zum Gesamtbild. Die rechte Seite ist viel dicker als die linke Seite und hier fehlen Fugen. Ich bin mir sicher, dass dieses Mauerstück eine Geheimtür ist. Ich weiß nur noch nicht, wie man die Tür öffnet."

„Das können wir auch mit Gewalt machen"; schlug Balduin vor.

„Und eventuell alles verlieren“, entgegnete Gernot. „Bedenkt das Geschick mit dem die Assassinen hier gearbeitet haben. Vielleicht verschwindet alles, was sich hinter der Tür befindet tief in einer Felsspalte, wenn man die Tür mit Gewalt öffnet.“

„Wie machen wir es dann?“

„Ich weiß es noch nicht“, entgegnete Gernot und setzte sich auf den steinernen Thron.

Er überlegte und bewegte sich dabei hin und her. Gernot glaubte plötzlich, eine kleine Bewegung vernommen zu haben. Er wiederholte die Bewegungen und richtig, der Thron bewegte sich etwas, so als ob er sich ein ganz klein wenig um die eigene Achse drehte. Gernot sah auf den Boden und da war es, was er suchte: Kratzspuren. Diese Spuren verliefen kreisförmig unter dem Thron. Den Thron konnte man also drehen. Aber wie. Gernot setzte sich wieder aufrecht hin und zappelte dabei. Schließlich, als er seine Bemühungen schon aufgeben wollte, lehnte er sich an das Rückenteil an und es sagte „Klick“. Jetzt ließ sich der gesamte Thron zur dickeren Wandseite drehen und an dieser Seite sprang eine steinerne Tür auf. Nun sah Gernot das, auf das der König gewartet hatte: Geld.

Balduin sprang sofort nach vorne, aber Gernot hielt ihn zurück: „Halt, wer weiß, welche Sicherungen diese Burschen noch eingebaut haben?“

Das Geld lag in einer offenen Truhe, nicht sehr groß, aber dass sich dort mehr als 20.000 Byzantii befanden, das war jedem klar. Die Truhe stand auf einem Hocker, mitten in dem kleinen Raum.

„Bringt mir ein starkes Brett“, befahl Gernot, „und etwas, was man als Gegenlager benutzen kann.“

Das Brett, gut vier Meter lang und drei Zentimeter dick wurde herbei geschleppt, ebenso ein dicker Mauerstein. Gernot platzierte den Stein direkt vor dem Eingang zum kleinen Raum und das Brett auf diesem Stein.

Dann schob er das Brett unter den Hocker und sagte: „Du, du und du, ihr drückt jetzt das Brett nach unten, sodass die Truhe sich hebt und zieht dann das Brett mit der Truhe aus dem kleinen Raum."

Alles war gespannt auf das, was da passieren konnte. Und es geschah auch. Kaum hatten die drei Soldaten das Brett angehoben, stürzte der gesamte Fußboden in sich zusammen und verschwand irgendwo im Inneren des Berges.

Gernot ergriff sofort die Truhe, zog sie mit dem Brett nach vorne und übergab sie Balduin. Dieser strahlte mit der Sonne um die Wette.

„Also doch. Ich hatte es gewusst. Diese Burschen verfügen über ungeahnte finanzielle Reserven. Das gehört jetzt mir – und natürlich euch allen. Gernot, dieser Beutel dort in der Truhe ist für euch. Euch haben wir schließlich unseren Erfolg zu verdanken."

Gernot ergriff den Beutel, bedankte sich und ging auf den Hof zurück. Er öffnete den Beutel und sah neben vielen großen Goldstücken auch Ringe und Ketten in vorzüglicher Arbeit.

„Schnell den Beutel schließen", dachte er, bevor Balduin auf die Idee kommt, selber einmal in den Beutel zu schauen. Dann beschloss er, dass nun Ruhe sein müsste. Die ganze Nacht nicht geschlafen, hochangespannt sein und auf den Angriff warten, dann der Angriff, die Eroberung der Burg, die Befreiung der Entführten und schließlich den König zufrieden stellen durch das Auffinden des Geldes das musste reichen.

Er setzte sich an den Brunnen und war jetzt selbst einmal Beobachter. Eine Reihe von Soldaten war mit dem Abtransport von Dingen beschäftigt, die man noch einmal gebrauchen konnte. Katapulte und Ballisten wurden ins Lager gebracht, der große Tribok wurde zerlegt, um bei einer anderen Belagerung nützlich zu sein. Gernot erkannte, dass Balduin seinen Leuten beigebracht hatte, wie man gründlich plündert. Dass seine eigenen Leute mit großem Eifer dabei waren, störte ihn überhaupt nicht. Hauptsache erst mal Ruhe. Aber lange hielt er es an seinem Platz nicht aus. Es war Mittag und die Sonne stand steil am Himmel. Ein Platz im Schatten wäre sinnvoller gewesen.

Er erhob sich und ging noch einmal zu den Geretteten. Einige von ihnen hatte man schon auf Tragen nach unten ins Lager gebracht, die anderen warteten, weil sie noch zu schwach waren oder weil es an Trägern und Tragen mangelte. Schließlich verließ er den Raum wieder, so erbaulich war der Anblick nun auch nicht. Draußen lehnte er sich an eine Wand, die noch sehr feucht aussah.

„Wohl mit dem Mauern nicht rechtzeitig fertig geworden?“, dachte er, als er ein leises Geräusch hörte, wie ein Lallen.

„Eine sprechende Mauer, Gernot du spinnst“, sagte er laut.

„Was ist los?“, fragte Bran, der in seiner Nähe stand.

„Hier spricht eine Mauer mit mir.“

„Eine was...? Gernot du spinnst.“

„Das habe ich mir auch gerade gesagt, aber du glaubst mir ja nicht.“

Gernot zeigte auf die Mauer. Sie war noch frisch, das konnte man sehen und in Augenhöhe hatte man mit dem Verfugen aufgehört.

„Das schlechte Verfugen scheint hier weit verbreitet zu sein“, sagte er zu Bran und deutete auf die Schlitze.

„Hakim“, flüsterte die Mauer.

„Das darf nicht wahr sein, eine Mauer, die nach einem Arzt ruft“, so etwas gibt es nicht Gernot, entweder wir spinnen beide oder...“

In dem Augenblick hatten beide die gleiche Idee: Dort hat man jemanden bei lebendigem Leibe eingemauert. Bran nahm eine am Boden liegende Brechstange und dann flogen die Steine nur so aus der Mauer. Bald konnten sie den Kopf eines Mannes sehen, der von den Assassinen eingemauert worden war. Weitere Soldaten hatten sich um die beiden geschart und halfen bei der Arbeit. Balduin kam, vom Lärm angelockt, herbeigeeilt und beobachtete das Geschehen.

„So etwas habe ich noch nie gesehen“, sagte er. „Selbst den schlimmsten Feind mauert man nicht bei lebendigem Leibe in eine Wand ein. Das gefällt weder Gott noch Allah.“

Bis zum Bauch stand der Mann nun im Freien und musste gehalten werden, damit er nicht nach vorne kippte. Aber ihn herauszuheben gelang den Männern immer noch nicht. Erst als man bei den Füßen angelangt war, konnte er von mehreren Männern aus seinem Gefängnis befreit und ins Haus zu den anderen Befreiten gebracht werden. Dort wurde er gewaschen, die Wunden gereinigt und man bot ihm zu trinken an.

„Jetzt habt ihr einen Hakim, einen Arzt“, sagte Gernot.

„Nein, ihr habt mich falsch verstanden. Ich bin selber Arzt“, erwiderte der Mann mit schwacher Stimme.

Es dauerte eine Zeit, bis Gernot verstanden hatte, weshalb die Assassinen ihn eingemauert hatten. Er hieß Hassan ibn Ali, hatte eine Ausbildung bei einem einheimischen Arzt gemacht und hatte anschließend Medizin in Bagdad studiert. Diese gute Ausbildung wurde ihm dann zum Verhängnis. Die Assassinen, die einen Arzt benötigten, hatten ihn einfach entführt und nach einem Fluchtversuch vor einigen Tagen eingemauert. Ramon und Gérard, die ihren Auftrag ausgeführt hatten, bekamen nun eine neue Aufgabe, den ausgemergelten Arzt in Gernots Zelt zu transportieren.

Damit war die Aufgabe auf dem Berg für alle erfüllt.

Doch Balduin meinte an alle anwesenden Ritter gewandt: „Wir können diese Burg nicht so lassen, wie sie jetzt dasteht. Eine Besatzung auf der Burg zu belassen ist teuer und nutzlos, denn wer sollte uns dort angreifen. Außerdem wäre die Versorgung mit Lebensmitteln und Wasser ein unsinniges Unterfangen. Deshalb glaube ich, dass es sinnvoll wäre, die gesamte Burganlage zu zerstören. Allerdings müsste sie so zerstört werden, dass ein Wiederaufbau unmöglich erscheint. Ich habe beschlossen, Gernot von Kahlenberg mit seinen Bogenschützen und zusätzlichen 50 Soldaten hier so lange zu stationieren, bis die Arbeit verrichtet ist. Die notwendigen Arbeiter werde ich aus der Umgegend rekrutieren und hierhin befehlen. Solange wir aber noch hier sind, sollen alle mit anfassen, damit die Arbeit schneller erledigt werden kann. Jetzt aber transportieren wir die restlichen Entführten ins Lager. Dort können sie besser versorgt werden. Morgen beginnt dann hier die Arbeit."

Gernot ging den Berg hinunter und begab sich zu seinem Zelt. Vier der Bogenschützen waren verletzt. Sie konnten in den nächsten Tagen weder reiten noch arbeiten. Das würde einige Zeit dauern. Die Wunden des Arztes waren eher oberflächlicher Natur, was Sorgen machte war der Umstand, dass er völlig ausgetrocknet war. Aber das würde sich in nächster Zeit geben.

Gernot begab sich trotz seiner Müdigkeit noch einmal zu Balduin: „Wir sollten uns jetzt schon um die nötigen Arbeiter bemühen. Die sollten dann Frauen mitbringen, denn wir sind hier mit der Pflege der verletzten Männer überfordert. Es muss ja nicht sein, dass wir diese Männer zwar gerettet haben, sie nun aber wegen mangelnder Pflege noch sterben."

Balduin sah das ein und schickte sofort Boten mit den entsprechenden Anweisungen los. Dann ging er zurück in sein Zelt und schlief bis zum nächsten Nachmittag.

Als Gernot die Augen aufmachte, hatte die Sonne den Zenith schon überschritten. Es war der Mokka-Geruch, der ihm als erstes in die Nase stieg, dann der Duft von Gebratenem, dann das Gluckern von Wein, der in einen Becher gekippt wurde: in seinen Becher.

Eine Stunde später fühlte er sich wie neugeboren. Seinen eigenen Verletzten ging es gut, der Arzt war bereits in der Lage zu sitzen und auch sonst herrschte im Lager eine himmlische Ruhe. Das lag aber nicht daran, dass auch alle anderen noch schliefen. Vielmehr war kaum jemand im Lager.

Balduin hatte seine Ankündigung bereits umgesetzt und alle waren zwecks Abbrucharbeiten auf der Burg. Ihn hatte man also noch geschont, sonst aber waren von seinen Männern nur sieben anwesend, des Weiteren vielleicht noch 20 Soldaten, die wahrscheinlich alle irgendwelche Verletzungen davongetragen hatten. Anwesend waren auch die ehemals Entführten, die im Schatten unter Zeltplanen lagen. Ramon und Gérard waren auch dort zu finden. Vielleicht hatte man sie für noch zu jung gehalten, um an den körperlich anstrengenden Arbeiten auf der Burg teilzunehmen. Sie kümmerten sich um alle Kranken und erklärten laut lachend, dass König Balduin sie zu Lagerkommandanten erklärt hatte.

„Und wie geht es den Befreiten?", fragte Gernot.

„Wir müssen wohl nicht befürchten, dass einer von ihnen stirbt, aber es kann lange dauern, bis alle wieder im Sattel sitzen können“, erklärte Ramon.

Davon konnte sich Gernot jetzt persönlich ein Bild machen. Er stellte sich ihnen vor und sie nannten ihren Namen. Die Assassinen mussten genaue Kenntnisse über den europäischen Hochadel gehabt haben, denn keiner der Geretteten stammte aus einer armen Familie.

„Wie ich Balduin kenne“, wird er euch schon erklärt haben, wie die Rettung vonstatten gegangen ist. Deshalb jetzt keine Dankesworte, erholt euch erst einmal und trinkt das hier.“

Damit reichte er einen Weinschlauch rum, aus dem kräftig getrunken wurde.

Dann wandte er sich an Ramon: „Wo habt ihr mein neues Pferd hingebracht?“

„Kommt mit.“

Ramon brachte ihn hinter die Zelte, wo Gernot seine drei Pferde fand. „Wie soll ich das neue Pferd nennen? Sein alter Besitzer kann mir den Namen nicht mehr verraten. Hast du eine Idee?“, fragte Gernot.

„Wie wäre es mit „Chamsin“, wie der Wüstenwind?“, antwortete Ramon.

„Chamsin, nicht schlecht. Von heute an heißt du Chamsin.“

Das war eine Feststellung.

„Dann will ich mal sehen, was Chamsin kann“, sagte Gernot.

Er sattelte sein Pferd und ritt aus dem Lager. Der Weg, den er wählte, war der, den er in den letzten Tagen immer genommen hatte: einmal um die Burg. Was Gernot bei diesem Ritt jedoch erlebte, ging an die Grenzen seiner Reitkunst.

Chamsin flog nur so dahin. Gernot musste sich im Sattel klein machen, um das Gleichgewicht zu halten.

„Das war fantastisch“, rief er, als er zurückkam. „Die Geschwindigkeit ist sagenhaft. Ich glaube, dass ich mein Reitverhalten noch ändern muss. Es ist nicht einfach, bei so einer Geschwindigkeit im Sattel zu bleiben.“

Gernot hatte kein schlechtes Gewissen, als er sich erst jetzt den Arbeiten auf der Burg widmete. Er ritt mit Chamsin den Berg hinauf und sah, was dort geschah. Zunächst hatte man das Brunnenverlies mit Steinen zugeschüttet. Die Steine der Burgmauer wurden mit Brechstangen aus dem Mauerwerk gebrochen und nach unten geworfen. Gernot sah, dass es wohl ein bis zwei Wochen dauern würde, bis aus diesem Ort des Schreckens eine Ruine entstehen würde, deren Aufbau unrealistisch wäre.

„Ah“, begrüßte ihn Balduin, „ausgeschlafen? Nun ja, wenn man an seine körperlichen Grenzen geht, dann braucht man auch mal Ruhe. Ihr seht ja, um was es hier geht. Hier soll niemand je wieder eine Befestigungsanlage errichten können. Morgen werden die Arbeiter aus den Nachbardörfern eintreffen und ich ziehe zurück nach Jerusalem. Ihr könnt dann die Arbeiten hier beaufsichtigen. Ich lasse euch aber noch genügend Soldaten im Lager, denn die Entführten sind noch nicht in der Lage, die Reise in meine Hauptstadt anzutreten.“

„Habt ihr denn eure Unkosten wieder reinbekommen?“, fragte Gernot, der neugierig war auf Balduins Einkünfte.

„Nun ja, ich musste zunächst ja alle beteiligten Ritter und Soldaten bezahlen. Da war schon einmal eine Menge Geld ausgegeben. Aber ich glaube, dass ich doch einen hübschen Gewinn gemacht habe. Hier habe ich noch etwas für euch. Ihr müsst ja schließlich die Arbeiter bezahlen. Umsonst tun die nichts, wobei es doch eigentlich auch für sie von Vorteil ist, wenn die Assassinen sich hier nicht festsetzen können. Aber nicht jeder sieht das ein."

Damit übergab Balduin einen kleinen Beutel mit Münzen an Gernot.

Am nächsten Morgen reiste Balduin mit seinem Gefolge ab, kurz darauf auch Guillaume von Tiberias.

Beim Abschied sagte er zu Gernot: „Ramon und Gérard haben mich gebeten, dass sie bis zum Ende der Arbeiten hier bei euch im Lager bleiben dürfen. Sie sind zwar noch sehr jung, aber nach der Ausrottung der hiesigen Assassinen besteht ja keine Gefahr mehr, dass ihnen etwas passieren könnte. Passt auf sie auf, denn Berengaria würde es mir nie verzeihen, wenn den beiden etwas zustoßen würde. Damit sie anschließend auch heil in Tiberias ankommen, lasse ich euch noch 20 Reiter hier."

„Das ist für mich kein Problem", antwortete Gernot. „Die beiden können sich gut um meine Pferde kümmern. Die müssen ja bewegt werden und ich habe gesehen, dass beide hervorragende Reiter sind."

Damit zog Guillaume ab in Richtung Tiberias, also in nordwestlicher Richtung.

Die Arbeiter erschienen im Laufe des Vormittags und machten sich unter Gernots Anweisung sofort an die Arbeit. Sie hatten einige Frauen mitgebracht, die sich sofort um die Kranken und Verletzten kümmerten und dafür sorgten, dass es am Abend etwas zu essen gab.

Ramon und Gérard ritten al-Assil und Chamsin und kehrten erst am Abend zurück.

„Wenn man diese Pferde reitet, dann weiß man erst, was Reiten bedeutet", rief Gérard. „Wir sind bis ins Grasland im Westen geritten, sodass beide Pferde genug fressen konnten.

Mit dem Messer haben wir noch zwei große Bündel Gras geschnitten. Auch „Du“ sollte mal wieder frisches Gras genießen.“

Am anderen Morgen begannen die Arbeiter in aller Frühe mit ihren Arbeiten. Da genügend Werkzeuge vorhanden waren, gingen die Abbrucharbeiten zügig vonstatten. Die obere Burg abzureißen war kein großes Problem. Das Mauerwerk war in großen Teilen noch frisch und bot den Brechstangen keinen großen Widerstand. Nach fünf Tagen war von der oberen Burg nichts mehr zu sehen. Der untere Wehrgang, über den Gernot mit seinen Männern in die Burg eingedrungen war, stellte ein größeres Hindernis dar, sodass ab und zu Pferde eingesetzt werden mussten, die mittels langer Ketten die Mauer einrissen.

Gernot sah bald ein, dass sein Aufenthalt dort nicht vonnöten war und hielt sich mehr im Lager auf, wo die Kranken so langsam wieder auf die Beine kamen. Die von den arabischen Frauen zubereiteten Speisen schmeckten also nicht nur ihm, sondern auch den Kranken. Er unterhielt sich jetzt mehr mit ihnen und erfuhr alles über die Umstände ihrer Entführung. Die meisten der Entführten stammten aus Nord- oder Südfrankreich, einige aus Süditalien, zwei aus dem Deutschen Reich. Sie waren nach ihrer Entführung sofort auf die Burg gebracht worden, genauer in die Stollen der Brunnenanlage.

Eine weitere Woche später war der Großteil der Arbeiten geschafft. Die Arbeiter waren bereits mit dem Abbruch des unteren Tores beschäftigt und schütteten den Leerraum unter der Klappbrücke mit Bauschutt zu. Alles, was aus Holz war, wurde aber sorgfältig beiseite geschafft und neben den Zelten gelagert. Holz war in dieser baumarmen Gegend ein kostbarer Baustoff, der für eine mögliche Wiederverwendung gesammelt wurde.

Eines Abends kamen Ramon und Gérard ungewöhnlich schnell ins Lager geritten.

„Da draußen stimmt was nicht“, begann Ramon aufgeregt. „Wir waren heute in der Wüste, ein ganzes Stück außerhalb aller Vegetation. Am Horizont sahen wir plötzlich eine Gruppe von Reitern auf Kamelen. Wir versteckten uns hinter einer Sanddüne und sahen die Reiter näher kommen. Es waren bestimmt mehr als 50 Mann. Genau konnten wir sie nicht zählen, weil sie alle hintereinander auf uns zu ritten. Aber eines konnten wir genau erkennen: Sie waren schwarz gekleidet. Wir haben uns dann vorsichtig durch die Dünentäler aus dem Staub gemacht. Sie haben uns bestimmt nicht gesehen. Doch ritten sie direkt auf unser Lager zu. Es wird wohl noch einige Stunden dauern, bis sie hier eintreffen werden, wohl erst in der Nacht.“

Gernot musste tief durchatmen. „Entweder eine neue Assassinen-Gruppe oder Mitglieder dieses seltsamen Stammes, der von Raub und Plündereien lebt und den die Araber „die Verfluchten der Wüste“ nennen. Das müsste man wissen. Aber egal wer sie sind, wir müssen auf der Hut sein.“

Gernot rief sofort alle Soldaten zusammen und informierte sie über das Erscheinen einer neuen Gruppe potentieller Gegner.

„Hört das denn nie auf?“, war die erste Frage.

„Es scheint so“, antwortete Gernot.

Dann überlegte er mit Bran, Ramon, Gérard und einigen der führenden Ritter, was zu tun sei.

„Wir können ja nicht einmal sicher sein, ob nicht einige unserer Arbeiter mit denen unter einer Decke stecken“, meinte Bran.

„Denen dürfen wir nichts sagen, denn sonst besteht die Gefahr, dass der neue Gegner – falls es sich um einen Gegner handelt – vorzeitig gewarnt wird."

„Ich möchte meine Pferde auf gar keinen Fall verlieren", sagte Gernot, „deshalb werden sie heute Nacht direkt neben unseren Zelten angebunden. Die Bogenschützen werden sich bereithalten, vielleicht in Fünfergruppen, rund ums Lager verteilt, alle übrigen Kämpfer müssen auf ein Kommando hin angreifen."

Dann ging er zu den Kranken, von denen die meisten sich wieder bewegen konnten und erklärte ihnen die Lage: „Keiner von euch ist zur Zeit in der Lage, mit dem Schwert zu kämpfen, aber ich glaube, dass mehrere von euch durchaus den Bogen benutzen können. Da wir nicht wissen, wie groß die Gruppe ist, sollten die, die einen Bogen handhaben können, sich in der Nacht am Eingang des Zeltes aufhalten, damit sie, falls nötig, in den Kampf eingreifen können."

Damit war alles gesagt. Jeder wusste, was er zu tun hatte, jeder, nur nicht Gernot selbst. Er war mit einem Mal zum Anführer einer Truppe von etwa 100 Kämpfern geworden. Das hatte er gar nicht gewollt, aber was sollte er machen? Alle verließen sich auf ihn, deshalb musste er jetzt Entschlusskraft zeigen.

Das Abendessen fand so statt, wie es die Arbeiter gewohnt waren, dann zogen diese sich in ihre Zelte zurück. Seine Pferde hatte Gernot direkt neben dem Zelt angebunden. Alles wartete auf sein Kommando. Er ging noch einmal durch das Lager, sprach mit jedem einzelnen, verbreitete Optimismus und wurde schließlich selbst von diesem Optimismus angesteckt. Jeder Kämpfer hatte seine Rüstung angelegt, die Bogenschützen saßen beisammen und warteten.

Als es dunkel war, schlich Gernot zusammen mit Ramon und Gérard ein Stück aus dem Lager heraus in Richtung des zu erwartenden Angriffs. Es war schon Mitternacht, als er ein Geräusch hörte.

„So ihr beiden“, flüsterte er, „zurück ins Lager und schickt mir die Bogenschützen hierher.“

Es dauerte kaum zwei Minuten, da erschienen seine Männer, geführt von Edward.

„Ich habe etwas gehört“, erklärte er ihnen, „aber ich weiß noch nicht von wo das Geräusch kam.“

Er lauschte wieder und jetzt hörten es auch seine Männer. Es waren Leute vor ihnen. Wo? Das war nicht auszumachen. Überhaupt war es extrem schwierig, in der Dunkelheit eine Entfernung zu schätzen. Gernot schaute vorsichtig über die kleine Bodenwelle, hinter der er lag. Jetzt konnte er etwas sehen: Mehrere Männer bewegten sich in gebückter Stellung durch den Sand in Richtung Lager.

Das waren keine abendlichen Besucher, das waren Leute, die einen Angriff ausführen wollten. Ob nun Assassinen oder Beduinen, das war Gernot in diesem Augenblick egal.

Er wartete noch etwas. Dann, auf sein Kommando, erhoben sich alle Bogenschützen, guckten gespannt in die Dunkelheit, sahen, was sie sehen wollten und ihre Pfeile fanden ein Ziel. Das wiederholte sich noch zweimal, aber die Angreifer kamen doch näher. Jetzt wurde es Zeit für den Rückzug. Alle rannten zurück ins Lager, die Angreifer im Abstand von 60 bis 70 Metern hinterher.

Im Lager selbst wurden diese jedoch von einem Pfeilhagel sondergleichen empfangen, danach stürzten sich Gernots Soldaten auf die nächtlichen Besucher. Die hatten wohl vieles erwartet, aber nicht das. Für einen Rückzug war es nun zu spät. Mit Schwertern und Messern fielen alle übereinander her, es entstand ein Gemetzel, das nicht viele der Angreifer überlebten. Die letzten warfen ihre Waffen von sich und knieten sich in den Sand, bereit, sofort getötet zu werden.

Dies geschah jedoch zur Überraschung der Überlebenden nicht. Sie selbst hätten wohl anders gehandelt. Gernot musste jedoch wissen, weshalb sie gekommen waren, in wessen Auftrag und warum zu diesem Zeitpunkt? Sie wurden gebunden, nicht sehr sanft, in den Sand geworfen und einigen Wachen überantwortet.

„War's das?", fragte Bran.

„Im Prinzip ja, glaube ich wenigstens", erwiderte Gernot. „Aber wir müssen noch sehen, wo sie ihre Kamele gelassen haben. Dort werden noch ein paar Männer sein, die wir ebenfalls ausschalten müssen."

„Das übernehme ich", bestimmte Bran. „Ich nehme ein Dutzend von unseren Leuten mit. Das wird reichen."

Er entfernte sich und kam zwei Stunden später zurück mit vier Gefangenen und einer endlosen Reihe von Kamelen. Ramon und Gérard hatten gut geschätzt. Es waren etwas über 50 Mann gewesen. Sie waren aber doch wohl nicht gut informiert worden, denn von der Truppenstärke im Lager hatten sie keine genaue Vorstellung gehabt, sonst hätten sie diesen Angriff nicht gewagt. Wahrscheinlich hatten sie vom Abzug König Balduins erfahren und hatten geglaubt, dass nur eine geringe Anzahl an Männern die Arbeiter beaufsichtigte. Das aber würde die Befragung der Überlebenden zeigen, die allerdings erst am nächsten Morgen stattfinden sollte.

Nach dem Frühstück setzten sich alle im Kreis um die Gefangenen. Die Arbeiter und ihre Frauen hatten natürlich in der Nacht den Angriffsversuch mitbekommen, konnten sich jedoch keinen Reim auf das Geschehen machen. Es war davon auszugehen, dass sie keine Verbindung zu den Angreifern gehabt hatten und so schickte man sie auf die Burg zur Arbeit. Der Rest blieb an diesem Tag aber unten im Lager.

Gernot saß auf dem Boden und hatte sein gezogenes Schwert auf den Knien liegen. Die anderen taten es ihm gleich. Den äußeren Ring bildeten die Bogenschützen, die aufrecht standen und schussbereit ihre Bögen in den Händen hielten. Gernot erhob sich und befreite einen der Gefangenen von seinen Fesseln. Dann setzte er sich wieder.

„Nimm deinen Freunden die Fesseln ab", sagte er. Aber bleibt schön sitzen. Wer sich unerlaubterweise erhebt, macht sofort die Bekanntschaft mit unseren Waffen. Also, ich habe einige Fragen: Wer seid ihr? Woher kommt hier? In wessen Auftrag handelt ihr?"

Die Gefangenen sahen sich gegenseitig an, sagten jedoch zunächst nichts.

„Wisst ihr, wer ich bin?", fragte Gernot.

Jetzt antwortete einer der Männer. Er saß in der Mitte und schien der Anführer, wenigstens aber eine höher gestellte Person zu sein.

„Wir kennen euch. Ihr seid al-Faris abyad, den man auch al-Faris bi-saifain nennt."

„Sieh da. So etwas scheint sich in der Wüste ja schnell herumzusprechen. Woher wisst ihr das?", fragte Gernot.

„In den Dörfern in der Umgegend ist das schon kein Geheimnis mehr. Ein Gerücht ist schnell wie der Wüstenwind."

„Dann hattet ihr es also auf mich abgesehen?"

„Nein, das war reiner Zufall. Als wir hörten, dass König Balduin die Burg belagert, glaubten wir, einen erfolgreichen Raubzug durchführen zu können. Doch nach dem Abzug des

Königs hatten wir nicht mit so vielen Kämpfern gerechnet. Hätten wir das gewusst, hätten wir nicht angegriffen. Das wäre ja Selbstmord gewesen."

„Da kann ich euch nur zustimmen", erwiderte Gernot. „Seht euch um. Ihr seid gerade einmal 12 Krieger, die überlebt haben. Und jetzt komme ich zur nächsten Frage: Wer seid ihr?"

„Wir sind Beduinen. Die anderen Wüstenbewohner nennen uns den verfluchten Stamm."

„In wessen Auftrag handelt ihr?"

„In unserem eigenen."

„Was habt ihr mit den Assassinen zu tun?"

„Im Allgemeinen nichts. Manchmal bezahlen sie uns für einen Auftrag. Aber hier stehen wir in eigenem Auftrag."

Damit war das Verhör beendet. Gernot glaubte, dass der Mann die Wahrheit gesagt hatte. Aber zunächst musste er den anderen sein Gespräch übersetzen. Wegen ihrer mangelnden Sprachkenntnisse hatten sie natürlich nichts verstanden. Sie waren nicht überrascht von dem, was sie hörten. Überfälle dieser Art waren in der Wüste etwas Alltägliches, etwas worüber man sich nicht besonders aufregte, wenigstens nicht dann, wenn man zu den Siegern gehörte. Aber eine Frage stand noch aus: Was sollte mit den Gefangenen geschehen? Die unterschiedlichsten Vorschläge wurden gemacht. Man wollte sie hinrichten, einsperren und nur gegen Lösegeld wieder freilassen, oder sie einfach in die Wüste schicken.

Gernot hatte eine andere Idee, die er aber nicht sofort seinen Gefährten erklären konnte. Sie hätten es nicht verstanden. Also begann er mit einer Vorgeschichte: „Wir haben eine Menge Kamele erbeutet. Das heißt, jeder von euch wird vom Verkauf der Tiere profitieren."

Alle strahlten.

„Dann habt ihr die Toten und die Gefangenen wohl recht gründlich ausgeplündert, oder nicht?“

Alle nickten, nicht nur die einfachen Soldaten, auch die Ritter.

„Was habt ihr bei ihnen gefunden?“

„Wenig“, war die Antwort.

„Die Leute sind arm, sie haben nichts, womit sollen sie ihre Männer auslösen, wenn wir sie einsperren? Mit dem Geld aus weiteren Überfällen wahrscheinlich. Töten wir auch noch die letzten Überlebenden, wird der Stamm zur Rache aufrufen. Die Toten hier zählen nicht. Das war sozusagen Krieg. Dabei kann man umkommen. Das ist nun mal so. Also was soll ich mit ihnen machen?“

„Ach schickt sie dahin, woher sie gekommen sind“, sagte einer der Ritter. “Ich bin mit meinem Beuteanteil zufrieden, wenn wir die Kamele verkaufen dürfen.“

Das war genau das, was Gernot hören wollte.

„So sei es dann. Zeigen wir ihnen, dass christliche Ritter auch christlich handeln können und schicken wir sie wieder zu ihren Leuten.“

Gernot übersetzte das Gespräch nun den Beduinen, die zuerst an einen üblen Scherz glaubten, dann aber ungläubig aufstanden und nicht so recht wussten, wie ihnen geschah. So hätten sie selbst nie reagiert. In der Wüste floss Blut bei einem Überfall. Man tötete alle, um den gegnerischen Stamm zu schwächen. Nun das!

„Al-Faris abyad oder al-Faris bi-saifain, wie ihr auch genannt werdet, habt ihr keine Angst, dass wir euch einmal töten werden, wenn wir euch in die Hände bekommen?“

„Nein."

„Nein?"

„So ist es, ich habe keine Angst, aber denkt daran, dass ich mit dem Schwert gut umgehen kann. Ich werde nicht immer so nachsichtig sein. Irgendwann verliere ich vielleicht die Geduld und dann werdet ihr sterben. Ihr könnt es euch aussuchen."

Dann führte er sie zu den Kamelen und sagte: „Ihr dürft zwei Kamele mitnehmen. Lasst sie gut trinken und trinkt auch selber gut, denn mehr geben wir euch nicht mit."

Die 12 Beduinen nahmen zwei Kamele und zogen in die Wüste zu ihren Leuten, wo man sie wohl mit viel Wehklagen empfangen würde.

Jetzt war es an der Zeit, sich einmal mit dem Arzt zu befassen, der von den Assassinen eingemauert worden war. Hassan war schon wieder auf den Beinen, konnte aber noch keine richtige Kleidung tragen, da er zu viele aufgerissene Stellen am Körper trug, die noch nicht abgeheilt waren. Man hatte ihm ein großes Tuch gegeben, das er wie eine Tunika trug, weit abstehend, damit nichts an den gerade verheilenden Stellen rieb.

„Nun, Hassan", begann Gernot, „erzählt mir von euch."

„Was soll ich da viel erzählen", antwortete dieser, „ihr habt mich vor dem Tode gerettet. Die Assassinen wollten mich als abschreckendes Beispiel eingemauert sterben lassen. Ich muss euch danken für diese Rettung. Was soll ich sonst noch erzählen? Ich stamme aus einer großen Familie aus Beirut und in unserer Familie hat es immer Ärzte gegeben. Zwei meiner Brüder haben ebenfalls Medizin studiert, haben also eine richtige Ausbildung genossen und haben sich nicht nur bei einem praktizierenden Arzt etwas abgeguckt. Ich hatte ein Angebot aus Damaskus bekommen. Ein alter Arzt mit sehr gutem Ruf wollte mich zu seinem Nachfolger machen. Auf dem Weg von Beirut nach Damaskus wurde ich dann entführt. Das war vor mehr als einem Jahr. Die Assassinen haben mich zuerst gut behandelt, aber ich war ihr Gefangener und das haben sie mir auch deutlich gesagt. Nach einem Fluchtversuch vor einigen Tagen haben sie mich dann eingemauert und die Wand immer mit Wasser bespritzt. Einiges von dem Wasser lief auch durch die Fugen ins Mauerwerk, so dass ich es auflecken konnte. Diese Aktion war aber nur gedacht, um meine Leiden zu verlängern. Der Mensch kann nicht lange ohne Wasser überleben, schon gar nicht in dieser Hitze. Es war Allahs Wille, dass ich im letzten Augenblick gerettet wurde. Eine Ironie des Schicksals, dass ich ausgerechnet durch christliche Ritter gerettet wurde."

Gernot hatte plötzlich eine Idee: „Einen eigenen Arzt zu haben, das wäre nicht schlecht. Vielleicht sollte ich ihm ein Angebot machen?"

„Habt ihr nicht Lust in unsere Dienste zu treten? Wir würden euch gut bezahlen und jede Behandlung extra vergüten. Ich hätte nur eine Bedingung. Ihr müsstet meine Kenntnisse in der arabischen Sprache verbessern, in Wort und Schrift."

„Habe ich richtig verstanden? Ihr interessiert euch für unsere Sprache? Ich wundere mich die ganze Zeit schon, dass ihr euch einigermaßen auf Arabisch ausdrücken könnt. Wie kommt das?"

„Nun, ein alter jüdischer Rabbi hat mir geraten, die Sprache des Landes, in dem man sich befindet, zu lernen. Und ich glaube, er hat Recht gehabt. Ich komme besser mit den Einheimischen aus als andere Ritter. Deshalb bin ich auch an der Geschichte, der Geographie und der Kultur dieses Landes interessiert. Aber ohne die Sprache bringt das alles nichts."

„Verstehe ich richtig? Ihr braucht einen Arzt und Privatgelehrten, der euch zu einem Einheimischen macht."

„Genau so würde ich es formulieren. Wobei ich im Augenblick sagen würde: Einheimischer auf Zeit. Denn ich glaube eher, dass mein Aufenthalt hier im Lande zeitlich begrenzt ist. Ich habe da noch keine Entscheidung getroffen."

„Eine interessante Aufgabe. An so etwas habe ich noch nie gedacht. Aber vielleicht wird das ja zu einer reizvollen Aufgabe. Ich bin einverstanden. Wo wohnt ihr hier im Land?"

„In Jerusalem. Ich bin sozusagen Balduins Mann für besondere Aufgaben – natürlich zusammen mit meinen Männern. Bran, den Riesen, habt ihr bestimmt schon gesehen. Dazu kommen noch 30 angelsächsische Bogenschützen. In deren Begleitung entführt euch so schnell keiner."

„Jerusalem ist gut. Dort gibt es seit der Eroberung vor 13 Jahren kaum gute Ärzte. Ich könnte mich dort niederlassen und gleichzeitig euer Privatarzt und Lehrer sein. Abgemacht."

Über das Entgeld brauchten sie sich jetzt nicht zu unterhalten. Das würde sich schon einvernehmlich regeln lassen.

Eine Woche später waren die Abbrucharbeiten an der Burg endgültig beendet. Die Arbeiter wurden bezahlt und verließen mit den Frauen das Lager. Jetzt mussten nur noch die Zelte abgebrochen werden. Für den Transport hatte man ja genügend Tiere. Auch das Bauholz und die zerlegten Belagerungsgeräte wurden verladen, dann konnte es zurückgehen. Es war eine beeindruckende Karawane, die zwei Tage später den Jordan überschritt. Über 50 beladene Kamele, dazu etwa 100 Ritter und Soldaten und eine ganze Herde Esel, die mit den Zelten beladen waren. Wohin mit dem Bauholz? Ramon machte den Vorschlag, alles nach Tiberias zu bringen. Man würde schon sehen, wozu das Holz und die Geschütze noch dienen konnten. Auch die Kamele könne man dort gut verkaufen. Er,

Ramon, würde dafür sorgen, dass das durch den Verkauf zu erzielende Geld unter allen Beteiligten gerecht verteilt würde. Den Männern aus Jerusalem wollte er persönlich ihren Anteil überbringen.

Diese Lösung wurde gerne akzeptiert, da alle sich darauf freuten, endlich wieder nach Hause zu kommen. Trotzdem dauerte die Heimreise länger als die Hinreise, da die Entführten noch gesundheitliche Probleme hatten und auf sie Rücksicht genommen werden musste.

8. Nord – Südprobleme

Die zweite Jahreshälfte 1112 und die erste Jahreshälfte 1113 brachten große Umwälzungen für das Heilige Land. Waren bisher die Gegensätze zwischen Südfranzosen in Tripolis mit ihrer Annäherung an Byzanz und ihre nur schlecht verhohlene Feindschaft gegenüber den Normannen in Antiochia und teilweise auch gegenüber Edessa ein ausschlaggebender Faktor für die Politik in Nordsyrien, so änderte sich plötzlich das ganze Geflecht aus Animositäten mit dem Tod von Bertrand von Tripolis und Tankred von Antiochia. Bertrands Nachfolger, sein junger Sohn Pons, sagte sich von Byzanz los und erwärmte sich für die Politik seiner nördlichen Nachbarn. Als dann überraschend Tankred schwer erkrankte und kurz darauf starb, wahrscheinlich an Typhus, hatte dieser noch auf dem Totenbett Pons gebeten, seine junge Frau Cäcilie von Frankreich zu heiraten, was Pons auch tat. Tankreds Nachfolger, Roger von Salerno, heiratete die Schwester von Balduin von Bourcq. Joscelin von Courtenay, der wichtigste Lehnsmann Edessas, heiratete die Schwester Rogers. Damit war ein familiäres Beziehungsgeflecht entstanden, das den Norden zusammenschweißte. Dies war ein Machtblock, dem die zerstrittenen islamischen Herrscher nur wenig entgegenzusetzen hatten.

Maudud, der oberste Feldherr des Mamelucken-Sultans, änderte daher seine Taktik und versuchte keinen direkten Angriff auf edessenisches Gebiet mehr. Zur allgemeinen Überraschung zog er im Mai 1113 plötzlich nach Süden und drang in Palästina ein, unterstützt von den Truppen Tugtakins von

Damaskus, der eine günstige Gelegenheit sah, Balduins Macht einzuschränken.

Als Gernot zur Jahresmitte 1112 wieder in Jerusalem einzog, traf er fast am Stadttor auf Balduin, der schon wieder auf dem Weg in eine neue kriegerische Auseinandersetzung war.

„Ich muss in Richtung Akkon. Dort treffe ich auf mein Heer. Ich lasse euch hier in Jerusalem genügend Soldaten, um die Stadt zu sichern. Ihr seid während meiner Abwesenheit der Stadtkommandant. Arnulf ist informiert. Aber ein Geistlicher wie Arnulf ist nicht in der Lage, einen militärischen Posten auszufüllen. Macht das Beste aus eurer Aufgabe, denn ihr bleibt hier!"

Gernot war nicht enttäuscht, nicht mitgenommen zu werden. Im Gegenteil, er war ganz froh, einmal einen ruhigen Posten ausfüllen zu können. Er war ein wenig erschöpft, seine Männer waren müde und die übrigen Truppen, die er gegen die Assassinen geführt hatte, waren an der Grenze ihrer Belastbarkeit angelangt. Ein Aufenthalt in Jerusalem war deshalb das herbeigesehnte Ende eines langen Feldzugs.

Aus Tiberias hatte er kaum Gepäck mitgebracht. Alles, was er in letzter Zeit erworben hatte, war noch dort. Ebenso natürlich Berengaria, von der er sich zwar verabschiedet hatte, die aber mit einem baldigen Wiedersehen rechnete. Das ging nun nicht. Er, Gernot, musste in Jerusalem bleiben. So war der königliche Befehl. Deshalb schickte er eine starke Truppe los, um seinen Besitz sicher nach Jerusalem zu holen.

Als er sein Haus nach langer Abwesenheit wieder betrat, wehte ihm der Duft von Mokka, frischem Brot und den herrlichen Gerichten von Ibrahims Frau um die Nase. Das war auch eine gewisse Lebensqualität, auf die Gernot sich schon gefreut hatte.

Zum neuen Lebensgefühl gehörte auch ein Besuch bei Arnulf und die tägliche Inspektion seiner Truppen.

Dazu kam noch die Besichtigung der Arbeiten an den Befestigungsanlagen von Jerusalem. Gernot musste einsehen, dass Arbeiten dieser Art nie enden würden. Die Beschädigungen der Stadtmauer, die aus der Eroberung im Jahre 1099 resultierten, waren zwar behoben, aber zum großen Teil nur provisorisch. Jetzt musste ein Zustand hergestellt werden, der einem Angriff auch mit schweren Belagerungswaffen standhalten konnte. Gott sei Dank gab es da einen Baumeister, der sein Fach im Gegensatz zu Gernot verstand. Gernot musste einsehen, dass er hier nur auf das Können der Arbeiter vertrauen konnte. Er selbst, so musste er einsehen, war nicht in der Lage, konstruktive Ideen vorzutragen.

Die Soldaten, die Balduin ihm als Verteidigungsstreitkräfte für Jerusalem zurückgelassen hatte, waren nicht besonders zahlreich. Balduin hatte deren Anzahl als „genügend" bezeichnet, in Wirklichkeit jedoch genügten diese Truppen nicht einmal zur Besetzung aller Wälle und Türme. Normalerweise hatte der König 2000 Mann hier stationiert, das reichte, um im Ernstfall für relative Sicherheit zu sorgen. Die ägyptischen Fatimiden hatten es ja vor Jahren schon einige Male versucht, das Land zu besetzen, die kleineren Städte zu erobern und vor allem das gesamte bäuerliche Leben zu zerstören. Ohne Bauern keine Herrschaft, ohne Herrschaft keinen König. Also war es eine Selbstverständlichkeit, die Bauern zu schützen. Wie sollte das aber mit nicht einmal 1000 Mann geschehen? Das ging nur, indem man besser war als die anderen. Üben, üben, üben war das Motto der Zeit. Dafür wurden die Soldaten bezahlt, das war ihre Aufgabe. Im Ernstfall hatten sie eben besser zu sein.

Gernot sah sich als Erstes die Waffenkammer des Königs an. Kammer war dabei untertrieben. Es handelte sich um einen riesigen Saal und einige kleinere Räume.

Balduin schien kein Freund von Ordnung zu sein. Da er selten in Jerusalem anwesend war, hatte keiner einen Überblick über die vorhandenen Waffen. Balduin hatte immer aus dem Vollen geschöpft. Mit Pfeilen, Bögen und sonstigen Waffen hatte er seine Soldaten immer reichlich versorgt, obwohl diese eigentlich eigene Waffen besaßen. Und noch eins stellte Gernot fest: Balduin war kein Freund der Armbrust. Er schien sie zwar gehortet zu haben, aber Gernot hatte nie gesehen, dass einer von Balduins Soldaten im Kampf je eine benutzt hatte. Das musste sich ändern!

Eine notwendige Voraussetzung dafür war aber Ordnung, die es in den Waffenkammern nicht gab. Gernot fiel nur eine Lösung ein: Mit seinen eigenen Leuten dort Ordnung zu schaffen. Es dauerte einen ganzen Monat, bis Gernot einen Überblick über den Waffenbestand gewonnen hatte. Arnulf, der ab und zu anwesend war – Vertrauen ist gut, Kontrolle ist besser – wunderte sich zum Schluss über gar nichts mehr. Was da zum Vorschein kam reichte, um eine größere Armee als die, die Gernot gerade befehligte, komplett auszustatten. Was Gernot besonders erfreute, war die Anzahl der Armbrüste, die er fand. Über 100 fanden sich unter all den in den Räumen verteilten Waffen. Körbeweise Bolzen, die dazugehörten, waren ebenfalls vorhanden. Was lag näher, als einen Teil der ihm zur Verfügung stehenden Soldaten mit einer Armbrust auszustatten.

Zwei Tage später befanden sich 100 Armbrustschützen vor der Stadt und übten den Umgang mit einer Waffe, die zwar alle kannten, die aber keiner von ihnen jemals benutzt hatte. Gernot hatte Ziele aufbauen lassen und das Manöver begann. Zuerst mussten alle mit der neuen Waffe vertraut gemacht werden. Dann kamen die ersten Schießübungen und jeder musste feststellen, dass das Schießen mit der Armbrust einfacher war als das Schießen mit Pfeil und Bogen. Während das Bogenschießen ein lebenslanges Üben erforderte, war das Zielen mit der Armbrust einfacher, die Ergebnisse besser und für alle Beteiligten zufriedenstellender. Nach vier Wochen des Übens kam der Tag der Wahrheit. Gernot stellte seine neue Truppe in zwei Reihen zu je 50 Mann auf. Seine Idee war, dass eine Reihe eine Salve abschoss, die andere bereit war, dann selbst schoss, während die Ersten nachluden. Das Ergebnis war erschreckend. Nicht für die eigenen Leute, sondern für den potentiellen Gegner. Die Ziele, in einer Entfernung von 80 Metern aufgestellt, waren von den Bolzen durchlöchert. Jetzt musste er seinen Leuten nur noch beibringen, dass keiner zu früh schoss, dass man auf ein Kommando hören musste, dass jegliche Bewegung koordiniert werden musste. Das Ergebnis des Schießens spornte die Soldaten an und Gernot fand einen Soldaten, dem er die Verantwortung für diese Truppe übertragen konnte. So war er frei für andere Beschäftigungen.

Hassan hatte er ja eigentlich angeworben, um seine Sprach- und Kulturkenntnisse zu vergrößern. Das war bis jetzt zu kurz gekommen, was aber Hassan wenig störte. Dieser hatte in Jerusalem ein Haus bezogen, das ihm als Behandlungsort für die Kranken diente. Und wie Gernot feststellte: Das Geschäft lief gut. Hassan musste ein vorzüglicher Arzt sein, denn schon morgens sah man eine lange Schlange Wartender vor seinem Haus.

Gernot sah jetzt zum ersten Mal, wie ein arabischer Arzt arbeitete. Hassan hatte sofort einige Leute angestellt, die ihm zur Hand gingen, die er gleichzeitig ausbildete und so dafür sorgte, dass sich die gesundheitlichen Probleme der Bewohner von Jerusalem in Grenzen hielten. Hassan operierte, nähte tiefe Schnitte, reinigte Wunden und sorgte dafür, dass sich diese nicht entzündeten.

„Interessant", dachte Gernot, der einmal gesehen hatte, wie ein europäischer Arzt eine Amputation vorgenommen hatte: mit einem Beil. Der Patient – abgeleitet aus dem Lateinischen: der Leidende – hatte die Prozedur um eine Stunde überlebt, was der Arzt für einen Erfolg hielt, Gernot aber argwöhnisch werden ließ in Bezug auf die eigenen Ärzte. Während der Pilgerfahrt hatte er es auch immer nur mit jüdischen Ärzten zu tun gehabt. Diese wurden von allen gelobt. Selbst der Bischof von Trani, das hatte ihm Anna verraten, ließ sich nur von dem jüdischen Arzt am Ort behandeln. Weshalb wohl? Gernot kannte nun die Antwort auf diese Frage.

Jetzt fand er endlich etwas Zeit, sich mit Hassan zu unterhalten. Im Stillen dankte er wieder Odo, dem er glaubte, Unrecht getan zu haben, weil er ihn doch wohl falsch eingeschätzt hatte. Die Diskussionen mit Hassan ermöglichten ihm einen Einblick in eine Kultur, die er bis jetzt nur mit negativen Vorzeichen bedacht hatte. Er erfuhr, dass arabische Gelehrte die Schriften der altgriechischen Philosophen ins Arabische übersetzt hatten, dass sie die Ideen eines Hippokrates übernommen hatten und dass sie Medizin als Wissenschaft ansahen, nicht als einen Lehrberuf wie in seiner Heimat. Dort übernahmen Bader einfachere Eingriffe. Ansonsten verdankte der Patient aber nicht dem Geschick des Arztes die Genesung, sondern mehr seiner eigenen robusten Konstitution. Gernot sah Hassan bei den Behandlungen zu und lernte, wie man Wunden behandeln konnte, auch wenn das Wundermittel von Ebba einmal aufgebraucht sein würde.

Er wunderte sich auch nicht, dass unter Hassans Patienten sehr viele Europäer waren. Sie hatten eingesehen, dass man nicht unbedingt leiden muss, wenn man zum Arzt geht, dass es auch Mittel gegen Schmerzen gab.

Hassans Patienten waren zufrieden, Hassan hatte ein gutes Einkommen, um nicht zu sagen ein sehr gutes. Gernot war zufrieden. Eigentlich war mal wieder jeder zufrieden, wäre da nicht die politische Lage im Heiligen Land gewesen. Irgendwie mussten die Ägypter mitbekommen haben, dass König Balduin sich zurzeit mit fast seinem gesamten Heer in den nördlichen Fürstentümern aufhielt. Dementsprechend reagierten sie.

Anfang des Jahres 1113 erschien ein für die Gegend erstaunlich großes Heer der Ägypter vor den Toren Jerusalems. Erstaunlich groß heißt, dass es nach Schätzungen von Gernots Spähern fast 4000 Mann stark war. Der Weg von Ägypten nach Jerusalem führte größtenteils durch die unfruchtbare Küstenregion und durch die Negev-Wüste. Ein Marsch mit 4000 Mann durch eine solche Gegend musste sehr gut vorbereitet sein, denn sonst drohte wegen Wassermangels bald der Tod aller Soldaten. Entweder man traf geschäftliche Vereinbarungen mit den dort ansässigen Beduinenstämmen, die dann dafür sorgten, dass der nötige Nachschub zur Verfügung stand, oder man führte große Kamelkarawanen mit sich und versorgte sich selbst. Die Beduinen galten nicht unbedingt als berechenbare und vertrauensvolle Geschäftspartner. Also hatten sich die Ägypter auf die letzte Möglichkeit festgelegt. Der Nachteil dieser Wahl war jedoch, dass bei einer großen Anzahl von Soldaten auch eine große Anzahl von Kamelen mitgeführt werden musste. Es ging dabei nicht um einige Hundert Kamele, sondern um Tausende. Bei einem Heer in der Größe der Ägypter war mit einem Kamel pro Soldat zu rechnen, da man alles, was man unterwegs brauchte, mitschleppen musste. Für die Versorgung im Land hatte man eine einfache Lösung: Man plünderte die ganze Gegend aus, nicht ein Bauer wurde verschont, jeder Getreidehalm sollte zur Beute werden.

Diese Art der Kriegsführung hatte nun zwei Nachteile: Erstens konnte ein so großer Heerwurm nicht unentdeckt bleiben und zweitens fühlten sich die Beduinen als Geschäftspartner übergangen und dienten so Gernot als Informanten. Gernot verstand das Spiel und entließ seine Spione mit einer sehr großzügigen Entlohnung.

Jetzt wusste er Bescheid. Die Ägypter würden in wenigen Tagen vor den Toren Jerusalems stehen und wenigstens den Versuch unternehmen, die Stadt im Sturm zu nehmen. Alle in der Nähe wohnenden Bauern, die Gernot durch Boten über den bevorstehenden Angriff informiert hatte, flohen entweder in die Stadt oder aber ein Stück weit in Richtung Norden. Die Wälle wurden besetzt, alle Soldaten auf ihre Posten berufen und die männlichen Bewohner Jerusalems aufgefordert, auf den Mauern bei der Abwehr des Angriffs zu helfen.

Gernot sah sie schon von Weitem kommen und mit ihm jeder Mann, der auf den Mauern stand. Rauchsäulen stiegen empor, Zeichen vom Niederbrennen eines jeden Hauses, eines jeden Stalls. Alles, was brennbar war, wurde niedergebrannt. Die wenigen Bäume, die angepflanzt worden waren, wurden abgeholzt. Wer sich nicht schnell genug in Sicherheit gebracht hatte, wurde getötet, egal ob Mann, Frau oder Kind. Kein Stück Vieh wurde verschont, es diente der Nahrung. Das war nichts Neues, das war immer so. Als erstes spürte das einfache Volk, die Bauern, dass der Krieg begonnen hatte. Vielleicht waren deshalb fast alle geflohen. Nur ein paar Gutgläubige oder Dumme waren geblieben, aber die gab es jetzt nicht mehr.

Das fatimidische Heer hatte Bauholz mitgebracht, um Belagerungsgeräte zu bauen, Ballisten und hohe Türme, um die Stadt erst zu beschießen und dann im Sturm zu nehmen. In guter Sichtentfernung der Stadtmauern sahen Gernots Truppen den Aufbau des feindlichen Lagers. Reiter näherten sich bald in hoher Geschwindigkeit der Stadt, schossen ihre Pfeile ab und zogen sich, so schnell wie sie gekommen waren, wieder zurück. Das waren nur Einschüchterungsversuche, die zwar keinen Schaden anrichteten, aber jedem klarmachten, dass die Belagerung begonnen hatte, dass Jerusalem von nun an von der Außenwelt abgeschnitten war.

Gernot hatte wenig Ahnung, wie man sich in einer belagerten Stadt zu verhalten hatte. Er wollte auch gar nicht warten, sondern möglichst schnell die Entscheidung herbeiführen. Von den Mauern her reagierte man natürlich auf den Beschuss von unten durch einen Beschuss von oben, was effektiver war und dem Feind doch einiges an Verlusten zufügte. Für den fatimidischen Heerführer spielten diese Verluste keine Rolle, die waren einkalkuliert und diese Vorgeplänkel gehörten zum Beginn einer Belagerung, bis eben die großen Geschütze fertiggestellt waren.

Gernot stand mit Bran an der Stelle der Mauer, die dem Feind am nächsten gelegen war. Sie konnten nicht nur bis ins Lager sehen, sondern den Bau der Ballisten und Katapulte beobachten. Dann wurden einige Anführer des ägyptischen Heeres unvorsichtig. Sie näherten sich bis auf 200 Metern den Mauern.

„Edward", rief Gernot, „können deine Leute aus dieser Entfernung etwas ausrichten?"

„Nicht gezielt treffen", antwortete dieser, „aber wenn wir schnell schießen, sollten wir doch den einen oder anderen Zufallstreffer landen."

Kurz darauf flogen die ersten Pfeile über die Mauerkrone und man hörte unten Schreie, dass einige Leute getroffen worden waren.

„Die sind von nun an vorsichtiger“, meinte Bran. „Aber auf Dauer werden wir sie uns auf diese Weise nicht vom Halse schaffen. Es sind einfach zu viele.“

„Deshalb sollten wir die Initiative ergreifen, bevor der Feind uns unser Handeln aufzwingt“, antwortete Gernot.

„Und wie?“

„Wir werden unsere Armbrustschützen einsetzen. Und zwar alle. Gleichzeitig werden wir beide mit unserer Reiterei einen Angriff auf das Lager starten und versuchen, das prächtige Zelt des Heerführers in unsere Hände zu bekommen. Das müsste sie doch erheblich beunruhigen. Die rechnen bestimmt nicht mit einem Angriff unsererseits. Insofern sind wir im Vorteil.“

„Und du glaubst, dass wir Erfolg haben werden?“

„Wenn ich das nicht glauben würde, hätte ich es nicht vorgeschlagen.“

„Und wie soll das geschehen?“

„Nun, ich denke, wir führen den Angriff mit unseren Leuten an, dahinter unsere Reiterei. 300 gut bewaffnete Reiter werden wir aufbieten können. Aber vor uns reiten die Armbrustschützen, denn die müssen näher an das Lager heran, um Erfolg zu haben. Wenn sie abgestiegen sind, reiten wir um diese Truppe herum und lassen sie erst schießen. Dann dürften wir nahe genug herangekommen sein und wir vereinigen uns vor dem Zelt des Anführers. Durch unser Auftauchen muss ein gewaltiges Chaos entstehen, das wir nutzen werden, um dem Feind einen möglichst hohen Schaden zuzufügen.“

„Wann geht es los?“

„Morgen früh, bevor die Burschen überhaupt richtig wach sind.“

Am Abend wurden die letzten Vorbereitungen getroffen. Jeder musste wissen, was er zu tun hatte. Die 300 Reiter und die Armbrustschützen übernachteten in der Nähe des Tores, das dem Lager gegenüber lag.

Dann war es soweit. Das große Tor öffnete sich und die Armbrustschützen waren die Ersten, die im Galopp die Stadt verließen. Danach Gernot, Bran, die Angelsachsen und die übrigen Reiter. Bis zum Lager waren es etwa 500 Meter. Mindestens 400 Meter mussten zurückgelegt werden, um den Armbrustschützen die Möglichkeit zu verschaffen, den Kampf zu eröffnen.

Die ersten Überraschungsschreie im feindlichen Lager waren erst zu vernehmen, als Gernots Truppe bereits die Hälfte der Distanz zurückgelegt hatte. Der Feind hatte wohl kaum Wachen aufgestellt. Mit einem Angriff aus der Stadt hatte dort niemand gerechnet, deshalb war auch kaum jemand in voller Rüstung auszumachen.

Dann hatten die Armbrustschützen den Punkt erreicht, von dem aus sie ihre Bolzen abschießen konnten. Sie hielten die Pferde an, ließen diese sich niederlegen und standen dann wie wochenlang geübt in zwei Reihen hintereinander, 50 Mann nebeneinander. Ihr Kommandant gab das Signal und 50 Bolzen verließen die Armbrüste. Sie trafen die ersten Feinde, die sich kampfbereit gemacht hatten. Dann folgte die zweite Salve, eine dritte und eine vierte. Danach mussten sie ihren Beschuss stoppen, da die eigenen Reiter jetzt von beiden Seiten in das Lager einbrachen. Die Armbrustschützen schossen zwar weiter, jetzt jedoch jeder nach eigenem Dafürhalten.

Gernot und Bran hatten mit mehr Widerstand gerechnet, aber der entstand erst, als sie ihr Ziel, das Prachtzelt, fast erreicht hatten. Bei diesem Kampf ritt Gernot natürlich „Du", weil dieses Pferd einfach kräftiger war. Er beobachtete, wie seine Truppen immer weiter in Richtung Zelt vorankamen, während weiterhin die Armbrustschützen ihre Arbeit verrichteten. Er und Bran hatten es dann geschafft bis auf 20 Meter an das Zelt heranzukommen. Bis jetzt war alles glatt gelaufen, die übrigen Reiter hatten sich immer in ihrer Nähe aufgehalten, sodass man sich gut gegenseitig decken konnte. Der Mann, der erst jetzt aus dem Zelt trat, war der feindliche Feldherr. Als er sah, was um ihn herum passierte, spiegelte sich Schrecken in seinem Gesicht. Das war es, was Gernot sehen wollte. Dieser Mann hatte sich nicht mehr in der Gewalt. Er hatte Angst.

Gernot rief auf Arabisch in der Hoffnung, dass auch die Ägypter das verstanden: „Der Mann gehört mir!"

Dieser Mann aber drehte sich um und rannte so schnell er konnte hinter sein Zelt, sprang auf ein dort stehendes Pferd und wandte sich zur Flucht. Das war der entscheidende Augenblick, denn der Angriffselan von Gernots Truppen erlahmte. Die Flucht ihres Anführers war jedoch für die umstehenden Ägypter das Zeichen, ebenfalls zu fliehen. Sie wandten sich um und suchten nach ihren Pferden, denn bis jetzt hatte es kaum jemand geschafft, beritten in den Kampf einzugreifen. Das gab Gernot und seiner Reiterei noch einen zusätzlichen Ansporn. Sie preschten weiter vor und durchbrachen die letzten Reihen der hier versammelten Gegner. Für das, was jetzt geschah, gab es nur einen Ausdruck: kopflose Flucht. Die Anführer des Fatimiden-Heeres waren sämtlich schon geflohen. Die Randbezirke des Lagers hatten vom Kampf bisher kaum etwas mitbekommen, die Männer dort sahen aber, wie ihre Anführer flohen. Wofür nun noch den eigenen Kopf riskieren? Jeder suchte jetzt ebenfalls sein Heil in einer ungeordneten Flucht.

Gernot musste die Situation ausnutzen. Der Gegner durfte nicht zur Ruhe kommen, er musste in Bewegung gehalten werden, das heißt, man musste ihn weiter verfolgen. Schließlich war der Feind trotz der augenblicklichen Niederlage immer noch sehr viel stärker als Gernots jerusalemitanische Truppen. Nur das hatte der Feind noch nicht begriffen und das durfte er auch gar nicht begreifen. Die Flucht ging noch fast eine Stunde weiter, bevor Gernot seine Truppen anhalten ließ, um sie zu sammeln. Eine Truppe von zehn Mann schickte er aus, damit sie den Feind weiterhin beobachteten. Eine Überraschung wollte man schließlich nicht erleben. Dann ging es zurück, um die Lage auf dem Schlachtfeld zu begutachten.

Als sie dort ankamen, sahen sie, wie weitere Soldaten aus Jerusalem gekommen waren, um beim Eintreiben der Beute ihren Teil beizusteuern. Es war schließlich ein großes Lager und fast alles war dort liegengeblieben. Nur einen Teil der Pferde hatte der Feind mitgenommen. Alles andere war noch im Lager.

Gernot gab sofort Befehle, die Kamele mit allem zu beladen, was man in der Schnelle aufladen konnte, er wusste ja nicht, ob der Feind noch einmal zurückkehren würde. Seinen eigenen Leuten befahl er, das Zelt und alles, was sich im Zelt befand, auf Kamele zu laden und in die eigene Unterkunft zu bringen.

„Kein wildes Plündern", rief er, „bringt alles in die Stadt! Jeder wird seinen Anteil bekommen. Dafür garantiere ich."

Plötzlich ging alles besser. Wie von Zauberhand arbeiteten alle zusammen. Kamelladung um Kamelladung entfernte sich vom Lager und verschwand in der Stadt, um dort auf dem großen Marktplatz aufgestapelt zu werden. Es dauerte den ganzen Tag, bis die Arbeit mit aller Gründlichkeit erledigt war. Bis zum letzten Stückchen Bauholz war jeder Gegenstand aus dem Lager verschwunden, bis zum Schluss nichts mehr daran erinnerte, dass dort am Morgen noch eine große ägyptische Armee gestanden hatte.

Als dann die zehn Späher zurückkehrten und berichteten, der Feind habe nicht mehr angehalten, war auch für Gernot der Zeitpunkt gekommen, wo er sich beruhigt nach Jerusalem zurückziehen konnte. Das bedeutete aber nicht, dass man in der folgenden Nacht die Mauern nicht besonders gut bemannte.

„Morgen wird geteilt", rief er den Soldaten zu, „jeder bekommt seinen Anteil."

Damit ritt er zurück in die Unterkunft, wo Bran das Prachtzelt im Hof hatte aufbauen lassen.

„Haben wir Verletzte?", war Gernots erste Frage.

„Ja, aber Hassan kümmert sich schon um sie. Du brauchst dir keine Sorgen zu machen, aber geh einmal ins Zelt!"

Gernot betrat das Zelt, das er eigentlich nur wegen seiner Pracht hatte haben wollen. Jetzt aber sah er die Ausstattung. Teppiche, Sitzmöbel, Tische, feinste Gerätschaften, alles war vorhanden.

„Die Leute imponieren mir", meinte er, „sie scheinen viel vom genussvollen Leben zu halten."

„Dann sieh dir mal die Truhen an."

Gernot öffnete eine der Truhen und konnte nur noch „Die Kriegskasse" sagen, denn sie waren allesamt mit Gold- und Silbermünzen gefüllt, wohl dem Lohn der Soldaten.

„Nun, das können wir nicht alles behalten", sagte er, „das wäre zu auffällig. Aber wir werden uns unseren Teil schon nehmen."

Die Inspektion der übrigen Truhen führte dazu, dass Balduins Kriegskasse von nun an besser gefüllt war.

Was noch auffiel, war eine sehr fein gearbeitete Rüstung nebst Kettenhemd, nichts für Gernot oder Bran, doch Balduin würde sie passen. Also ein passendes Geschenk für den König, womit man ihm etwas imponieren konnte und womit er imponieren konnte. Ein König musste schließlich anders, besser aussehen als der gemeine Soldat. Er musste auffallen. In dieser Rüstung würde er auffallen. Das Zelt war zwar prächtig, aber für Gernot und Bran nicht geeignet. Es bedurfte einer ganzen Mannschaft, um dieses Zelt auf- und abzubauen und zu transportieren.

„Wir werden sehen, was wir mit dem Zelt anstellen", sagte Gernot, „ich hatte es mir nicht so groß vorgestellt. Es wird sich schon jemand finden, der so ein Zelt unbedingt haben muss."

Dass es diesen Mann gab und dass diese Idee sich schon bald verwirklichen sollte, ahnte Gernot zu diesem Zeitpunkt noch nicht.

Am nächsten Morgen standen viele Soldaten auf dem Marktplatz. Sie warteten auf ihren Anteil an der Beute. Aber zuerst musste der königliche Teil abgezogen und zu Arnulf gebracht werden. Gernot und Bran hatten von den vier erbeuteten Truhen zwei genommen – aber nicht die beiden Größten – und begaben sich zu Pferde zu Arnulf.

„Ich habe euren Sieg von den Mauern der Stadt aus mit ansehen können. Ihr habt den Gegner richtiggehend überrumpelt. Noch jetzt wird er wahrscheinlich viel stärker sein als wir. Er hat jedoch sein ganzes Lager und alle Belagerungsmaterialien verloren. So kann er keinen neuen Angriff starten."

„Durch Kundschafter haben wir sichergestellt, dass die Fatimiden sich tatsächlich auf der Flucht befinden. Sie kommen in der Tat nicht zurück. Aber hier haben wir einen Anteil der Beute, sozusagen der königliche Anteil."

Arnulf öffnete die beiden Truhen und atmete einmal tief durch.

„Das ist viel mehr, als ich gedacht hatte. Habt ihr noch Geld für die Truppen? Die Soldaten haben ein Anrecht auf einen bestimmten Teil. Kennt ihr den Schlüssel?“

„Aber ja“, antwortete Gernot, „ich habe doch schon miterlebt, wie Balduin seine Soldaten bezahlt. Wir haben noch eine kleine Truhe. Das wird reichen, um die Soldaten zufrieden zu stimmen. Außerdem sind da noch die riesigen Vorräte aus dem Lager, das viele Bauholz, die Pferde und Kamele. Was soll damit geschehen?“

„Habt ihr eine Idee?“, fragte Arnulf. „Denn wenn wir sie verkaufen, sacken die Preise für Pferde und Kamele so sehr, dass kaum ein gutes Geschäft zu erwarten ist. Es sind einfach zu viele.“

„Ich habe gedacht, dass wir die Bauern aus dem Süden, die jetzt alles verloren haben, entschädigen. Kaum einer von ihnen besitzt noch ein Dach über dem Kopf. Die Fatimiden haben alles niedergerissen, verbrannt und getötet. Man könnte ihnen jeweils ein Kamel schenken, das sie mit dem Bauholz beladen und mit den Lebensmittelvorräten, die die Ägypter mitgebracht haben. Es ist so viel, dass vieles sonst verderben würde und bedenkt, wie diese Geste den Ruf des Königs stärken würde.“

„Da habt ihr Recht. Tut, was ihr für richtig haltet, denn der König hat durch das Geld schon einen gewaltigen Gewinn gemacht!“

Das war das Ergebnis, das Gernot zwar nicht erwartet, aber erhofft hatte. Bestückt mit der kleineren verbliebenen Truhe – die größere betrachteten sie als persönliches Eigentum, von dem die Angelsachsen noch profitieren sollten – gingen nun beide auf den Marktplatz.

„Nun, habt ihr schon ausgerechnet, wie viel jedem von uns zusteht?“, war die erste Frage, die ihnen gestellt wurde.

„Wir werden sehen, wie zufrieden ihr nach der ersten Verteilungsrunde seid“, antwortete Gernot, der sich schon ausrechnete, dass alles Geld der Welt auch nicht zur vollen Zufriedenheit gereicht hätte.

Jetzt musste jede Form der Unzufriedenheit schon im Keim erstickt werden.

„Bran, wir setzen uns dort an den Tisch vor dem Gasthaus. Du ziehst dein Schwert aus der Scheide und legst es auf den Tisch. Daneben kommt die kleine Truhe.“

„Du meinst es ja richtig Ernst“, sagte Bran. „Hast du von Balduin gelernt?“

„Wie werden sehen, was wir erreichen. Auf jeden Fall möchte ich ein Gefühl der Unzufriedenheit bei den Soldaten vermeiden. Gestern hatten sie nur geringe Verluste. Das stimmt froh, heißt aber nicht, dass sie schon froh sind, mit dem Leben davon gekommen zu sein.“

Er sah gerade Edward, der sich hinter sie stellte.

„Edward, ich habe gesehen, dass unter den Beutepferden ganz hervorragende Exemplare waren. Geh mit deinen Männern zu den Pferden und sucht euch die besten aus. Falls ihr noch Kamele braucht könnt ihr euch auch eins nehmen. Aber ich glaube, dass es sich in der großen Mehrzahl um Lastkamele handelt, nicht um Reittiere. Aber ihr werdet das schon machen.“

Damit wandte er sich wieder der großen Masse zu.

„Jeder von euch bekommt nun nach seinem Stand eine bestimmte Summe. Behalten wir nach dem ersten Durchgang noch Geld übrig, fangen wir wieder von vorne an. Einverstanden?“

Ein lautes Knurren war die Antwort. Da Balduin kaum 1000 Mann in Jerusalem gelassen hatte, musste man die Beute nicht durch allzu viele teilen. Die erste Runde ging dann auch ruhig vonstatten. Alle schienen zufrieden zu sein, denn es hatte nur Goldmünzen gegeben. In der zweiten Runde gab es nun Silbergeld, was auch alle zufrieden stellte. Es blieb zum Schluss noch eine Handvoll Gold- und Silbermünzen übrig, die man aber nicht mehr auf alle verteilen konnte. Deshalb versuchte es Gernot mit einem Vorschlag, bei dessen Verkündigung Bran wie beiläufig sein riesiges Schwert in die Hände genommen hatte.

„Es bleibt noch soviel Geld übrig, dass ihr heute und morgen Abend bei den Wirten hier um den Marktplatz kostenlos essen und trinken könnt. Soviel ihr wollt! Aber natürlich immer nur die, die nicht auf Wache sind. Seid ihr damit einverstanden?“

Kostenloses Essen und Trinken, das war etwas, mit dem Soldaten immer zu locken waren. So gab es ein zustimmendes Knurren und die Sache war eigentlich abgehakt, als Gernot zur weiteren Beruhigung noch etwas einfiel.

„Bedenkt, dass aus der restlichen Beute eventuell jedem noch etwas zusteht. Jeder kann sich von den Pferden, die uns hier zugelaufen sind, eines nehmen.“

Jetzt war das zustimmende Knurren schon erheblich zufriedener.

„Wir sind sehr mit eurer Verteilung einverstanden“, sagte einer, „ihr macht eure Arbeit gut.“

Damit war die eigentliche Verteilung erledigt. Gernot sah, wie Edward und seine Leute mit ihren neuen Pferden erschienen. Nach dem Motto „Wer zuerst kommt, mahlt zuerst!“ hatten sie wirklich gute Pferde ausgesucht.

Das war jedoch nicht Gernots ganze Arbeit. Obwohl er merkte, dass auch Verwaltungsarbeit – und Beute verteilen gehörte zweifelsohne dazu – anstrengend war, musste er sich noch um die Bauern und sonstigen Flüchtlinge in der Stadt kümmern.

Diese gesamte Gruppe wurde durch Ausrufer nun auf dem Marktplatz versammelt. Als Gernot ihnen verkündete, dass der König jedem seiner Untertanen, der durch den Angriff der Fatimiden Schaden erlitten hatte, eine Entschädigung zahlen würde, gab es kein zustimmendes Knurren, sondern ein lautes Jubeln.

„Jedem von euch steht ein Kamel zu, das ihr mit Baumaterial und Lebensmittel beladen könnt. Nehmt soviel ihr wollt."

Jetzt hatten es alle plötzlich sehr eilig. Man rannte um die Wette, um der Erste bei der Verteilung zu sein. Gernot ging mit ihnen und sah, wie die Schar der Kamele nun doch geringer wurde, übersichtlich sozusagen, und wie Bauholz und Lebensmitteln weggeschleppt wurden.

„Das klappt ja gut", dachte er und ging in seine Unterkunft.

Dort saßen Bran und die Angelsachsen und warteten auf ihn, denn Ibrahims Frau hatte gekocht. Das allein war Grund genug, pünktlich zu erscheinen. Es wurde reichlich gegessen und getrunken. Auch die Verletzten wurden nicht vergessen.

Schließlich ging Gernot ins Zelt und kam nach einer Weile mit einem großen Beutel zurück.

„Nun", begann er, „seid ihr zufrieden mit den Pferden?"

Es war Edward, der das Wort ergriff: „Die Pferde sind ausgezeichnet und vor allem der Preis hat uns entzückt."

„Ich hatte euch ja gesagt", fuhr Gernot fort, „dass ich euch einen Lohn zahlen werde. Heute ist mal wieder Zahltag."

Damit griff er in den großen Beutel und verteilte das Geld unter seine Leute. Hier herrschte jetzt echte Zufriedenheit, die noch durch einen Mokka gesteigert wurde.

Ibrahim und Ali, die auch einen Anteil bekommen hatten – sie gehörten praktisch schon zur Truppe – stöhnten und Ali meinte: „Unsere Aufgabe wird von Tag zu Tag schwerer. Wir müssen immer mehr bewachen."

„Was machen wir eigentlich mit unserer ersten Beute, der von Tyros?", fragte ihn Bran und die Angelsachsen hörten aufmerksam zu.

„Ich habe mich mal erkundigt, aber ganz vorsichtig. Was wir machen können, ohne großes Aufsehen zu erregen, ist der Verkauf von einzelnen Gegenständen. Jedoch dürfen wir kein Aufsehen erregen, sonst kann es gefährlich werden für uns. Nicht, solange wir alle vor Ort sind, aber wenn Ibrahim und Ali alleine hier sind, muss alles so aussehen, als würden hier ganz normale Soldaten wohnen. Schon unser hoher Mokkaverbrauch ist verdächtig. Im Prinzip können einfache Soldaten sich keinen Mokka leisten. Aber in dieser Beziehung kann ich euch alle beruhigen. Unter der Beute von gestern habe ich große Säcke mit Mokka entdeckt. Wahrscheinlich waren die Ägypter auch Genießer. Ich habe mein Zeichen auf die Säcke gemalt und würde jetzt einige von euch bitten, diese Säcke zu holen. Ich glaube nicht, dass die Säcke noch morgen dort liegen werden."

Das ließen sich die Angelsachsen nicht zweimal sagen. Sie standen sofort auf und gingen auf Mokka-Suche. Mit Erfolg, denn nach einer Stunde kamen sie wieder zurück. Sie führten fünf Esel mit sich, die mit Säcken beladen waren.

„Einige der Lebensmittel erschienen uns doch verkostenswert. Wir haben sie probiert und dachten: Nehmen wir sie doch mit. Hier sind zum Beispiel Krüge mit Honig und Zucker in großen Stücken. Die Bauern kannten den Zucker wohl nicht, so haben wir ihn komplett mitgenommen. Ist das in eurem Sinn?“, fragte Edward.

Dadurch wurde das Leben in den nächsten Monaten recht angenehm. Die Verletzten konnten genesen, die Gesunden sich ausruhen, Gernot vertiefte sich mit Hassans Hilfe in die Geheimnisse der arabischen Schrift. Wie in vielen anderen Städten gab es auch in Jerusalem die Möglichkeit, sich rasieren zu lassen oder auch die Haare schneiden zu lassen. Gernot nutzte beide Gelegenheiten. Sein Barthaar wuchs kräftiger und sein Haupthaar hatte eine Länge erreicht, wie man sie damals nur Barbaren zugestand. Der Bart wurde ab sofort einmal wöchentlich entfernt, das Haupthaar auf Schulterlänge gestutzt, was auch noch verwegen aussah. Modisch galt eine Länge bis zu den Ohren, doch dazu konnte Gernot sich nicht durchringen. Alles ging seinen ruhigen Gang bis Ende Mai. Ganz aufgeregt stand ein Bote Arnulfs vor der Tür.

„Kommt schnell, es ist etwas Schlimmes passiert.“

Gernot und Bran eilten zu Arnulf, der berichtete.

„Ich habe gerade eine Nachricht vom König erhalten. Maudud ist mit seinen Truppen aus dem Norden nach Süden gezogen und in Palästina eingefallen. Der König hat ohne rechte Aufklärung – eine Dummheit, wenn ihr mich fragt – Maudud angegriffen oder ist von ihm überrumpelt worden. Genau geht das nicht aus dem Schreiben hervor. Er hätte eigentlich warten müssen, bis seine Gefolgsleute aus dem Norden eingetroffen waren, aber er hatte es wieder einmal sehr eilig. Nur seine Truppen und die von Guillaume von Tiberias waren an der Schlacht beteiligt. Die Niederlage war vollständig, das königliche Banner ging verloren und auch sein persönliches Zelt, das Zeichen seiner Herrschaft. Jetzt hat er sich auf einem Hügel verschanzt und wartet auf die Truppen aus dem Norden. Maudud und Tugtakin verwüsten inzwischen die ganze Gegend und ich hoffe nur, dass die Truppen der nördlichen Fürstentümer noch rechtzeitig erscheinen, bevor es für Balduin zu spät ist. Auf jeden Fall hat sein Ruf wohl gewaltig gelitten. Jetzt sollt ihr mit euren Leuten kommen und helfen. Ich frage mich, wie das geschehen soll, denn aus Jerusalem könnt ihr nicht noch mehr Truppen abziehen. Wir haben ja gesehen, wie schnell die Ägypter vor unseren Mauern gestanden haben. Vielleicht hält Balduin aber auch viel von eurem Rat, auf jeden Fall müsst ihr nach Norden, in die Gegend um den See Genezareth. Wo ihr Balduin dort finden werdet, das weiß der Himmel, ich auf jeden Fall nicht."

Das war nun eine betrübliche Nachricht. Bis jetzt hatte sich Gernot auf das Kriegsglück Balduins verlassen. Allerdings, so musste er sich eingestehen, war auch das erste Zusammentreffen mit dem König nicht gerade unter glücklichen Umständen verlaufen. Vielmehr hatten Neuankömmlinge ihm das Leben retten müssen. Dann war da noch die Information, dass Guillaume an dem Feldzug beteiligt gewesen war. Was war mit ihm geschehen? War Berengaria von den Kämpfen betroffen? Jetzt musste gehandelt werden.

Noch am gleichen Tag begannen die Vorbereitungen. Waffen und Lebensmittel wurden für den Transport zu Pferde vorbereitet, Lebensmittel verpackt, die eigenen Sachen in Ordnung gebracht.

„Jetzt weiß ich endlich, was wir mit unserem Zelt machen", sagte Gernot zu Bran. „Balduin braucht ein neues Zelt und ein prächtigeres wird er kaum finden. Nur der Transport wird etwas schwierig werden. Wahrscheinlich sind wir mit unserer kleinen Truppe zu wenige, um das tägliche Auf- und Abladen zügig gestalten zu können. Sollten wir noch einige weitere Soldaten mitnehmen?"

„Soldaten brauchen wir wohl nicht, aber ähnlich wie bei unserer Kamelkarawane brauchen wir Helfer für diese Arbeiten. Vielleicht sollten wir zehn kräftige Helfer mitnehmen, die uns zur Hand gehen. Ibrahim wäre wohl der Richtige, um gute Männer anzuwerben."

So wurde es gemacht. Ibrahim ging sofort los und brachte schon eine Stunde später zehn junge Männer mit, die allem Anschein nach nicht so leicht zu erschrecken waren.

Als Gernot sie nach Waffen fragte, antworteten sie: „Mit Pfeil und Bogen sind wir alle ausgerüstet, aber ein Schwert besitzen wir nicht."

„Das heißt, dass ihr auch nicht damit umgehen könnt. Dann bringt es auch nichts, euch damit auszurüsten."

Wie bei ihm üblich, zahlte Gernot die Helfer im Voraus und befahl ihnen, am folgenden Morgen zeitig am Tor zu erscheinen.

Früh am Morgen waren alle bereit. Gernot hatte die Wirksamkeit der Armbrust erkannt und weitere seiner Bogenschützen damit ausgerüstet. Nun stand die Truppe abmarschbereit vor der Unterkunft. Ibrahim und Ali würden schon gut auf das dort lagernde Vermögen achten. In dieser Beziehung hatte Gernot das richtige Näschen gehabt. Jetzt ging es los, aber nicht in dem sonst üblichen eher gemächlichen Tempo, sondern so schnell es ging. Deswegen waren alle doppelt beritten, so konnte man die Kräfte der Pferde besser schonen, nur Gernot hatte seine drei Pferde mitgenommen. Zwei Tage später hatten sie Nazareth erreicht, wo sie bei ihrem Freund, dem gar nicht so heiligen Martin unterkamen.

Hier bekam Gernot auch die nötigen Informationen über den Aufenthalt Balduins. Er hatte sich auf den Berg Tabor zurückgezogen und wartete auf seine Verbündeten, die aber täglich eintreffen mussten. Die Verluste Balduins sollten erheblich sein: Weit über 1000 Fußsoldaten und viele Ritter waren getötet worden. Balduin saß ziemlich verschüchtert in seiner befestigten Stellung und wartete.

Der Berg Tabor war nur zwei bis drei Stunden zu Pferde von Nazareth entfernt. Gernots Truppe hätte vom Feind also schon hier überrascht werden können. Ab jetzt war größte Vorsicht geboten. Martin wusste auch, dass die muslimischen Truppen das gesamte Umland verwüstet hatten, ein Zeichen zur Einschüchterung des Gegners, besonders der Landbevölkerung. Die Städte, die alle befestigt waren, wurden von Maudud nicht angegriffen, er wollte wohl seine Truppen nicht durch solche Aktionen aufspalten.

„Von nun an können wir keinen Meter mehr ohne Vorhut reiten", sagte Gernot zu Bran. „Wir müssen wissen, wo der Feind steht und was er zu tun gedenkt."

„Vielleicht ist es günstig, einige einheimische Kundschafter anzuwerben, damit sie uns unterrichten. Wir selbst hätten wahrscheinlich größere Probleme, zu Balduin zu gelangen, ohne von Maududs Truppen entdeckt zu werden. Schließlich hat Martin uns erzählt, dass kleinere Reitertrupps überall unterwegs sind und plündern soviel sie können."

„Da magst du Recht haben", entgegnete Gernot, „ich frage mal bei Martin nach, ob er uns vertrauenswürdige Leute nennen kann."

Martin konnte ihm aus dem Stegreif einige Leute benennen, von denen er sagte, sie seien gut für eine solche Aufgabe geeignet, würden aber in dieser gefährlichen Situation auch mehr Geld verlangen als üblich.

Eine Stunde später stand ein Dutzend Männer im Schankraum und sie boten sich für diese Aufgabe an.

„Wir müssen zu König Balduin gelangen, ohne dass wir alle unser Leben verlieren. Seid ihr in der Lage, uns zu ihm zu führen?"

„Natürlich können wir das", entgegnete einer von ihnen. „Wir kennen hier jeden Weg, jeden Pfad und sind auch in der Lage, euch so zu führen, dass wir nicht auf Wege und Pfade angewiesen sind. Aber eines können wir euch nicht versprechen: Die muslimischen Truppen sind fast überall anzutreffen, ob es ohne Kampfhandlungen geht, ist fraglich."

„Wir sind Manns genug, uns zu wehren, aber wie ihr seht, stehen vor dem Gasthaus viele Packpferde. Die müssen unbedingt zu Balduin ins Lager. Kleinere Angriffe können wir abwehren. Wir wollen nur nicht Maududs gesamtem Heer in die Hände laufen."

„Das lässt sich machen", erklärte der Mann, „aber das kostet etwas und in dieser gefährlichen Situation muss im Voraus bezahlt werden."

„Damit sind wir einverstanden und über den Lohn werden wir uns schnell einig", entgegnete Gernot.

Über den Lohn wurde kurz verhandelt und sofort ausgezahlt. Die Männer rieten davon ab, sofort aufzubrechen, man solle den frühen Morgen abwarten.

So standen die Späher dann auch in aller Frühe bereit, sechs von ihnen waren schon unterwegs. Eine Stunde lang ging alles gut, die Späher umschwärmten die Truppe in großem Abstand und näherten sich nur, um Informationen weiterzugeben.

Dann aber kam ein Reiter direkt auf Gernot zu galoppiert: „Wir müssen aufpassen! Vor uns steht ein größerer Trupp von Maududs oder Tugtakins Leuten. Wir können ihnen kaum ausweichen, aber sie haben uns nicht entdeckt. Bis jetzt jedenfalls nicht. Aber wollen wir Balduins Lager erreichen, dann wird sich ein Kampf nicht vermeiden lassen."

„Dann wollen wir uns mal vorbereiten", erklärte Gernot und informierte alle seine Soldaten über die Lage.

„Wie weit ist es noch, bis wir auf den Feind treffen?", fragte Gernot den Kundschafter.

„Vielleicht eine Viertelstunde, da wir von nun an nur sehr langsam vorankommen. Wir müssen mit etwa 50 Gegnern rechnen."

Sie ritten noch ein kurzes Stück weiter, dann machte der Späher ein Zeichen abzusteigen. Er ging mit Gernot ein kurzes Stück zu Fuß, bis sie an eine kleine Erhebung kamen.

„Dahinter lagern sie", erklärte der Späher.

Gernot ging in die Knie und robbte noch ein Stück weiter. Dann sah er sie. Der Kundschafter hatte richtig geschätzt: Es waren in etwa 50 Mann. Sie waren im Augenblick zwar nicht kampfbereit, da sie mit dem Früh-stück beschäftigt waren, hatten aber alle ihre Waffen zur Hand. Gernot schlich zurück und beratschlagte sich mit Bran.

„Das sollte eine Aufgabe für die Bogenschützen sein, denn wir haben ja keine gepanzerten Ritter zur Verfügung, außer uns beiden", meinte Bran.

„Da magst du Recht haben", entgegnete Gernot. „Also führen wir unsere Pferde noch ein kleines Stück näher heran und schleichen dann bis zu der kleinen Erhebung. Unsere Bogenschützen müssen sich etwas auseinanderziehen, damit sie ein gutes Schussfeld haben. Danach bleiben nur noch wir beiden übrig, die versuchen können, den Feind zu vertreiben. Einige unserer Helfer werden mit den Angelsachsen mitgehen, aber die übrigen brauchen wir für die Pferde. Und unsere Späher werden sich aus dem Kampf heraushalten. Dafür wurden sie nicht bezahlt."

Die Bogenschützen schlichen vorwärts, bis sie die Erhebung erreicht hatten. Dort verteilten sie sich etwas und warteten auf das Zeichen.

„Los!", rief Gernot.

Von da an flogen die Pfeile. Der Feind war überrascht worden und es dauerte etwas, bis eine Gegenwehr organisiert war. Zu diesem Zeitpunkt lagen aber schon viele von ihnen auf der Erde, getroffen von den Pfeilen.

„Jetzt ist es an uns!", rief Gernot und eilte 20 Meter zurück zu seinem Pferd. Bran folgte ihm.

Sie sprangen auf ihre Pferde und sprengten über die Kammlinie. Der Gegner, der nur ein kurzes Stück dahinter gelagert hatte, bekam es jetzt mit einem weiteren Angreifer zu tun. Sie wussten aber nicht, wie viele neue Angreifer es waren und besannen sich so auf das Klügste, was sie machen konnten, die Flucht. Trotzdem kam es noch zu einer kurzen Auseinandersetzung zwischen Gernot und Bran und einigen muslimischen Reitern. Nach kaum einer Minute war der Spuk jedoch vorbei, zumal immer noch Pfeile flogen und die Zeit für einen Gegenangriff vorbei war.

Über den Kammrücken erschien jetzt der gesamte Rest der Truppe, bestehend aus den Bogenschützen, den Packpferden nebst Begleitung und den Kundschaftern.

Einer der Kundschafter ritt auf Gernot zu und sagte: „Ihr seht dort halblinks den Berg?"

„Ja."

„Das ist der Berg Tabor. Dort harrt König Balduin aus und wartet auf seine Rettung. Schafft ihr das alleine bis dorthin?"

„Das wird kein Problem mehr sein“, antwortete Gernot. „Ihr könnt jetzt zurück nach Nazareth reiten. Vielen Dank für eure Arbeit.“

„Nichts zu danken, ihr habt ja bezahlt. Wir haben nur unseren Teil des Geschäfts eingehalten. Viel Glück.“

Die Kundschafter verschwanden, Gernot und Bran waren mit ihren Angelsachsen und den Trossknechten allein.

„Jetzt geht es aber im Galopp bis ins Lager“, meinte Gernot, „und hoffen wir, dass wir dort nicht aus Versehen für Feinde gehalten werden.“

Er sprengte mit „Du“ voran und alle folgten ihm. Der Berg Tabor war nicht zu übersehen, denn er überragte die ganze Gegend. Während das Umland nur als hügelig zu bezeichnen war, war der Berg doch eine markante Erhebung.

„Balduin hat gut gewählt“, sagte Gernot zu Bran, der neben ihm ritt. „Jede Annäherung ist von weitem schon zu bemerken. Also werden seine Leute uns nicht für Teile von Maududs Truppen halten.“

„Dein Wort in Gottes Ohr“, entgegnete Bran. „Man weiß aber nie, was Balduins Leute in ihrer Nervosität tun.“

Es dauerte noch eine Viertelstunde, bis sie den Fuß des Berges erreicht hatten. Von dort an ging es nur langsam voran, zumal sie immer noch nicht wussten, wo genau das Lager Balduins zu suchen war. Doch dann sahen sie es aus der Ferne. Oben, genau auf der Spitze hatte Balduin es errichten lassen. Hinter einem Gebüsch traten plötzlich einige Männer hervor, Soldaten des Königs.

„Halt!“, riefen sie mit gezückten Waffen. Dann aber: „Ach, ihr seid es. Der König erwartet euch schon.“

Sie ritten weiter und erreichten bald das Lager. Das, was Gernot sah, war keineswegs beeindruckend. Einige Dutzend Zelte für die Soldaten, für die Nahrungsmittel, für sonstige Gerätschaften. Das war alles. Es sah nicht gut aus um König Balduin. Nichts Königliches war zu sehen. Eigentlich ist es kein schlechtes Zeichen, wenn der König so lebt wie seine Männer. Hier war es allerdings anders. Hier lebte der König nicht, er hauste. In einem Land, wo viel Wert auf äußere Merkmale gelegt wurde, ein beschämendes Beispiel. Der Ruf des Königs hatte gewaltig gelitten.

Gernot ritt direkt auf den König zu. Er sah sehr deprimiert aus. Man sah ihm seine Niederlage an, er litt.

„Majestät, hier sind wir, wie befohlen."

„Das hört sich gut an. Aber was heißt hier „Wie befohlen"? Wenn nicht bald die nördlichen Fürstentümer eingreifen, ist es vorbei mit dem Befehlen. Einem Angriff Maududs auf dieses Lager haben wir kaum noch etwas entgegen zu setzen. Ich wollte, die Fürsten kämen, bevor es Nacht wird. Ich verstehe Maudud nicht. Er hat alle Trümpfe in der Hand und hält sich mit Raubzügen in der Umgebung auf. Ich fürchte um den Bestand des Königreichs Jerusalem."

Eine Diskussion mit dem König hätte in dieser Situation nicht viel gebracht. Deshalb gab Gernot ein Zeichen und die Trossknechte begannen das Prachtzelt aufzubauen. Es dauerte etwa eine Stunde, dann stand das Zelt hell leuchtend auf dem Berg Tabor, ein Zeichen für alle, dass hier ein König wohnt. In der Zwischenzeit erklärte Gernot dem König, was in Jerusalem alles passiert war. Balduin hatte keine Ahnung, dass sein Königreich in die Zange genommen worden war.

„Das war eine koordinierte Aktion", meinte er schließlich. „Sollte ich hier heil rauskommen, werde ich dafür sorgen, dass die Landverbindung zwischen Ägypten und Damaskus unter meiner Kontrolle steht. Aber eines muss ich euch lassen. Das Zelt ist wirklich wie für einen König geschaffen. Ich glaube, es geht jetzt wieder aufwärts."

Für den Augenblick war die Situation gerettet, die Lage auf dem Berg war stabil, die Fürsten aus dem Norden würden bald kommen. Gernot befahl seinen Leuten, nun auch für sich selbst Zelte aufzubauen. Diese hatten sie aus Jerusalem mitgebracht. Die Fatimiden waren ja sehr spendabel mit Zelten gewesen. Als eine Stunde später ein Mokka-Duft durch das Lager zog, besserte sich nicht nur bei Balduin die Stimmung. Auch seine Männer waren plötzlich nicht mehr so negativ gestimmt.

„Ihr seht", sagte Gernot zu Balduin, „noch ist nicht alles verloren. Ich bin ja auch nicht hier erschienen, um zu sterben."

„Seit ich euch das erste Mal gesehen habe, wart ihr so eine Art Glücksbringer für mich", entgegnete der König. „Hatte ich euch dabei, ging alles gut. Kaum reite ich alleine los, geht alles schief. Aber jetzt seid ihr ja da und schon geht es aufwärts. Das Zelt ist auf jeden Fall ein Zeichen für die Leute da unten, dass König Balduin noch nicht am Ende ist."

„Glücksbringer", dachte Gernot, „ich rette sein Königreich in Jerusalem und er hält mich für einen Glücksbringer. Er kann doch ruhig mal sagen, dass ich strategischen Verstand besitze und dass meine Entscheidungen – auch wenn ich sie intuitiv getroffen habe – immer richtig waren. Aber ein König ist vielleicht anders als andere."

„Ich muss euch noch eine traurige Nachricht überbringen", fuhr Balduin fort. „Guillaume, euer Freund ist beim Überfall von Maududs Truppen ums Leben gekommen. Ein wichtiger Lehnsmann ist tot, jemand der Ahnung von Verwaltung, vom Krieg und vom Umgang mit seinen Leuten, den Bauern und

Handwerkern hatte. Er war äußerst beliebt bei seinen Untertanen."

Guillaume tot. Das war ein Schock für Gernot.

„Was geschieht mit Tiberias, ist die Stadt gefallen?"

Er musste unwillkürlich an Berengaria denken, was würde aus ihr werden?

„Die Stadt ist nicht gefallen. Alle Städte halten dem Druck Maududs stand. Er beherrscht nur das Land, die Städte widersetzen sich ihm. Was aus Tiberias wird, weiß ich noch nicht. Guillaumes Sohn und sein Neffe waren ebenfalls mit auf dem Kriegszug. Durch eine mutige Tat konnten sie wenigstens Guillaumes Leichnam bergen und ihn nach Tiberias bringen, wo er wohl schon beerdigt wurde. Aber was soll ich mit dem Lehen machen? Sein Sohn scheint gut geraten, aber er ist noch zu jung. Vielleicht sollte ich ihm das Lehen trotzdem übertragen, aber seine Mutter bis zu seinem achtzehnten Geburtstag als Regentin einsetzen. Ich kann sie schließlich jetzt nicht übergehen. Wo sollte sie hin? Sie könnte heiraten, aber im Augenblick sehe ich keinen geeigneten Kandidaten für sie und außerdem habe ich jetzt andere Sorgen."

Berengaria lebte. Das war wenigstens eine gute Nachricht. Er würde einen Weg finden, nach Tiberias zu gelangen. Warum eigentlich? Er kannte keine Antwort, aber in ihm kam ein seltsames Gefühl auf, das er schon einmal bei Anna hatte.

Noch am gleichen Abend wurden Balduins Sorgen deutlich kleiner. Ein größerer Soldatentrupp traf ein und verkündete, dass die Truppen aus dem Norden spätestens in zwei Tagen eintreffen würden.

Zwei Tage später kamen dann tatsächlich die Truppen aus dem Norden an. Für das Heilige Land war es ein gewaltiges Heer: 15.000 Mann. Das reichte auf jeden Fall, um Maudud

Paroli bieten zu können. Kundschafter berichteten danach, dass die muslimischen Truppen ihre Raubzüge durch Galiläa eingestellt hatten. Maudud hatte zwar ein Heer versammelt, das noch etwas größer war als das der christlichen Herren, durch das Entsenden von Heeresteilen für die Raubzüge aber erheblich schwächer war, sodass er befürchten musste, vom Gegner überrannt zu werden, falls er seine Truppen weiterhin zersplitterte. Er hatte zu lange gewartet und seine Chancen auf eine Entscheidungsschlacht vertan. Jetzt waren alle Alternativen ausgereizt. Die Situation war wie vor Jahresfrist: Zwei gleichstarke Heere standen sich gegenüber, aber niemand wollte das Risiko eines Angriffs auf sich nehmen. Das christliche Heer hatte den Vorteil, auf einem Berg zu stehen, den Gegner beobachten zu können und gegebenenfalls von oben angreifen zu können. Was sollte Maudud tun? Tugtakin stand ihm zwar zur Seite, war aber im Falle einer Niederlage am ehesten der Rache Balduins ausgesetzt.

Mit Wohlwollen sah man vom Berg hinunter auf ein Heer, das jegliche Möglichkeiten zu einem Angriff verloren hatte. Da man aber die gesamte Gegend gründlichst ausgeplündert hatte, machte sich nach zwei Wochen eine Lebensmittelknappheit bemerkbar und Maudud hatte nur noch die Alternative sich zurückzuziehen.

Auch die christlichen Herren waren froh, ohne Verluste in ihre Heimat aufbrechen zu können. Zwar wartete man noch einige Tage, aber als Kundschafter berichteten, dass das muslimische Heer den Jordan überschritten habe und sich in Richtung Norden, das heißt in Richtung Damaskus, abgesetzt habe, löste sich auch Balduins Heer auf. Als die Herren des Nordens abgezogen waren, zog Balduin eine Bilanz. Er versammelte seine führenden Lehnsleute in seinem Zelt, wozu er auch Gernot und Bran rechnete.

„Die Situation ist jetzt zwar entschärft", sagte er, „aber eigentlich bin ich es, der eine Niederlage erlitten hat. Es ist wohl übertrieben zu sagen, dass ich mein gesamtes Heer verloren habe, aber es liegt trotzdem nahe an der Wahrheit. Mir bleibt nichts anderes übrig, als nach Jerusalem zu ziehen und zu hoffen, dass über Akkon in nächster Zeit Verstärkungen in mein Königreich kommen. Sonst sehe ich schwarz für die Zukunft. Wir sind personell nicht mehr stark genug, einem weiteren Angriff standzuhalten. Gernot hat die Fatimiden während meiner Abwesenheit zwar aus meinem Land vertrieben, aber es wird immer deutlicher, dass ich meine Politik auch auf den Süden ausdehnen muss. Wie das aussehen wird, weiß ich noch nicht, aber es muss etwas geschehen, wenn ich nicht alle Erwerbungen der letzten Jahre wieder verlieren will."

Dem war nicht mehr viel hinzuzufügen, Balduin hatte die Lage sehr genau analysiert und die Konsequenzen daraus gezogen. Die neue Politik musste das Gebiet südlich von Jerusalem, das er bis jetzt kläglich vernachlässigt hatte, in den Mittelpunkt der Betrachtungen stellen. Dazu mussten Befestigungen gebaut und Stützpunkte errichtet werden, und die Landverbindung zwischen Ägypten und Syrien, die durch die Negev-Wüste verlief, musste unter Balduins Kontrolle stehen. Gernot war sich sofort darüber im Klaren, dass er in diese Unternehmungen eingebunden sein würde.

Teil 4: Neue Aufgaben

1. Berengaria

„Gernot, ich ziehe mit den Resten meines Heeres nach Jerusalem. Es wird Zeit, dass ich da nach dem Rechten sehe. Ihr habt ja bei eurem Sieg über die Fatimiden einige erfreuliche Beutestücke gemacht. Wenn ich nur an das Zelt denke, das ist schon beachtlich. Dazu kommt eine größere Summe an Geld."

„Arnulf sagte, es sei genug, um eure Ausgaben für diesen Kriegszug zu decken und es würde sogar noch etwas übrig bleiben."

„Wie gesagt", entgegnete Balduin, „ich ziehe morgen los, aber ich halte es für angemessen, wenn sich jemand um das Lehen Tiberias kümmert. Nur für eine gewisse Zeit. Könnt ihr das übernehmen?"

Gernot klingelten die Ohren. Er brauchte keine dumme Ausrede mehr, um nach Tiberias zu gelangen, er ritt in offiziellem Auftrag.

„Aber gerne", sagte Gernot, „ihr habt absolut Recht. Berengaria muss geholfen werden. Ich könnte für einige Zeit da bleiben und mich um die Sachen kümmern, um die sich früher Guillaume gekümmert hat und seinem Sohn so zur Hand gehen."

„Das ist es, was ich sagen wollte. Guillaume hat sein Leben im Kampf für mein Königreich verloren. Deshalb ist es Christenpflicht, hier Hilfe anzubieten."

„Christenpflicht", dachte Gernot, „wohl eher nicht. Hier ging es um Machtinteressen. Ein Lehen stand ohne Lehnsmann da, sein Sohn war noch zu jung. Unchristlich wäre es gewesen, dieses Lehen einem anderen Ritter jetzt anzutragen, obwohl das durchaus möglich gewesen wäre, da im Königreich Jerusalem die Lehen nicht vererbt werden konnten. Sie waren lediglich an die Person gebunden."

Die Gefahr, dass die muslimischen Truppen doch noch zurückkehren würden, war gebannt. Der Rückzug war keine Finte, sondern der Tatsache der christlichen Einheit zu verdanken. Als sicher war, dass dieses Heer bald Damaskus erreichen würde, brach Balduin sein Zelt ab, ließ seine Lasttiere beladen und zog nach Süden, nach Jerusalem.

Vom Berg Tabor nach Tiberias war es nur einen Katzensprung, den Berg runter, dann noch zwei Stunden mit dem Pferd. Gernot war zur gleichen Zeit wie Balduin aufgebrochen und sah gegen Mittag bereits die Mauern von Tiberias. Es waren keine furchteinflößenden Mauern, ein Heer aber würde doch eine gewisse Zeit brauchen, um die Stadt zu erstürmen. Und ganz ohne Belagerungsgeräte war auch bei diesen Mauern nichts zu machen. Maudud hatte seinen Kriegszug begonnen, ohne dass er an eine Belagerung überhaupt gedacht hatte. Das flache Land zu besetzen, das war das Eine. Die Städte zu erobern, das war etwas Anderes.

Die Nachricht vom Abrücken der muslimischen Truppen hatte sich längst in der Gegend um Tiberias rumgesprochen. Die Bauern, die in den Städten Zuflucht gesucht hatten, waren auf ihre Äcker zurückgekehrt oder zu dem, was übrig geblieben war. So ritt Gernot mit seiner Truppe durch ein geöffnetes Stadttor, das zwar bewacht wurde, wie auch die Mauern, aber aus dem mehr Leute herausströmten als herein. Es dauerte nicht lange, eine Frage reichte, und sie standen vor dem Haus des Lehnsherrn von Tiberias. Es war ein großes Haus, mit dicken Mauern, zweistöckig und einer Terrasse auf dem zweiten Stock, aber nicht vergleichbar mit einer europäischen Burg. Dieses Haus bot lediglich Platz, viel Platz, aber keine Sicherheit. Dafür mussten die Mauern und die Soldaten von Tiberias sorgen.

„Meldet mich der Herrin von Tiberias“, sagte Gernot zu einer Wache. „Mein Name ist Gernot von Kahlenberg.“

Er stieg vom Pferd und führte es am Zügel zum Haus, wo er es stehen ließ. Da kam Berengaria aus dem Eingang herausgeschossen und fiel ihm praktisch um den Hals.

„Endlich!“, sagte sie, „ich hatte schon Angst, dass man uns hier vergisst.“

„Niemand hat euch vergessen, wie könnte man das auch. Ich bin hier mit einer Botschaft von König Balduin und um euch zu helfen.“

„Dann komm rein! Ich brauche dich, ich weiß sonst nicht, wie es weitergehen soll!“, entgegnete sie.

Halt! Stopp! Sie duzt mich, dann darf ich das auch.

„Du brauchst keine Angst zu haben, ich sorge für deine Sicherheit. Das Lehen bleibt in deiner Hand.“

„Jetzt komm erst mal rein! Eine Frau kann doch kein Lehen halten. Das hat es noch nie gegeben.“

„Bran, sorge für unsere Pferde und für eine Unterkunft!“, wandte er sich an seinen Freund und fuhr an Berengaria gerichtet fort: „Gehen wir rein, dann erfährst du alles.“

Sie hatte ihn am Arm ergriffen und ließ ihn nicht mehr los. Da war jemand in großer Not. Gernot ahnte, dass sein Aufenthalt etwas länger als geplant dauern würde.

Sie führte ihn in ein kleineres Zimmer und bat ihn, sich zu setzen. Sie setzte sich neben ihn, ziemlich nah, fand Gernot, der ins Schwitzen geriet, was aber nicht von der Temperatur ausging.

Jetzt schossen ihm Gedanken durch den Kopf, die er gar nicht ordnen konnte: Die Frau ist zu alt für dich! Zugegebenermaßen sehr schön. Aber gerade erst Witwe geworden! Das gehört sich alles nicht. Warum nicht? Konventionen! Stimmt nicht. Tankred hatte seine Frau auf dem Sterbebett an Pons von Tripolis sozusagen weitergereicht. In diesem Land war alles möglich.

Berengaria hielt immer noch seine Hand, die schon arg schwitzte. Wie würde das weitergehen?

„Also, jetzt erzähl mir", begann sie, „was Balduin über mich beschlossen hat. Soll ich dich jetzt heiraten?"

„Ich dich heiraten? Nein, das würde er nie befehlen. Nicht, dass ich etwas dagegen machen könnte, wenn er es befehlen würde, aber so etwas tut er nicht. Balduin hat die Absicht, Ramon zu seinem Lehnsmann zu machen. Das Lehen kann er aber erst mit 18 Jahren antreten. Solange sollst du als Regentin eingesetzt werden, als Vormund, wie auch immer du das bezeichnest. Dann aber leistet Ramon den Lehnseid und du bist dann nur noch Mutter."

„Damit könnte ich gut leben, denn ohne Tiberias hätten wir hier kein Auskommen mehr, eine Rückkehr nach Bar-le-Duc oder in meine Heimat kommt kaum in Frage. Ramon und Gérard sehen hier ihre Zukunft."

„Wo sind die beiden eigentlich?"

„Da, wo ein künftiger Lehnsherr zu sein hat", erwiderte sie, „bei seinen Bauern. Er hilft beim Wiederaufbau. Hier lag ja schließlich genug Baumaterial herum."

„Und was ist mit Guillaume?"

„Was soll mit ihm sein? Er ist im Kampf für seinen König gefallen. Das ist das Schicksal eines Lehnsmannes. Wir haben ihn hier beerdigt und die Bevölkerung hat ein großes Kreuz über seinem Grab errichtet. Guillaume war sehr beliebt bei seinen Untertanen. Meine Trauer vollziehe ich im Stillen, nicht in der Öffentlichkeit. Diese Stadt braucht eine starke Frau, keine, die mit ihrem Schicksal hadert. Aber ich bin froh, dass du da bist. Schon in Trani habe ich gewusst, dass wir uns wiedersehen werden. Dass dies unter diesen Umständen geschieht, war nicht vorhersehbar. Aber so ist es nun mal."

Sie legte ihren Kopf an seine Schultern und sagte noch: „Bleib etwas länger! Ich werde dich brauchen, auch eine scheinbar starke Frau muss sich mal anlehnen dürfen."

Damit war Gernot mehr als einverstanden, wusste aber nicht, wohin das führen würde.

Plötzlich entstand ein großer Lärm, als ob irgendwo gekämpft wurde. Aber Kampfeslärm, das war ausgeschlossen, die muslimischen Streitkräfte waren ja abgezogen. Trotzdem musste man vorsichtig sein. Bis jetzt hatte Gernot lediglich seinen Helm abgesetzt und war Sekunden später glücklich, nicht auch schon die Rüstung abgelegt zu haben. Die Tür flog auf und ein großer muslimischer Krieger stand im Raum. Was war los? Wie konnte dieser Mann einfach in das Haus eindringen? Im gleichen Augenblick hörte Gernot aber auch draußen Kampflärm. Hier war etwas geschehen, was er noch nicht begreifen konnte. Was er aber begriff war, dass Gefahr bestand, Gefahr für Berengaria. Er riss sein Schwert mit der rechten Hand aus der Scheide an seiner linken Seite, sein zweites Schwert mit der linken Hand aus der Scheide auf dem Rücken und griff den Gegner ohne zu überlegen an. Es war ein sehr heftiger, aber auch sehr kurzer Kampf. Gernot sah Berengaria in Lebensgefahr und legte seine ganze Kraft in seine Schläge. Sein Gegner hatte zwar eine gute Kampftechnik, konnte aber der Kraft Gernots nicht widerstehen. Ein Stich mit seinem zweiten Schwert beendete sein Leben. Das war jedoch nicht das Ende des Kampfes. Fast gleichzeitig erschienen drei weitere Krieger in der Tür.

„Berengaria, geh in die Ecke!“, rief Gernot und zog sich ebenfalls dorthin zurück. Er versuchte so die Bewegungsfreiheit seiner Gegner einzuschränken. Doch kaum hatte er den ersten Gegner mit einem gewaltigen Schlag zurückgeschleudert, als Bran in der Tür erschien, gefolgt von einem der Angelsachsen mit seinem Kriegshammer. Bran schlug mit seinem Schwert so gewaltig zu, dass sein Gegner auf der Stelle tot umfiel. Der Angelsachse drehte sich einmal um die eigene Achse, dann traf der Kriegshammer mit voller Wucht die Brust seines Gegners. Der lange Dorn durchschlug die Rüstung und tötete den Eindringling. Gernot hatte mittlerweile seinen Gegner ausgeschaltet und rief zu Bran: „Was ist hier los?“

„Ein großer Trupp muslimischer Soldaten ist in die Stadt eingedrungen, hat die Torwachen überrumpelt und jetzt ist ein heißer Kampf entbrannt. Unsere Leute schießen mit Bogen und Armbrust auf die Angreifer und halten sie auf Distanz. Aber der Kampf ist noch nicht entschieden.“

„Dann wollen wir ihn entscheiden“, entgegnete Gernot und setzte seinen Helm auf. Zu dem Angelsachsen gewandt sagte er: „Beschützt die Herrin von Tiberias, wenn es sein muss, mit eurem Leben!“

„Ich bleibe hier und sorge dafür, dass ihr niemand zu nahe kommt“, entgegnete dieser.

Gernot und Bran stürmten aus dem Raum, über den Gang und aus dem Haus. Gernot hatte nicht einmal Zeit, sich einen Überblick zu verschaffen, denn er wurde sofort von mehreren Kriegern angegriffen. Bran blieb neben ihm und so konnten sie sich gegenseitig schützen. Es war ein zäher Verteidigungskampf, der nun begann. Beide waren so postiert, dass kein Gegner von dieser Seite ins Haus gelangen konnte. Aber die Gegner waren zahlreich. Jetzt musste es sich zeigen, ob Gernot den Kampf mit zwei Schwertern beherrschte, ob er ein al-Faris bi-saifain war. Immerhin konnte er seine Schwerter so geschickt bewegen, dass kein Gegner eine Möglichkeit hatte, ihm zu nahe zu kommen.

„Wir müssen die Burschen von hier vertreiben, damit unsere Leute ihre Pfeile besser einsetzen können", rief Gernot und begann mit ganzer Kraft auf seine Gegner einzudreschen. Jetzt ging es nicht mehr um ein formvollendetes Kämpfen, es ging bei jedem Schlag um Leben und Tod. Bran und er hielten stand und es gelang ihnen schließlich, den Vorplatz des Hauses von feindlichen Soldaten zu befreien, wobei mehrere hinzugekommene einheimische Soldaten tatkräftig halfen.

Die Situation war aber noch lange nicht geklärt. Überall spielten sich Kampfszenen ab und von einer Entscheidung konnte man zu diesem Zeitpunkt nicht reden. Immerhin hatte sich eine größere Gruppe Soldaten auf dem Vorplatz des Hauses versammelt, sodass Gernot nun den Kampf organisieren konnte.

„Bran, ich werde das Ganze hier mit Hilfe der Soldaten durchstehen. Nimm einige Leute mit und schlag dich zum Tor durch, damit wir das unter Kontrolle haben! Es dürfen nicht noch mehr Gegner in die Stadt eindringen."

„Wird gemacht. Viel Glück!"

Bran scharte ein gutes Dutzend Kämpfer um sich und schlug sich in Richtung Stadttor durch. Hoffentlich war nur eines der vier Tore gefallen, denn sonst wäre die Situation extrem gefährlich für die Stadt geworden. Es gab einfach zu wenig Verteidiger in der Stadt, wahrscheinlich war hier sowieso fast die gesamte Streitmacht des Lehens Tiberias versammelt. Auf Dauer konnte diese Stadt und dieses Lehen nur durch eine größere Anzahl an Soldaten gehalten und verteidigt werden. Aber das waren Gedanken, mit denen sich Gernot jetzt nicht befassen konnte. Seine verbliebenen Leute reichten im Augenblick aus, um die Stellung zu halten. Gernot konnte immerhin sehen, dass in den drei zum Haus des Lehnsherrn führenden Straßen überall noch gekämpft wurde.

Plötzlich erhob sich in der Straße, die zum Stadttor führte Lärm. Ein Gegenangriff der Eindringlinge? Hoffentlich nicht! Dann konnte Gernot den Grund für den Lärm ausmachen. Es waren Ramon und Gérard, die mit einer Gruppe Rittern wohl gerade zurückgekehrt waren und jetzt in den Kampf eingriffen. Mehr als 20 Ritter, das war im Augenblick ein Plus an Kampfkraft, das man gut gebrauchen konnte.

„Was ist mit meiner Mutter?“, fragte Ramon.

„Alles in Ordnung“, entgegnete Gernot, „sie ist im Haus in Sicherheit. Es ist ihr nichts geschehen. Kümmere du dich mit deinen Leuten um die Kämpfe in den Zugangsstraßen! Dort ist die Situation brenzlich. Hier kann ich für die Sicherheit deiner Mutter garantieren.“

„Ich bin schon unterwegs und verlasse mich auf dich.“

Erst nach zwei Stunden kehrte Ruhe ein. Die letzten Kämpfe waren beendet, aber es hatte Verluste gegeben. Viele der einheimischen Soldaten waren verwundet oder getötet. Und wie sollte das Lehen ohne Soldaten gehalten werden? Diese Gedanken gingen Gernot durch den Kopf, als er die vielen Toten sah. Das hier war nicht Jerusalem, wo König Balduin jederzeit über mehrere Tausend Fußsoldaten und einige hundert Ritter verfügte.

Vor dem Haus gab es keine Kämpfe mehr, die hatten sich mehr in die Straßen verlagert. Deshalb konnte Gernot kurz ins

Haus gehen, um nachzusehen, ob das, was er Ramon versprochen hatte, auch stimmte. Berengaria stand immer noch in der Ecke des Zimmers, hatte jedoch ein Schwert aufgenommen, als wolle sie sich verteidigen. Der Angelsachse stand ebenfalls im Zimmer, auf seinen Kriegshammer gestützt. Hier bestand keine Gefahr mehr und so schickte er seinen Mann nach draußen zu den anderen.

Kaum hatte dieser den Raum verlassen, da stürzte sich Berengaria auf Gernot, fiel ihm um den Hals und küsste ihn so heftig, dass er Probleme mit dem Atmen bekam.

„Langsam, langsam“, stammelte er, „es könnte jemand zugucken. Denk an deinen Ruf!“

„Mein Ruf ist mir egal, ich brauche dich und wie du gesehen hast aus verschiedenen Gründen. Du hast mir zum Beispiel das Leben gerettet. Das ist doch schon eine Menge. Außerdem muss ich zugeben, dass ich nun doch etwas Angst habe. Ich muss erst meine Selbstsicherheit zurückgewinnen, bevor ich hier wieder alleine schlafen kann.“

„Ramon ist zurückgekehrt“, sagte Gernot.

„Ich habe seine Stimme gehört. Es klingt vielleicht hart, wenn ich sage, dass er sich jetzt bewähren muss. Mit deiner Hilfe könnte er es lernen.“

„Dann wollen wir mal warten, bis er zurück ist.“

Es dauerte noch eine Zeit, bis Ramon erschien, eine Zeit, die Berengaria nutzte, um ihre Dankbarkeit gegenüber Gernot zu zeigen.

Das kann noch heiter werden, dachte Gernot und genoss die Dankbarkeitsbekundungen.

Am Abend war wieder Ruhe eingekehrt, alle Eindringlinge waren tot oder vertrieben, die Kämpfe hatten aber Verluste gebracht. Und zum ersten Mal waren auch zwei von Gernots eigenen Männern getötet worden. So saßen er und Gernot bei ihren Leuten, die in der Nähe der Stallungen eine Unterkunft bezogen hatten. Man redete über die Toten, lobte sie als heldenhafte Kämpfer, sagte aber gleichzeitig, dass man in diesem Land immer mit dem Tod rechnen müsse. Viel schlimmer hatte es die Truppen von Tiberias getroffen. Mehr als 100 Tote, unzählige Verletzte. Alle sahen ein, dass man jetzt nicht einfach aufbrechen könne, hier wurden alle benötigt, was nun auch stolz machte. Bran wollte die Leitung der Wache übernehmen und begab sich mit den verbliebenen Unverletzten zum Haupttor der Stadt. Alle Tore sollten nun eine dauernde starke Besatzung erhalten, sodass eine Überrumpelung wie die gerade erst erlebte, sich nicht wiederholen würde. Gernot kümmerte sich um die eigenen Verletzten, die anderen wurden von einigen in der Stadt wohnenden Ärzten versorgt.

Dann ging er zurück ins Haus, wo Berengaria, Ramon und Gérard auf ihn warteten. Die Toten waren beiseite geschafft worden, der Raum machte den Eindruck, als hätte es hier nie einen Kampf gegeben. Berengaria hatte die beiden wohl schon über die Erbfolge in den Lehrensangelegenheiten informiert, denn Ramon fragte sofort:

„Ich soll also nach dem Willen des Königs die Nachfolge meines Vaters antreten?“

„So ist es“, antwortete Gernot. „Aber du hast ja auch die Bedingung gehört. Deine Mutter wird bis zu deinem 18. Lebensjahr das Lehen verwalten. Diese Zeit musst du als Bewährungszeit ansehen. Machst du deine Aufgabe gut, dann steht einem Lehnsmann Ramon von Tiberias nichts im Wege. Gérard wird dich dabei unterstützen, deine Mutter dich beraten. Trotz eurer Jugend vertraut Balduin auf euch.“

„Was müssen wir als erstes tun?“

„Gut wäre es, wenn es gelänge, die Verteidigung von Galiläa zu stärken. Dazu braucht man Soldaten, die angeworben werden müssen. Bran, ich und die Angelsachsen werden eine Zeit hier bleiben und wir bieten euch jede erdenkliche Hilfe an. Aber auf Dauer muss Galiläa sich selbst tragen und verteidigen. Dazu müssen die vielen zerstörten Bauernhöfe wieder aufgebaut werden."

„Das kostet sehr viel Geld. Woher nehmen, wenn nicht stehlen? Denn selbst zu stehlen gibt es hier nicht mehr viel. Ich muss wohl zunächst dafür sorgen, dass meine Bauern nicht verhungern. Die Handwerker in den Städten konnten sich hinter die Mauern flüchten. Deren Verluste sind eher gering. Aber im Umkreis von einem Tagesritt gibt es hier keine Hütte, kein Haus mehr auf dem Lande."

„Das viele Bauholz, das wir bei den Assassinen erbeutet haben, musst du dafür opfern! Verschenke die Beutekamele und die Reittiere der Eindringlinge! Da fällt mir ein: Wer waren diese Burschen? Maududs Truppen waren vollständig abgezogen. Das waren auch keine Truppen aus Damaskus."

Hier konnte Gérard einiges zu sagen: „Ich habe in Erfahrung gebracht, dass es sich um einen seldschukischen Verband gehandelt hat. Dieser Verband machte Krieg auf eigene Rechnung."

„Viel an Beute wird von denen wohl nicht zu holen sein", fügte Gernot ein, „aber wenigstens die Reittiere sind für uns von Bedeutung und irgendwo in der Nähe wird noch ein kleiner Tross lagern, den wir ausfindig machen müssen. Jetzt zählt alles an Lebensmitteln und Geld, das wir auftreiben können."

„Dann werden Gérard und ich 50 Männer mitnehmen und versuchen, dieses Lager zu finden, was in der Dunkelheit möglich sein müsste. Ein Lagerfeuer sieht man schließlich. Es werden bestimmt nicht viele Wachen beim Tross sein. Auf geht's!"

Damit entfernten sich Ramon und Gérard und kurz darauf hörte man, wie eine größere Reitertruppe sich entfernte.

Kurz darauf erschien ein Bote von Bran: „Bran hat gemeint, dass seine Anwesenheit bei dieser Truppe vielleicht nützlich sein könne, deshalb habe er sich der Truppe angeschlossen. Berengaria atmete hörbar auf. Es war für sie eine Beruhigung zu wissen, dass ein erfahrener Kämpfer sich jetzt an der Seite ihres Sohnes befand.

„Meine Leute sind untergebracht", sagte Gernot, als sie allein waren. „Aber wo kann ich schlafen?"

„Waschen kann man sich hier im Erdgeschoss", entgegnete Berengaria, „schlafen wirst du eine Etage höher."

Gernot ging in einen benachbarten Raum, der eindeutig der Reinlichkeit diente. Große Kessel mit heißem Wasser standen bereit, ebenso ein Holzgefäß, das eine gewisse Ähnlichkeit mit einem Waschzuber hatte. Gernot sah sogar ein Stück Seife auf einer Ablage liegen und zog sich aus, um die notwendigen Reinigungsmaßnahmen einzuleiten. Da standen plötzlich zwei von Berengarias Frauen im Raum und brachten ihm saubere Kleidung, an die er nicht gedacht hatte. Vor lauter Schreck wusste Gernot nicht, was er machen sollte und blieb deshalb einfach stehen.

„Keine Angst!", sagte eine der Frauen, „was wir sehen wollten, haben wir gesehen und mehr wollen wir gar nicht."

Gernot sprang in den Zuber und begann sich wie wild einzuseifen und abzuspülen.

„Es reicht jetzt!", erklärte ihm darauf wiederum die Frau, die nicht auf den Mund gefallen zu sein schien. „Hier ist etwas zum Abtrocknen und wir sind auch nicht da, um euch in Versuchung zu führen. Unsere Herrin meinte nur, dass ihr ein wenig Haarpflege und eine ordentliche Rasur nötig habt."

„Jetzt werde ich auch noch bettfein gemacht", dachte Gernot und stieg aus dem Bottich.

Die beiden Frauen bemühten sich mit großem Eifer, ihn trocken zu reiben, nach seinem Geschmack zu gründlich. Dann wurden seine Haare gekämmt, etwas gestutzt, zum Schluss wurde er noch rasiert.

„Reibt euch hiermit ein!", sagte die eine Frau. „Es ist gut für die Haut, die Männer und Frauen hier im Land machen das allesamt."

Damit reichte sie ihm einen Tiegel, der mit einer gut riechenden Creme gefüllt war.

„Jetzt muss es aber reichen", meinte Gernot und stapfte mit seinem gesamten Gepäck ein Stockwerk höher.

Dort erwartete ihn schon Berengaria: „Du kannst hier schlafen, ich schlafe nebenan."

Gernot schluckte einmal, zweimal. Dann ging er in sein Zimmer. Das erste, was er sah, war eine Verbindungstür, die beide Zimmer verband.

Berengaria erklärte ihm den Sinn dieser Tür: „Sollten noch einmal Eindringlinge in diesem Haus erscheinen, dann kannst du mich besser beschützen."

„Ah!", machte Gernot, „aber ich habe manchmal einen tiefen Schlaf. Dann höre ich nichts."

„Die Möglichkeit habe ich auch schon in Erwägung gezogen. Deshalb habe ich für dich ein breites Bett vorbereitet. Wenn es gefährlich wird, kann ich ja bei dir unterschlüpfen."

„Ich glaube, heute Nacht könnte es noch sehr gefährlich werden", erwiderte Gernot.

„Deshalb bleibe ich auch hier bei dir“, sagte sie und schlüpfte in sein Bett.

Als er am Morgen aufstand, war er erschöpfter als nach der schlimmsten Schlacht, was er ihr auch sagte.

„Gernot, das war keine Schlacht, das war Liebe“, war die Antwort.

„Aha“, dachte Gernot und er begriff den Unterschied zwischen Anna und Berengaria. Bei Anna konnte man gehen, wann man wollte. Bei Berengaria konnte man nicht gehen, wann man wollte. Aber das wollte er auch gar nicht. Nicht, dass ihm das nicht gefiel, aber wo blieb da die Kraft für das alltägliche Leben?

Im Verlauf des Vormittags kehrte Ramon von seinem Ausritt zurück. Er ging sofort zu seiner Mutter, die gerade mit Gernot das Frühstück einnahm.

„Bran ist am Tor geblieben“, begann er, „er erfüllt dort wieder seine Aufgabe. Wir haben unser Ziel erreicht. Es gab tatsächlich ein Lager der Seldschuken. Allerdings gab es dort nicht viel zu erbeuten. Etwa 100 Pferde, dazu 30 Kamele, das war alles. An Lebensmitteln war nicht viel zu entdecken. Die Seldschuken lebten wohl mehr von der Hand in den Mund. Das heißt, sie lebten vom Raub. In Bezug auf Geld gab es leider eine Fehlanzeige. Sehr erfolgreich waren sie wohl noch nicht gewesen.“

„Das heißt“, entgegnete Gernot, „was ihr braucht, ist vor allem Geld.“

„Richtig“, entgegnete Ramon, „ohne Geld können wir dieses Lehen nicht erfolgreich führen und verteidigen.“

Jetzt musste Gernot, falls er das Lehen Tiberias retten wollte, an seine Reserven gehen, besser gesagt, an das erbeutete Geld von Tyros. Das war eine Menge, zusammen mit dem anderen Geld, das er besaß, war er wohlhabend, wenn nicht reich. Da konnte er etwas entbehren.

„Wartet einen Augenblick!“, sagte er zu Berengaria und Ramon, „vielleicht kann ich etwas zur Behebung eurer finanziellen Misere beitragen.“

Er erhob sich und ging in den Stall. Im Sattel von „Du“ hatte er Geld versteckt, viel Geld. Dies nahm er und kehrte zurück zu den beiden.

„Da ich noch einige Zeit hier im Lande zu bleiben gedenke, halte ich es für sinnvoll, einen Beitrag zur Stabilität im Heiligen Land zu leisten. Wie ihr wisst, habe ich erfolgreich mit Balduin vor Tyros gekämpft. Vielleicht sollte ich etwas Geld in dieses Lehen investieren.“

Damit übergab er eine Tasche von ziemlichem Gewicht an Ramon.

„Wenn du nachsiehst, Ramon, findest du in dieser Tasche in etwa 10.000 Byzantii. In verschiedensten Währungen versteht sich. Das müsste für die erste Zeit reichen. Zudem will ich in den nächsten Tagen nach Akkon reiten und versuchen, Soldaten für Tiberias anzuwerben. Dort treffen häufig Schiffe ein, die noch unentschlossene Männer ins Land bringen. Es müsste mir gelingen, einige oder auch einige Hundert anzuwerben.“

Ramon riss den Mund auf und Berengaria sagte: „Das ist mehr als großzügig. Hoffentlich haben wir dich jetzt nicht ruiniert.“

Sie stand auf und gab ihm einen Kuss und Ramon verstand.

„Ich glaube, es ist jetzt meine Pflicht, zur Stabilisierung des Lehens Tiberias meinen Teil zu leisten. Dazu gehört auch, dass die Landwirtschaft und der Handel wieder funktionieren. Dazu muss man etwas Geld unter die Leute zu bringen.“

„Ich verspreche dir, dass ich sparsam mit dem Geld umgehen werde, wenn du mir versprichst, dich um meine Mutter zu kümmern und für ihre Sicherheit zu sorgen."

„Das wird das geringste Problem sein. Das kann ich garantieren. Aber sei nicht zu sparsam mit dem Geld. Schließlich kann man sich auch kaputt sparen."

„Was sollte ich als Erstes tun?", fragte Ramon.

„Als Lehnsherr oder als künftiger Lehnsherr musst du nicht unbedingt jeden Bauern und jeden Handwerker mit Namen kennen. Aber du solltest sichtbar sein für alle. Geh durch die Stadt, kaufe persönlich ein, reite aufs Land, zeig dich den Bauern, biete deine Hilfe für den Wiederaufbau an! Dann werden sie für dich eintreten, wenn Not am Manne ist. Bilde deine Bauern als Bogenschützen aus! Das ist in England üblich. Dort ist jeder Bauer ein Bogenschütze. Und das ist kein Nachteil für denjenigen, für den sie eintreten."

„Ich werde mich bemühen. Bögen haben wir in großer Anzahl erbeutet. Die könnte ich zunächst an die Bauern der Umgebung austeilen."

„Organisiere einen ständigen Wettbewerb unter den Bogenschützen! Setz' einen Preis für den Besten aus! Das spornt an und weckt Begeisterung, auch für dich."

Ramon und Gérard sah man regelrecht die Begeisterung an. Sie hatten eine Aufgabe gefunden, in der sie aufgehen konnten.

„Gérard, komm, es geht aufs Land! Wir wollen uns den Bauern vorstellen und kleine Geschenke verteilen."

Damit verließen sie den Raum.

2. Das Lehen Tiberias

„Der erste Schritt zur Erhaltung des Lehens Tiberias wäre getan“, sagte Gernot, aber Berengaria sah ihn zweifelnd an.

„Meinst du, dass das reicht? Bauern helfen und ermuntern, Händler unterstützen? Da muss noch mehr geschehen.“

„Du hast Recht“, erwiderte er, „wie schon gesagt, die Sicherheit des Lehens ist zur Zeit eben nicht gegeben. So ein Überfall, wie wir ihn erlebt haben, hätte nicht geschehen dürfen. Maudud hat es nicht gewagt, die Stadt anzugreifen, weil er seine Truppen nicht verzetteln wollte. Aber da kommt eine Seldschuken-Truppe über den Jordan, keiner bemerkt es und dringt in die Stadt ein. Das darf sich nicht wiederholen. Unsere Verluste waren zu groß. Deshalb habe ich auch Ramon den Vorschlag gemacht, seine Bauern als Bogenschützen auszubilden. Das ist auf Dauer die einzige Möglichkeit, Sicherheit zu schaffen. Denn eine Armee von 2.000 oder 3.000 Mann kann Tiberias in der nächsten Zeit nicht unterhalten, falls es überhaupt jemals soweit kommen kann. Dazu fehlt zur Zeit das Geld, und die finanziellen Ressourcen sind durch den letzten Krieg erschöpft und das Steueraufkommen wird frühestens in einigen Jahren wieder so groß sein, dass das Lehen davon leben kann. Bis dahin müssen andere Geldquellen erschlossen werden: zum Beispiel Zölle. Ich werde auf jeden Fall in den nächsten Tagen nach Akkon reiten, um zu versuchen, Soldaten und Bauern anzuwerben. Anschließend muss ich dringend für kurze Zeit nach Jerusalem, weil ich dort noch einiges zu regeln habe.“

„Wann reitest du los?“

„In drei oder vier Tagen. Erst sollte ich mich in der Stadt zeigen. Mit meiner Größe werde ich genügend Menschen auffallen und im Gedächtnis bleiben. Auch das schafft Vertrauen.“

„Dann gibt es ja noch ein Problem“, sagte Berengaria.

„Welches?“

„Uns!“

„Sind wir ein Problem?“, fragte Gernot.

„Wir sind für uns kein Problem, aber für die Öffentlichkeit“, entgegnete sie. „Die Leute hier, vor allem die Einheimischen, egal ob Christen, Juden oder Moslems, haben schrecklich konservative Moralvorstellungen. Wenigstens in der Öffentlichkeit.“

„Dann werden wir eben nicht in der Öffentlichkeit zusammen zu vertraut auftreten. Und was in diesem Haus geschieht, das ist keine Öffentlichkeit, das ist privat und das hat niemanden zu interessieren.“

„Dann wollen wir es so halten“, sagte Berengaria.

In den nächsten Tagen lief Gernot ständig in der Stadt herum. Er zeigte sich überall, sprach mit jedem Händler und Handwerker und kaufte Dinge, die er eigentlich gar nicht benötigte. Immerhin wussten alle Einwohner nach drei Tagen, dass al-Faris abyad, den man auch al-Faris bi-saifain nannte, in der Stadt war und sich um die Sicherheit aller Bewohner kümmerte.

Die Nächte blieben für Gernot anstrengend, sodass er morgens häufig erst aufstand, wenn der Hahn schon lange gekräht hatte.

Dann wurde es Zeit, das Problem der Sicherheit tatkräftig anzugehen. Gernot erklärte, dass es Zeit sei, nach Akkon zu reiten, um dort im Hafen Umschau nach neuen Siedlern und Soldaten zu halten. Mit seinen beiden Pferden al-Assil und Chamsin würde es kein Problem sein, die Strecke an einem Tag zurückzulegen.

„Zeig dich in der Stadt!", riet er Berengaria beim Abschied. „Die Bevölkerung muss wissen, dass du die Herrin von Tiberias bist. Ich komme so schnell wie möglich wieder."

Damit bestieg er Chamsin und führte al-Assil am Zügel neben sich. Sobald er die Stadt verlassen hatte, fielen beide Pferde automatisch in einen Galopp, der ihn schnell voran brachte. Am Nachmittag erreichte er das Stadttor von Akkon und ritt in die Stadt. Der Hafenmeister würde ihm bestimmt bei der Suche behilflich sein. Es dauerte auch nicht lange, bis er Régis von Montferrat fand. Dieser war wie immer im Bilde und hatte alle Informationen parat.

„Ihr hier?", fragte er. „Dann gibt es ein Problem."

„Richtig", antwortete Gernot, „es gibt ein Problem, besser gesagt ein ganzes Bündel von Problemen."

Dann erzählte er dem Hafenmeister vom Überfall auf Tiberias und von der kritischen Lage im Lehen Galiläa.

„Ihr braucht also Siedler und ihr braucht Soldaten. Zum ersten Punkt kann ich euch eine erfreuliche Botschaft übermitteln. Gestern sind hier mehrere Schiffe angekommen. Auf den Schiffen waren erfreulich viele Bauern, die die Absicht haben, sich hier niederzulassen. Wenn ihr ihnen Acker- und Weideland versprechen könnt, dann werden eure Wünsche erfüllt werden. Zu eurem zweiten Problem ist zu sagen, dass auf den gleichen Schiffen auch viele Nordfranzosen waren, Leute aus Lothringen und sogar aus der Gegend um Paris. Sie sehen verwegen aus und könnten als Söldner gut zu gebrauchen sein, denn ihre Bewaffnung ist ausgezeichnet."

„Wo kann ich sie finden?"

„Dort, wo auch ihr übernachtet habt, im Pilgerhaus."

Gernot wollte sich gerade auf den Weg machen, als Régis ihn fragte: „Seid ihr zu unverhofftem Reichtum gelangt?"

„Wieso?"

„Eure Pferde kosten ein Vermögen."

„Nun", erklärte Gernot, „den Weißen habe ich gekauft, nachdem ich ein einträgliches Geschäft gemacht hatte und der Schwarze lief mir einfach so zu, das Geschenk eines Assassinen. Die mögen mich eigentlich nicht. Aber einer überließ mir gezwungenermaßen sein Pferd."

„Dann passt gut auf euch auf! Diese Burschen sind nicht zu unterschätzen."

Gernot verabschiedete sich und ritt in die Karawanserei. Schon der Hof war brechend voll. Es waren wirklich viele Schiffe angekommen, da auch große Berge an Handelsgütern im Hafen gelagert waren.

Gernot nahm sein bestes Französisch und rief mit lauter Stimme: „Gibt es unter den Anwesenden Bauern, die sich im Heiligen Land niederlassen wollen? Das Lehen Tiberias in Galiläa sucht Siedler, die bereit sind zu arbeiten. Dafür erhalten sie ein Stück Land, eine Hütte, ein Pferd, Esel oder Kamel und die Abgaben in den ersten fünf Jahren betragen nur zehn Prozent der Ernte."

Es wurde ganz still, schließlich fragte ein Mann, in dem man den Bauern sofort erkannte: „Zehn Prozent? Ist das euer Ernst? Dort, wo ich vorher gelebt habe, zahlte ich nie unter 50 Prozent. Und es war der Grundherr, der die Ernte schätzte."

„Zehn Prozent in den ersten fünf Jahren, danach auf ewig 20 Prozent."

„Und der Haken daran?"

„Jeder, der zustimmt, wird zum Bogenschützen ausgebildet und jeden Sonntag gibt es einen Wettbewerb. Der Beste erhält einen Preis. Wir wollen keine wehrlosen Bauern, die sich von jedem dahergelaufenen Banditen abschlachten lassen. Das ist der Haken."

„Unter diesen Bedingungen bin ich dabei."

„Ich auch!"

„Und ich!"

Schließlich entstand ein großes Durcheinander an Stimmen. Es schien so, als wollten alle, die ihn verstanden hatten, in Galiläa ansässig werden. Gernot zählte und hörte bei 300 auf.

Schließlich sagte er: „Übermorgen geht es los. Haltet euch bereit!"

Jetzt musste er an die zweite Aufgabe ran: „Gibt es hier vielleicht auch einige Männer, die in der Lage sind, ein Schwert oder eine sonstige Waffe vernünftig zu gebrauchen?"

In einer Ecke saßen einige Männer, denen man ansah, dass sie keine einfachen Pilger waren. Das wären eventuell die richtigen Leute, die Männer, die Gernot suchte.

„Habt ihr schon Pläne für euren Aufenthalt im Heiligen Land?"

„Wir hier sind 15 Mann, alle aus dem Ritterstand, wie ihr sehen könnt. Wir haben uns auf einem der Schiffe kennen gelernt. Habt ihr auch für uns ein Angebot?"

„Ich suche Leute, die in der Lage sind, unsere Bauern zu schützen. Nicht nur die, die übermorgen mit mir nach Tiberias ziehen. Auch die Bauern, die sich dort schon angesiedelt haben. Ihr sollt das nicht alleine machen, sondern mit unseren Soldaten, die wir bereits haben und mit denen, die ich noch hier anwerben will. Ihr wäret auch verantwortlich für die Ausbildung der Bogenschützen, denn eines muss ich euch sagen: Erst in der letzten Woche wurden wir Opfer eines Überfalls von seldschukischen Truppen. Viele unserer Bauern wurden getötet, weil sie nicht in der Lage waren, sich zu wehren. Das wäre mein Angebot. Über die Entlohnung werden wir uns einigen. Aber denkt daran: In diesem Land verliert man schnell sein Leben, wenn man nicht aufpasst, oder alleine unterwegs ist."

„Und wie sieht es mit Land aus?"

„Im Prinzip gehört im Königreich Jerusalem alles Land dem König. Er vergibt ein Lehen, er zieht es bei Unfähigkeit des Lehnsmannes wieder ein, jedes Lehen fällt mit dem Tod des Lehnsmannes automatisch an den König zurück. Land würdet ihr nur zur Verwaltung bekommen. Das Land, das eure Bauern bewirtschaften, wäre praktisch euer Land, allerdings mit der Pflicht, die Bauern zu schützen."

„Das hört sich nicht schlecht an, wenn man bedenkt, dass wir alle nicht erbberechtigte Söhne sind. Dann ist die Verwaltung von einem Stück Land schon ein Fortschritt."

„Das Lehen gehörte Guillaume von Bar-le-Duc, der hier Guillaume von Tiberias genannt wurde. Er war erst kurze Zeit im Land, als König Balduin ihm das Lehen angetragen hat. Leider ist er vor einigen Wochen im Kampf gegen ein muslimisches Heer gefallen. Sein Nachfolger ist sein Sohn unter der Regentschaft seiner Mutter und in deren Namen rede ich hier."

„Guillaume von Bar-le-Duc ist ein Name, den wahrscheinlich jeder von uns kennt. Noch bekannter als er ist aber seine

Frau. Man sagt, sie sei die hübscheste Frau in ganz Nordfrankreich. Kennt ihr sie?"

„Ich kenne sie sogar gut. Aber seid ihr nun interessiert?"

„Ich glaube, wir sind wohl alle an diesem Geschäft interessiert. Wie wollt ihr vorgehen?"

„Eure Aufgabe soll es sein, bis übermorgen möglichst viele fähige Soldaten anzuwerben. Seht euch gut um! Was wir nicht gebrauchen können, sind Raufbolde, die glauben, sich hier mit jedem prügeln zu können. Das haben schon zu viele geglaubt, die jetzt zwei Meter unter der Erde liegen. Seid ihr mit meinem Vorschlag einverstanden?"

„So soll es sein. Übermorgen sind wir bereit zum Aufbruch mit den besten Soldaten, die wir hier finden können. Eine Frage haben wir nur noch: Wir als Ritter gehen nicht gerne zu Fuß. Könnt ihr da Abhilfe schaffen?"

„Das wird sich machen lassen. Bis übermorgen, am Stadttor."

Gernot machte Kassensturz. Er hatte noch sehr viel Geld bei sich, zum Teil noch das Geld, das ihm sein Vater mitgegeben hatte. Wenn der wüsste, dass er dieses Geld nun für eine Frau ausgab – denn das musste sich Gernot eingestehen – so war es nun mal, auch wenn ihm an der Sicherheit im Heiligen Land gelegen war. Sein Vater würde sich über seinen Sohn doch sehr wundern und wegen der Großzügigkeit Gernots die Hände über dem Kopf zusammenschlagen. Aber was bedeutet schon Geld, wenn man es hat und nicht nachzählen muss? Also trieb er seinen Plan weiter voran.

Noch einmal zum Hafen und zu Régis: „Ich brauche zwei Dutzend Pferde, eine große Herde Ziegen und Schafe und jede Menge Esel. Ist das zu machen?"

„Natürlich ist das zu machen. Aber wann braucht ihr die Tiere?“

„Übermorgen!“

„Dann gehe ich mal lieber mit, denn wenn die Händler merken, dass ihr unter Zeitdruck kaufen müsst, dann steigen die Preise. Wegen der vielen Pilger, die in den letzten Wochen angekommen sind, haben mehrere Beduinenstämme in der Hoffnung auf ein gutes Geschäft ihre Ziegen und Schafe vor die Stadt getrieben. Dort müssen wir hin und mit den Stammeschefs die Preise aushandeln. Ich muss nur noch mein Pferd holen.“

Gernot bot ihm al-Assil an und Régis sagte: „Das ist die beste Entlohnung, die man einem Mann geben kann. Ein solches Pferd zu reiten ist eine Auszeichnung.“

Es ging in den Sattel, raus aus der Stadt und zehn Minuten im Galopp Richtung Osten. Während des Rittes hörte Gernot mehrmals die Begeisterung Régis'. Er war ganz außer sich, als sie im Lager der Beduinen ankamen.

„So ein Pferd habe ich noch nie geritten. Wenn ich genügend Geld hätte, würde ich es kaufen.“

„Der Mann, von dem ich al-Assil gekauft habe, sagte, dass man so ein Pferd gar nicht kaufen kann. Man zahlt für ein Geschenk. Auf dem Rückweg reitet ihr dann einmal Chamsin. Vielleicht steigert sich dann eure Begeisterung noch etwas. Man sagt, Chamsins Geschwindigkeit komme der von König Balduins „Gazelle“ gleich.“

Dann wandten sie sich den Geschäften zu. Hunderte von Ziegen und Schafen wechselten den Besitzer, ohne dass man viel verhandeln musste.

Der Scheich deutete auf die beiden Pferde und sagte: „Wer solche Pferde reitet, ist ein Ehrenmann.“

Das konnte Gernot für sich bejahen, für den Assassinen eher nicht. Die Beduinen versprachen, die gekauften Tiere am folgenden Tag in die Nähe des Stadttores zu treiben und Gernot und Régis ritten, nachdem sie die Pferde gewechselt hatten, zurück nach Akkon.

„Besucht mich öfter und bringt diese Pferde mit! Es gibt kein größeres Vergnügen, als diese Geschwindigkeit zu genießen."

Gernot entlohnte Régis mit einem Goldstück, was dieser erst ablehnen wollte, dann aber mit der Bemerkung akzeptierte: „Meine Frau erwartet unser fünftes Kind."

Daraufhin legte Gernot noch eine Münze dazu und sagte: „Jedes Kind ist ein Grund zur Freude."

Danach begab er sich in die Karawanserei, wo er auf die neuen Untertanen des Lehens Tiberias traf. Man sagt: Essen und Trinken hält Leib und Seele zusammen. An diesem Abend musste es heißen: Gut Essen und gut Trinken hält Leib und Seele zusammen.

Am übernächsten Morgen verließ Gernot mit seinen beiden Pferden die Stadt. Am Stadttor war bereits eine große Menschenmenge versammelt. Eine kaum zu überschauende Zahl von Land suchenden Bauern, 15 Ritter mit einer gut 100 Mann umfassenden Truppe an Fußsoldaten und dazu die Schaf- und Ziegenherde. So wurde es Zeit für Gernot, eine kleine Ansprache zu halten.

„Wir brechen gleich auf und werden mit den Viehherden drei Tage unterwegs sein. Alle Bauern werden die Herden treiben, denn es sind schließlich eure eigenen Tiere, die ihr treibt. Die Herren Ritter mögen sich zu ihren Pferden begeben, die dort vorne stehen. Ihr werdet mit euren Männern den Schutz der Bauern und der Herden übernehmen. Die Packtiere sind mit Lebensmitteln beladen. Ich weiß jedoch nicht, ob diese reichen werden. Auf geht's Leute! Richtung Tiberias, das heißt, nach Osten!“

Es dauerte etwas, bis sich die riesige Karawane aus Menschen und Tieren in Bewegung setzte. Gernot nahm die Spitze, schließlich kannte nur er den Weg. Nach einiger Zeit gesellten sich zwei der Ritter zu ihm.

„Wir haben noch einige Fragen zu diesem Land, das man das Heilige Land nennt.“

„Zunächst einmal müsst ihr bedenken, dass nicht nur wir Christen diesen Anspruch an das Land haben, auch Muslime und Juden bezeichnen es so“, klärte Gernot sie auf.

„Und was ist das Besondere an diesem Land?“

„Man kann sehr schnell sterben, weil man etwas missverstanden hat, nicht aufgepasst hat, oder einfach, weil man zu vertrauensselig war. Erster Tipp, den ich euch geben kann: Lernt die Sprache der Bevölkerung!“

„Was, wir sollen Arabisch lernen? Weshalb?“, fragte etwas entrüstet einer der Ritter.

„Weil wir hier nur eine kleine unbedeutende Minderheit darstellen. Der normale Einwohner hier, Christen einbezogen, spricht arabisch. Wir stellen nicht einmal fünf Prozent der Bevölkerung dar, in den Städten etwas mehr, auf dem Lande erheblich weniger.“

„Sprecht ihr arabisch?“

„Ich bemühe mich und bin tatsächlich in der Lage, ein Gespräch mit Einheimischen zu führen.“

„Wie lange seid ihr schon hier im Lande?“

„Etwa zwei Jahre.“

„Und welche Stellung habt ihr?“

„Ich möchte nicht übertreiben, aber König Balduin schätzt mich hoch ein. Ich konnte ihm einige Male bei kriegerischen Unternehmungen aus der Patsche helfen."

„Das heißt also, dass man hier durchaus Aufstiegsmöglichkeiten hat?"

„So ist es. Wichtig ist aber, dass man auch im Gegner immer den Menschen sieht. Die Muslime haben im Allgemeinen Respekt vor Leuten, die ihrerseits Respekt zeigen. Das hat nichts mit Zurückhaltung im Kampf zu tun, sondern mit dem Verhalten im alltäglichen Leben."

Nicht viel klüger ritten die beiden davon. Allerdings hatten sie eine Menge zum Nachdenken.

Man musste die Herden immer in Bewegung halten, eine Pause hätte den Tag beendet, denn es wäre unmöglich gewesen, die Tiere wieder in Bewegung zu bekommen. So hatten sie am Abend nur etwa 15 Kilometer zurückgelegt, was aber den Erfolg des Unterfangens, eine Herde nach Tiberias zu treiben, in keiner Weise schmälerte. Für den Abend hatte man genug zu essen, auch für den nächsten Tag würde es noch reichen, dann jedoch würden die Packpferde nur noch ihre Sättel tragen, jedoch keine Lebensmittel mehr. Statt drei musste Gernot jetzt mit vier Tagesmärschen rechnen.

Als die Lebensmittelvorräte zur Neige gingen, wandte er sich an einen der Ritter: „Ich übertrage euch jetzt die Verantwortung für Mensch und Tier. Ich reite gleich los nach Tiberias, damit Lebensmittel zu euch geschickt werden."

Innerhalb von zwei Stunden hatte er Tiberias erreicht. Er eilte zu Berengaria, die zusammen mit Ramon und Gérard im Haus das weitere Vorgehen für den Wiederaufbau des Lehens beratschlagte. Als Gernot ihnen erzählte, dass am nächsten Tag eine erhebliche Verstärkung für Tiberias eintreffen werde, waren alle drei verblüfft.

„Wie machst du das?“, fragte Ramon. „Alles, was du vorhast, gelingt dir.“

„Nun ja, sagen wir mal: fast alles. Aber ihr beiden könnt euren neuen Untertanen entgegenreiten und sie mit Lebensmitteln versorgen.“

Dann erzählte er ihnen noch, unter welchen Bedingungen er die Leute angeworben hatte.

„Haben wir wirklich das nötige Geld, um auf Dauer diese Leute im Lande halten zu können?“, fragte Berengaria.

„Ich habe erst 3.000 Byzantii ausgegeben“, erklärte Ramon. „Eine Zeit lang wird es schon gehen. Aber wir müssen uns um die Einnahmen bemühen. Man kann nicht nur ausgeben, man muss auch einnehmen.“

„Hör genau zu, Berengaria! Dein Sohn beginnt zu verwalten.“

Alle mussten lachen und Ramon und Gérard machten sich auf den Weg, um die neuen Untertanen zu begrüßen und mit Lebensmitteln zu versorgen.

„Und was machen wir jetzt?“, fragte Berengaria.

„Wir sollten auch überlegen, wie wir das Lehen sichern können. Ich glaube, dass die Seldschuken an der Jakobs-Furt nördlich des Sees Genezareth über den Jordan gekommen sind. Andere Übergänge gibt es in der ganzen Gegend nicht, höchstens einzelne Reiter könnten bei genauer Ortskenntnis den Jordan überqueren, auf einem Floß vielleicht, einen größeren Trupp kann man aber nur an der Jakobs-Furt übersetzen. Dort müssen wir ansetzen. Wir beiden reiten dahin und informieren uns – natürlich in Begleitung einer Eskorte. Wir erkundigen uns bei der dortigen Bevölkerung, was dort geschehen ist, weshalb niemand uns gewarnt hat. Das müssen wir wissen. Kannst du gut reiten?“

„Ich reite wie ein Mann."

„Gut, dann werde ich jetzt einen kleinen Trupp zusammenstellen und die notwendigen Vorbereitungen treffen. Morgen früh geht es los!"

Mit 30 Reitern verließen Berengaria und Gernot am folgenden Morgen Tiberias. Bis zur Jakobs-Furt dauerte der Ritt keine zwei Stunden. Jetzt erst begriffen die beiden, weshalb es den Seldschuken gelungen war, unbemerkt bis Tiberias vorzudringen. Die Entfernung war gering, die Kenntnisse über das eigene Land waren zu dürftig. Niemand hatte sie gewarnt. Das musste sich ändern, denn ein erneuter Einfall von jenseits des Jordans könnte unabsehbare Konsequenzen haben.

An der Jakobsfurt angekommen, sahen sie auch, weshalb die Seldschuken den überraschenden Erfolg erzielt hatten. Hier konnte man den Fluss zu Pferde durchreiten, ohne das Tempo großartig zu verlangsamen. An der Stelle der Furt gab es keine Befestigung, keinen natürlichen Schutz. Die Leute, die dort wohnten, sagten auf Befragen, dass sie sehr wohl die Seldschuken bemerkt hatten, aber aus Angst vor der relativ großen Truppe geflohen waren.

Hier half nur das Appellieren an einen menschlichen Urinstinkt: die Gier nach Geld. Gernot versammelte die an der Furt wohnenden Menschen und zeigte ihnen eine Goldmünze.

„Seht her, ihr alle wisst, was das ist! Ihr wisst auch, was man mit dieser Münze alles kaufen kann. Wenn das nächste Mal ein seldschukischer Trupp über die Furt kommt, dann informiert uns in Tiberias. Derjenige von euch, der uns die Botschaft überbringt, soll diese Münze bekommen."

Ein Mann trat aus der Gruppe heraus: „Dann könnt ihr die Münze sofort hier lassen. Ich habe mehrere Äcker auf der anderen Seite des Jordans und ich muss fast jeden Tag den Fluss überqueren. Dort treiben sich sehr viele Seldschuken herum.

Sie warten wahrscheinlich nur auf einen Befehl, um einen neuen Angriff auf Tiberias zu beginnen."

„Das werde ich überprüfen", sagte Gernot. „Ich reite auf die andere Seite des Flusses und werde mich selbst informieren. Stimmt das, was du gesagt hast, dann gehört die Münze dir."

Zu Berengaria gewandt fügte er hinzu: „Du bleibst mit deinen Reitern hier. Mein Chamsin ist schneller als jedes andere Pferd hier. Ich reite über den Fluss und werde, bevor es Abend wird, zurück sein."

Gernot durchritt den Fluss und stellte fest, dass irgendwer einmal diese Stelle ausgebaut hatte, denn auf dem Grund des Jordans lagen hier flache Steine, die ein zügiges Durchreiten erst ermöglichten. Das musste unbedingt geändert werden. Aber erst, wenn er zurück war.

Nach einer Stunde sah er in der Ferne eine Staubfahne in der Luft. Dort mussten Reiter sein, viele Reiter, und es war bestimmt kein Lager, sondern es waren Reiter in Bewegung, sonst hätte er nicht soviel Staub gesehen. Vorsichtig näherte er sich der Staubfahne und dann konnte er es genau erkennen. Es waren eindeutig Seldschuken, zu erkennen an ihrer Kleidung. Die Anzahl der Reiter war nicht genau festzustellen, weil die Seldschuken sehr dicht beieinander ritten. Aber Gernot schätzte die Truppe auf wenigstens 300 Mann, wenn nicht noch mehr. Sie kamen von Norden und ritten in südlicher Richtung, also nicht direkt auf die Jakobs-Furt zu. Das Ziel musste wohl ein anderes sein. Deshalb ließ Gernot den Trupp in sicherer Entfernung an sich vorbei reiten und heftete sich an ihre Fersen. Es dauerte etwa eine Stunde, bis die Seldschuken anhielten. Von einer kleinen Erhebung konnte Gernot auch den Grund erkennen: Vor ihnen war ein Lager zu erkennen, in dem sich ein noch größerer Trupp Soldaten aufhielt.

Was suchten die Seldschuken hier? Warteten die etwa noch auf weitere Verstärkung? Bereiteten sie sich auf einen Angriff vor? Diese Gedanken schossen Gernot durch den Kopf, als er das Lager sah. Er hatte genug gesehen. Er musste zurück an die Jakobs-Furt. Hier konnte eine große Gefahr für Tiberias entstehen, wenn man die seldschukische Truppe nicht weiter beobachtete.

Zurück an der Jakobs-Furt übergab er zunächst die Goldmünze an den Mann, der ihn vor den Seldschuken gewarnt hatte: „Seht, ich halte mein Wort! Auf der anderen Seite des Jordans gibt es tatsächlich eine starke feindliche Truppe."

„Was machen wir nun?", fragte Berengaria.

„Wenn wir genau wüssten, was die Seldschuken vorhaben, dann könnte ich dir sagen, was wir zu tun haben", antwortete Gernot. „Auf jeden Fall ist eine gefährliche Situation entstanden. Wir lassen einige zuverlässige Männer hier, die auch Späherdienste versehen, denn wir müssen wissen, wohin sich die Seldschuken-Truppe bewegt. Ziehen sie ab, dann ist es gut. Bleiben sie oder bewegen sie sich in Richtung Jakobs-Furt, dann wird die Lage für uns unangenehm."

„Was schlägst du vor?"

„Unsere paar Soldaten, die wir mitgenommen haben, können nichts erreichen. Wie gesagt, die Späher reichen. Wir aber reiten zurück nach Tiberias und mobilisieren die gesamte Streitmacht der Grafschaft. Nur dann haben wir eine Chance."

Gernot ließ zehn erfahrene Männer an der Jakobs-Furt zurück, denen er eindringlich einschärfte, das Lager der Seldschuken genau zu beobachten, ohne bemerkt zu werden. Dann schwang er sich auf sein Pferd und ritt mit dem Rest der Truppe zurück nach Tiberias.

Dort angekommen, sahen sie vor dem Tor die Neuankömmlinge, Soldaten wie Bauern mit den Herden.

Gernot ritt sofort auf Ramon zu: „Jenseits der Jakobs-Furt lagert ein kleines Seldschuken-Heer, 700 bis 800 Mann. Wenn die angreifen, sieht es schlecht für uns aus. Wir müssen reagieren. Ruf die gesamte Streitmacht zusammen! Wir müssen uns an der Jakobs-Furt versammeln."

„In Ordnung, alle unsere Reiter, ich schätze, dass es an die 400 sind, können innerhalb einer Stunde aufbrechen. Die Fußsoldaten werden folgen, aber der Weg dorthin ist ja nicht zu weit. Morgen früh müsste das Heer dort stehen. Wenn es wirklich nicht sehr viel mehr als 800 Mann auf der gegnerischen Seite sind, müssten wir standhalten können, denn wir bringen es mit den neuen Soldaten auf etwa 600 Soldaten, die auf die Schnelle aufgeboten werden können."

Ramon entfernte sich und einige der Ritter näherten sich Gernot.

„Stimmt etwas nicht?", fragte einer.

„Eine größere feindliche Truppe steht auf der anderen Seite des Jordans und ich befürchte, dass diese Truppe Tiberias als Ziel hat. Habt ihr noch Lust für das Lehen zu kämpfen?"

„Natürlich, wir haben schließlich unser Wort gegeben und dass es im Heiligen Land nicht friedfertig zugeht, das wissen wir. Was sollen wir tun?"

„Nehmt eure Soldaten und begebt euch zur Jakobs-Furt! Ich gebe euch einen ortskundigen Führer mit. Wenn ihr dort angekommen seid, geht auf der diesseitigen Seite des Jordans in Verteidigungsstellung, aber so, dass ihr von der anderen Seite nicht gesehen werdet."

„Wir sind schon unterwegs."

Gernot befahl einem der einheimischen Soldaten, die neue Truppe zu begleiten. Dann informierte er Bran über die neue Situation.

Dieser wusste sofort, was zu tun war: „Ich sammele sofort unsere eigenen Leute und reite an diese Furt. Was machst du?“

„Ich kümmere mich zunächst um die Sicherheit der Stadt. Die neuen Bauern dürfen mit den Herden nicht zu weit von der Stadt entfernt lagern. Denn falls etwas schief geht, dann müssen sie sich innerhalb der Mauern flüchten.“

Keine Stunde später war Bran schon mit den Angelsachsen nebst einigen Packpferden unterwegs zur Jakobs-Furt. Gernot informierte die vor der Stadt lagernden Bauern über die neue Situation und versuchte, die Lage nicht zu dramatisch auszumalen. Entweder hatten die neuen Bauern den Ernst der Lage nicht richtig erkannt, oder sie hatten ganz einfach gute Nerven. Auf jeden Fall schien das Ganze sie nicht sehr zu beeindrucken. Eines fiel Gernot trotzdem auf. Diese Bauern waren gerade erst angekommen, die meisten ohne Frau und Kinder, aber sie waren dabei, sich bereits um Frauen zu kümmern.

Das Lehen hatte durch die Kämpfe der letzten Wochen einen großen Männermangel. Junge Frauen oder Witwen, das konnte Gernot aus der Distanz natürlich nicht unterscheiden, gingen durch das Lager und sprachen mit den Neuen. Das Leben nahm hier wirklich keine Rücksicht auf die Gefühle von gestern. Hier ging es um heute und um morgen.

In der Stadt organisierte Gernot eine neue Wache für die Stadtmauern und Tore, denn die zuverlässigen Angelsachsen waren bereits unterwegs zu neuen Aufgaben.

Da sah er, dass Berengaria die gleiche Idee gehabt hatte. Sie war durch die Straßen gegangen und hatte die Arbeiter und Händler aufgefordert, für die Sicherheit der eigenen Stadt zu sorgen. So sah man aus allen Gassen bewaffnete Bürger kommen, die sich auf die Mauern zu bewegten.

„Organisiert euch selbst!", rief Gernot ihnen zu, „es handelt sich um eure Stadt."

„Noch einmal lassen wir uns nicht so einfach überfallen", rief einer von ihnen. „Bleibt ihr hier?"

„Nein, eure Herrin ist von nun an die Person, an die ihr euch wenden müsst. Ich ziehe mit allen verfügbaren Soldaten an die Jakobs-Furt."

„Viel Glück!"

„Danke und passt gut auf!"

Der Abschied von Berengaria fiel heftig aus, sie war nun mal eine leidenschaftliche Frau.

„Pass gut auf dich auf!", sagte sie zum Abschied. „Ich brauche dich noch."

Gernot bestieg seinen weißen Riesen, denn es würde zum Kampf kommen und dabei wollte er sich auf sein bewährtes Pferd verlassen. Er war wahrscheinlich der Letzte, der die Stadt verließ. Selbst alle Fußsoldaten waren schon unterwegs, die gesamte Reiterei des Lehens stand wohl schon an der Jakobs-Furt. Er musste sich nicht besonders beeilen, da Bran dort schon eingetroffen war und für die nötigen Maßnahmen sorgte. Schon nach einer Viertelstunde traf er auf eine große Gruppe von Fußsoldaten, die ihm mitteilten, dass das Gros der Truppen schon weiter vorne anzutreffen sei. Diese Haupttruppe erreichte er nach einer weiteren Viertelstunde. Er konnte so errechnen, dass die ganze Streitmacht spätestens am frühen Morgen die Furt erreicht haben würde.

Als er kurz darauf die neuen Soldaten mit ihren Rittern als Anführer überholte, wurde er kurz angehalten. Die Ritter waren zwar zu Pferde, ritten aber so langsam, dass ihre Soldaten gut Schritt halten konnten.

„Könnt ihr uns kurz erklären, was hier eigentlich los ist, wer diese Seldschuken sind und was diese eigentlich wollen?“, fragte einer der Ritter.

Die Ausführungen dauerten einige Minuten, dann waren alle im Groben über die Situation, in der sich Tiberias befand, informiert. Danach ritt er weiter und erreichte bald die Stelle, an der sich die Furt befand. Gernot sah sofort, dass die gesamte Reiterei bereits eingetroffen war. Nach Auskunft von Ramon waren über 400 Reiter versammelt. Das musste genügen, um einem ersten Angriff standzuhalten. Dann suchte er die Kundschafter auf, die er zurückgelassen hatte.

„Sie sind immer noch an der Stelle, wo ihr sie angetroffen hattet“, erklärte einer der Späher. „Sie tun nichts und warten. Wir haben aber festgestellt, dass sich weitere kleinere Verbände zur Haupttruppe gesellt haben. Es werden jetzt wohl um die 1.000 Mann sein, die sich im Lager aufhalten.“

„Sehr viel mehr dürfen es nicht werden“, dachte Gernot.

Einen Angriff auf dieses Lager hielt er für aussichtslos. Der Gegner bestand nur aus Reiterei, hatte keine Fußsoldaten und war daher beweglich in der Kriegsführung. Man musste abwarten, was der Feind vorhatte.

Gernot befahl allen Reitern, sich soweit zurückzuziehen, dass sie vom anderen Ufer des Jordans nicht gesehen werden konnten. Feindliche Späher mussten nicht sofort sehen, dass man hier auf einen Angriff vorbereitet war.

Dann begann das Warten. Es war schon Mitternacht vorüber, als Gernot auf der anderen Uferseite einige Reiter entdecken konnte. Diese näherten sich zwar nicht der Furt, sie wollten wohl nicht entdeckt werden. Gernot jedoch sah trotz Dunkelheit hervorragend. Er lag dicht am Ufer in einem Gebüsch und sah genau, was auf der anderen Seite vor sich ging. Die Späher bewegten sich vorsichtig, waren sich aber sicher, nicht gesehen zu werden. Deshalb stiegen sie nicht einmal von den Pferden ab.

„Wenn das meine Späher wären", dachte Gernot, „ich würde ihnen die Ohren lang ziehen."

Nach kurzer Zeit zogen sich die gegnerischen Reiter wieder zurück und verschwanden.

„Heißt das jetzt, dass die gesamte Truppe bald kommt, oder haben wir noch eine Gnadenfrist?", fragte sich Gernot.

Eines aber war ihm klar geworden: Er musste eigene Späher, aber bessere, hinter den Feinden herschicken, um eine Antwort auf seine Fragen zu bekommen.

Er begab sich sofort zu den übrigen Anführern und berichtete von seinen neuen Erkenntnissen.

„Wie kann man bei dieser Dunkelheit überhaupt etwas sehen?", fragte Ramon.

„Man nicht, ich schon", erwiderte Gernot. „Ich sehe auch bei großer Dunkelheit sehr gut."

„Juckt es zwischen den Schulterblättern?", fragte Bran.

„Nein, noch nicht."

„Dann findet der Übergang erst morgen statt."

Alle sahen Gernot und Bran verständnislos an und auch als Bran einige Erklärungen dazu gab, waren die Übrigen nicht sonderlich überzeugt.

„Verlasst euch auf dieses Zeichen!", erklärte Bran. „Es ist absolut sicher. Ich lege mich jetzt hin und schlafe."

Gernot stellte noch ein paar Wachen auf und legte sich ebenfalls zum Schlafen hin.

Am Morgen wurden sie früh durch die anrückenden Fußtruppen geweckt. Jetzt musste ein Plan her.

„Man müsste die Seldschuken in die Zange nehmen“, schlug Ramon vor.

„Aber wie?“, fragte Gérard.

„In der Theorie ganz einfach, in der Praxis kann das Ganze schwierig werden“, erklärte Gernot.

„Und wie stellst du dir das Vorgehen vor?“, fragte Ramon.

„Nun, die Fußtruppen bleiben auf dieser Seite des Flusses“, erklärte Gernot. „Die gesamte Reiterei wechselt aber jetzt schon auf die andere Seite. Und zwar müssen wir unsere Reiterei in zwei gleichgroße Gruppen teilen, damit wir gleichmäßig zuschlagen können. Ich gehe davon aus, dass die Seldschuken in der Nacht oder morgen in aller Frühe übersetzen, damit sie nicht gesehen werden. Dann stoßen sie an der Furt auf unsere Fußtruppen, die kampfbereit in Deckung liegen und die Seldschuken zuerst mit Pfeilen attackieren. Wenn die sich dann von ihrem Schrecken erholt haben und selbst angreifen wollen, kommt unsere Reiterei ins Spiel. Diese versteckt sich links und rechts des vermutlichen Weges und greift nun die Seldschuken aus dem Hinterhalt an. So kommt unser Gegner erst gar nicht dazu, seine übliche Kampftaktik auszuspielen. Sie sind jetzt gezwungen mit dem Schwert zu kämpfen, um sich gegen unsere Reiter zu wehren und werden jetzt gleichzeitig von unseren Fußtruppen angegriffen. Wenn wir unser Vorgehen so durchführen können, haben wir die Chance, unseren Gegner zu schlagen, und zwar vernichtend zu schlagen. Eines muss klar sein: Der Tross darf uns nicht entwischen, denn diese Burschen haben hier schon genügend Schaden angerichtet. Jetzt müssen sie zahlen.“

Alle waren mit dem Plan einverstanden und Gernot übergab einem der Ritter, die er in Akkon angeworben hatte, das Kommando über die Fußtruppen. Er hieß Bernard von Saint-Denis und war, wie er erzählte, der fünfte Sohn von insgesamt zehn Kindern seines Vaters, dessen Landbesitz, wie er sagte, in einer halben Stunde zu Pferd durchquert werden konnte. Sein jüngerer Bruder Olivier gehörte ebenfalls zu der Truppe und beide hatten die Absicht, sich im Heiligen Land eine Zukunft aufzubauen. Gernot redete eine Weile mit ihm und gewann den Eindruck, einen intelligenten Menschen vor sich zu haben, der durchaus in der Lage war, gefährliche Situationen zu meistern. Deshalb ging er mit ihm zu Ramon.

„Sag mal Ramon, die Festung Safad ist nur eine kurze Strecke von hier entfernt und von dort müsste man einen guten Überblick über die ganze Gegend um die Jakobs-Furt haben. Diese Festung ist zurzeit nicht besetzt, wie ich gehört habe. Sollten wir nicht Bernard und seinen Bruder Olivier mit dieser Festung betrauen? Dann wäre die Furt überwacht und gleichzeitig hätten zwei neue Ritter eine Aufgabe gefunden. Safad liegt zwar auf einem Berg, sonst hätte man ja auch nicht diesen wunderbaren Überblick, aber das Land ringsum ist sehr fruchtbar. Wenn man es sichert, könnte man hier eine blühende Landwirtschaft aufbauen."

Ramon entschied sehr schnell: „Bernard und Olivier, ihr seid nach der Schlacht, die uns noch bevorsteht, meine Lehnsmänner für Safad. Siedelt dort einige Bauern an, nehmt von den Ziegen und Schafen und verteilt sie an die Bauern und sichert die Furt!"

Schon hatten zwei der Neuen eine Aufgabe, sahen für sich eine Perspektive und waren mehr als zufrieden.

Kurz darauf kamen wieder einige Späher zurück. Sie hatten das Lager beobachtet, aber dort gab es keine Bewegung. Das bedeutete, dass man mit keinem sofortigen Angriff zu rechnen hatte. Man konnte für die Fußtruppen ein geeignetes Versteck suchen, was nicht schwierig war, da die gesamte Gegend um die Jakobs-Furt mit Büschen und Bäumen bewachsen war. Das gesamte Fußvolk konnte in einer Entfernung von weniger als 100 Metern von der Furt versteckt werden. Die Soldaten, die die ganze Nacht durch marschiert waren, konnten sich nun ausruhen und sich dann auf den Angriff vorbereiten.

„Wir sollten noch einmal Kriegsrat halten!", schlug Gernot Ramon vor.

„Dann rufen wir die Anführer zusammen", antwortete dieser.

Als alle versammelt waren, schilderte Gernot die Lage, wie sie aus den letzten Berichten der Späher ersichtlich war. Er schloss mit den Worten: „Die Seldschuken werden kommen. Das ist sicher. Sie rasten nicht in der Nähe der Furt, um zu meditieren, weil ihnen nach höheren Erkenntnissen gelüstet. Sie kommen in der Nacht oder am Morgen, sobald es heller wird. Ich rechne eher mit der zweiten Möglichkeit, da sie einen Tross mit sich führen und Kamele in diesem Gelände nicht trittsicher sind. Unsere Fußtruppen stehen hier am Ufer, nicht sichtbar für die Seldschuken. Bernard und Olivier von Saint-Denis haben hier den Oberbefehl und keiner greift zum Bogen, bevor diese beiden Männer nicht den Befehl dazu gegeben haben. Und dieser Befehl erfolgt erst, wenn die ersten feindlichen Soldaten den Fluss durchquert haben.

Edward, du stürmst mit deinen Leuten etwas vor, sodass ihr eine gute Schussentfernung habt! Und für alle gilt: Zielt auf die Reiter, nicht auf die Pferde! Die seldschukischen Truppen sind zahlreicher als unser Heer. Wir müssen möglichst viele Gegner in den ersten Minuten ausschalten. Sollten trotzdem welche durchbrechen, Edward, dann weißt du, was du zu tun hast. Verstanden?"

„Verstanden!"

„Damit die Seldschuken nicht auf ihre gewohnte Kampftaktik zurückgreifen können, Pfeile abschießen und flüchten, greift in diesem Augenblick unsere Reiterei aus dem Rücken des Feindes an. Der eine Flügel der Reiterei wird von Ramon und Gérard geführt, der andere von Bran und mir. Noch Fragen?"

Keiner hatte noch eine Frage und so konnte die Reiterei übersetzen und sich in sicherer Entfernung vom Weg, der zur Furt führte, verstecken.

Der Tag verging mit Nichtstun, schlafen und ausruhen. Als es Abend wurde, kam ein letzter Späher. Er hatte Neuigkeiten im Gepäck. Die Seldschuken hatten begonnen, das Lager aufzulösen. Das würde einige Stunden in Anspruch nehmen, da der gesamte Tross aus Kamelen und einer großen Anzahl von Eseln bestand, die man nicht so leicht beladen konnte. Der Abbau der Zelte, das Zusammenschnüren des Gepäcks, das anschließende Aufladen, das würde Zeit kosten. Damit stimmte Gernots Rechnung: Die Seldschuken würden im Morgengrauen über den Jordan setzen. Er teilte diese neuesten Erkenntnisse Bran, Ramon und Gérard mit, die kaum etwas verstanden hatten, da der Späher arabisch gesprochen hatte und kein französisch verstand.

Die richtige Einsicht zeigte Ramon: „Ich werde arabisch lernen müssen, sonst habe ich auf Dauer keinen Einfluss auf meine Untertanen. Und schließlich kann ich doch nicht Französisch-Unterricht für alle Einheimischen organisieren."

Nach Gernots Meinung hatte Ramon verstanden, worum es ging, wollte man dieses Land beherrschen. Alle verteilten sich auf die ihnen zugewiesenen Plätze und warteten. Es dauerte lange, bis etwas geschah. Das, was geschah, war das Zucken zwischen Gernots Schulterblättern.

„Passt auf!", flüsterte er, „es geht gleich los."

Und dann ging es los. Erst hörte man ein leises Geräusch, dann war es das Hufgeräusch von vielen Pferden und die typischen Geräusche der Kamele. Ein großer Trupp näherte sich der Furt, dann kam der Tross, zum Schluss wieder ein großer Trupp.

„Eine Dummheit sondergleichen", dachte Gernot. „Weshalb teilen die Seldschuken ihre Kampfkraft auf? Die müssen sich ganz schön sicher sein, dass keiner von ihrer Anwesenheit weiß."

Die ersten Reiter hatten jetzt die Furt erreicht. Sie ritten in den Fluss und der Tross drängte nach. Es gab keine Zeit für Sicherungsmaßnahmen, alles lief voraussehbar. Aber nicht so wie die Seldschuken es geplant hatten, eher so, wie Gernot es geplant hatte. Bald mussten die ersten Reiter das andere Ufer erreicht haben, der Tross drückte von hinten und die Nachhut hatte den Punkt erreicht, wo die Reiterei von Tiberias Position bezogen hatte. Dann geschah alles wie von Gernot beabsichtigt. Einige Reiter hatten schon das andere Ufer erreicht, als sie angegriffen wurden. Man hörte ein Schreien, Kommandorufe und der Tross drängte nach. Das hatte Gernot gelernt: Kamele kann man nicht einfach anhalten. Tut man es trotzdem, kann es zu einer Katastrophe führen. In dem Augenblick gab Gernot das Zeichen zum Angriff. Jetzt war es nicht mehr nötig, sich leise zu verhalten. Lärm würde sogar eine größere Zahl von Angreifern vorspiegeln, als tatsächlich vorhanden waren. Die Falle schnappte von hinten zu. Vorne gab es einen Geschosshagel der Fußsoldaten, hinten griff die Reiterei mit aller Macht an. Das war der Moment, wo bei den Seldschuken Übersicht und Überblick gefragt war, aber nichts geschah. Gernot hörte zwar Befehle, aber keine Ausführung der Befehle. Jeder versuchte sich alleine zu retten, was aber nicht möglich war, da die Reiterei von Tiberias wie eine Mauer stand. Ein

Durchbrechen war nicht möglich, auf einen Kampf Mann gegen Mann waren die Seldschuken nicht vorbereitet. Was folgte, war ein heilloses Durcheinander und ein Erfolg von Tiberias auf der ganzen Linie. Vorne fanden die Pfeile und Bolzen immer wieder ihr Ziel, die wenigen Durchbruchsversuche scheiterten an den Kriegshämmern der Angelsachsen, hinten droschen Gernot und 400 Reiter auf die Seldschuken ein. Diese versuchten sich zu retten, wo immer es ging. Aber es ging einfach nicht. Die Furt war eng, flussaufwärts und flussabwärts konnte man nicht fliehen, das Drama nahm seinen Lauf. Die Schlacht dauerte fast eine Stunde, dann stand der Sieg von Tiberias fest. Kaum 100 Soldaten des Gegners hatten sich retten können, der Rest war den Waffen von Tiberias zum Opfer gefallen.

Dass Schlacht von schlachten kommt, sahen die Überlebenden, als es hell wurde. Zu Hunderten lagen feindliche Soldaten auf beiden Seiten des Jordan und im Fluss selbst, wo sie nicht weggetrieben werden konnten, da der Jordan hier zu flach war. Das übliche Geschehen nach jeder Schlacht setzte nun ein: Jeder plünderte, so gut er konnte.

Ramon und Gérard hatten die Verfolgung des Gegners aufgenommen, allerdings nur halbherzig, da die wenigen Überlebenden keine Gefahr mehr darstellten. Gernot sah um sich, um sich zu orientieren. Einige Reiter der Seldschuken trugen prachtvolle Rüstungen, was auf ihren Stand schließen ließ. Einen dieser Toten zog Gernot aus dem Wasser und erkannte mit geübtem Blick, dass er hier den Anführer vor sich hatte. Sein gut gefüllter Geldbeutel verriet es ihm.

Dann sah er Bernard und Olivier.

„Bernard, dieser Mann hier hat in etwa deine Größe und die Rüstung ist wirklich nicht zu verachten. Ich würde sie nehmen.“

Schon war Bernard dabei, den toten Seldschuken seiner Rüstung zu berauben. Sie passte ihm ausgezeichnet. Etwas irritiert blickte er auf den Geldbeutel des Toten.

„Gehört das nun auch mir?"

„Selbstverständlich. Dem Sieger gehört nun mal die Beute. Olivier, da liegt noch jemand, der seine Rüstung nicht mehr benötigt. Ich würde sie anprobieren und sehen, ob da nicht auch noch ein Geldbeutel zu finden ist."

Auch der Bruder hatte nun eine neue Rüstung und Geld für einen Neuanfang.

„Und seht euch die Pferde an! Da findet ihr bestimmt einige, die besser sind als die, die ihr jetzt reitet."

Das hatten auch die anderen Ritter gehört und als Ramon zurückkam, hatten alle seine neuen Lehnsmänner neue Rüstungen und Pferde.

Es gab ein ehernes Gesetz: Geplündert wird auf dem Schlachtfeld, alles konnte man mitnehmen, eine Ausnahme galt jedoch: Der Tross gehörte dem Anführer, sprich Ramon.

Dieser sah sich erst einmal in aller Ruhe das Schlachtfeld an und fragte Gernot: „Was soll ich mit dem Tross machen?"

„Den können wir gleich genauer untersuchen. Wichtig ist, dass du jetzt deine beiden Lehnsmänner Bernard und Olivier in ihre neuen Ämter einführst. Sie haben gut gekämpft, sie haben bereits neue Rüstungen und Pferde, jetzt brauchen sie für ihre Festung Safad einige Soldaten. Überlass ihnen fürs Erste 50 Soldaten und versprich ihnen Siedler, für die du ihnen Pferde oder Esel aus der Beute überlässt! Das spornt die anderen an. Auch Zelte kannst du ihnen geben, denn im Tross gibt es eine große Anzahl davon. Das dürfte für den Anfang reichen. Die einfachen Soldaten haben ausführlich geplündert, die Ritter haben sich nur einige Waffen oder Pferde genommen. Diese können nach der Untersuchung des Trosses noch entschädigt werden."

Ramon ließ alle Soldaten antreten und führte Bernard und Olivier in ihr neues Amt ein, wobei sie den Beinamen ‚von Safad' bekamen.

Dann ging es auf Anraten von Gernot zurück nach Tiberias. Dort erst sollte der Tross genauer untersucht werden. Auch wenn der Kampf Verluste gebracht hatte, waren die Überlebenden zufrieden mit ihrer Beute und machten sich auf den Rückweg.

Vor Tiberias wurde ein großes Lager aufgeschlagen Der Tross musste gesichtet werden, die Bauern auf die Ritter verteilt werden, die Soldaten mussten ihren Stationierungsort gesagt bekommen. Es galt vieles zu regeln.

Als erstes schickte Ramon 50 Bauern mit einer kleinen Herde an Ziegen und Schafen zu Bernard und Olivier von Safad an die Jakobs-Furt. Jeder Bauer erhielt zwei oder drei kleine Geldstücke, damit sie für die nahe Zukunft abgesichert waren. Danach mussten sie oder ihre Lehnsherren für den Lebensunterhalt sorgen.

Dann wurden alle Ritter, die bis jetzt unversorgt waren, mit einer Aufgabe betraut. Sie bekamen die Aufsicht über kleinere Dörfer oder Städte, erhielten Soldaten zum Schutz und Bauern für den Aufbau einer Landwirtschaft. Versehen mit Pferden, Eseln, Kamelen, Ziegen oder Schafen zogen nun auch diese ab.

So langsam wurde es übersichtlicher vor Tiberias. Schließlich waren nur noch die Soldaten, die Tiberias schützen sollten, anwesend. Bran hatte schon wieder die Aufsicht über die Wachen auf den Mauern und Türmen übernommen, die dort bis jetzt eingesetzten Händler und Handwerker gingen wieder ihren eigentlichen Aufgaben nach.

Der gesamte Tross – es waren an die 100 Tiere – lag nun ausgebreitet vor den Herren und der Herrin von Tiberias. Berengaria war sofort nach der Ankunft der Truppen vor der Stadt erschienen und dankte den Soldaten persönlich für deren Einsatz.

Als sie jetzt die Beute inspizierten, waren sie zunächst enttäuscht. Hunderte von Nomadenteppichen lagen dort, viele Zelte, die deutliche Gebrauchsspuren zeigten. Wohin damit? Einige der Teppiche könnte man ins Haus des Stadtherrn legen, aber der Rest?

„Wenn wir alle Teppiche verkaufen“, sagte Gernot, „verfällt der Preis. Wir können dann kaum einen vernünftigen Preis erzielen. Außerdem sind viele der Teppiche ziemlich verschmutzt.“

„In Tiberias gibt es Teppichhändler“, sagte Gérard. „Ich habe gesehen, wie sie Teppiche waschen. Wir sollten mit denen reden und dann die sauberen Teppiche nach Akkon schaffen. Ich kann mir vorstellen, dass die Pisaner und Genuesen einen anständigen Preis zahlen, wenn ihnen eine große Menge an Teppichen angeboten wird. Dann lohnt sich der Export nach Europa. Dort erzielen Teppiche hohe Preise.“

„Das ist eine gute Idee“, erwiderte Ramon, „geh schon mal in die Stadt und informiere dich und uns!“

Gernot war mit der Beute nicht zufrieden. Sehr viele Gebrauchsgegenstände lagen da herum, Töpfe, Pfannen, Geschirr. Aber kein Geld. Das konnte eigentlich nicht sein. Auch Seldschuken kämpften schließlich nicht allein für Allahs Lohn. Irgendwo musste das Geld versteckt sein, aber wo? Drei Kamele waren mit dem Besitz des Anführers beladen gewesen. Glücklicherweise hatte man dessen Gepäck direkt neben diese Kamele gelagert. Dieses Gepäck war sorgfältig untersucht worden. Schöne Dinge für den Alltag, sogar einige Säckchen mit Kaffeebohnen, eine Röstpfanne nebst Kaffeemühle, alles war vorhanden. Der Mann hatte es verstanden zu leben. Er wurde Gernot immer sympathischer. Da ging Gernot ein Licht auf. Wo hatte er selbst sein Geld versteckt gehabt? Im Sattel von „Du". Das Pferd dieses Mannes ritt jetzt Bernard von Safad. Allerdings hatte der Sattel nicht so ausgesehen, als hätte man dort viel verstecken können. Also blieben nur die Packsättel der Kamele. Dicke gepolsterte Sättel, was ungewöhnlich war, denn kein Einheimischer behandelte ein Kamel wie einen Freund. Bei besonderen Pferden war das anders. Gernot nahm sich den ersten Sattel vor. Auf den ersten Blick war kaum etwas Besonderes zu entdecken. Sie waren alt, aber gut gepflegt. Warum? Und warum waren alle Nähte alt bis auf eine? Das war auch keine richtige Naht. Man hatte einen dünnen Lederriemen in Schlangenlinien durch die eigentlichen Nahtlöcher gezogen. Gernot zog an diesem Riemen und blickte auf einen dicken, flachen, aber sehr großen Beutel: Gold. Richtig, er hatte das Geheimversteck gefunden. Als er den Beutel öffnete, hielten Berengaria und Ramon den Atem an. Goldene Byzantii, Dirham aus verschiedenen Ländern, kleinere gestückelte Münzen. Die beiden anderen Sättel brachten ebenso Geld zum Vorschein, jedoch nicht in dieser Menge, dazu einige Schmuckstücke.

„Das kann nicht alles eigenes Geld sein, diese Seldschuken müssen schon ganz schön erfolgreiche Plünderer gewesen sein", meinte Gernot. „Alles in allem dürften das über 10.000 Byzantii sein, eher 15.000. Damit wären die Finanzprobleme des Lehens Tiberias auch für längere Zeit behoben. Allah sei Dank, dass er uns diese fleißigen Räuber in die Arme geschickt hat! Ramon, jetzt kannst du dein Lehen auf eine vernünftige Basis stellen! Es ist genügend Geld vorhanden, um weitere Bauern und Soldaten anzuwerben und du Berengaria kannst endlich geschmückt einhergehen, wie es sich für die Herrin von Tiberias geziemt."

Ramon nahm die Geldbeutel und sagte: „Das muss ich erst einmal im Haus verstecken. Es muss nicht jeder sehen, was wir noch gefunden haben.“

„Er lernt schnell“, dachte Gernot.

Als er gegangen war, fragte Berengaria Gernot: „Also entsprach mein Aussehen bis jetzt nicht dem, was du erwartet hast?“

„Du gefällst mir am besten ohne alles.“

„Ohne alles?“

„Genau. Du hast schon richtig verstanden. Aber die Leute hier achten sehr aufs Äußere. Ein bisschen mehr Schmuck ist dann besser, als etwas zu wenig. Du wirst es bald bemerken. Zeig dich mit einigen der eben gesichteten Schmuckstücke in der Öffentlichkeit! Die Leute werden dich anhimmeln und respektieren, weil du dadurch zeigst, dass du eine erfolgreiche Herrin bist und nicht nur die Erbin deines Mannes. Das ist im Bewusstsein der Leute hier sehr wichtig.“

Die Zeit, die nun folgte, war für Gernot pures Glück. Seit zwei Jahren befand er sich im Heiligen Land und seit zwei Jahren hatte er keine Ruhe gehabt. Ein Kampf folgte dem nächsten. Jetzt hatte sich alles zum Besseren gewendet. Er lebte mit Berengaria zusammen. Jede Nacht glaubte sie, von ihm geschützt werden zu müssen und jeden Tag wich sie kaum von seiner Seite. Die Sicherheit im Lehen schien hergestellt zu sein, das Leben hatte sich normalisiert. Späher, die ausgeschickt worden waren, berichteten von keiner Gefahr. König Balduin meldete sich nicht, er schien seine Niederlage aber verdaut zu haben. Bran und die Angelsachen waren nach Jerusalem zurückgekehrt, sie waren hier nicht mehr vonnöten. In Jerusalem musste aber jemand auf das Haus und die Schätze achten.

Also lebte Gernot so, wie er es schon zweimal in seinem Leben getan hatte: in Venedig, bei der Suche nach einem Schiff, in Trani, in den Armen von Anna. Er lebte zwar nicht nur von Luft und Liebe, das Letztere stimmte schon, das Erstere wurde jedoch durch gutes Essen und Trinken erträglich gestaltet.

Es war Anfang Oktober, als ein Bote des Königs auftauchte. Der König bat – und das hörte sich besser an als befahl – um eine Besprechung. Berengaria erfuhr sofort davon und meinte, dass etwas passiert sei, was das Glück beenden würde.

„Was soll schon passiert sein?“, fragte Gernot. „Endlich herrscht einmal so etwas wie Frieden. Ich reite los und bin in zwei Wochen zurück.“

Gernot machte sich ohne Begleitung mit seinen beiden schnellsten Pferden auf den Weg und erreichte Jerusalem drei Tage später. Bran erwartete ihn, wusste aber auch nicht den Grund. Balduin hatte nur gesagt, es seien Veränderungen eingetreten, die zu beraten seien.

Der König begrüßte Bran und Gernot in seiner Empfangshalle, die zwar immer noch nicht besser ausgestattet war als beim ersten Empfang, jetzt jedoch mit vielen Teppichen ausgelegt war.

„Das hat er mir zu verdanken“, dachte Gernot.

„Meine Herren, es sind Veränderungen in der islamischen Welt eingetreten, auf die wir reagieren müssen!“, begann Balduin. „Am letzten Freitag im September nach unserer Zeitrechnung wurde in Damaskus Maudud ermordet. Er war in Begleitung von Tugtakin, dem Herrn von Damaskus. Sie verließen nach dem Freitagsgebet die große Moschee, als plötzlich ein junger Mann, ein Assassine, auf Maudud zusprang und ihn erdolchte. Tugtakin hatte natürlich nichts Besseres zu tun, als den Attentäter sofort zu enthaupten. Da man einen Enthaupteten nur schlecht verhören kann, gibt es viele Gerüchte um den oder die Auftraggeber des Attentats. Tugtakin weist natürlich alle Schuld von sich, er habe schließlich den Mörder sofort der Gerechtigkeit zugeführt, aber so richtig will keiner ihm Glauben schenken. Maudud war vielen zu mächtig geworden, er wäre in der Lage gewesen, uns ernsthaft in Bedrängnis zu bringen. Aber auch ich habe mit dem Attentat nichts zu tun. Tugtakin ist nun in einer bedrohlichen Situation. Alle anderen muslimischen Herrscher verdächtigen ihn, keiner kann etwas beweisen, Tugtakin hat ganz einfach Angst. Deshalb hat er mich wissen lassen, dass er an einem Bündnis mit uns sehr interessiert sei. Er schiebt wirtschaftliche Gründe vor, in Wahrheit geht es aber um sein politisches Überleben. Für uns wäre so ein Bündnis ein Glücksgriff: Ruhe an der damaszener Front und ich könnte mich endlich der Befriedung der südlichen Gebiete widmen, der Grenze zu Ägypten."

„Krieg mit Ägypten?", fragte Gernot.

„Nein, so verrückt bin nicht einmal ich, wenigstens nicht zurzeit. Es geht um den Bau einiger Befestigungsanlagen, damit die Fatimiden nicht noch einmal ohne Ankündigung vor den Toren von Jerusalem stehen. Jetzt, wo die Herren im Norden endlich vereint gegen die seldschukische Gefahr vorgehen und Damaskus aus dem Kreis der Feinde ausscheren will, habe ich endlich die Möglichkeit, mich dem Süden meines Landes zu widmen."

„Und wir sollen Burgen bauen?", fragte Bran.

„Nein, überhaupt nicht. Ihr habt den vorgeschobenen Grund Tugtakins für das Bündnis überhört: wirtschaftliche Gründe. In der Tat ist es so, dass viele Handelskarawanen, die aus Persien, Südarabien oder Bagdad kommen, überfallen werden, bevor sie ihr Ziel, die Mittelmeerküste, erreichen. Von diesen Karawanen bezogen wir, aber auch Damaskus bis jetzt Zölle, sozusagen ein Passiergeld. Durch die zunehmenden

Überfälle droht dieser Handel zu erlahmen. Ein wichtiger Handelsweg führt südlich von Damaskus an den Golan-Höhen entlang zum Mittelmeer. Selbst Pisa, Genua und neuerdings auch Venedig sind beunruhigt über das Ausbleiben dieser Karawanen. Sie wollen sich an einer Bekämpfung dieser räuberischen Überfälle beteiligen."

„Mit Soldaten?"

„Nein, mit Geld. Ich erwarte in den nächsten Tagen eine größere Summe von diesen drei Handelsstädten."

„Und was sollen wir nun machen?", fragte Gernot.

„Sagt euch Dara etwas?"

„Dara? Dara? Es gibt eine Ortschaft, vielleicht zwei oder drei Tagesreisen südlich von Damaskus, sozusagen auf der anderen Seite des Sees von Genezareth, allerdings mehr als eine Tagesreise davon entfernt. Meint ihr dieses Dara?"

„Genau. Nun können wir nicht einfach Dara besetzen. Es gehört zwar nicht offiziell zum damaszenischen Gebiet, aber auch nicht zu unserem. Eine Besetzung von Dara würde Tugtakin wieder in die Arme der Seldschuken treiben. Das aber gilt es zu verhindern."

„Wie können wir helfen?", fragte Gernot, der immer noch nicht verstanden hatte, worauf Balduin hinaus wollte.

„Östlich von Dara geht das fruchtbare Ackerland in Steppe über, danach gibt es nur noch Wüste, mit Ausnahme des Hauran-Gebirges. An diesem Übergang sollt ihr eine kleine Festung bauen, von wo aus man die Karawanen vielleicht beschützen kann. Diese kleine Festung wird Tugtakin nicht ärgern. Ich werde ihn darüber informieren, dass wir auf keinen Fall die Absicht haben, Dara zu besetzen, dass wir nur aus wirtschaftlichen Gründen dort sein werden, zum Schutz unserer gegenseitigen Interessen."

„Wann soll es losgehen?“, fragte Bran.

„Nicht so schnell“, entgegnete Balduin, „erst wird Fulcher euch über die Gegebenheiten rund um Dara informieren. Er hat nützliche Informationen, die es euch einfacher machen, dort zu leben und zu überleben. Und für euch, Bran, habe ich ein Angebot, das man nicht leichtherzig ablehnen kann. In Akkon gibt es zwar einen Hafenmeister, einen sehr fähigen Mann, aber die Stelle des Stadtherrn, eines Grafen von Akkon, ist neu zu besetzen. Der alte Stadtherr ist im Kampf gegen räuberische Truppen aus Tyros gefallen. Régis de Montferrat, hat mich gebeten, dieses Amt neu zu besetzen, da er sich zwar um den Hafen, nicht aber um den Schutz und die Verwaltung der Stadt kümmern kann. Ich weiß zwar, dass ihr bisher alles zusammen mit Gernot gemacht habt, aber das Angebot ist verlockend, zumal die Einkünfte aus Akkon, an denen ihr in hohem Maße beteiligt wäret, einen bedeutenden Umfang haben. Auch wenn ihr davon Truppen unterhalten müsstet, bleibt für euch eine Menge übrig. Überlegt es euch!“

3. Dara

Nun, das waren Neuigkeiten, die man erst einmal verdauen musste. Das konnte man nirgendwo besser als im eigenen Haus. Dort hatte sich einiges geändert. Ibrahims Frau war eindeutig schwanger, wachsender Reichtum äußerte sich anscheinend auch in der Anzahl der Kinder und Ali wollte heiraten. Es sollte ein großes Fest werden, zu dem er alle einladen wollte. Das waren erfreuliche Nachrichten, zumal das Haus dann besser bewohnt war und Langfinger besser überwacht werden konnten.

Dazu kam, dass zwei der Angelsachsen – vielleicht aus Langeweile, vielleicht aus aufrichtigem Bedürfnis – ebenfalls auf Freiersfüßen wandelten und auch um Entlassung aus dem Dienst baten.

„Wir haben nie einen Vertrag miteinander geschlossen", erklärte Gernot ihnen, „deshalb kann jeder gehen, wann er will. Das ist sein gutes Recht, das jeder für sich in Anspruch nehmen kann, vor allem nach den hervorragenden Diensten, die ihr mir und der ganzen Truppe erwiesen habt. Es steht euch frei zu gehen, wann immer ihr wollt, ohne dass ich jemandem böse wäre."

„Ich war Schmied", erklärte einer von ihnen, „bevor ich ins Heilige Land aufbrach und ein guter Schmied sogar. Hier in Jerusalem habe ich einem Schmied zugesehen und wir kamen ins Gespräch, handwerkliche Fachsimpeleien sozusagen. Ich zeigte ihm, was ich kann und er war von meinen Kenntnissen durchaus überzeugt, wenn nicht sogar begeistert. Dann kommt hinzu, dass er eine Tochter hat – und jetzt geriet der Angelsachse in ein für ihn untypisches Schwärmen – und diese Tochter hat es mir einfach angetan. Der Schmied hat keinen

Sohn als Nachfolger und so kam es, wie es kommen musste: Wir wollen heiraten."

„Das ist vielleicht die beste Idee, die du seit langem hattest", meinte Gernot, „du wirst sesshaft, bleibst im Land und mit deinem Vermögen kannst du den Schmiedebetrieb bestimmt vergrößern und Gehilfen einstellen. Was kann dir besseres passieren? Ergreif dein Glück mit beiden Händen! Aber in welcher Sprache unterhaltet ihr euch?"

„Die Familie gehört zu den aramäischen Christen und sie sprechen alle auch ein wenig französisch. Und ich war sehr fleißig und habe bei Hassan arabisch gelernt. Zwischen uns gibt es keine Missverständnisse. Aber danke, dass ihr meine persönliche Situation so einschätzt und mich gehen lasst."

„Und wie sieht es bei dir aus?", fragte Gernot den zweiten Heiratswilligen.

„Nun, ich war Bauer in England und man sagt: einmal Bauer, immer Bauer. Ich habe ein Mädchen kennen gelernt, das mit ihrer Familie einen Hof ein Stück nördlich von Jerusalem hat. Der Vater hat sich sofort bereit erklärt, mich als seinen Schwiegersohn zu akzeptieren, nachdem ich ihm eine Handvoll Goldmünzen gezeigt habe."

„Und das Mädchen ist auch einverstanden?", fragte Gernot.

„Die war schon vorher einverstanden, aber das konnte ich dem Vater natürlich nicht sagen. Die Sitten sind hier anders."

Damit war die Truppe um zwei Mitglieder ärmer geworden, aber was war mit Bran?

„Nun Bran, du überlegst, das sieht man dir an", begann Gernot.

„Es ist nicht einfach, sich auf die Schnelle zu entscheiden. Das Angebot ist verlockend, man kann es nicht einfach so ablehnen. Es heißt aber auch, dass ich mich wenigstens für längere Zeit, wenn nicht auf Dauer an König Balduin oder das Königreich Jerusalem binden werde."

„Ist das schlimm?"

„Nein, aber bis jetzt haben wir alles gemeinsam gemacht. Denk mal an die Anreise! Die Überfahrt! Die ganzen Kämpfe! Das verbindet."

„Da hast du Recht. Aber irgendwann ist der Zeitpunkt gekommen, wo man sich entscheiden muss. Wenn du meinen Rat hören willst: Nimm an! Akkon ist nicht aus der Welt und unsere Freundschaft wird darunter nicht leiden. Vielleicht ist es auch ganz gut, wenn man außer Jerusalem einen weiteren Anlaufpunkt hat."

„Ich überlege es mir noch gründlich, aber leicht fällt mir die Entscheidung nicht."

Für Gernot war klar, dass Bran sich für Akkon entscheiden würde. So ein Angebot muss man annehmen. Aber er fragte sich trotzdem – ohne Neid – weshalb Balduin Bran den Vorschlag gemacht hatte und nicht ihm. Den Grund würde er noch rausbekommen.

Am anderen Morgen war die Entscheidung gefallen: Bran würde Graf von Akkon werden. Das bedeutete auch, dass Gernot nun alleine zu Fulcher ging, um sich genauer zu informieren.

Dieser war gut vorbereitet und erläuterte ihm alles, was er über die Gegend zwischen Dara und dem Hauran-Gebirge wusste

„Diese Gegend ist geschichtsträchtig. Griechen, Römer, Araber und viele regionale Herren haben sich dort große Schlachten geliefert. Schon zu Beginn des 7. Jahrhunderts haben dort die persischen Sassaniden und das Byzantinische Reich um Einfluss gekämpft. Dabei wurden die dortigen großen Olivenhaine zerstört. Erst die Arbeitskraft der Bauern hat dazu geführt, dass man in dieser Gegend wieder gut leben kann. Der Jarmuk, der wichtigste Nebenfluss des Jordans, kommt aus diesem Gebiet und nur deshalb kann man dort Landwirtschaft betreiben und nur dieser Umstand hält auch die Bauern davon ab, das Land zu verlassen. Dann gab es etwa

20 Jahre später im Rahmen der islamischen Expansion die Schlacht am Jarmuk. Diese zog sich über mehrere Tage hin und endete in der Niederlage Ostroms und der Einnahme der gesamten Gegend durch die Araber. Schon die Römer hatten am Rande dieses Gebietes große Tempelanlagen gebaut, vielleicht waren es auch deren Vorgänger, so genau konnte ich es nicht herausfinden, die aber alle als Folge dieser kriegerischen Handlungen zerstört wurden. Durch die Fruchtbarkeit des Landes und das Wasser des Jarmuk und seiner Nebenflüsse gibt es dort tatsächlich noch viele Wälder und natürlich wieder Olivenhaine. Darüber hinaus findet man in den Randgebieten zahlreiche Dattelpalmen, die einzelnen Bauern gehören. Je näher man der Steppe und der Wüste kommt, desto gefährlicher wird die Gegend. Dort gibt es keine Herrschaftsansprüche und daraus ist die Gefahr für die Handelskarawanen entstanden. Die Räuber der Wüste können sich in den Randbezirken mit Wasser versorgen oder auch mit Datteln, falls man nicht zu anspruchsvoll ist. Sie überfallen eine Karawane und verschwinden ins Nirgendwo. Und das ist der Ort, wo ihr eine kleine Festung bauen sollt. Dort, wo Palmen wachsen, gibt es im Untergrund Wasser. Man muss etwas graben, aber man stößt dort überall auf Wasser. Kommt man in die Wüste, dann ist es natürlich nichts mehr mit dem Wasser."

„Da soll ich also hin und nach Möglichkeit für die Sicherheit der Karawanen sorgen."

„Richtig. So einfach ist das."

„Ich glaube nicht, dass König Balduin bei seiner bekannt knappen Kasse mich mit großen Summen unterstützen wird."

„Wartet ab! Die italienischen Städte unterstützen das Unternehmen finanziell. Es ist auch in deren Interesse, dass der Handel ungestört weitergeht. Wenn das Geld angekommen ist, fordert nicht zu wenig!"

Den letzten Rat wollte Gernot gerne befolgen, denn er hatte nicht die Absicht, eigenes Geld in ein Unternehmen zu stecken, das Damaskus, den Italienern und dem Königreich Jerusalem Reichtum und Wohlstand brachte. Wo blieb er da?

Deshalb schaute er sofort bei Balduin vorbei, der allerdings noch keine Neuigkeiten von den italienischen Geldgeschenken hatte.

„Ich lasse es euch wissen, sobald die Italiener eingetroffen sind, ihr werdet dabei bestimmt nicht leer ausgehen. Bran hat übrigens mein Angebot angenommen. Er ist jetzt Graf von Akkon mit erheblichen Zolleinnahmen. Ihr seid ebenso an den Zöllen jeder Karawane beteiligt und das ist nicht wenig. Bereitet alles Notwendige für eure Aufgabe vor! Ihr habt noch Zeit, aber in einer Woche wird es losgehen."

„Wie viele Soldaten gebt ihr mir mit?"

„Darauf kann ich noch keine Antwort geben. Wenn das Kontingent zu groß wird, dann wird Tugtakin misstrauisch, sind es zu wenige, dann könnt ihr niemanden abschrecken. Nehmt von eurer eigenen Truppe die Hälfte mit! Die anderen kann ich hier gut gebrauchen, denn sie haben sich als hervorragende Wachen auf den Mauern bewährt. Auf sie ist Verlass, auf meine eigenen Soldaten weniger. Ich mache sie zu Truppführern, sodass sie eine bessere Stellung haben."

Gernot kehrte zurück ins Haus, das demnächst weniger Bewohner haben würde. Zunächst gratulierte er Bran zu seinem Entschuss, den Titel eines Grafen von Akkon anzunehmen.

„Eine kluge Entscheidung", sagte Gernot. „Du hast dich immer nach Sonne gesehnt. Die wirst du hier im Lande haben. Dazu kommt, dass Akkon durch seine Lage immer einer frischen Meeresbrise ausgesetzt ist. Es wird dir dort gut gehen."

Dann musste er seinen Leuten mitteilen, dass er nur etwa die Hälfte von ihnen mitnehmen konnte, die anderen sollten als Truppführer für die Sicherheit der Stadt sorgen. Es stellte sich heraus, dass das ein nur geringes Problem war. Drei wollten sowieso mit Bran ziehen, was Gernot gut fand. Ein gutes

Dutzend hatte in den letzten Wochen die Vorteile des Stadtlebens kennen gelernt. Sie hatten nichts dagegen, in Jerusalem zu bleiben. Waren da eventuell auch Frauen oder Mädchen im Spiel? Gernot wollte dieser Frage nicht auf den Grund gehen, er war froh, dass wenigstens Edward mit ihm ziehen wollte. So hatte er jemanden, auf den er blind vertrauen konnte.

Am folgenden Morgen zog Bran mit seinen drei Soldaten los, begleitet wurde er allerdings von einer größeren königlichen Eskorte, sodass er seinen gesamten Besitz gefahrlos mit sich nehmen konnte. Immerhin waren acht Packpferde nötig, um alles zu transportieren.

Beim Abschied waren sowohl Gernot als auch Bran sehr zurückhaltend mit ihren Worten. Die lange Reise, der lange gemeinsame Aufenthalt im Heiligen Land, die vielen Kämpfe hatten sie zusammengeschmiedet.

Bran meinte schließlich: „Mit meinem Reitkamel kann ich in Akkon wirklich nichts anfangen. Ich schenke es dir. Du kannst es ja in Erinnerung an mich Bran nennen."

Jetzt mussten beide lachen und Bran ritt schnell davon, bevor beide zuviel Rührung verspürten. Für Gernot galt es nun Vorbereitungen zu treffen. Zelte gab es genug im königlichen Arsenal. Ebenso waren noch große Mengen an Bauholz aus dem ägyptischen Lager vorhanden. Außerdem hatte er nicht die Absicht, in der Wüste zu verdursten. Deshalb sah er sich nach großen Krügen um, die mit Wein gefüllt und versiegelt wurden. Dann sah er sich nach Nahrungsvorräten um. So vergingen drei weitere Tage in geschäftiger Unruhe, als er von einem Boten zum König gerufen wurde.

„Die Italiener haben ihr Versprechen eingelöst und sind mit einer gut gefüllten Kriegskasse hier erschienen. Sie wollten zwar noch einmal verhandeln, ich habe ihnen jedoch zu verstehen gegeben, dass sie entweder alles zahlen, was ausgemacht war, oder selbst für die Sicherheit der Handelskarawanen zu sorgen haben, was im Endeffekt sehr viel teurer für sie gekommen wäre. Sie zahlten und gingen. Und jetzt müssen wir uns über die nötige Summe einig werden."

„Also bekomme ich nicht das gesamte Geld, das die Kaufleute zur Verfügung gestellt haben?", fragte Gernot.

„Nein. Ich habe mit ihnen unter ganz anderen Bedingungen verhandelt. Die wissen nicht einmal, wo genau Dara liegt, sie wissen auch nicht, wo euer Stützpunkt sein wird. Sie glauben, dass ihr mitten in der Wüste, abhängig von wöchentlichen Versorgungskarawanen, euer Leben fristen werdet, um ihre Profite zu mehren. Ich kann schließlich nicht nur an den Augenblick denken, ich muss auch die Zukunft im Auge haben. Und hier ist euer Anteil. Ihr habt die Festung zu bauen, die Soldaten zu entlohnen und zu versorgen, eigentlich müsst ihr alles bezahlen. Deshalb nehmt diese kleine Schatulle!"

Gernot öffnete sie und war, bedenkt man den sonstigen Geiz des Königs, überrascht. Er durfte es sich nur nicht ansehen lassen. Genau konnte er die Summe nicht abschätzen, aber es war deutlich mehr als erwartet.

„Ihr seid ein guter Schauspieler", sagte Balduin, „man merkt euch eure Überraschung nicht an. Ihr hattet wahrscheinlich erwartet, auf ein etwas größeres Almosen zu treffen, schließlich bin ich als sparsam bekannt. Aber es sind 750 Byzantii in verschiedenen Währungen und Stückelungen. Das müsste reichen."

„Das wird reichen", versprach Gernot. „Aber ich brauche noch Waffen. Meine Armbrustträger haben sich hervorragend bewährt."

„Bedient euch in meiner Rüstkammer!"

Das tat Gernot dann auch gründlich. Balduin schickte ihm dann 50 Mann von seinen eigenen Truppen, alle vollständig ausgerüstet und mit Pferden versorgt. Sie machten einen guten Eindruck. Balduin schien ein Erfolg an der damaszenischen Grenze wirklich wichtig zu sein. Er befahl ihnen, sich in drei Tagen für den Abmarsch bereit zu halten und erklärte ihnen, dass sie mit einer größeren Kamelkarawane zu rechnen hatten, da alles, was sie benötigten, mitgeführt werden müsse.

„Wir werden pünktlich da sein, al-Faris bi-saifain", sagte einer von ihnen, der wohl der Anführer dieser Truppe zu sein schien.

„Gut, ich bin bei denen auch bekannt", dachte Gernot. „Es kann ja nicht schaden, wenn man einen bestimmten Ruf hat."

In den nächsten Tagen wurde alles in praktische Pakete verschnürt, was man mitzunehmen gedachte: Waffen, Lebensmittel, Getränke, Baumaterialien, Werkzeuge. Gernot hatte durch Ibrahim fünf Säckchen mit Mokka-Bohnen beschaffen lassen und sich von ihm in die Kunst des Röstens einweihen lassen. Dann war er in das erste Stockwerk des Hauses gegangen, dorthin, wo der gesamte Besitz gelagert war. Geld hatte er genug bei sich. Das Geheimversteck im Sattel von „Du" war wieder aufgefüllt, aber etwas fehlte noch. Er sah die Ballen mit feinster Seide und schnitt von der roten und der blauen Seide einige Meter ab. Er hatte keine Ahnung, wie viel man brauchte, um ein Kleid herzustellen. Natürlich nicht für sich, sondern für Berengaria. Dann forderte er Ibrahim und Ali auf, gut auf das Haus aufzupassen – was nicht nötig war, da die Hälfte der Angelsachsen noch anwesend war und die beiden aus wohlbedachtem Eigennutz gut aufpassten.

„Ali, es tut mir Leid, dass ich nun bei deiner Hochzeit nicht anwesend sein kann, aber ein königlicher Befehl ist nun mal ein königlicher Befehl. Ich muss losziehen. Aber hier habe ich für deine Frau ein Schmuckstück. Sag ihr, dass es von mir stammt und dass ich euch beiden alles Gute für die Zukunft wünsche!"

Ali war ganz verdattert und stotterte nur: „Danke, ich werde gut aufpassen, ihr könnt euch auf mich verlassen."

Jetzt hatte er noch ein Ziel: Hassan, genannt el Hakim.

„Wie läuft das Geschäft, Hassan?", begann er das Gespräch.

„Gut, aber es gibt fast nur noch leichte Fälle, die werden von meinen Angestellten erledigt."

„Hast du nicht Lust auf ein kleines Abenteuer?", fragte Gernot.

„Erklär' mir dein Abenteuer, denn bei dir kann aus einem kleinen Abenteuer schnell ein großes werden!"

Gernot erzählte ihm nun die ganze Geschichte seines neuen Auftrags und die Miene Hassans veränderte sich von Satz zu Satz.

„Das ist interessant. Zum ersten Mal muss ich sagen, dass Balduin eine vernünftige Idee hat – aus der Sicht eines Muslims. Und wahrscheinlich willst du mich fragen, ob ich Lust habe, an deinem kleinen Abenteuer, das ein großes werden kann, teilzunehmen."

„Genau darum geht es. Ich dachte mir, dass ein Arzt an und für sich ein beruhigendes Moment für eine kleine Truppe sein kann – sofern es sich um einen guten Arzt handelt und nicht um einen Quacksalber, wie die, die bei uns in Europa praktizieren."

„Wann geht es los?"

„Übermorgen in der Früh. Pack genügend Medikamente ein! Hast du ein Pferd?"

„Ich habe nicht nur ein Pferd, sondern ein besonderes. Du wirst schon sehen. Also übermorgen früh reisen wir ab."

Zwei Tage später ging es wirklich los. Es war eine etwas längere Karawane. Fast 40 Lastkamele trugen die Materialien, die man gut verschnürt hatte. 65 berittene Soldaten einschließlich der Angelsachsen bildeten das kriegerische Element des Zuges. Gernot saß auf Chamsin und führte al-Assil am Zügel. Seine beiden Reitkamele, seines und das von Bran, folgten in der Karawane. Und Hassan hatte nicht zuviel versprochen. Sein Pferd war von edler Qualität.

Gerade wollte Gernot das Zeichen zum Aufbruch geben, als Balduin zu Pferde angeprescht kam: „Wartet noch einen Augenblick! Ich habe noch eine wichtige Nachricht für euch. Ridwan von Aleppo, der vielleicht mächtigste Nachbar der christlichen Reiche ist plötzlich verstorben. Sein Tod hat in Aleppo ein furchtbares Durcheinander ausgelöst. Es geht natürlich ums Erbe. Für uns ist das günstig, weil dadurch Druck vom Norden genommen wird. Ich glaube, dass das auch ein Vorteil für euch sein kann. Diese Nachricht habe ich gerade erhalten und ich dachte, sie könne vielleicht von Nutzen sein."

Damit konnte das Abenteuer beginnen. Die Information, die König Balduin zum Schluss persönlich überbracht hatte, war wohl eher für den Norden wichtig, musste aber für Balduin eine hohe persönliche Bedeutung haben, denn sonst hätte er sie nicht persönlich überbracht. Gernot ritt an der Spitze seiner Truppe, er kannte den Weg ja nun zur Genüge. Sie nahmen den kürzesten Weg, am Jordan entlang, soweit das möglich war, dann vorbei am Berg Tabor und nach Tiberias. Die Reise dauerte natürlich erheblich länger als der Hinweg, man musste sich dem Tempo der Kamele anpassen.

In Tiberias verordnete Gernot seinen Leuten eine Pause von mehreren Tagen, da er Erkundigungen über die östlich des Sees gelegene Region einziehen musste und natürlich aus einem sehr persönlichen Grund, der Berengaria hieß.

Als Gernot ihr den Seidenstoff zeigte, war sie ganz außer sich vor Freude. Seide kannte auch sie nur vom Hörensagen, hatte aber noch nie echte Seide in ihren Händen gehabt. Sie berührte die Seide immer wieder, glitt mit den Händen darüber und sagte schließlich: „Wie viele Kleider soll ich mir aus dem Stoff machen lassen?"

„Nun, ich dachte, der Stoff reicht jeweils für ein Kleid. Ist es zu wenig Stoff?"

„Hältst du mich für einen Elefanten? Das reicht für drei Kleider."

„Du musst schon entschuldigen, aber bis jetzt habe ich mich wenig um die Anfertigung von Frauenkleidern gekümmert, mehr darum, dass die Frauen gut aus ihren Kleidern heraus kamen."

„Schuft! Das wirst du heute Abend büßen."

Dann erzählte er Berengaria, sowie Ramon und Gérard, die dazu gekommen waren, von seinem Auftrag. Die beiden konnten immerhin berichten, dass es jenseits des Jordans zurzeit ruhig sei, dass keine feindlichen Gruppen oder Räuberbanden gesichtet worden waren.

„Bernard und Olivier machen ihre Sache gut", konnte Ramon berichten. „Sie schicken regelmäßig kleine Erkundungstrupps über den Jordan und berichten über die Ergebnisse. Aus Akkon sind auch noch einige Bauern hier erschienen und haben angefragt, ob Land zu vergeben sei. Hier läuft alles zum Besten. Brauchst du noch etwas für deine Expedition in den Norden?"

„Ich weiß es selbst nicht. Bauholz haben wir eigentlich genug, Nahrungsmittel werden wir bei den Bauern von Dara einkaufen. Ich werde sehen, wie alles anläuft, dann werde ich mich melden."

Insgesamt blieb Gernot mit seinen Männern eine Woche in Tiberias, oder auf ihn bezogen, im Bett von Berengaria. Dann wurde es Zeit zum Aufbruch, schließlich gab es keinen hinreichenden Grund, noch länger in Tiberias zu verweilen.

Bis zur Jakobs-Furt war der Weg für Gernot nicht unbekannt. Darüber hinaus jedoch hatte er nur eine vage Ahnung von dem, was ihn erwartete. Die Herren von Safad waren hier keine große Hilfe, da sie erst seit kurzem im Amt waren und sich kaum auskannten. Sie waren sehr bemüht, sich auf ihrem eigenen Gebiet zurechtzufinden, die Gegend jenseits des Jordans war ihnen nur durch die Berichte einiger Kundschafter annähernd bekannt. Also wartete Gernot nicht lange und überquerte den Jordan am Morgen nach einer Rast an der Jakobs-Furt. Jetzt war er auf sich alleine gestellt, es gab niemanden, der ihn unterstützen konnte, sah er einmal von Edward und seinen Angelsachsen ab. War er bis jetzt auf einem einigermaßen sicheren Land – sofern man im Heiligen Land überhaupt von Sicherheit reden konnte – änderte sich nun die Situation. Gernot musste ständig Kundschafter losschicken, die die notwendigen Informationen über den weiteren Weg besorgten. Die grobe Richtung war vorgegeben. Für einen Reiter war die Strecke von der Jakobs-Furt nach Damaskus, falls er sich auskannte, in drei, höchstens vier Tagen zu bewältigen. Der Weg nach Dara führte direkt nach Osten und entfernte sich sogar noch etwas von Damaskus. Der Jarmuk selbst mündete südlich des Sees Genezareth in den Jordan. Das heißt, dass Gernot eigentlich einen Umweg machte, um nach Dara zu gelangen. Das hatte natürlich persönliche Gründe, war aber aus der Tatsache erwachsen, dass er die Jakobs-Furt kannte. Sie war problemlos für seine Kamele zu durchqueren, der weiter südlich gelegenen Übergang über den Jordan, den die Truppen Maududs genommen hatten, war ihm unbekannt und er wollte nicht schon zu Beginn seiner Aufgabe ein hohes Risiko eingehen.

Schon am Abend des nächsten Tages erreichten sie ein Gebiet, das wasserreich war, wo Pferde und Kamele genug Futter fanden. Dass Menschen in der Nähe wohnten, war klar, denn man sah neben vielen Olivenbäumen und Dattelpalmen auch bestellte Äcker. Nur zu sehen war niemand. Die Bauern mussten sich wohl versteckt haben, aus Erfahrung klug. Zwar stellte Gernot vorsichtshalber eine Wache für die Nacht auf, doch wie sich zeigte, war sie nicht nötig gewesen. Als sie am Morgen aufbrechen wollten, erschien jedoch auf einem Esel reitend ein alter Mann. Er war nicht gerade vornehm gekleidet, doch ließen die Sachen, die er trug auf eine bessere Stellung in einer Dorfgemeinschaft schließen.

„Salam", begrüßte er Gernot, „was sucht ihr hier auf unserem Land? Müssen wir jetzt auch noch an die Christen Abgaben zahlen?"

„Nein“, entgegnete Gernot, „wir sind nur auf der Durchreise. Ihr braucht keine Angst zu haben und ihr müsst auch keine Abgaben bezahlen. Im Gegenteil, wir sind hier, um die Karawanen, die hier vorbeiziehen zu schützen. Tugtakin und König Balduin haben vereinbart, dass der Krieg zwischen beiden Herrschern aufhören soll, damit die Bauern und die Händler ohne Angst ihren Geschäften nachgehen können.“

„Das hört sich zu gut an für meine Ohren“, meinte der Alte, „ich habe in meinem Leben schon zu viele Reden gehört, die Frieden versprachen, aber Krieg brachten. Wo wollt ihr denn überhaupt hin?“

„Wir suchen eine Stelle im Osten, wo wir eine kleine Befestigungsanlage bauen können, um den Wüstenräubern das Handwerk zu legen.“

„Dann zieht ihr nur durch?“

„Wir ziehen nur durch, wären aber glücklich, wenn wir einige Schafe und Ziegen von euch kaufen könnten.“

„Kaufen? Nicht stehlen?“

„Kaufen! Und zwar zu dem Preis, den ihr festlegt.“

Der Alte ging um Gernot herum, dann noch einmal und sagte schließlich: „Ihr müsst der Ritter sein, den man al-Faris bi-saifain nennt, oder auch al-Faris abyad.“

„Wieso meinst du das?“

„Du sprichst unsere Sprache und willst sogar zahlen, obwohl ihr alle bewaffnet seid und euch alles nehmen könntet.“

„Ich bin der, von dem du sprichst und ich halte mein Wort.“

„Dann kommt mit. In einer Stunde werdet ihr unser Dorf sehen.“

Der Alte ritt mit seinem Esel voran und die Karawane folgte. Unterwegs erzählte er, dass Dara eine verstreute Siedlung sei, eigentlich aus mehreren Dörfern bestehe und dass der Ackerbau und die Viehzucht recht gut die Familien ernähren würde. Auf die Frage Gernots, wo denn eine günstige Stelle sei, um eine Befestigungsanlage zu bauen, erklärte er recht ausführlich, dass es mehrere solcher Stellen gebe und man am besten am Wüstenrand suchen sollte. Am liebsten hätte er die Soldaten wohl nicht am Wüstenrand, sondern mitten in der Wüste gesehen. Auf Gernots Frage nach den Ruinen erklärte er nur, dass die sich jetzt in der Wüste befänden, die habe sich ausgedehnt und die Ruinen wären zum großen Teil vom Sand verschüttet worden.

Dann erreichten sie das Dorf. Es war viel größer als erwartet, wohl weit über 100 Häuser und Hütten befanden sich an einer Stelle, wo eine Menge kleiner Wasserläufe dem Ackerbau hervorragende Möglichkeiten boten. Gernot sah hier zum ersten Mal einen großangelegten Gemüseanbau mit Sorten, die er nicht kannte und er fragte den Alten sofort wie diese Gemüse hießen, wie sie schmeckten und wohin die Bauern sie brachten.

„Nach Damaskus geht ein großer Teil", antwortete der Alte, „aber auch jenseits des Jordans, in den christlichen Gebieten wird unser Gemüse gerne gekauft. Wenn jetzt Frieden herrscht, können wir wieder dahin liefern. Maudud hat nicht bezahlt, er hat sich genommen, was er brauchte: fast alles."

„Kann man dort, wo wir hingehen, Ziegen und Schafe halten?"

„Wenn es nicht zu viele sind, wird das schon gehen. Wie viele wollt ihr haben?"

„Nun ja, für den Anfang dachte ich an je 50 Ziegen und Schafe. Ist das machbar?"

Jetzt grinste der Alte über das ganze Gesicht: „Das wird seit langem das erste gute Geschäft, das wir machen können."

Er rief einen jungen Mann herbei und ließ ihn Schafe und Ziegen herbeitreiben.

„Seid ihr ungehalten, wenn ich nicht lange mit euch verhandle, sondern euren Preis akzeptiere?", fragte Gernot.

„Eigentlich geht das nicht“, antwortete der Alte, „erst das Handeln macht ein Geschäft zum Geschäft.“

„Gut, dann handeln wir etwas!“, sagte Gernot.

Als die Schafe und Ziegen versammelt waren, nannte der Alte eine Summe, die Gernot sofort akzeptiert hätte, denn wie der Mann schon gesagt hatte, waren die Geschäfte in letzter Zeit schlecht gelaufen. Aber um die Sitten des Landes zu respektieren, wurde ein wenig gehandelt. Trotzdem einigte man sich bald auf einen guten Preis. Dann wollte Gernot noch eine Menge Gemüse kaufen, was sich aber wegen des Transports als schwierig erwies. Das Gemüse wurde in großen Körben transportiert, die die Bauern jedoch brauchten. Also einigte man sich auf zwei große Körbe, den Rest wollten die Bewohner liefern, sobald sie wussten, wo Gernots Truppe mit dem Bau der Befestigung beginnen würden.

Gernot fühlte sich gut, als er das Dorf verließ. Vielleicht war es ihm gelungen, so etwas wie Vertrauen zu schaffen, auf jeden Fall war von Feindseligkeit nichts zu spüren.

Am Dorfrand hielt Hassan ihn an: „Vielleicht ist es gut, wenn ich einige Tage hier im Dorf bleibe. Ich habe gesehen, dass viele Leute hier unter Augenentzündungen leiden, die ich leicht behandeln kann. Das stimmt die Dorfbewohner sicherlich für uns ein.“

„Eine gute Idee“, meinte Gernot, „aber bleib nicht zu lange!“

Dann erklärte er dem Alten die Idee Hassans. Einen Arzt hatte es in dem Dorf noch nie gegeben, war man krank, mussten die Selbstheilungskräfte des Körpers ausreichen, sonst starb man.

Der Alte wollte sich erkenntlich zeigen und sagte: „Ich gebe euch einen jungen Mann mit, der seine Schafe häufig weiter im Osten grasen lässt. Er kennt sich dort besser aus als ich.“

Kurz darauf erschien ein junger Mann auf einem Pferd: „Mit dem Pferd sind wir in vier Stunden an einem Ort, der gut geeignet ist für eure Aufgabe. Dort gibt es einige Mauerreste, vielleicht war dort mal eine Siedlung, das weiß jedoch keiner von uns. Aber der Ort könnte gut geeignet sein, weil einige der Mauern noch mannshoch stehen. Die Karawane mit den Ziegen und Schafen wird länger unterwegs sein und erst morgen dort eintreffen."

Damit konnte es endlich losgehen. Gernot begleitete den jungen Mann, nahm aber eine Eskorte von zehn Soldaten mit. Sicher ist sicher. Tatsächlich änderte sich der Bodenbewuchs bereits nach einer Stunde. Die Vegetation wurde spärlicher, Hütten sah man kaum noch, dafür verschwanden auch die letzten Wasserläufe. Ein Grasbewuchs war noch vorhanden, also genug für Ziegen und Schafe. Dann lockerte die Grasfläche sich auf, es wuchs jetzt nur noch inselartig, umgeben von größeren Sandflächen.

„Jetzt sind wir eigentlich da, wo ihr hin wollt. Ihr seht dort die Mauern. Dort kann man eine Befestigungsanlage bauen. Den Platz müsst ihr euch selbst aussuchen, aber im Untergrund gibt es hier überall Wasser, sonst gäbe es ja auch keine Palmen. Nehmt für den Brunnenbau eine tiefer gelegene Stelle! Da sammelt sich das Wasser und ihr müsst nicht so tief zu graben. Noch eine Stunde weiter findet ihr viele Ruinen aus alter Zeit. Dort liegen auch Steine, die man gut für die Wand eines Brunnens gebrauchen kann. Denn ohne Steinwand fällt der Brunnen sonst in kürzester Zeit in sich zusammen."

Mit einem kleinen Geldgeschenk versehen ritt der junge Mann zurück und ließ Gernot und seine Männer allein in einem größeren Palmenhain zurück. Einige Olivenbäume waren auch zu entdecken, aber ansonsten war nur Gras vorhanden, das für das Vieh genügen musste. Der junge Mann hatte Recht gehabt, die noch vorhandenen Mauern waren durchaus eine gute Basis für den Wiederaufbau. Teilweise ragten sie über zwei Meter aus der umgebenden Erde.

„Einmal alle zuhören!“, begann Gernot seine Ansprache. „Wir haben ja vorsorglich zwei Schaufeln mitgebracht, damit uns nicht langweilig wird. Vielleicht gibt es ja ein paar Freiwillige, die gerne tief graben. Ich möchte eigentlich nur wissen, ob wir tatsächlich auf Wasser treffen, oder ob die Bauern uns nur loswerden wollten. Da vorne ist eine kleine Senke, an die Arbeit!“

Vier Leute entfernten sich und fingen umgehend an abwechselnd zu graben.

„Dann möchte ich, dass ihr in Zweiergruppen die Gegend auskundschaftet. Wichtig ist herauszufinden, ob es in der Umgebung noch mehr Grasflächen gibt, denn das, was man hier sieht, ist auf Dauer zu wenig. Schließlich haben wir noch jede Menge Pferde und Kamele zu versorgen. Was wir brauchen, sind zunächst zwei Dinge: Wasser und Gras. Ich selbst reite ein Stück weiter nach Osten. Vielleicht finde ich die Ruinenfelder. Ich kann mir ja mal die Steine dort ansehen.“

Damit stieg er auf Chamsin und ritt los. Nach einer Stunde sah er die Ruinen, Reste von Tempelanlagen, von Häusern und sonstigen Bauwerken. Es mussten schon andere die Idee gehabt haben, Steine für irgendwelche baulichen Maßnahmen von dort zu entwenden, denn die Reste lagen sehr verstreut herum, waren aber zum Teil für einen Brunnenbau gut zu gebrauchen. Er durchritt die gesamte Ruinenlandschaft, fand aber ansonsten nichts Weltbewegendes, was ihn interessierte.

Auf der höchsten Erhebung machte er Halt und setzte sich auf eine große Steinplatte. Von dort aus konnte man die ganze Gegend überblicken und sah jeden Reiter schon auf große Entfernung. Dann machte er kehrt und war nach einer knappen Stunde wieder bei seinen Brunnengräbern. Neugierig schaute er in das Loch, das die vier Männer gegraben hatten. Es war etwa zwei Meter tief und unten, an der Basis, sammelte sich Wasser. Es stand bereits einen halben Meter hoch.

„Hat schon jemand das Wasser probiert, ist es genießbar?“, fragte er die Männer.

„Es ist sehr gutes Trinkwasser und es läuft sehr rasch nach. Wir haben unsere Tiere schon getränkt und ihr seht, das Wasser steigt schon wieder.“

Gernot stieg ab, nahm einen Ledereimer und tränkte Chamsin. Jetzt kamen auch nach und nach die übrigen Kundschafter zurück. Das Ergebnis war erfreulich, denn es gab überall in der Gegend grüne Inseln mit viel Gras und Dattelpalmen. Ab und zu hatten sie auch Olivenbäume gefunden. Das alles waren Anzeichen für genügend Wasser im Untergrund.

„Als erstes werden wir also einige Brunnen graben, denn einer allein wird nicht reichen. Aber jetzt ist noch nichts zu machen, uns fehlen die Kamele als Transportmittel für die Steine. Ich habe aber einen Ort entdeckt, wo man geeignete Steine finden kann“, erklärte Gernot.

Am nächsten Tag gegen Mittag erreichte die Karawane ihr Ziel. Alles musste nun abgeladen und gelagert werden, sinnvoll gelagert, damit man nicht alles dauernd umpacken musste. Dann wurden die Zelte aufgebaut. Es gab ein gutes Dutzend Mannschaftszelte, Gernot hatte sein eigenes Zelt. Er wollte nachts nicht den Schnarchgeräuschen der anderen ausgesetzt sein, außerdem glaubte er, ein klein wenig an privatem Raum nötig zu haben und es stand ihm auch zu, wie er meinte. Als Anführer dieser Truppe wollte er als Anführer auftreten, nicht als Kumpel für alle.

Nachdem die ersten Maßnahmen ergriffen waren, ernannte er Edward zum Kommandanten und nahm alle Lastkamele und 20 Soldaten mit, um Steine für den Brunnenbau zu besorgen. Den Übrigen befahl er, mit den Brunnenbauarbeiten schon einmal zu beginnen. Mit den Kamelen dauerte der Weg zu den Ruinen erheblich länger als mit Chamsin. Trotzdem hatten sie noch am Nachmittag die ausgekundschaftete Stelle erreicht. Bald erkannten die Männer, welche Steine sie nehmen konnten und welche nicht. Bereits nach einer Stunde waren die Kamele beladen und wieder auf dem Rückweg. Bei Einbruch der Dunkelheit hatten sie das Lager erreicht, zu spät aber, um noch mit den Arbeiten zu beginnen. Jetzt gab es nur noch eins: Kamele entladen, Pferde und Kamele tränken, Wachen einteilen, ins Zelt gehen und schlafen. Aufs Essen hatte Gernot verzichtet, er war ganz einfach zu müde.

Als er am anderen Morgen aufwachte, stellte er fest, dass er sich tatsächlich ein geräumiges Zelt aus Balduins Bestand ausgesucht hatte. Er schlief zwar im Augenblick noch auf der Erde, war sich jedoch sicher, dass das kein Dauerzustand sein würde. Die Ruinen am Ort ließen sich bestimmt zu irgendeiner Art von steinernen Unterkünften umbauen.

Draußen waren alle mit dem Frühstück beschäftigt, jeder aß und trank, was vorhanden war. Auch das konnte kein Zustand auf Dauer sein. Essen und Trinken waren für Gernot wichtig geworden, seit Ibrahims Frau in Jerusalem die Küche übernommen hatte. So etwas musste auch hier eingerichtet werden. Eine Küche, eine Köchin oder ein Koch, eine gute Verpflegung, das musste sein nächstes Ziel sein, weit wichtiger als die Räuber aus der Wüste. Diese würde man durch Patrouillen schon ausfindig machen. Er ging durchs Lager, die Tiere, egal ob Pferd, Kamel, Schaf oder Ziege taten das gleiche wie die Menschen: Sie aßen und tranken.

„Gibt es unter euch Männer, die schon mal als Maurer oder Arbeiter am Bau tätig waren?“

Ein halbes Dutzend meldete sich und einer sagte: „Was sollen wir bauen? Hier liegt ja genug Material herum. Damit kann man schon einiges errichten.“

„Zunächst geht es um die Brunnen. Für uns Menschen sollten wir einen steinernen Brunnen bauen. Wisst ihr, wie das geht?“

„Das kann hier fast jeder, wenn wir über die nötigen Steine verfügen."

Gernot zeigte auf die Steine und diese wurden für gut befunden, aber es waren noch zu wenige.

„Dann mache ich mich mit allen Kamelen und einer Begleittruppe so wie gestern auf den Weg und hole noch Steine. Ihr fangt dann schon mal an, denn auch für die Tiere müssen Tränken gebaut werden! Dann sollten wir Latrinen für uns bauen, ein gutes Stück von unserem Brunnen entfernt, denn ich möchte keine Durchfallepidemie erleben, nur weil wir sozusagen unsere eigene Pisse trinken."

Alle mussten lachen, hatten aber verstanden, worum es ging. Jeder machte sich an seine Arbeit, es wurde gegraben und gebuddelt, die Brunnen wurden vertieft, die Ruinen vom Schutt befreit. Ein Trupp machte sich auf Entdeckungstour rund um das Lager. Man wollte schließlich nicht sofort überfallen werden. Gernot und seine Soldaten suchten wiederum den Ruinenkomplex auf, dort warteten ideale Steine für den Brunnen- und Hausbau. Gernot hatte diesmal sein Kamel genommen, er musste es ja nun endlich einmal ausprobieren. Bald stellte er fest, dass das Tier einen angenehmen Gang hatte und dass sich selbst bei Schritttempo die Schaukelei in Grenzen hielt. Diesen Weg konnten sie dreimal an einem einzigen Tag zurücklegen. Es war ein äußerst langweiliges Geschäft, dieser Steintransport, aber nach Verlauf einer Woche waren zwei Brunnen für die Menschen gebaut, die tief genug waren, um immer einen guten Meter Wasser zu führen. Für die Tiere waren flache Wasserstellen entstanden, die am Rand mit Steinen gepflastert waren, sodass der Sand nicht nachrieseln konnte, aber immer genügend Wasser vorhanden war, dass das Vieh nicht mehr einzeln getränkt werden musste.

Die Ruinen waren vollkommen vom Schutt befreit worden und zeigten nun ihre wahren Formen. Das Mauerwerk war gut 20 Meter lang, teilweise noch mannshoch und hatte Vorsprünge, die auf weitere Mauern schließen ließen. Das waren eindeutig früher einmal Unterkünfte gewesen. Hier konnte man mit ein wenig Geschick auch wieder Unterkünfte erstellen. Gernot ließ an den Enden der Mauer weiter nachgraben und die Arbeiter fanden unter dem Sand Grundmauern und Mauerreste. Als alles freigelegt war, zeigte sich ein Areal von 20 mal 30 Metern, welches nur darauf wartete, neu erbaut zu werden. Die täglichen Steinkarawanen waren eine langweilige, aber notwendige Beschäftigung für Mensch und Tier.

Gernot war auf die Idee gekommen, die Kamele schon einmal mit den Soldaten vorzuschicken. Er selbst wartete noch eine Stunde, um dann mit seinem Kamel, das er heimlich „Balduin" getauft hatte, im Galopp hinterher zu eilen. Er hatte wirklich kein schlechtes Geschäft gemacht. Irgendwann wurde auch ihm diese Beschäftigung zu langweilig und er schickte Edward als Aufsicht mit. Er aber erkundete nun vom Rücken seines Kamels aus die Gegend. Es war tatsächlich so, wie es die Kundschafter des ersten Tages berichtet hatten: Sandwüste und grüne Inseln wechselten sich ab, wobei allerdings die Abstände zwischen den einzelnen grünen Inseln immer größer wurden. Er grub auch immer wieder nach Wasser, zum Schluss war es aber nur noch feuchter Sand, den er nach oben beförderte. Das Ergebnis seiner Untersuchungen war eindeutig: Hier konnte man leben, wenn auch nicht mit vielen Tieren, aber wenigstens konnte ein Reiter sich und sein Tier mit Wasser versorgen.

Nach einer Woche hatte er das Ende der grünen Inseln erreicht, immerhin ein vierstündiger Galopp mit „Balduin". Jetzt wusste er ungefähr, wo er war und was er von dieser Gegend, die der König mit Dara bezeichnet hatte, die aber ein ganzes Stück von Dara entfernt war, zu halten hatte.

Die Arbeiten gingen gut voran. Das Mauerwerk hatte sich als sehr stabil erwiesen, wenn man noch weitere Mauern hinzufügte und man hatte die Grundstruktur eines lang gestreckten Hauses. Aber es war ein nach oben offenes Haus. Eine Decke gab es nicht und Gernot machte sich Gedanken darüber, wie man dieses Problem lösen könnte. Er hatte zwar eine Menge Bauholz mitgebracht, aber es reichte bei weitem nicht aus, um das ganze Viereck damit einzudecken. Was fehlte war die richtige Idee.

Einer der Bauarbeiter sagte schließlich: „In Dara waren fast alle Häuser aus Lehm. Es muss also in der Gegend Lehmgruben geben. Dann könnten wir ein oder zwei Räume mit Holz eindecken und mit einer dicken Lehmschicht belegen. Wenn die trocken ist, kann man die meisten Bretter von unten wieder entfernen. Wir brauchen dann eigentlich nur Stützen, weil wir oben drauf auf dem Wehrgang herumlaufen werden."

Das war eine gute Idee, bedeutete aber, dass Gernot nach Dara zurückreiten musste, um mit dem alten Mann, der wohl das Oberhaupt des Dorfes war, zu verhandeln. Er bestieg al-Assil und kehrte nach Dara zurück. Es war kein Problem, den Alten ausfindig zu machen. Gernot schilderte ihm das Problem und bekam eine Einführung in orientalisch-dörfliche Baukunst. Die Lehmgruben waren nicht sehr weit entfernt und durften von jedermann benutzt werden.
Plötzlich hatte Gernot eine Eingebung: „Ist es vielleicht möglich, dass Männer aus dem Dorf – gegen Bezahlung natürlich – den Lehm liefern und beim Bau unserer Unterkünfte mithelfen?"

Jetzt war der Alte in seinem Element: „Gegen Bezahlung ist hier fast alles möglich. Sagt mir, wie viel ihr braucht und ich werde alles organisieren."

Gernot berechnete die Fläche und siehe da, der alte Mann sagte ihm sofort, wie dick die Decke sein müsste und wie viel Lehm benötigt würde.

„Unterschätzt die Alten nicht", dachte Gernot und versprach sich selbst, nicht noch einmal einen einfachen Bauern, nur weil er Bauer war, für ungebildet zu halten. Er spann seine

Gedanken weiter und meinte jetzt sofort vieles erledigen zu können: „Was macht eigentlich mein Arzt? Konnte er euch helfen?"

„Er ist ein Gesandter Allahs. Es ist schon seltsam, dass ein christlicher Ritter kommen muss, um uns einen muslimischen Arzt zur Verfügung zu stellen. Aber der Hakim Hassan ist ein sehr gebildeter Mann. Er heilt alle Krankheiten."

„Gut", dachte Gernot, „das hat ja geklappt. Jetzt geht es an das nächste Problem"

„Wie machen wir es mit der Bezahlung? Soll ich für jede Fuhre einzeln bezahlen?"

„Aber nein, ich rechne den Gesamtpreis aus und werde das Geld an die Arbeiter verteilen. Sie werden mit ihren Eseln den Lehm liefern. Morgen geht das schon los."

Dann nannte er Gernot eine Summe, die in etwa einem Byzantii entsprach, was für die tagelange Arbeit einer ganzen Kompanie von Eselstreibern wahrlich nicht viel war. So konnte er seine eigenen Leute mit sinnvolleren Aufgaben betrauen, zum Beispiel mit dem Heranschleppen von Steinen.

„Dann habe ich noch ein Problem", fuhr Gernot fort. „Das, was wir in unserem Lager essen, ist nicht unbedingt von bester Qualität. Unserem Koch wurden schon Prügel angedroht, aber er kann es nun einmal nicht besser. Gibt es hier im Dorf vielleicht einen Koch oder eine Köchin, die für uns kochen würde und einen Bauern, der uns jede Woche frisches Gemüse bringen kann?"

„Euer zweites Problem ist sehr leicht zu lösen. Jeder Bauer würde euch gerne seine Produkte bringen, denn für 80 Männer zu kochen, das erfordert eine Menge Zutaten. Habt ihr auch Mehl? Ihr solltet einige Hühner kaufen, das macht das Essen nicht so eintönig! Nur Schweine essen wir nicht, wie ihr wisst."

„Das ist das geringste Problem, denn seit fast drei Jahren habe auch ich kein Schweinefleisch mehr gegessen und wie ihr seht, habe ich überlebt. Aber wie ist es mit meinem ersten Problem, Koch oder Köchin?“

Der Alte uberlegte eine ganze Weile, dann sagte er: „Einen Koch werdet ihr hier nicht finden. Hier ist das Kochen Frauensache. Deshalb kommt nur eine Frau in Frage. Ich kenne da eine junge Frau, die vielleicht bereit wäre, für euch zu kochen.“

„Wir werden ihr auch einen eigenen großen Raum zur Verfügung stellen. Es wird ihr nichts geschehen, dafür kann ich garantieren.“

„Das ist weniger das Problem. Sie weiß sich schon zu helfen. Um ehrlich zu sein, ich wäre ganz froh, wenn sie aus unserem Dorf verschwinden würde. Seitdem ihr Vater gestorben ist, hat sie keine Verwandten mehr hier im Dorf und die jungen Männer spielen verrückt. Jeder dreht sich nach ihr um, dadurch entsteht Unfrieden.“

„Und ihr meint, dass das unter 80 Männern besser wird?“

„Es ist einen Versuch wert. Ihr könnt sie ja zurück schicken, wenn es gar nicht klappt!“

Dann wandte sich der Alte an einen jungen Mann, der gerade vorbei ging: „Hol bitte Aïscha, ich muss mit ihr reden!“

Kurz darauf erschien eine junge Frau. Gernot hatte es schon lange aufgegeben, bei Frauen das Alter zu schätzen. Er war jedes Mal reingefallen. Aber sie war eindeutig jung und eindeutig sehr schön. Er verstand die Reaktion der jungen Männer im Dorf.

„Aïscha, ich habe dir einen Vorschlag zu machen“, begann der Alte. „Ich weiß, dass es für dich schwierig ist, deinen Lebensunterhalt zu verdienen. Dein Garten reicht kaum aus, um dich zu ernähren. Dieser Ritter hier, den unsere Leute al-Faris abyad oder al-Faris bi-saifain nennen, braucht eine Köchin. Ich habe selbst schon einige Male das gegessen, was du gekocht hast und ich bin durch die Kochkünste meiner Frau verwöhnt. Doch muss ich sagen, dass du meiner Frau in nichts nachstehst. Wärest du bereit, für diesen Ritter und seine Leute zu kochen? Du hast ja bei ihrem ersten Zug durch unser Dorf gesehen, dass es sich um eine große Gruppe handelt. Traust du dir das zu?"

„Das traue ich mir schon zu", sagte Aïscha, „aber sag ehrlich, es kommt dir doch ganz recht, wenn ich aus dem Dorf verschwinden würde. Dann hast du hier wieder Ruhe."

„Die Dame weiß Bescheid", dachte Gernot, „die ist weder auf den Mund, noch auf den Kopf gefallen."

Er wandte sich jetzt direkt an Aïscha: „Ich würde mich sehr freuen, wenn ich mal etwas Vernünftiges zu essen bekomme. Dein Lohn ist der, den eine gute Köchin verdient: genauso viel wie ein Soldat."

Jetzt machte es bei Aïscha „Klick". Sie hatte begriffen. Es ging nicht um Almosen, sondern um Geld, um richtiges Geld.

„Dann komme ich mit", entschied sie. „Ich packe nur noch meine Sachen, das ist nicht viel, dann bin ich zurück." Und an den Alten gewandt fuhr sie fort: „Kümmerst du dich um meine Hütte und meinen Garten?"

„Das werde ich tun", entgegnete dieser. „Und den Erlös aus deinem Garten werde ich für dich aufbewahren."

Aïscha ging und kam schon nach einer Viertelstunde zurück, ein Bündel mit Kleidungsstücken und einigen persönlichen Dingen auf dem Rücken.

„Wir können losgehen."

„Wir gehen nicht, wir reiten. Aber zuerst muss ich noch den Hakim aufsuchen und fragen, wann er zu uns zurückkommt."

Hassan meinte, dass er noch einige Tage bleiben müsse, dann würde er mit einem Gemüsetransport ins Lager kommen.

„Ich habe nur ein Pferd mit", sagte Gernot zu Aïscha, „du musst also hinter mir aufsitzen!"

„Wenn das für das Pferd kein Problem ist, für mich ist es keins."

Gernot stieg auf, zog Aïscha hinter sich hoch, sie hielt sich an ihm fest und schon ging es los.

Als sie am Abend im Lager ankamen, war das „Hallo" groß. Aber als die Soldaten erfuhren, dass die junge Frau die neue Köchin war, freuten sich alle, am meisten der alte Koch.

Nach Angaben der Köchin wurde am nächsten Morgen eine Art Herd gebaut. Da man genügend passende Steine hatte, war das kein Problem. In der Nacht hatte man sie in einem kleinen Zelt untergebracht, wo sie sich bis zum Bau eines eigenen Zimmers häuslich niedergelassen hatte. Töpfe, Pfannen und Ähnliches gab es im Lager zuhauf, sodass Aïscha morgens sofort loslegen konnte. Es gab hauchdünnes Brot, auf das man geschmortes und gut gewürztes Gemüse tat. Alle waren zufrieden, die Arbeit konnte weitergehen.

Als die erste Lehmkarawane am nächsten Tag ankam, war die Decke der ersten Reihe von Räumen eingeschalt, sodass der Lehm, mit etwas Wasser vermengt, sofort auf die Bretter aufgetragen werden konnte. Nach zwei Wochen war der gesamte Komplex fertig. Die Wände waren durch die Steine aus den Ruinenfeldern sehr stabil geworden, die Decken waren teilweise schon ausgeschalt und es waren fast 30 kleinere und größere Räume entstanden, die jetzt noch mit Türen versehen wurden. Über den Räumen war ein Wehrgang fertig gestellt worden, dessen Seitenschutz hoch genug war, um Schutz zu bieten, gleichzeitig aber auch die Möglichkeit zum sicheren Schuss bot. Die Konstruktion des Eingangstors gestaltete sich etwas schwieriger. Und eines sollte jetzt noch folgen: ein Turm. Es musste für den nötigen Überblick gesorgt werden. Vom Wehrgang aus konnte man zwar die nähere Umgebung beobachten, für die Sicherheit sorgte aber nur ein Turm.

„Ein Turm von wenigstens zehn Meter Höhe", dachte Gernot, „sollte in der Lage sein, auch eine Balliste oder ein Katapult zu tragen."

Gernot stellte sich dabei eines der Geschütze vor, die man in der Assassinen-Burg erbeutet hatte. Er würde einen Boten nach Tiberias schicken, um Ramon zu bitten, ihm ein Geschütz zu senden. Vier Wochen nach der Ankunft war die kleine Burg fertig, Gernot betrachtete voller Stolz das Werk. Auch die Innenwände hatten die Arbeiter mit Lehm verputzt, alles sah recht wohnlich aus und wurde von den Soldaten auch dankend angenommen.

„Heute Abend gibt es Lamm und Ziege, gebraten versteht sich", verkündete er und Aïscha machte sich ans Werk.

Das Lager war nun fertig, Aïscha hatte einen eigenen zentralen Raum, wo sie lebte und schlief und der gleichzeitig als Vorratskammer diente. Gekocht wurde draußen vor den Häusern, aus rein praktischen Gründen. Die Karawane mit Gemüse, Obst und anderen Vorräten, wie zum Beispiel Mehl, erschien zweimal in der Woche, zur vollen Zufriedenheit der Bauern und der Soldaten. Gernots eigener Raum war ziemlich groß, fünf auf vier Meter, war allerdings spärlich ausgestattet. Er hatte sich eine Art Bett zimmern lassen und einen kleinen Schrank, in dem er seine persönlichen Sachen verstaut hatte. Jetzt war alles erledigt und er schickte einen Boten zu Ramon mit der Bitte um eine Balliste.

So hätte es weitergehen können, denn von Karawanen oder Wüstenräubern hatte er bis jetzt nichts gehört. Aber König Balduin musste ja einen Grund gehabt haben, ihn nach Dara zu schicken.

4. Die Verfluchten der Wüste

Gernot ließ jeden Tag kleine Trupps die Gegend weiter auskundschaften, wobei sich deren Routen immer weiter in die Wüste vorschoben. Eines Tages kam einer dieser Trupps im gestreckten Galopp zurück.

„Wir haben Reiter gesehen, schwarz gekleidete, auf Kamelen, die zwei Tagesreisen entfernt im Osten plötzlich auftauchten. Sie kamen wahrscheinlich aus dem Hauran und ritten dort von Süden nach Norden."

Die weiter östlich gelegene Region war von den Römern als das „steinige Arabien" gekennzeichnet worden. Dieser Ausdruck sprach für sich, obwohl es dort auch fruchtbaren Boden gab. Allerdings waren die Niederschläge so gering, dass an Ackerbau in großem Stil nicht zu denken war.

„Dann wollen wir mal", sagte Gernot, „die will ich mir mal ansehen. Wenn sie mit Kamelen unterwegs sind, kommen sie von weiter her und sind nicht jeden Tag auf Wasser angewiesen."

Er sattelte sein Kamel und das von Bran und bat einen der Soldaten, ihn zu begleiten. Das einzige Problem war das Wasser. Gernot wusste nicht, wie lange er unterwegs sein würde, wie lange er ohne Wasser auskommen musste. Zwar nahm er, wie auch sein Begleiter, eine Schaufel und einen Ledereimer mit, damit man zur Not nach Wasser graben konnte, aber es konnte trotzdem zu einer gefährlichen Situation kommen. Die Wüste war für ihn etwas vollkommen Neues. Der Begleiter kannte sich durch die täglichen Ritte recht gut in der Umgebung aus, das heißt in einer Entfernung von zwei Tagesritten, aber dann hörten auch dessen Kenntnisse auf. Sie ritten sehr zügig bis zur Ruinenstadt. Dann ging es exakt in Richtung Osten. Am Abend erklärte der Begleiter, dass sie jetzt die Hälfte der Strecke zurückgelegt hätten. Am Nachmittag des zweiten Tages tauchten in der Ferne schemenhaft die ersten Höhenzüge des Hauran-Massivs auf.

„Jetzt sind wir da, wo wir die schwarzen Reiter gesehen haben", erklärte der Begleiter.

„Und sie haben euch nicht gesehen?", fragte Gernot.

„Wohl kaum, denn wir lagerten gerade und die Reiter zogen am Horizont von Süden nach Norden. Auf jeden Fall haben sie auf unsere Anwesenheit nicht reagiert. Hätten sie uns gesehen, wären sie wohl auf uns zu gekommen."

„Dann machen wir jetzt folgendes: Du gibst mir dein Wasser und reitest zurück ins Lager! Dort nimmst du dir zehn Männer und kommst mit Wasser hierhin zurück! Ich reite weiter auf den Spuren der schwarzen Reiter und hoffe, ihr Lager auskundschaften zu können."

Der Soldat übergab Gernot sein Wasser und machte sich auf den Rückweg. Gernot selbst ritt weiter nach Osten, bis er auf Spuren traf. Allerdings waren es nicht nur Spuren, die von Süden nach Norden, sondern auch Spuren, die in umgekehrter Richtung verliefen. Aber sein Begleiter hatte gesagt, er hätte die Reiter von Süden nach Norden reiten sehen. Falls beide Spuren von denselben Reitern stammten, mussten sie inzwischen zurückgekehrt sein. Also ritt Gernot erst einmal nach Norden, um zu sehen, welches Ziel die Reiter gehabt hatten.

Nach zwei Stunden sah er das Ziel vor sich. Aus der Sandwüste war wiederum Steppe geworden, mit genügend Graswuchs, um Schafe oder Ziegen weiden zu lassen. Und wo Gras wächst, muss auch Wasser sein und wo Wasser ist, sind auch Menschen. Er sah ein kleines Dorf vor sich, umgeben von einigen Feldern, auf denen Gemüse angebaut wurde und wo kleine Herden grasten. Er näherte sich vorsichtig dem Dorf, man konnte ja nie wissen, wer hier lebte. Auf jeden Fall waren es nicht die schwarzen Reiter, denn hier lebten einfache Bauern, die wahrscheinlich noch nie ihr Dorf verlassen hatten.

Etwa 100 Meter vor dem Dorf hielt Gernot an und winkte mit seiner langen Reiterlanze. Am Dorfrand versammelten sich einige Männer, die Knüppel und lange Stangen in der Hand trugen.

„Aha", dachte Gernot, „die haben wohl schlechte Erfahrungen gemacht."

Das stimmte, denn vom Dorf her erschallten Rufe wie „Verschwinde!" oder „Wir haben nichts mehr!".

Es war schwierig für Gernot, sich Gehör zu verschaffen. Schließlich löste sich einer aus der Gruppe und kam auf Gernot zu. In einer Entfernung von 30 Metern fragte er: „Was willst du? Ihr habt uns doch schon überfallen. Noch mehr haben wir nicht."

„Ich will gar nichts von euch. Nur eine Auskunft: Wer hat euch überfallen?"

„Die, die wir die „Verfluchten der Wüste" nennen, die schwarzen Reiter."

„Wer sind diese Leute?"

„Das kann keiner genau sagen. Alle Beduinen bessern ihr Leben durch Überfälle und Räubereien auf. Aber diese Gruppe macht nichts anderes."

„Und wo wohnen diese Leute?"

„Genau wissen wir es nicht, sie werden wohl irgendwo südlich von Bosra leben. Aber wer seid ihr?"

„Oh, gut", dachte Gernot, „er duzt mich nicht mehr. Ich habe an Ansehen gewonnen."

Jetzt erzählte er ihm von seinem Auftrag und dass König Balduin und Tugtakin von Damaskus nun in Frieden lebten und dass er den Schutz der Karawanen übernehmen solle.

„Das ist gut so", meinte der Bauer, „denn es ist Winter und die Karawanen werden bald eintreffen. Im Winter sind hier mehr Karawanen unterwegs als im Sommer, weil es im Hauran im Winter regnet und die trockenen Wadis dann wieder

Wasser führen. Aber kommt jetzt mit in unser Dorf, ich werde euch vorstellen!"

Gernot war wahrscheinlich der erste Kreuzritter, den die Dorfbewohner je zu Gesicht bekommen hatten. Dort erfuhr er auch, dass die schwarzen Reiter Ziegen und Schafe mitgenommen hatten. Sie hatten diese einfach mit Stricken an den Packsätteln befestigt und waren wieder verschwunden. Als Gernot das Elend im Dorf sah, fühlte er sich fast verantwortlich für diese Leute. Er griff in die Tasche und holte einige Münzen hervor.

„Hier, nehmt! Ich kann euch euer Vieh nicht zurückbringen, aber ich kann euch etwas entschädigen."

Die Dorfbewohner glaubten nicht richtig gehört zu haben. Bis jetzt waren sie es gewesen, die immer bezahlen mussten, jetzt gab ihnen ein anderer etwas. Ein seltsamer Mensch. Dieser Mensch wurde in ihren Augen noch seltsamer, als er um Essen bat und dafür bezahlte. Nun wusste Gernot, wo er zu suchen hatte. Er tränkte sein Kamel, füllte seine Wasservorräte auf und ritt in Richtung Süden.

In einem weiten Bogen umritt er Bosra, da er nicht wusste, wer dort das Sagen hatte oder wie man auf das Erscheinen eines christlichen Ritters reagieren würde. Gernot ritt sozusagen teilweise um den Hauran herum, sah aber nichts, was auf die Anwesenheit der Räuber schließen ließ.

Dann, gegen Abend, entdeckte er sie. Ein größeres Lager mit bestimmt 100 Zelten lag in einem kleinen Talkessel, gut geschützt gegen neugierige Blicke. Dort musste es Wasser geben, denn Gernot konnte Gras sehen und eine Herde, die hier weidete. Da die Stelle des Lagers nicht allzu weit von Bosra entfernt war, musste der Stadtherr dort von der Existenz dieses Lagers und von der Anwesenheit dieses Stammes Kenntnis haben. Vielleicht war er ja an den Überfällen auf die Karawanen beteiligt und verhielt sich deshalb ruhig.

Gernot hatte genug gesehen, er konnte zurückkehren. Was sollte er jetzt tun? Nur wenige Karawanen nahmen die Route über den Hauran, weil dieser Weg für Kamele eigentlich zu schwierig war. Der Weg nördlich um den Hauran herum führte direkt nach Damaskus. Aber auch diese Karawanen mussten irgendwie an die Küste gelangen. Der Handel beschränkte sich schon lange nicht mehr auf die Gebiete des Orients, der Handel mit Europa mittels Pisa, Venedig und Genua war viel ertragreicher. Dazu musste man aber an die Küste. Sowohl Christen als auch Muslime hatten die Bedeutung dieses Handels eingesehen, hatten durch Zölle davon profitiert, waren aber nie auf die Idee gekommen, diese Karawanen einfach auszuplündern. Jetzt hatte sich die Situation geändert. Die Karawanen, die über die südliche Route kamen, mussten das Gebiet dieses räuberischen Stammes passieren. Würden die Überfälle anhalten, käme der Handel hier zum Erliegen.

Das waren die Gedanken, die Gernot während seines Ritts zurück zum Treffpunkt durch den Kopf gingen. Das Lager der schwarzen Reiter war aber zwei Tagesreisen von seinem eigenen Lager entfernt. Das war eine logistische Herausforderung. Er musste auf jeden Fall dafür sorgen, dass genügend Wasser für die Pferde nachgeführt wurde, denn nur mit Pferden hatten Gernots Männer eine Chance, im Kampf gegen die Räuber zu bestehen. Im Kampf auf Kamelen waren sie unerfahren und hoffnungslos unterlegen, zumal der Gegner zahlenmäßig deutlich überlegen war.

Er trieb sein Kamel an und der Wüstenboden flog nur so unter ihm hinweg. Nach drei Stunden hatte er den Treffpunkt erreicht. Seine Männer warteten schon, waren aber sichtlich froh, dass sie nicht sofort in einen Kampf ziehen mussten.

Als die kleine Truppe im Lager ankam, hatte sich einiges geändert. Es waren neue Soldaten eingetroffen, bestimmt 50, wenn nicht mehr. Gernot dachte schon an eine Verstärkung durch König Balduin, da sah er Berengaria. Sie war an der

Spitze ihrer eigenen Soldaten erschienen, um die Balliste, eine große Steinschleuder, abzuliefern. Die Begrüßung war herzlich, aber so, dass nicht sofort die innige Beziehung zwischen Gernot und Berengaria auffiel. Man hatte ihr das Zimmer neben dem von Gernot zugewiesen, weil dieses von vornherein als Gästezimmer geplant war.

„Das habe ich sehr praktisch geplant", dachte Gernot. „Manchmal hilft auch der Zufall."

Der Turm würde in zwei oder drei Tagen die nötige Höhe erreicht haben, dann könnte man die Balliste dort platzieren.

Nach der Begrüßung bat Gernot ein paar der eigenen und von Berengarias Soldaten zu einem Gespräch. Er erzählte von seinem Erkundungsritt und von seinen neuen Erkenntnissen.

„Ich weiß nicht, welchen Auftrag ihr von Ramon bekommen habt, aber ist es möglich, dass ihr länger bleibt?"

An Stelle der Soldaten antwortete Berengaria: „Wir stehen dir alle zur Verfügung, falls du uns benötigst."

„Auch du?", wollte er nicht fragen, aber sagte dann: „Ich befürchte, dass wir bald mit Überfällen auf Karawanen zu rechnen haben und das müssen wir verhindern. Deshalb wäre es gut, wenn ich auf diese Verstärkung bauen kann."

Jetzt mischte sich der Anführer der Soldaten aus Tiberias ein, in dem Gernot einen der Ritter, die er in Akkon angeworben hatte, wiedererkannte: „Um was geht es denn konkret?"

„Wir müssen in die Wüste bis hinter Bosra. Ich will den besagten Stamm nicht einfach angreifen, aber ich glaube, dass diese Burschen vor nichts zurückschrecken. Und sollten wir einen Überfall verhindern können, werden sie uns bestimmt hier aufsuchen, um diesen Stützpunkt zu zerstören. Darum geht es. Verhindern wir die Überfälle, blüht der Handel wieder auf, falls nicht, werden die Karawanen sich andere Routen suchen, um an die Häfen des Mittelmeeres zu gelangen. Damit gibt es auch keine Zolleinnahmen mehr für das Königreich und für das Lehen Tiberias. Es ist schon so eine Art Selbsterhaltungstrieb, diesen Räubern das Handwerk zu legen."

„Und wann soll es losgehen?"

„Sobald wie möglich, in zwei oder drei Tagen. Wir müssen Lebensmittel vorbereiten und alle Behälter mit Wasser auffüllen. In der Wüste gibt es nun mal kein Wasser. Die Kamele können zur Not einige Tage ohne zu trinken auskommen, bei den Pferden geht das nicht und wir können nur mit Pferden schnell genug reagieren. Für einen Kampf auf Kamelen sind wir nicht ausgebildet."

Die Versammlung war beendet, jeder wusste, was er zu tun hatte. Viele der Tiere mussten jetzt auf eine der benachbarten Grüninseln gebracht werden, da das Gras auf der Insel, wo das Lager stand, nicht ausreichte. Der Turm wurde weitergebaut, die Eselskarawanen mit Gemüse und Obst kamen verstärkt, das Geschäft für die Bauern in Dara blühte.

„Ihr habt euch ja hier ganz nett eingerichtet", sagte Berengaria zu Gernot, „aber ist es möglich, sich hier zu waschen oder sogar zu baden?"

„Wenn du kaltes Wasser nicht scheust", antwortete Gernot, „kannst du hier baden soviel du willst. Du solltest aber eine Begleitung mitnehmen, denn es könnte dich sonst jemand beobachten."

„Dann komm mit!"

Gernot holte zwei Pferde und ritt mit Berengaria zu einer benachbarten Grüninsel, kaum 300 Meter vom Lager entfernt. Gernot wurde ganz anders zu Mute, als Berengaria sich völlig entkleidete und in den kleinen Teich stieg, den seine Soldaten ausgehoben hatten. Kurzentschlossen stieg er zu Berengaria in den Teich und badete ebenfalls.

Das Essen am Abend bedeutete für Aïscha viel Arbeit, die sie nicht alleine bewerkstelligen konnte. Deshalb hatte sie um Hilfe gebeten, die ihr auch von mehreren Freiwilligen gewährt wurde. Es hatte sich schon fast eingebürgert, dass Aïscha abends nie alleine saß. Sie war hübsch, sehr hübsch sogar und als sich herausstellte, dass sie keine Muslima sondern eine maronitische Christin war, wie viele Bewohner ihres Dorfes, wurde der Andrang an ihrem Feuer immer stärker.

„Hoffentlich führt das nicht zu den gleichen Begleiterscheinungen wie in ihrem Heimatdorf", dachte Gernot.

Dass er in der Nacht wenig schlafen würde, war ihm von vornherein klar, dass er aber gar nicht schlafen würde, das war ihm neu. Dabei musste er ausgeschlafen sein, wenn das Unternehmen gegen die Wüstenräuber beginnen würde.

Wie zufällig näherte sich Aïscha ihm und sagte: „Ihr solltet nachts nicht so laut sein. Das ganze Lager nimmt ja Anteil an eurem Liebesleben. Da wird man neidisch."

Gernot zog verlegen die Schultern ein und machte sich auf zu einem Erkundungsritt, den er aber nur vortäuschte, weil er sich in Wahrheit im Schatten der Ruinen zum Schlafen niederlegte.

Als er am übernächsten Morgen sein Pferd bestieg – die Kamele waren lediglich als Lasttiere vorgesehen – war er immerhin so weit ausgeruht, dass er den Ritt ohne Probleme überstehen konnte. Seine Absicht war es, ein Zwischenlager zu errichten, um dort einen Anlaufpunkt für den Nachschub an Wasser und Lebensmitteln zu haben. In einer kleinen Senke, etwas weiter östlich als der alte Treffpunkt, hielten sie an. Gernot hatte eine durchaus schlagkräftige Truppe um sich geschart. Im Lager selbst waren nur ein Dutzend Soldaten zurückgeblieben, alle übrigen, etwa 130 an der Zahl, hatte er mitgenommen. Fünf von ihnen sollten jetzt einen Pendelverkehr mit den Kamelen errichten, damit der Nachschub gesichert war. Alle übrigen nahm er nach einer kurzen Ruhepause mit. Er wollte seine Truppe bis auf die Höhe des Lagers der schwarzen Reiter führen, aber in einem so großen Abstand, dass keine Gefahr bestand, dass sie entdeckt werden konnten.

Am Abend erreichten sie einen passenden Lagerplatz, stellten einige Wachen auf und ruhten sich aus.

Gernot hatte Chamsin als Reitpferd mitgenommen, weil er festgestellt hatte, dass dieses Pferd außer einer hohen Geschwindigkeit auch eine große Zähigkeit besaß. Er begab sich auf einen kurzen Erkundungsritt. Er wollte niemanden mitnehmen, weil er befürchtete, dass durch eventuell entstehende Staubfontänen, seine Anwesenheit verraten werden konnte. Als er nur noch ein kurzes Stück vom feindlichen Lager entfernt war, stieg er vom Pferd und führte es am Zügel. Er war wohl im richtigen Augenblick erschienen, denn er konnte in der Ferne eine große Reiterschar erkennen, die sich nach Osten absetzte.

„Die haben etwas vor", dachte er und führte sein Pferd zurück bis er sicher war, dass seine Anwesenheit jetzt nicht mehr verraten werden konnte. Dann ging es im Galopp zu seinen Leuten.

„Auf die Pferde!", befahl er. „Ich glaube, die Burschen haben etwas vor, denn sie haben sich in großer Anzahl nach Osten abgesetzt."

In gemäßigtem Galopp bewegte sich die Truppe nun ostwärts, man wollte schließlich nicht entdeckt werden. Vielleicht war ja alles auch nur eine Fehleinschätzung und Gernot wollte es auf jeden Fall vermeiden, schon jetzt in ein Gefecht verwickelt zu werden.

So ging es zwei Stunden weiter, als am Horizont plötzlich eine Staubwolke zu sehen war. Dort musste etwas geschehen sein.

„Galopp!", rief Gernot und verschärfte das Tempo. Wenige Minuten später zeigte sich die Ursache der Staubwolke: eine Karawane im Kampf mit den Räubern.

In aller Regel hatte eine Karawane nicht sehr viel Begleitschutz. So musste es auch hier sein, denn von Widerstand war nicht allzu viel zu sehen. Aber dass es sich um einen Überfall handelte, war klar, als die Umrisse des Geschehens deutlicher wurden.

Gernot senkte seine lange Reiterlanze und trieb sein Pferd zu noch höherer Geschwindigkeit an. Die Übrigen taten das Gleiche. Der Aufprall auf die feindlichen Reiter war gewaltig. Der Gegner wurde beim Aufeinandertreffen aus dem Sattel gehoben, viele waren tot, viele verletzt. Dann setzte sich der Kampf Mann gegen Mann fort, wobei der Schrecken dem Gegner noch in den Gliedern steckte. Sie hatten zwar selbst eine Karawane überfallen, hatten jedoch nicht mit einem Überfall gerechnet. An beiden Seiten der Karawane ritten Gernots Männer entlang und wurden immer wieder in Kämpfe verwickelt. Nur zu Beginn waren die schwarzen Reiter in der Überzahl, doch dieses hatte sich schnell nach unten korrigiert. Jetzt waren Gernots Männer eindeutig zahlreicher, was auch die Gegner bemerkten. Deren Chancen wurden von Minute zu Minute kleiner, es war nur eine Frage der Zeit, dass der Widerstand zusammenbrach. Dies geschah, als der Anführer der schwarzen Reiter durch den Schlag eines Kriegshammers aus dem Sattel befördert wurde und regungslos, wahrscheinlich tot, liegen blieb. Der Kampf endete in einer kopflosen Flucht des Gegners. Gernot hielt seine Leute von einer Verfolgung ab, befahl jedoch einem kleinen Trupp, dem Gegner zu folgen, um zu sehen, wie er sich verhielt.

„Wer ist hier der Anführer der Karawane?", rief Gernot.

„Der Mann, dort vorne, mit dem blauen Umhang!", antwortete jemand.

Gernot ritt zu ihm hin.

„Ihr seid der Anführer?", fragte er.

„Ja, ich habe die Verantwortung für 1500 Kamele und 200 Mann. Aber mir stehen nur 50 Bewaffnete zur Verfügung. Dass das nicht ausreicht, könnt ihr euch vorstellen. Aber Händler sind sparsam. Wer seid ihr und bei wem kann ich mich bedanken?"

„Eure Rettung ist begründet auf einem Vertrag zwischen König Balduin von Jerusalem und Tugtakin von Damaskus. Beide sind an einem ungestörten Handel interessiert, deshalb haben sie eine Übereinkunft getroffen mit dem Ziel, die Karawanen zu schützen. Mein Name ist Gernot von Kahlenberg und wie ihr seht, bin ich ein christlicher Ritter."

„Und weshalb schickt Tugtakin nicht seine eigenen Truppen?"

„Ich kann mir denken, dass er denen nicht allzu sehr vertraut und befürchtet, dass seine Truppen sich mit den Räubern zusammentun und die Beute unter sich aufteilen."

„So müssen wir uns nun auf christliche Ritter verlassen, um ungeschoren an die Küste zu kommen?"

„So ist es zurzeit. Aber wir sollten erst einmal die Verluste feststellen. Ich habe schon gesehen, dass es unter meinen Männern Tote gegeben hat, aber auch von euren Soldaten sehe ich kaum noch jemanden. Eure Treiber sind wohl nur wegen des Schreckens verschwunden. Sie werden gleich wiederkommen, sobald sie erkannt haben, dass die Lage sich beruhigt hat."

„Das will ich hoffen, denn ohne die Treiber bin ich aufgeschmissen."

„Warum haben die Angreifer so viele Kamele getötet? Ich sehe mindestens 100 Kadaver hier liegen."

„Es war den Angreifern von vornherein klar, dass sie nicht alle Kamele erbeuten würden. Also töten sie eine große Anzahl und sehen die Handelsware, mit der die Kamele beladen waren, als ihre Beute an. Ich weiß jetzt auch nicht, wie ich die Waren weitertransportieren kann, denn die übrigen Kamele sind bereits gut beladen."

„Ich habe einen kleinen Stützpunkt eingerichtet, den wir heute Abend erreichen werden. Dorthin wird in einem Pendelverkehr Wasser und Nahrung geliefert. Etwa 30 Kamele kann ich euch zur Verfügung stellen, um eure Waren zu bergen, aber auch das wird nicht reichen. Und liegen lassen können wir die Waren nicht. Da gibt es bestimmt noch andere Interessenten."

„Das ist mir auch klar. Aber könnten wir nicht in einem Pendelverkehr die Waren hier abholen und in euer Zwischenlager bringen?"

„Das ist möglich. Das wird zwar etwas länger dauern, wird aber wohl die einzige Möglichkeit sein, die Waren zu retten. Aber wer trägt eigentlich die Kosten für die Verluste?"

„Alle beteiligten Kaufleute gemeinsam. Sie kalkulieren immer einen gewissen Verlust ein, der dann untereinander verrechnet wird."

„Und macht man euch dann Vorwürfe deswegen?"

„Kaum, wenn sich der Verlust in Grenzen hält. Diese Karawane kommt aus Bagdad und hat dort Waren aus Persien und aus Indien geladen, Waren, auf die man an der Küste bis zu zwei Jahre warten muss."

„Und wie hoch ist der Verlust, der normalerweise einkalkuliert wird?"

„Zwischen 10 und 20 Prozent der Waren."

„Nun, dazu wird es nicht kommen, denn ihr habt lediglich eine größere Anzahl an Kamelen verloren, die Waren können aber geborgen werden."

„Selbst wenn ich all die Waren verlieren würde, wäre der Verlust insgesamt gering. Rechnet nach: 100 Kamele von 1500 Kamelen, das ist eher wenig, wenn man bedenkt, dass dieses der erste Überfall war, den wir erlebt haben."

„Trotzdem sollten wir die Waren bergen, denn so etwas lässt man nicht einfach in der Wüste liegen."

„Da habt ihr Recht. Aber ihr wisst, dass ihr an den theoretisch verlorenen Waren beteiligt seid?"

„Nein, das wusste ich nicht."

„Das ist das Gesetz der Wüste. Die Hälfte gehört euch."

„Dann werde ich meine Soldaten hier stationieren, um die Waren zu sichern und ihr reitet mit einem Führer weiter ins Zwischenlager. Die Verletzten bleiben am besten hier, Wasser und Nahrungsmittel habe ich genug dabei und ich habe gelernt, mich um Verletzte zu kümmern."

Gernot rief seine Männer zusammen und teilte ihnen mit, dass man in der Wüste bleiben würde, doch nur für eine Nacht, um die Waren zu bewachen. Dem Anführer der Karawane gab er einen Mann mit, damit diese sicher ins Zwischenlager gelangen konnte. Die Treiber tauchten wie aus dem Nichts plötzlich wieder auf. Ihnen war nichts geschehen. Die Angreifer hatten sich auf den Begleitschutz gestürzt, nicht auf einfache Treiber. Sie konnten also wieder ihre alte Aufgabe übernehmen.

Als die Karawane abgezogen war, kümmerte sich Gernot zuerst um seine eigenen Verletzten. Immerhin waren 22 seiner Soldaten mehr oder weniger schwer verwundet, von den anderen Soldaten waren noch einmal 30 zu verarzten. Das dauerte den ganzen Tag – bis es dunkel wurde. Er hatte noch etwa 100 gesunde Soldaten zur Verfügung, denen er befahl, die toten Kamele von ihrem Gepäck zu befreien und alles an einen anderen Ort, etwas näher zum Zwischenlager zu transportieren, denn dem Geruch der bald in Verwesung übergehenden Kamele wollte er sich nicht aussetzen. Gott sei Dank konnte man bei dem Transport auf die Pferde des Gegners zurückgreifen, sodass nur ein weiterer Transport nötig war. Es mag schon nach Mitternacht gewesen sein, als alle Warenballen, die Verletzten und Unverletzten sich in einem neuen Lager wiederfanden. Gernot hatte alle, so gut es ging, versorgt und er wollte nach Hassan schicken, damit dieser im Hauptlager wäre, wenn er mit den Verletzten dort ankäme.

Gernot prickelte es in den Fingern. Er fing an zu rechnen: Circa 100 Kamele waren während des Überfalls umgekommen. Das heißt, mindestens 50 Kamelladungen mit Waren aller Art gehörten ihm. Er konnte nun den zu erwartenden Gewinn nicht mit der Beute von Tyros vergleichen, aber er wusste, was Zucker, Gewürze, Teppiche und all die anderen Handelswaren kosteten, nach denen man in Europa verlangte. 50 war aber auch mehr als 17, auch ein wesentliches Argument, das ihn jedoch bei seinen Überlegungen nicht weiterbrachte.

Schlafen brachte ihn jedoch weiter, denn am nächsten Morgen war er ausgeschlafen, hungrig und durstig. Es war zwar Winter, aber das merkte man in der Wüste nur in der Nacht, die empfindlich kalt war. Tagsüber waren die Temperaturen angenehmer als im Sommer, aber frieren musste man nicht und für die Nacht hatte Gernot seinen dicken friesischen Mantel mitgenommen, wahrscheinlich der einzige friesische Mantel, den die Wüste jemals gesehen hatte.

Es dauerte nicht lange und in der Ferne konnte man die rückkehrenden Kamele sehen. Der Anführer der Karawane hatte die restlichen Kamele weiter ins Hauptlager geschickt und war jetzt zurückgekommen, um die Waren zu bergen. Die Pferde waren den Verletzten vorbehalten, die Kamele wurden mit den Warenballen beladen. Bevor alle den Kampfort verließen, hatte man noch die unangenehmste Aufgabe zu erfüllen: die Beerdigung der Toten. Die Muslime wurden mit dem Kopf in Richtung Mekka beerdigt, die Christen mit dem Kopf in Richtung Jerusalem. Das war so üblich.

Im Zwischenlager gab es genügend Wasser für Pferd und Mensch, die Kamele konnten warten. Für die Verletzten war es zwar ein beschwerlicher Ritt, aber es gab keine Alternative. Eine Verpflegungskarawane war soeben eingetroffen, sodass Gernot den Befehl erteilen konnte, nach Hassan zu schicken, damit dieser sich alsbald um die Verletzten kümmere. Es erwies sich als günstig, dass Edward bei dieser Karawane war.

„Edward, hast du Lust einmal ein richtiges Pferd zu reiten?"

„Wieso?“

„Nun, Hassan muss ins Lager, um sich um die Verletzten zu kümmern. Ich muss hier bei der Karawane bleiben und mich um die ärztlichen Angelegenheiten kümmern. Du könntest Chamsin nehmen, damit ins Lager reiten, dort das Pferd wechseln und mit al-Assil nach Dara reiten, um Hassan zu benachrichtigen. Wie wär's?“

„Aber gerne. Endlich mal richtige Pferde.“

Sie tauschten die Pferde und Edward preschte los. Er würde den Ritt so schnell nicht vergessen.

Für Gernot dauerte es zwei ganze Tage, bis er mit allen Verletzten das Lager erreicht hatte, wo Hassan schon wartete. Dieser begab sich sofort an die Arbeit. Seine ärztliche Kunst war nun mehr gefragt denn je.

Gernots Leute hatten für die Männer der Karawane die Zelte aufgebaut, in denen sie selbst zu Beginn ihres Aufenthalts gelebt hatten.

Der Anführer der Karawane kam auf ihn zu und sagte: „Ich habe 60 Kamelladungen für euch in eurem Lager platziert. Da auch ich nicht weiß, was sich in den einzelnen Ballen befindet, ist es egal welche Ballen ihr behaltet. Zudem habe ich ein paar Ballen hinzugefügt, ihr habt uns allen schließlich das Leben und auch die Karawane gerettet und das kostet etwas. Ihr braucht euch nicht zu bedanken, wir müssen euch danken.“

„Wo wollt ihr eigentlich hin?“

„Unser Verbindungsmann wohnt in Damaskus. Ich werde ihn informieren und er wird hierher kommen. Das ist das Einfachste. Da jetzt Frieden herrscht, werden die Waren wohl nach Akkon gebracht werden. Dort warten die Vertreter der reichen italienischen Städte auf uns. Trotz allem wird es ein sehr gutes Geschäft sein. Ich hoffe nur, dass wir und unsere Kamele euch nicht die Haare vom Kopf fressen, denn auf so viele Mäuler seid ihr wahrscheinlich nicht eingestellt.“

„Deshalb wäre es gut, wenn ihr nach Dara weiterzieht – ich will euch hier nicht rauswerfen – aber das Gras wird knapp und unsere Vorräte kommen aus Dara. Die Kranken können hier blieben, bis sie gesund sind."

Mit diesem Vorschlag war der Karawanenführer sehr einverstanden. Am anderen Morgen gab er den Befehl, aufzubrechen, die restlichen Ballen wurden von Gernots Kamelen getragen.

„Ihr könnt die Kamele bis Akkon behalten und sie mir dann zurückschicken. Wir benötigen sie im Augenblick nicht."

Jetzt kehrte endlich etwas Ruhe im Lager ein. Gernot konnte sich nun um seine neue Beute kümmern: 60 Kamelladungen, sprich 120 dicke Ballen mit Waren aller Art, jedoch mit wertvollen Waren, etwas anderes schickte man nicht über Tausende von Kilometern. Allerdings, das musste er sich auch eingestehen, war der Wert der einzelnen Ballen nicht mit dem Wert der Beute von Tyros vergleichbar. Hier ging es um Handelsgüter, im Fall von Tyros waren es die Reichtümer einer ganzen Stadt. Gernot hatte aber nur geringe Vorstellungen vom Fernhandel in seiner Zeit.

Also öffnete er vorsichtig einen Ballen. Er stellte sofort fest, dass fast alle Ballen als Umhüllung einen Teppich besaßen. Das hatte zwei Vorteile: zum einen sparte man sich die Kosten für eine gesonderte Verpackung, zum anderen erfüllten die Teppiche hier nicht nur den Zweck eines Handelsgutes, sie waren auch praktisches Verpackungsmaterial. Unter der großen Hülle des Teppichs fand Gernot eine Anzahl kleinerer Päckchen, alle schön säuberlich verschnürt. Einige Stichproben machten deutlich, dass Gernot irgendwie zum Gewürzhändler mutiert war. Alle Gewürze waren fein säuberlich von einander getrennt verpackt worden, damit sich ihre Gerüche nicht vermischten. Aischa, die gerade zusah, erklärte ihm einige der Gewürze: Pfeffer, Zimt, seltsame Mischungen aus verschiedenen Kräutern, alles Dinge, die Gernot noch nie gesehen, nie gerochen, nie probiert hatte. Er packte alles fein säuberlich wieder weg, überließ Aïscha jedoch eine Auswahl an Gewürzen für die Küche des Lagers.

Berengaria, um die er sich bis jetzt kaum hatte kümmern können, setzte sich neben ihn und fragte: „Hast du jetzt ein neues Spielzeug, bin ich unwichtig geworden?“

„Aber nein“, antwortete Gernot, „ich möchte allerdings ganz gerne wissen, was ich da gewonnen habe, denn es ist tatsächlich ein Gewinn. 60 Kamelladungen für den Einsatz meiner Männer. Und die müssen auch etwas abbekommen, ich weiß aber noch nicht, wie ich sie bezahlen kann, welchen Wert diese Waren haben. Aber du hast Recht. Ich sollte mich mehr um dich kümmern. Wir werden zusammen noch einen Ballen untersuchen, dann ist Schluss für heute.“

Der Inhalt dieses Ballens musste von sehr weit gekommen sein, denn er enthielt ausschließlich Seide, in den verschiedensten Farbrichtungen.

„War doch gut, dass wir noch nicht Schluss gemacht hatten“, sagte Gernot. „Denn jetzt musst du nicht immer in blauen Seidenkleidern rumlaufen. Du kannst dir jetzt auch gelbe, rote und grüne machen lassen und einige in Farben, die ich gar nicht kenne.“

„Weißt du eigentlich was so ein Kleid aus Seide kostet?“

„Nein, aber soviel kann es ja nicht sein.“

„Meinst du etwa ein Kaufmann würde den beschwerlichen Weg nach China machen, um dort Seide zu kaufen, die hier nicht viel wert ist? Der Stoff eines Kleides hat den Gegenwert von drei bis vier guten Reitpferden. Ich habe mich erkundigt.“

Gernot musste schlucken.

„Drei bis vier gute Reitpferde? Dann habe ich ja allein in diesem Ballen den Gegenwert von einigen hundert guten Reitpferden.“

„So ist das. Und wenn die Seide in unserer Heimat angekommen ist, hat sich der Preis noch einmal vervierfacht.“

Gernot schluckte wieder.

„Ich glaub', ich bin durch diese Ballen richtig reich geworden. Jetzt muss ich nur noch dafür sorgen, dass nicht jeder erfährt, was sich in diesen Ballen befindet. Aber du kannst dir natürlich aussuchen, was du willst."

„Du hast schon soviel für mich getan, mir reicht etwas Seide und etwas von den Gewürzen."

„Wenn ich es vor Neugierde nicht mehr aushalte, werde ich vielleicht noch den einen oder anderen Ballen aufmachen. Aber der Nachteil ist, ich muss dann auch alles wieder fest verschnüren, was gar nicht so einfach ist."

Es war Abend geworden und Aïscha hatte mit ihren Gehilfen wieder große Töpfe und Pfannen an Verpflegung zubereitet, sicherlich zur Freude der Bauern in Dara, da sich die Anzahl der Schafe und Ziegen, die im Augenblick täglich benötigt wurden, verdoppelt hatte. Dazu kamen die ungeheuren Mengen an Gemüse, Obst und Mehl. Das Geschäft blühte.

Hassan berichtete, dass einige der Verletzten so schwere Verwundungen davon getragen hatten, dass er nicht für ihre Genesung garantieren könne. Den anderen ginge es aber schon bedeutend besser und einige von ihnen könnten in den nächsten Tagen den Weg nach Dara mit der Eselskarawane wagen.

Aus Angst vor Überfällen schlief Berengaria auch in den nächsten Nächten bei Gernot. Allerdings redeten sie viel miteinander. Es ging allgemein um die weitere Lebensgestaltung, um Pläne und Ziele. Gernot konnte sich nicht zu einem Versprechen durchringen, seine Zukunft im Heiligen Land zu sehen. Dieses Land bestand für ihn aus Kriegen, brutalen Auseinandersetzungen, Kämpfen jeder gegen jeden. Berengaria fragte ihn ganz einfach, was denn der Unterschied zum alten Europa sei. Auch dort waren kriegerische Auseinandersetzungen die Regel und an der Tagesordnung. Außer einem „Ja, aber" konnte Gernot dem wenig entgegensetzen. Vielleicht lag es aber auch daran, dass er bis jetzt keine Position erreicht hatte, die eine wirkliche Perspektive darstellte. Er war reich geworden, sehr reich sogar. Aber was nützte ihm sein Reichtum? Wäre er hier ein Graf oder Fürst, er müsste seinen gesamten Reichtum in die Festigung seiner Macht investieren. Wie gewonnen, so zerronnen. Aller Reichtum der Welt würde in dieser Region keinen Frieden bringen. Hier waren die Gegensätze so groß, die politischen wie die religiösen und kulturellen, dass man nur mit Gewalt an der Macht bleiben konnte. Und das war nicht Gernots Lebensziel. Berengaria war verlockend, aber reichte das, um alle Erfahrungen der letzten Jahre über Bord zu werfen?

Am nächsten Morgen machte Gernot eine Bestandsaufnahme. Das Lager hatte zusammen mit den Soldaten aus Tiberias etwa 150 Mann Besatzung. Das reichte, um es gegen einen Feind, der nicht gerade mit Belagerungsgeräten anrückte, zu verteidigen. Aber Tiberias brauchte seine Soldaten selbst. Auf Dauer würden diese wieder abgezogen werden. Dann blieben noch circa 70 eigene Soldaten übrig. Keine allzu große Streitmacht, das musste Gernot sich eingestehen. Jedoch genügend stark, um eine kleinere Belagerung zu überstehen. Gegen wen musste er überhaupt sein Lager verteidigen? Der einzige Gegner, der ihm einfiel, waren wieder diese schwarz gekleideten Wüstenkrieger. Die jedoch würden nicht angreifen, solange die Männer aus Tiberias beim ihm stationiert wären. Schon direkt nach dem Sieg über die Wüstenräuber hatte er wieder Patrouillen losgeschickt, die ihm aber nichts Neues berichten konnten.

Der Stamm lebte immer noch in der kleinen Schlucht, gut versteckt vor allen neugierigen Blicken, aber auch völlig unauffällig. Seine Kundschafter hatten nun größere Kreise gezogen, um nicht plötzlich überrascht zu werden. Das kleine Dorf nördlich von Bosra war ein dauernder Anlaufpunkt dieser Patrouillen geworden und durch kleine Geschenke waren die

Leute dort redseliger geworden und berichteten von allen Ereignissen in dieser Gegend. Was südlich von Bosra geschah, mussten Gernot und seine Männer selbst in Erfahrung bringen.

Zwei Wochen lang geschah nichts. Die Verwundeten waren bis auf ein halbes Dutzend alle genesen und waren der Karawane nachgezogen. Berengaria hatte von ihrem Sohn eine Nachricht erhalten, dass ihre Anwesenheit in Tiberias dringend erwünscht sei und war mit ihren Soldaten abgezogen. Die Patrouillen zogen ihre Kreise: Nichts geschah. Gernot verbrachte viel Zeit mit Hassan, vertiefte seine Kenntnisse in der arabischen Sprache, Kultur, Geschichte, Philosophie und Mathematik. Besonders letztere Kenntnisse konnten gut gebraucht werden zur Berechnung von Flugbahnen der Geschosse der Balliste. Diese war nämlich inzwischen auf dem Turm fest installiert und eine Besatzung war dabei, sich mit der Wirkungsweise dieser Waffe vertraut zu machen. Die Balliste verschoss Steingewichte bis zu einem Gewicht von etwa 20 Kilogramm auf eine Entfernung von gut 100 Metern. Allerdings war das ein Wert, der nur bei einer Belagerung von Bedeutung war. Zur Verteidigung wurden 20 faustgroße Steine in den Korb gelegt und gleichzeitig abgeschossen. Während des Fluges verteilten sich diese Steine in der Luft, sodass eine größere Trefferwahrscheinlichkeit bestand. Körbeweise Steine wurden gesammelt und probeweise verschossen. Mittels Markierungen konnte die Besatzung schließlich ziemlich genau den Aufschlagspunkt der Steine voraussagen.

Dann, noch einmal zwei Wochen später, kam ein Soldat zurück, der Neuigkeiten berichten konnte. Sein Trupp hatte Spuren entdeckt, nicht irgendwo in der Wüste, sondern ganz in der Nähe des Lagers. Er war zurückgeschickt worden, die übrigen verfolgten die Spuren weiter. Diese befanden sich hinter einer etwas höheren Sanddüne, von der aus man das Lager gut beobachten konnte. Jetzt schrillten bei allen die Alarmglocken. Jeder hatte gewusst, dass die Wüstenkrieger die Schmach der Niederlage nicht auf sich beruhen lassen würden. Aber alle hatten gehofft, dass doch nichts passieren würde. Gernot ordnete sofort zusätzliche Patrouillen an, die das Land im Abstand von einem halben Tagesritt um das Lager überwachen sollten.

Schließlich kam eine Patrouille zurück. Das Aufklärungsergebnis war eindeutig: Es handelte sich um die schwarz gekleideten Wüstenkrieger. Der Tag der Rache kam näher und näher, aber Gernot hatte keine Ahnung von der Stärke dieses Feindes. Der Älteste aus dem Dorf nördlich von Bosra wusste nur, dass die Verfluchten, wie er sie immer nannte, eine große Anzahl von Kriegern bereitstellen konnten. Aber was nun eine große Anzahl war, konnte er nicht sagen. Seine mathematischen Kenntnisse endeten bei der Zahl Zehn.

Also hieß es warten und vorsichtig sein. Vorräte wurden angelegt, der Steinvorrat für die Balliste vergrößert, Gras gemäht, um es als Heu für die Pferde bereithalten zu können, die Bewohner von Dara wurde gewarnt, um sie nicht ins offene Messer laufen zu lassen.

Nach einer weiteren Woche standen dann plötzlich die feindlichen Krieger auf den Sanddünen vor dem Lager. Zuerst noch außerhalb jeglicher Schussweite, aber drohend präsent. Die Pferde wurden ins Lager geholt, die Ziegen und Schafe so schnell wie möglich geschlachtet und deren Fleisch gebraten, weil es so haltbarer war, man wollte schließlich dem Feind nicht noch Nahrung bereit stellen.

Dann näherte sich die gesamte feindliche Truppe, es mochten über 200 Kämpfer sein, die sich zeigten. Das bedeutete ein Übergewicht von 3:1. Für einen Angreifer die notwendige Anzahl, für die Verteidiger eine grenzwertige Unterzahl. Als sie noch 200 Meter vom Lager entfernt waren, löste sich ein Reiter aus der Truppe und kam langsam auf das Lager zugeritten. Er war wohl so etwas wie ein Unterhändler und sollte die Lage erst einmal sondieren.

„Ich wünsche al-Faris bi-saifain zu sprechen", begann er.

Gernot erhob sich über die Brüstung und antwortete: „Ich bin hier. Was willst du?"

„Das gesamte Lager mit allem Inhalt und allem Besitz."

„Dann werdet ihr kämpfen müssen. Holt es euch!"

Der Abgesandte hatte wohl nicht mit einer anderen Antwort gerechnet, er wendete sein Pferd und ritt zurück. Dort berichtete er vom Ergebnis seiner Besprechung, was seltsamerweise große Enttäuschung hervorrief. Waren diese Leute unrealistischer als der Unterhändler? Auf jeden Fall setzt sich die gesamte Truppe in Bewegung und zog sich dabei auseinander, um ein schlechteres Ziel abzugeben. Bei einer Entfernung von 120 Metern erfolgte der erste Schuss der Balliste. Ungläubig blieben einige Reiter stehen und warteten auf das Kommende. Das Kommende waren die Steine und für ihren Unglauben wurden sie durch einige Treffer bestraft. Danach traten sofort die Bogenschützen in Aktion. Durch die ersten Verluste klüger geworden, änderten die Angreifer ihre Taktik. Sie kannten in etwa die Stärke der Besatzung, wussten also, dass sie um das Dreifache überlegen waren. Diese Überzahl galt es auszunutzen. Sie zogen einen Kreis um das ganze Lager, was bedeutete, dass Gernot nun seine Leute auf alle vier Seiten der Befestigungsanlage verteilen musste. Allerdings war der Feind nun auch nicht mehr so schlagkräftig. Die Balliste, die drehbar war, suchte sich ihre Opfer nach Belieben, ebenso die Bogen- und Armbrustschützen. Die feindliche Taktik war nicht aufgegangen, der Angreifer hatte das Lager nicht überrumpeln können, die Mauern hielten stand.

Der Anführer der Wüstenkrieger rief seine Leute in gebührendem Abstand zusammen und man sah, dass eine Beratung über das weitere Vorgehen begann. Die Entfernung zum Lager betrug bestimmt 300 Meter, sodass man nichts verstehen, aber auch nichts richtig sehen konnte. Lautstark ging es auf jeden Fall zu. Die ersten Angriffsversuche hatten nur Verluste gebracht, das war nicht das, was sie erwartet hatten.

Dann sah Gernot Bewegung beim Gegner. Dort fing man an zu sägen und zu hämmern. Genau erkennen konnte Gernot aber nichts, bis plötzlich ein Mann der Turmbesatzung rief: „Sie bauen Leitern!"

Das war genau das, was Gernot nicht gebrauchen konnte. Der Gegner hatte bis jetzt vielleicht 20 Mann verloren, war aber immer noch erheblich stärker als die Besatzung des Lagers. Jetzt musste er abwarten, was der Gegner konstruierte. Er hatte wohl einiges an Holz erbeutet, doch für einen großen Belagerungsturm dürfte die Menge an Bauholz nicht reichen. Also doch nur Leitern. Das Hämmern dauerte den ganzen Tag. Es wurde Nacht, mit einem Nachtangriff war wohl nicht zu rechnen, da man dann Freund und Feind nur schlecht auseinander halten konnte. Aber die Nacht bot Gelegenheit, sich näher an das Lager zu schleichen, um mit gezielten Schüssen die Mauern zu überwinden und die Menschen und Pferde im Lager zu verletzen. Genau das hatte Gernot vorausgesehen. Er hatte praktisch das gesamte Lager mit den Zeltplanen überspannt, sodass die Pfeile des Gegners nicht ungehindert ihr Ziel erreichen konnten. Er selbst stand mit seinem Bogen auf dem Wehrgang und schickte Pfeil um Pfeil auf jedes Ziel, das er wahrnahm. Die gelegentlichen Schreie ließen auf den Erfolg seiner Bemühungen schließen. Auch die übrige Besatzung war nicht faul und schoss zum Teil auf gut Glück in die Dunkelheit. Der Feind hatte aber einen Erfolg, der Gegner kam nicht zur Ruhe.

Am anderen Morgen sah Gernot den Erfolg des Sägens und Hämmerns. Mit einem Dutzend Leitern bewegte sich der Feind vorsichtig nach vorne. Es sollte einen Frontalangriff geben, eine Verzettelung der Kräfte hatte sich als nicht besonders wirksam erwiesen. Mit ihren Schilden deckten einige Krieger die Leiterträger. Es gelang der Balliste zwar, einige Treffer zu landen, aber es waren zu viele Leitern, die sich jetzt auf die Mauern zu bewegten. Es konnte nur noch wenige Minuten dauern, bis die ersten Leitern an die Mauer gelehnt wurden. Zunächst gelang es den Verteidigern, die eine oder andere Leiter von der Mauer wegzustoßen, allerdings war das kein Erfolg auf Dauer. Bei der geringen Mauerhöhe von vielleicht fünf Metern verletzten sich die Gestürzten kaum, ergriffen ihre Leiter wieder und unternahmen einen neuen Versuch. Gernot konnte aber nicht alle seine Kräfte auf den gefährdeten Mauerteil konzentrieren, auch die übrigen Mauerstücke mussten wenigstens überwacht werden. Je mehr Leitern Halt an der Mauer fanden, desto gefährlicher wurde die Situation. Schließlich war es einigen der Angreifer gelungen, auf der Mauer selbst Fuß zu fassen. Gernot und seine Männer warfen sich ihnen sofort entgegen und es gelang ihnen, den gefährdeten Abschnitt vom Feind zu säubern. Hier hatten seine Angelsachsen mit ihren Kriegshämmern großen Anteil am Erfolg. Schließlich wurde es aber sehr eng auf der Mauer. Der Feind drängte in immer größerer Zahl auf den Wehrgang.

„Jetzt fehlt Bran“, dachte Gernot, konnte sich aber bei diesem Gedanken nicht weiter aufhalten.

Unten, am Fuß der Mauer, sah er einen Mann auf einem Pferd, der die Befehle gab und wohl der Anführer war. Jetzt musste die Entscheidung fallen, denn lange konnte die Besatzung das Lager nicht mehr halten.

Gernot warf seinen Schild weg, ergriff sein zweites Schwert, befahl Edward: „Edward, unternimm einen Ausfall mit den Pferden, sobald ich unten bin und rief dann in seinem besten Arabisch: „Jeder, der sich al-Faris bi-saifain widersetzt, ist des Todes!“

Damit sprang er über die Brüstung nach unten auf das Pferd des Anführers. Das Pferd wurde von dem Aufprall zu

Boden gerissen, der Anführer mit ihm. Er wurde jedoch sofort von Gernot mit einem gewaltigen Schlag enthauptet.

Gernot nahm den Kopf auf, warf ihn auf die Gegner und rief noch einmal: „Jeder, der sich al-Faris bi-saifain widersetzt, ist des Todes.“

Gleichzeitig stürzte er sich auf den nächsten Gegner, der starr vor Schrecken nicht mehr an Widerstand dachte. In diesem Augenblick öffnete sich das Tor des Lagers und Edward stürzte sich mit etwa 40 Reitern auf den Feind, die Angelsachsen mit ihren Kriegshämmern voran.

Jetzt hatte sich die Lage grundlegend geändert. Der Angreifer war ohne Anführer, wie gelähmt durch Gernots Aktion, dazu jetzt der Ausfall aus dem Lager. Das war zuviel. Die, die ein Pferd erreichen konnten, schwangen sich in den Sattel und suchten ihr Heil in wilder Flucht.

Als Gernot zum Lager schaute, sah er, dass auf den Mauern nur noch die eigenen Leute standen, die Leitern waren verlassen, einige Männer rannten noch zu ihren Pferden. Die, die ein Pferd fanden, konnten sich glücklich schätzen, die übrigen wurden Opfer von Schwert, Pfeil, Armbrustbolzen oder Kriegshammer.

Gernot rief seine Leute zusammen, schickte eine kleine Truppe unter Edward aus, um den fliehenden Feind zu beobachten und machte sich an die Bilanz dieses Angriffs. Das Lager hatte Stand gehalten, aber nur soeben. Viel hatte nicht am Erfolg des Gegners gefehlt. Und er sah, dass Hassan wieder viel zu tun hatte. 15 Tote waren zu beklagen, mehr als 20 Verwundete. Einem weiteren Angriff würde man nicht erfolgreich begegnen können. Es musste eine Entscheidung herbeigeführt werden. Und er wusste auch schon, wie diese Entscheidung aussehen würde.

Aber zunächst musste er sich um die Sicherheit des Lagers kümmern. Alle Pferde wurden wieder vor die Mauern geführt und Hassan begann mit der medizinischen Versorgung. Auf dem Vorplatz lagen die Toten des Gegners. Im Wirrwarr des Entscheidungskampfes hatten viele ihr Leben verloren. Gernot zählte sie und kam auf über 150 Tote. Das war viel, vielleicht soviel, dass auch der Gegner nun soweit geschwächt war, dass er keinen neuen Angriff mehr wagen konnte.

Das Plündern des Schlachtfeldes, sonst die erste Tätigkeit nach einem Sieg, brachte nicht viel. Geld schienen diese Leute kaum zu besitzen, jedoch ausgezeichnete Waffen und dazu kamen die umherirrenden Pferde der Toten. Jeder überlebende Kämpfer aus Gernots Truppe würde zwar etwas erhalten, aber dieser Anteil bestand mehr aus Naturalien.

Die Wachen wurden in der folgenden Nacht verstärkt, was sich jedoch als überflüssige Maßnahme herausstellte. Es war die ruhigste Nacht seit langem. Die Begründung für die Ruhe folgte am nächsten Morgen. Edward kam mit seiner kleinen Patrouille zurück und konnte berichten, dass die Feinde sich abgesetzt hatten und – wie es aussah – nicht an weitere Kämpfe dachten.

Gernot aber wollte diese Wüstenräuber endlich loswerden. Er musste unbedingt wissen, was deren weitere Pläne waren. Deshalb brach er nach Bekanntwerden von Edwards Erkenntnissen mit Chamsin auf. Er wollte das Lager der Wüstenräuber nun selbst in Augenschein nehmen. Er nahm genügend Wasser mit, um die Strecke ohne Schwierigkeiten zurücklegen zu können. Weiteres Wasser sollte ihm an einer bestimmten Stelle in der Ruinenstadt bereitgestellt werden.

Er tränkte Chamsin noch einmal ordentlich, gefressen hatte der Hengst genug. Dann ging es los. Er ritt nicht zu schnell, denn er wollte Chamsin schonen. Wer weiß, was noch alles passieren konnte? Am Abend hatte er die Höhe des ehemaligen Zwischenlagers erreicht, wo er übernachtete. Jetzt hatte er noch etwa 20 Liter Wasser, dazu einen kleinen Schlauch mit seinem Wasser. Mittels eines Ledereimers, den er immer mit sich führte, tränkte er Chamsin, wobei dieser jedoch nur zehn

Liter erhielt. Der Rest musste Reserve für den Rückweg sein. Dann legte er die gleiche Strecke noch einmal zurück, bis er den Eingang zur Schlucht vor sich hatte, in der der Stamm zurzeit lebte. Er wartete bis zum Einbruch der Dunkelheit und pirschte sich dann näher an das Lager. Dabei führte er sein Pferd am Zügel, er wollte keine hohe Silhouette abgeben. Nach einer Stunde zu Fuß tauchten die ersten Anzeichen von Vegetation auf. Vereinzelte Grashalme, die immer mehr wurden und schließlich eine geschlossene Decke bildeten. Hier machte er Pause und ließ sein Pferd ausgiebig grasen. Dann ging es weiter und die ersten Dattelpalmen tauchten auf. Jetzt musste er vorsichtig sein, denn jederzeit konnte er nun von einer zufällig anwesenden Person gesehen werden. Als er sich zu einer Gruppe von Palmen vorgeschlichen hatte, machte er wieder Pause. Da war irgendetwas. Er war sich sicher, etwas gehört zu haben. Da war es wieder. Es waren Stimmen, das war jetzt klar. Er ging ein gutes Stück zurück, um bei seinen Bemühungen, Wasser zu finden, nicht gehört zu werden. Er schnallte die Schaufel von seinem Sattel und fing an zu graben. Es dauerte nicht lange und der Boden wurde feucht, dann richtig nass. Gernot wartete etwas, dann konnte er mit seinen Händen den Eimer füllen und den Wasservorrat wieder auffüllen. Er füllte auch seinen eigenen Vorrat wieder auf und trank ausgiebig, schließlich kam Chamsin an die Reihe. Zum Schluss schüttete er den kleinen Brunnen wieder zu, sodass nichts mehr an seine Anwesenheit erinnerte. Gernot nahm Chamsin wieder am Zügel und führte ihn näher ans feindliche Lager. Das Lager war groß, sehr groß sogar. Er schätzte es auf mindestens 400 Zelte. Gernot sah verschiedene Feuer brennen, aber in der Mitte des Lagers loderte ein besonders großes Feuer. Von dort kam der Lärm. In weitem Bogen führte er nun sein Pferd um das Lager herum, um von hinten näher ranzukommen. Aus dieser Richtung erwarteten die Wüstenräuber wohl keinen Feind, denn von dort konnte keiner kommen. Die

Schlucht endete – wie Gernot trotz der Dunkelheit erkennen konnte – an einer steilen Felswand.

Jetzt musste er auf alles gefasst sein. Seinen Schild hatte er auf dem Rücken befestigt, er sollte als Schutz bei der Flucht dienen. Bogen und Pfeile waren griffbereit, die beiden Schwerter hatte er in den Händen. Als er die erste, besser gesagt die letzte Zeltreihe erreicht hatte, sah er, dass niemand da war, alle waren wohl am großen Feuer. Er konnte noch etwa 50 Meter weiter gehen, als er begriff, was dort am Feuer passierte. Zwei Männer standen auf kleinen Hockern, sodass sie von allen gesehen wurden. Sie redeten abwechselnd auf die Zuhörer ein und forderten in ihren Tiraden immer wieder den Tod von al-Faris bi-saifain.

„Wir müssen zurück und uns rächen, sonst bekommen wir keine Ruhe“, rief der eine und der andere fügte hinzu: „Tod al-Faris bi-saifain, erst wenn er nicht mehr lebt, haben wir Ruhe.“

Das war purer Hass, dem hatte Gernot etwas entgegenzusetzen: seinen Kampfwillen. Mit diesen beiden Hetzern musste aufgeräumt werden. Ein für allemal. Und zwar jetzt.

„Nicht ich bin des Todes, sondern ihr seid es!“, rief Gernot. „Ich habe euch gewarnt. Ich habe euch nichts getan, aber ihr überfallt unschuldige Leute und mich. Ich habe euch versprochen: „Jeder, der sich al-Faris bi-saifain widersetzt, ist des Todes.“ Und so soll es sein!“

Damit drückte er Chamsin die Hacken in die Seiten. Der sprang aus dem Stand in einen Galopp. Gernot lenkte ihn zwischen die Leute durch, beide Schwerter in den Händen und ohne viel Rücksicht auf die Dorfbewohner zu nehmen.

Es war eine plötzliche Ruhe eingekehrt. Ein kalter Schrecken hatte das Zeltdorf heimgesucht. Der, den sie töten wollten, stand jetzt vor ihnen und versprach nun seinerseits ihnen den Tod.

Gernot galoppierte auf die beiden Redner zu. Irgendwie gelang es ihm, Chamsin zwischen die Männer auf den Hockern zu dirigieren. Diese beiden waren ebenfalls starr vor Schrecken und hatten Mund und Augen weit aufgerissen. Das Letzte, was sie in ihrem Leben sahen, war das Aufblitzen der beiden Schwerter Gernots im Schein des Lagerfeuers. Dann sackten sie enthauptet zu Boden. Die Übrigen waren immer noch in einer Schockstarre.

„Und denkt daran: Jeder, der sich al-Faris bi-saifain widersetzt, ist des Todes!"

Gernot hatte bereits die nächsten Zeltreihen hinter sich gebracht, als der Tumult losbrach. Er befand sich bereits außerhalb des Lagers, da sah er schemenhaft die ersten Verfolger. Gernot hielt an, nahm seinen Bogen und zielte. Zwei Pfeile und zwei Schreie.

„Jeder, der sich al-Faris bi-saifain widersetzt, ist des Todes."

Die Verfolger blieben etwas zurück, sie warteten wohl auf Verstärkung, die dann auch eintraf. Zu diesem Zeitpunkt hatte Gernot aber bereits 500 Meter zwischen sich und die Verfolger gebracht. Auf Grund der Geschwindigkeit und der Ausdauer seines Pferdes musste er sich keine allzu großen Sorgen machen, auch wenn die Zahl der Verfolger wuchs. Aus dem kleinen Punkt an Verfolgern, den er auf den Dünenkämmen ausmachen konnte, war ein großer Punkt geworden. Gernot musste nicht besonders schnell reiten, da wegen der Dunkelheit auch seine Verfolger immer wieder nach ihm Ausschau halten mussten. Erst als der Tag anbrach, ändert sich das Tempo der Verfolger. Sie hatten sich etwas verteilt und Gernot erkannte ihre Absicht. Sie wollten ihn nach Möglichkeit einkreisen. Jetzt jedoch spielte Gernot mit seinen Verfolgern. Er ließ sie näher rankommen, sandte ein, zwei Pfeile in ihre Richtung, was sie dazu brachte auseinander zu preschen und an Geschwindigkeit zu verlieren. Bis sie sich neu organisiert hatten, war der alte Abstand wieder hergestellt.

So ging es bis zum Mittag. Dann bemerkte Gernot etwas, was er bisher nicht wahrgenommen hatte. Aus dem Süden war ein leichter Wind aufgekommen, der die Spuren rasch verwischte. Deshalb waren die Verfolger auf dauernden Sichtkontakt angewiesen, um das Ziel ihrer Bemühungen – Gernot – nicht zu verlieren. So ging es eine weitere Stunde im Galopp weiter, ohne dass die Verfolger entscheidend aufholen konnten.

Der Wind war stärker geworden und Gernot hatte den Kopf vom Wind abgewendet, um nicht soviel Sand in die Augen zu bekommen. Als er dann aber einmal wieder in die Windrichtung schaute, erschrak er. Der Himmel im Süden war dunkel geworden, schwarz, gelb und violett. Das bedeutete nichts Gutes. Dieses Wetter würde bald über ihn und die Verfolger hinweg brausen. Und er wusste genau, was ihm bevorstand: ein Sandsturm. Er hatte zwar noch nie einen erlebt, aber Hassan hatte ihm viel erzählt über die Gefährlichkeit der Wüste. Jetzt galt es möglichst schnell dem Zentrum der Windrichtung zu entkommen, um nicht vom Sand begraben zu werden. Die Verfolger konnte er schon lange nicht mehr sehen, nur ahnen konnte er die Richtung, aus der sie kommen würden. Aber sie waren Wüstenbewohner und mussten die Naturerscheinungen in der Wüste kennen, auch einen Sandsturm.

Gernot hatte das ehemalige Zwischenlager bereits erreicht und bei Chamsin zeigten sich immer noch keine Zeichen der Ermüdung. Er glaubte, dem Pferd eine kleine Pause gönnen zu können und gab ihm einen Eimer Wasser zu saufen. Während der kleinen Pause vermochte Gernot es nicht, die Verfolger auszumachen. Der durch den Wind aufgewirbelte Sand behinderte jede Sicht und das Brausen des Sturms verhinderte, dass Gernot überhaupt noch etwas anderes hören konnte.

Er schwang sich in den Sattel und nun musste Chamsin seine ganze Geschwindigkeit ausspielen, damit sie das Zentrum des Sturms verlassen konnten. Zwei Stunden später musste Gernot einsehen, dass er nicht mehr weiterreiten konnte. Er ließ Chamsin sich hinlegen, so dass er mit dem Kopf aus der Windrichtung kam, nahm seinen Mantel, wickelte sich und den Kopf des Pferdes darin so ein, dass der Wind das Atmen nicht zu sehr beeinträchtigte und legte sich selbst in den Windschatten von Chamsin. Dann brach der Sandsturm richtig los. Obwohl er das Zentrum des Sturms hinter sich gelassen hatte, waren noch solche Unmengen an Sand in der Luft, dass Gernot manchmal glaubte, vom Gewicht des auf ihm lastenden Sandes erdrückt zu werden. Immer wieder bewegte er sich ein wenig, um den Sand abzuschütteln, neuer Sand ersetzte jedoch sofort den alten. Eine gefühlte Ewigkeit – es waren bestimmt zwei Stunden – dauerte das Tosen des Sturms. Dann war mit einem Schlag Ruhe. Gernot stand auf, schüttelte den Sand von sich, der ihm aus Mund, Nase und Ohren rieselte. Dann zog er vorsichtig seinen Mantel von Chamsins Kopf. Das Pferd sprang sofort auf und schüttelte sich. Gernot nahm den Rest Wasser und tränkte Chamsin. Er hatte nur den Rand des Sturms erlebt und dort überlebt. Wie sah das wohl im Zentrum aus? Seine Verfolger waren nicht aus dem Sturm herausgekommen. Hatten sie überlebt? Er wusste es nicht und er wollte es auch gar nicht wissen. War sein Ausruf „Jeder, der sich al-Faris bi-saifain widersetzt, ist des Todes!“ prophetisch gewesen oder war es reiner Zufall, dass der Sturm seine Opfer gefordert hatte?

Wie dem auch sei, er musste sich erst um die eigene Rettung kümmern, denn er war noch lange nicht zurück im eigenen Lager. Zunächst trank er aus seinem Schlauch, dann wusch er sich Gesicht, Nase, Augen und Ohren und tat Gleiches mit seinem Pferd. Dann schwang er sich in den Sattel und trabte dem nächsten Zwischenstopp, der Ruinenstadt entgegen. Die Sicht war nun vollkommen klar und Gernot konnte kilometerweit sehen. Kein Reiter, kein Verfolger, nichts. Deshalb war keine Eile mehr geboten. Er wollte Chamsin jetzt ein wenig schonen und nichts trieb ihn an, denn ob man im Lager zwei oder drei Stunden länger auf ihn wartete, das interessierte ihn nicht.

Als er die Ruinenstadt erreicht hatte, sah er, dass der Sturm auch hier noch ganz schön gewütet hatte. Manches, was er vor zwei Tagen noch gesehen hatte, war unter den Sandmassen verschwunden, andere Gebäudeteile, die jahrzehntelang, wenn nicht jahrhundertelang verschüttet gewesen waren, erblickten nun das Licht des Tages. Vieles hatte sich hier verändert, aber Gernot fand trotzdem schnell den Wasservorrat am vereinbarten Ort. Jetzt ging es ihm und Chamsin besser, zumal ein kluger Mann auch ein Bündel Heu und ein paar Nahrungsmittel dazugelegt hatte.

Das Lager war vom Sturm verschont geblieben, aber die Leute hatten den Aufzug der Wolken gesehen und sich doch Sorgen um Gernot gemacht. Dieser erzählte vom Sandsturm, den er durchlebt und durchlitten hatte und dass er sich nicht sicher sei, was mit seinen Verfolgern geschehen war. Wie üblich wurden wieder Patrouillen ausgeschickt, die aber keine Neuigkeiten brachten. Erst nach einem Monat erfuhr Gernot, dass das Lager der Wüstenräuber verschwunden war. Wahrscheinlich hatten sie zu große Verluste erlitten und waren nicht mehr in der Lage, erfolgreiche Überfälle durchzuführen.

5. Damaskus

Es war Frühjahr geworden, ein ruhiges und schönes Frühjahr. Gernot benachrichtigte, wie es seine Aufgabe war, König Balduin regelmäßig von seinen Unternehmungen. Seine 60 Kamelladungen hatte er wohlweislich auf 15 reduziert, um nicht das Interesse Balduins auf seine Beute zu lenken. Gernot hatte einige wenige weitere Ballen untersucht und was er fand, war durchaus sehenswert. Zwei kleinere Ballen hatten es dann aber wirklich in sich: Silbergeschirr in allen Größen, fein gearbeitet und sorgfältig verpackt. Einen dieser Ballen schickte er unter der Aufsicht von Edward und 20 Soldaten nach Akkon, wo er von Régis und Bran verkauft werden sollte. Schließlich musste er an den Anteil seiner Soldaten denken. Als diese nach 14 Tagen zurückkehrten, brachten sie die Kamele mit, die Gernot dem Karawanenführer geliehen hatte, und einen riesigen Beutel Geld. 30 Kilogramm Silber, aufwendig verarbeitet, brachten eben etwas ein. In diesem Fall sogar sehr viel. Edward hatte deshalb Wein mitgebracht und Mokka, der im Lager zur Neige ging. Jeder der Soldaten bekam 30 Gold- und 15 Silbermünzen, ein Reichtum, der für die Mühsal der letzten Zeit entschädigte. Der plötzliche Reichtum verbesserte die Stimmung schlagartig, zumal kein Feind in Sicht war, aber mehrere Karawanen unter dem Geleitschutz von Gernot und seinen Männern unbeschädigt bis zur Jakobs-Furt und dann weiter nach Akkon gelangten. Gernot verlangte zwar keinen Zoll für die Passage, das durfte er auch gar nicht, stellte aber fest, dass die Karawanenführer sich immer sehr erkenntlich zeigten, wenn sie sich in Sicherheit fühlten. Ein paar Kamelladungen fielen dabei immer ab.

Dann hatte er sich noch etwas überlegt: Er brauchte feste Kisten, um seine Errungenschaften auf Dauer sicher aufbewahren zu können. Der Winter hatte rund um das Lager zwar nicht viel Regen gebracht, doch war es notwendig, alles gut zu verstauen. Wer weiß, ob er nicht doch noch eines Tages nach Hause, in die alte Heimat, zurückkehren würde. So hatte er einen Tischler in Dara beauftragt, ihm diese Kisten herzustellen. Mit diesem Tischler hatte er einen Glücksgriff getan. Dieser Mann war nicht nur äußerst geschickt. Seine Kisten waren so genau gearbeitet, dass man sie vielleicht nicht als wasserdicht, wohl aber als wasserresistent bezeichnen konnte. Da es sich um einen großen Auftrag handelte, wohl um den größten, den der Tischler je gehabt hatte, waren beide Seiten zufrieden, Gernot wegen der guten Arbeit und der Tischler wegen des reichlich fließenden Lohns.

Noch eines hatte sich geändert, Gernot ritt nun häufig mit seinem Kamel aus. Er lenkte es bis zur Ruinenstadt, rastete dort, übernachtete auch manchmal im Schutz einer alten Mauer und hatte einen Lieblingsplatz gefunden, der durch den Sandsturm freigelegt worden war: Eine sehr große Platte, die schräg im Sand lag und von der aus man einen guten Überblick über das ganze Vorfeld hatte. Schräg war die Platte, weil der Wind an einer Seite den Sand weggeblasen hatte und sie dadurch dort abgesackt war. Er saß auf dieser hohen Kante und ließ seine langen Beine herunterbaumeln. Sie reichten gerade noch bis auf den Sand und so kam es, dass seine Füße dort eine kleine Spur hinterließen. Plötzlich aber spürte er keinen Sand mehr unter seinen Füßen, dafür hörte er aber den Sand rieseln. Wohin konnte der Sand rieseln? Sand verschwindet nicht einfach so. Dort musste ein Hohlraum sein. Er bückte sich und jetzt sah er es. Ein Brett hatte an der Platte durch den Druck des Sandes fest im Boden gesessen. Durch das Baumeln seiner Füße hatte Gernot dieses Brett an einer Stelle freigelegt und es war tiefer abgesackt. Eine kleine Öffnung tat sich auf und Gernot konnte in den Freiraum unter der Platte blicken.

Er sah dort mehrere Kisten stehen, teilweise aus Holz, teilweise aus dünnem Metall, aber völlig intakt. Die trockene Wüstenluft hatte alles hervorragend konserviert. Am Metall war nicht einmal Flugrost zu entdecken. Wer mochte die Kisten hier versteckt haben? Bestimmt nicht die Wüstenräuber, das war klar. Außerdem war diese Platte bis vor kurzem noch unter dem Sand verborgen gewesen. Gernot dachte nach. Fulcher hatte ihm von mehreren Schlachten erzählt, die sich hier abgespielt hatten. Auch Hassan wusste, dass hier die entscheidenden Auseinandersetzungen zwischen Ostrom, den Sassaniden und den Arabern stattgefunden hatten. Kisten aus dieser Zeit, fast 500 Jahre alt? Kaum wahrscheinlich, aber doch möglich. Da half nur eine eingehende Untersuchung. Gernot öffnete das kleine Loch ein wenig weiter. Gut, dass er immer eine Schaufel mit sich führte. So ging die Arbeit flotter voran. Es dauerte auch nicht lange und Gernot konnte sich durch die Öffnung ins Innere zwängen. Er öffnet eine der Kisten und sah Schwerter, fein säuberlich verpackt in dieser Kiste. Sechs Stück an der Zahl und von so guter Qualität, dass er schon jetzt ins Schwärmen geriet. Er nahm die Kiste, schob sie nach draußen und verschloss mit dem Brett sofort das Loch. Es war nicht möglich, alles, was dort stand, auf seinem Kamel mitzunehmen, denn es waren noch drei kleinere und zwei etwas größere Kisten, die er aber auf jeden Fall noch zu öffnen gedachte. Schließlich ist auch Neugier eine Tugend.

Oben angekommen, nahm er eines der Schwerter in die Hand und war überrascht vom geringen Gewicht der Waffe. Sie glänzte im Sonnenlicht, als hätte sie erst am Vortag die Schmiede verlassen. Gernot machte einige Übungen mit dem Schwert, dann mit den anderen Waffen. Sein Urteil war eindeutig: Damaszener Schwerter von höchster Qualität, Waffen, wie er sie noch nie gesehen hatte, Schwerter, wie er sie sich immer erwünscht hatte, wovon er geträumt hatte. Nun hatte er sie vor sich liegen. Die verschiedenen Schichten des geschmiedeten Stahls konnte man sehr gut erkennen, trotzdem schimmerten sie in der Sonne. Diese Kiste konnte er mitnehmen, da sie nicht allzu groß war. Nur wollte er damit nicht im Lager auffallen. Deshalb beschloss er, so aufzubrechen, dass er erst in der Dunkelheit zurückkehrte.

Aber vorher wollte er noch einen Blick in die anderen Kisten werfen. Zunächst nahm er sich eine weitere kleine Kiste vor, die nur ein geringes Gewicht hatte. Sie enthielt Messer, ebenfalls aus den Schmieden von Damaskus, aber für ihn uninteressant, da er bereits vor Tyros eines dieser Messer erbeutet hatte. Aber immerhin, die Messer hatten ihren Wert. Die beiden anderen kleinen Kisten waren sehr schwer und Gernot war nicht überrascht, als er den Inhalt sah: Goldmünzen. Aber es waren Münzen von einer Art und Beschriftung, die er noch nie gesehen hatte. Einige von ihnen steckte er in seinen Geldbeutel, man muss sich mal erkundigen, um welche Münzen es sich hier handelte. Die beiden großen Kisten waren so schwer, dass er sie nicht heben konnte und er verstand, weshalb sie aus Metall waren. Er öffnete sie und fand einen Schatz von Silbermünzen. Das würde dauern, bis er alle Kisten geborgen haben würde. Aber jetzt kam ihm die Erleuchtung. Diese Münzen mussten während einer der hier tobenden Schlachten versteckt worden sein, vielleicht die Kriegskasse eines der beteiligten Heere, dann war das Versteck in Vergessenheit geraten. Jetzt hatte Gernot es durch reinen Zufall entdeckt. Er griff noch einmal in eine der Kisten, verstaute auch die Münzen in einer seiner Taschen und kroch wieder zurück nach oben. Mit dem Brett verschloss er die Öffnung, warf mit der Schaufel ein wenig Sand davor und der Schatz war wieder versteckt und nicht mehr auffindbar.

Als Gernot zurück ins Lager kam, bemerkte niemand die Kiste, die er in seinen Wohnraum trug. Am folgenden Morgen traf er wie zufällig Hassan und zeigte ihm zwei unterschiedliche Münzen.

„Sag mal, hast du schon einmal solche Münzen gesehen? Ich habe sie in meinem Geldbeutel gefunden. Hoffentlich hat mir da keiner Falschgeld untergeschoben."

Hassan nahm die Münzen, biss drauf und meinte: „Da brauchst du keine Angst zu haben, die beiden Münzen sind echt. Aber die Inschrift kann ich auch nicht entziffern. Arabisch ist es nicht, eher persisch. Die Geldwechsler in Akkon wissen da besser Bescheid."

Gernot war beruhigt, vor allem, weil Hassan keine weiteren Fragen gestellt hatte.

Am nächsten Morgen begab er sich wieder auf Schatzsuche. Diesmal war es eine der kleinen Kisten, die er barg und untersuchte. Auf gut 20 Kilogramm schätzte er ihr Gewicht, gefüllt mit Münzen der unterschiedlichsten Größen. Manche konnte er zuordnen. Gernot hatte zwar nie Griechisch gelernt, kannte aber die Buchstaben des griechische Alphabets. Also war seine Vermutung, dass es sich hier um einen Münzschatz aus früherer Zeit handelte, richtig. Außerdem konnte er den Namen Herakleios entziffern, den Namen eines byzantinischen Kaisers aus der Zeit der Auseinandersetzungen zwischen Ostrom und Arabern. Der Münzschatz lag hier tatsächlich schon 500 Jahre, gut versteckt, hervorragend konserviert, nur auf die Entdeckung durch Gernot von Kahlenberg wartend. So musste es sein. Das passte auch zu Gernots Überzeugung, dass auf der Welt Gutes mit Gutem und Schlechtes mit Schlechtem vergolten wird.

Diesen Teil des Schatzes zu bergen, bereitete Gernot keine Mühe. Das Kistchen konnte er leicht unter seinem Mantel verstecken und so ungesehen in seinen Wohnraum bringen. Dort ließ er die ganze Kiste in einer von seinem Tischler aus Dara hergestellten hölzernen Kiste verschwinden. Kiste in Kiste, das war sicher und unauffällig.

Die letzte kleinere Kiste bereitete eine Überraschung, auf die Gernot nicht vorbereitet war. Er kippte sie, wie er es auch mit der ersten gemacht hatte auf seinen Mantel und sah, dass sich unten in der Kiste ein Tuch befand, in das etwas eingepackt war: Schmuck in edelster Ausführung.

„Auch nicht schlecht", dachte Gernot. „Zur Not nehme ich auch das, man ist ja nicht besonders anspruchsvoll."

Er verstaute alles wieder in der Kiste und holte die letzte der kleineren Kisten hoch, die mit den Messern. Alles wunderschöne Arbeiten, hergestellt von Schmieden, die ihr Handwerk wirklich verstanden hatten.

Nachdem er auch diesen Teil seiner Fundsachen bei sich in Sicherheit gebracht hatte, stand er nun vor dem Problem, die beiden großen Kisten zu bergen. Er hatte versucht, sie anzuheben, war aber kläglich daran gescheitert. Nicht einmal Bran hätte das geschafft. Gernot verfiel auf die Idee, seinen Ledereimer mit den Silbermünzen zu füllen und so Eimer für Eimer noch oben zu schaffen und auf seinem Mantel zu lagern. Es war eine schweißtreibende Arbeit und er konnte nur etwa die Hälfte der Kiste auf einmal mitnehmen. Aber was soll's? Mangels anderer vernünftiger Arbeit sucht man sich eben eine Nebenbeschäftigung. Und der Transport von Silber war nicht die schlechteste Beschäftigung.

Eine Woche nach Entdeckung des byzantinischen, persischen oder arabischen Schatzes hatte Gernot auch die letzte Münze geborgen, hatte das Versteck wieder fachmännisch verschlossen – für wen eigentlich – und saß glücklich im Lager und dachte mal wieder über seine Zukunft nach. Jetzt besaß er soviel Geld, dass er sich eine Armee leisten konnte, nicht nur seine paar Angelsachsen, sondern einige hundert oder tausend gut ausgebildete Soldaten. Aber warum? Für wen? Wofür? Berengaria heiraten und Lehnsherr von Tiberias werden, das ging nicht mehr. Dazu war Ramon auserwählt und Balduin konnte sein Versprechen kaum rückgängig machen. Aber Berengaria nur wegen seiner Gefühle heiraten? Reichte das? Das reichte nicht. Er merkte, mit zunehmendem Reichtum wurde er wählerischer.

„Aufpassen, Gernot", dachte er, „Hochmut kommt vor dem Fall. Bleib bescheiden!"

Am Abend wurde es mal wieder Zeit für das, was man Sauberkeit, Hygiene oder einfach Waschen benennen konnte. Er nahm das, was man Seife nannte, saubere Kleidung, Bürsten und eine seiner geliebten kleinen Scheren, um Fuß- und Fingernägel wieder auf die richtige Länge zu bringen. Seine Fußnägel drückten bereits in den Schuhen und die Fingernägel rissen dauernd ein. Kein Zustand für einen wohlhabenden Herrn. Er nahm ein Pferd und ritt zu der von allen benutzten Badestelle. Er zog sich aus und wollte gerade ins Wasser gehen, als er bemerkte, dass er nicht allein war. Er sah Aïscha splitterfasernackt bis zu den Knien im Wasser stehen. Das war ihm nun doch peinlich, denn so ein Zusammentreffen gehörte sich in dieser Gegend weder für eine Frau, noch für ein unverheiratetes Mädchen.

Er wollte gerade nach seiner Kleidung greifen, als er Aïscha sagen hörte: „Lass das, jetzt ist es sowieso zu spät! Ich habe alles gesehen, du hast alles gesehen. Und?"

„Wie und ?"

„Bist du zufrieden mit dem, was du gesehen hast?"

Jetzt guckte Gernot erst richtig hin und musste sich eingestehen, dass die Kleidung der Frauen in dieser Gegend doch viel zu viel versteckte. Was er hier sah, nahm ihm fast den Atem.

„Ich bin beeindruckt. Ich konnte mir nicht vorstellen, was sich unter deiner weiten Kleidung versteckt."

„Nun ja, wenn ich im Lager so rumlaufen würde wie hier, dann gäbe es wohl dauernd Prügeleien und das möchtest du doch nicht, oder?"

„Auf keinen Fall. Aber Baden kann man ja schließlich nicht in seiner Kleidung."

So schrubbte Aïscha Gernot ab, Gernot Aïscha und seine Nägel wurden fachgerecht gekürzt. Gerade wollte Gernot einen Vorschlag zur weiteren Tagesgestaltung machen, doch da hörten sie von weitem andere Badewillige und deshalb fingen sie an, ihre Kleidung mit der Seife einzureiben und zu waschen.

„Du kannst mir beim nächsten Mal deine Kleidung geben. Ich wasche sie gerne gegen ein kleines Entgelt", sagte Aïscha.

„Das wäre nett, denn das Waschen von Kleidung ist nicht gerade meine Lieblingsbeschäftigung", entgegnete Gernot.

„Du ziehst wahrscheinlich das Waschen von Frauen vor", antwortete Aïscha, zog sich an und ritt den Weg auf ihrem Esel zurück.

„Was war das jetzt?", dachte Gernot, „hier geschehen Dinge, die ich nicht mehr kontrollieren kann. Aber muss ich alles kontrollieren? Nein, muss ich nicht."

Gernots Wohnraum war bereits zu einem Drittel mit Kisten aus der Lieferung des Tischlers aus Dara voll. Sorgfältig hatte er alle Ballen, die die Kamele getragen hatten, ausgepackt, begutachtet und neu verpackt. Das, was er hier, das heißt in Akkon verkaufen wollte, kam wieder in die ursprüngliche Verpackung und wartete dort auf den Weitertransport.

Etwa die Hälfte der Ladung war für den Markt bestimmt. Was sollte Gernot auch mit über 100 Teppichen anfangen? Es ist ja schön, wenn man sich Silbergeschirr leisten kann, aber für 100 Personen? Also ging auch ein Teil des Geschirrs auf den Packen für Akkon. So ging es auch mit vielen Gewürzpackungen. Wer braucht schon 100 Kilogramm Pfeffer? Oder 400 Kilogramm Zucker? Auf Dauer verderben diese köstlichen Erzeugnisse noch. Und dann? Ein Verlust von 100 Prozent. Das wollte Gernot auf keinen Fall, denn er war auf den Geschmack des Geldes gekommen. Auf Anraten Hassans verpackte er viele Dinge, die verderben oder einen fremden Geschmack annehmen konnten in kleine Tonkrüge, deren Deckel er mit Bienenwachs verschloss.

So wartete nach zweimonatigem Auswählen von Waren eine Kamelkarawane von 40 Tieren, die Gernot persönlich nach Akkon bringen wollte, nicht des Geschäftes wegen, auch um Bran wiederzusehen. Er übergab das Kommando über das Lager an Edward, der sich immer mehr als wertvolle Stütze herausgestellt hatte.

In aller Herrgottsfrühe brach er auf, begleitet von 20 Soldaten, die er aber an der Jakobs-Furt wieder zurückschickte, weil von dort an Soldaten von Tiberias für seine Sicherheit sorgen konnten. Spät am Abend erreichte er Tiberias und brachte seine Kamele in den Hof des Gebäudes, das der Herr oder die Herrin von Tiberias bewohnten. Er blieb nur eine Nacht an diesem Ort, sehr zum Leidwesen von Berengaria. Gernot versprach aber, auf dem Rückweg länger zu bleiben. Er blieb dann aber doch noch eine weitere Nacht, da er Kameltreiber anwerben musste und der Weg nach Akkon genauso lang war wie der vom Lager nach Tiberias.

In Akkon musste er sich gar nicht erst nach Bran erkundigen. Irgendwie hatte dieser erfahren, dass Gernot im Anmarsch war und erwartete ihn deshalb am Stadttor. Bran bewohnte als Herr von Akkon die Burg, in der bestimmt 100 Gäste bewirtet werden konnten. Deshalb war es auch kein Problem, hier Unterschlupf zu finden. Bran schlug vor, alle Waren in seinem Haus zu deponieren und mit Hilfe von Régis diese Waren an die italienischen Händler zu verkaufen.

„Niemand kennt den Wert der Waren besser als Régis", meinte Bran, „und vor allem, dem kann man vertrauen."

Gernot erzählte ihm vom Ursprung der Waren. Bran kannte allerdings schon die ganze Geschichte. Der Karawanenführer hatte sie ihm erzählt.

„Und sonst?“, wollte Gernot wissen, „wie fühlt man sich als Herr von Akkon, als Graf?“

„Nun, ich kann wirklich nicht klagen. Ich bin persönlich an den Zöllen beteiligt und bin mittlerweile wohlhabend. Tyros halte ich auf Abstand. Sobald die Leute dort einen Erkundungstrupp losschicken, gibt es was auf's Haupt. Ich bin immer gut informiert über alles, was in Tyros geschieht. Wenn man sein Geld hier klug einsetzt, vermehrt es sich von alleine. Und ich habe noch eine Nachricht: Ich werde heiraten – wahrscheinlich.“

„Was heißt wahrscheinlich? Gefällt sie dir oder gefällt sie dir nicht?“

„Das ist ja das Problem. Ich kenne sie noch gar nicht.“

„Und wann wirst du sie kennen lernen?“

„Ich hoffe morgen. Sie kommt mit einem Schiff aus dem Norden. Bis Tripolis hatte sie ein Geleit von zu Hause.“

„Von zu Hause?“

„Ja aus Georgien. Sie ist eine georgische Prinzessin, groß, schlank, mit blonden Haaren. Sie soll sehr hübsch sein.“

„Und wenn sie dir nicht gefällt?“

„Dann werde ich sie wohl wieder zurückschicken müssen. Es ist natürlich eine vereinbarte Hochzeit. In diesem Land verliebt man sich selten, man heiratet aus politischen Gründen. Aber so einfach wollte ich es Balduin – er hat das ausgehandelt – nicht machen. Ich habe meine Bedingungen gestellt. Er hat akzeptiert. Und wenn sie hübsch ist und mir gefällt – und ich ihr – dann werden wir heiraten.“

„Na dann bleibe ich mal hier und helfe dir bei der Entscheidung.“

Am anderen Tag schickte Bran nach Régis, der sich die Waren, die inzwischen ausgepackt waren, ansah.

„Wenn dir jemand 5000 Byzantii für alles bietet, schlag ihm den Kopf ab. Was hier liegt, darf nicht unter 10.000 Byzantii weggehen.“

Gernot bedankte sich bei Régis und gab ihm eine Handvoll seiner neuen Münzen. Was würde Régis dazu sagen?

Régis sah sich die Münzen an und meinte: „Ungewöhnliche Münzen, diese hier sind griechischen Ursprungs, die anderen kann ich nicht zuordnen. Macht aber nichts. Gold ist Gold."

Als Régis gegangen war, berichtete Gernot von einem anderen Problem: „Ich habe noch eine große Anzahl Ballen mit Waren in meinem Lager. Ist es möglich sie hier unterzubringen? Ich möchte sie nicht eines Tages mit nach Jerusalem nehmen. Du kennst Balduins einnehmendes Wesen. Nachher glaubt er noch, einen legalen Zugriff auf meine Waren zu haben."

„Da magst du Recht haben", stimmte Bran zu. „Ich weiß, wie er ist, wenn es sich um Geld handelt oder um Dinge, die sich zu Geld machen lassen. Hier auf der Burg habe ich genügend Platz, um Dinge zu lagern, vor allem trocken zu lagern."

Damit war auch dieses Problem aus der Welt geschafft. Jetzt ging es nur noch um Brans höchst eigene Angelegenheit, eine mögliche Heirat. Aber das war ein Problem, das erst in den nächsten Tagen anstand.

„Sag mal Gernot", begann Bran etwas zögerlich, „meinst du nicht auch, dass ich meine Haare vielleicht ein wenig stutzen lassen sollte, den Bart vielleicht auch?"

„Ich glaube, das wäre eine gute Idee", entgegnete Gernot, „denn mit deinem augenblicklichen Aussehen kannst du vielleicht die Besatzung von Tyros das Fürchten lehren, aber kaum eine Frau gewinnen."

Danach wurde ein des Haarschneidens kundiger Mann einbestellt, der es tatsächlich schaffte, aus dem wirren Haarschopf des Schotten eine ansehnliche Frisur zu machen. Des Weiteren schaffte dieser Mann es, den feuerroten Bart des Riesen so zu stutzen, dass er anschließend recht manierlich aussah.

„Wenn ich eine Frau wäre“, kommentierte Gernot das Ergebnis, „würde ich sagen: manierlich.“

Jetzt warteten zwei Männer auf eine Frau, ein potenzieller Bräutigam und ein Gutachter. Sie warteten, bis plötzlich ein Bote – Bran wollte nichts dem Zufall überlassen – aufgeregt herbeilief und rief: „Das Schiff mit der neuen Herrin ist eingetroffen.“

Bran und Gernot sahen sich an: „Die neue Herrin? Das hört sich gefährlich an. Lass uns zum Hafen gehen!“

Im Hafen fanden sie Régis, der höchstpersönlich das eingelaufene Schiff an den richtigen Platz dirigierte. Bran und Gernot starrten auf das, was da kommen sollte. Gernot hielt sich etwas zurück. Nichts wäre peinlicher, als wenn es zu einer Verwechselung gekommen wäre.

Dann trat sie auf die Planke, die man auf das Schiff gelegt hatte und den umstehenden Männern entfuhr ein Seufzen. Was da von Bord kam, war nicht nur ein bildhübsches Mädchen, sie war und das stand jetzt für Gernot und auch wohl für Bran fest, die künftige Herrin von Akkon. Diese Dame, eigentlich war es eine junge Frau – Gernot schätzte sie auf höchstens 18 Jahre – ging nicht von Bord, sie schwebte Bran entgegen. Dieser war kaum in der Lage, sie zu begrüßen und stotterte in seinem eher schlechten Französisch etwas von „Willkommen“ und von „Geschenk des Himmels“. Gernot war sich sicher, dass er hier die künftige Herrin von Akkon vor sich hatte. Bran bot ihr den Arm und sie begrüßte ihn in fließendem Französisch und nannte ihn „Mein künftiger Gemahl“. Gernot ließ es sich nicht nehmen, ein Hoch auf die Herrin von Akkon auszurufen, in das alle Hafenarbeiter lautstark einstimmten. Der Empfang war gelungen. Bran stellte Gernot vor, ebenso Régis, den Hafenmeister. Danach ging es auf die Burg, mit einem größeren Gefolge von Pagen und Frauen, das die künftige Herrin von Akkon mitgebracht hatte.

Auf sächsisch – damit niemand etwas verstand – fragte Bran: „Nun wie gefällt sie dir?"

„Wenn du sie nicht nimmst, dann nehme ich sie", war Gernots Antwort.

Der Empfang war gelungen, die Hochzeit sollte laut Planung in einem Monat folgen und Gernot versprach, auf jeden Fall zurückzukommen.

Jetzt galt es noch die Waren loszuwerden. Régis hatte von mindestens 10.000 Byzantii Gewinn gesprochen und er musste wohl die Werbetrommel gerührt haben, denn als Bran mit seiner Zukünftigen und Gernot in die Burg kam, standen dort bereits ein gutes Dutzend Händler.

Da Bran nun beschäftigt war, führte Gernot die Kaufleute zu seinen Waren. Régis hatte mit seiner Prophezeiung Recht gehabt. Die Preise schaukelten sich nach oben und mit einem Gewinn von etwas mehr als 12.000 Byzantii schloss Gernot seine Verkäufe ab. Jetzt waren seine Geschäfte beendet und er konnte sich mit mehr Ruhe auf den Heimweg machen. In Tiberias blieb er drei Tage, dann wurde es Zeit, in sein Lager zurückzukehren, denn, obwohl Edward sehr zuverlässig war, glaubte er, nicht zu lange wegbleiben zu dürfen.

Seine Befürchtungen waren grundlos, alles war in bester Ordnung und die täglichen Patrouillen berichteten nichts von irgendwelchen Überfällen, nur von durchziehenden Karawanen, denen ein Geleitschutz zugeteilt wurde, der dann auch ordentlich bezahlt wurde. Gernot hatte den Eindruck, dass diese Bezahlung das geringste Übel für die Karawanen war, die größere Angst hatten sie vor Überfällen. Da Gernot seine Patrouillen bis weit nördlich und südlich des Hauran ausgedehnt hatte, immerhin Strecken von mehreren Tagesreisen, war das Einkommen – auch das der Soldaten – gesichert.

Gernot hätte in Ruhe schlafen können, wäre da nicht Aïscha gewesen. Fast jedes Mal, wenn er baden ging, war sie auch immer an der Badestelle, zufällig immer nackt, aber an soviel

Zufall konnte er nicht glauben. Zuerst war es ihm peinlich, dann aber angenehm, da sie ein mehr als erfreulicher Anblick war. Aber wohin sollte das führen? Das passte alles nicht zusammen, das musste Aïscha doch auch wissen und deshalb fragte er sie direkt:

„Aïscha, du bist wahrscheinlich das hübscheste Mädchen zwischen Damaskus und Bagdad, aber was soll aus uns werden?"

„Du stellst immer nur Fragen, die völlig unwichtig sind. Was zählt ist der Augenblick. Hätten die Wüstenräuber die Festung erstürmt, wären wir jetzt alle tot und das Problem existierte gar nicht. Warum also fragst du?"

In der nächsten Nacht kam sie heimlich zu ihm, ließ ihre Bekleidung fallen und legte sich zu ihm ins Bett. Das wiederholte sich in weiteren Nächten, ohne dass Gernot etwas dagegen unternahm. Aïscha war hübsch, irgendwie wusste sie immer, was er wollte und so entwickelte sich für Gernot ein unangenehmes, weil unangemessenes, aber trotzdem angenehmes Verhältnis. Unangenehm, weil er wusste, dass er das nicht durfte, angenehm, weil jemand neben ihm lag, was sehr beruhigend war.

Eines Tages kam William, einer der Angelsachsen, ein langaufgeschossener Bursche mit blonden Haaren zu ihm und druckste rum, als hätte er etwas Wichtiges zu sagen.

„Herr, habt ihr einen Augenblick Zeit?"

„Was gibt es?"

„Ich habe ein Problem und weiß nicht, wie ich es angehen soll. Ich möchte heiraten."

„Du weißt, dass dazu zwei gehören, oder?"

„Das habe ich mir auch gedacht und dass der eine ich bin, könnt ihr euch vorstellen."

„Rede nicht so lang um den heißen Brei herum, wer ist die Frau?"

„Aïscha."

Gernot schluckte. Einmal, zweimal.

„Also an Aïscha hast du gedacht. Hast du sie denn schon gefragt?"

„Nein. Deshalb bin ich ja hier. Denn, wenn sie nein sagt, dann wäre das doch sehr peinlich für mich. Könnt ihr sie nicht fragen?"

„Ich werde es versuchen und sage dir dann Bescheid."

„Da hast du's nun", dachte Gernot, „jetzt muss etwas passieren, sonst gibt es eine Katastrophe. Mach dich auf den Weg!"

Und Gernot machte sich auf den Weg. Er fand Aïscha bei ihrer üblichen Arbeit, das Essen für den Abend zuzubereiten.

„Aïscha", begann er, „hast du etwas Zeit? Ich muss etwas mit dir besprechen."

„Setz dich, ich kann jetzt nicht weg, sonst gibt es heute Abend angebranntes Essen. Hast du ein Problem?"

„Das weiß ich nicht, aber eine Frage, du kennst bestimmt William, einen meiner Angelsachsen?"

„Ja, er ist in letzter Zeit oft hier am Feuer und hilft mir. Ein netter Kerl."

„Dieser nette Kerl war eben bei mir und hat mich gefragt, ob ich ihm bei seiner Hochzeit behilflich sein könnte."

„Wen will er denn heiraten?"

„Dich."

„Mich?"

„Dich."

„Das kommt aber etwas plötzlich. Was soll ich da sagen? Ich könnte ja sagen, denn er ist wirklich nett, aber dann würden wir uns nicht mehr sehen, auch nicht zum Baden. Aber auch ich muss dir etwas sagen."

„Und was?"

„Ich erwarte ein Kind."

„Du ....?"

„Ja, ich bin schwanger, zwar erst ganz zu Beginn, aber hast du etwa geglaubt, dass wir das nicht könnten?“

„Ehrlich habe ich nie darüber nachgedacht oder besser nachdenken wollen.“

„Nun ja, auch Angenehmes hat seine Nebenwirkungen.“

„Und was machen wir jetzt? Soll ich dich heiraten?“

„Nein, das geht überhaupt nicht, das ist unmöglich.“

„Und wenn das nicht geht, was dann?“

„Ich heirate William. Er ist nett, sieht gut aus und ist bestimmt nicht ganz arm.“

„Aber deine Schwangerschaft!“

„Das lass mal meine Sorge sein. Wir werden nächste Woche heiraten und dass ich dann sofort schwanger werde, das ist mir doch wohl zuzutrauen.“

„Ja, natürlich, aber ihm ein Kind unterzuschieben, das geht doch nicht.“

„Er wird es nie erfahren. Du bist blond und groß, er ist blond und groß, keiner wird bei dem Kind auf falsche Gedanken kommen. Sag William, dass ich mich geehrt fühle durch seinen Antrag und dass ich ihn auch mag, dass ich als Mädchen nicht den ersten Schritt machen konnte, weil ich etwas schüchtern bin.“

„Seit wann bist du schüchtern?“

„Ab sofort, bis zur Hochzeit. Dann werde ich sehr temperamentvoll werden. Und jetzt geh! William wartet auf deine oder meine Antwort.“

Gernot ging und überbrachte William die frohe Botschaft. Der war außer sich vor Freude, wollte jedem von seinem Glück erzählen, doch Gernot hielt ihn zurück.

„Zuerst gehst du zu Aïscha und bedankst dich für ihre Zusage, versprichst immer ein guter Ehemann zu sein und was man bei einer solchen Gelegenheit eben sagt!“

William ging zu Aïscha, die ihm sofort um den Hals fiel und laut verkündete, dass sie das glücklichste Mädchen im

Heiligen Land sei und ihn schon in der nächsten Woche heiraten werde.

Als seine Kameraden sein Glück vernahmen, versprachen sie, ihnen ein Haus zu bauen, direkt neben der Festung, ein separates Haus, weil man dem jungen Glück etwas Distanz gönnte.

Das Haus war tatsächlich nach einer Woche fertig, alle hatten mitgeholfen, auch Gernot, der sich aber immer noch nicht ganz wohl in seiner Rolle fühlte. Er wurde Vater, ein anderer würde aber das Kind großziehen und nie erfahren, dass es nicht sein Kind ist.

Die Hochzeit war für alle Soldaten ein rauschendes Fest. Es gab Essen und Trinken, was das Herz begehrte. Gernot hatte erklärt, dass er als Kommandant der Festung auch für die Ausrichtung der Hochzeit zuständig war und hatte sich nicht lumpen lassen. Aus Dara kam der alte Dorfvorsteher in Begleitung eines Geistlichen. Alles sollte nach Sitte und Recht über die Bühne gehen.

Gernots Hochzeitsgeschenk war großzügig. William bekam einen üppig bemessenen Sonderlohn, Aïscha einige Bahnen Seide, sodass sie mehrere Kleider nähen lassen konnte.

Nach der Hochzeit versuchte Gernot auf andere Gedanken zu kommen. Abgesehen davon, dass er jetzt immer allein baden musste, beschlich ihn immer ein ungutes Gefühl, wenn er die beiden Jungvermählten sah.

„Mach dir keine Sorgen!“, sagte ihm einmal Aïscha, als sie alleine waren. „Ich hätte keine bessere Wahl treffen können. William ist wirklich nett, jedem Mann aus unserem Dorf vorzuziehen.“

Gernot unternahm nun wieder regelmäßige Patrouillenritte, mal zu Pferd, mal auf einem Kamel, aber immer alleine. Manchmal übernachtete er in der Wüste, was für ihn ungeheuer beeindruckend war. Er konnte mehr Sterne sehen als jemals zuvor. Er fing wieder an, über den Sinn des Lebens nachzudenken.

„Gernot, du fängst an zu philosophieren", dachte er, „wenn das so weiter geht, landest du noch in einem Kloster. Willst du das?"

Die Antwort war eindeutig: „Nein!"

Er dachte an Anna, Berengaria, Aïscha und auch an einige Bauernmädchen aus seiner Heimat. Ganz ohne Mädchen oder Frauen konnte er nicht leben. War er jetzt wählerisch geworden? Gut, er musste sich zugestehen, dass er kein Kostverächter war. Aber wo war seine Bodenhaftung? Das wusste er noch nicht. Mit 20 Jahren muss man ja auch nicht alles wissen.

Sechs Wochen nach der Hochzeit kam William auf ihn zugestürmt.

„Eine Neuigkeit. Ich werde Vater. Aïscha weiß es schon länger, aber sie wollte ganz sicher sein. Jetzt ist sie sicher. Wollt ihr der Pate unseres Kindes sein? Es wäre eine große Ehre für uns."

„Auf jeden Fall. Es ist schließlich das erste Kind im Lager und vielleicht auch das letzte. Ich werde das Kind großzügig beschenken, denn so etwas passiert nicht alle Tage."

Jetzt war es raus. Jeder kannte bald die Neuigkeit und alle freuten sich und Gernot ritt in die Wüste.

An diesem Tag ritt er weiter hinein als üblich. Auch war er von der üblichen Route ein schönes Stück abgekommen. Er hatte gar nicht mehr darauf geachtet, es war ihm egal. Doch dann schreckte er auf. Da waren Geräusche, ganz deutlich, Waffenklirren. Er hielt Chamsin an. Wieder die Wüstenräuber? Wohl kaum, denn er hatte nur einige wenige Geräusche gehört. Er näherte sich der nächsten Sanddüne und als er den Kamm erreicht hatte, sah er die Ursache für die Geräusche. Sieben Männer hatten einen einzelnen Mann umstellt und machten sich einen Spaß daraus, diesen Mann immer wieder zu verletzen. Dieser Mann war kein Kämpfer. Er schien zwar recht gute Waffen zu haben, aber wohl nur, weil er reich war, denn auch seine Kleidung verhieß einigen Reichtum. Die sieben völlig vermummten Krieger – und es waren Krieger – lachten und riefen Schimpfwörter und Aufforderungen sich zu wehren. Es war dem Mann jedoch nicht mehr möglich. Er ließ die Hände sinken, sein Schwert fiel ihm aus der Hand, er war vom Blutverlust wohl schon sehr geschwächt. Hier war Hilfe nötig. Gernot nahm seinen Bogen, zwei Pfeile und ritt noch einige Schritte weiter vor. Jetzt waren es kaum noch 30 Meter und die feindlichen Kämpfer hatten noch nichts gemerkt. Er zielte auf einen der Kämpfer, dann blitzschnell auf den zweiten. Beide sackten in sich zusammen. Die übrigen hatten gar nicht bemerkt, was geschehen war. Erst als Gernot noch 15 Meter von ihnen entfernt war, wurden sie sich der Gefahr bewusst. Gernot hatte beide Schwerter in der Hand und rief: „Versucht es doch einmal mit al-Faris bi-saifain ihr Feiglinge!"

Zwei der Vermummten verloren ihr Leben, als Gernot zwischen ihnen durchritt und sie mit seinen Schwertern Bekanntschaft machten. Jetzt waren es noch drei. Der Verletzte leistete schon lange keinen Widerstand mehr, Hilfe war von ihm nicht zu erwarten. Aber drei gegen einen, das war keine leichte Aufgabe. Gernots Gegner machten den Fehler, dass sie sich nicht sofort gemeinsam auf ihn stürzten. Der erste Angreifer stand deshalb alleine gegen Gernot, der kurzen Prozess mit seinem Gegner machte. Ein weiterer Feind präsentierte sich ihm, während der letzte übrig gebliebene Gegner sich zur Flucht wandte. Gernots Gegner bemerkte diese Absicht, schaute zur Seite und entschloss sich so für seinen Tod, denn diese Unaufmerksamkeit beendete sein Leben. Gernot, der vom Pferd gesprungen war, ergriff einen am Boden liegenden Speer, nahm Anlauf und schickte diesen dem Fliehenden hinterher. Er wurde getroffen, fiel auf sein Gesicht und blieb liegen.

Jetzt konnte Gernot sich um den Verletzten kümmern. Es handelte sich um einen eher kleinen Mann von 40 – 45 Jahren, der aus vielen Wunden blutete.

Ganz leise flüsterte dieser: „Wer seid ihr?“

„Mein Name ist Gernot von Kahlenberg. Aber hier nennen mich viele al-Faris abyad oder al-Faris bi-saifain.“

„Den Namen habe ich schon mal gehört. Übrigens in positivem Zusammenhang.“

„Und wer seid ihr?“

„Ich bin Hamza ibn Asad abu Ya'la ibn al-Qalanisi.“

„Ah?!“

„Ich diene Tugtakin von Damaskus als Rais. Ihr Frengs, wie wir euch alle bezeichnen, nennt das Bürgermeister.“

„Dann seid ihr ein hoher Beamter. Aber was ist mit euch passiert? Warum haben diese sieben Mann euch überfallen?“

„Es muss Zufall gewesen sein, denn ich bin hierhin geritten, um Ruhe zu finden und um zu meditieren.“

Gernot stand auf und untersuchte die Toten. Im Gürtel des Ersten fand er ein goldenes 100 Dirham-Stück, desgleichen beim Zweiten, dritten und so weiter. Dann zog er den von seinem Speer getöteten Mann näher heran und fand auch bei ihm ein 100 Dirham-Stück.

„Das war kein Zufall!“, sagte Gernot. „Kein normaler Wüstenräuber läuft mit einem goldenen 100 Dirham-Stück durch die Gegend. Diese Leute waren beauftragt und bezahlt, euch zu töten. Ihr scheint Feinde zu haben.“

Jetzt wurde der schon sehr blasse ibn al-Qalanisi noch blasser.

„Aber wer könnte dahinter stecken?“

„Ich glaube, die Frage können wir besser später erörtern, denn zuerst müssen eure Wunden verbunden werden.“

Gernot machte sich an die Arbeit und konnte nun all das Wissen, das er bei Hassan erworben hatte, in die Praxis umsetzen. Er hatte viel Arbeit vor sich, denn ibn al-Qalanisi –

Gernot würde ihn später fragen, ob er ihn der Kürze halber nicht einfach Hamza nennen dürfte – blutete aus einem Dutzend Wunden. Mit Hilfe von Hassans Kunst und Ebbas Wundermittel gelang es ihm, die Blutungen zu stillen. Hamza war inzwischen ohnmächtig geworden. Er kam erst wieder zu sich, als Gernot seine Arbeit beendet hatte.

„Seid ihr auch Arzt?“, fragte Hamza.

„Hier im Lande würde man mich nicht so bezeichnen. Vielleicht könnte man mich einen ärztlichen Gehilfen nennen, was schon zuviel der Ehre wäre. Bei mir zu Hause, im Land des ärztlichen Nichtwissens, wäre ich vielleicht ein großer Arzt. Aber ihr solltet nicht soviel reden, das schwächt. Ich habe hier etwas zu trinken. Es ist ein starker Rotwein. Ich weiß, dass ihr als gläubiger Muslim eigentlich keinen Wein trinken dürft. Aber bei Schwerkranken macht Allah, soviel ich weiß, eine Ausnahme, wenn man den Wein als Medizin betrachtet.“

Hamza ibn Asad abu Ya'la ibn al-Qalanisi lächelte schwach: „Ihr scheint euch auszukennen. Es ist so, wie ihr sagt. Aber nicht alle Muslime befolgen diese Regel. Einige scheinen immer schwer krank zu sein.“

Er trank einen guten Schluck und schlief bald wieder ein. Gernot machte sich nun an die unangenehme Arbeit. Die sieben gedungenen Mörder mussten beerdigt werden. Er legte sie in die tiefste Stelle der Mulde und trat von oben den Sand nach unten. So dauerte es nicht sehr lange, bis diese Leute unter der Erde verschwunden waren.

Dann wandte Gernot sich dem Gepäck der Getöteten zu: Nichts Besonderes. Ihre Waffen waren Alltagswaffen, keine herausragenden Schmiedearbeiten. Die Pferde waren gut, schienen ausdauernd zu sein, ließen aber auch keinen Rückschluss auf den Anstifter zu dieser Tat zu.

Hamza wachte wieder auf. Er sah um sich und fragte:

„Wo sind die Toten?“

„Ich habe sie beerdigt. Da sie Muslime waren mit dem Kopf nach Mekka. Da sie Verbrecher waren, mit dem Gesicht nach unten."

„Das ist gut so, sehr gut sogar."

„Wie geht es jetzt weiter?"

„Ich muss zurück nach Damaskus. Mein Tod hätte das Ende der friedlichen Koexistenz zwischen Jerusalem und Damaskus bedeutet. Meinen Tod hätte man euch in die Schuhe geschoben. Damit hätte der zurzeit herrschende Friede ein Ende gefunden. Vielleicht war das die Absicht?"

„Aber ihr könnt nicht alleine nach Damaskus reiten. Ihr würdet unterwegs sterben."

„Habt ihr einen Vorschlag?"

Gernot überlegte. In seinem augenblicklichen Zustand war Hamza nicht in der Lage, auch nur eine Stunde zu reiten.

„Kennt ihr die Ruinenstadt, wenn man schnell reitet, drei Stunden von hier entfernt?"

„Ich weiß, dass es sie gibt. Mehr aber auch nicht."

„Von dieser Stadt aus bin ich in vier Stunden mit meinem Pferd im Lager. Ich muss euch irgendwie dahin bringen. Von dort reite ich dann in mein Lager, hole Vorräte und einen besseren Arzt als ich einer bin und dann werden wir sehen. Zunächst muss ich eine Trage bauen, um euch zu transportieren. Es wird lange dauern, bis wir die Ruinenstadt erreicht haben werden, aber eine andere Möglichkeit sehe ich nicht. Wenn mein Arzt euch richtig behandelt hat, kann ich euch nach Damaskus bringen, falls ich nicht sofort an der Stadtgrenze von Tugtakins Männern erschlagen werde."

„Das wird nicht passieren. In Bagdad kennt mich jedes Kind. Niemand, der in meiner Begleitung ist, wird angegriffen werden. Dafür kann ich garantieren. Aber warum macht ihr das alles?"

„Ich könnte jetzt einfach sagen: Damit Frieden herrscht. Das würde stimmen, aber es ist zu einfach. Vorgestern hat in meinem Lager ein junges Paar geheiratet. Die Frau war bereits schwanger, als sie geheiratet haben. Das wusste der Mann nicht und er wird es auch später nicht erfahren. Er wird das Kind, das seine Frau erwartet, für sein eigenes halten und ich möchte, dass dieses Kind in Frieden aufwächst."

„Ihr seid der Vater?"

„Ja, aber das ist eine lange Geschichte, die ich euch vielleicht auf dem Weg nach Damaskus erzählen werde. Niemand, außer der jungen Frau und mir kennt diese Geschichte, aber das Ganze bedrückt mich doch etwas."

Gernot stand auf und holte aus seinen Satteltaschen seinen Essensvorrat und seinen Wasserschlauch.

„Esst, ihr müsst euch etwas stärken! Und keine Angst, seit über drei Jahren habe auch ich kein Schweinefleisch mehr gegessen."

Hamza ibn Asad abu Ya'la ibn al-Qalanisi trank, aß und schlief daraufhin bald ein. Gernot machte sich an die Bastelarbeit, aus vielen Speeren und einigen Mänteln ein Gestell zu konstruieren, das er einem Pferd auflegen konnte und das dieses Pferd dann hinter sich her zog. Eines der Pferde war von ausgezeichneter Qualität, wahrscheinlich gehörte es Hamza, denn so ein Tier konnten sich normale Räuber nicht leisten, höchstens stehlen. Gernot band je eine Stange an die Steigbügel des Pferdes und band die Stangen noch zusätzlich am Sattel fest. Dann drehte er einige Runden mit dem Pferd und sein Plan schien zu gelingen. Hamza würde ruhig liegen können, da der Weg bis zur Ruinenstadt nur aus Sandwüste bestand.

Dann trank er selbst, aß ein wenig und band die übrigen Pferde hintereinander fest, damit sie nicht weglaufen konnten. Jetzt wurde es Zeit zum Aufbruch. Er ging zu Hamza und weckte ihn. Dieser wollte sofort aufstehen, lag aber schneller wieder auf der Erde, als gut war. Daraufhin nahm Gernot ihn auf seine Arme und legte ihn auf die provisorische Trage.

„Könnt ihr mich nicht bis nach Damaskus tragen?“, fragte Hamza lächelnd.

„Ich glaube, das letzte Stück würdet ihr mich dann tragen müssen.“

„Aber eure Konstruktion ist gut. Wollen wir es einmal versuchen?“

Gernot stieg auf sein Pferd, links führte er die Beutepferde, rechts den Krankentransport.

„Sagt mal!“, begann Hamza noch einmal. „Wer hat euch eigentlich beigebracht, so gut Arabisch zu sprechen?“

„Kluge Männer hier aus dem Land. Einen werdet ihr bald kennen lernen. Er ist dann euer Arzt.“

Die kleine Gruppe kam zwar nur im Schritttempo voran, aber damit hatte Gernot auch gerechnet. Die Art des Transports war für Hamza nicht allzu belastend. Er verschlief fast den ganzen Weg bis zur Ruinenstadt.

Dort angekommen, suchte Gernot einen passenden Ort, wo er den Verletzten bis zu seiner Rückkehr liegen lassen konnte. Hinter einer Mauer legte er Hamza auf den Boden und deckte ihn mit einem Mantel zu. Jetzt wurde es allerdings auch Zeit, ihn zu wecken.

„Hamza ibn Asad abu Ya'la ibn al-Qalanisi ....“

„Oh, ihr habt meinen gesamten Namen behalten? Das ist eine Leistung, die nicht einmal Einheimische auf Anhieb bringen“, unterbrach ihn der Rais von Damaskus.

„Es wird Zeit, dass ich los reite, um Hilfe zu holen. Ihr habt hier Wasser, Wein und etwas zu Essen. Ich lasse euch mit eurem Pferd und einem weiteren Pferd zurück. Vielleicht benötigen wir das noch zu eurem Transport.“

„Wisst ihr eigentlich, wie viel Lösegeld ihr für mich erpressen könntet?“

„Ich habe genug Geld, um davon ein sorgenfreies Leben führen zu können. Mehr brauch ich nicht. Und diese Sache mit dem Lösegeld halte ich sowieso für unmoralisch. Wie steht ihr zu den Assassinen?“

„Das ist so ziemlich die schlimmste Sekte, die ich kenne. Fanatiker, Mörder, Erpresser.“

„Dann wisst ihr, weshalb ich von Lösegeld nicht viel halte, auch wenn das hier in der Gegend ein übliches Verfahren ist, um sein Einkommen aufzubessern. Aber ich muss jetzt weg. Es wird Zeit. Denn ihr braucht fachmännische ärztliche Hilfe. In vier Stunden bin ich im Lager, in weiteren fünf Stunden bin ich zurück. Aber noch eins: Weshalb seid ihr allein, ohne Begleitschutz unterwegs?“

„Das ist eine uralte Geschichte“, sagte er lächelnd. „Ihr wisst doch, weise Männer gehen allein in die Wüste, um zu meditieren, um zu einer höheren Einsicht zu gelangen: Abraham, Jesus, Mohammed.“

„Das reicht mir als Erklärung“, lachte Gernot zurück und bestieg sein Pferd und ritt in höchster Geschwindigkeit den Weg ins Lager. Dort suchte er Hassan auf und schilderte ihm die Umstände, unter denen er Hamza ibn Asad abu Ya'la ibn al-Qalanisi kennen gelernt hatte und klärte ihn auch über die Verletzungen auf. Hassan packte alles zusammen, was er für die Versorgung der Wunden benötigte und sattelte sein Pferd.

Edward wurde informiert, dass er mal wieder das Kommando übernehmen müsse. Höchst überrascht war dieser jedoch, als er den Grund für Gernots Abwesenheit erfuhr: eine Reise nach Damaskus.

„Ist das nicht viel zu gefährlich? Da leben doch nur Feinde“, war Edwards Einwand.

„Ich hoffe, dass das ganze Unternehmen nicht so läuft, wie du vermutest. Schließlich habe ich gerade dem Bürgermeister von Damaskus das Leben gerettet.“

Gernot nahm noch 20 weitere Soldaten für die Vorräte und als Begleitung für Hassan mit. Hassan war zwar ein vorzüglicher Arzt, aber als Krieger kaum zu gebrauchen. Gernots wechselte noch das Pferd und ritt jetzt al-Assil, da er Chamsin nicht noch mehr Strapazen zumuten wollte. Beladen mit genügend Vorräten ging es dann so schnell wie möglich zurück.

„Wisst ihr eigentlich, wem ihr da das Leben gerettet habt?", fragte Hassan Gernot.

„Ja. Hamza ibn Asad abu Ya'la ibn al-Qalanisi."

„Das ist in der arabischen Literatur eine der wichtigsten lebenden Gestalten. Er ist Schriftsteller, Dichter, Historiker und Politiker. Er ist Theologe und Gesetzeslehrer. Ich halte ihn für den gebildetsten Menschen im arabischsprachigen Raum. Sein Tod wäre ein Unglück für uns alle gewesen, denn er gehört zu den Gemäßigten und seinen Tod hätte man bestimmt den Christen in die Schuhe geschoben."

„So etwas hat er mir auch schon erzählt. Aber auf unserer Wanderung nach Damaskus – und anders kann man den Ritt bei dem Reisetempo kaum bezeichnen – wird er mir wohl noch einiges erzählen."

Zurück in der Ruinenstadt untersuchte Hassan zunächst Hamza, der aufgewacht war, gegessen und getrunken hatte und seine Retter erwartete. Es dauerte seine Zeit, bis Hassan seine Arbeit erledigt hatte. Die Wunden waren sehr tief und wohl nur dank Ebbas Pulver hatten sie sich nicht entzündet. Währenddessen wurden alle Vorräte, die Gernot mitgebracht hatte, abgeladen. Anschließend machte sich Hassan mit seiner Begleitung auf den Heimweg, während Gernot bei Hamza blieb.

„Nach Meinung des Arztes sollten wir erst morgen losreiten, da es sonst gefährlich für euch werden könnte. Würden die Wunden sich wieder öffnen, wäre das keine erfreuliche Perspektive für euch."

Gernot war auch froh, dass er erst einmal schlafen konnte, denn er war seit fast 48 Stunden auf den Beinen.

Am folgenden Morgen fühlte er sich ausgeruht, Hamza schien auch geschlafen zu haben, denn er fühlte sich zwar immer noch erschöpft, glaubte sich aber in der Lage, den Aufbruch zu wagen.

„Wir dürfen nicht zu lange warten, sonst kommt man – und damit meine ich vor allem Tugtakin – vielleicht auf falsche Ideen. Oft sind es gar nicht seine Ideen, die er in die Tat umsetzt. Er ist sehr empfänglich für Schmeicheleien und lässt sich gerne beraten, wie er es nennt. In Wirklichkeit geht es aber um Einflussnahme."

„Dann wollen wir uns mal auf den Weg machen."

Gernot sattelte alle drei Pferde, belud das Reservepferd mit den Vorräten, befestigte die Schlepptrage an Hamzas Pferd und bestieg sein eigenes. Ein Vorankommen im Schritttempo war für Gernot so ziemlich die langweiligste Fortbewegungsart, die er sich vorstellen konnte. Diesmal aber war alles anders. Sein Begleiter war ein hochgebildeter Mann, zwar verletzt, aber nur körperlich. Sein geistiger Zustand war unvergleichlich gut, er konnte alle Fragen Gernots beantworten und es waren viele Fragen. So erfuhr Gernot, dass Hamza zur Zeit an einer Geschichte der Stadt Damaskus schrieb, ein Werk, das schon mehrere Hundert Seiten dick war, aber immer noch nicht fertig gestellt war. Er war Vorsitzender des Stadtgerichts, längere Zeit Rais von Damaskus gewesen, schrieb in seiner Freizeit Gedichte und besaß ein umfangreiches Allgemeinwissen. Er wusste, dass es unter den Kreuzrittern Frengs, Inglis und Alamans gab, die er geographisch zuordnen konnte.

Als sie am ersten Abend rasteten, wusste Gernot mehr von arabischer Kultur denn je. Ein Feuer konnten sie abends nicht entzünden, da sie aus Gewichtsgründen kein Brennmaterial mitgenommen hatten.

Nach dem Essen – es war schon stockfinster – begann Hamza einen Vortrag über Astronomie. Er zeigte Gernot die Sternbilder, konnte sie mit griechischen und arabischen Namen belegen und erklärte Gernot, weshalb sie manchmal einen sehr seltsamen Namen hatten. Er malte die Sternbilder in den Sand, verband die einzelnen Sterne mit Strichen und Gernot begriff den Sinn der Bezeichnungen. Es war schon nach Mitternacht, bis Ruhe einkehrte und beide einschliefen.

Beim Frühstück fragte Hamza Gernot: „Habt ihr eigentlich keine Angst? So ein Ritt durch die Wüste ist nicht ungefährlich. Ich musste es ja selbst gerade erst erleben."

„Gefahren gibt es überall. Die Wüste hat den Vorteil, dass sich hier, wo sie sehr eben ist, niemand verstecken kann."

Dann erzählte er ihm von seinem Zucken zwischen den Schulterblättern, das ihm immer half – bis jetzt auf jeden Fall – für das er aber keine Erklärung hatte.

Hamza konnte ihm eine mögliche Erklärung geben: „Der Mensch ist nicht nur das, was man sieht, er ist vieles mehr. Christen, Juden und Muslime glauben an ein geheimnisvolles Etwas, das im Menschen wohnt. Ihr nennt es Seele. Das ist allen bekannt und keiner bezweifelt deren Existenz. Der Mensch glaubt an das, was er sieht und an das, was er begreifen kann. Euer Warnsignal ist aber etwas Anderes. Ihr könnt es wahrnehmen, aber ihr könnt es nicht beeinflussen. Es ist sozusagen außerhalb eurer Möglichkeiten. Es wird durch eine Kraft geleitet, die durch etwas gesteuert wird, das mit eurem Bewusstsein nichts zu tun hat. Vielleicht ist es eine göttliche Kraft, sozusagen ein Ableger eurer Seele. Ich weiß es nicht, aber ich weiß, dass solche Phänomene in ärztlichen Texten schon beschrieben wurden, ohne dass es dafür einen Beweis oder eine Begründung gibt."

„Lasst uns lieber aufbrechen! Man kann auch reden und denken, wenn man reitet."

„Oder auf einer Schleppe liegt und den Himmel anstarrt."

„Auch das ist richtig."

Da der Boden sich nun änderte und aus dem weichen Sand ein harter, steiniger Untergrund wurde, war es an der Zeit, die Fortbewegungsart für Hamza zu ändern. Gernot befestigte die beiden Stangen, die bis jetzt über den Boden geschleift waren am Sattel des Reservepferdes, sodass Hamza von nun an in der Waagerechten transportiert wurde.

Nach drei Tagen sahen sie die ersten Menschen, die aber keine Notiz von ihnen nahmen. Erst als sie am vierten Tag die Stadtmauern von Damaskus erblickten, wurde man auf sie aufmerksam. Ein Trupp Soldaten kam auf sie zugeritten, um sich das seltsame Gespann aus der Nähe anzusehen.

Ein christlicher Ritter so nah vor Damaskus, das war so ungewöhnlich, dass sie sofort ihre Waffen zückten.

„Haltet ein!", rief Gernot. „Ich bringe euch nur euren Rais zurück."

Der Anführer der Truppe ritt näher, sah sich den Verletzten an, sprang aus dem Sattel und warf sich zu Boden: „Herr, was befehlt ihr?"

„Geleitet uns in die Stadt und führt uns in mein Haus! Diesem christlichen Ritter soll nichts geschehen. Er hat mir das Leben gerettet. Und schickt nach einem Arzt, ich bin schwerer verletzt, als es aussieht."

Zwei Soldaten galoppierten sofort los, die übrigen wurden nun zum Geleit für die beiden. Gernot wusste nicht, ob jemals ein christlicher Ritter diese Stadt betreten hatte, auf jeden Fall war das Aufsehen, das er erregte, riesig.

Der Anführer der Soldaten rief immer wieder: „Macht Platz für den Rais!" Dies führte dazu, dass augenblicklich Ruhe einkehrte und genügend Platz in den engen Gassen vorhanden war.

Dann hielten sie vor einem Haus, besser gesagt einem Palast, eines Königs würdig. Dagegen war das Haus des Herrn von Tiberias eine Hütte. Säulen säumten den Eingang. Am Tor standen Wachen und Diener eilten herbei. Sie hatten wohl schon vom Eintreffen ihres Herrn erfahren und standen bereit, Befehle entgegen zu nehmen. Und diese Befehle und einige Fragen kamen dann auch.

„Sagt dem Koch, er solle das beste Essen zubereiten, das er je hergestellt hat! Ist der Arzt schon da? Samir soll kommen! Bereitet das Bad für den Herrn – Hamza deutete auf Gernot – vor! Beeilt euch!“

Der Arzt war schon angekommen und begleitete Hamza und Gernot in ein Zimmer.

„Kann ich dabei bleiben?“, fragte Gernot. „Ich kann bestimmt noch einiges lernen.“

„Mich stört es nicht“, antwortete der Rais.

Und so wurde Gernot Zeuge einer Untersuchung und Behandlung durch den besten Arzt von Damaskus. Der konnte seine Vorgänger bei der Behandlung der Wunden nur loben. Er verband die Wunden neu, verabreichte eine Medizin und befahl den umstehenden Dienern, ihren Herrn zu waschen, was dann einige Sklavinnen übernahmen.

Gernot wurde hinausbegleitet, um ebenfalls gebadet zu werden. Richtig! Er badete nicht selbst, er wurde gebadet – von zwei Sklavinnen, erkenntlich daran, dass sie nicht verschleiert waren. Eine seltsame Situation, die für Gernot völlig neu war. Sklaven gab es fast überall, aber er hatte bis jetzt nichts mit ihnen zu tun gehabt. Im Königreich Jerusalem und in den übrigen christlichen Herrschaftsbereichen waren Sklaven im Dienst von Christen nicht üblich. Es gab Diener, die man für ihre Arbeit bezahlte. Sklaven kaufte man, sie waren Handelsware, rechtlich ohne jeglichen Schutz.

Als der Badeakt vorüber war, wurde er mit einer Creme eingerieben, was er schon kannte. Auch Berengaria hatte ihn mit Creme versorgt. Hier folgte jedoch eine Massage, etwas, was Gernot überhaupt nicht kannte und als so angenehm empfand, dass er dabei einschlief. Es war aber wohl nur ein kurzer Schlaf gewesen, denn als er aufwachte, standen die beiden Mädchen immer noch da und warteten darauf, ihn ankleiden zu können. Die Kleidung, die Hamza ihm hatte bringen lassen, war so leicht, so angenehm auf der Haut zu tragen, dass er sich fragte, ob er soeben eine Vorstufe zum Paradies erklommen hätte. Er wurde zu Hamza geführt, der auf einer langen Liege, Diwan genannt, halb lag, halb saß und schon auf ihn zu warten schien.

„Ihr habt bestimmt Hunger nach der langen Reise. Ich habe einiges vorbereiten lassen."

Er klatschte in die Hände und eine Reihe von Dienern oder Sklaven erschien mit mehreren Tabletts. Gernot fragte sich, wer das alles essen sollte. Er hatte zwar Hunger, aber das, was dort stand, hätte für zehn oder mehr Personen gereicht.

„Ich muss mich bedanken für die Kleidung und dieses Essen", begann Gernot.

Hamza aber unterbrach ihn sofort und sagte: „Ich bin es, der hier zu danken hat. Ihr habt mir das Leben gerettet, mich nach Damaskus zurückgebracht und so verhindert, dass eventuell ein neuer Krieg ausbricht. Denn der augenblickliche Zustand ist sehr labil. Tugtakin weiß nicht so recht, was er von der politischen Ordnung, so wie sie zurzeit ist, halten soll. Nach der Ermordung Maududs hatte er Angst, dass dieser Tod ihm angelastet werden würde, womit er nicht Unrecht hatte. Eine Anlehnung an Jerusalem war eine Möglichkeit, um nicht von Bagdad ganz und gar geschluckt zu werden. Dadurch ist eine Art Mächtegleichgewicht entstanden, das einen größeren Krieg verhindert. Außerdem werden durch die Zölle der Karawanen große Geldsummen in die Kassen von Damaskus geschwemmt."

„So sehe ich das auch. Geld ist besser als Krieg und wenn die Wirtschaft sich ungestört entwickeln kann, profitieren alle davon."

„Jetzt zu euch. Wie lange könnt ihr hier bleiben?"

„Eigentlich muss ich so schnell wie möglich zurück, denn sonst glauben meine Männer an eine Falle oder sonst etwas."

„Das verstehe ich gut, auch Tugtakin wird das verstehen. Aber wir werden euch ganz offiziell einladen, um euch für meine Rettung zu danken. Ihr werdet also noch einmal zurückkommen müssen."

„Damit kann ich leben, denn in nächster Zeit habe ich einiges zu erledigen. Ein guter Freund wird bald heiraten und da muss ich dabei sein. Das ist die Pflicht eines Freundes. Er ist durch Balduin zum Grafen von Akkon ernannt worden und wird eine georgische Prinzessin heiraten."

„Meint ihr den Riesen?"

„Genau den. Kennt ihr ihn?"

„Ich kenne ihn natürlich nicht. Aber ich habe von ihm gehört. Kann man ihm vertrauen?"

„Wenn ihr mir vertraut, könnt ihr auch ihm vertrauen. Er hat mir einige Male das Leben gerettet und ich habe ihn das eine oder andere Mal vor dem Tod bewahrt."

„Es ist immer gut, wenn man weiß, auf wen man sich verlassen kann, auch auf der Gegenseite. Nicht alle sind wie ihr. Bohemund war nicht sehr zuverlässig, er kannte nur seinen eigenen Vorteil, sonst nichts."

„Dafür wurde er bestraft, er ist tot."

„Wann kann ich euch die Einladung schicken?"

„In sechs Wochen sind alle Feierlichkeiten vorüber, dann komme ich gerne noch einmal zurück. Morgen aber werde ich mein Pferd satteln und in mein Lager reiten."

„Ihr scheint eine Schwäche für Pferde zu haben. Als ich euer erstes Pferd sah, war ich beeindruckt, das zweite steht dem nicht viel nach. Also noch ein Pferd für euch als Geschenk, das wäre etwas zuviel."

„Das nächste Mal sollt ihr mein Pferd sehen, das ich während einer Schlacht reite. Es passt sehr gut zu meiner Länge."

Sie redeten noch lange bis Gernot Hamzas zunehmende Müdigkeit bemerkte und auch vorgab müde zu sein.

„Ich habe euer Bett etwas anwärmen lassen", sagte Hamza schmunzelnd, was Gernot erst verstand, als er sein Zimmer betrat. Die beiden Sklavinnen, die ihn gewaschen hatten, waren wohl als Bettwärmer ausersehen worden. Das war ihm nun doch etwas peinlich, aber diese Art des Bettanwärmens kannte er allerdings auch aus den Erzählungen der glückseligmachenden Anna. Er nahm also das schwere Los auf sich. Er wollte schließlich nicht unhöflich sein und wer weiß, wie sie behandelt worden wären, hätte er diesen Dienst abgelehnt.

Am nächsten Morgen lag seine alte Kleidung, gewaschen und getrocknet, bereit. Gernot entschied sich allerdings für die neue. Hamza ließ ihn noch einmal zu sich bitten und überreichte ihm ein kleines Päckchen.

„Ein Geschenk für die junge Braut in Akkon und grüßt euren Freund von mir. Vielleicht treffen wir uns ja auch einmal."

Gernot bestieg sein Pferd und ritt aus der Stadt. Am Stadttor wartete eine größere berittene Abteilung auf ihn: eine halbe Hundertschaft.

„Wir haben den Befehl, euch bis zum Abend zu begleiten", sagte der Anführer. „Der Rais hat uns gesagt, ihr wäret ein Staatsgast und wir müssten für eure Sicherheit garantieren."

„Wenn das so ist", entgegnete Gernot, „dann wollen wir mal aufbrechen."

Sie ritten den ganzen Tag mit nur kleinen Pausen. Am Abend schlugen seine Begleiter ein Zelt auf.

„Das ist für euch und das Abendessen ist zubereitet."

Jetzt wusste Gernot, weshalb seine Begleitung ein halbes Dutzend Packpferde mitgenommen hatte.

Das Essen war hervorragend, der Schlaf auf einem transportablen Diwan ebenso. Am nächsten Morgen wurde gemeinsam gefrühstückt, dann packten die Begleiter für Gernot ein Paket mit Lebensmitteln zusammen, was Gernot auf seinem Reservepferd verstaute. Er bekam noch einige Schläuche mit Wasser und dann ritt die Begleitung zurück nach Damaskus.

Gernot war wieder alleine mit sich und der Wüste. Er hatte den bedeutendsten Politiker von Damaskus kennen gelernt, einen hochgebildeten Mann, von dem er in kurzer Zeit viel gelernt hatte.

Im Lager war man schon unruhig geworden, weil Gernot doch länger als berechnet ausgeblieben war und Edward hatte schon überlegt, ob er nicht König Balduin benachrichtigen sollte. Das war nun alles nicht mehr nötig.

Edward hatte sich als sehr vertrauenswürdig erwiesen. Er war durchaus in der Lage, ein solches Kommando erfolgreich zu übernehmen. Es war gut zu wissen, dass man sich absolut auf jemanden verlassen konnte.

Gernot ging jetzt an seine Lieblingsbeschäftigung: Waren sortieren und Schätze sichten. Er musste entscheiden, was er mit nach Akkon nehmen würde, um es dort bei Bran in Sicherheit zu bringen. Auf jeden Fall waren die Kisten mit dem Geld und den Waffen dort sicherer als im Lager. Er brauchte keine Unsummen, um die Soldaten zu bezahlen. Die Geschenke der Karawanen, die die neue Sicherheit in der Gegend zu schätzen wussten, waren ausreichend, um regelmäßigen Sold zahlen zu können und darüber hinaus noch eine Prämie. Das Geld, das Balduin ihm mitgegeben hatte, war im Prinzip nicht mehr nötig. Aber Gernot wäre nie auf die Idee gekommen, den Rest des Geldes an Balduin zurückzuschicken. So vergrub er in seinem Wohnraum einen größeren Beutel mit Gold- und Silbermünzen, alles andere sollte nach Akkon gehen. Die Warensammlung, die er angelegt hatte, war im Lager völlig fehl am Platze. Auch die würde er, mit wenigen Ausnahmen, mitnehmen.

So machte er sich eine Woche später mit seinen Kamelen und in Begleitung einiger Soldaten auf den Weg nach Akkon. Die Soldaten sorgten bis zur Jakobs-Furt für die nötige Sicherheit – man konnte ja nie wissen, ob es noch andere Liebhaber von teuren Handelswaren gab. In Tiberias blieb er zwei Tage und zog dann weiter nach Akkon.

In Akkon war seine größte Sorge die Sicherheit seiner Waren. Er merkte, dass Geld zwar beruhigt, dass sehr viel Geld aber nur Unruhe bereitete. Mit Brans Hilfe fand er einen gut gesicherten Raum, der vor allem auch trocken war, um seinen Besitz unterzubringen.

Drei Tage später war die Hochzeit. Jeder in Akkon, der Rang und Namen hatte, war anwesend. Gernot sah den Rabbi, Abgesandte der in der Umgegend wohnenden arabischen Stämme und viele Adelige aus der Grafschaft. Es war ein prachtvolles Fest. Bran hatte an nichts gespart. Man würde noch lange davon erzählen, eine wichtige Sache in einem Land, wo man viel Wert auf die äußere Erscheinung legte.

Am Abend übergab Gernot seine Geschenke, Seide für die junge Braut, ein Damaszener Schwert für Bran und das kleine Päckchen von Hamza ibn Asad abu Ya'la ibn al-Qalanisi.

„Ein Geschenk für die Braut hat er mir gesagt", erklärte Gernot.

Also öffnete die junge Frau das Päckchen und fiel fast in Ohnmacht. Eine Halskette, wie sie schöner und kostbarer von keiner europäischen Königin getragen wurde, kam hervor.

Bran schluckte und fragte verdutzt: „Muss ich ihm jetzt auch ein Geschenk machen?"

„Nur, wenn er heiratet", entgegnete Gernot, „aber ich glaube, er hat schon mehrere Frauen."

Nach vier Tagen war die Feier beendet und Gernot kehrte über Tiberias nach Dara in seine Festung zurück. Der offizielle Besuch in Damaskus stand noch an, ansonsten war Ruhe eingekehrt. Gernot war auf die Idee gekommen, einen Wettbewerb durchzuführen: mit Bogen und Armbrust. Eine schlechte Idee, da so viele Männer das Ziel trafen, dass immer wieder ein neuer Preis, eine große Silbermünze, von ihm gestiftet werden musste. Aber die Langeweile, die sich vorher breit gemacht hatte, war verschwunden. William bat Gernot, sich bald um einen Ersatz für Aïscha – als Köchin – zu kümmern.

Die Arbeit wurde ihr etwas schwer. Deshalb erging eine Bitte an den Ältesten von Dara, der auch prompt eine junge Frau schickte, ebenfalls sehr hübsch. Aber Gernot nahm sich vor, von jetzt an immer nur alleine baden zu gehen, was er auch durchhielt.

Dann, zehn Tage nach seiner Rückkehr aus Akkon, erschien ein zehnköpfiger Reitertrupp, eindeutig muslimische Reiter. Ein Reiter näherte sich dem Lager, während die übrigen in gebührendem Abstand warteten.

„Ich bin ein Bote meines Herrn Hamza ibn Asad abu Ya'la ibn al-Qalanisi mit einer Nachricht für den Herrn al-Faris bisaifain“, begann der Mann. „Mein Herr lässt ausrichten, dass der Tag des Dankes gekommen ist und er lädt al-Faris bisaifain nach Damaskus ein.“

„Ich freue mich sehr über die Einladung“, erwiderte Gernot, „und kann jederzeit aufbrechen.“

Er sattelte „Du“, denn er war der Ansicht, dass es nicht schlecht sei, etwas Eindruck zu schinden. Edward wurde wieder Befehlshaber des Lagers und er ritt zu den draußen wartenden Soldaten. Sein Plan ging auf. Seine zehn Begleiter sahen ehrfürchtig zu ihm auf und sie mussten verdammt hoch schauen. Ein Stück hinter der Ruinenstadt hielten sie an. Dort wartete ein weiterer Trupp, gut 100 Soldaten, auf ihn. Sie hatten ein Lager aufgeschlagen und Gernot wurde bewirtet wie ein ganz hoher Gast.

„Jetzt fehlt nur noch, dass sie die beiden Bettwärmer mitgebracht haben“, dachte Gernot, aber er musste sich keine Sorgen machen. In dieser Nacht schlief er alleine, aber in einem prachtvollen Zelt. Als sie am dritten Tag in Damaskus ankamen, sah es aus, als hätte Hamza ein Großreinemachen angeordnet. Noch nie hatte Gernot eine Stadt gesehen, die – wenigstens soweit er sehen konnte – so sauber war wie Damaskus in dieser Zeit.

„Nicht schlecht“, dachte er, „und Ehre, wem Ehre gebührt.“

Dann aber besann er sich eines Besseren: Werde nicht hochmütig, Gernot. Es ist nur eine Geste. Trotzdem musste er sich eingestehen, dass Damaskus eine große, eine schöne und eine sehr alte Stadt war.

Hamza empfing ihn vor seinem Haus und begrüßte ihn wie einen Freund, der nach langer Abwesenheit zurück war.

Dann betrachtete er „Du" und sagte: „Jetzt weiß ich endlich, was ein passendes Pferd ist. Ich habe noch nie ein Pferd dieser Größe gesehen. Ihr hattet Recht: Das Tier passt zu euch."

Er geleitete Gernot ins Haus, brachte ihn persönlich auf ein Zimmer, wo die beiden Sklavinnen auf ihn warteten.

„Die beiden werden euch beim Baden behilflich sein. Ich hoffe, dass die Reise nicht zu anstrengend war, aber ich muss euch noch mit einer kleinen Pflicht behelligen. Tugtakin erwartet noch heute euren Besuch. Er möchte euch persönlich danken für meine Rettung."

Es blieb Gernot nichts Anderes übrig, als sich mit Hilfe der beiden Sklavinnen den Staub vom Körper zu waschen. Eine nicht unangenehme Art des Waschens, wie er fand. Man könnte sich daran gewöhnen.

Auf dem Weg zum Machthaber von Damaskus sagte Hamza: „Tugtakin ist zwar der Machthaber von Damaskus, aber ich versuche immer, ihn zu beeinflussen. Das gelingt mir nicht immer. Das Bündnis mit Maudud war nicht meine Idee, auch nicht seine. Es war eine Überlebensmaßnahme. Maudud hätte uns sonst aus Damaskus vertrieben. Deshalb bin ich nicht besonders traurig über den Tod dieses Mannes, aber weder Tugtakin noch ich haben etwas mit dessen Tod zu tun. Wer in Wirklichkeit dahinter gesteckt hat, wird wohl ewig ein Geheimnis bleiben."

Der Palast des Herrschers über Damaskus hatte wirklich diesen Namen verdient. Er war groß, prächtig, sauber und mit allem ausgestattet, was man, das heißt ein Herrscher, zum

Leben brauchte. Schon am Eingang wurden die Namen der Ankommenden laut ausgerufen: „Hamza ibn Asad abu Ya'la ibn al-Qalanisi und al-Faris bi-saifain machen dem Herrscher von Damaskus Saif-ul-Islam Zahir ud-Din Tugtakin ihre Aufwartung."

Das wiederholte sich an jeder Tür und es gab eine Menge Türen. Dann stand Gernot vor dem ehemaligen Feind und jetzigen Verbündeten Tugtakin.

Ihm war anzusehen, dass er früher ein Heerführer des Seldschuken-Sultans war. Er war nicht besonders groß, aber in seinem Gesicht spiegelten sich Gerissenheit und ein Wille zur Macht. Beides zusammen ermöglichte ihm das Überleben in dieser unsicheren Zeit.

Hamza verbeugte sich vor seinem Herrn und Gernot tat es ihm nach.

„Ihr seid also dieser seltsame Ritter aus dem Volk der Alamans, von dem ich schon viel gehört habe. Zuletzt nur Gutes, denn ihr sorgt für die Sicherheit der Karawanen, was zu unserem Reichtum beiträgt. Setzt euch und erzählt mir von euch!"

Er machte ein Zeichen und es wurden zwei Stühle gebracht, zur Überraschung von Gernot zwei bequeme Stühle, er hatte Hocker erwartet und Hamza und Gernot setzten sich. Ein weiteres Zeichen und alle übrigen Anwesenden, sogar die Wachen, entfernten sich.

„Was wollt ihr wissen?", fragte Gernot. „Meinen ganzen Lebenslauf, die Reise ins Heilige Land, die ich unternommen habe, oder nur über meine Aufgabe in Dara?"

„Erzählt mir alles! Ich liebe Geschichten. Vor allem Geschichten, die tatsächlich passiert sind."

Und so begann Gernot, der Geschichtenerzähler, mit einem stundenlangen Bericht, der nur ab und zu von einer Bemerkung Hamzas unterbrochen wurde, wenn Gernot Dinge schilderte, die ein Einheimischer nicht verstehen konnte. Nach zwei Stunden wurde Gernot die Kehle trocken und er fing an zu husten. Daraufhin wurden Erfrischungen gebracht, die nicht nur gut schmeckten, sondern auch den Hals schmierten. Gernot erzählte und erzählte und Tugtakin hörte gebannt zu. Er war ein Mann des Heiligen Landes. Dort kannte er sich aus. Alles, was darüber hinaus ging, war ihm fremd. Bei einigen Geschichten war er erstaunt, bei anderen überrascht, dann wieder begeistert.

Es war schon nach Mitternacht, als Tugtakin ihn unterbrach: „Ich muss mich entschuldigen, aber ihr sprecht ein ausgezeichnetes Arabisch und ihr erzählt so spannend, dass ich das Essen ganz vergessen habe. Wir werden jetzt essen und morgen erzählt ihr dann weiter. Ich freue mich jetzt schon."

Dann wurde aufgetischt, was das Land hergab und es wurde gegessen, was die Bäuche fassten. Danach aber waren alle müde vom Erzählen und vom Zuhören und Hamza und Tugtakin wurden verabschiedet in der Erwartung auf den nächsten Abend.

„Ihr habt Eindruck gemacht", meinte Hamza. „Dabei sind wir noch gar nicht beim offiziellen Teil eures Besuchs angelangt, dem Dank für meine Rettung. Ich befürchte, dass ihr noch einige weitere Abende erzählen müsst oder dürft. Das ist Interpretationssache."

Damit wurde Gernot von Hamza verabschiedet und begab sich in die Obhut zweier Damen, die dafür sorgten, dass auch er jetzt Unterhaltung hatte.

Hamza behielt Recht. Zwei weitere Abende verbrachte Gernot mit Erzählungen, bei denen er, da er mittlerweile den Geschmack Tugtakins erkannt hatte, sich nicht unbedingt immer an der Wahrheit orientierte.

„Ihr habt trotz eurer Jugend schon viel erlebt", kommentierte der Herr von Damaskus zum Schluss Gernots Märchenstunde. „Ich habe das Glück oder das Pech, dass ich mich fast immer in Damaskus aufhalte oder aufhalten muss. Es gibt wahrscheinlich einige böse Menschen, die mir nach dem Leben trachten. Und sicher ist man auch hier nicht, was man am Beispiel Maududs sehen kann. Jetzt aber kommen wir zum offiziellen Teil eures Besuchs. Ich bedanke mich bei euch für die Rettung Hamzas. Niemand weiß bis jetzt, wer hinter dem Anschlag stand. Assassinen wären bestimmt nicht zu Siebt über einen einzelnen Mann hergefallen. Es wird wohl ein Rätsel bleiben. Hamza hat mir eure Rüstung beschrieben und ich finde, dass sie einem Mann, wie ihr es seid, nicht angemessen ist. Ich musste aber lange in meiner Rüstkammer suchen lassen, bis man das fand, was ihr braucht. Ihr könnt euch vorstellen, dass Rüstungen für Männer eurer Größe hier nicht häufig vorhanden sind. Deshalb habe ich mit Hilfe einiger tüchtiger Rüstungsschmiede für euch etwas anfertigen lassen."

Er klatschte wieder in die Hände und einige Diener trugen Gernots neue Rüstung in den Saal. Ein glänzendes Etwas, bestehend aus Kettenhemd, sowie Brust- und Rückenpanzer.

Als Gernot diese Rüstung in die Hand nahm, war er überrascht über das Gewicht. Trotz der vielen Tausend extrem kleinen Ringe des Kettenhemds wog sie fast nur die Hälfte seiner alten Rüstung. Dazu kam ein neuer Helm, der ihm wie angegossen passte.

Gernot wollte sich gerade bedanken, da klatschte Hamza in die Hände und Diener brachten das herein, auf das er schon so lange sehnsüchtig gewartet hatte: ein Damaszener Schwert von unglaublicher Qualität.

„Ich habe euer altes Schwert oft betrachtet", sagte Hamza, „aber wer trägt schon eine Waffe von so einem Gewicht? Deshalb habe ich mich für ein neues Schwert als Geschenk entschieden. Ist das nach eurem Geschmack?"

Gernot fand kaum die Worte, um sich zu bedanken. Jetzt hatte er die Waffe, nach der er schon so lange Ausschau gehalten hatte. Und dieses Schwert zusammen mit der neuen Rüstung, das war schon ein fürstliches Geschenk.

Weitere drei Tage blieb Gernot noch in Damaskus und sah sich die Stadt unter der Führung von Hamza an. Alles war hier faszinierend, weil andersartig. Die christlichen Städte im Heiligen Land waren zum größten Teil nach dem Vorbild europäischer Städte umgestaltet worden, hatten also nur noch wenig von ihrem ursprünglichen Charakter erhalten. Hier aber sah er alles in dem Zustand, in dem sich auch die Städte der christlichen Bereiche einmal befunden hatten.

Fasziniert war er von den Märkten, den Markthallen und den Basaren. Besonders der Sklavenmarkt erregte seine Aufmerksamkeit.

„Über die Existenz von Sklaven kann man nicht streiten", sagte Hamza. „Darüber, ob es allerdings moralisch ist, Sklaven zu halten, kann man sehr wohl streiten. Aber so ein Streitgespräch ändert nichts an der Tatsache, dass in den meisten Ländern Sklaven zum Alltag gehören."

Gernot sah sich um und erblickte Menschen in allen Hautschattierungen. Es gab große und kleine Menschen dort, sogar einige, deren Augen mandelförmig aussahen, allerdings nur weibliche.

Auf eine Nachfrage bei Hamza antwortete dieser: „Diese Mädchen kommen aus dem Land, aus dem auch die Seide bezogen wird. Es heißt China. Diese Mädchen sind nicht für die Arbeit bestimmt, sie sind zurzeit für die Harems sehr nachgefragt. Ich habe selbst auch eines dieser Mädchen und ich kann mich nicht beklagen."

Gernot war irritiert über das, was er sah. Er hatte gewusst, dass es Sklavenmärkte gab, aber hier sah er zum ersten Mal die Ware Mensch. Er fühlte sich nicht wohl bei dem Gedanken, dass auch er Sklaven, das heißt Menschen, kaufen könnte.

Hamza, der Gernots Gewissensbisse direkt sehen konnte, meinte dazu: „Sklaven gelten nirgendwo als Menschen, immer nur als Ware, als Gegenstand. Nur so lässt sich der Menschenhandel rechtfertigen."

„Rechtfertigen wohl nicht, eher erklären", widersprach Gernot.

„Da mögt ihr Recht haben, doch ändern wird das nichts."

Sie gingen weiter und Gernot bat, einen der berühmten Schmiede besuchen zu können, die die Kunst der Herstellung der besonderen Klingen beherrschten. Hamza führte ihn in eine Schmiede und Gernot sah, welche Arbeit es bedeutete, den glühenden Stahl immer wieder zu falten, erneut zu schmieden und wieder zu falten. Dadurch entstand die bekannte Maserung des Stahls. Der Schmied kannte natürlich den Rais und fragte ihn, was er für ihn tun könne.

„Dieser junge Mann ist mein Lebensretter und er hat bisher nur aus Erzählungen über deine Kunst erfahren. Er hat darum gebeten, dir einmal zusehen zu dürfen."

Der Schmied fühlte sich geehrt, vom Rais ausersehen worden zu sein, einem Fremden seine Kunst vorzuführen. Schwerter wurden nur auf Bestellung hergestellt, weil die Produktion zu langwierig und dadurch zu teuer war. Allerdings zeigte der Schmied Gernot eine Reihe von Messern, die er hergestellt hatte. Zum Schluss zeigte er ihnen noch ein Wurfmesser.

„Die Kunst beim Schmieden eines guten Wurfmessers besteht darin, den Schwerpunkt nach vorne zu verlagern. Sonst hat man große Schwierigkeiten etwas zu treffen", erklärte der Schmied.

Damit nahm er das Messer und warf es, ohne groß zu zielen, in einen hölzernen Pfosten. Nach der Vorführung konnte Gernot nicht umhin, dieses Messer zu kaufen. Er dachte an die Kunst von Gilles und war der Meinung, dass auch er mit etwas Übung bald die Kunst des Messerwerfens beherrschen würde.

Der Tag der Abreise kam und Gernot wie auch Hamza waren sich darüber im Klaren, dass es höchstwahrscheinlich ein Abschied für immer sein würde. Denn die politische Situation war zwar im Augenblick stabil, aber für wie lange? Der geringste Anlass genügte und kriegerische Handlungen waren wieder an der Tagesordnung, trotz aller wirtschaftlichen Nachteile, die daraus resultierten.

So ritt Gernot wiederum mit fürstlichem Geleit bis zur Ruinenstadt, von wo aus er das letzte Stück alleine antrat.

Im Lager erwartete ihn Routine, das heißt Langeweile. Zunächst bewunderten alle seine neue Ausrüstung, dann geschah das, was sich jeden Tag wiederholte: Patrouillenritte. Fast ein Dutzend Karawanen hatten er und seine Leute nach Tiberias geleitet, von wo aus der Weg an die Küste mittlerweile sicher war, da die vor Jahren noch häufigen Räuberbanden vertrieben waren, oder sich andere, ungefährlichere Ziele gesucht hatten. Gernots Soldaten verdienten an den Zöllen mit, die jedoch nicht hoch waren und auf einer gewissen Freiwilligkeit beruhten. Das aber musste Gernot den Karawanenführern ja nicht auf die Nase binden. Alle profitierten vom augenblicklichen Zustand: Damaskus, das Königreich, Tiberias, die Städte an der Küste und die kleine Festung bei Dara. Dieser Ort verdiente ebenfalls mit, denn wenn eine Karawane nach vielen Wochen endlich wieder frische Nahrung erwerben konnte, waren die Umsätze und die Gewinne groß.

Eigentlich hätte Gernot mit dem, was er erreicht hatte, zufrieden sein können. Aber eines wurmte ihn doch langsam. Alle anderen seiner ehemaligen Mitstreiter hatten verantwortungsvolle Posten bekommen, Bran war sogar Herr der bedeutendsten christlichen Hafenstadt geworden. Aber er? Kommandant einer kleinen Festung. Gut, das ist ja auch etwas, vergleicht man es mit seiner Position, die er in der alten Heimat hätte einnehmen können. Zudem besaß er ein Vermögen, welches das der meisten Herren in Outremer bei weitem übertraf. Und er führte nun ein ruhiges Leben. Ein Leben, das in einem gefährlichen Land eigentlich beneidenswert war: ein Leben in relativer Sicherheit. Aber wie lange würde er noch hier vor Ort bleiben? Auch Balduin wusste von der augenblicklichen Situation an der Grenze zu Damaskus. Lange würde er ihn dort nicht mehr belassen. Auch ein weniger erfahrener Mann könnte seinen Posten ausfüllen.

Aber zunächst blieb alles beim Alten. Routine, die zwar nicht zur Nachlässigkeit führte, beherrschte den Alltag. Bis eines Morgens ein Ruf das Lager aufweckte.

„Ein Sohn, ein Sohn, ich habe einen Sohn!“, rief William so laut, dass alle wach wurden.

„Eigentlich müsste ich jetzt rufen: „Ich habe einen Sohn!“, aber das darf ich nicht“, dachte Gernot.

Er ging hinaus und beglückwünschte William. Einen Test, ob dieser etwas vom Betrug gemerkt hatte, konnte Gernot sich doch nicht verkneifen.

„Das Kind ist aber früh gekommen“, bemerkte er.

„Das stimmt, aber Aïscha merkte es schon seit einigen Tagen. Mein Sohn wollte nicht mehr warten. Er wollte mich kennen lernen.“

„Wenn das so ist, dann ist ja alles in Ordnung“, dachte Gernot, sagte aber nichts.

Am Nachmittag begab sich Gernot nun in offizieller Funktion zum Haus der beiden jungen Eltern und beglückwünschte nun auch die Mutter.

„Ich habe es immer gewusst“, sagte diese, „es ist ein hübsches Kind. Ganz der Vater.“

Gernot wurde rot bis über beide Ohren und wandte sich dem Grund seines Besuches zu: „Aïscha und William! Ihr habt nun ein Kind, einen Sohn, das erste Kind, das hier geboren wurde. Das ist etwas Besonderes. Deshalb möchte ich euch ein Geschenk machen, das über das Üblich hinausgeht.“

Damit nahm er eine Kette aus seiner Tasche und übergab sie Aïscha. Es war keine der sehr wertvollen Ketten, von denen er einige besaß. Das wäre zu auffällig gewesen. Aber eine Kette, wie sie auch nur wohlhabende Frauen in Jerusalem trugen. Aïscha und William fielen fast die Augen aus dem Kopf. Damit hatten sie nicht gerechnet, auch nicht mit dem, was nun noch folgte.

Gernot zog einen Beutel aus der Tasche und gab ihn William: „William, von jetzt an wird das Leben für euch teurer. Da ich nicht ganz unschuldig an eurem Kind bin – schließlich habe ich Aïscha hierher geholt – meine ich, dass es mir gut ansteht, wenn ich mich in gewisser Weise an diesen Kosten beteilige."

William nahm den Beutel und sah hinein. Es waren die 700 Golddirham, die Gernot bei der Rettung Hamzas gewonnen hatte. Für einen einfachen Soldaten war das eine gewaltige Summe, für Gernots schlechtes Gewissen nur eine kleine Entlastung. Dann nahm er das Kind in die Arme, betrachtete es und sagte: „Aïscha, du hast völlig Recht. Es ist ein hübsches Kind. Ganz der Vater."

Und William strahlte mit der Sonne um die Wette. Als er kurz darauf das kleine Haus verließ, griff Gernot noch einmal in seine Tasche und gab Aïscha einen größeren Beutel.

„Aïscha, hier hast du 500 Byzantii. Das ist mehr Geld, als ein einfacher Mann, selbst mit großer Familie, in diesem Land während seines Lebens ausgeben kann. Ich möchte, dass es dem Kind – und er vermied es „unser Kind" zu sagen – immer gut geht. Ich weiß nicht, wie lange ich noch in diesem Lande bleiben werde. Deshalb kann ich mich nicht dauernd um das Kind kümmern. Versteck das Geld gut, damit William es nicht sieht! Sonst schöpft er doch noch Verdacht."

„Ich danke dir", erwiderte Aïscha, „aber ich habe dir schon gesagt, du musst dir keine Gedanken machen. Ich war mit dir eine Zeit lang glücklich, sehr glücklich sogar. Jetzt bin ich mit William glücklich. Es ist gut so. Ohne William wäre ich ein armes Mädchen in einem armen Dorf, ohne Aussicht auf ein Leben in gewissem Wohlstand. Jetzt geht es mir gut und ich bin mit meinem Leben rundum zufrieden. Was kann eine junge Frau aus einem kleinen Dorf wie Dara im Leben erreichen? Ein Leben lang schwere, harte Arbeit, viele Kinder und irgendwann stirbt man bei einer Geburt. Ist das erstrebenswert? Weißt du eigentlich, dass William Bogenmacher war, bevor er die Reise ins Heilige Land begann? Wir werden uns bald in irgendeiner größeren Stadt niederlassen und William wird seinem alten Beruf wieder nachgehen. Dann bin ich nicht mehr eine Landarbeiterin, sondern die geachtete Frau eines Handwerkers. Das ist für mich Glück. Ich werde ab und zu an dich denken, denn wir haben beschlossen, unseren Sohn Gernot zu nennen."

Jetzt erschien William wieder und fragte: „Hat Aïscha dir erzählt, dass ich wieder in meinem alten Beruf arbeiten möchte?"

„Ja. Und wenn du willst, spreche ich mit Ramon und Berengaria. Die benötigen tüchtige Bogenmacher. Vielleicht geht dort in Tiberias euer Traum in Erfüllung."

Einen Monat später erschien ein größerer Soldatentrupp von König Balduin. Der Anführer, ein jüngerer lothringischer Adeliger, ziemlich aufgeweckt, wie es schien, reichte Gernot einen Brief. Balduin schrieb, dass er ihn, Gernot, in Jerusalem benötige und dass er eine Ablösung geschickt habe. In vier oder sechs Wochen solle er in Jerusalem erscheinen.

Jetzt war es an Gernot, seinen Nachfolger einzuweisen in die Aufgaben eines Kommandanten auf einem vorgeschobenen Posten. Er ritt mit ihm zur Ruinenstadt, zeigte ihm den Weg nach Bosra, erklärte ihm das komplizierte Verhältnis zu Damaskus und überließ ihm die Begleitung einer Karawane. Da Gernot nie mit jemandem über diese finanziellen Möglichkeiten geredet hatte, seine Soldaten waren schließlich immer gut bezahlt worden, war der junge Mann überrascht über die Wegezölle, die hier bezahlt wurden. Gott sei Dank war sein Nachfolger kein Heißsporn, der alles besser wusste und sich selbst für überlegen hielt. Den Rat, die Sprache der Einheimischen zu lernen, wollte er befolgen. Hassan, der nicht die Absicht hatte, mit nach Jerusalem zu gehen, versprach, sich um die sprachliche Ausbildung des neuen Anführers zu kümmern.

Gernot grub sein restliches Geld aus und verstaute es im Sattel von „Du“. Zwei Wochen vor der von Balduin ins Auge gefassten Zeit machte er sich mit seinen Bogenschützen auf den Weg. Erste Station war Tiberias, wo er Berengaria bat, William eine Anstellung als Bogenmacher zu geben. Aïscha schien ihr Glück gefunden zu haben, als sie mit William ein kleines Haus in Tiberias bezog.

Gernot war sich darüber im Klaren, dass etwas Entscheidendes in seinem Leben jetzt passierte. Er würde Dara nicht wiedersehen, da war er sich sicher. In der Nacht – Berengaria schlief bei ihm – wurde noch etwas klar.

„Gernot, ich muss dir etwas sagen“, begann Berengaria. „Fulko von Guines, der Herr von Beirut, hat um meine Hand angehalten.“

Gernot schluckte: „Und? Wie hast du reagiert?“

„Ich habe ja gesagt.“

Gernot schluckte wieder.

„Ja?“

„Ja. Was denn sonst? Du weißt genau, dass wir beiden keine gemeinsame Zukunft haben. Fulko hat zwar keinen großen Besitz, aber er verfügt über große Einnahmen aus den Handelszöllen. Damit habe ich ausgesorgt. Du weißt auch genau, dass in Adelskreisen bei einer Heirat die Liebe kaum eine Rolle spielt. Ich war einmal bekannt als die schönste Frau in Nordfrankreich. Davon ist immer noch etwas übrig geblieben.“

„Sehr viel!“, unterbrach Gernot sie.

„Danke, aber auch an mir geht die Zeit nicht einfach vorbei. Deshalb muss ich sehen, wo ich unterkomme. Das Lehen Tiberias braucht jedes Geldstück und ich koste nur Geld. Ramon wird von einer Last befreit, auch wenn er das nie zugeben wird. Ich werde in Beirut ein sorgenfreies Leben führen können, denn Beirut ist weit weg von jeder Front. Es gibt dort schon seit geraumer Zeit keine kriegerischen Auseinandersetzungen mehr. Du siehst, ich muss auch an mich denken."

„Aber ich habe immer gedacht ..."

„Hör auf Gernot! Wir haben uns schon in Trani verliebt. Gib es zu! Damals war unser Fall hoffnungslos und so ist es auch geblieben. Ich bin gerne mit dir zusammen, gerne mit dir im Bett. Du warst für mich etwas Besonderes. Aber jetzt müssen wir vernünftig sein."

Das mit der Vernunft hatte Gernot in letzter Zeit schon häufiger gehört. Seltsamerweise waren es immer Frauen, die von Vernunft sprachen. War er nicht vernünftig?

Also sagte er: „Ich bin jetzt sehr vernünftig und deshalb werde ich morgen nach Jerusalem weiter ziehen."

„Das ist vernünftig, denn in der nächsten Woche kommt Fulko, um mich nach Beirut zu holen."

Am nächsten Morgen ritt Gernot mit seinen Angelsachsen los und erreichte sechs Tage später Jerusalem.

Teil 5: König Balduin

1. Der Sicherung des Südens

In Jerusalem wurde Gernot sofort von König Balduin empfangen. Der König sah erschöpft aus. Gernot hatte ihn fast zwei Jahre nicht gesehen. Nach dem christlichen Kalender schrieb man das Jahr 1115.

„Ich muss mich etwas erholen", begann Balduin seinen Bericht. „Ich habe meinem Körper in den letzten Jahren zuviel zugemutet. Aber ich habe noch so viel zu erledigen, deshalb darf ich noch nicht sterben. Außerdem habe ich keinen Nachfolger. Kein Kind ist meinen drei Ehen entsprossen und die lothringischen Adeligen drängen auf eine Nachfolgeregelung. Gerade noch war wieder ein fatimidisches Heer an der Küste, um zu plündern. Ich muss jetzt in den Süden ziehen, um dort eine Festung zu bauen. Wenn wir die Gegend südlich des Toten Meeres bis zum Golf von Akaba beherrschen, dann ist jegliche Landverbindung nach Ägypten unterbrochen. Dann gibt es ohne unsere Erlaubnis keinen Handel mehr mit Ägypten und alle Karawanen werden von uns kontrolliert. Damit steht Ägypten dann isoliert da und wird sich in Zukunft hüten, gegen uns vorzugehen."

„Und welche Rolle soll ich dabei spielen?", fragte Gernot.

„Ich habe manchmal das Gefühl, dass mein Leben bald beendet sein wird. Dann müsst ihr meine Pläne vollenden. Ich kann euch nicht zu meinem Nachfolger ernennen, obwohl ich schon mit diesem Gedanken gespielt habe. Der Widerstand der Nord- und Südfranzosen, der Normannen und vor allem meiner Lothringer wäre zu groß. Ich kann euch aber zum Oberbefehlshaber aller meiner Truppen machen. Das hört sich nach viel an, ist es aber gar nicht, denn auf die Truppen aus dem Norden habe ich in Notzeiten zwar einen Zugriff, aber befehligt werden diesen Truppen von den eigenen Befehlshabern. Ihr seid also der Oberbefehlshaber der Truppen des Königreichs Jerusalem. Das ist nicht weiter verdächtig, weil ihr keine Hausmacht besitzt. Ihr habt aber gleichzeitig einen ausgezeichneten Ruf als Feldherr. Eure Aktionen waren bisher alle gut überlegt und erfolgreich durchgeführt. Ich brauche euch also als meinen verlängerten Arm, als denjenigen, der meine Pläne umsetzt, wenn ich es nicht mehr kann. Und mein Wort gilt. Auch wenn es mir wieder besser gehen sollte, bleibt ihr der Bannerträger des Königreichs Jerusalem. Deshalb habe ich euch zurück gerufen."

Gernot berichtete nun von seinen Erfolgen im Norden des Königreichs und von seinem Besuch in Damaskus.

„Teufel", meinte Balduin, „das hätte ich nicht gewagt. Aber vielleicht dient es ja einem längeren Frieden. Der Mann, den ich euch geschickt habe, schien mir geeignet zu sein, eure Aufgabe dort fortzuführen. Er ist kein wilder Draufgänger, er überlegt und lässt sich auf kein unkalkulierbares Risiko ein."

„Das erscheint auch mir so. Er hat dort in Dara jetzt gut 100 Soldaten, ist bei der einheimischen Bevölkerung gut gelitten und wird die Position dort halten können. Wann wollt ihr in den Süden ziehen?"

„Das hat noch etwas Zeit. Ich bin zurzeit körperlich kaum in der Lage, die Strapazen einer solchen Unternehmung zu überstehen und ihr scheint auch etwas erschöpft zu sein. Geht also in euer Haus und ruht euch zunächst aus! Der richtige Zeitpunkt wird kommen."

Diese Ruhe brauchte Gernot nun auch, denn er hatte eine Menge zu überdenken. Als er sein Haus betrat, standen Ibrahim und Ali am Eingang, um ihn zu begrüßen. Sie hatten bereits von seiner Ankunft erfahren, schließlich waren seine Pferde und Kamele samt den übrig gebliebenen Angelsachsen bereits angekommen. Dort hatte sich vieles ereignet, schließlich hatte die Abwesenheit Gernots sehr lange gedauert. Ibrahim war wieder Vater geworden, ein weiteres Kind. Ebenso hatte es bei Ali schon Nachwuchs gegeben. Gernot dachte an den Bibelspruch: „Wachset und mehret euch!“ Diese Leute schienen danach zu leben, obwohl sie diesen Spruch wahrscheinlich gar nicht kannten. Nun, er selbst hatte sich ja auch daran gehalten.

Die in Jerusalem verbliebenen Angelsachsen hatte alle eine gute Anstellung bekommen. Balduin hatte sie zu Anführern größerer Kontingente der Verteidigungstruppen der Stadt gemacht. Sie verdienten gut und erfüllten ihre Aufgabe zur vollen Zufriedenheit des Königs. Sie hatten begonnen – wie sie es aus ihrer Heimat kannten – Wettbewerbe im Bogen- und Armbrustschießen durchzuführen, was zur Steigerung der Kampfkraft beitrug. Diese hatten alle wenig Lust, ihre lukrativen Stellungen aufzugeben, um sich mit Gernot auf einen Ritt in die unbekannte Wüste zu begeben. Für Gernot ein durchaus nachvollziehbarer Grund. Außerdem zeigten sich bei ihnen Tendenzen, sich auf Dauer sesshaft zu machen: Sie gingen zum Teil auf Freiersfüßen und würden nach einer Eheschließung aus dem großen Haus ausziehen. Damit hatte Gernot nur noch ein Dutzend seiner ehemals 30 Mann starken Truppe. Aber damit hatte er gerechnet.

Deshalb schlug er vor, die im Haus gelagerten Schätze aus den verschiedenen kriegerischen Unternehmungen aufzuteilen, damit jeder damit anfangen konnte, was er wollte. Und siehe da, plötzlich waren ganz viele auszugsbereit, es gab wohl doch noch mehr Heiratswillige.

Nach einem guten Essen und einigen Tassen Mokka mit Zucker hatte dann jeder seinen Anteil erhalten und war zufrieden, weil bis jetzt keiner von ihnen einen genauen Überblick über die eingelagerten Waren hatte. Ein Guthaben von zehn Byzantii – in etwa dem Lebensverdienst eines tüchtigen Soldaten – brachte alle in eine gute Stimmung. Gernot hatte sein Vermögen nur überschlagen. Was dort lagerte, war genug, um auch ein größeres Heer über längere Zeit zu unterhalten. Aber das hatte die anderen nicht zu interessieren.

Ibrahim und Ali hatten ebenfalls einen Anteil erhalten und Ali meinte treuherzig, dass es in Jerusalem nun keine reicheren Araber gäbe als ihn und Ibrahim. Das mochte sogar stimmen, denn Gernot ermahnte sie und die Angelsachsen, nicht über den Reichtum zu sprechen. Diebe muss man nicht noch anlocken.

So hatte Gernot eigentlich nur noch einen Ansprechpartner unter seinen Männern: Edward.

„Edward, hast du schon überlegt, wie es mit dir weitergeht?"

„Ehrlich gesagt, überlege ich die ganze Zeit. Aber ich habe keine Entscheidung getroffen. Wie ich sehe, werden von meinen Angelsachsen die meisten hier im Heiligen Land bleiben. So ist nun mal das Leben. Als wir losgezogen sind, hatte keiner von uns die Absicht, sich hier niederzulassen. Aber das ist kein Vorwurf. Damit musste man rechnen. Menschen ändern sich mit der Zeit. Wer hier bleiben will, der soll hier bleiben. Wenn sie dabei glücklich werden, dann umso besser. Vielleicht habe ich auch zuviel über meine Zukunft nachgedacht. Zurückkehren in meine Heimat? Das ist auf jeden Fall fraglich. Die Eroberung meiner Heimat durch die Normannen ist erst 50 Jahre vorüber und Ruhe ist dort wohl immer noch nicht eingekehrt. Ich glaube nicht, dass mein Reichtum dort lange vorhalten würde. Irgendein normannischer Ritter käme wohl auf die Idee, dass ihm das Geld gehören müsse, da ich sein Untertan sei. Ich warte mit meiner Entscheidung noch ab."

Soviel hatte Edward noch nie geredet, was aber bezeugte, dass ihn das Thema sehr bewegte.

Es blieb Gernot nichts anderes übrig, als mit seiner Entscheidung auch zu warten. Er begann mit einer sinnvollen Beschäftigung und sortierte alles aus, was über kurz oder lang verkauft werden musste. Mit Ibrahims Hilfe gelang es ihm, einen Großteil seines Warenlagers an den Mann zu bringen, ohne dass es auffiel. Nach dem Motto „Silber und Gold lassen sich im Notfall besser transportieren als Teppiche und andere Einrichtungsgegenstände" reduzierte sich sein Bestand an Waren um ein Beträchtliches.

Nach zwei Monaten schien Balduin sich erholt zu haben und er beschloss, einen Zug in den Süden zu unternehmen, um den Warenverkehr zwischen den beiden muslimischen Lagern zu unterbinden. Der König hatte damit auch vor, eine militärische Unterstützung des einen durch den anderen zu verhindern. Für Gernot hieß das wieder einmal Abschied zu nehmen vom angenehmen Leben in Jerusalem und es zu tauschen mit dem gefahrvollen und unbequemen Leben eines Feldzuges.

Was Balduin vorhatte, wurde ihm klar, als er die Truppe sah, die ihn begleitete. Neben etwa 500 Bewaffneten schlossen sich dem Zug eine große Anzahl von Bauarbeitern an, die Balduin von den Arbeiten in seiner Hauptstadt abgezogen hatte.

Gernot nahm seine verbliebenen Angelsachsen und zwei seiner Pferde mit. Er wusste, was Balduin vorhatte: Bau einer Befestigungsanlage im Süden. Wo? Das war unklar und hing von den örtlichen Gegebenheiten ab, die aber noch niemand kannte. Sie ritten über Hebron immer Richtung Süden, dann zum Südufer des Toten Meeres. Ab hier orientierten sie sich wieder nach Süden und erreichten bald einen bewaldeten Höhenzug, von dem Gernot noch nie etwas gehört hatte, den aber Balduin wenigstens aus Berichten kennen musste, denn er führte kaum Futter für die Tiere mit. Eine Woche nach dem Abmarsch aus Jerusalem erreichten sie eben diesen Höhenzug, den die arabischen Nomaden, die hier wohnten, al-Schawbak nannten. Hier gab es genügend Weideland und nach einigem Suchen fanden sie die Stelle, die Balduin wohl gemeint hatte. Sein Hofhistoriker Fulcher von Chartres hatte in alten Schriften etwas von einer Stadt der Nabatäer in dieser Gegend gefunden, einer Stadt, die aber schon seit Jahrhunderten aufgegeben war, also nur noch aus Ruinen bestand.

Das Ergebnis des Suchens war durchaus verheißungsvoll. Gernot erblickte auf einem Erkundungsritt als Erster die Ruinen und fand sie besser erhalten als das, was er in Dara vorgefunden hatte. Er ritt zu Balduin und dieser musste zugeben, dass Gernot genau das gefunden hatte, wonach er die ganze Zeit gesucht hatte.

Als erstes wurde ein Lager errichtet, mit dem Zelt Balduins in der Mitte. Es war nicht das ägyptische Prachtzelt, das Gernot ihm geschenkt hatte, sondern ein kleineres, denn hier im Niemandsland musste der König sich keinem beweisen. Im Zelt wurde eine Liege aufgebaut, auf der Balduin sofort Platz nahm. Gernot, der gekommen war, um ihm den Abschluss des Lageraufbaus zu melden, fand ihn dort liegend vor.

„Von jetzt an, macht, was ihr für richtig haltet!“, begann Balduin. „Wie ihr seht, bin ich nicht mehr in der Lage, im Lager herumzulaufen und auf alles zu achten. Ihr habt ja schon einmal in Dara etwas Ähnliches gemacht. Mein Körper macht nicht mehr mit.“

Gernot war doch etwas erschrocken, als er Balduins Zustand sah. Dieser lag wie ein Häufchen Elend auf seiner Liege und wurde nur von dem Gedanken, dass sein Königreich nach Süden hin gesichert werden musste, am Leben gehalten.

Jetzt konnten die Bauarbeiter ihrer Aufgabe nachkommen und mit dem Wiederaufbau der Ruinen beginnen. Ein kleiner Trupp begann sofort, einen Brunnen zu graben, was nach einer Woche auch gelang. Ein zweiter Brunnen folgte. Das Wasser in den Brunnen war von ausgezeichneter Qualität und stieg an den Brunnenwänden sehr hoch, sodass man nicht nur alle Tiere damit tränken konnte, es war noch genügend Wasser für die Bewässerung von Land vorhanden. Man musste nur etwas anbauen. Deshalb ließ Gernot auch vor den Mauern nach Wasser graben.

Inzwischen hatten die Bauarbeiter es geschafft, den Schutt und Sand von den Mauerresten zu entfernen. Innerhalb von sechs Wochen entstand jetzt eine Befestigungsanlage, die so leicht keiner einnehmen konnte. Durch das viele Gras in der Umgebung und das nötige Wasser konnte sich hier eine Besatzung über Monate halten. Genau das war die Absicht Balduins gewesen. Auf halbem Wege zwischen Jerusalem und dem Roten Meer gab es nun eine Festung, die den gesamten Verkehr zwischen Ägypten und Syrien kontrollierte oder auch blockierte. Denn jede Karawane, jede berittene Truppe war auf das Gras dieser Gegend angewiesen und auf das Wasser der neuen Brunnen.

Nach einigen Tagen erschienen plötzlich einige Beduinen und fragten nach dem Grund für den Bau und welche Konsequenzen dies für sie haben würde.

„Von jetzt an steht hier eine Burg des Königs von Jerusalem. Sie heißt Montreal und wird mit einer ständigen Besatzung versehen. Wenn ihr wollt, könnt ihr Geschäfte mit den Leuten in der Burg machen, denn die brauchen schließlich etwas zu essen. Ihr könnt ihnen Ziegen oder Schafe verkaufen. Es hängt von euch ab, ob ihr Geschäfte machen wollt oder nicht."

Damit war die Situation geklärt. Gegen diese Burg konnten sie sowieso nichts unternehmen. Also siegte der Geschäftssinn und es kam sofort zum Kauf einiger Schafe und Ziegen.

Bevor sie nach Jerusalem zurückkehrten, musste die ganze Gegend noch erkundet werden. Niemand von der christlichen Seite war jemals hier gewesen. Deshalb war es nun Gernots Aufgabe, Aufzeichnungen über die Gegend zu machen und einen Plan der Burg nebst Wegenetz zu zeichnen.

Balduin hatte sich etwas erholt und schickte eine Karawane zurück in die nächste Stadt, um Pflanzen, Getreidesaat und

Gemüse zu holen, das in Montreal angebaut werden sollte. Der Boden hatte sich nämlich als ausgezeichnet erwiesen.

Als Gernot eines Abends von seinem Erkundungsritt zurückkehrte, erklärte ihm Balduin: „Ich werde morgen mit einer kleinen Anzahl Soldaten nach Jerusalem zurückkehren, um mich dort zu erholen. Ihr bleibt hier, sorgt für den weiteren Ausbau der Festung – Montreal halte ich übrigens für einen ausgezeichneten Namen – und kehrt dann ebenfalls zurück! Aber lasst 300 Mann als Besatzung zurück! Ich werde euch einen erfahrenen Mann schicken, den ihr hier als Kommandanten einsetzt und der besonnen genug ist, nicht sofort einen Krieg mit den hier wohnenden Beduinen anzufangen."

Balduin ritt am folgenden Morgen sehr langsam zurück in seine Hauptstadt und es dauerte weitere sechs Wochen, bis Gernots Ablösung eintraf und er seine Aufgaben übergeben konnte. Die Besatzung war stark genug, um einen Angriff der Beduinen abzuwehren und um ägyptische Truppen aufzuhalten.

Es war Gernot klar, dass dies nicht der letzte Zug in den Süden war. Denn die eigentliche Grenze konnte nur am Roten Meer liegen. Würde man hier einen weiteren Stützpunkt errichten, wäre Ägypten vollständig von Syrien abgeriegelt.

Zurück in Jerusalem fand Gernot einen an sich zweifelnden Balduin vor. Er hatte zwar ein starkes Königreich geschaffen, aber es gab keinen Nachfolger und es stand auch keine Nachfolgeregelung in Aussicht. Er war mittlerweile 57 Jahre alt, viel Zeit blieb ihm nicht mehr.

Im folgenden Jahr – es war das Jahr 1116 in christlicher Zeitrechnung – erfolgte der von Gernot vorhergesehene zweite Zug in den Süden. An der Spitze einer großen Streitmacht von gut 1000 Mann zog Balduin wieder in Richtung Montreal, das er gut verwaltet vorfand. Gernot hatte einen mehrere Hundert Maultiere starken Tross zusammengestellt, damit man unterwegs auf nichts verzichten musste. Trotzdem waren alle Beteiligten froh, das Rote Meer nach einem beschwerlichen Marsch endlich erreicht zu haben. Balduin besetzte die dortige Hafenstadt, die von nun an Aila genannt wurde. Die Bevölkerung hatte mit dem Erscheinen des Königs überhaupt nicht gerechnet und flüchtete erschrocken mit ihren Booten über das Meer. Es dauerte viele Tage, bis sie vorsichtig zurückkehrten und bemerkten, dass Balduin nichts von ihnen wollte. Unter Gernots Anleitung wurde hier eine Festung gebaut, die durch einen Vorposten auf der vorgelagerten Insel Dschesirat Fira'un, das heißt die Pharaoneninsel, gesichert wurde.

Damit hatte das Königreich seine größte Ausdehnung erreicht, es kontrollierte den gesamten Handel aus Persien und Arabien, der die Mittelmeerküste oder Ägypten zum Ziel hatte. Die Einnahmen aus den Zöllen erreichten ungeahnte Höhen und eigentlich hätte Balduin mit dem Erreichten zufrieden sein können.

2. Ägypten

„Ich muss wissen, was die Ägypter planen", erklärte Balduin und Gernot hörte aufmerksam zu. „Sie haben mich schon ein paar Mal überfallen, ohne dass ich vorgewarnt war. Aber ohne Vorbereitung kann ich nicht nach Ägypten ziehen. Vorher muss eine Aufklärung stattfinden."

„Ägypten, Aufklärung", dachte Gernot, „jetzt ist er völlig durchgedreht. Seine Krankheit hat ihn doch mehr geschwächt, als alle vermuteten. Doch halt! Weshalb spricht er mit mir darüber? Der will doch wohl nicht, dass ich...?"

„Ich habe gedacht, ihr wäret der richtige Mann", fuhr Balduin fort, „um so eine Aufklärungsaktion durchzuführen."

„Ich? Und mit wie viel Leuten?"

„Ihr allein. Das fällt weniger auf. Ihr müsst euch verkleiden, zum Beispiel als Kaufmann, der seine Waren in Kairo an den Mann bringen will."

„Meint ihr nicht, dass ich etwas auffällig bin?"

„Auffällig? Überhaupt nicht! Ihr dürft natürlich nicht erzählen, dass ihr aus Jerusalem kommt. Wie wäre es denn, wenn ihr euch als einen Händler aus dem Kaukasus ausgebt? Aus Georgien zum Beispiel. Dort gibt es viele blonde Menschen."

„Aber ich spreche kein Georgisch."

„Die Ägypter auch nicht. Die merken den Schwindel nicht, wenn ihr das Ganze geschickt anstellt."

„Aber, was soll ich denen denn verkaufen?"

„Zum Beispiel Teppiche. Die edelsten Teppiche kommen aus Persien und es soll sogar Teppiche aus China geben, aus Seide. Bedient euch in meiner Schatzkammer, ich meine die mit den Waren aus der Aktion bei Tyros und aus eurem Erfolg hier vor Jerusalem."

„Dann soll ich also ganz alleine dort hinziehen und die Ägypter ausspionieren?"

„Alleine würde ich das nicht machen. Nehmt zwei oder drei Kamele mit Waren und zwei Reitkamele für euch und eure Frau."

„Frau? Ich habe keine Frau."

„Das weiß ich und ich würde euch auch nicht zumuten, die eigene Frau mitzunehmen. Mit einer Frau ist das unauffälliger."

„Soll ich etwa eure Frau mitnehmen?"

„Nein. Ihr müsst euch eine kaufen."

„Jetzt noch einmal und ganz langsam. Ihr wollt, dass ich als Spion nach Ägypten gehe, dort Erkundigungen einhole und damit die Aktion nicht auffällig wird, soll ich mich als Kaufmann verkleiden, der mit einer gekauften Frau loszieht."

„Genauso ist es. Aber das mit der gekauften Frau muss genau überlegt sein. Nehmen wir einmal an, ihr kauft euch auf dem Sklavenmarkt in Jaffa, Ramla oder Ibelin eine Frau, die zufällig aus Ägypten stammt. Die müsste doch froh sein, wenn sie wieder nach Ägypten zurückkäme."

„Schon richtig. Aber wie erkläre ich ihr, dass ich sie nur bis Ägypten brauche?"

„Auch darüber habe ich schon nachgedacht."

„Jetzt weiß ich auch, was Balduin während seiner langen Krankheit getan hat", begriff Gernot.

„Ihr erzählt ihr einfach, eure Frau sei auf der Reise von Damaskus nach Jaffa gestorben und ihr benötigt nun dringend – sagen wir einfach mal – Ersatz. Für all die Dinge, die man als Mann kaum bewerkstelligen kann: Kochen, Nähen, Waschen und so weiter. Ihr versprecht ihr die Freiheit, sobald ihr Kairo erreicht habt. Unterwegs erzählt ihr eurer neuen Frau dann vieles über Damaskus – ihr kennt die Stadt ja gut genug – und es entsteht überhaupt kein Verdacht, dass etwas mit eurem Beruf nicht stimmen könnte. Nun, was haltet ihr von meinem Plan?"

Gernot war viel zu verblüfft, um nein zu sagen. Deshalb sagte er ja. Das langweilige Leben in Jerusalem war er sowieso leid, das Abenteuer lockte und so schlecht war der Plan auch nicht.

„Noch eins", ergänzte Balduin, „niemand darf von diesem Plan erfahren, nicht einmal eure Angelsachsen. Erfindet eine Ausrede für eure Abwesenheit! Das werdet ihr schon schaffen!"

„Dann gehe ich mal in euer Vorratslager und suche mir einige Kamelladungen mit anständigen Waren aus."

„Aber kein Silber. Das brauche ich selbst."

Gernot ging zusammen mit Arnulf, der als Einziger eingeweiht wurde, ins Lager.

„Aha, wieder eine Kontrolle. Ich könnte ja zuviel mitnehmen", dachte Gernot, sagte es aber nicht.

„Wählt nur die besten Teppiche aus", ermunterte ihn Arnulf. „Billige Sachen haben die selbst zu Genüge. Ich habe da einige sehr feine Stücke entdeckt. Die billige Ware ist nur Ramsch für die einfacheren Bevölkerungsschichten. Aber seht einmal hier! Das sind tatsächlich einige Seidenteppiche. Die kosten ein Vermögen. Keiner dieser Teppiche ist auch nur für 150 Byzantii zu haben. Ich habe mich erkundigt. Dann nehmt die großen Exemplare von den übrigen Teppichen! Die sind selten. Weiter habe ich hier Pfeffer entdeckt. Ganze Krüge voll mit Pfefferkörnern. Ich habe einige Körner zerstoßen. Es ist erstklassige Qualität."

Und so ging es weiter. Arnulf schien ganz begeistert zu sein von der Idee, die Ägypter auszuspionieren. Eine Ladung für drei Kamele stellten sie schließlich gemeinsam zusammen. Nur das Wertvollste vom Wertvollen und das Schönste vom Schönen.

„Ich sorge dafür, dass alles zu gleichgroßen Packen zusammengebunden wird, damit es gut verladen werden kann."

Er würde keine Pferde mitnehmen, sondern nur Kamele, seine beiden Reitkamele „Balduin" und „Bran", sowie drei starke Lastkamele.

Dann kehrte er zurück in sein Haus, wo er beiläufig erwähnte, dass er im Auftrag des Königs einige Wochen, vielleicht zwei oder drei, unterwegs sein werde. Inspektion der Truppen sozusagen, aber ohne Begleitung. Alles solle möglichst unauffällig vonstatten gehen. Nur einen Sack mit Mokka-Bohnen, eine Mühle und ein großes Stück Zucker würde er mitnehmen. Trotzdem schimpfte er innerlich mit sich selbst. Zum zweiten Mal in seinen Leben hatte er im falschen Augenblick ja gesagt. Zum ersten Mal, als sein Vater ihn aufforderte, die Reise ins Heilige Land zu unternehmen und jetzt, wo König Balduin ihn überredet hatte, einen verrückten Auftrag zu übernehmen.

„Gernot, du wirst nie vernünftig! Du musst lernen, nein zu sagen", schimpfte er mit sich selbst. Aber jetzt war es zu spät.

Am folgenden Morgen brach er auf. Seine Kleidung hatte sich völlig verändert, er trug den Überwurf eines Händlers und auch dessen Waffen: sein altes Schwert, seinen langen Dolch und seinen Bogen. Arnulf hatte dafür gesorgt, dass seine Lastkamele, sorgfältig bepackt, am Nordtor, dem sogenannten Blumentor, standen. Dort fand er auch seine beiden Kamele. An Geld hatte er nur eine für ihn geringe Summe mitgenommen. Gerade soviel, dass er die Kosten der Reise decken konnte.

Er nahm den Weg über Latrun, wo er übernachtete, nach Ibelin. Ibelin hatte keine politische Bedeutung, es gab keine Festung, es war im Grunde genommen nur ein Marktflecken, der bekannt war durch den Markt. Dort quartierte er sich in der kleinen Karawanserei ein und begab sich sofort auf den Markt. Er sah sofort, dass nichts seine Einkaufspläne durchkreuzen würde, denn hier gab es alles, was das Herz begehrte: Lebensmittel, Gerätschaften für den alltäglichen Bedarf, Tiere und Menschen jeder Hautfarbe. Gernot hatte zwar in Damaskus mit Hamza über den moralischen Wert oder Unwert der Sklaverei diskutiert, aber er war nie auf die Idee gekommen, selbst einmal auf dem Sklavenmarkt tätig zu werden. Sklavenhaltung war unter den christlichen Herren im Heiligen Land unüblich. In Europa gab es Freie, Halbfreie und Leibeigene. Aber wo lag der Unterschied zwischen Sklaverei und Leibeigenschaft? Gernot konnte keine Antwort auf diese Frage finden.

So näherte er sich dem Teil des Marktes, der den Sklavenhändlern vorbehalten war und sah sich die Ware „Mensch" an. Es waren keine ausgehungerten Gestalten, wie Gernot es erwartet hatte, sondern durchaus kräftige Männer, die in der Lage waren, auf den Feldern zu arbeiten. Denn der Wert eines Sklaven wächst mit seiner Kraft. Das ist sein Potential. Damit man den Wert eines Sklaven besser einschätzen konnte, waren sie fast nackt. Gernot, der sich etwas unbeholfen zwischen den verschiedenen Händlern bewegte, wurde sofort angesprochen.

„Ihr sucht einen oder mehrere kräftige Sklaven? Ich kann euch alles bieten. Meine Preise sind günstig. Wir werden uns bestimmt einigen können."

Das oder Ähnliches hörte Gernot bei einem halben Dutzend Händlern. Dann machte er noch einmal den gleichen Rundgang. Er wollte nicht als jemand auffallen, der unbedingt und auf die Schnelle einen Sklaven, beziehungsweise eine Sklavin suchte.

Schließlich blieb er bei einem Händler stehen und erklärte, was er suchte.

„Ich bin ein Händler aus dem Norden, dem Kaukasus, genauer gesagt aus Georgien. In Bagdad habe ich Waren eingekauft, die ich in Ägypten wieder verkaufen will. Da ich nur wenige Waren besitze, hatte ich nur meine Frau als Begleitung mitgenommen. Es herrscht ja jetzt Ruhe zwischen Damaskus und Jerusalem und so war es ungefährlich, die Reise zu Zweit zu unternehmen, zumal ich mich bis Akkon einer großen Karawane angeschlossen hatte. In Akkon ist aber meine Frau plötzlich verstorben. Zunächst dachte ich, ich könnte den Rest der Reise alleine durchstehen. Aber es geht einfach nicht. Meine Frau hatte mir viel Arbeit abgenommen und deshalb suche ich jetzt eine Sklavin, die ich mit nach Ägypten nehmen kann.

„Dann seht euch um! Dort stehen meine Sklavinnen. Fast 20 junge Mädchen und Frauen sind in der Auswahl. Ihr werdet bestimmt eine finden, die euch zusagt."

Der Händler führte Gernot zu den Frauen. Aber wie sollte er hier die Richtige finden? Sie waren alle nicht verschleiert. Das war bei Sklavinnen nicht üblich, da man ja sehen sollte, was man kaufte.

„Stammt eine von denen aus Ägypten?", fragte Gernot den Händler.

„Ja, die, die und die", antwortete dieser und zeigte auf die drei Angesprochenen.

„Wer von euch hat schon einmal ein Kamel geritten?", fragte Gernot.

„Ich", antwortete eine junge Frau, die Gernot auf 18 oder 20 Jahre schätzte.

„Woher stammst du?", fragte Gernot weiter.

„Aus der Nähe von Kairo", war die Antwort.

„Und wieso bist du Sklavin?"

„Ich wurde geraubt und verkauft."

„Ich suche eine Frau, die mich nach Ägypten begleitet, die für mich kocht, meine Sachen in Ordnung hält und beim Beladen der Kamele hilft. Traust du dir das zu?"

„Warum fragt ihr, ob ich mir das zutraue? Einer Sklavin befiehlt man etwas und sie tut es."

„In dem Land, aus dem ich komme, sind Sklaven unüblich. Eigentlich mag ich die Sklaverei nicht, aber in Akkon ist meine

Frau gestorben, die mich die ganze Zeit begleitet hatte. Jetzt brauche ich Hilfe. Und keine Hilfe, der ich dauernd etwas befehlen muss, sondern eine Hilfe, die die Arbeit sieht und erledigt. Meine Frage ist einfach: Gehst du freiwillig mit nach Ägypten, ohne dass ich dich abends immer festbinden muss?“

„Und dann?“

„Wenn ich alle meine Sachen verkauft habe, kannst du gehen, wohin du willst.“

„Heißt das, dass ich dann frei bin?“

„Ja!“

Sie wollte sich Gernot zu Füßen werfen, wurde aber durch ihre Kette daran gehindert.

„Ich komme mit. Ich tue alles, was ihr verlangt.“

Der Händler hatte natürlich Gernots Interesse bemerkt und dementsprechend hoch war seine erste Preisforderung. Aber Gernot hatte gelernt, auf dem Markt zu handeln. Trotzdem dauerte es fast eine Stunde, bis der Handel abgeschlossen war. Der Händler schloss das Mädchen auf und übergab es Gernot.

Dieser sagte nur: „Folge mir!“ und ging voran in die Karawanserei.

Unterwegs fragte er: „Wie heißt du eigentlich?“

„Amina“, antwortete sie.

„Und wie alt bist du?“

„Genau weiß ich das nicht, aber ich glaube, dass ich jetzt 18 Jahre alt bin.“

„Und ich werde, bis wir in Ägypten sind, nicht verhungert sein?“

„Bestimmt nicht! Ich kann gut kochen“, antwortete sie.

Dann führte er sie in den Stall und zeigte ihr seine Kamele.

„Die Reitkamele sind gute Tiere“, erklärte sie.

„Kennst du dich mit Kamelen aus?“

„Ja. Dort wo ich gelebt habe, eine Tagesreise von Kairo entfernt, haben viele Bauern Kamele.“

„Dann gehen wir jetzt zurück auf den Markt. Die Kleidung, die du im Augenblick trägst ist sehr fadenscheinig. Vielleicht solltest du etwas Anderes kaufen!"

„Alle Sklavinnen tragen nur dünne Kleidung. Die Käufer sollen sehen, was sie kaufen, nicht nur ahnen."

„Ganz dumm ist sie auf jeden Fall nicht", dachte Gernot und überlegte: „Ich muss sie jetzt testen und nicht erst unterwegs. Dann ist es wahrscheinlich zu spät."

Er gab ihr ein wenig Geld und sagte: „Hier nimm und kaufe dir neue Kleidung und die Dinge, die du unterwegs benötigst! Dann kommst du hierher zurück! Wir benötigen noch einiges an Lebensmitteln."

Amina entfernte sich und Gernot war ganz zufrieden mit sich. Amina würde zurückkommen. Eine junge Frau konnte unmöglich alleine den Weg nach Ägypten schaffen. Sie wäre sofort wieder Sklavin. Den Preis hatte er gut ausgehandelt. Ein schöner Tag. Die Reise konnte beginnen.

Nur eine halbe Stunde später sah er Amina wieder. Sie trug immer noch die alte Kleidung, hatte aber ein Päckchen unter dem Arm, wohl mit der neuen Kleidung.

„Jetzt müssen wir einkaufen, Lebensmittel und andere Dinge, die wir unterwegs brauchen. Mit den Kamelen werden wir drei bis vier Wochen unterwegs sein", erklärte er.

Zwei Töpfe und einen Rost zum Braten von Fleisch hatte er in seinem Gepäck, es wäre sehr auffällig gewesen, wenn er erst jetzt diese Dinge einkaufen würde. Er hatte auch darauf geachtet, dass diese Dinge nicht neu waren, sondern schon ordentliche Gebrauchsspuren zeigten. Aber Öl, trockene Erbsen und Bohnen, sowie Salz fehlten noch. Er ließ hier Amina den Vortritt und bemerkte, dass sie an vieles dachte, das er vergessen hätte. Als sie den Markt mit einem großen Bündel an Vorräten verlassen wollten, griff er zu dem Bündel, um es zu tragen. Aber Amina kam ihm zuvor.

„Es geht nicht, dass ihr die Sachen tragt. Dafür sind wir Frauen da, besonders wir Sklavinnen."

„Auch eine Lebenseinstellung", dachte Gernot, fühlte sich aber nicht recht wohl beim Anblick einer schwer schleppenden Amina. Aber das musste er lernen. Er bewegte sich jetzt in einer anderen gesellschaftlichen und kulturellen Schicht, wo die Aufgaben anders aufgeteilt waren.

In der Karawanserei legte er das gerade Erworbene zu dem schon vorhandenen Gepäck und sagte: „Ich habe gesehen, dass es hier eine Bademöglichkeit gibt. Ich werde gleich auch noch baden, denn wir werden in den nächsten Wochen nicht viele Möglichkeiten dazu haben."

„Stinke ich?", fragte sie.

„Wann bist du das letzte Mal mit Wasser in Berührung gekommen?", fragte er.

„Oh, das ist lange her. Bestimmt sechs Wochen."

„Dann erübrigt sich eine Antwort auf deine Frage. Trotzdem stinkst du nicht, aber ein Bad würde nicht schaden. Hier hast du Seife. Damit kann man sich und auch die Haare waschen."

„Ich kenne Seife", antwortete sie, „aber bei uns haben nur reiche Leute Seife benutzt. Die einfachen Leute benutzen Sand."

Sie nahm die Seife und verschwand in dem Badehaus für Frauen, das durch zwei Wächter gesichert, streng abgetrennt vom übrigen Bereich war. Und auch diese Wächter hatten kein besonderes Interesse an Frauen. Dieses Verlangen hatte man ihnen genommen: Es waren Eunuchen. Der Gastwirt hatte wirklich an alles gedacht.

Gernot ließ sich beim Baden viel Zeit, schließlich glaubte er nicht, dass er sich vor Kairo noch einmal so angenehm pflegen konnte. Als Gernot den Baderaum mit neuer Kleidung verließ, trat auch gerade Amina nach draußen. Sie sah irgendwie verändert aus, ohne ihre vor Dreck starrenden Haare.

„Angenehm“, dachte er, „sehr angenehm.“

Auch die Kleidung, die sie nun trug, stand ihr eindeutig besser. Er nahm sie mit in die Ecke, wo er nachts schlafen würde und gab ihr seine kleine Nagelschere. Sie begriff sofort, wozu dieses Utensil zu gebrauchen war. Dann gab er ihr einen Kamm und sie versuchte damit, ihre Haarpracht zu bändigen, was erst nach langen Bemühungen klappte.

„Jetzt werden wir im Gastraum etwas essen und dann legen wir uns hin, um zu schlafen“, sagte er.

Sie sah ihn etwas verstört an und er bemerkte auch den Grund: „Keine Angst, ich habe dich freigekauft, damit du für mich arbeitest, nicht fürs Bett.“

Daraufhin lachte sie laut auf und meinte: „So habe ich das gar nicht gemeint.“

„Wahrscheinlich doch!“, dachte Gernot, sagte aber nichts mehr.

Nach dem Essen legten sie sich jeder auf eine Decke in die Ecke, die man ihnen zugeteilt hatte und die nur durch eine etwa einen Meter hohe Mauer von den übrigen Schlafplätzen getrennt war. Gernot schlief bald ein und erwachte jedoch ziemlich früh, weil der Platz, den er für sich ausersehen hatte, etwas knapp geworden war. Amina hatte sich ihm im Schlaf genähert, ohne jedoch dabei wach geworden zu sein. Eigentlich hatte Gernot keine weiteren Absichten in Bezug auf Amina, er wollte verpflegt werden und möglichst unauffällig nach Ägypten gelangen. Das war alles. Vielleicht bildete er sich vieles auch nur ein, vielleicht war sie zufällig, weil es kühl war, oder sie unruhig schlief, ihm so nahe gekommen. Er würde sich zurückhalten.

Er stand auf und ging sich waschen. Als er zurückkam, war auch Amina wach geworden und hatte die Decken, auf denen sie geschlafen hatten, zusammengepackt. Gernot ging in den Schankraum, kaufte etwas, was sie unterwegs essen konnten, denn er hatte keine Lust, den Aufbruch noch weiter hinauszuzögern. Er bezahlte für die Unterkunft und ging zusammen mit Amina in den Stall, wo die Kamele mit Hilfe der angestellten Knechte beladen wurden. Jetzt würde sich zeigen, ob Amina wirklich ein Kamel reiten konnte. Die drei Lastkamele wurden hintereinander gebunden und an Aminas Sattel mit einem langen Strick befestigt. Das musste reichen, denn er wollte mit seinem Tier genügend Bewegungsfreiheit haben und nicht am Führstrick von drei Lastkamelen hängen.

Draußen bestieg Amina ihr Kamel, als hätte sie nie etwas Anderes getan.

„Das kann sie", dachte Gernot, „wenn sie auch noch gut kochen kann, dann wird nichts mehr schief gehen."

Nach zehn Minuten lag Ibelin hinter ihnen und der schaukelnde Gang der Kamele wirkte einschläfernd. Gernot griff in den Vorratsbeutel und holte frisches Brot und Käse hervor. Mit seinem Messer schnitt er es in zwei Stücke und reichte Amina jeweils ein Stück.

„Wie heißt ihr eigentlich, wie kann ich euch anreden?", fragte sie plötzlich.

An alles hatte Gernot gedacht, jedoch nicht an einen Namen.

„Was soll ich ihr sagen? Wie soll ich mich nennen?"

Tausend Gedanken schossen ihm durch den Kopf. Dann hatte er einen Ausweg gefunden.

„Mein Name ist kompliziert, weil es eben kein arabischer Name ist. Meine kleine Schwester nannte mich immer Gerri. Das lässt sich auch mit einer arabischen Zunge einigermaßen korrekt aussprechen und das sollte reichen. Darüber hinaus solltest du mich duzen. Du bist Ersatz für meine Frau, die mich natürlich immer geduzt hat. Und ich habe eigentlich vor, dich überall als meine Frau auszugeben. Als Kaufmann reist man nicht mit einer Sklavin, höchstens mit seiner eigenen Frau, was auch schon ungewöhnlich ist. Aber mit einer Sklavin, das geht schon gar nicht."

„Dann bin ich Amina, jetzt die Ehefrau des Kaufmanns Gerri, der aus dem Norden stammt und mit den Lasten seiner Kamele Geschäfte in Ägypten machen will?"

„Genauso ist es. Stört dich daran etwas?"

„Nein. Ich wollte nur wissen, an wen ich geraten bin, um mich richtig verhalten zu können."

Gernot hatte sich natürlich mit der möglichen Reiseroute vertraut gemacht und wollte nach Möglichkeit Gaza bis zum Abend erreichen. Dies stellte sich jedoch als unrealistisch dar, weil er die Entfernung nicht richtig eingeschätzt hatte. So lagerten sie gegen Abend irgendwo im Niemandsland einige Kilometer vor Gaza, falls seine eingeschlagene Richtung stimmte. Gras war hier vorhanden und Wasser gab es, nachdem Gernot eine Grube ausgeworfen hatte. Jetzt würde sich zeigen, ob Amina genauso gut kochen konnte, wie sie ritt. Auf jeden Fall war das Abladen der Kamele für sie kein Problem und, wie sich herausstellte, das Kochen auch nicht.

Gernot war unterwegs immer wieder abgestiegen und hatte trockenes Holz aufgesammelt. Damit sollte nun ein Feuer entfacht werden, denn er wollte unbedingt auf das Material verzichten, mit dem die Beduinen ihre Feuer nährten: getrockneter Kameldung. Dieses Zeug qualmte entsetzlich und stank furchtbar. Auf das Aroma wollte er bei der Zubereitung der Speisen nach Möglichkeit verzichten. Außerdem verrieten der Qualm und der Geruch jedes Lager schon, bevor man es gesehen hatte.

Den Kamelen hatten sie die Beine zusammengebunden, sodass sie sich nicht zu weit entfernen konnten. Gernot legte sich hin und wickelte sich in seine Decke, Amina ebenso, direkt neben ihm.

„Eine Frau schläft neben ihrem Mann, nicht auf der anderen Seite des Feuers", meinte sie und schlief bald ein.

Am Morgen war sie wieder eng an ihn gerückt, was Gernot aber nicht mehr störte. Sie war schließlich seine Frau.

Amina bereitete das Essen zu, denn es war üblich, zweimal am Tag zu essen: irgendwann am Morgen und am Abend. Gernot hingegen kümmerte sich um den Mokka. Das wiederum war etwas, wovon Amina schon gehört, aber was sie noch nie getrunken hatte. Gernot süßte ihn stark, wie er es gelernt hatte und sie war begeistert. An den Geschmack konnte sie sich gewöhnen.

„Mokka gibt es jeden Morgen“, erklärte er. „Das ist bei mir ein festes Ritual.“

„Ein gutes Ritual!“, befand Amina.

Kurz darauf brachen sie wieder auf. Amina war kräftig genug, ein Kamel auch alleine zu beladen und geschickt genug, das Gepäck so zu befestigen, dass es nicht mehr herunterfiel. Gernot hatte also ein gutes Geschäft gemacht. Gegen Mittag ritten sie an Gaza vorbei und sie erreichten Darum, die letzte Stadt, in der Balduin, wie er vielleicht meinte, etwas zu sagen hatte.

Gernot hatte auch keine Lust, das zu überprüfen. Möglicherweise gab es dort einen Ritter, dem das Gebiet unterstand, aber das wusste er nicht. Außerdem bestand die Gefahr, dass er dort erkannt werden würde. Deshalb übernachteten sie neben einem Bauernhof, besser gesagt der Hütte eines Bauern. Von ihm kauften sie neue Vorräte, füllten ihre Wasservorräte wieder auf und machten sich am folgenden Tag auf in das Gebiet der fatimidischen Herrscher.

Abends sahen sie einen kleinen Ort, der zwischen den Königreichen lag: el-Arisch. Gernot wusste, dass dies eine Art Grenzstation war, die weder von Ägypten noch von Jerusalem beansprucht wurde. Eine Karawanserei gab es nicht, weshalb Gernot und Amina wieder draußen bei ihren Tieren schlafen mussten. Abends gab es das übliche Ritual: Amina schlief dicht neben Gernot. Daran hatte er sich langsam gewöhnt, fand es auch nicht mehr lästig oder gar unangenehm.

Eine Auskunft über den Weg nach Kairo konnte er von dem Bauern nicht bekommen. Der kannte nicht einmal den Namen der ägyptischen Hauptstadt. Gernot wusste auch nur, dass Kairo nicht an der Küste lag, dass er sich also südlich halten musste, allerdings nicht zu sehr, da er sonst im Roten Meer landen würde.

Von jetzt an war er auf sich allein angewiesen. Amina war zwar eine tüchtige Hilfe beim Be- und Abladen der Kamele und vor allem beim Kochen, aber auch sie war vor ihrer Gefangennahme nie aus ihrem Dorf herausgekommen. Sie wusste lediglich, dass Kairo am Nil lag, einige Tagesreisen von der Küste entfernt.

Gut mit Vorräten versehen, machten sie sich auf den Weg in Richtung Nil. Er wollte, wenn sie den Fluss erreicht hatten, einfach Richtung Süden weiterziehen. Dann träfe er ja irgendwann auf Kairo. Für zwei bis drei Tage mussten sie von ihren vorhandenen Lebensmitten leben und hatten wahrscheinlich keine Möglichkeit, ihre Vorräte wieder aufzufüllen. In der ersten Nacht hörten sie verdächtige Geräusche, nicht von Menschen, sondern von irgendwelchen Tieren. Grund genug für Amina, noch näher an Gernot heranzukriechen.

„Wenn das so weiter geht", dachte dieser, „dann wird daraus doch noch ein eheähnliches Verhältnis."

Am zweiten Tag sahen sie in der Ferne einen Posten der ägyptischen Armee. Das musste ein Grenzposten sein, der auch für die Einfuhrzölle zuständig war. Nicht nur die christlichen Herren verlangten Zölle, bei den muslimischen Herrschern war es genauso. Ein Ausweichen kam nicht in Frage, denn Gernot musste davon ausgehen, dass sie bereits entdeckt waren. Außerdem brauchte man die Bescheinigung der Zollstation, um nicht dauernd einen Zoll entrichten zu müssen. Jetzt würde es sich zeigen, ob die Verkleidung und das Verstellen Wirkung zeigte.

Die Soldaten, ein kleiner Trupp von kaum 50 Mann, wurden von einem Offizier angeführt, der sich sofort um alles kümmerte.

Er begann mit den üblichen Fragen: „Wo kommt ihr her? Wo wollt ihr hin? Welche Waren habt ihr zu verzollen?"

Gernots Geschichte erschien ihm nicht verdächtig und als er den Offizier fragte, ob man hier einige Schafe kaufen könne, er benötige Proviant und er würde ihn und seine Männer gerne am Abend zum Essen einladen, wenn er in der Sicherheit des Stützpunktes bleiben dürfe, hellte sich dessen Miene sofort auf. Gernot hatte nämlich einige Dutzend Schafe gesehen, die in etwas Abstand vom Stützpunkt grasten und von ein paar Soldaten bewacht wurden. Gernot bezahlte einen angemessenen Preis für fünf Schafe, die daraufhin blitzschnell ihr Leben verloren und kurz danach schon auf den Bratgestellen brutzelten.

Damit hatte Gernot das Wohlwollen des Offiziers gewonnen, der erzählte, dass die Zollbehörde in Kairo jeden Monat einen Bericht über die Einnahmen haben wollte und dieses streng kontrollierte.

Der Offizier sah sich die Waren oberflächlich an und meinte: „Teppiche bringen hübsch was ein, wenn man sie in Kairo verkauft. Vor allem, wenn sie von guter Qualität sind."

Er verlangte als Zoll 100 Dirham, was, gemessen am wirklichen Preis der Waren, wenig war. Er war in Gedanken wohl schon beim Abendessen. Er stellte ihm sogar einen Beleg über die bezahlten Zölle aus, der als Ausweis bei allen weiteren Kontrollen gelten sollte.

Der ganze Stützpunkt bestand lediglich aus einigen Zelten und einer festen Hütte, dem Sitz des Zollamtes, man könnte auch sagen, dem Haus des Offiziers. Gernot hatte man einen Platz am Rande des Lagers zugewiesen, wo er sich mit Amina und den Kamelen niederlassen konnte.

Amina hatte inzwischen einen Schleier angelegt. Als Gernot nach dem Grund fragte, antwortete sie: „In den Städten Ägyptens laufen Frauen nie unverschleiert rum. Die Männer sehen das nicht gerne und das kann zu Handgreiflichkeiten führen. Auf dem Lande ist das anders. Dort gehen alle Frauen unverschleiert, oft tragen sie nicht einmal ein Kopftuch. Ich werde auch zum Essen nicht mitkommen können. Auch das wäre unschicklich. Also musst du mir etwas zu essen mitbringen."

Schließlich kam ein Soldat und holte Gernot zum Essen ab, wobei er Amina nicht einmal ansah. Die Schafe schmeckten gut und Gernot brachte Amina eine gut gebratene Keule. Damit hatten sie wieder einen kleinen Vorrat an Proviant.

Am Lagerfeuer unterhielt sich Gernot mit dem Offizier und fragte ihn, ob es nicht gefährlich sei, mit einer kleinen Truppe den Grenzdienst zu versehen.

„Ach wisst ihr, wer soll uns schon überfallen? Die Beduinen haben Angst vor einer möglichen Strafexpedition. Außerdem treiben sie Handel mit uns. Ihr esst gerade eines ihrer Schafe."

„Und wie sieht es mit dem Königreich im Norden aus, mit König Balduin?"

Der Offizier musste lachen: „Wir respektieren durchaus seine Macht. Aber wie soll er durch die Wüste hierher kommen? Dazu fehlt ihm die Erfahrung."

Das war beruhigend. Niemand rechnete mit einem militärischen Schlag aus dem Norden. Balduin war als Gegner nicht in den Köpfen der Soldaten.

Gernot kehrte zu Amina zurück und legte sich wie ein braver Ehemann zu seiner Frau.

Am Morgen brachen sie rechtzeitig auf, nachdem sie ihre Tiere ausführlich getränkt und sich mit Wasser versorgt hatten. Als erstes nahm Anima den Schleier wieder ab und entfernte auch das Kopftuch.

„Am Nil werde ich Kopftuch und Schleier noch lange genug tragen müssen", meinte sie.

Nach zwei Tagen änderte sich die Luft, sie wurde feuchter.

„Morgen werden wir wohl den Nil erreichen", meinte Amina. „Dort ist die Luft unangenehmer, weil der Nil viel Wasser verdunstet. Man schwitzt immer, schon bei der geringsten Bewegung."

An diesem Abend würden sie noch einmal in der Wüste übernachten müssen. Am Nil jedoch war die Situation anders. Dort lebten sehr viele Menschen und damit wären sie nicht mehr unbeobachtet.

Amina wurde nach dem Abendessen plötzlich sehr gesprächig. Sie erzählte von sich und von ihrer Familie. Und mit dem Erzählen rückte sie ständig näher an Gernot heran, der zunächst an die allabendliche Zeremonie glaubte: Eng beieinander ist besser als weit von einander entfernt. Dann jedoch begriff er, dass alles anders war. Plötzlich hockte sie auf ihm und er war unfähig sich zu wehren. Er hatte sie bis jetzt für ein unerfahrenes Mädchen gehalten, musste sich jetzt jedoch eingestehen, dass diese Einschätzung völlig falsch war. Amina war eine sehr erfahrene Frau.

„Du bist nicht der erste Mann in meinem Leben, auch nicht der zweite", sagte sie. „Ich habe aber keine Lust, mein ganzes Leben unter der Fuchtel eines Mannes zu leben. Deshalb nehme ich mir vor der Ehe das, was ich gerne haben möchte, jetzt zum Beispiel dich. Das ist bei mir ein Ritual."

„Ein gutes Ritual!", befand Gernot.

Gernot hatte natürlich schon lange bemerkt, dass das ganze abendliche Theater wirklich Theater war, ein Vorspiel von dem, was jetzt kam. Sie wollte vielleicht nur testen, wie weit sie gehen musste, bevor er schwach wurde. Nun wurde er schwach, ganz schwach.

Am folgenden Tag wurde die Luft immer feuchter und bald erblickten sie den Nil. Gernot vergaß fast, den Mund wieder zuzumachen. Dieser Fluss war breiter als alles, was er an Flüssen bis jetzt gesehen hatte. Er war einfach gewaltig.

Sobald sie die erste Siedlung erreichten, legte Amina wieder Kopftuch und Schleier an, wie es sich für eine züchtige Frau gehörte. In der Nacht war sie dann nicht mehr züchtig, sodass Gernot sich fragte, in welche Kategorie Frau sie denn nun gehörte? Anna? Berengaria? Aïscha? Es war ihm egal, denn alles, was sie tat, war für ihn wundervoll und er musste sich wiederum eingestehen, dass der Mensch nicht geschaffen ist, um alleine zu leben. Er hatte mit einem Mal das dringende Bedürfnis, sein Leben in Ordnung zu bringen. Anna hatte Recht gehabt. Durch die Pilgerfahrt waren alle seine Sünden vergeben, auch die zukünftigen. So hatte es der Papst versprochen. Und der kannte sich schließlich damit aus. Und was heißt eigentlich Sünden? Dieser angenehme Umgang mit Amina konnte doch wohl keine Sünde sein. Es gefiel ihm, es gefiel ihr. Was sollte daran falsch sein?

Nach vier Tagen hatten sie Kairo erreicht. Es kam Gernot schon ein wenig seltsam vor, dass sie nie kontrolliert wurden. Sicher, sie hatten einige Trupps an berittenen Soldaten gesehen, aber die hatten sie nie behelligt. Hier schien Ordnung zu herrschen. Er musste den Zollbeleg nicht einmal vorzeigen.

Das erste, was Gernot feststellte, war, dass es in Kairo mehrere Märkte gab. Man musste nur den richtigen finden. Im Prinzip war das ganz einfach, falls man sich etwas auskannte. Gernot und Amina fanden eine Karawanserei, die so groß war, dass man annehmen durfte, dass der benachbarte Markt der richtige für ihre Waren war.

Das Quartier war schnell bezogen und der Besitzer der Karawanserei erklärte ihnen auch sofort, dass es keinen besseren Platz gäbe, als bei ihm unterzukommen und die Waren auf dem Markt vor seiner Tür anzubieten.

„Amina, kannst du handeln?“

„Wer nicht handeln kann, ist hier verloren. Handeln kann hier jeder.“

Das hörte sich gut an, musste aber erst bewiesen werden. Am Abend saß Gernot in der Schankstube – für eine Frau gehörte sich das nicht – und redete mit allen möglichen Leuten: mit Handwerkern, Kaufleuten, Soldaten. Hier war er richtig, hier konnte er vielleicht etwas mehr über die Lage in Ägypten erfahren und über geplante militärische Maßnahmen.

„Im Augenblick hat al-Amir, unser Herrscher, wohl keine große Lust, noch einmal in das Königreich Jerusalem einzufallen", erklärte ihm ein Soldat im Offiziersrang. „Die letzten Male hat er sich eine blutige Nase geholt. Jetzt aber hat dieser Balduin, der sich König von Jerusalem nennt, unsere Handelswege nach Syrien unter seine Kontrolle gebracht. Das ändert nun die ganze Situation. Eigentlich müsste al-Amir sich nun etwas überlegen. Allerdings er ist nicht gerade als besonders entschlussfreudig bekannt."

Das war schon eine wichtige Information. Al-Amir weiß nicht recht, wie er sich in der neuen Situation verhalten soll. Eigentlich will er nach den letzten Niederlagen keine weitere Auseinandersetzung mit Jerusalem, fühlt sich nun aber unter Druck gesetzt.

„Ich habe auf meiner ganzen Reise kaum Soldaten gesehen", führte Gernot das Gespräch weiter. „Hat al-Amir die Armee nun komplett aufgelöst?"

„Das nicht, aber wir führen gerade im Süden Krieg gegen Aufständische", erklärte der Offizier.

Das bedeutete, dass die ägyptische Armee im Augenblick keine Gefahr für das Königreich Jerusalem darstellte. Es war also für Balduin Zeit, etwas zu unternehmen, falls er überhaupt etwas unternehmen wollte. Gernot hatte eigentlich schon genug erfahren, aber zuerst musste er noch seine gesamten Waren an den Mann bringen.

Der folgende Tag brachte Gernot dann erste Erfahrungen in Sachen kaufmännisches Leben ein. Amina war schon auf den

Markt gegangen, um sich über Preise für Teppiche, Gewürze und Dinge des gehobenen Bedarfs zu informieren.

„Große Teppiche sind im Augenblick extrem nachgefragt", sagte sie, als sie zurückkam. „Gewürze werden immer gesucht, vor allem sind die Leute zurzeit auf der Suche nach Weihrauch. Der Nachschub aus Südarabien bleibt wohl aus. Das treibt die Preise in die Höhe. Hast du Weihrauch?"

„Eine größere Menge sogar. Wir wollen mal sehen, wie der Handel sich anlässt."

Für auswärtige Händler war es normal, dass sie einen Stand mieteten. Dazu ging man zum Vorsteher des Marktes, der für die Einhaltung der Regeln und das Umtauschen von Währungen zuständig war. Gernot mietete bei ihm einen Stand und wechselte einen Teil seines Geldes in die ortsübliche Währung um.

Der Vorsteher sah sich einige von Gernots Münzen an, es waren die aus der Ruinenstadt, und sagte: „Das sind sehr alte Münzen. Ich habe sie erst ein- oder zweimal gesehen. Wo habt ihr sie her?"

„Ich komme aus Bagdad, bin dann über Damaskus und Akkon nach Kairo gezogen. Unterwegs sammelt sich so manche Währung an. Ist etwas damit nicht in Ordnung? Hat man mich betrogen?"

„Nein, das nicht. Diese Münzen bestehen aus purem Gold und sind nicht wie andere nur ein Gemisch. Es ist gut, dass ihr sie bei mir wechselt. Anderswo hätte man nur nach Gewicht gewechselt, nicht nach dem Goldgehalt."

Gernot bedankte sich, gab dem Vorsteher ein gutes Trinkgeld und bekam einen Platz zugewiesen, der fast direkt vor der Karawanserei lag. So musste er seine Waren nicht zu weit schleppen.

„Ich hole dann schon mal meine Waren", sagte er zu Amina.

„Aber nicht alle", erwiderte diese. „Ist das Angebot groß, sinken die Preise. Ist das Angebot knapp steigen die Preise. Das ist das Gesetz des Marktes."

„Schon wieder etwas gelernt", dachte Gernot und schleppte daher nur einen kleinen Teil seiner Waren zum Stand. Er war kein Kaufmann, aber das durfte nicht auffallen.

Bald schon standen Neugierige und potentielle Käufer in der Nähe des Standes und begutachteten die Waren. Dann näherten sich einige, prüften die Teppiche, rochen am Pfeffer und am Weihrauch, sahen sich Tassen und Teller an.

„Das ist immer so", belehrte Amina Gernot. „Ich weiß nicht, wie das in Bagdad ist, aber hier in Kairo stürzt sich keiner sofort auf die Waren."

So war es dann auch. Die Interessenten entfernten sich, kamen nach einiger Zeit wieder, überprüften noch einmal und dann begann der Handel.

„Für diesen Teppich biete ich dir 100", begann ein Mann die Verhandlungen.

„Für 100 bekommst du vielleicht eine gute Hure für eine Nacht, aber nicht diesen Teppich", wies Amina das Angebot zurück und alle Anwesenden lachten.

Weitere Leute versammelten sich am Stand. Hier könnte es interessant werden. Die Frau war nicht auf den Mund gefallen. Sie konnte passend antworten.

„Hast du überhaupt etwas hier zu sagen?", konterte der Angegriffene.

„Selbstverständlich", erwiderte Amina. „Mein Mann kommt aus dem Norden, nördlich von Armenien. Ich aber bin Ägypterin und ich kenne mich hier mit den Gegebenheiten aus. Fragt ihn, welchen Preis er für diesen wunderschönen Teppich akzeptieren würde? Bestimmt nicht 100! Das wäre für mich ein Scheidungsgrund."

Amina hatte die Lacher auf ihrer Seite. Doch der Mann wollte sich nicht geschlagen geben und wandte sich an Gernot.

„Wie viel verlangt ihr für den Teppich?"

„500."

„500? Wollt ihr mich ruinieren? Das kann ich nicht bezahlen. Aber wenn ich euch 200 biete, würde das eure Meinung ändern?"

„Bei 200 seid ihr auf dem richtigen Weg, aber noch lange nicht am Ziel. Wendet euch lieber an meine Frau! Sie ist nicht so hart beim Verhandeln. Bei mir bekommt ihr den Teppich nicht unter 300."

Es blieb dem Mann nichts anderes übrig, als wieder mit Amina zu verhandeln und die beiden einigten sich schließlich auf 280. Beide schienen zufrieden zu sein, denn der Mann bezahlte und entfernte sich mit einem Lächeln auf den Lippen.

So ging es weiter, zunächst nur mit Teppichen. Amina verhandelte, Gernot sorgte für den notwendigen Nachschub. Dann erschien ein Mann, der Interesse am Pfeffer hatte. Er zerdrückte ein Pfefferkörnchen, roch daran und leckte dann mit der Zunge die kleinen Krümel auf.

„Gute Ware!", sagte er. „Wenn der Preis stimmt, kaufe ich euren gesamten Vorrat!"

Gernot besaß zwei größere Tontöpfe, die noch verschlossen waren. Der Pfeffer wurde gewogen, es wurde verhandelt und schließlich kam man zu einem Abschluss. Gernot war zufrieden, dass er so schnell einen Abnehmer gefunden hatte. Der Weihrauch ging ebenso schnell weg, es schien wirklich eine begehrte Ware zu sein.

„Wofür benutzen die Ägypter den ganzen Weihrauch?", fragte Gernot und Amina antwortete: „Gegen schlechte Gerüche. Bei den Reichen ist es in Mode gekommen, das Haus in Weihrauchschwaden einzuhüllen. Der Bedarf ist immens."

Drei Tage später verkauften die beiden den letzten Teppich. Der Stand war aber immer noch sehr umlagert. Selbst der Marktvorsteher schaute ab und zu vorbei und amüsierte sich wohl ebenfalls an dem Geschehen. Als gerade der letzte Teppich verkauft war, spürte Gernot ein schmerzhaftes Ziehen zwischen den Schulterblättern. Ein Mann, der in der ersten Reihe stand, hatte plötzlich Amina den Geldbeutel entrissen und sprang zurück, um zu fliehen. Gernot riss sein Wurfmesser aus dem Gürtel und wollte gerade werfen, da brach dieser zusammen, ein langes Messer in der Brust. Es war der Marktvorsteher, der sich bückte und sein Messer aus der Brust des Diebes zog.

„Ich danke euch", sagte Gernot, „ohne eure Hilfe wäre ich jetzt ärmer."

„Auch das gehört zu meiner Aufgabe. Diese Diebe schrecken vor nichts zurück, obwohl sie wissen, dass die geringste Strafe für einen Diebstahl der Verlust einer Hand ist. Dieses Urteil wird immer sofort an Ort und Stelle vollzogen. Bei der Summe, die er gestohlen hat, wäre er wohl mit dem Tode bestraft worden. Da vorne steht der Richtklotz. Auch so ein Urteil wird in aller Öffentlichkeit vollzogen. Das muss so sein, wenn es abschrecken soll."

Damit übergab er Gernot den Geldbeutel. Die Gefahr lauerte also überall, auch in dem scheinbar so sicheren Ägypten. Aber Gernot hatte bemerkt, dass er sich immer noch auf sein persönliches Vorwarnzeichen verlassen konnte.

Am Abend saßen Amina und Gernot auf ihrem Zimmer. Gernot hatte seine Aufgabe erfüllt. Er konnte König Balduin über die Verhältnisse im fatimidischen Ägypten berichten. Seine Einnahmen betrachtete er als seinen persönlichen Gewinn. Schließlich hatte Balduin ihm nichts versprochen. Der Wert der verkauften Waren betrug ungefähr 2000 Byzantii. Das war ein erkleckliches Sümmchen, von dem man lange leben konnte.

„Amina, ich werde morgen aufbrechen. Meine Geschäfte sind beendet. Weißt du, wie du von hier aus nach Hause kommst?"

„Ich habe mich schon erkundigt. Es geht von hier eine Karawane in den Süden, der ich mich anschließen kann. Aber natürlich nicht einfach so. Du musst mich dem Karawanenführer vorstellen und für mein Weiterkommen bezahlen. Erfinde irgendeine Ausrede, weshalb du noch nicht mitkommen kannst! Dann wird das schon klappen."

„Unsere Geschäfte sind beendet und du bist frei. Das habe ich dir versprochen. Darüber hinaus kannst du die drei Lastkamele behalten. Die Reittiere brauche ich für den Rückweg. Für einen Neuanfang in deiner Heimat wird dir etwas Geld vielleicht nützlich sein."

Er griff in seine Tasche und gab ihr Geldstücke im Wert von 50 Byzantii.

„Das ist zuviel", rief Amina. „Mit dem Geld kann ich mein ganzes Leben auskommen und da bleibt immer noch eine Menge über."

„Nun, du bist es mir wert. Ohne dich wäre das ganze Unternehmen nicht so erfolgreich abgelaufen."

Nach einer leidenschaftlichen Nacht brachte Gernot Amina an den Platz, von dem aus die Karawanen in den Süden aufbrachen. Ein Karawanenführer erklärte sich bereit, Amina in ihrem Dorf abzusetzen und versprach hoch und heilig, dass ihr unterwegs nichts passieren werde. Gernot zahlte mehr als der Mann verlangte und verabschiedete sich von Amina: wieder eine Frau weniger.

Nun packte er seine Sachen, kaufte noch einige Vorräte ein und bestieg „Balduin". „Bran" folgte an einem längeren Seil.

Er verließ Kairo Richtung Norden, wollte aber nicht auf dem gleichen Weg zurückreiten. Der Kontrollstelle wollte er auf jeden Fall ausweichen. Er war etwa eine Stunde unterwegs, als ihn ein ungutes Gefühl beschlich. Etwas stimmte nicht! Viele Eselskarren waren auf dem Weg von und nach Kairo, viele Reiter waren unterwegs. Trotzdem meinte er, verfolgt zu werden. Er blickte sich immer wieder um, konnte jedoch wegen des regen Verkehrs nichts Besonderes erblicken. Nach drei Stunden hatte sich der Verkehr gelichtet und jetzt bemerkte er eine Gruppe von fünf Reitern, die er vorher auch schon gesehen hatte, denen er aber keinerlei Bedeutung zugemessen hatte. Da er im Schritt ritt, konnten sie ihm mühelos folgen, ohne Aufmerksamkeit zu erregen.

„Vielleicht bin ich nur zu misstrauisch", dachte er. „Doch wer weiß, vielleicht wissen die auch, dass ich viel Geld mit mir herumschleppe."

Er überprüfte den Sitz des wenigen Gepäcks, das er mit sich führte und trieb seine Kamele an. Bald flog der Boden unter den Füßen der Tiere nur so dahin.

„Jetzt wird sich zeigen, ob ich spinne, oder ob mein Gefühl mich richtig gewarnt hat."

Die Kamele konnten dieses hohe Tempo über Stunden halten, ohne zu ermüden. Nach zwei Stunden jedoch verlangsamte er das Tempo wieder.

„Mal sehen, ob die Burschen auch angaloppiert kommen, oder ob alles nur Einbildung war und sie langsam weitergeritten sind."

Sie waren nicht langsam weitergeritten, sondern sie trieben ihre Pferde, die keine besondere Qualität besaßen, mit Stockschlägen an, um den Abstand nicht zu groß werden zu lassen. Als sie noch 100 Meter hinter ihm waren, verlangsamten auch sie ihr Tempo. Viel auffälliger konnte man niemanden verfolgen. Es handelte sich wohl nicht um die Elite der ägyptischen Strauchdiebe, denn die hätten bestimmt bessere Pferde gehabt. Aber es waren fünf Männer, die ihn nicht in friedlicher Absicht verfolgten. Was tun? Hier war guter Rat teuer!

Gernot ritt langsam weiter und überlegte, was zu tun sei. Er könnte in einem Dorf übernachten. Das würde die Verfolger davon abhalten, ihn des Nachts zu überfallen. Es sei denn, die Dorfbewohner machten gemeinsame Sache mit den Verfolgern, was man nie ausschließen konnte. Er war hier schließlich ein Fremder, dem niemand nachtrauerte, wenn er ermordet im Nil treiben würde.

Der Abstand wurde nicht größer, aber auch nicht kleiner. Ein Angriff stand also nicht unmittelbar bevor. Er blickte immer wieder über die Schulter und sah die Fünf sich unterhalten. Plötzlich scherten zwei Männer aus und bogen nach rechts ab.

„Die können mich nicht überholen", dachte er. „Ich bin viel zu schnell. Das haben sie doch bemerkt."

Dann sah er den Grund für das Verschwinden der beiden Männer: Der Fluss machte einen Bogen nach rechts. Die beiden versuchten, ihm den Weg abzuschneiden, um ihn dann von vorne und von hinten anzugreifen. Jetzt galt es aufzupassen. Es war kein Dorf, keine Siedlung in Sicht. Auf dem Weg befanden sich auch keine anderen Reiter. Das bedeutete, ein idealer Platz für einen Überfall: Keine Zeugen, also keine Gefahr, dass der Überfall entdeckt würde. Aber nicht nur ein idealer Platz für die Strauchdiebe, auch für den, der überfallen werden soll, denn es juckte Gernot gewaltig zwischen den Schulerblättern. Also ein Überfall stand bevor.

Gernot band „Bran" an einen Strauch, nahm seinen Bogen und wartete, bis die drei Reiter nahe genug rangekommen waren. Der Busch, an den er „Bran" festgebunden hatte, verdeckte ihn, bis seine Verfolger sich ihm auf 50 Meter genähert hatten. Dann nahm er seinen Bogen und schoss den ersten Pfeil ab. Ein Reiter fiel aus dem Sattel, die beiden anderen hielten verdutzt an. Das war ein Fehler, denn sofort fiel der zweite Reiter aus dem Sattel, ebenfalls getroffen von einem Pfeil. Dann gab Gernot „Balduin" ein Zeichen und er ritt im Galopp auf den letzten verbliebenen Verfolger zu. Es war ein kurzer Kampf und drei Leichen schwammen danach im Nil.

Mit den Pferden konnte er nichts anfangen. Er nahm ihnen Sattel und Zaumzeug ab und scheuchte sie davon. Jetzt musste er sich nur noch um zwei weitere Wegelagerer kümmern.

Diese kamen ihm eine Stunde später entgegen. Allerdings waren sie etwas verwirrt, da sie nicht so recht wussten, was sie nun tun sollten. Die Abmachung mit ihren Räuberkollegen hatte vorgesehen, den Kaufmann in die Zange zu nehmen, um ihn dann auszuschalten und seinen prall gefüllten Geldbeutel an sich zu nehmen. Jetzt aber war eben diese Unterstützung nicht zu sehen. Vielleicht hingen sie ja etwas zurück? Vielleicht hatten sie ja auch Reißaus genommen? Was war zu tun? Die Entscheidung über diese Frage nahm Gernot ihnen ab. Er griff die beiden an und tötete sie nach kurzem Kampf. Dann die Leichen in den Nil, die Ausrüstung ebenso und die Pferde wegtreiben. Nichts war mehr vom Überfall zu sehen.

Im nächsten Dorf erkundigte er sich nach einem Weg durch die Wüste nach Aqaba. Die Reaktion der Dorfbewohner war nicht sehr vielversprechend. Von Aqaba hatten sie noch nie gehört, in die Wüste trauten sie sich nicht. Was sollten sie dort? Das war zwar eine vernünftige Lebenseinstellung, Gernot aber brachte sie nicht weiter. Er wollte auf keinen Fall auf dem alten Weg zurückreiten. Sein Gesicht sollte sich den ägyptischen Grenzsoldaten nicht zu genau einprägen. Vielleicht musste er den Weg ja noch einmal mit Balduins Heer beschreiten. Da war es nicht ratsam, zu bekannt zu sein. Er ritt noch ein Stückchen weiter und erreichte eine kleine Karawanserei, wo er zu übernachten gedachte.

Er stellte seine beiden Kamele unter und zahlte im Voraus für deren Versorgung. Im Schankraum saßen einige Händler. Ein gutes Zeichen, da Händler im Allgemeinen besser informiert sind als die einfachen Bauern. Außerdem konnte er davon ausgehen, dass deren Geographiekenntnisse den eigenen – wenigstens was diese Region betraf – überlegen waren. Beim Essen fragte er beiläufig nach einem kurzen Weg nach Damaskus, er hätte keine Lust, an der Küste entlang nach Akkon zu ziehen und von dort aus in die syrische Hauptstadt.

„Es gibt einen Weg von hier aus durch den Sinai nach Aqaba“, verriet ihm ein älterer Kaufmann. „Aber es ist wenig sinnvoll über Aqaba nach Damaskus zu reisen. Der Sinai ist eine gebirgige Wüste, die man auch mit guten Kamelen nicht durchqueren kann. Wenn ihr von hieraus immer nach Osten reitet, werdet ihr nördlich des westlichen Arms des Roten Meeres den Sinai erreichen. Dann müsst ihr darauf achten, dass der gebirgige Sinai immer auf eurer rechten Seite zu sehen ist. Wenn ihr diese Richtung streng einhaltet, werdet ihr zwischen Aqaba und der neuen Festung Montreal nach Transjordanien gelangen. Aber weshalb wollt ihr nicht den sicheren Weg an der Küste entlang nehmen?“

„Den habe ich auf dem Hinweg genommen und die ägyptischen Grenzposten haben einen hohen Zoll verlangt. Das will ich nicht noch einmal riskieren“, erklärte Gernot.

„Dann nehmt den Weg, den ich euch beschrieben habe“, entgegnete der Kaufmann. „Ihr könnt, wenn ihr euch etwas beeilt, Transjordanien in einer Woche erreicht haben. Aber deckt euch gut mit Wasser und Verpflegung ein. Es gibt dort zwar einige Beduinenstämme, denn die Gegend ist nicht so unfruchtbar, wie ihr vielleicht vermutet. Aber bei denen muss man aufpassen. Sie sind räuberisch veranlagt und einen einzelnen Reisenden werden sie nicht verschonen.“

Gernot überlegte noch lange über den einzuschlagenden Weg, entschied sich aber dann, es auf der neuen Route zu versuchen. Am folgenden Morgen kaufte er genügend Vorräte ein und dazu weitere Wasserschläuche. Jetzt waren beide Kamele gut beladen und er konnte sich auf den Weg machen.

Ein neuer Weg, ein unbekannter Weg. Unbekannte Wege hatte Gernot in den letzten Jahren des Öfteren beschritten. So langsam wurde es Zeit, sich auf bekannten, weniger gefahrvollen Wegen zu bewegen. Jetzt durchquerte er allein den Sinai. Viel verrückter ging es nun wirklich nicht mehr. Aber was man begonnen hat, muss man auch zu Ende führen.

So ritt er los, war allerdings sehr darauf bedacht, kein Aufsehen zu erregen. Ein Reiter mit zwei guten Kamelen, das war schon verdächtig. Deshalb sah er sich immer wieder um, ob ihm niemand folgte. Doch diesmal war er wirklich allein unterwegs. Niemand folgte oder verfolgte ihn. Er ritt bis spät in den Abend hinein, immer in dem von ihm so ungeliebten Schritttempo. Dabei hatte er gelernt, das scheinbare Schweben über dem Sand zu genießen, wenn er mit seinen Kamelen galoppierte. Aber kein Kaufmann galoppierte, das war auffällig.

Während des ersten Tages war die Strecke, die er zurückzulegen hatte, noch gut zu erkennen. Dann aber, am zweiten Tag, kam er in eine unwirtliche Gegend, kein Gras, Seen, in denen kein einziger Fisch lebte, es war fürchterlich. Dann sah er das Gebirge des Sinai. Er war also auf dem richtigen Weg. Vereinzelt sah er in der Ferne einzelne Viehherden, manchmal auch Zelte. Hier wohnten oder hausten Menschen. Gernot umging diese Gebiete möglichst rasch. Nach einer Woche kam er seinem Ziel näher. Die Geländeformationen kamen ihm bekannt vor. Es musste sich um die Gegend zwischen Aqaba im Süden und Montreal im Norden handeln. Deshalb bog er jetzt etwas nach Norden ab und sah am nächsten Tag den ersten Palmenhain. Es wurde auch Zeit, denn sein Wasser ging zur Neige. Plötzlich kamen Reiter über eine Düne gerade auf ihn zu. Reiter auf Pferden. Das heißt, dass es in der Gegend Wasser geben musste. Gleichzeitig erkannte er, dass es sich um Balduins Männer handelte.

Gernot hielt an und begrüßte den Anführer der kleinen Schar auf Französisch: „Ich glaube, ihr kennt mich. Ich war unter König Balduin hier, um Montreal aufzubauen. Kommt ihr aus dieser Festung?“

„Ja, wir kommen aus Montreal und sind auf einem Patrouillenritt.“

„Dann führt mich nach Montreal!“

In Montreal konnte er seine beiden Kamele tränken und mit Futter versorgen. Er blieb zwei Tage in der Festung und machte sich dann auf den Weg nach Jerusalem.

Drei Tage später, es war Anfang Februar 1118, erreichte Gernot die Hauptstadt des Heiligen Landes. Er wurde sofort beim König vorgelassen, dem er in aller Ausführlichkeit seinen Spionageritt schilderte. Und es kam, wie es kommen musste: Balduin sah jetzt die einmalige Möglichkeit, die Fatimiden in Ägypten durch einen überraschenden Angriff so zu erschrecken, dass sie in den nächsten Jahren ihre Finger vom Königreich Jerusalem lassen würden.

„Was meint ihr? Wie müssen wir vorgehen? Ihr kennt jetzt die Gegend ein wenig."

„Wir sollten nicht an der Küste entlang reiten. Das ist zwar der einfachere Weg, aber wir werden schon von Weitem gesehen und der Überraschungseffekt wäre dahin", meinte Gernot. „Auf dem Rückweg können wir diesen bequemen Weg wählen. Wir sollten von Montreal quer durch die Wüste ziehen. Dazu müssten aber vorher Verhandlungen mit den dort wohnenden Beduinen erfolgen, damit sie uns mit allen nötigen Vorräten versorgen, denn Wasser zum Beispiel können wir nicht in der erforderlichen Menge mitnehmen."

„Wie können wir erreichen, dass sie uns unterstützen?"

„In der Wüste gibt es kein Salz. Dieses ist aber für Mensch und Tier lebensnotwendig. Bringt den Beduinen Salz: Lecksalz für die Tiere, Meersalz für die Menschen! Vielleicht schafft das Voraussetzungen für entsprechende Verhandlungen."

„Dann führt diese Verhandlungen! Ich stelle bis dahin ein kleines Heer auf und rufe die Großen des Königreichs zusammen."

Da hatte Gernot es wieder. Er hatte zuviel geredet und ein anderer – Balduin – hatte die Entscheidung getroffen. Aber Balduin etwas erschrecken, das wollte er trotzdem.

„Dafür brauche ich Geld. Und ihr wisst, diese Expedition nach Ägypten bringt nichts ein, sie kostet aber etwas, um nicht zu sagen: etwas viel."

„Ich weiß. Aber die Abschreckung ist es mir wert."

„Dann werde ich meinen Kamelen zwei Tage Ruhe gönnen und anschließend mit einer Kamelreitertruppe aufbrechen. Mit Pferden hat das keinen Zweck, da sind wir zu abhängig vom Wasser. Und nun brauche ich das Geld."

Jetzt war Gernot gespannt, wie viel Geld Balduin bereit war, für diese Wahnsinnsidee zu opfern. Er war allerdings erstaunt, als er den Beutel sah. Die Einschüchterung der Fatimiden schien König Balduin einiges wert zu sein.

Auf jeden Fall konnte Gernot jetzt zunächst einmal in sein Haus zurückkehren. Edward war wie üblich zugegen und erzählte ihm den neuesten Klatsch. Die Heirateritis grassierte unter den Angelsachsen. Nur noch zehn Mann waren von der ursprünglichen Truppe übrig geblieben, alle anderen wohnten jetzt in eigenen Häusern, als selbständige Handwerker, oder auf dem Land als Bauern mit einigem Besitz.

„Diesem Glück sollte man keinen Riegel vorschieben", meinte Gernot. „Wer sein Glück gefunden hat, der sollte es festhalten."

Danach klärte er Edward über das neue Vorhaben auf.

„50 Mann brauchen wir dafür", erklärte Edward, „alle beritten mit guten Kamelen und dazu mindestens 10, besser 15 Lasttiere. Soll ich mich darum kümmern?"

„Das wäre gut", sagte Gernot, „denn ich bin müde und habe große Lust, zwei Tage einfach nur zu schlafen. Im Übrigen, du solltest „Du" zu mir sagen. Wir sind jetzt schon so lange zusammen, dann ist manches vielleicht einfacher."

Edward entfernte sich, Gernot brachte seine neu erworbenen Reichtümer in seine private Schatzkammer und schlief dann tatsächlich bis zum nächsten Abend.

Die Vorbereitungen waren perfekt gelaufen. Edward hatte große Mengen an Salz herbeigeschafft und anständig verpacken lassen. 50 Mann standen auf Abruf bereit, darunter die zehn verbliebenen Angelsachsen. Gernot hielt eine kleine Ansprache und verkündete, dass es am folgenden Morgen mit dem Sonnenaufgang losgehen würde. Danach wunderte er sich über die Mengen an Nahrung, die er anschließend verdrückte und er wunderte sich ebenfalls darüber, dass er sofort wieder einschlafen konnte.

Recht früh wurde er von seinen Leuten geweckt. Schließlich hatte er selbst von einem Aufbruch in aller Frühe gesprochen. Als er den Innenhof seines Hauses betrat, sah er, dass alles zum Aufbruch bereit war. Es wurde ihm noch ein Mokka gereicht, frühstücken konnte er auch im Reiten.

Sie verließen Jerusalem und ritten über Hebron nach Montreal. Von dort mussten sie den Weg durch die Wüste nehmen, jedoch nicht den, den Gernot bereits kannte. Balduin hatte nicht die Absicht, Kairo anzugreifen. Das hätte seine militärischen Möglichkeiten weit überschritten. Vielmehr sollte ein Weg gefunden werden, der von Montreal nach Nordwesten führt, durch den nördlichen Sinai, aber Richtung Nilmündung. Also hieß es jetzt, einen Weg zu finden, der hinter der ägyptischen Grenzstation ans Meer führt und dann würde man schon sehen. Denn es war nicht Gernots Absicht, den ganzen Weg, den er bereits gegangen war, noch einmal abzureiten.

Nach einem Tag Pause in Montreal brachen sie nach Westen auf. In der Festung hatte man ihnen erzählt, dass in der Umgebung mehrere Beduinenstämme lebten, die an einigen oasenartigen Stellen sogar etwas Landwirtschaft betrieben, das heißt, sie bauten ein wenig Gemüse an. Ansonsten lebten sie von der Viehzucht.

Da Balduin ein gemischtes Heer, Reiter- und Fußsoldaten, aufstellen wollte, durfte man den Abstand zwischen den einzelnen Tagesetappen nicht zu groß wählen. 30 Kilometer waren möglich, in Ausnahmefällen auch etwas mehr. Das wiederum bedeutete, dass in diesen Abständen Verpflegungsdepots errichtet werden mussten.

Die erste Etappe war etwas länger als geplant, aber Gernot konnte nicht die Lagerplätze der Beduinen bestimmen, er konnte ihre Lagerplätze nur akzeptieren.

Die Verhandlungen gingen immer nach dem gleichen Schema vor: Ein eigenes Lager in einem gewissen Abstand zum Beduinenlager aufschlagen, Salz als Geschenk überreichen und Verhandlungen führen mit den Ältesten des Stammes. Seltsamerweise war die erste Reaktion der Beduinen immer identisch: „Warum will Balduin, der für seine Sparsamkeit – sie benutzten den Ausdruck „Geiz" – bekannt ist, uns etwas schenken?"

Gernot musste immer lang ausholen und viel reden. In den Lagern liebte man lange Geschichten und diese Geschichte schien interessant zu sein: „König Balduin möchte euer Land kennen lernen. Er beabsichtigt nicht, es zu besetzen, denn was soll er mit einer Wüste nebst einigen Oasen anfangen? Er will lediglich verhindern, dass die Ägypter immer wieder in sein Reich einfallen. Deshalb will er mit einigen Soldaten ein Stück durch die Wüste ziehen. Diese sollen lernen, wie man sich dort verhalten muss, wenn man überleben will."

„Und welche Rolle spielen wir dabei?"

„Der König möchte euch gerne Vorräte abkaufen, denn er ist nicht in der Lage, so viel an Nachschub mit sich zu nehmen."

„Und an welche Vorräte dachtet ihr?"

„Viel Wasser, einige Schafe und Ziegen und wenn ihr habt, Gemüse aus eurem Anbau."

Darüber wurde nun verhandelt, denn ganz so einfach war die Geschichte nicht. Zum einen handelte es sich für die Beduinen um ein gutes Geschäft, zum anderen hatten sie aber

Angst, ausgeplündert zu werden und dann ohne alles dazustehen.

„Ich mache euch einen Vorschlag", sagte Gernot schließlich. „Ich zahle jetzt schon zwei Drittel des Preises und den Rest erhaltet ihr, wenn der König selber hier ist."

Dieser Vorschlag schien allen akzeptabel zu sein, sodass Gernot mit seiner Truppe am nächsten Morgen weiter ziehen konnte.

So ging es einige Tage weiter, bis Gernot glaubte, auf der Höhe von el-Arisch oder sogar dem ägyptischen Grenzposten zu sein. Jetzt konnte nicht mehr die Ausrede gelten: Wir erkunden die Wüste. Deshalb verfiel er auf die Idee, dass Balduin von dieser Stelle aus direkt nach Darum reiten wolle. Deshalb benötige er auch größere Vorräte, etwa für fünf bis sechs Tage. Diese Ausrede klang glaubhaft und wurde wegen des zu erzielenden Gewinns durch die Beduinen gerne akzeptiert.

So traf Gernot 14 Tage nach seinem Aufbruch wieder in Jerusalem ein, wo er schon sehnsüchtig erwartet wurde. Balduin hatte sein Heer vor der Stadt versammelt. Als Gernot dieses Heer sah, erschrak er ein wenig, denn es bestand lediglich aus circa 200 Rittern und 400 Fußsoldaten. Mit etwas mehr hatte Gernot schon gerechnet. Aber unter den Rittern befanden sich viele der Großen des Königreiches und auch der Bischof vom Ramleh war anwesend, allerdings in seiner Rüstung kaum als Geistlicher zu erkennen.

Als er vor Balduin erschien, begann dieser sofort: „Wahrscheinlich hattet ihr ein größeres Heer erwartet. Aber ich habe nicht die Absicht, Ägypten zu besetzen. Mir reicht schon ein Nadelstich. Ich will den Fatimiden beibringen, dass sie nicht ungestraft in mein Königreich einfallen dürfen. Ein größeres Heer hätten wir nicht durch die Wüste führen können. Dafür fehlen mir die Mittel. Also tue ich das, was ich kann: Ich ärgere die Ägypter."

„Wenn das so ist, dann sollten wir möglichst schnell aufbrechen. Ehrlich gesagt, hatte ich mit ein paar Soldaten mehr gerechnet, aber zum Ärgern werden diese Soldaten auch reichen, bedenkt man, dass die Ägypter im Augenblick im Süden ihres Reiches beschäftigt sind, dann können sie vor allem eins nicht gebrauchen: einen Feind im Norden."

Also ritten sie los: 200 Ritter, 400 Fußsoldaten, 200 Packpferde und einige Männer, die für bestimmte Aufgaben vorgesehen waren. Balduin hatte seinen Koch Addo mitgenommen, es sollte nichts dem Zufall überlassen werden. Die 400 Fußsoldaten gingen links und rechts von den Packpferden, sodass sie ihre Waffen denen noch aufbürden konnten und sich gleichzeitig an ihnen festhielten. Das erleichterte und beschleunigte das Vorankommen.

Bis Montreal war der Weg bekannt und völlig gefahrlos. Danach kannte nur Gernot den weiteren Weg. In Montreal wurde eine eintägige Pause eingelegt und Gernot kam auf die Idee, dem Heer voranzureiten, damit die Versorgung gewährleistet war.

Er machte sich mit seinen zehn verbliebenen Angelsachsen auf den Weg – diesmal alle zu Pferde – und erreichte ziemlich schnell das erste Etappenziel. Er kümmerte sich um den vereinbarten Nachschub und zahlte den versprochenen Rest. So ging es ohne Zwischenfälle Tag für Tag eine Etappe weiter, bis sie nach 14 Tagen Farama, das alte Pelusium, am östlichen Nilarm gelegen, erreichten. Als die ägyptische Besatzung der Stadt die Fahne König Balduins erblickte, floh sie kopfüber, ohne sich um das Schicksal der Bevölkerung zu kümmern. Wahrscheinlich hatten die Ägypter angenommen, die kleine Truppe wäre nur die Vorhut, das gesamte Heer würde noch folgen. Auf jeden Fall gelang es Balduin, die Stadt ohne Blutvergießen zu erobern. Sollte er doch noch gewisse Erwartungen auf Beute gehabt haben, so musste er diese nun begraben.

Hier war nichts zu holen, oder die Soldaten hatten bei ihrer Flucht alles Wertvolle mitgenommen.

Balduin befahl, die gesamten Festungsanlagen niederzureißen, um wenigstens auf diese Weise den Fatimiden Schaden zuzufügen. Aber bereits am zweiten Tag erkrankte der König. Gernot wurde zu ihm geholt und sah, dass Balduin glühte: Er hatte hohes Fieber. Balduin war schon nicht mehr in der Lage, auf Gernots Fragen zu antworten.

Der Bischof von Ramleh war damit beschäftigt, Gott um Hilfe zu bitten, was allerdings beim Zustand Balduins ein fragliches Bemühen war.

Gernot untersuchte Balduin genauer und stellte fest, dass dessen Unterleib völlig verhärtet war. Eine große Narbe war zu sehen, die von einer Verwundung herrührte, die er sich während eines Feldzugs 1103 zugezogen hatte und die nie ganz ausgeheilt war. War dies die Ursache von Balduins Beschwerden? Da war Gernot allerdings mit seinem Latein am Ende.

Er riet zum sofortigen Rückzug, was angesichts der geringen Mannschaftsstärke und des Zustandes des Königs von allen gutgeheißen wurde. Schon am nächsten Tag war der König nicht mehr in der Lage zu reiten. Man musste eine provisorische Trage bauen, damit Balduin liegend transportiert werden konnte.

Als die Besatzung der ägyptischen Grenzstation Balduins Banner in ihrem Rücken, also aus der falschen Richtung kommend sah, verstanden die Soldaten die Welt nicht mehr und räumten fluchtartig den Stützpunkt. Das kleine Heer hielt sich dort aber nicht weiter auf, Balduin drängte in Momenten, in denen er bei Bewusstsein war, auf ein rasches Tempo, sodass die Truppe am 2. April 1118 el-Arisch erreichte. Dort war abzusehen, dass Balduin nicht mehr lebend nach Jerusalem zurückkehren würde. Er beichtete noch einmal beim Bischof von

Ramleh, der ihn in den Armen hielt und befahl seinen Koch Addo zu sich.

Ganz leise und kaum noch verständlich flüsterte er: „Addo, du musst mir einen letzten Dienst erweisen. Ich weiß, dass ich hier sterben werde, ich möchte jedoch nicht hier begraben werden, sondern in geweihter Erde ruhen, in Jerusalem in der Grabeskirche neben meinem Bruder. Hilfst du mir bei diesem Ziel?“

„Aber natürlich, mein König“, sagte Addo, ohne zu wissen, auf was er sich jetzt eingelassen hatte.

„Ihr könnt nicht mit meiner Leiche bei dieser Hitze nach Jerusalem reiten. Die Verwesung würde noch am gleichen Tag einsetzen. Deshalb habe ich eine letzte Bitte an dich, mein Freund.“

„Majestät, ich bin zu allem bereit. Was kann ich für euch tun?“

„Wenn ich tot bin, schneide meinen Leib auf und entferne die Eingeweide, die dann hier mit einem Gebet des Bischofs beerdigt werden sollen. Meinen Körper, lieber Addo, sollst du dann mit allem Salz, was wir haben einreiben und die Bauchhöhle mit den Kräutern, die hier wachsen voll stopfen. Dann wickelt meinen Körper in so viele Tücher wie ihr habt ein und hüllt ihn in einen Teppich und reitet dann nach Jerusalem. So müsste es gehen. Machst du das, Addo?“

„Jawohl Majestät, ich habe es versprochen, auch wenn es mir schwer fällt, ich werde es tun.“

Dann wandte er sich an Gernot: „Ihr wart immer ein treuer Diener des Königreichs. Steht Addo bei!“

„Ich verspreche es, Majestät.“

Balduin sah noch einmal den Bischof von Ramleh an und starb.

Der Herr von Hebron, einer der Großen des Reiches, legte seine Hand auf Gernots Schulter und sagte: „Ihr habt mehr Mut als viele von uns. Ich bewundere euch.“

„Kümmert ihr euch um die Kräuter, das Salz, die Tücher und einen Teppich?“, fragte Gernot ihn.

„Es ist mir eine Ehre“, antwortete der Herr von Hebron, schlug ihm noch einmal auf die Schulter und alle bis auf Addo und Gernot verließen das Zelt.

Draußen begann der Bischof laut zu beten und alle Soldaten fielen in die Gebete ein. Drinnen vollzog sich ein schauriges Schauspiel. Der treue Addo öffnete die Bauchhöhle seines Königs und entfernte die inneren Organe. Diese legte er in eine Schüssel und trug sie nach draußen, wo sie unter den Gebeten aller Anwesenden beerdigt wurden. Gernot hatte gesehen, dass ein Teil des Darms schwarz war, genau die Stelle war betroffen, wo sich die große Narbe befunden hatte. Also war Balduin nach vielen Jahren an einer alten Verletzung gestorben.

Der Herr von Hebron brachte einen ganzen Eimer mit Salz und einen großen Haufen von Thymian und anderen Kräutern ins Zelt. Als er seinen König sah, bemerkte er:

„Er war nicht sehr groß, aber er war ein sehr Großer.“

Addo und Gernot vollendeten ihre schreckliche Aufgabe und übergaben den fest verschnürten Teppich dem Bischof von Ramleh. Dieser segnete ihn und sagte: „Auf geht's! Jetzt haben wir keine Zeit mehr zu verlieren.“

In größt möglichem Tempo wurde der Leichnam nach Jerusalem gebracht, wo Balduin am 7. April, dem Palmsonntag, neben seinem Bruder in der Grabeskirche beerdigt wurde.

Gernot war von der ganzen Angelegenheit mehr betroffen, als er eigentlich sein sollte. Schließlich war Balduin der Mann, dem er viel zu verdanken hatte. Sieben Jahre hatte er an seiner Seite gestanden und gekämpft für den Erhalt des Königreiches Jerusalem. Und jetzt? Was sollte er jetzt tun? Er hatte keine Machtposition inne, da die Macht, die er besaß, von Balduin abhing und der war jetzt tot. Seine Macht hatte im Vertrauen Balduins bestanden. Wer wurde dessen Nachfolger? Davon hing alles ab. Aber Balduin hatte keine Kinder. Die Kinder, die er mit seiner ersten Frau gehabt hatte, waren auf dem Kreuzzug gestorben. Die weiteren Ehen hatten keine Kinder hervorgebracht. An eine Nachfolgeregelung hatte im Augenblick niemand gedacht, am wenigstens Balduin selbst.

So stand Gernot während der Beerdigung ziemlich verlassen da. Er besaß Reichtümer in nicht geringem Maße, wovon nicht einmal Balduin etwas geahnt hatte, mit denen er aber – wenigstens zurzeit – nichts anfangen konnte. Vielleicht wusste Bran etwas, aber auch nicht alles. So konnte er nur auf eine Regelung hoffen, die auch ihn irgendwie zufrieden stellen konnte. Und noch eines fehlte ihm, was alle Mächtigen des Landes besaßen: eine Hausmacht. Niemand stand nach dem Tode Balduins noch hinter ihm, seine zehn Angelsachsen waren alles, was ihm an Sicherheit geblieben war. Es ging nun darum, sich ruhig zu verhalten, denn Ansprüche konnte er nicht stellen. Er hatte es versäumt, bei Balduin auf die Übergabe eines großen Lehens zu drängen. Er war als ein Niemand gekommen, war zwischendurch ein bedeutender Machtfaktor im Ränkespiel Balduins geworden, war jetzt wieder ein Niemand. Hier musste eine Entscheidung fallen.

„Noch einmal darf mir so etwas nicht passieren“, dachte er.

Aber würde er unter einem Nachfolger Balduins wieder so eine Chance bekommen?

3. Die Nachricht

Es war die Osterwoche des Jahres 1118 und Gernot saß in seinem Haus und hatte Zeit, über sein weiteres Leben nachzudenken. Der Tod von Balduin hatte sich in ganz Outremer schneller verbreitet als ein Gerücht in der Wüste. Jeder war gespannt, wer für die Nachfolge ausersehen werden würde. Auf jeden Fall sollte es jemand aus der Gruppe der Franzosen, besser aus der Gruppe der französischsprachigen Familien sein. Für Gernot kamen da nur zwei Leute in Frage, Joscelin von Courtenay oder jemand aus dem Haus Boulogne. Balduin von Bourcq war hier die herausragende Persönlichkeit, ein Cousin von Gottfried und Balduin. Diese beiden Männer gehörten noch der ersten Generation der Kreuzfahrer an, an denen konnte man kaum vorbeigehen. Es gab da zwar noch einen älteren Bruder im Haus Boulogne, aber ob der so unüberlegt handeln würde und seine ruhige Heimat gegen einen unruhigen und unsicheren Thron zu tauschen, das glaubte Gernot nicht. Er persönlich würde es nicht tun. Nach all dem, was er im Heiligen Land erlebt hatte, war Sicherheit das, wonach er sich am meisten sehnte.

Im Verlauf der Karwoche trafen viele bedeutende Persönlichkeiten ein, die die Absicht gehabt hatten, das Osterfest in Jerusalem zu verbringen. Die Übrigen kamen, um nichts zu versäumen, denn es gab vielleicht etwas zu verteilen: Macht, Einfluss, Posten.

Balduin von Bourcq war der Erste, der eintraf, zufällig am Tag der Beerdigung Balduins. Sehr groß war er, eine beeindruckende Persönlichkeit, von untadeligem Ruf. Mit seiner armenischen Frau Morphia führte er eine Musterehe, was für Outremer ungewöhnlich war. Außerdem – so erzählte man – sollte er dicke Schwielen auf den Knien haben, vom vielen

Beten. Das war allerdings etwas, was Gernot weniger beeindruckte.

Am Karfreitag gegen Abend wurde Gernot ein Besuch angekündigt: Joscelin von Courtenay stand vor der Tür, in einfacher Kleidung, wohl um nicht sofort erkannt zu werden.

„Ich bitte um ein Gespräch", begann er.

„Er bittet um ein Gespräch?", dachte Gernot. „Seltsam."

Gernot führte ihn in sein Zimmer, das er mit Teppichen und edlem Mobiliar recht wohnlich ausgestattet hatte.

Joscelin sah sich um und meinte: „Man lebt recht gut in Jerusalem."

„Man hat auch sieben Jahre seinen Kopf hingehalten für Jerusalem", entgegnete Gernot.

„Deshalb bin ich hier", fuhr Joscelin fort. „Ich habe mit Arnulf und einigen anderen gesprochen, die euch gut kennen. Alles, was ich gehört habe, klingt gut, sehr gut sogar. Ihr habt Feldzüge geleitet, Jerusalem vor den Fatimiden verteidigt, strategisches Geschick bewiesen und habt auch bei den muslimischen Nachbarn einen guten Ruf. Ich möchte mit euch über die Nachfolgeregelung im Königreich Jerusalem sprechen."

„Aha", dachte Gernot, „so läuft der Hase."

Inzwischen hatte Ibrahims Frau Mokka gebracht und erklärte, dass das Essen in einer halben Stunde fertig sein werde.

„Nicht, dass ihr denkt, ich wollte König werden. Das liegt mir fern. Ich gehe lieber in den Norden und regiere dort. Ich denke an Balduin von Bourcq als Nachfolger. Er stammt aus dem Haus Boulogne, was allen entgegenkommen würde. Außerdem stammt er, wie ich, noch aus der ersten Generation der Kreuzfahrer. Dazu kommt ein für hiesige Verhältnisse untadeliger Lebensstil. Das alles macht ihn zum ersten Kandidaten – nach meiner Meinung."

„Ich kann dazu wenig sagen", entgegnete Gernot. „Ich habe Balduin von Bourcq ein paar Mal gesehen, aber das reicht bei weitem nicht, um ein Urteil über einen Mann abzugeben. Dass man ihn nicht einfach übergehen kann, scheint mir einleuchtend. Aber nach meiner Meinung wird er sich nicht aufdrängen. Zu seinen Charakterzügen gehört auch Bescheidenheit."

„Genau das ist das Problem. Morgen tagt der Kronrat, an dem ihr zwar eigentlich nicht teilnehmen werdet, aber trotzdem ist mir eure Meinung wichtig. Würdet ihr einen König Balduin II. befürworten?"

„Wenn ich dadurch nicht zu lange in der Kirche knien müsste und ich mir dadurch keine Schwielen an den Knien einhandeln werde, dann ja. Es scheint außer euch keine Alternativen zu geben. Und es sollte schnell entschieden werden, da das Königreich nicht ohne Regenten dastehen darf."

„Dann sind wir einer Meinung! Ich bin hier inkognito, niemand hat mich gesehen und das soll auch so bleiben. Ich habe zum Schluss noch eine Bitte: Morgen Nachmittag ist die Sitzung des Kronrates, auf der eine Entscheidung fallen muss. Ich möchte aber nicht, dass sich dabei irgendein Emporkömmling als Kronprätendenten aufspielt und dass dann ein Falscher gewählt wird."

„Auf den Kronrat kann ich keinen Einfluss nehmen. Da stehe ich außen vor."

„Das werden wir sehen. Zunächst möchte ich euch bitten, morgen früh Balduin aufzusuchen. Ich werde es arrangieren, dass er euch empfängt. Redet ihm gut zu, die Königswürde anzunehmen. Ich werde euch als den Kommandanten von Jerusalem ankündigen und morgen auf der Kronratssitzung werde ich mich bemühen, dass ihr als Kommandant von Jerusalem und als Letzter, der mit König Balduin auf einem Kriegszug war, an der Kronratssitzung teilnehmen dürft. Wir müssen auf jeden Fall verhindern, dass ein Machtvakuum entsteht. Das lockt nur Feinde an."

„Gut, ich werde handeln, wie ihr verlangt", sagte Gernot.

„Damit wir uns richtig verstehen: Ich verlange nichts. Dies ist eine Bitte sicher auch im Sinne König Balduins."

Damit erhob er sich, um sich zu verabschieden: „Ich muss sagen, dass ihr zu leben versteht. Der Mokka war hervorragend, das Essen, das eure Köchin gereicht hat, ein Genuss, ihr sprecht fließend Arabisch. Ihr seid zu Höherem berufen. Wenn Balduin gewählt wird, dann brauche ich einen tüchtigen Mann, der einen Teil meiner Grafschaft verwaltet. Überlegt es euch!"

Damit verließ er das Haus.

„Was wird hier gespielt?", dachte Gernot. „Soll ich den Königsmacher geben? Jetzt muss ich aufpassen, dass ich nicht aufs falsche Pferd setze und zwischen die Räder komme."

Inzwischen waren alle einflussreichen Männer von Outremer, solche die es waren und solche, die sich dafür hielten, in Jerusalem versammelt. Nicht nur die christlichen Herren waren anwesend, auch jüdische Rabbis und muslimische Geistliche und Gesandte. Balduin war zwar nicht der Freund aller Anwesenden gewesen, aber hatte den Respekt aller besessen. Neugierde, Respekt und Interesse hatte sie gelockt.

Gernot hatte aber anderes im Sinn, als sich die bunte Gesellschaft anzusehen. Am Morgen des Karsamstags machte er sich auf den Weg, um Balduin von Bourcq in dessen Unterkunft aufzusuchen. Dieser war gerade aus der Grabeskirche zurückgekehrt, wo er am Gottesdienst teilgenommen hatte. Die erste Information, die Gernot über ihn hatte, war also korrekt: Balduin von Bourcq war ein frommer Mann.

Gernot wurde sofort eingelassen und zu Balduin geleitet. Dieser war also von Joscelin auf den Besuch vorbereitet worden.

„Ihr seid also der Kommandant von Jerusalem, von dem mein Cousin Joscelin mir erzählt hat. Ich habe euch einige Male gesehen, konnte mir aber bisher kein genaues Bild über euch machen. Immerhin weiß ich, dass ihr Balduin – ich meine jetzt den verstorbenen König – verschiedentlich aus der Patsche geholfen habt, wenn dieser etwas voreilig in der Schlacht war. Und auf seinem letzten Kriegszug habt ihr ihn begleitet und habt diesen Zug vorbereitet. Das spricht für euch. Was kann ich für euch tun?"

„Nun", begann Gernot, „ich weiß nicht genau, inwieweit Joscelin von Courtenay euch in meine Mission eingeweiht hat?"

„Er hat mir lediglich erzählt, dass ich euch empfangen soll und dass ihr mir Wichtiges zu erzählen habt."

Jetzt wurde es für Gernot komplizierter als angenommen. Joscelin hatte nichts erzählt, sondern Gernot ganz einfach vor vollendete Tatsachen gestellt. Gernot musste nun genau überlegen, was er sagte.

„Ich muss euch einiges über den Zustand des Königreiches erzählen."

Und damit begann eine lange Geschichte, die Gernot etwas ausschmückte, um die Sicherheitslage als angespannter als sie eigentlich war, erscheinen zu lassen.

„Wir brauchen einen neuen König", sagte er schließlich. „Und wir brauchen ihn sofort. Nur dann ist der Bestand des Königreiches gesichert."

„Das wird sich heute Nachmittag auf der Sitzung des Kronrates entscheiden. Da können wir nicht vorher eingreifen."

„Doch, das sollten wir aber. Man muss einen König wählen, der fähig ist, diese Aufgabe ganz und gar auszufüllen."

„Und an wen dachtet ihr?"

„An euch."

„An mich? Weshalb ausgerechnet an mich?"

„Ihr habt den Ruf eines fähigen Verwalters, eines großen Kriegsmannes und eines untadeligen Mannes. Ihr gehört zu den Letzten der ersten Kreuzfahrergeneration, ihr gehört zum Haus Boulogne. Damit bleibt die Macht auch bei diesem Haus."

„Aber es gibt noch andere, die auch fähig sind."

„Aber nicht so fähig wie ihr. Wenn man euch vorschlägt, wird das eine große Zustimmung nach sich ziehen. Ihr habt keinen Gegenkandidaten zu befürchten. Stimmt zu!"

„Wenn ich jetzt sagen würde: Das interessiert mich nicht, dann würde ich lügen. Doch daran gedacht habe ich noch nicht, da diese Entscheidung ja auch weitreichende Konsequenzen für mein weiteres Leben haben würde. Aber ihr habt Recht. Wählt man mich, bliebe die Macht in den Händen des Hauses Boulogne. Das ist zu bedenken."

Damit nahm er einen Brief, der auf einem Tischchen lag und öffnete ihn. Er las ihn und sah Gernot an.

„Diesen Brief habe ich gestern am späten Abend von meinem Cousin Joscelin überreicht bekommen. Dieser Brief war verschlossen und ich sollte ihn erst öffnen, wenn unser Gespräch beendet sein würde. Er schreibt darin, dass er hoffe, dass ich nichts gegen eine Kandidatur zum König habe und dass ihr mich mit starken Argumenten überzeugen werdet. Dann schreibt er noch, ich solle ebenso wie er dafür stimmen, wenn er euch zur Sitzung des Kronrates einladen wird. Nun, dagegen habe ich nichts."

Gernot verabschiedete sich und ging zurück nach Hause.

„Ich muss aufpassen, dass ich hier nicht zur bloßen Marionette verkomme", dachte er.

Gleichzeitig fühlte er sich aber auch geehrt: Er, der unbedeutende Ritter, im Kronrat des Königreichs von Jerusalem. Das war schon was!

Am Nachmittag begab er sich in den Hof des königlichen Palastes. Dort wartete schon eine unübersehbare Menge Menschen, um am Geschehen teilzuhaben. Der Kronrat tagte zwar hinter verschlossenen Türen, die Leute im Hof waren jedoch die Ersten, denen die Entscheidungen mitgeteilt wurden. Und dass hier über eine Nachfolge des verstorbenen Königs beraten wurde, das war allen klar.

Also wartete Gernot mit den anderen, ohne zu wissen, wie es mit ihm weitergehen sollte. Die Türen zum Palast schlossen sich. Nach einer halben Stunde öffneten sie sich und ein Herold verkündete: „Der Ritter Gernot von Kahlenberg ist eingeladen, an der heutigen Sitzung des Kronrates teilzunehmen."

Alle drehten sich um und sahen Gernot an. Er war in Jerusalem bekannt wie ein bunter Hund. Wie von Geisterhand öffnete sich vor ihm eine Gasse, die direkt vor dem Herold endete. Gernot ging los, mit etwas weichen Knien allerdings, denn auf die jetzt kommende Situation hatte ihn niemand vorbereitet, weder der Bischof von Münster, noch der von Köln, noch Odo, sein alter Hauslehrer.

Der Herold führte ihn in einen großen Saal, in dem sich etwa zwei Dutzend Männer befanden: die Entscheidungsträger des Königreiches.

Arnulf schien den Vorsitz zu haben, denn dieser winkte Gernot zu sich: „Ihr seid vielleicht überrascht, an dieser Sitzung teilnehmen zu dürfen. Aber mehrere Mitglieder dieser Versammlung sind der Meinung, dass ihr auf Grund eurer Verdienste um das Königreich, wegen eurer Treue zum verstorbenen König und weil ihr ihn auf seinem letzten Zug begleitet habt, an dieser Sitzung teilnehmen sollt. Vielleicht könnt ihr uns einige Informationen geben, wenn wir über die Sicherheitslage im Königreich sprechen werden."

„Ich bedanke mich für die Ehre, an dieser Sitzung teilnehmen zu dürfen und werde mein Bestes geben, um allen die Informationen zu geben, die gebraucht werden", sagte Gernot.

„Dann setzt euch! Hier ist noch ein Stuhl frei. Als erstes möchten wir wissen, ob man sagen kann, dass das Königreich zurzeit in keiner Gefahr schwebt."

„Ich glaube, dass al-Afdal, der Wezir des ägyptischen Herrschers al-Amir die Schlappe, die er soeben erlitten hat, nicht auf sich sitzen lassen will. Er wird angreifen und er wird mit dieser Aktion nicht sehr lange warten. Vielleicht ein Jahr, viel länger nicht.

Die Grenze nach Syrien, sprich Damaskus, ist zurzeit sicher. Die Wirtschaftsinteressen überwiegen den politischen Gegensatz zwischen Damaskus und Jerusalem. Wie lange dieser Zustand andauern wird, vermag ich nicht zu sagen. Das hängt auch stark von den politischen Verhältnissen in Bagdad, Mossul und Aleppo ab. Herrscht dort Uneinigkeit, hat es Jerusalem nur mit einem Gegner zu tun: Ägypten. Einigt sich der Norden, dann wird die ganze Situation für uns schwierig."

Die Ausführungen Gernots riefen ein längeres Schweigen hervor. Die meisten hatten wohl damit gerechnet, dass nun für längere Zeit Ruhe an der Südgrenze des Reiches eingekehrt sei. Dem war aber nicht so, wenn man sich auf Gernots Ausführungen verlassen konnte.

„Inwieweit können wir uns auf eure Ausführungen verlassen?", fragte einer aus der Runde.

„Vor unserem Einfall in Ägypten war ich als Spion in Kairo und habe dort die Verhältnisse ausgekundschaftet. Wir konnten den Einfall nur wagen, weil ich herausgefunden hatte, dass die Ägypter derzeit im Süden ihres Reiches beschäftigt sind. Gegen ihre gesamte Armee hätten wir nicht ziehen können."

Es dauerte eine gewisse Zeit, bis alle Anwesenden hinreichend informiert waren und noch mehr Zeit, bis auch der Letzte verstanden hatte, um was es eigentlich ging. Nicht alle schienen genügend Intelligenz zu besitzen, um alles auf Anhieb zu verstehen.

Gernot, der dem Verlauf der Diskussion aufmerksam lauschte, zweifelte manchmal an der Fähigkeit einzelner Ratsmitglieder. Bis jetzt hatte er es nur mit Balduin und wenigen anderen Größen des Reiches zu tun gehabt. Das, was er jetzt hörte, ließ Zweifel bei ihm aufkommen über die Zukunft der christlichen Staaten in Outremer. Dort saßen einige, die waren nur Sohn, hatten also geerbt. Andere waren gerade erst aus Europa angekommen, weil sie als Ehepartner für Töchter des eingesessenen Adels oder für adelige Witwen ausgesucht worden waren. Eigentlich musste hier ein Machtwort gesprochen werden, damit nicht einer dieser Emporkömmlinge der neue König wurde.

Deshalb meldete er sich noch einmal zu Wort: „Ich glaube, dass wir hier und heute die Entscheidung über den neuen König treffen müssen, weil wir dadurch ein Zeichen von Stärke und Geschlossenheit setzen. Das macht Eindruck auf unsere potentiellen Gegner. Heute die Wahl, morgen die Krönung. Somit gibt es keinen Bruch in der Ausübung von Macht."

Gernot bekam viel Beifall aus der Runde, was Joscelin von Courtenay nutzte, um Balduin von Bourcq als Nachfolger von Balduin I. vorzuschlagen, der dann, angestachelt durch Gernots Rede, einstimmig gewählt wurde. Balduin sah gerührt und überrascht aus, nahm aber die Wahl an, als er von allen Seiten dazu aufgefordert wurde.

Die Sitzung schloss mit den Worten Arnulfs, der die Krönung für den nächsten Tag, den Ostersonntag des Jahres 1118, ankündigte. Sie sollte vor der großen Grabeskirche in aller Öffentlichkeit stattfinden, vor den Augen der Bevölkerung, der vielen Gäste aus allen Teilen des Reiches und der Gesandten verschiedener muslimischer Staaten.

Beim Hinausgehen hielt Joscelin Gernot kurz an: „Ihr habt eure Sache gut gemacht. Es musste auf jeden Fall verhindert werden, dass einer dieser Schwachköpfe durch einen dummen Zufall König wird. Das ist gelungen. Vielen Dank!"

Am nächsten Tag fand die Krönung statt. Mit allem Pomp und Prunk, den das Königreich und die Kirche zu bieten hatten, setzte Arnulf Balduin die Krone auf und ließ ihn als Balduin II., König von Jerusalem, hochleben.

Römische Christen waren zugegen, ebenso die orthodoxe und armenische und viele andere Gruppierungen. Muslime bildeten eine Gruppe für sich. Auch sie hatten Balduin I. als großen Herrscher geschätzt und waren jetzt gespannt auf Balduin II. Eine weitere Gruppe bildeten die Juden, die aus allen Teilen des Reiches angereist waren. Unter ihnen entdeckte Gernot auch den Rabbi von Akkon. An seiner Seite stand Bran und winkte Gernot zu.

„Ich freue mich, dich wiederzusehen", sagte Bran und umarmte Gernot. „Wann besuchst du mich mal wieder. Wir haben Familienzuwachs bekommen, einen Sohn und eine Tochter. Mein Sohn heißt übrigens Gernot. Du solltest ihn kennen lernen."

Jetzt näherte sich der alte Rabbi: „Der Herr Bran von Akkon war so gnädig, mich mitzunehmen. Ich habe nämlich einen Brief für euch. Soviel ich sehen kann, stammt er aus eurer Heimat."

„Eine Nachricht für mich?", fragte Gernot. „Wie kommt die hierher?"

„Erinnert ihr euch? Ihr habt uns einen großen Gefallen getan und ich habe euch versprochen, dass wir uns bemühen würden, euch auch einen Gefallen zu tun. Hier auf dem Briefumschlag seht ihr die Zeichen verschiedener jüdischer Kaufleute: aus Münster, aus Köln, Mainz, Venedig und das letzte Zeichen ist von mir. Vielleicht habt ihr eine Nachricht von eurer Familie bekommen?"

„Kommt erst mit in mein Haus! Und du, Bran komm bitte auch mit! Vielleicht brauche ich deinen Rat."

Zuhause angekommen, gab Gernot sofort Mokka in Auftrag.

„Aha", meinte der Rabbi, „ihr habt meinen Rat befolgt und euch an die Gegebenheiten des Landes gewöhnt."

„Das war eine der leichtesten Übungen, weil eine der wohlschmeckendsten."

Dann nahm er die in Leder gebundene Nachricht und betrachtete sie. Auf lateinisch konnte er lesen: „An den hochwohlgeborenen Ritter Gernot von Kahlenberg im Heiligen Land."

„Das ist eine präzise Adresse", fand Gernot und öffnete vorsichtig den Lederumschlag. In lateinischer Sprache war die Nachricht verfasst. Zwei Seiten lang, aber eindeutig nicht von seiner Familie. Die Handschriften hätte er sofort erkannt.

Er las den Brief laut vor: „Hochgeehrter Herr Gernot! Ich, Friedhild, die Frau des Bauern Wilhelm, dem ihr zu Beginn eurer Pilgerfahrt geholfen habt, eine neue Heimat zu finden, schreibe euch dies. Ich schreibe den Brief in lateinischer Sprache, weil ich die sächsische Sprache nicht schreiben kann. Wir haben heute den Sonntag nach Johannes im Jahr 1117 und ich muss euch eine traurige Nachricht machen. Euer Nachbar, Bernward von Trense, den man auch den „Schwarzen" nennt, hat um die Hand eurer Schwester angehalten. Sie hat ihn abgewiesen und sich geweigert, mit ihm zu reden. Bernward ist daraufhin mit einer bewaffneten Truppe auf das Schloss eures Vaters gekommen und hat verlangt, dass eure Schwester ihm ausgeliefert werde. Er würde sie noch an diesem Tag heiraten, das habe er beschlossen. Als euer Vater sich weigerte, wurde dieser von Bernwards Männern getötet, ebenso euer Bruder und eure Mutter. Eure Schwester hat daraufhin zu einem Messer gegriffen und hat nach Bernward gestochen. Sie traf ihn im Gesicht und hat ihm vom Ohr bis zum Munde die gesamte Wange aufgeschlitzt. In seiner Wut hat Bernward auch eure Schwester getötet. Eure ganze Familie ist also tot. Bernward hat sich eure Burg angeeignet und dort einen Verwalter eingesetzt. Dieser hat als erstes die Abgaben, die unter eurem Vater immer sehr gerecht waren, verdoppelt. Viele Bauern haben das Land verlassen und haben ihre Zuflucht in den Moorgebieten gesucht. Wir aber, die Familie Wilhelms, sind hier geblieben. Wir warten darauf, dass ihr zurückkommt und uns helft – falls es möglich ist. Ein jüdischer Kaufmann, der euren Namen kannte, hat versprochen, diese Nachricht an euch weiterzuleiten. Gott segne und beschütze euch und führe euch zu der richtigen Entscheidung. Ich, Friedhild, schreibe euch dies, da mein Mann Wilhelm, der euch grüßen lässt, nicht schreiben kann. Ich habe das Schreiben in einer Klosterschule gelernt. Als Beweis dafür, dass ich die Frau bin, die ich vorgebe zu sein, nenne ich euch die Farbe des Pferdes, das ihr damals bei uns erworben habt: Es war ein sehr großer Schimmel."

Gernot war geschockt. Seine ganze Familie war ausgerottet. Niemand lebte dort oben mehr. Was sollte er tun? Wie sollte er sich entscheiden? Rache war der erste Gedanke. Hier bleiben, weil ja alles verloren war, war der zweite.

Die beiden Zuhörer waren ebenso ergriffen wie Gernot.

„Was würdet ihr an meiner Stelle machen?", fragte er die beiden.

„Nichts überstürzen", sagte der Rabbi und Bran ergänzte: „Nachdenken, einige Zeit verstreichen lassen und dann eine Entscheidung fällen!"

„Nun, meine Familie habe ich seit sieben Jahren nicht mehr gesehen. Trotzdem bin ich geschockt und gleichzeitig verbittert über die Ereignisse. Jeder, der ins Heilige Land geht, weiß im Prinzip, dass er seine Heimat kaum wiedersehen wird. Irgendwie war bei mir diese Erkenntnis noch nicht ganz angekommen. Ich habe immer gezweifelt, ob ich bleiben oder eines Tages zurückkehren werde. Diese Entscheidung kann ich jetzt nicht mehr auf die lange Bank schieben. Wenn ich zurückkehre, dann bald. Ansonsten werde ich für immer hier bleiben."

„Dann überlegt eure Entscheidung gut, denn sie bedeutet einen tiefen Einschnitt in euer Leben", meinte der Rabbi. „Auf einen Monat kommt es jetzt nicht an, denn die Zeit für eine Schiffsreise ist noch nicht gekommen. Da müsst ihr noch vier bis sechs Wochen warten."

„Da hat der Rabbi Recht", ergänzte Bran, „aber wenn ich helfen kann, dann helfe ich dir. Nur eines kannst du nicht verlangen, dass ich dich bei deiner Rückkehr begleite. Ich bin hier in dieser Gesellschaft angekommen und fühle mich mit meiner Familie sehr wohl im Heiligen Land."

„Wenn ihr mir beide helfen wollt, dann bleibt noch einige Tage hier. Vielleicht hilft das bei der Entscheidungsfindung. Ich muss zunächst mit meinen Angelsachsen sprechen, es sind nur noch zehn, die anderen haben alle geheiratet und sind so integriert wie du, Bran."

Gernot versammelte seine zehn Männer in einem anderen Raum und schilderte ihnen kurz die neue Situation: „Für mich geht es zunächst um eine Frage: „Wenn ich zurückkehre, kommt ihr mit mir oder bleibt ihr hier?" Ich will auf niemanden irgendwelchen Druck ausüben und ich bin niemandem böse, wenn er nicht mitkommt. Aber ich muss wissen, woran ich bin."

Edward war wie üblich der erste, der etwas sagte: „Ich habe lange mit mir gerungen, ob das Leben hier das Leben ist, von dem ich immer geträumt habe. Aber ich muss sagen, wenn du zurückkehrst, dann komme ich mit. Ich sehne mich nach einer Gegend, wo die Sonne nicht so unbarmherzig scheint, wo es auch mal regnet und wo ich als Bauer leben kann. Wir sind alle nicht zum Soldaten geboren. Zu Beginn habe ich schon gesagt, dass es bei den meisten von uns pure Abenteuerlust war, uns auf die Pilgerfahrt zu begeben. Wären die Verhältnisse in unserer Heimat besser gewesen, wäre ich zum Beispiel nie losgezogen. Kehrst du zurück, dann komme ich mit."

Für Edwards Verhältnisse war das nicht nur eine ungeheuer lange Rede, sie war sogar mitreißend, denn die übrigen neun stimmten ebenfalls zu.

„Ich kann euch folgendes versprechen", sagte Gernot: „Wenn ich meine väterliche Burg zurückgewonnen habe – und das werde ich – bekommt jeder von euch einen Bauernhof von mir, mit einem Haus, mit Vieh und genügend Land. Und die Abgaben betragen immer nur zehn Prozent der Ernte, nie mehr."

„Dann ist die Sache abgemacht", sagte Edward. „Wir kehren dahin zurück, wo man unsere sächsische Sprache versteht. Wann brechen wir auf? Wie transportieren wir unseren Besitz? Und sind wir nicht zu wenige?"

„Zum letzten Punkt: Ja, wir sind zu wenige. Da wird sich etwas ändern müssen. Zum vorletzten Punkt: Bran ist mit einer großen Truppe hier. Er wird all unsere Habe sicher nach Akkon bringen. Ich glaube nicht, dass das auf Schwierigkeiten stoßen wird. Zum ersten Punkt: Wir suchen uns ein Schiff, werden aber nur zusammen mit anderen Schiffen segeln. Auf dem Hinweg waren wir arm. Jetzt sind wir reich. Das lockt Bösewichte an. Auch, wenn keiner etwas von unserem Reichtum weiß, ist es besser, in einer größeren Gruppe zu segeln. Wenn Bran all unseren Besitz mitnimmt, erleichtert das unsere Arbeit. Trotzdem werden wir hier noch einiges zu erledigen haben. Ich muss zunächst zum neuen König, um ihm mitzuteilen, dass er in Zukunft auf meine Mitarbeit verzichten muss. Dann werden wir über Nazareth reiten und diesen unheiligen Martin noch einmal aufsuchen. Reliquien können in unserer Heimat manche Türen öffnen. Dann werde ich noch einige Leute besuchen, die mir viel verdanken. Ich denke an die Männer, denen ich auf der Assassinen-Burg das Leben gerettet habe. Ich weiß, dass einer von ihnen aus Venedig stammt und zwar aus einer sehr angesehenen Familie. Ein Empfehlungsschreiben von ihm an seinen Vater hilft uns weiter, falls wir den Weg über Venedig nehmen. Dann sind da noch einige andere, die ich auch ansprechen werde und die uns vielleicht weiterhelfen werden. Überlegt, ob einer von euch sein Pferd mitnehmen will. Ich werde meine drei Pferde auf jeden Fall mitnehmen. Sie sind zu wertvoll und sie können uns noch nützlich sein."

Gernot hatte Fahrt aufgenommen. Er war sich sicher, dass es für ihn keinen Verbleib mehr im Heiligen Land geben würde. Er hatte etwas zu erledigen und deshalb wollte er keine

Zeit verstreichen lassen. Er ging zurück zum Rabbi und zu Bran.

„Meine Entscheidung ist gefallen: Ich kehre zurück. Meine zehn Männer kommen ebenfalls mit. Ich gehe gleich zum König und teile ihm meine Entscheidung mit. Bran, du könntest mir einen Gefallen tun. Kannst du meine Habe und die der zehn Angelsachsen mit nach Akkon nehmen? Du bist ja mit einer beträchtlichen Streitmacht angerückt, da droht kein Überfall."

„Selbstverständlich werde ich mich darum kümmern", antwortete Bran und der Rabbi fügte hinzu: „Wenn ihr wollt, frage ich mal nach einem Schiff, das im Mai oder Juni nach Venedig segelt. Bei der ersten Fahrt des Jahres sind oft viele Schiffe beteiligt. Die Händler wollen die Waren, die sie im Winter und Frühjahr erworben haben, auf die europäischen Märkte bringen. Diese Schiffe fahren in Begleitung einiger Kriegsgaleeren. Das macht eine Überfahrt ziemlich sicher."

„Das würde uns sehr helfen. Aber denkt daran, dass ich ein Schiff brauche, auf dem nicht zu viele andere Kaufleute ihre Waren transportieren. Ich habe bestimmt an die 100 Kisten, die ich zuerst auf See, dann an Land transportieren muss. Dazu kommen wenigstens drei Pferde."

„Ich kümmere mich um alles", antwortete der Rabbi.

Nun ging Gernot als erstes zum neuen König. Dieser war in einem Gespräch mit seinem Cousin Joscelin. Trotzdem wurde Gernot sofort vorgelassen. Er reichte Balduin sein Schreiben und bat ihn und Joscelin, es zu lesen.

Als sie fertig waren, sagte Balduin: „Die Entscheidung ist einfach. Ihr müsst zurück in eure Heimat. Das ist eine Frage der Ehre."

„So eine Tat darf nicht ungestraft bleiben", fügte Joscelin hinzu.

„Dann bitte ich euch, mich aus den Diensten des Königreichs Jerusalem zu entlassen."

„Wartet noch einen Augenblick. Einen Mann wie euch kann man nicht einfach so ziehen lassen. Irgendetwas sollte die Erinnerung an euren Aufenthalt im Heiligen Land aufrechterhalten."

Balduin entfernte sich und kam nach einigen Minuten zurück.

„Ich habe nach meiner Wahl einen Rundgang durch die Räume des königlichen Palastes gemacht, um festzustellen, ob ich ein armer oder reicher König bin. Das Ergebnis ist: Ich bin ein ziemlich reicher König. Zwei Dinge sind es, die ich euch schenken möchte. Zum einen diesen Ring. Ich bin zwar kein Fachmann, aber er scheint mir von einigem Wert zu sein. Zum anderen habe ich gesehen, dass ihr neue Handschuhe für den Schwertkampf gebrauchen könnt."

Damit übergab er Gernot neue Handschuhe, die ungewöhnlich aufwendig gearbeitet waren. An der Handinnerseite befand sich weiches Leder, die Außenseite war mit versilberten Metallspangen verstärkt, darüber befand sich noch ein feines Drahtgeflecht, einem Kettenhemd ähnlich.

Beim Anblick des Ringes dachte Gernot: „Wenn du wüsstest, welche Schätze in meinem Gepäck ruhen."

Gernot bedankte sich und verabschiedete sich sogleich, da er nicht die Absicht hatte, noch einmal an den Hof zurückzukehren.

Nun ging er zu Bran und den anderen. Alle im Haus, auch Ibrahim, Ali, die Frauen und Kinder, hatten mitbekommen, dass große Veränderungen bevorstanden.

„Ibrahim, kennst du einen Schreiner, der innerhalb weniger Tage viele gute Kisten herstellt, in denen wir unsere Habe verpacken können?", fragte Gernot.

„Aber natürlich", erwiderte dieser. „Mein Bruder wird Tag und Nacht arbeiten und Kisten in allen möglichen Größen herstellen."

„So etwas nennt man Zusammengehörigkeitsgefühl“, dachte Gernot und vergab den Auftrag.

Bran war bereit zu warten, bis alles verpackt war. Für ihn war Jerusalem ein Ausflug in die Vergangenheit und er spazierte den ganzen Tag in der Stadt umher. Der Rabbi verabschiedete sich und erklärte, er wolle die kleine jüdische Gemeinde in Jerusalem besuchen.

So blieb Gernot mit seinen Leuten allein und sie begannen zu packen. Im Laufe der Zeit hatte sich da manches angesammelt, Wertvolles und weniger Wertvolles, Dinge, die man auf die Schnelle noch zu Geld machen konnte, aber auch solche, die man nur verschenken konnte.

Edward kam zu Gernot und erklärte ihm: „Ich kenne jetzt meinen Besitz etwas genauer, aber ich kann nicht glauben, was sich hier so alles angehäuft hat. Ich habe darauf geachtet, dass ich im Laufe der Zeit alles, was ich an Barem besitze, in byzantinische Währung umgetauscht habe, was hier Byzantii genannt wird. Ich besitze eine kleine Kiste voll mit Goldmünzen und zwei weitere mit Silbermünzen. Was könnte ich damit in England kaufen?“

„Ich kenne die Preise für England nicht, aber bei uns in Sachsen bekommst du für zehn dieser Goldmünzen einen ganzen Bauernhof und keinen kleinen.“

„Und was mache ich mit dem Rest des Geldes? Mehr als einen Bauernhof braucht doch keiner zu seinem Glück.“

„Den Bauerhof bekommst du von mir geschenkt, wenn alles klappt. Aber das ist noch ein langer Weg.“

„Und was ist mit meinen Teppichen? Ein Teppich in einem Bauernhof, das ist doch wohl übertrieben. Der würde auf dem gestampften Boden doch sofort anfangen zu schimmeln.“

„Da hast du Recht. Aber erstens gibt es außer gestampften Böden auch Fußböden aus Steinplatten, wie du hier gesehen hast und zweitens, wenn du deine Teppiche mitnimmst und in

Köln zum Beispiel verkaufst, kannst du ihn in Gold aufwiegen."

„Dann werde ich mal alles gut verpacken und gegen Feuchtigkeit die Kisten mit Leder überziehen."

Auf diese Idee war Gernot noch gar nicht gekommen, erkannte aber, dass Edward richtig gedacht hatte. Wenn die Waren durchgenässt waren, hatten sie kaum noch Wert. Aber er hatte im Hafen von Akkon gesehen, dass Kaufleute dort ihre Waren in große Tücher einschlugen, die geschwärzt waren. Diese schwarze Masse war Teer, mit dem auch Schiffe abgedichtet wurden. Es roch allerdings sehr stark und es war die Frage, wie man richtig verpackt. Diese Frage würde sich wahrscheinlich erst in Akkon beantworten lassen, da dort die richtigen Leute lebten.

Gernot hatte nach der Sichtung seines Besitzes nur einige Teppiche behalten, vier besonders große, für die jeweils eine Kiste gebaut werden musste und ein Dutzend Seidenteppiche, die er aber nur wegen ihres Wertes behielt. Nach einer Woche hatte er 15 Kisten, große und kleine gepackt und er hatte seine und die der Angelsachsen mit dem Vornamen des jeweiligen Besitzers beschriftet.

Dann wurden die Kisten Bran übergeben, der sie auf Kamele verladen ließ, die er inzwischen samt Treiber gemietet hatte.

Auch der Rabbi war wieder aufgetaucht, alleine hatte er nicht reisen wollen, dafür gab es doch zu viele Gefahren.

Gernot schenkte ihm einen Seidenteppich mit den Worten: „Eure Thora-Rollen werden immer sorgsam verwahrt. Da kann es nicht schaden, wenn ihr sie in einen Seidenteppich einrollt."

Jetzt wäre Gernot fast für eine Herzattacke verantwortlich gewesen, so sehr freute sich der Rabbi.

Bran und der Rabbi zogen gen Akkon und Gernot musste seinen Hausstand auflösen. Da das Haus dem König gehörte, konnten Ali und Ibrahim hier nicht länger wohnen. Dies war für sie das geringste Problem, da sie über gewisse Reichtümer verfügten, die sie unabhängig machten. Als Gernot eine Woche später Jerusalem verließ, sah er sich noch einmal um. Sieben Jahre hatte er sich im Heiligen Land aufgehalten, die meiste Zeit davon in dieser Stadt. Er hatte Glück gehabt, solange er in Jerusalem war. Ohne schwere Verletzungen hatte er die vielen Gefechte überstanden.

„Gernot, du hast hier viel Glück gehabt", dachte er. „Wenn du ein König wärst, würde man dies das Königsheil nennen. Du bist aber kein König, also ist es etwas Anderes. Das Glück des Tüchtigen? Das muss es sein. Tüchtig warst du! Nur nicht ehrgeizig genug. Das muss sich ändern, denn sonst wird nichts aus dir."

So ritten Gernot und seine Angelsachsen zu Pferde nach Nazareth, um beim Wirt Martin einige Türöffner für europäische Leichtgläubige zu erstehen. Die beiden Kamele „Bran" und „Balduin" waren schon auf dem Weg nach Akkon, so dass Gernot es nur noch mit seinen drei Pferden zu tun hatte, die er auch mitzunehmen gedachte.
Kaum war der Gasthof in Nazareth in Sicht, da sah man auch schon Martin.

Er grinste und fragte: „Nun, wird es diesmal was mit einem schönen kleinen Geschäft?"

„Genau deswegen bin ich hier", antwortete Gernot. „Und ich hoffe, dass du einige schöne Reliquien hast, einige, die vielleicht auch mich überzeugen können."

„Kommt rein! Setzt euch! Trinkt was auf meine Kosten! Ich bringe gleich einige ungewöhnliche Exemplare."

Das ließen sich Gernots Männer nicht zweimal sagen und stürmten den Schankraum. Nach einer Weile kam Martin zurück und setzte sich neben Gernot.

„Ich habe hier etwas, was nicht von irgendeinem Friedhof stammt, sondern aus Gräbern von tatsächlichen Heiligen. Diese zwei Knochen – fragt mich nicht, woher ich sie habe –

stammen vom heiligen Pantaleon, einem der vierzehn Nothelfer und Schutzheiligen der Ärzte und Hebammen. Und hier habe ich noch etwas Besonderes: einen Fingerknochen des heiligen Cyrill von Jerusalem. Nun sagt selbst: Ist das nicht etwas?"

„Das soll ich nun glauben?"

„Vieles von dem, was ich verkaufe, dient nur geschäftlichen Zwecken. Da habe selbst ich meine Zweifel. Aber diese Knochen hier sind echt."

„Das sehe ich. Es handelt sich um echte Knochen."

„Jetzt seid nicht so misstrauisch. Diesen Knochen vertraue ich und sie gehen mir leid weg. Ich glaube an sie."

„Dann muss ich wohl einen besonderen Preis bezahlen, um sie zu erstehen, oder?"

„Seid nicht so misstrauisch. Ich überlasse sie euch – schön beschriftet, wie ihr seht – zusammen mit einigen weiteren Reliquien, ebenfalls beschriftet, damit ihr sie nicht verwechselt."

Martin zeigte weitere Knochenreste: „Dies hier – so sagt man – stammt von Ephräm, dem Syrer, der in Edessa beerdigt wurde. Die Wahrscheinlichkeit, dass diese Reliquie echt ist, ist also groß. Und die letzte Reliquie stammt vom heiligen Johannes von Damaskus. Ihr habt bei unserem letzten Treffen gesagt, ich solle mich um einige besondere Reliquien bemühen und sagt selbst: Sind sie nicht außergewöhnlich?"

„Ich muss sagen, ich bin überrascht und weiß nicht, was ich davon halten soll. Ich selbst habe einige kleine Steinbruchstücke von den heiligen Stätten in Jerusalem mitgenommen. Nun sagt aber: Was soll ich für eure Knochensammlung bezahlen?"

„Was würdet ihr bieten?"

Gernot griff in seine Tasche und legte eine größere goldene Dirhammünze auf den Tisch. Mit den Worten: „Weil ihr es seid!" ergriff Martin die Münze und übergab Gernot die Reliquien. „Und ihr bekommt noch eine kleine hölzerne Schachtel dazu, damit die Reliquien auch würdevoll und in Ehren transportiert werden. Und denkt immer daran: Der Glaube entscheidet über die Wirkung einer Reliquie.“

Damit hatte Martin Recht. Ob nun echt oder unecht, wo war der Unterschied, wenn der Glaube entschied? Gernot war's zufrieden und ritt am anderen Morgen nach Akkon.

Bran freute sich, dass er seinem Freund noch einmal helfen konnte. Er hatte Kisten in Auftrag gegeben, wasserabweisendes Leder gekauft und im Raum, wo Gernot seine Schätze gestapelt hatte, lagern lassen. Gernot hatte noch Zeit. Vier bis sechs Wochen konnte es noch dauern, bis das Wetter sich umgestellt haben würde und eine Passage nach Venedig erlaubte.

So konnte sich Gernot zunächst um einige sehr eigennützige Dinge kümmern, um die Beschaffung von Empfehlungsschreiben. Einer der Männer, die Gernot vor Jahren aus der Gefangenschaft der Assassinen befreit hatte, war ein gewisser Enrico Dandolo, Mitglied eines aufstrebenden Handelshauses in Venedig. Seine Familie besaß großen Einfluss in der Lagunenstadt und es musste irgendwie zu schaffen sein, durch diesen Einfluss Vorteile für den ersten Teil der Reise und für den Aufenthalt in Venedig zu gewinnen. Von Bran hatte Gernot erfahren, dass dieser Enrico Dandolo, ganz untypisch für einen Venezianer, wenig mit Handelsgeschäften zu tun hatte, sondern ein kleines Lehen nordöstlich von Akkon verwaltete.

Er ritt zu ihm hin und wurde aufs Freundlichste aufgenommen. Enrico hatte nicht vergessen, was Gernot vor Jahren für ihn getan hatte.

„Das ist überhaupt kein Problem für mich, dir ein Empfehlungsschreiben auszustellen. Das ist das Geringste, was ich für dich tun kann. Wenn du willst, komme ich nach Akkon und regele alles Nötige, damit du im Verband der venezianischen Flotte nach Venedig zurück segeln kannst.“

Damit war ein weiteres Problem beseitigt. Der Weg nach Venedig und der Aufenthalt dort waren gesichert.

Unter den befreiten Gefangenen der Assassinen waren auch zwei junge Männer aus dem süddeutschen Raum gewesen. Einer von ihnen hatte enge familiäre Beziehungen zum Bischof von Augsburg, er war ein Neffe von Hermann von Vohberg, dem Bischof von Augsburg, der, wie sich aus dem Gespräch ergab, ein eifriger Reliquiensammler war. Der andere ehemalige Gefangene war eng mit Gottfried II., dem Burggrafen von Nürnberg verwandt. Auch hier war es kein Problem, einen Brief zu bekommen, der die Weiterreise erleichterte. Was danach passieren würde, konnte Gernot nicht im Voraus planen.

So saß er jetzt in Akkon und packte sorgfältig alles, was er besaß.

Als er auch damit fertig war, musste er sich einer weiteren Aufgabe widmen. Er und Edward hatten eingesehen, dass man mit zehn Mann diese Reise nicht überstehen konnte. Das hatte Gernot vor sieben Jahren am eigenen Leib erfahren müssen. Nur mit Not waren sie damals nach Venedig gelangt. So ging er zum Hafen, um zu sehen, ob sich dort fähige Männer für einen Begleitschutz finden ließen. Das war allerdings mehr als fraglich, da hier wohl noch keiner etwas von Westfalen gehört hatte. Aber es widerstrebte Gernot, immer mit einer neuen Truppe von Ort zu Ort zu ziehen. Irgendeine Lösung musste er finden.

Im Hafen angekommen, traf er als erstes auf Régis von Montferrat.

„Ich habe Probleme“, erklärte Gernot ihm. „Ich kehre zurück und habe Unmengen an Handelswaren mit, die ich gerne sicher nach Hause bringen will. Aber mit zehn Mann wird das kaum gehen. Habt ihr eine Idee?“

„Habe ich, kommt mit!“

Er führte Gernot in eine Ecke des Hafens, wo viele Leute zu warten schienen. Auf was?

„Seht dort, da steht eine große Gruppe von Kreuzfahrern, deren Sprache ich nicht verstehe, aber soviel ich weiß, wollen sie in den Norden. Sie sind vor zwei Jahren hier angekommen, haben an verschiedenen Gefechten teilgenommen – an Mut scheint es ihnen nicht zu fehlen – und wollen jetzt zurück, haben aber kein Geld. Alles, was sie noch besitzen, sind ihre Waffen. Vielleicht kommt ihr mit denen zurecht?"

Unauffällig näherte er sich der Gruppe und hätte am liebsten aufgeschrieen, als er deren Sprache vernahm: Das war Friesisch.

Er sprach sie sofort an und fragte sie, wo sie herkämen und weshalb sie im Hafen rumlungerten.

„Wir sind Friesen", erklärte einer von ihnen. „Wir stammen aus einer Stadt an der Emsmündung. Sie heißt Emden."

„Kenne ich!", warf Gernot ein. „Da war ich als Kind schon einmal mit meinem Vater, Mäntel kaufen."

Die Friesen lachten und der Wortführer fuhr fort: „Vor zwei Jahren sind wir hier angekommen, haben manchen Kampf im Norden ausgefochten, aber jetzt wollen wir zurück. Wir haben festgestellt, dass das Leben und das Wetter nicht richtig ist für uns. Wir haben nur eines vergessen in den letzten zwei Jahren, Beute zu machen und zu sparen. Jetzt stehen wir hier und wenn das so weitergeht, müssen wir noch unsere Waffen verkaufen."

„Gott behüte!", rief Gernot. „Die werden noch gebraucht."

Dann bat er sie, ihm zu folgen. Er geleitete sie in ein Gasthaus, das um einiges besser war, als die Kaschemme, vor der sie sich befunden hatten.

Gernot bat sie, sich zu setzen und riss die Augen auf, als er die Gruppe durch zählte: 55 Mann.

„55 Mann, stimmt das?", fragte er.

„Stimmt genau", antwortete der Sprecher, der sich Enno nannte.

Gernot bestellte für alle zu essen und zu trinken und sagte zum Wirt: „Bringt so lange, bis alle satt sind."

Dann wandte er sich an die Gruppe: „Hört zu! Ich habe ein Angebot, das für euch vielleicht verlockend erscheint. Mein Name ist Gernot von Kahlenberg und ich stamme aus dem nördlichen Westfalen, dort, wo man noch Sächsisch spricht. Sieben Jahre war ich im Heiligen Land und habe für König Balduin gekämpft. Der ist nun tot und jetzt hält mich hier nichts mehr. Ich habe bei den Kämpfen gute Beute gemacht und Handelswaren eingekauft, die ich nach Hause mitnehmen möchte. Das kann ich nicht ohne bewaffnete Begleitung. Ich habe zwar eine kleine Truppe bei mir, aber das sind nur zehn Angelsachsen, mit denen ich die ganze Zeit zusammen war. Würdet ihr mitkommen, dann hätte ich eine starke Truppe, die so schnell nicht angegriffen werden wird. Und ich muss euch noch eins sagen: Ich kehre zurück, weil meine heimatliche Burg von einem Nachbarn angegriffen wurde, der meine gesamte Familie getötet hat."

„Und, was heißt das für uns?", fragte Enno.

„Wenn ihr mich nur begleitet und für die Sicherheit meiner Waren sorgt, dann sorge ich für eure Überfahrt, für Nahrung und Kleidung und für eine vollständige Bewaffnung. Zusätzlich bekommt jeder dies."

Gernot legte eine große Silbermünze auf den Tisch.

„Jeder, der mir bei der Rückeroberung meiner Burg hilft, bekommt zusätzlich dies."

Gernot legte eine seiner in der Wüste gefundenen Goldmünzen auf den Tisch.

„Jeder eine Goldmünze?"

„Jeder eine Goldmünze!"

„Dann mache ich mit, bis ihr eure Burg wiederhabt", erklärte Enno.

Nach weniger als einer halben Minute war klar, dass alle mitmachen wollten.

Gernot winkte Régis zu sich und sagte: „Ich möchte, dass jeder aus dieser Truppe in kurzer Zeit wieder wie ein Krieger aussieht, ausgestattet mit Kettenhemd, Brustpanzer, Schwert, Dolch, Schild und Pfeil und Bogen. Könnt ihr mir sagen, wo man das kaufen kann?“

„Hier kann man alles kaufen, vom Bindfaden bis zum Sklaven. Wenn alle aufgegessen haben, führe ich sie zu einem guten Waffenschmied.“

Zunächst aber griff Régis ebenfalls zu und ließ es sich gut gehen. Dann standen alle auf und folgten Régis.

„Hier kann man alles kaufen, was ein Soldat braucht“, erklärte Régis vor einer Werkstatt.

Gernot gab ihm ebenfalls eine der großen Goldmünzen und erklärte: „Vielleicht brauche ich noch einmal eure Hilfe.“

Gernot ging dann zu dem Werkstattbesitzer und erklärte ihm, was er benötigte. Diesem fielen fast die Augen aus dem Kopf, als er hörte, dass er 55 Mann mit allen Waffen ausrüsten sollte.

„Habt ihr denn soviel Geld?“, fragte dieser.

Gernot gab ihm Gold im Gegenwert von zwei Byzantii.

„Wenn das nicht reicht, bezahle ich morgen den Rest. Und vergesst nicht: Jeder bekommt neben Pfeil und Bogen auch eine Armbrust.“

„Was ist eine Armbrust?“, wollte Enno wissen.

„Eine Waffe, an der ihr noch ausgebildet werdet. Meine Angelsachsen werden es euch beibringen. Übermorgen nach dem Frühstück beginnt die Ausbildung vor dem Osttor. Wo habt ihr bis jetzt geschlafen?“

„Im Hafen auf dem Steinboden, nicht sehr bequem“, war die Antwort.

„Und warum nicht in der Karawanserei?“

„So wie wir aussehen, hat man uns dort wohl für Straßenräuber gehalten.“

„Nicht ganz zu Unrecht“, meinte Gernot. „Hier, Enno nimm! Dies ist genug Geld, damit jeder von euch sich einmal ordentlich waschen kann, vielleicht die Haare schneiden lässt und sich neu einkleidet. Und fürs Essen ist dann auch noch genug Geld übrig. Das solltet ihr im Laufe des morgigen Tages schaffen und übermorgen geht dann die Ausbildung los. Einverstanden?"

„Einverstanden!"

Der nächste Tag versprach eintönige Arbeiten: einpacken, umpacken, neu packen. Aber damit hatte Gernot gerechnet. Es sollte schließlich nichts klappern und kaputt gehen.

„Bran, ich habe ein Problem", wandte Gernot sich an seinen Freund.

„Kann ich helfen?"

„Höchstens mit einem Rat. Ich habe eine starke Begleittruppe. Da muss ich mir keine Sorgen machen. Aber ich kann nicht immer überall sein. Als wir beiden zusammen ritten, funktionierte immer alles ohne Absprache, wir verstanden uns blind. Edward ist ein guter Mann, aber als Kommandant ist er überfordert. Er kann sich um seine Leute kümmern, mehr nicht. Er ist kein ausgebildeter Soldat, er hat immer den Kommandos gehorcht, die ich gegeben habe. Ich brauche jemanden, dem ich voll vertrauen kann und der Ahnung von Angriff und Verteidigung hat."

„Du hast Recht, aber es ist etwas spät, sich jetzt darum zu kümmern. Außerdem hattest du bis vor wenigen Wochen nicht mit einer baldigen Rückkehr gerechnet. Lass uns an den Hafen gehen! Bei frischer Luft denkt man besser."

Sie setzten sich auf die Kaimauer und Régis stieß zu ihnen. Gernot erzählte ihm von seinem Dilemma, erwartete aber auch keine sofortige Hilfe von ihm.

„Was du brauchst, ist kein einfacher Mann wie Edward. Im Grunde brauchst du einen Adeligen, der durch seine Ausbildung weiß, was er zu tun hat. Richtig?"

„Richtig!"

„Da ist guter Rat teuer."

In dem Augenblick erhob sich in einer Ecke des Hafens ein großer Lärm. Eine Schlägerei unter Seeleuten? Es war Régis' Aufgabe, hier einzuschreiten.

„Entschuldigt, ich muss dort für Ruhe sorgen. Auch eine meiner Aufgaben."

Er winkte einigen seiner Männer zu, die im Hafen Dienst taten und entfernte sich. Nach einer halben Stunde kam er zurück und lächelte.

„Es könnte sein, dass das Problem gelöst ist. Dort hinten in der Ecke hat ein Sklavenhändler seine Bühne aufgebaut, um seine Ware zu präsentieren. Bei dieser Gelegenheit versuchte ein junger Mann zu entkommen. Mut und Kraft muss man diesem Burschen zugestehen, denn fünf Mann waren notwendig, ihn zu bändigen. Er behauptet aus georgischem Adel zu stammen, sein Vater ist angeblich einer der dortigen Könige und er heißt Giorgi. Seht ihn euch mal an!"

„In welcher Sprache habt ihr euch mit ihm unterhalten?"

„Er spricht natürlich Georgisch, dann Türkisch und Latein. Was er sonst noch kann, weiß ich nicht. Dumm scheint er nicht zu sein."

Gernot erhob sich und ging auf den Sklavenmarkt.

„Mein erster Einkauf auf dem Sklavenmarkt war nicht schlecht", dachte er. „Weshalb sollte dieser nicht auch gut enden?"

Er betrachtete sich zunächst das Schauspiel, das sich ihm bot. Es ähnelte in allem dem, was er in Ibelin gesehen hatte. Er sah auch sofort den Mann, von dem Régis gesprochen hatte. Er war mittelgroß und kräftig, seine Haare waren schwarz gelockt und seine Haut hatte auch einen dunkleren Ton als seine eigene. Deutlich sah man, dass die Knechte des Sklavenhändlers kräftig zugepackt hatten, als sie ihn wieder festgenommen hatten. Er stand dort, an einen Pfahl gekettet, genauer mit Ketten an den Füßen, den Handgelenken und dem Hals. Gernot ging weiter und sah sich die anderen Opfer an.

„Nur nicht zu schnell Interesse zeigen“, dachte er, „sonst steigen die Preise.“

Er sah sich die übrigen Sklaven an, bestimmt war unter ihnen kein geeigneter Kandidat. Das sah er sofort. Bei den Frauen blieb er stehen, denn plötzlich hörte er fast heimatliche Töne. Zum zweiten Mal innerhalb weniger Tage wurde in seiner Nähe Friesisch gesprochen, oder wie hier gesungen. Eine junge Frau, vielleicht Mitte 20, sang einem etwa 15-jährigen Mädchen etwas in ihrer Sprache vor. Die junge Frau war größer als die Frauen hier im Land und hatte lange blonde Haare, die jetzt allerdings etwas zerzaust aussahen. Das Mädchen war auf jeden Fall keine Friesin. Das sah man auf den ersten Blick.

„Wer bist du?“, fragte Gernot sie.

„Du sprichst Friesisch? Seit einem Jahr habe ich meine Sprache nicht mehr gehört. Kannst du mich und dieses Mädchen freikaufen?“

„Gehört sie zu dir?“

„Eigentlich nicht, aber ich habe ihr versprochen, sie nicht ohne Not zu verlassen. Sie ist eine Abodritin von der Ostseeküste. Mich haben Seeräuber bei einem Überfall auf unser Dorf geraubt und weiterverkauft. Auf dem Landweg sind wir bis hierher gekommen. Das muss etwa ein Jahr her sein.“

„Kannst du kochen und alle in einem Haushalt anfallenden Tätigkeiten ausüben?“

„Natürlich, aber wollt ihr mich für euer Haus kaufen? Ich möchte nach Hause.“

„Ich auch. Ich suche eine Frau, die unterwegs für eine größere Anzahl von Männern kocht. Zu den Männern gehören im Übrigen auch eine große Anzahl Friesen, die ebenfalls heimkehren.“

„Ich mache alles, was ihr wollt, aber kauft auch dieses Mädchen! Ohne mich würde es sterben.“

Ähnliche Worte hatte Gernot auch bei Amina gehört, aber, das musste er sich zugestehen, sie konnte wirklich gut kochen, waschen, flicken und andere Tätigkeiten, an die Gernot sich jetzt nicht erinnern wollte.

„Ich rede mit dem Händler."

Dieser näherte sich ihm auch schon, da er bemerkt hatte, dass jemand ein Gespräch mit seinen Sklaven führte.

„Was macht ihr da? Ihr könnt nicht einfach mit meinen Sklaven reden."

„Ich möchte diese beiden Frauen kaufen, die blonde Frau und das Mädchen."

„Das sind meine wertvollsten Sklavinnen. Über das Mädchen können wir reden, aber die Frau ist viel zu teuer für euch."

„Dann hättet ihr sie vielleicht einmal waschen sollen und in neue Kleider stecken sollen, dann könnte man ihren Wert erkennen."

„Ich verkaufe, an wen ich will. Und an einen dahergelaufenen christlichen Ritter verkaufe ich schon gar nicht. Wer seid ihr eigentlich, dass ihr es wagt, so mit mir zu reden?"

„Ich bin al-Faris bi-saifain, den ihr auch al-Faris abyad nennt. Und der kauft wann und wo er will. Und merke dir eins: Ich kaufe zu meinen Preisen, nicht zu deinen!"

Der Händler wurde ganz bleich und stammelte: „Ich wusste nicht, wer ihr seid. Entschuldigt! Ihr wollt also diese beiden Sklavinnen kaufen? Bedenkt bitte, dass ich viel Geld für sie bezahlt habe!"

„Und ich möchte euren Ausreißer ebenfalls kaufen. Er scheint ja recht kräftig zu sein."

Jetzt stöhnte der Händler und sagte: „Aber umsonst bekommt ihr diese Drei nicht."

„Das will ich gar nicht", erwiderte Gernot und begann ein Goldstück auf den Tisch des Händlers zu legen:

„Sagt „Stopp“, wenn genug auf dem Tisch liegt, sonst lege ich euren Kopf neben die letzte Münze.“

Gernot zog seine beiden Schwerter aus den Scheiden und legte sie auf den Tisch.

„Nur damit du siehst, dass ich es ernst meine.“

Danach nahm er eine zweite Münze, eine dritte und sah dem Händler direkt in die Augen. Bei diesem hielten sich Gier und Überlebenswille die Waage. Dann nahm Gernot eine der größeren Goldmünzen aus der Wüste. Der Händler nahm sie und biss darauf.

„Gutes Gold, sehr gutes Gold“, sagte er. „Gebt mir fünf von denen, dann ist es genug.“

Die beiden Frauen wurden sofort von ihren Ketten befreit und Gernot schickte sie zu Bran. Mit dem männlichen Sklaven, Giorgi, hatte er noch gar nicht gesprochen. Er sprach ihn auf Latein an.

„Habt ihr gesehen, was ich getan habe?“

„Ihr habt zwei Sklavinnen gekauft und wie es aussieht, auch mich.“

„Richtig. Ich möchte mit euch ein Geschäft machen. Ich habe gehört, dass ihr kräftig seid und mit dem Schwert umgehen könnt. Stimmt das?“

„Ich heiße Giorgi und bin der Sohn eines georgischen Königs, allerdings ist mein Vater kein sehr bedeutender König. Und ich bin von seinen 16 Kindern auch noch das jüngste. Da kann man nicht viel erwarten. Eine gute Ausbildung vielleicht. Das ist alles. Man hat mich eines Nachts überfallen und hofft mich hier verkaufen zu können. Wie soll denn das Geschäft aussehen, das ihr vorhabt?“

„Ich kehre nach sieben Jahren im Heiligen Land in meine Heimat zurück. Ich habe ziemlich viele Handelswaren bei mir, die beschützt werden müssen. Zwar habe ich eine gute Bewachmannschaft, aber außer mir keinen weiteren Kommandanten.“

„Wo ist eure Heimat?"
„Schon mal was von Westfalen gehört?"
„Nein. Was ist das?"
„Die Frage müsste lauten: Wo liegt das? Es ist ein Land nördlich der Alpen. Kennt ihr die Alpen?"
„Ein Gebirge, nördlich von Italien glaube ich."
„Richtig. Wenn man dieses Gebirge überschreitet und einen Monat weiter nach Norden zieht, dann ist man in Westfalen. Wenn man Glück hat. Wenn man kein Glück hat, ist man tot."
„Und auf diesem Weg soll ich euch begleiten?"
„Und für meine Sicherheit sorgen."
„Und wenn wir angekommen sind? Was ist dann?"
„Dann seid ihr frei, bekommt eine gute Prämie und könnt gehen, wohin ihr wollt. Das ist mein Angebot."
„Dann bin ich dabei. Besser ein Abenteuer, als ein Leben als Sklave."
Gernot winkte dem Händler und der befreite Giorgi von seinen Ketten. Dieser reckte und streckte sich und sagte: „Diesen Burschen von Händler würde ich am liebsten einen Abschiedsgruß mit den Fäusten geben."
„Lasst das lieber. Ich gebe euch Geld. Da vorne ist ein Badehaus und nebenan kann man Kleidung kaufen. Ich sitze mit zwei Freunden dort auf der Kaimauer und warte auf euch. Ich kann mich auf euch verlassen?"
„Wir Georgier sind ein stolzes Volk. Wenn wir unser Wort geben, halten wir es."
„Dann seid ihr jetzt frei und kommt als Freier freiwillig zu uns an die Hafenmauer."
Gernot ging zu Bran und Régis. Er sah sich um und fragte: „Wo sind die beiden jungen Damen?"
„Weg, zwecks Verschönerung", antwortete Bran. „So wie sie aussahen, waren sie kein erfreulicher Anblick."
„Und du hast bezahlt?"
„Jetzt frag mich bitte nicht, was das gekostet hat."

„Schon gut, aber da kommen sie ja."

Gernot betrachtete sie und sagte: „Da habe ich einen guten Kauf getätigt."

Eine halbe Stunde später erschien auch Giorgi, mit gestutzten Haaren, rasiert und neu eingekleidet.

„Jetzt hast du deine Mannschaft komplett", meinte Bran.

„Nicht ganz. Es fehlt noch das Schiff. Ich hoffe, dass der Rabbi da etwas bewerkstelligen kann."

Kaum hatte Gernot dies gesagt, deutete Régis auf eine kleine Gestalt, die sich ihnen näherte: der Rabbi.

„Ich habe euch schon überall gesucht, denn ich habe eine gute Nachricht für euch. Zwei jüdische Kaufleute bringen ihre Waren nach Venedig und suchen noch einen weiteren Kaufmann. Sie fahren im Geleit der venezianischen Flotte und damit sicher, ohne die Gefahr, von Seeräubern belästigt zu werden. Wenn ihr wollt, mache ich das Geschäft perfekt."

„Natürlich will ich. Ich bin froh, einmal ohne die Begleitung durch Seeräuber nach Venedig zu segeln."

„In zwei Wochen etwa wird die Reise losgehen."

Aber das ist eine andere Geschichte!

Der Reiseweg des Gernot von Kahlenberg

Das Heilige Land um 1111

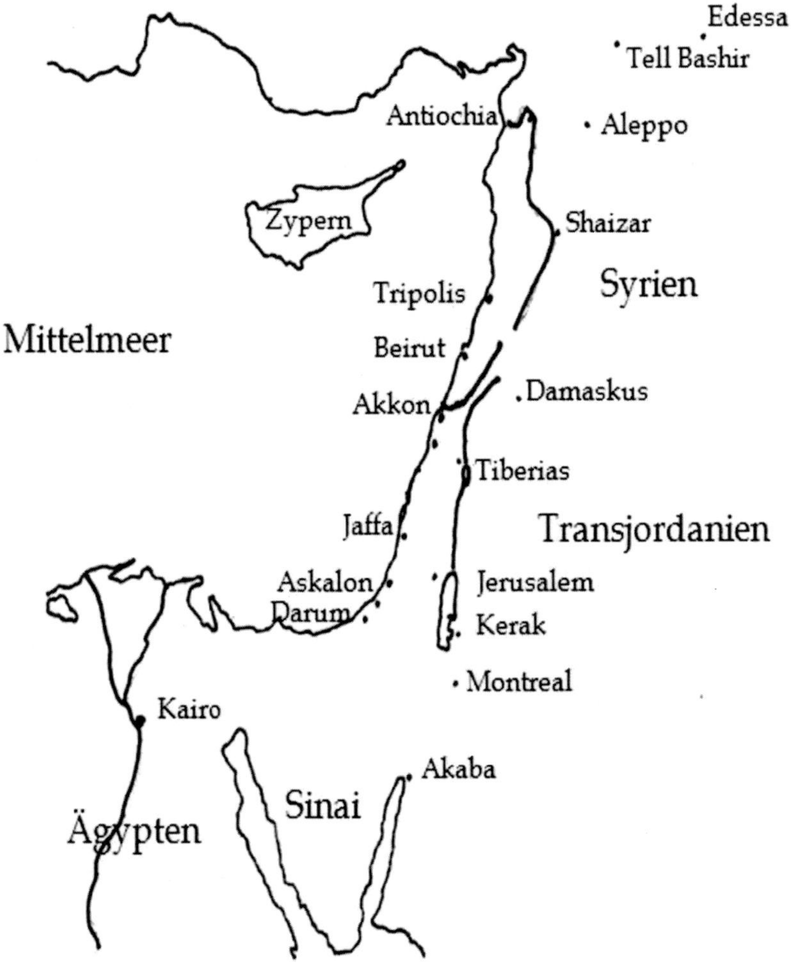